超级实习生

Supper Trainee

奚凝 作品

江苏凤凰文艺出版社
JIANGSU PHOENIX LITERATURE AND ART PUBLISHING, LTD

图书在版编目（CIP）数据

超级实习生 / 奚凝著. — 南京：江苏凤凰文艺出版社，2017
ISBN 978-7-5399-9754-4

Ⅰ. ①超… Ⅱ. ①奚… Ⅲ. ①长篇小说—中国—当代 Ⅳ. ① I247.5

中国版本图书馆 CIP 数据核字（2016）第 258298 号

书　　名	超级实习生
著　　者	奚　凝
责任编辑	孙建兵
出版发行	江苏凤凰文艺出版社
出版社地址	南京市中央路 165 号，邮编：210009
出版社网址	http：//www.jswenyi.com
印　　刷	三河市华东印刷有限公司
开　　本	890 × 1240 毫米　1/32
印　　张	12.375
字　　数	440 千字
版　　次	2017 年 1 月第 1 版　　2020 年 1 月第 2 次印刷
标准书号	ISBN 978-7-5399-9754-4
定　　价	39.80 元

她,回来了

凹凸凹

这是本小说的序言。

老实讲,我不太会写序,这些年甚至连“看书前先看序”的良好阅读习惯都没养成。我是野路子出生,别人与书的关系是从阅读开始,而我与书的关系竟是从“听”开始的,启蒙老师是我那个手不释卷的爷爷。

小时候我爷爷经常搬把没上过漆的椅子,坐在屋檐下两腿分“八”字形,拖一声长长的“嗯——”进入阅读状态,他用方言像唱戏那样抑扬顿挫地“唱”古典小说,韵律真是好听,那些故事被他“唱”得身临奇境,通常是读两个章回就放下,站起来拍拍屁股说:“今天不读了。”就像戏台上的演员谢幕,“啊哈!哈!哈!哈!”打个长长地哈欠合上书。

我与书真正建立“美好”的关系,是在北京,从作者那本《水一样摇摆》开始的。在这个地表温度48°的夏天,此刻我坐在淮海路附近这家咖啡馆,努力让自己回到十多年前同样地表滚烫的八月,在北京西三环北角某个书店,我用三天时间站着看完《水一样摇摆》的情绪,当时我刚满十八岁,每天像机器那样打三十个电话,拜访两三个客户,谈着一场热火朝天的异地恋,这一切,最终都潦草地结束在我的后青春期。

对少年老成的我而言,潦草的青春经不起推敲,每天走在街上都像个无聊的棍子。我不知道从不读书的我是怎么走进那家书店了,但连续三天走进那家书店,是因为我喜欢那本书,确切地说,是喜欢那本书淡如清风的情绪,作者以细腻柔软的文字,向我展示了经历了青春以后生活景象,并以奇妙的魔力化解了少年期多愁善感的孤独,或许正是这些因素生成我离开北京的动机,并为来上海埋下伏笔。时隔多年,当我再想起小说中那些片段与情景,已凝结成两个温暖的字:美好。

在今天躁动不安的时代,能够为某件事感动,是种幸福,但这样的感动越来越稀有,离开北京多年,那段潦草的青春成了一个很难定义的逗号。关于北京我不太愿意去回想,如果非要回到过去,我只愿意回到那个让时间静止的夏天,回到站在书店阅读《水一样摇摆》的那两个清清楚楚的傍晚。如今书里的那些情绪与情节,植入在我的骨血中,陪伴我走过许多地方。

连续出版两本小说以后，奚凝忙于工作与生活，很少再看到她的文字。就连博客也十分低调，很久才更新一篇，关于家庭、孩子、旅行种种，又浅尝辄止，真是不过瘾。某天，她的长篇陆续贴在博客上，又是几年过去，我从博客追到《超级实习生》公众号，无论生活和心境有哪些变化，她的文字仍然是清淡如风，不会给你那么大压力，却又润物细无声，就像十年前我认识的那样。

此刻忽然感觉，时空如此奇妙，曾经我是她的读者，现在我为作者的新小说写序。

从围观创作到期盼这本书完成并付印，作为她忠实的老读者，我万分欣喜。作为她的朋友，我知道这意味什么，如果不是对文字有很深的执念，没人能几年如一日坐在咖啡馆用文字打败时间。

这本《超级实习生》经历了从剧本到小说的变形，她就像修行者每天做功课那样修炼，既是修炼小说的技艺，又是修炼那颗心。用几十万字讲这样的人物关系、情节切换并不简单的故事，尽管她写作速度奇快，当这个故事付梓成书，已是几年以后的今天。

期待她这本新作影响更多人，就像十年前她第一本书影响过我一样，今天仍然保鲜。

目录

1. 第一个遇见的人，其实

第一个遇见的人，其实是我。

林少霆设计过各种情景，去说这么一句简单的话。

比如在坐满实习生的教室，他可以在做某个案例陈述的课上，讲到重点时分，突然停下，大声宣布这么一句，定会引来满眼愕然，接下来便是划破屋顶的口哨声，一屋子声效绽放。或者在她等车的站头开车经过，拉风地扯一条横幅，写这么一二三……对，十一个字。丝绸上的十一个字柔柔飘过她的眼睛，视觉上转瞬即逝，却将十一个字影投射驻留。算了，万一没飘起来，恐怕被皱褶吞咽了三五个字，成了猜谜。或者在只有他们三个人的房间，盯着她的眼睛，一字一句，轻言细语地开口，让每个字站立在她的心尖，无声战栗，然后像泡腾片一样，伴随着小爆炸，融了融了，融化在她的杯水心田。这十一个星星火苗会跳进第三个人眼底，顿时燎起澎湃战火，这正是他热血期待又瞬间走向不那么确定的东西。林少霆不是不确定拳头滋血疼痛荷尔蒙什么的，我林少霆是谁？林少霆为女人可以拼红白洋国酒，拼撒各种币种钞票，拼单挑或者群的，拼颜值、品位、爪挠人心，拼……有人天生是为了令世人难受才来世一遭，林少霆相信说的就是自己。

只是，林少霆久久无法说出这十一个字，加标点符号，算它十三个。是字太多了？多到两年了，两年后，他仍然无法将它们发射、投递出去。是的，这句话沉甸甸的，他需要某种力量，突然迸发的那种，将自己也许是最后的砝码压上去，然后，他便再拿不出什么了。

林少霆身着沙滩裤，抱着冲浪板走向大海，却看到大海走向自己，用深深浅浅的蓝色一层层压来。而自己，必须站在最上面那层蓝色上，压倒向你疯狂进攻的蓝色，那种使命所向披靡。可惜，想象如此丰满，现实瘦骨嶙峋。一个大浪打来，林少霆连同冲浪板被打翻在水里，他听见水花破碎声，还有青翠欲滴的笑声。他狠狠抹去满脸的水，跳起身，大步跑向沙滩上的青翠欲滴，苏小满。

她要躲，已经来不及，被他拉着奔向大海。

我不会游泳啊！

林少霆可不管，他一把将她抱起，扔向深深浅浅厚重的蓝。

洛杉矶长滩的太阳光芒万丈还带刺，有种“谁跟你玩儿”的死硬态度。可是二人还是躺在沙滩上，迎接着阳光的挑衅，或者是他们都各自做着心里最艰难的打算，因为艰难，所以必须跟什么抗争一下，像一个心理仪式，需要彰显。他们的头发上、皮肤上、指缝里都是黄沙，于是便有了被黄沙掩埋了一般的沉重，窒息感悄然袭向鼻孔、唇齿、毛孔，还有被阳光反复煎烤的心脏。看起来，他俩只是执意要把自己晒成古铜色的青年，与旁人无异，与沙滩的主题无敌匹配。

真想就这样一直躺下去。林少霆这样说，却并不这样想，他只是决定一张嘴就将主题牢牢定格。

没想到她轻而易举用一句话转换了他的方向。她说：可我最近准备回去一趟呢！

林少霆突然蹦了起来，仰天欢呼。他以为她会顺着自己的话说，那么自己就可以顺水推舟地留下来，岂料她才这么一反转，他心里便冒出个声音，居然是——“太好了。”原来，对你，我怎样都好。

小满坐起身，看他欢呼雀跃，她一抬头，却被光芒万丈直射眼底，这些热辣的刺带着海水的咸度直捣心脏，咣当一下，就难受了。

她喃喃道：对不起，我先看到了那个网页，而并非你。真的，sorry，so sorry.

当然，除了呼啦啦的海风，没人抓住这些破碎的字眼。

林少霆绕着小满乱跑乱叫，在迸发的欢愉中下着决心，希望可以，可以喊出：其实，每一回，都是第一个遇见我。而你，你却并不知道。

第一篇：火星撞金星

2. rou rou rou

夕阳洒在洛杉矶 66 号公路上，钻进轰响引擎，便蒸腾出滚滚热浪，血色浓重。几个人影在热浪中大步走来，随着空气的战栗而飘摇。干脆利落的关门声此起彼伏，高调宣布一场小型战役的开始。不知谁喊了声“Get ready”，引擎大作，令人血脉偾张。

清瘦高挑的林少霆戴副蓝光镜面雷朋墨镜，一顶黑色嘻哈帽，微笑着坐在血红色的法拉利上。车子轰轰作响，仿佛胯下野兽，下一秒就会蹦跃而出。他抓住副驾驶座金发妞的后脖一个深吻，却突然起步，金发妞尖叫跌坐回去，从失声变色到惊喜尖叫都在转瞬。美女跟速度——男人荷尔蒙加速器。他暗想，笑意才漾上嘴角就被空气加速度嗖然带走。

警车停在路外，警察悠闲地拿起咖啡杯，突然，一辆豪车划过，接着又是一辆，两辆……风驰电掣带动的气流似乎要将警车掀翻，他心一哆嗦手一抖，咖啡杯差点脱手。Shit！警察手忙脚乱发动车子，警灯呜啦呜啦响起。

林少霆瞄了眼后视镜却不为所动，他继续加速，一个小打方向盘突然超过了旁边的玛莎拉蒂，还有一辆爬虫般的黄色迷你。

迷你里端坐的女孩正是苏小满。电台放着劲曲，跟她的速度极不匹配。谁管！她就这样慢慢地开，走在霞光漫天的 66 号公路上。在她的意识里，迷你是迈着步，转着圈，随风起舞的节奏。突来的一辆红车简直是从身边擦过，吓得她脚下狠踩，顿时死死钉在路上。以为你是闪电麦昆呢！她嘟囔着，没料想更多的豪车从旁边呼啸而过，她紧紧握住方向盘，生怕被气浪掀翻。突然，一辆警车又呜啦呜啦开过。她乐了，原来真是闪电麦昆！小满扯过手机拍照，到底慢了半拍，只拍到一个警车屁股。不管了，先发个微信朋友圈：“警车围追豪车飙车现场，是不是好莱坞快到了？不好意思，照片里的车子都‘rou rou rou’飙过去了。”

豪车渐渐拉开距离，路边另一辆警车插入，喇叭喊话：停车！靠边！

林少霆恼怒地一拍方向盘，Shit！他心下一横，狠踩油门，加速飞奔。于是，有更多豪车超过警车。又开了两三公里的样子，眼见前方出现障碍物，两辆警车横停在路中央，警察在车下挥臂喊话。林少霆突然加速，从路边绕过，于是整个车队都纷纷跟逃。

引擎声、警笛声、尖叫咒骂声，四下大乱，热炖煮熟了冷清的 66 号公路。

是夜，黄色迷你爬上坡，苏小满的眼前突然迸发出密密匝匝一片城市灯景。她呆了，有种一跃而起跳进星空的错觉。这时电话来了，正是柴晴，她迷迷盹盹地按下接听键，嘴上喃喃道：来接我吧，摘一束星星给你。

几辆豪车停在警局门口，夜色下难辨色彩车型。而引擎，早已凉透。

一屋子帅哥美女倦意满脸在跟警察交涉。林少霆走出闹哄哄的人群，在窗边站立良久，终于拨出电话。

此时的上海正是早晨，梁董事长走进会议室，望了眼空调，顿时有人奔去调整温度。是的，这一大早的，空调开得清冷，刷起一身鸡皮疙瘩。IT 总监陈总打开电脑汇报工作。这时，手机震动。梁董事长一看号码就皱了下眉，接起电话。他慢慢放下手机，跟董秘秦岭对视一秒，有种冷彻心扉的感觉，这该死的空调！看董事长脸上变色，IT 总监马上打住，尴尬地站在那里，突来的静寂。

要不……让少霆回国吧？二人走回董事长办公室，秦岭试探着问。

梁董事长愣了下，他的 MBA 学分还没修完。

两年多过去了，我看他是不打算修完了。秦岭看梁董事长阴云密布，连忙赔笑，不过我找人查过少霆，他其实暗自修完了计算机专业的硕士文凭。

梁董事长猛然回头。

林少霆斜靠在墙上，困得东倒西歪。这时，一串脚步卡塔卡塔靠近，顿时将他的倦意震散。看一个西装革履的华人跟着警察走过来，他暗自松了口气。

交钱走人！你怎么才到？是秦岭还是我爸让你来的？林少霆打了个哈欠，接过警察递来的车钥匙，径直走向大门。对方却停在那里，"请坐"的手势十分肯定。他冷笑跌坐在椅子里，我爸缺这点小钱？

您父亲的意思是，对方清清嗓子，我作为您父亲的律师向您转告，您父亲的原话是："你的学位混了这些年也没混出来，是该回国好好找份工作了。"

林少霆愣了下，转而讥笑，果然舍不得这点儿小钱！你告诉他，他不出钱，我就把车卖了，反正这车我早开腻味了！

律师抓了抓脑袋，您父亲的意思……原话是——"卖掉正好回国。"

林少霆懵了，半天才恨恨地，Shit！

他不是不愿意回国，也不是没玩够，只是这个念头从未出现在脑里，哪怕"唰"地闪过。在洛杉矶，这个所谓的"大农村"，他打着念书的幌子，自由自在地混，混派对，混美女，混书读……混到哪天？哪个休止符？谁管！他戴着墨镜懒懒地躺在太阳椅上，看泳池边各种肤色的男男女女，他们半裸着，在香槟的微醺和劲曲里尽情欢愉。他们只是一个个字母，符号，书写了一篇关于放肆的篇章，为所欲为，青春，上瘾什么的，都是去他的浮云。

这时，一个黑衣男人绕着泳池悄然走来。林少霆心中一紧，豁然起身。可是男人却朝他摇了摇头。林少霆对这个结果并不陌生，这么几年来一直都是这样一副表情，一个动作，一个该死的结果。可是这次，他恼了！他直接将一杯香槟泼过去，嚷道：怎么可能，一个大活人，在洛杉矶生活了这么多年！你们这些私家侦探干什么吃的！

黑衣男人抹了把脸，默默递上张旧照片，上面是个三十多岁的女人。

林少霆仔细地看了眼这个微笑的女人，慢慢将照片推回，已经恢复了懒散的口气，继续找，什么时候找到什么时候为止。

看黑衣男人最后一个脚步走出视野，林少霆突然心如明镜，是的，休止符号出现了。他走到音响前按掉乐曲。突然的安静好似一个召集令，召集了所有惊愕、疑惑或者来不及刹住的笑容，好似一个巨大的问号。

林少霆举起胳膊，大叫一声：Party is over。句号！他用胳膊大大画了一个句号，然后一头扎进泳池，清凉彻骨。

3. 无法反击

昏暗的屋子有些凌乱，窗帘被风掀起，一下，两下，试图打破沉寂。可这一切显得徒劳多余，没人在乎这些。武越只想站在屋当中，静一下。他望向墙上两张黑白照，他们两人挂着尚有余温的笑容，还要说什么似的。到底是怎样的绝望会令人选择结束，丢下一世记忆，了无牵挂？武越一发狠，随手将个矿泉水瓶子扔向还在飞起的窗帘，小半瓶水只带来片刻的安静，窗帘和风又开始蠢蠢欲动，固执得可笑。

谁在叫妈妈？武越愣了下，才想起沙发上还睡着一个五六岁的小男孩，他叫武天天，自己同父异母的弟弟，一直以来他都没怎么哭，大口吃饭，睡觉流口水，嘴里嘟囔着什么，翻个身继续睡去。他的头发长了，凌乱打卷，脸上两坨肉嘟嘟的十分可笑。武越被这个小男孩弄懵了，一种从未有过的懵，好像被人狠狠打了一拳，耳鸣，脑晕，眼花。最无奈的是，还无法一记拳头还回去。

咚咚敲门声传来，门外是两位西装革履的陌生人。一个人往里探看，武越是吗？我们是银行的。节哀顺变啊，这个时候还来找你……

另一人偏好大刀阔斧的节奏，正色打断同伴，你父母，不，你父亲和继母向我们银行抵押房产贷款，很遗憾生意失败。尽管他们二人不在了……他用咳嗽表达了一下怜悯心，掏出些签字盖章的正式文本，又接着道：可是根据合同，我们不得不收回房产。

哥哥！武越回头，看武天天揉着眼睛，光脚懵懂地走过来，有些畏惧地望着两个陌生人。

大大小小几个行李箱已经收好，立在屋当中父母的遗像下，而屋里其他地方几乎无处下脚。武越从厨房走出，将一盘西红柿炒鸡蛋放在餐桌上。武天天扔下小汽车爬上椅子，只看见两碗饭加一盘菜，马上露出不满的表情，不好吃！武越不理，只夹了一筷子菜大嚼，果然难于下咽。武天天无精打采地举着勺子，妈妈什么时候回家？武越止住咀嚼，望向墙上的遗照。

武天天到底饿了，哥哥喂我吃。

武越突然推翻桌上碗盘，嚷道：从今天，现在，这一分钟开始，你自己吃！

武天天撇嘴，再撇嘴，眼泪在眼眶里打转。武越一把拎起武天天后脖领出了门。

这是个冷清的小面馆，早过了饭点儿，只有一对老夫妇坐在隔壁桌细嚼慢咽。武越举着一筷子面条往武天天嘴里塞，因为远，筷子哆哆嗦嗦，连汤带水好容易抵达弟弟的嘴巴，他却嚷着烫，边叫边往外吐，弄得满胸口面条。武越愣了一秒钟，怒火腾地从脚底燃到后脑，"啪"地将筷子狠狠往桌上一拍。

旁桌老爷子窃语：可怜的孩子，爹太年轻也是作孽。

武天天呆萌地望向武越，武越则望向玻璃镜面的反射，自己也算是个俊秀强健的适龄青年，适"父"青年？武越来不及细算，胡乱地揪起他胸口的面条，扔进碗里。

老太太实在看不下去，起身拿只空碗递给武越，热情指导：夹几筷子在这里，凉半透，再喂。边夹，边凉，边喂。再夹，再凉，再喂。

什么鬼？武越暗自迷糊，只能勉强照做。

老太太又道：按说这么大孩子该自己动手了，你们这些年轻人啊，不能这样惯孩子。

武越不知该怎样好了，一筷子面条夹着，横在那里举棋不定。饿得不浅的武天天来抢筷子，大口往嘴里划拉面条，鼓着腮帮子咀嚼，却突然停下，一个大喷嚏，将满嘴碎面条结结实实喷在武越脸上。

武越站在卫生间的水槽前，胡乱洗了把脸，企图洗掉这些黏糊糊油腻腻，洗不净道不明的好比自己境遇的面条。最糟糕的是，他根本无法反击。他又捧了几把清水，这才镇定下来，重新走进小面馆，却见弟弟趴在桌子上，心头一紧冲过去，你怎么了？

嘘！老太太止住他打算揪起武天天后脖的手，他只是睡着了。

只是，睡着了？武越生着闷气背着武天天走进夜色，逐步放慢脚步。背上的小东西热烘烘，带着些汗臭，大腿结结实实。他沉沉地大口呼吸，小气流在武越脖子那儿来来回回，挠痒痒似的。你凭什么睡着了，踏踏实实没心没肺地，凭什么?！问到这儿，他也就心下豁然，重新迈开步子走向即将不再是家的方向。夜色浓重，称得出斤两，武越看不太远，耳畔出奇的安静，好像世间只有自己和身后这个小东西。他走着走着，脚上有了悲壮的重量。

清晨，咚咚的敲门声将武越豁然惊醒。他几步跑到客厅，直觉地站定。窗帘一角依旧被风掀起，一下，两下，令他辨识出两个男人的身影。有人到底忍不住嚷道：开门，我知道里面有人！欠债还钱，天经地义，你是逃不掉的！武越快速合计了下，连忙跑向卧室，又冲回来，在几个行李箱里挑了个卡通小行李箱。

武越一手揽武天天腰一手提着小行李箱狂跑。武天天还睡得迷迷盹盹，被悬在空中极不舒服，只能用大叫抗议。武越管不了那么多，边跑边竖着耳朵合计追兵距离。正巧一辆出租车开过，武越猛然跨步将它拦下，将弟弟和行李塞进去，大叫：快，机场！

司机回头，这又不是空车。

武越愣了一秒，看副驾驶果然坐着个人，而两个男人已经大步赶来，一双大手伸进窗户钳住了自己的衣领。他不禁急火攻心，用力扯开那双手，大叫：开车！不然……

司机被吓住了，或者被武越脸上瞬间迸发的狰狞镇住了，车子一个箭步冲了出去。

不然……不然又怎样？不然就死定了！武越的心脏兀自乱跳，跟天天目光才对上，他就哇的一声瞬间哭得昏天黑地。

4. 火星撞金星

苏小满的心情跟洛杉矶的晴空碧日一般，她打了个国际长途给父亲苏枫，告诉他这个好消息，是的，UCLA 的硕士 offer 终于拿到手了，实实在在一张纸，带着签名和大印，白纸黑字，毋庸置疑。最重要的是还给了一年有效期，那么她便有了一年的时间去做决定，这简直太体贴了。至于工作还是读书？父亲更体贴——“随你。”

回上海的航班，苏小满拎着小行李箱随旅客慢慢向后面的经济舱走去。客流缓行，都堵在头等舱那儿。她前面站着位外国妈妈，怀抱个一两岁的小婴儿，金黄的头发蓬松卷翘，蓝眼珠玻璃球似的通透无底。小满将脸凑过去，偷偷朝他做鬼脸，不料小宝贝心狠手辣朝她脸上狠抓了一把，火辣辣的疼痛迅速扩散，她“唉哟”一声。

妈妈马上回头，抱歉，你还好吧？

小满疼得龇牙咧嘴，嘴里还在自我安慰、安慰对方，我没事！我肯定绝对完全没事！

坐在头等舱的林少霆戴着墨镜，双手抱在胸前假寐，看到这一幕，呲地乐了。这个女孩子身着格子衬衣，随便压在牛仔短裤里，背超大黑双肩包，长发凌乱地扭成了个高高的丸子，汗水和红脸混搭成个活脱脱的囧字。看她清秀白皙，细胳膊细腿，却有着张牙舞爪的风骨，奇怪。也许是龇牙咧嘴闹的，他觉得有趣，多看了几眼。

小满于经济舱坐定，拿出手机照照自己被抓红的脸，顺便自拍。在微信朋友圈里写道：“洛杉矶回上海。无法爱了，居然被一岁小男生偷袭！”

她在洛杉矶只发过两条微信，却不曾预料，在之后的某天，它们竟变成了线索，成了林少霆的砝码，他欲言又止的千头万绪。

柴晴习惯性地点了个赞，关上手机，站在接机厅栏杆外朝里张望。Rimowa 她一颦一笑间，就是大写的美貌与性感合体。这时，一个打扮招摇的高个子男人拉着大行李箱走了出来，他略显单薄偏又着瘦款，显得时髦又高级感，戴副深不见底的墨镜，满嘴喷英文，嘴角一翘尽风流。经过柴晴不远处，他笑着摘掉墨镜，瞬时爆发出小小电流，直接引爆她的小宇宙。苏小满拉着大小行李冲过来，累得直喘，嗨，我来了！

我的超级大礼物呢！柴晴这才收回目光。她并没意识到，真正的超级大礼物刚刚路过。

武越戴副墨镜从另一个方向走出来，表情极是高冷，手上却是个幼稚的卡通拉杆箱。他从玻璃反光上看到自己的身影，想起一部经典电影《这个杀手不太冷》，不禁苦笑。身旁的武天天也煞有介事地戴副大墨镜，走几步扶一下，再跟着跑几步。

十米外，两个男人在打电话，鹰一般的目光四下巡视。武越登时停下脚步，九十度侧转，拉武天天疾走而去。两个男人一对视，跟过去。武越一把揽起弟弟的腰，拽起箱子，拨拉开旁人撒开腿就跑。霎时，接机厅里惊叫声四起。

按照电话里所言，林少霆走出 5 号口却戛然止步。路边停着一辆保时捷 911 白色敞篷车，两名黑衣保镖笔挺挺站在旁边，齐声道：少爷！

路人好像都被路面扯住了鞋子似的，拍照微信上传忙得不亦乐乎。林少霆却不买账，三两步走过去，就这车子？我在美国可是开法拉利的。你家老爷从哪儿给我弄这一破二手车？

保镖谄媚笑道：就是您以前那辆车，一直搁车库里的，保养得好着呢！

靠，有没有点常识啊？那还能开吗！林少霆一手遮着脸，生怕被人拍进他们的微信或者私生活。

当然，这一幕并未被柴晴错过。她揽着小满胳膊走出5号门，忍不住放慢脚步。小满的眼睛随突袭的热浪飘到远处的出租车排队处，那里阵势如同盘蛇，焦灼缓进。她恨不得用眼光先占个位排上队。

保镖躬身，少爷请上车。

林少霆却退后一大步，大声宣布：Definitely no！（绝对不行！）这事儿，我得跟我爸斗争到底，回国已经是让一大步了，再上车，我就输得板上钉钉，钉上钉铆了！

保镖哭丧着脸，少爷……

叫老爷也没用！林少霆先被自己逗乐了。

柴晴的眼睛全在林少霆身上，神不守舍地，打啥车啊，苏大公主回国，你爸还不得安排他公司车接？说好停这儿的，怎么还没来？

武天天嚷叫着，此刻却已经是刺激的大叫，他以为此刻的游戏叫坐飞机。他看不见武越紧张的表情，更不知道他已经跑得精疲力竭，只那么自顾自咯咯地笑。武越的肌肉和韧带几近崩溃，可是这无厘头的笑声却像一瓶胶水，神奇地黏合住那个马上即刻就要放弃的念头。这个念头气喘吁吁，被后面两个高利贷者紧追不舍。

两个保镖一合计，准备撸袖子上手拉人。林少霆心道，不好，这若被微信微博一传播，别说上海、洛杉矶，连地球上都待不下去了。他连忙大手一挥，挡住对方，大声宣称：你们不要过来！这车我肯定不开，谁爱开谁开走！

他的声音过大，及时止住了保镖的手，也止住了狂奔而过武越的步伐。他突然一个急刹车，武天天却被顺势扔了出去，地上滑了几米，也就是半秒钟时间，武天天还没来得及号上一嗓子，武越已经快速将车和人打量了一番，也做出了个无比大胆的决定。这个决定好像暗屋里的那个灯泡，"噗"的一声，将几个人的命运瞬间照亮。

武越几个大步拾起仍趴在地上的武天天，将他和行李箱往保时捷后排一扔，快速卸下后背双肩包，扔进林少霆怀里。在所有惊愕的目光下，武越大喊：借车一用！我的身份证、学生证、手机都在里面，等我打电话还车！说话间，他大步绕过车头跑向驾驶室，跃进去，一脚油门呼啸而去。

这个动作之快，快到众人来不及拍照，没看清后排是什么，甚至忘记记录林少霆和保镖三人面面相觑的场面。林少霆抱着个黑色阿迪旧书包，半天没回过劲儿来，他谁呀？还不追！终于有个还算机灵的保镖拔腿就跑，却机灵过头，边跑边回头：追到哪里？林少霆忍无可忍无声振臂，这回他算囧到家了，别说地球，他林少霆连宇宙里都待不下去了。

小满和柴晴发呆对视，半天说不出话来。追过来的高利贷二人站在两米之外，暗作打算，不敢贸然行事。

你！林少霆来了气，指着剩下的保镖，他谁呀？

保镖反应还算快，包，包！他费力地从钱包里抽出张身份证，念道：武越，上面清清楚楚写的就是武越。林少霆抱着双臂，尽量在众目睽睽下保持镇定大气的姿态，这会儿忍不住狠敲他脑袋，废话！现在怎么办？

打车？保镖到底机灵。两人一起转头，远处打车排队通道蜿蜒又蜿蜒，林少霆的下巴和墨镜都耷拉了下来，要不报警吧？

保镖磕巴，警察好像……不管排队这事儿！才说到这儿，脑袋上又挨了一记，连忙改词，在你打到车之前，警察够呛能追到你的车。

高利贷二人看不出深浅也就随人群散了。苏小满父亲公司的奥迪 A6 也缓缓开了过来，停在旁边。小满才跨出一小步就被柴晴拽到几步外的林少霆身旁，帅哥，你住哪儿？要不我们搭你一程？小满拽回自己胳膊，却来不及拽回她的话。

林少霆摘掉墨镜，瞥了眼这辆开了也有十万公里的旧车，才要吐槽，眉头却中途展开，我看行！他仔细打量着小满的脸，左边再右边，嘿，你不是被小婴儿扇嘴巴那个吗？

小满大惊，不是吧？消息传那么快！

少爷，等等。保镖手忙脚乱拉着大件行李跟过来，林少霆则头也不回钻进奥迪 A6 车子，你们给我老老实实走路回家！

武越庆幸自己曾经代驾的工作经历，不然开这种车子，要么凭意念要么靠奇迹了。听耳畔风声呼啸，他觉得冷了，这连逃命带抢车，他结结实实出了一身大汗。身后的武天天系着安全带，激动地哇哇大叫，以为又是另一个新游戏。想到从此带他游戏人生，继续逃命，还有这一念之差抢来的豪车，他头疼欲裂，全身冷得彻骨。

林少霆大方地介绍，叫我 Justin。

Justin 你好！我叫柴晴。柴晴声色皆美好似马卡龙，刚才那一幕有惊无险，什么状况啊？

林少霆马上大起嗓门，对啊，刚才那状况在国内叫不叫抢劫啊？

苏小满坐在副驾驶位，有一耳朵没一耳朵地听他俩搭腔，不时翻个白眼。她控制不了自己的白眼，控制不住去一遍遍回想起武越跳进车子那一幕，自然也控制不住插话：武越是吧？

林少霆连忙更正:Justin。

小满白了他一眼,我说武越那么酷,当然不算抢劫!

嘿,酷就可以抢车?我要不要报警啊?

你才几年没回国就假装法盲,好,既然是法盲,就容我义务普法。当然不——要——!人家连身份证带钱包都押给你了,情急之下的无奈之举。说白了就是“借个车”啊,你要不要那么紧张?

可我不认识他啊!

小满脸一冷,我说贾斯汀,我们还不认识你呢,你凭什么坐我们的车?

林少霆乐了,身边美女邀我上车的,人证还坐这儿呢。

小满快言快语,你怎么证明那车是你的?车牌是什么?哪年购入?发动机几缸?排量多少?

这个……林少霆顿时语塞,转而笑了。我严重怀疑,那小子是不是你同伙?我不是上了贼车吧?一个负责劫车,两负责劫人。明摆着碰上两女流氓啊!

一车人都乐了。柴晴凑他跟前,以女流氓的口气作势发狠道:小帅哥,我看上你了!话一出口,她自己反倒呆了。

林少霆假装可怜,美女留我一条小命吧!那旧车我本来就看不上,你俩既然喜欢,就权当见面礼了!

小满仰天长笑,车,可以笑纳;至于人,你想太多了!她按下车窗,几句戏言随即随风飘散。

奥迪A6拐进一个高档社区,停在一栋高层建筑前。两个女生下车搬行李,林少霆则徐徐按下车窗,半拉下墨镜四处打量,乌云压顶似的一只手搭在他的头顶车篷,竟是位端庄又精致的中年女士。她惊喜地叫道:这就是你那低音部吧?

低音部?林少霆来不及反应,已经看见小满朝自己挤眉弄眼,她三两步走来,发狠地暗示着什么。这便有趣了,林少霆暗笑,有了精神。

小满撒娇埋怨,意图速战速决堵住对方的嘴,我好歹一个月没着家,哪有您这样当妈的,第一眼看不见自己女儿!

废话,没看见你如何判断低音部。

小满手伸进窗户,升起车窗,含糊道:介绍下,我妈,贾斯汀。贾斯汀,我妈。

林少霆随上升的窗户“不是”、“我说”地张了几下嘴,到底还是按下车窗,喊了句“阿姨好”!哪料她又一伸手,将林少霆的墨镜往上一推,戴回位。镜片上顿时落下几个手指印。苏妈妈拨拉开她,躬身凑过来,原来是小贾啊!

想想不对，上次你说那人姓什么来着，反正不姓贾。

他才要解释，小满已经对司机嚷开：陈师傅开车吧！看车子缓缓开出，小满暗出长气，拍拍手，准备去提行李。

苏妈妈却对车子挥手大叫：等等，叫小贾一起吃饭呗，饭后正好合奏下。眼看比赛没几天了。

车子戛然停止，小满快跑两步凑到林少霆车窗处，施魔法般用手在他脸前画了一个圈，用巫婆般的口气，贾斯汀先生，你可以把一切忘记了，走吧！

林少霆摇头坏笑，我说高音部，不是还有吃饭合奏啥的好事儿，阿姨叫我呢。他假意去推门，被她死死抵住车门。二人较了下劲，手对手，眼对眼。林少霆的眼睛突然化了，那种感觉很微妙，好似冰块遇火，那么一热，呼啦，转瞬便水淋淋地化了。他居然傻傻地去摸眼睛，摸到墨镜镜片，于是印上了更多指印。唉，你叫什么名字？林少霆突然想起，可车子已开出小区，只恍惚间听见她在嚷嚷：开出小区，右转两百米外是个垃圾堆，帮我扔那儿。

柴晴扶着行李箱，表情为零。

武越越开越慢，最后停在林荫道边。他盘算着何去何从，小旅馆还是大学宿舍里住一宿的问题。高利贷既然查得出航班，自然也会在第一时间赶往宿舍，这时武天天揉揉眼睛醒来，哥哥，我饿。武越下意识伸手去拿包，这才想起包已抵给车主，只能上下翻兜，也没找到个钢镚儿，不禁冒火，飞机上不是吃过了？

武天天认真地想了下，拉掉了。

武越熄火，我没钱，你忍忍。

武天天爬到副驾驶，无奈地摇了摇头，从兜里掏出两个硬币，真受不了你，出门也不带钱！

谁受不了谁啊！武越心里万马奔腾，也只好忍辱负重地接过钱。他四下眺望到底有了方向。

蜀绣，巨幅国画，袅袅飘烟的香炉……这是个无处不充满中国元素的咖啡馆，却起了个直白的英文名：Edward’s Café，生怕不知道店主是他 Edward。顺着伙计的手指，武越看见一个背对自己的瘦杆男人正朝着窗子乱嚷：又是那熊孩子，我就知道还是那个熊孩子，刚贴好又给撕了！武越将一张写着“招聘启事”的 A4 纸递上，是这个吗？Edward？

嘿，挑衅是吧……Edward 顿时蹿火，他回头，反倒是武越一愣，没想到这么利落的汉语竟出自一个黑发碧眼的老外。武越礼貌伸手，单刀直入，你好，Edward！这第一点要求“颜值高”，你看我行吗？

Edward仔细端详，如果从中国大众审美角度，你属于标准的直男型美男，高大健美，虽然……

好，第二条，我会包饺子，算中华民俗特长吗？

Edward一寻思，就……算吧。

武越拍拍他肩膀，那就我吧！有工作餐吗？这个问题倒是标新立异，Edward有点反应不过来，眼睛不自觉瞟向柜台后方，也就适时出卖了刚送来的几份饭盒。武越顺势拿起一盒往外就走，吃好就开工！

望向武越走向的豪车，Edward半天没缓过劲儿来，开豪车奔盒饭，这境界果真超凡脱俗啊！

林少霆小心翼翼推开大门，先看见屋正中的大行李箱。他蹑手蹑脚走向楼梯，还是听见身后一个厚重沉闷的声音：你回来了？怎么都不知道问声好？林少霆暗自撇嘴，只能回头，看窗帘阴暗处的父亲梁劲棠，他背手站着，即便面无表情也阴云密布。他叫了声爸，黑灯瞎火你往那一站，我怎么知道你在家？没事我就上楼了。

梁劲棠按捺不悦，先吃饭吧。听儿子还在嘟囔，他提高了嗓门，什么！

总得先洗手吧！林少霆三两步跃上楼，推开卧室门，无处不在的小车模顿时照亮了他的眼睛，新的旧的，大的小的，这些车子一丝不苟地摆在屋子不同位置，一如昨日。他从兜里掏出个小车模，放在书桌最显眼的位置，淡淡地笑了。

武天天打了个饱嗝从武越身前跑过，半点没浪费地将一股异味送到他鼻腔。武越皱起眉头，跟着步入一个小卖店，走向油腻腻的公用电话。

华丽的灯光打在一桌子菜肴上，可是桌前只坐了父子两人。吃吧。梁劲棠拿起筷子，林少霆也拿起筷子。蟹粉豆腐、红烧烤麸、白斩鸡、草头圈子……中间是一大盆黄豆炖猪手。你在美国的事情……梁劲棠才开口，林少霆立刻如坐针毡，幸好他及时刹车，我就不多说了。既然回国就重新开始吧。他努力不去看儿子无精打采的脸，才能心平气和说完自己的话。他说：咱们家的生意你早晚是要接手的，学业上收获怎样不说，先进公司从基层做起吧。

林少霆直接抗议：我对你公司绝对没兴趣啊，早跟你说过！

一切都在意料之中，梁劲棠强按怒火，按照台词去说：NBI公司你知道的，去国际大公司锻炼下。明天下午去B大学大礼堂参加面试。

不是吧？我还需要面试？看儿子不信任的表情，梁劲棠急火攻心，立马就要拍桌子。幸亏一个电话及时救场。林少霆翻出一只手机，正是武越那只。电话那头有些嘈杂：今天很抱歉，借你车急用，什么时候还你方便？

林少霆想都没想，顺口拷贝粘贴父亲的话，那就明天下午，B大学礼堂。

等等，现在还车可以吗？我所有证件和钱都在包里，武越说，可惜电话断了。他饥肠辘辘，摸出兜里两个硬币。林少霆听不真切，一看手机没电了，就顺手扔在桌上。

什么事？

林少霆决定抓住这个机会反击，马上大起嗓子，还说呢，你的人都是草包，打扮得有模有样，连个车都被抢走！别问我在干什么，我可不稀罕这破车！放了几年，还能开吗？

梁劲棠的怒火分分钟再燃，车子开不开随你，美国信用卡全部停用！

林少霆霍然起身，凭什么？那我怎么办？

梁劲棠掏出一张信用卡，推至儿子跟前，重新给你开了个国内信用卡，额度……五千。

五千美金？

五千人民币！

靠！五千能干什么！五千额度也好意思叫信用卡？早知道我还不如赖在美国！

梁劲棠一拍桌子，大吼：你醒醒吧！

我是该醒醒了，这些年我在美国一直在找我妈，还以为只要花钱就找得到人。你到底把我妈怎么了，让她消失得这么彻底！

她不要咱们父子，才会消失得这么彻底。

你胡说！林少霆甩手就走，还是重新回头，拿起桌子上的信用卡。梁劲棠长长叹了口气，到底，还是，这个结果。

两个硬币才递出，就听"嗷"一嗓子，武天天揽着一抱零食冲了过来，大叫：凭什么用我的钱！

武越全身血一热，嘴上忍不住还击：你还吃我的盒饭呢！

武天天细想有理，好吧，我还要这些。

小卖店老板看看武越又看看武天天，刚才的一个市话五角，加上……武越迅速巡视了下柜台，打断对方：不用了。剩下的给他买棒棒糖。武天天来不及誓死抗议，已经被武越一揽腰抱出小卖店。

武越的眼睛望向咖啡馆外停靠的保时捷，看里面没什么动静，估计天天已经折腾不动，睡着了。Edward还在柜台忙活，没有下班的意思。武越放下擦拭的杯子，暗下决心走至跟前，Edward却突然被扎了似的大叫起来：Oh my God！他大步冲向沙发，左摩挲右拍打，那个小屁孩就在这儿蹦啊蹦啊蹦啊，我用意念叫都叫不停。你看，这块儿沙发是不是塌陷了？他走到窗户边，斜看正看，从里到外地看，瞧这手印，这手印，真要疯了！你帮我拿那瓶玻璃水……他回头一看，武越已经没了踪影。

武天天果然蜷缩在后座睡着了，嘴里含着棒棒糖，口水长流。这时，武越的视觉神经一哆嗦，原来 Edward 关灯锁店走了。武越摇不醒弟弟，只能一发力将他扛上肩，一转身走进暗处。这是一个晦暗的小巷子，武越找准一扇窗户，轻轻一推，果然还是自己留的那条缝。他努力扩大那条缝隙，将死睡的武天天脚朝下扔了进去，只听"嗷"一嗓子，嗯，他醒了。

是夜，凉风习习，Edward 边走边回头，他就觉得有什么不对劲。可是，在没想明白前，他是没有方向的，直到他内心的龟毛直指桌底，对，桌底有个纸盖，怎么一忙就忘记捡了呢！

武越打开一盏昏暗的小灯，霎时照亮武天天的眼睛，他的嘴角一百八十度逆翻，直奔咖啡馆柜台，拿出蛋糕就往嘴里塞。武越不及斥责，武天天已经噎住了，到处找水。武越冷着脸走进仓库，准备找些东西来盖。

只听铁门"哗啦"一声，武越心下暗叫不好，连忙冲出仓库，却已来不及关灯、收人。看样子，武天天已经快速将自己塞饱，倒头就睡，这种倒头是的确看不见脸，直挺挺那种倒下，正倒在 Edward 左摩挲右拍打的那个沙发上。武越叫苦不迭，一缩身躲在沙发后静观其变。

我记得关了灯呀。Edward 哼着歌却戛然而止，柜台里的蛋糕面包每个缺一口。这是什么老鼠！他大叫，又看见沙发上的人影。他隐约是个孩子，桌子阴影下的脸看不真切，或许没有脸也不好说。这个直挺挺的硬度像从冰柜里扛出来的。Edward 大着胆子，处女座使然，眼睛不自主地瞟向桌下的纸盖，意欲伸手去够，嘴皮子还在哆嗦，你谁，谁，谁啊……

另一个枯竭的声音带着隐约的凄厉回旋在厅中，你谁，谁，谁啊……

Edward 被扎了似的跳着脚跑出大门，还没忘记拉好帘子，上锁。

次日十一点，武越暗数饭盒和人数，合计着会否多出份工作餐。这时，伙计磕磕巴巴的声音从身后传来，老……老大，来了？Edward 身着大红色真丝中式套装，套黑色老北京布鞋，脖子上一大串佛珠，每只胳膊上又各是一串，边念念有词边撸着佛珠走进大门。伙计到底有见识，迎过去，老大，今天吹的哪门子中国风啊？

不懂了吧！Edward 摇头晃脑煞有介事，这佛珠法力无边，脖子上的最厉害，叫……那个什么檀的。左手这个麻麻点点的，他清清嗓子，努力回忆，遭遇伙计提词"星月菩提"，马上不乐意了，从兜里掏出几张红纸，四下贴贴。

这叫符，你懂吗？武越连忙接过红纸，老板，您这是做生意的节奏吗？

Edward 也犯难，左右看看，贴武越耳边，昨晚我遇鬼了，法师让我贴的。

武越假意惊讶，真的？

Edward 在武越耳边叽咕叽咕，武越也附在 Edward 耳边叽咕叽咕。

Edward 大笑，将一把钥匙塞到武越手中。武越紧握，仰天大笑。伙计翻着白眼往后走，嘴上嘀咕：自从得了神经病，比谁都精神。

武天天摇着武越的胳膊，今天玩什么游戏？

游戏？武越饥肠辘辘，看武天天大口扒拉完最后一口饭，鼓着腮帮子边说话边喷饭粒的样子，他气不打一处来，去他的游戏，我没心思跟你游戏，下一分钟怎么活我都不知道！可是，当武天天咕咚咽下这口饭时，他却变得异常平静。我得去参加面试。至于你，你看到那个穿红衣服的外国叔叔了吗？他会跟你玩一个游戏，你就坐昨晚睡觉那个沙发，他一看你，你就朝他乐，他就会很害怕。

武越的车子呼啸而去，却不知道弟弟已经偷爬进敞篷车后排，猫在那里。毕竟，还是这个游戏好玩。

5. 断电

时髦胖大妈迎面走来，柴晴顿时眼放恶光，居然跟我穿一样的豹纹裙，全身膘都肥到胆上去了！苏小满咯咯地笑了，回头看那大妈还在沾沾自喜地转头，不至于，人家也才四十多。柴晴恼得直跺脚，不是重点嘛！你看我淘的这身垃圾货，哪像你这身西装，做工精致，随性大气，一看就是高档货。

你的西装不晓得多少套了！长配短搭混搭，不够折腾的。

柴晴趴在她肩头，小姐，一件顶一万件，明白吧？再说了，我哪里有教授女儿的身份做打底衫？

小满不得不承认，这个比喻打得精彩绝伦，温柔小刀霍霍砍来，管你长枪短炮，叫你偃旗息鼓无法发力。

人事经理 Mary 面色坚毅叉着腰站在大礼堂门前，紧张又尖锐地盯着来往学子。助理小跑过来，看表情，Mary 就立起眉，还没联系上那两个优秀学生代表？不会跑 CTT 的场子去了吧？见助理还愣在那里，就把她往外轰，找个长着精英脸的先做替补！快啊！

Mary 拍拍脸蛋，顿时换上温柔又专业的笑颜，逮着长相还不错的就问，同学，你愿意上台跟总监对话吗？大多数人是一哆嗦，马上挣脱。她也不挽留，快速瞄准下一个长相相宜的，同学，你是精英类同学吧？不要谦虚嘛。对方若实在拼命挣脱，也只好换下一款，同学，只要上台，我私下保证你进得了公司……下一轮面试。

终于有人不再避让，他是战果，一个圆圆的小胖子。他生生刹住脚，嘴巴已经进了门，声音却探出头来：真事儿？

Mary 快速打量果断反应，我刚才不是跟你说话。她仰起头，假装跟前面人说话，唉，我说那位同学……

林少霆几乎是捂着鼻子跳离出租车，连车费都是后面大波女付的。大波女浑身柔软，不知用声音、重香还是衣袖，枝条似的缠住林少霆胳膊肩背，咱们坐那么一臭车来这儿干什么？

你呀！林少霆坏笑。大波女妩媚娇笑，更是心领神会地粘在他身上，恨不能挤进他怀里。林少霆就觉得热了，生出不耐来，都说不让你跟来的，我今天就是露下脸，取个车就撤。

二人远远看见一辆白色敞篷停在树阴下，里面隐约坐着个男生，手撑头摆着什么蛊惑人心的姿势。于是来往的女孩伤了一片又一片，各自手捂心尖眼放狂花。简直搓火，林少霆冷笑着走近，看武越还在费力思索人生，哎，我说……

突然，两个黑衣人不知从什么地方冲出来，二话不说，无声发狠将武越揪出车来，放倒，按紧。事发突然，武越还没看清，已经被狼狈压住，动弹不得。他努力昂起头，咬牙扛着痛，看清黑衣上两个字"警察"。原来并非高利贷者，他倒也松了口气，可才瞟见林少霆又两眼冒火。

林少霆张了张嘴，面示无辜。何须向他解释？他有点生自己气。

走在街对面的苏小满和柴晴也循声凑过来。

一名警察问林少霆：你是报警人吧？是他偷了你车子？

没等林少霆回话，小满大力拨开前面一排排观众挤了进去，你这人怎么回事啊？言而无信，简直背信弃义！居然使出这么狠一招。人家是管你借车又不是抢车，当时咱们讨论得好好的，就差没写下来签字盖章了。

林少霆乐了，怎么又是你，高音部？嘿，说话间两同伙就杀出来了！

两位警察马上严肃地盯住小满，鹰一般的犀利，吓得她直退两大步。警察严谨地转头问林少霆：你说她是同伙？

林少霆立刻改口：开玩笑的，她哪有那么酷！她就一管闲事的。

看着被压得失去尊严的武越，小满瞬间满血，向前三大步，对，我就是管闲事的，那天我看着当事人向他借车，我是人证。

我说同学，你管那叫借啊？跳进去一脚油门，rou 就出去了！

小满据理力争，是你自己嚷嚷着“谁爱开谁开走”！人家怎么不能就是那个“谁”！全世界都听见了，你总无法抵赖吧！再说，人家这不都开过来还你了吗？不就多跑几公里嘛，几毛钱油费，至于你这样兴师动众把警察都招来了，这小家气儿十足地，我真心怀疑，车子是不是你的。这点气度都没有，你配开这车吗？

林少霆被噎得胸闷不已，可看她着急胆怯瘪红的脸，又觉得好笑至极。警察望向林少霆，林少霆望向小满，就将一圈子目光指向她一人。小满大声对武越喊：你是来还车的，对吧？我知道你是来还车的。我记得你把书包整个押给他了，身份证、学生证都在。对了，当时有人在追你。我相信，不是紧要的事情你不会着急开走他的车！你倒是说句话啊！急死人了！

武越被眼前这个快言快语，眼里还有畏惧在打转的女孩子惊呆了。她惨白的皮肤，脸颊有两坨紧张使然的红晕。她清秀单薄，宽松的衣着，细胳膊细腿叉个腰，为自己打气似的。他并不认识她，一点印象都没有。她就像不知从哪儿蹦出的精灵，什么事都知道，什么理都明了，满嘴喷火的干劲，可明明下一秒就可能掉下眼泪。武越彻底被惊呆了，直到女孩子蹲下身，一双清澈见底的眼睛离自己只有二十，或者十公分，他腾地醒了，转而对警察说：强行借车是我不对，我愿意跟你们一起回警局。

当事人都愣了，观众也愣了。怎么不按常理出牌？这下更好看了，观众发出了唏嘘声，急于表达对这场戏的认可和对下场一戏的期待。

他不说，你说啊！小满瞥见林少霆背上那个阿迪双肩包，一把扯下来献给警察，人证物证俱在！警察叔叔你看，里面什么都有，身家性命都抵给他了，还要怎样？

警察没了耐性，一松手，武越疼得龇牙咧嘴。警察随意搜了下包，指着林少霆，你，到底怎么回事？他到底偷没偷你车子，偷和借是两个概念。

小满死盯着林少霆，小声咬牙切齿，还不说话！

林少霆无奈地乐了，警察叔叔，我没报警啊！

警察抖了抖胳膊，收拾要撤的意思，你是车主，不是你报警会是谁？

不知道啊！对了，他看武越缓缓起身，你到底谁啊？

小满明白大势已去，抹了把汗，心里兀自乱跳，看柴晴的眼睛就没从林少霆和大波女身上离开，忍不住低声埋怨：你怎么不替咱说话呢？

柴晴揽住她肩头，说什么呀？当事人不说，你掺和啥？女侠你属哪种侠？怎么哪儿哪儿都有你。

意犹未尽也好，期待续集也罢，观众只得散场，没得选择。警察略有失望地撤了。武越拍拍身上的灰，接过她递来的双肩包，道声感谢转身便走。

旁边树后探出一个小脑袋，正是武天天。

电梯门才要关闭，一只手伸了过来，正是林少霆，大波女的重香先窜进电梯，正面袭击。林少霆微笑抹掉大波女缠在身上的手，大步踏进电梯，二位美女，又见面了！

柴晴矜持抬手问候，摇晃间带动万种风情。旁边的苏小满白眼球示人。忽听角落里有人说话，冰凉清楚几个字扔出来——借车的人情我会还的！

林少霆循声望去，发觉正是武越，怎么还？你是有辆保时捷还是法拉利啊？

能不能别这么恶俗！小满腾地挺身而出，这是本能，无法预料，势不可当。

恶俗？林少霆一抱拳，这辆车是俗了点儿。失敬失敬，原来是高手，只是用马力和百公里加速说话。

小满绝不会任其打倒，她恍然大悟，哦，原来是个卖车的！

大波女欲冲上去，却被林少霆拦住。他饶有兴趣地打量着小满。明显，她是个敌人，一个手无缚鸡之力却敢提刀就干的猛汉，一个见面必掐的主。但似乎都掺和了角落里那个令人不爽的他。

女侠病是病，得治！柴晴朝林少霆眨了眨眼。

武天天跌跌撞撞跟来，只看见电梯在武越身后合上，哥哥就彻底消失了。巨大的惊恐如张大网从头罩下，他两眼一抹黑哇地号上了。三两成群的学生好奇地围过来，温柔的学生姐蹲下身，小弟弟，你怎么了？

武天天一把鼻涕一把泪，出语惊人：我要成孤儿了！

这可不是件小事儿，众人面面相觑大惊失色。学生姐追问，到底发生什么事儿了，你爸爸妈妈呢？你要去哪儿？

武天天抽搐着：我爸爸妈妈都死了，我哥哥也不要我了。我也不知道要去哪里。你去哪里啊？

我？我去面试。

武天天突然止住哭声，猛一吸鼻涕，我也是！然后，他就牵着学生姐的手蹦蹦跳跳地走了，留观众下巴哐当哐当掉了一地。

大礼堂台上一束灯光打在苏枫教授身上，他头发灰白，儒雅挺拔。他从左看至右，直到众人静下。台下坐了密密匝匝上百个来自上海各大院校的学生，他说：我一个一个看过去，真想看个真切。为什么啊？因为我太想了解IT的未来，从哪里了解呢，当然从在座每位未来的IT人。你们——就是IT的未来！

几个人摸黑走进大礼堂，才坐定就听Mary邀请四位优秀学生代表上台与NBI公司总监现场座谈。武越和苏小满各自起身，从两侧走上舞台，目光交汇又错离，再交错，再错离，渐渐成了迷乱的网格。

柴晴冷冷望向小满，想起一个多月前她俩晚饭归来，发现许多人围在楼下广告牌前，挤进去一看，柴晴乐了，NBI和CTT，呵，这两家公司真有意思，明摆着是约架嘛，把招生见面会排在同一时间，生怕咱们两边都投简历。

约架两个字用得好！小满挎在柴晴脖子上，当然了，同一梯队的巨头，谁能接受被当作第二选择。

看，NBI公司那儿还说有优秀学生代表与总监面谈呢！就你吧！

你都替我选好了？小满笑了。

我替你选？您倒真会抬举我！柴晴暗自冷笑，没注意到一个陌生人凑过来，坐在小满刚才的空座。那人花短袖，戴大黑框眼镜，小眼睛聚光向上，一开口带着喝水过少的燥异味，台上真是一对璧人啊！

教授的女儿有不优秀的吗？柴晴白了他一眼，心道：您倒真会给人添堵。

你是教授的女儿？

好听力加好眼力。如果我是教授的女儿，还会坐在这里吗？台上那位，看见没？那才是出生尊贵的教授女儿。柴晴被他一句一句逼到心塞，没劲，怎么就没出个乱子呢？

在下张江，敢问女神尊姓大名？张江伸出一只手却只迎来一张冷脸，还是侧面。他抽回手，不知从哪里变出个笔记本电脑，快速翻开敲打起来，女神要乱子是吧，这个我擅长呀！会场断电这个乱子如何？

柴晴惊讶，短路啊？张江一个响指，还没来得及帅气地接句“对”，柴晴一纸诊断书已经糊到他脸上——恐怕是你脑子短路了！

台上摆着几张椅子，一侧坐着老外总监，另一侧是四位学生代表，苏小满跟武越各据一头。他俩之间的距离有些远，目光跋山涉水而来，躲躲闪闪而来；距离又有些近，化学反应掀起热浪层层，隐隐约约而去。

老外总监先开口，我们今天来到这里不光为了公司形象的展示，也更希望了解学生们的想法。你们能说下自己对公司的期许吗？

小满抢着回答：像大学一样可以学习，像公司一样管发薪水，像小卖部有卖啤酒炸鸡，像科幻片一样令人惊喜。

众人鼓掌哄笑。武越望着这个简单又甜蜜的女孩子，暖暖地笑了，接道：作为学生，我们都在等待一个公司，一个实现个人价值的大舞台，在那里有公止、有竞争准则、有奖有惩、有传奇人生等待创造。

掌声雷动。小满暗自心惊，完了完了，地震了。

台下的林少霆抱着胳膊，不屑冷笑，啥呀，大话连篇。旁边大波女乘机拉他走，他却摇头，走啊！谁也没拦你。我倒是要留下来看看，他和她……到底是谁。

老外总监朝着武越的角度，我来自公共事业部，主要负责的是大学、政府和医院等行业。不知道你对这些行业实现高度自动化有什么看法。武越的注意力却被不远处后台一个小人影抓住了，待他回过神来，发觉大家都注视着自己。糟糕，他暗自懊恼，没听清也没看清，怎么办？

小满连忙抢过话题，如今是大数据时代，任何行业的数据都会彰显巨大的力量。即便在医院这样一个用专业说话的地方，依然可以利用IT技术采集数据以找寻更多解决方案。最重要的是可以实现全球优秀方案的共享，让更高明的医术得到发扬。

武越感激地望着她。谁料老外总监并不留情，若按你这样说，IT似乎离我们挺远。

小满哑然。武越马上接话：一点不远，只要我们知道自己需要什么，未来从来都不遥远。只有我们想不到的，没有IT做不到的。

台上两盏大灯突然亮起，直接打在武越和苏小满二人身上，明显是对领舞者的彰显。掌声大作，二人互相再抬头，没明白是怎么回事。

您这是把姐从心塞逼到心梗的节奏啊！柴晴抚着胸口，上不来气似的，这就是你说的断电！再断两下，可以亮灯散场了！

张江手忙脚乱键盘上一阵噼里啪啦，手……手误，弄成开灯程序了。

坐在后排的林少霆听见这些，探头过来，心道：终于有趣起来了。

老外总监倒不介意自己头上少束光，重新开口抓回全场眼球，民间有种说法，说进入我们这种国际五百强大公司，无非就是做一辈子小白兔。怎么讲呢？他们具有良好的企业文化，高素质，却循规蹈矩毫无激情；而进入民营企业就做成野狗，不懂公司文化不懂规矩，牙齿尖利，业绩可见。你们怎么看？你想做什么？

众实习生不敢贸然开口。武越却悠悠道：我不会是只小白兔，也不会是只野狗。

那么你是？

我会是一只狼。狼有勇有谋，为了成功耐得住寂寞。它可以单独作战，亦讲究团队作战。它比小白兔有野心，比野狗懂规矩，难道不是公司最想要的吗？

掌声大震，好像震掉了电源总插座？咔嗒，整个大礼堂霎时一片漆黑，哨声、惊呼四起，现场大乱。乱得好，小满想，地震就是这样啊，她倒心下坦然，在这瞬间沉寂里暗自心乱。不知多久，全场灯起，小满和武越的目光都在对方身上，于是，世界豁然开朗。

这或许就是民间玄乎得近乎传奇的四个字：一见钟情。小满想。

武越看见一只直冲云霄的焰火，嘭地炸开，瞬间照亮了旮旮旯旯每个角落。他浑身皮肤一紧一松，好似万丈光芒穿越而出。晃眼的明亮中，他调整眼球焦距至这个穿梭在淡雅和浓烈中的"女侠"，可是他的焦距越过小满直指其后的武天天。他一脸还没从黑暗中缓过神的恍惚，正准备从后台奔过来，却被地下电线绊了个狗啃屎，爬起来要哭。武越心里一紧，偷偷朝武天天摇手。他撇着嘴，到底站定。

小满误会了，立时笑颜如花，矜持地摇手回礼。武越的笑容僵在两块苹果肌上，半天化不开。

后台暗处一个人抱着胳膊饶有兴趣地盯着二人，正是苏教授。

女神，这个乱子乱得够逼格吧？张江得意洋洋地凑过来，只换来柴晴一个白眼，连忙解释，这个大礼堂里的电子操控设备可都是我……我们团队一手设计的。

吹吧你就。柴晴指着后台，看到那个半大孩子没？说他踩断电源倒更可信。

张江伸着脖子张望，嘿，谁家破孩子坏我好事儿！

得，再给你个机会！有能耐让老外的演讲稿多翻两页。

张江再次在电脑上噼里啪啦乱打，老外果然乱了手脚。

柴晴乐了，行啊你！你这种级别的黑客，如果被我供出来，有没有赏金啊？

张江腆脸凑过去，女神的无情果然蛊惑人心。

Mary来不及应对，没了心思，只想乘早结束这段，对NBI公司有兴趣的同学可以把简历留下，并在隔壁房间参加一轮别开生面的集体面试。众人纷纷起身离场，苏小满下了台就再找不到武越的身影。柴晴生生揪回她的目光，走，那边有个2B男缠上我了！悲剧总是毫不留情地发生在某些人身上，即便他能文能武凑齐一场大戏，累到吐舌也只收获三字——2B男。

武越合计了下，将十元钱递给武天天，嘱咐他在冰室里买十块钱刨冰。他还需要回礼堂旁边的教室去面试。武天天拿着票子，蹦蹦跳跳地跑了。

服务员接过十元钞票，小弟弟，你买什么？

武天天努力回忆了下哥哥地话，买十块钱的。

十块钱的什么？

他天真地畅想，好吃的呀！什么好吃？

服务员抓耳挠腮，我怎么知道？

他无奈摇了摇头，阿姨，你什么都不知道怎么当服务员呀？

服务员被噎在那里，瞬间憋成内伤，半天才崩溃瓦解：叫姐——姐——！

6. 对，这就叫面试

几十个人等在隔壁教室，三三五五的凑堆低语。苏小满翘首企盼，才看到武越匆忙走进前门就激动地去拉柴晴。她的眼睛却停在教室后门，林少霆在那里跟大波女拉拉扯扯，看样子是不让她进来。

小胖子战果冲进教室，嚷着：来了，来了！

随着高跟鞋敲打地面的清脆声响渐近，众人安静下来。Mary 走上讲台，扫视了一圈。这是个足以容纳几十人的教室，桌子都被移到周圈。她终于缓缓开口：人生人生，人，生来就是不一样的，你不会还没搞清状态吧？不跑，等着谁的宣判呢！

稀稀落落的掌声，掌声越来越大。

Mary 大致检阅了下众人的手写胸牌，不好意思，职业病，总是忍不住琢磨各位的出生、生长环境、性格和职业方向。不得不直言，差距已经存在，现实就是这样尖锐。言归正传，我是 NBI 人事经理 Mary 张，专门负责实习生招聘培训。那么，请问列位为何削尖脑袋要进 NBI 呢？

有人怯怯举手，因为五百强前十名的排名对个人事业有所提升。

因为公司良好的薪水和福利。

Mary 摇头，丑话说在前头，外企的辉煌时光确定、肯定、一定已经过去了。这话一说，肯定有部分同学准备从后门溜走了。众人大笑中她又正色道：但是，我要恭喜那些仍然准备留下来的同学，因为，你们抓住了一个机会，一个急剧成长的机会。十年间，我们公司一直被评为大学生最佳就业选择。为什么？因为，公司是真心在尽一份社会责任，一份培养的责任。在座各位将在今天感受本公司工作风格，请努力进入角色，表现自己。大家六人一组，自由组合，各自出力。我会给各位打分，绿灯区的可以留下，红灯区的请离开，至于黄灯区的同学，请用垂死的态度抓住机会。好吧，现在移动桌子自由分组。还不动？

台下一片大乱。苏小满移动桌子，武越也移动桌子，准确定位对方，时空变得胶着迟缓起来，气流包裹着某种吸力若隐若现地拉扯着，奔向一个共有空间。就在二人的桌边正要碰撞的时候，小满脸上溢出恰好的三分笑意，抬手准备优雅地打个招呼。可举到半空中的手却被柴晴生生拎住，扯下。走，咱们那边去！小满回头朝柴晴挤眉弄眼，“唉”了半天，都被彻底忽视。

柴晴凑到教室后面的林少霆旁边，大方招呼：林少霆，咱们凑一组吧！张江也不知从哪里挤过来，于是四人组合就这样临时成形。

各组领好题目，开始紧张地讨论。Mary 左手一个工作板，右手一支三色笔，带着助理在其间穿梭。看武越带一组人讨论，她写到“领袖型”，绿字。见某人坐在电脑前，有一句敲一句，她皱了皱眉，标注“执行型”，黄字。外围有人东张西望，神游一般，Mary 咔嗒按出红笔，“打酱油型”。张江是个特例，组里跳来跳去，“要不这样”，还没等大家讨论好，他又改成“要不那样”，弄得一组人深陷水深火热，没了方向。Mary 提笔“奇思妙想型”，黄色，她想想又涂掉，改成绿色。

正式阐述时间到！Mary 站在讲台上清清嗓子，指着武越组，你们先来吧？又对苏小满四人组示意，你们准备。还没等武越站起身，Mary 突然想起什么似的，不好意思，刚才你们两组题目弄混了，现在换过来重新做吧！给你们两分钟时间。

两组人瞬间冻僵，面面相觑，一脸黑道子。张江张嘴露痴呆，题目弄混？不存在吧。有没有更好的借口？

我 Mary 姐需要借口吗？她看着腕表，还在犯傻？开始计时。

这是个野心家的舞台，如果你的嘴角不挂满鲜血，身上必然只能留下别人的牙印。似乎血腥了点。不过，不管你乐意不乐意，你不再是自由任性的你，你在被人观察、评定、归类、肯定或者否定，放生或者横刀。如果还不挣扎，结果是死翘翘，死成看热闹的路人甲，或者倒地成为分母上的一抹炮灰。

两组埋头叽里咕噜，急得焦头烂额。旁边几组也紧张起来，暗自商量对策。Mary 站在台前，笑着跟助理私语：每年招生，我最爱这个环节！仔细看他们每个人的表情，应急处事能力有没有，都在眼睛里。她咔嗒咔嗒按着三色笔，仿佛定时炸弹，随时准备粉碎众人神经。

武越将电脑捧上讲台，想想，却扣上，大家若不介意，就只看我这张脸吧。我们这组题目——“如果非要找出个中国第五大发明，你会推荐什么？”第一个念头出现在我的脑海，我就直言不讳吧，虽然我知道话一出口也许招致臭鸡蛋，可是我还要说：我国第五大发明，是我国历史悠久的科举制度。众人哗然间，他笑了，面色坚定。是的，所谓科举制度，无非是通过考试让大家拿分数排名、拼命、成名、立业。你不屑、不满、不以为是都好，可是，请想想，在中国九百六十万平方公里的广袤大地上，你，我，他，谁不是通过这一场血雨腥风的科举考试走进这间教室？是不是这个考试，让你我聚集到上海这座充满魔力的都市？是不是它带给你人生中最大一个机会？重要的是，这个机会，你我还都可以掌控……

小满的心脏在掌声中停跳了一下，或者两下，她不确定，面红心跳间见柴晴在说什么。原来四人组正在推选上台代表，Mary 却道：都别客气了，四个一起上来吧。

助理帮小满接连投影仪，一个标题投射出来——“生米煮成熟饭怎么办?”众人大笑起哄：领结婚证吧！

小满刚想张口，被张江抢先开了头：这话，是中国人就明白，让一个小姑娘开头总不太像话吧！我脸皮厚，我来讲。老实说，从上大一开始，我就一直致力于找到那把生米，把它煮成熟饭，可是到现在都没有实现。所以，生米煮成熟饭怎么办？这的确是第二步，在今天之前我还从来未曾考虑过这个问题，还真不是我能考虑的范畴。

众人哄笑。小满见他信口开河慌了神，旁边林少霆倒乐呵鼓掌。

小满按下电脑屏幕，放出闪电动画，赶忙接过话题，这个问题如同这道闪电，瞬间划过大脑，引起思考。我们先来看下这几个关键词——生米、煮成、熟饭、怎么办？也就是一件事情，经过某种方式成为既定事实，并需要我们找到解决的方法。这其实是我们经常碰见的问题，后悔遗憾已经毫无帮助，接下去怎么办才最重要。

Mary 站在旁边，暗暗点头。

张江又抢话筒，这道闪电是我做的，为了提醒事情的严重性。

Mary 敲敲本子，那个林少霆，别光站那儿傻乐，你也说说。

小满换屏，轻咳，暗示他按这个说。准备不足的林少霆有点尴尬，他清清嗓子念：第一，帮助当事人走出低谷。无论如何，事情已经发生。第二，分析事情最好到最糟糕的结果。第三，想出对应解决方案。

详细来讲呢？Mary 姐是好对付的吗，她眉一横，大家都看得到投影，不需你再来念一遍。

张江又激动地凑来插话，这话问他是问对人了，不说其他的，看他女伴就可推测，人家正经著有《生米煮成熟饭》秘籍一部。欢迎大家掏笔来抄！

这话正对林少霆胃口，他也就来了状态。不管用了，以前生米煮成熟饭，女票就是你的了。现在呢？煮成爆米花都不管用了。

众人哄笑间，后门被人推开，正是林少霆女伴，她不耐地朝里张望，意思是怎么还没结束。她曼妙的曲线只要那么一拱，直接能把屋里的飞机坪绷飞。

林少霆乐了，来来来，咱们这么说吧，比如后门走进来的这位美女，虽然我三番五次警告她不许进来，她还是来了，扰乱了咱们这浓浓的学术气氛。可是现在赶她出去也没用了，还是令众宅男流下长串哈喇子，并会在接下去的几天，以她的这个这个(比画胸围、大腿)为谈资，睡不好觉。所以我们现在考虑下各位当事人的心理，只能告诉你这个现实：这位美女肯定无法走进你的生活，你还是走走旁边眼镜妹的路线比较靠谱……

几句话把大波女的毛捋得顺顺的，她姿态万千斜靠在门框上，享受着众宅男目浴。武越摇头笑过，却猛然重又回过头去，大波女胳膊下明明探出个脑袋，不是别人，正是武天天。武越连忙从前门溜出教室，无声无息。走廊里站着个穿制服的年轻女人，武越看一眼就明白过来，武天天肯定在冰沙店惹了祸。

你是他哥哥吧，他欠我们二十块。服务员气势汹汹，几个字硬邦邦扔过去。武天天看有人撑腰，两个小胳膊也撑在腰上，我买十元钱的。

服务员马上反驳，是，他要了三次十元钱，总共是不是三十？

武越大惊失色，三十元的冰沙？肚子不痛吗？

武天天立刻捂住肚子蹲下身，我想吐，肚子好痛。

武越严肃起来，望向服务员。服务员见势不妙立马换脸，不用谢了，我也就是好心送他过来，别为个面试把孩子弄丢了。她还是不忘前仇旧恨，脚下开溜嘴上还要讨回公道，爸爸这么小，难怪管我叫阿姨。

爸爸？爸爸！第二次听见这个称呼，武越并不能稍微适应，倒是感觉有根冰柱从嗓子眼哗啦一路冻到肚子，他低头望向还在装肚子痛的武天天，暗自心惊，冰沙明明在我肚子里。走，带你去喝点热水。武越一把揪起弟弟，看他瞬间活蹦乱跳起来，需要热水的是谁啊？

教室里的四人组还在天马行空地神聊，看武越久久不回，苏小满分了心，嘴巴跑火车没人能懂，柴晴只能抢过话筒总结陈词：咱们几人话糙理不糙，所以我们必须走到第三步，也就是最重要的一步，解决问题。

Mary 带头鼓掌，虽然过于欢乐了点，倒也……挺欢乐。

这一天终于凉快下来，五六点的阳光透过树叶细碎地洒在墙壁路上。学子们三三两两散去，林少霆被大波女挎着走出大礼堂，看见前面的张江，唉，哥们儿！

张江一回头，先看到大波女，瞳孔登时放大，美女叫我？

林少霆乐了，嘿！就你了，上车，一起去乐！

保时捷的车篷已经关闭，它轰然驶过安静的校园，格外拉风。林少霆坐在副驾驶位，对路边的苏小满和柴晴嚷了一嗓子：美女，除了高音部，你到底叫什么名字？上次不肯相告，刚才忙着也没注意。

小满搂住柴晴脖子，这位美女叫柴晴。至于其他美女，不正坐在你车上吗？

别不把美女当美女，你呢？

别逗了，我是女侠！小满一听见“高音部”几个字脑仁就痛，可不想再跟他再有瓜葛，她一把将柴晴推过去，恨不能直接塞进林少霆车窗，然后自己撒腿就跑。武越一人走在不远处，早就看出这点。可林少霆依旧纠缠，女侠就留个电话姓名嘛，好歹“生米熟饭”四人组合里合作一场。

武越到底忍不住走过去，哥们儿，人家不愿意就算了吧。在台上有人给你面子，怎么开口都随便；在这里未必行得通。

怎么又是他！林少霆浑身不舒服，咱们台上说的是一个理儿，说得通就没罪过，轮不上你说三道四。你那套倒是冠冕堂皇，未必对人胃口。

武越笑了，是啊，现在人的口味重。当然主要还得有背景，有恃无恐，想怎么重口味就怎么重口味。

林少霆往后一靠，露出了轻蔑的笑意，你的意思是我并非凭借自己能力进公司？说得对，不用那么隐晦，是的，我今天不过是来走走过场，看看热闹，随性发挥一下，跟美女配合得相当开心。倒是你，你努力哦，看你挺上心的。临走还上去拍 HR 马屁！

武越大怒，伸手去扯车上的林少霆，被苏小满一把拉住。你俩又不认识，互掐什么？过了今天就是陌生人。你！她又指向林少霆，我就叫高音部，走！

林少霆一耸肩膀做无辜状，打算请你们出去吃饭呢！柴美女去不？

柴晴犹豫了两秒，可才一跨进车门立即后悔不迭，那里正端坐着一个男人，呼啦呼啦吐着舌头招手献媚，我们又见面了，缘分使然啊！

柴晴呕吐状白了他一眼，缘分 shit(屎)然！

车子呼啸离去，甩下一句话：二位，后会有期！

小满松了口气，往前走了几步，边回头边说：对了，当时机场追你的……可是，已经不见了武越的身影。

武越站在墙角暗处打电话，看武天天颠颠跑过来，二十块都还给他们了？弟弟点头，现在去吃什么？武越低头看向他凸起的小肚皮，倒吸一口冷气。这时电话来了，武越才接通，对方便激动起来，哥们儿，你最近招惹谁了？

怎么？武越一惊，心下已经明白一切。

同寝室同学明显放低声音，昨晚有两个五大三粗的男人来找你，把你所有东西翻了个遍，不是翻，是砸，被褥都拆了。大楼保安不敢管，象征性地拦了下。他们要你电话，一把椅子就往人身上招呼，谁招架得住啊，小五就说了。幸亏你换了号码。

这个新号码只有你知道，千万保密。武越脸上愈加阴郁，至于其他，你也别打听，不知道更安全。我会在外面躲一阵子，挂了。

等等！那天你不是说缺钱吗？替我代班一晚，你以前也做过，薪水很好。

武越想了想，望向武天天。他坐在马路牙子上，才看见哥哥望向自己就奔过来，小脸灿烂，吃饭去吗？

苏小满踢掉鞋，将包抡到沙发上，差点砸到父亲苏教授大腿。他一板脸，嘴角却瞬间上扬，老苏，你们下一场怎么玩儿的？

小满不爱搭理，小苏，你咋那么爱打听呢，哪有个大教授的范儿！

范儿？苏妈妈端菜出来，您二位的父女范儿呢？老少不分，目无尊长！

就你有妇女范儿！小满抓了块红烧肉在嘴里大嚼，好吧，小苏，你还真麻烦。我们这组的题目是“生米煮成熟饭怎么办”，几个人插科打诨，我在中间补漏洞。甭提我了，今天小苏你在台上露脸了嘛！

苏教授刚要点评，马上受用地眯起了眼睛，那是，今天跩的那几句还是跟老苏你学的。不过说正经的，到底是集体面试，你们这组是否有些冒险，说话不入流，十有八九会出局……

小满决定立刻堵上他的嘴，对了，你知道有个叫武越的研究生吗？他好像也是你们学校你们系的，不会正好是你带的研究生吧？苏教授琢磨了下女儿的表情，羞赧又期待，明明着急却漫不经心。有点意思，他寻思了下，果断回答：不认识。要不我打听下？

小满还准备矜持地挣扎一下，苏妈妈端着最后一个盘子，认识谁？那四手联弹到底练得怎么样了？眼看表演没几天了。上次那小贾，我看人不错，还跑机场接你去。

他就搭个顺风车而已。再说了，你那老同学有空哦，非搞钢琴比赛，叫什么“四手联弹情侣赛”。小贾又不是我男朋友，恐怕我没资格参加呀。我也只能深表……

小满正准备安慰地拍拍妈妈肩膀，却被妈妈拍了先，男不男朋友不重要，给我赢下这个比赛！

小满向苏教授求救，我的人生要不要这么悲催，都大学毕业了，怎么还得参加我妈的面子工程呢！

苏教授果然站在女儿这边，谭教授，从幼儿园到小学到高中你女儿跟你同学女儿也厮杀过好多场了，差不多……你就放了她吧？

我放过她，谁放过我呀！你也知道，我和张老师都是留洋的钢琴硕士，比学生比不过，她非得跟我比女儿。好嘛，问问你这丫头，从小到大，啥时候给我争过气，哪次赛过那家丑丫头。

小满补充，客观地说，人家比我颜值略高！

那还不争气！这次办比赛明摆着就是跟我比女婿嘛。

小满摩挲着妈妈的后背，唉哟，毛都立起来了。您二位加起来一百多岁，怎么还约架呀！怎么还约得动呢？

搓火呢！苏妈妈想起贾斯汀心情又好转起来，好在小贾人长得老灵咯，又老有腔调。有他也就赢了一半。不知道个头如何？

小满快速反应，他个头还行，也就一米五几的样子，平时穿内增高都赶不上我个头。苏教授一口汤笑喷了，剧烈咳嗽。

苏妈妈发狠，他就是踩着高跷上刀山下火海也得给我上台！说话间她就用筷子夹住小满悬在空中的筷子，那里是块冒着香气淌着热油的红烧排骨。二人僵持了一阵，排骨摇摇欲坠。小满一晃眼往门口看了眼，小贾！待妈妈一分神，她已把排骨塞进嘴里，夸张地咀嚼，将个脆骨嚼得嘎嘣带劲的响。正好柴晴短信发来，“我喝醉了，给你个夜店地址，快来接！”小满一抹嘴，甩上包就往外奔。

干吗去？

小满夺门而出，再补一刀——买高跷去！

7. 男朋友的白衬衣

苏小满推开夜店厚重绵软的大门，强烈的电子乐浓烟般扑来，瞬间震碎听觉神经，连视觉都变得迟钝起来。她在昏暗的灯光中四下寻觅，终于找到柴晴。她边扭动身姿边往林少霆身边靠，排除异己的表情尽在眼角眉梢。小满忍不住呲地乐了，小姐，您这醉的是酒还是人？

林少霆顺着柴晴的目光也看到了不远处的小满，居然三两下蹦出舞池，一句寒暄没有，一把将她拽到吧台，三小杯夸夸夸往她面前一顿，喝！高音部，苏小满。苏小满，高音部！请苏大小姐出来还真难！我买单，妞只管随便喝！这三杯，我敬你，然后就不许跟我拘着了。他说着，也不管她什么反应，三杯下肚，拉着小满的手就下舞池。

就是，假不假！柴晴也凑了过来，从林少霆手中接过小满的手，自然而然。

小满还在试图弄明白，他是不是晕了，这三杯难道不是罚我的？

武天天一直揉眼睛，眼皮打架，身子东倒西歪，眼看下一分钟就能睡着。武越一边换制服一边环视四周，发觉都是米色冰冷的铁皮竖柜，别说可睡的地方，连张板凳都没有。他别无选择地推开更衣室大门，电子乐霎时直捣耳膜，武天天一个激灵，瞳孔放大。大堂经理反应了半天，带孩子？来夜店？他手一挥，在吧台内靠墙椅子的位置画了个圈，他只许待在这个地方。武越一把将弟弟塞进椅子，再将手机塞进他手里，端起盘子就走。

DJ 调音，人们纷纷撤离空出迪厅。乐风骤变，一束亮光打在迪厅中央，打在一个身着华服的男人身上，他被美女簇拥着，手持超大瓶香槟，嘭的一声，香槟喷泻而出，喷在美女的秀发、事业线和大腿上，惹全场欢呼怪叫一片。Happy birthday 的呼声此起彼伏，亮片从空而降，音乐狂炸，男人顺了把香槟雨后的湿发，鞠躬谢幕，嘴角流过傲慢又疯狂的笑意，正是林少霆。

武越端着盘子，望向林少霆，又透过他，看到远处的苏小满，与她的目光在空中碰撞。他必须走过去，无法退缩，还端一盘子酒水。目光的距离缩短，缩短，无数个问题却在距离中跳弹回荡，隐藏又凸显，直至武越走到她桌前，将几杯酒水平稳搁在桌上，礼貌退下。因为这个过短的距离，所有解释和疑问蹦跳不得，都坚硬和呆板起来。

这不是那个优秀学生代表吗？张江嚷着。

小满跟过去，谢谢你武越！我是被柴晴骗到这儿来的。武越并未停下脚步，直到对面走来林少霆，武越将盘中最后一杯酒递给他，生日快乐！林少霆一愣神间，武越已经消失在黑暗处。

一句“骗来的”明明毫无意义，武越更不需要解释，他这样告诉自己，站在吧台侧边，默默望向远处那桌，不知多久才听见有人大着嗓子朝自己喊话，正是大堂经理：辣妹看够没？学生哥，二桌，抓紧点！

武越忍不住打听，坐那边的帅哥是谁？为什么不买单？

不买单？大堂经理冷笑，手指一下一下点着他的胸口，你的这身制服是他买的单，你的薪水是他买的单，你耳朵里的音乐和鼻孔里的空气都是他买的单！看见武越眼中愈加坚硬又冰冷的成分，他不再耐烦，看什么看！不服气啊？人家是咱们小主！今天他生日包的场子。他一人买单，我们全场有食。小心伺候着吧！

武天天见四下无人，踮脚去够一个装橙汁的瓶子。他给自己满满倒了一整杯，橙汁味道怪怪，他想。因为渴极，他还是憋着气喝完，接着是紫色葡萄汁，绿色苹果水……然后他就在撕裂脑子的音乐中倒头睡了。

今夜是林少霆之夜，新老朋友用碰杯和拥抱将他捧至云端，那里活色生香，绚烂绵软，于是他成了王，无所不能。他举杯来到柴晴和苏小满跟前，派对不怎么样，妞还是挺给力的。他乘醉一手拢一香肩，却被小满灵活缩身躲开。别算我，就不给您丢脸了吧！

林少霆将酒杯捅到小满胸前，酒总得干一杯吧，怎么说生日为大嘛！他耳朵醉了，听不太清小满在说什么，总是拒绝之意。看柴晴也来抢杯子，他便恼了，嚷道：不行，必须是她苏小满。对，你叫苏小满，你怎么这么没劲！小满也恐坏了众人雅兴，只能接过，意思一下，没料林少霆突然上手一扬，小满被硬架着，只好本能地大口下咽，顿时呛了，剧烈的咳嗽声瞬间被大笑声盖住。

武越将桌上的空酒杯慢慢收入托盘，面无表情地走开。

大堂经理才看见武越就爆发了，好心不一定有好结果，你自己看吧！吧台后乱七八糟的，酒瓶子横七竖八，各色各味，汩汩流淌。最大号酒杯里尚有一些绿色液体，武越拿起来闻了下，突然意识到什么，反身一看，武天天一脸赤红瘫倒在椅子上深睡。大堂经理还在咋呼，没什么度数的果酒，安啦！倒是这些，这些，还有这些……谁赔？

武越摸了摸天天红烫火辣的额头、脸蛋，的确并无大碍，便黑着脸转头望向远处。

武越四下打量，先将自己穿来的白衬衣塞到桌子底下。他拧开矿泉水瓶，几口喝干，再点了根烟，狂吸一口，又将烟吐向倒立的矿泉水空瓶。不久，袅袅白烟就缠绕困顿在里面。接着，他从旁边扯过一个检修梯，爬上去将瓶口朝上对准烟雾探测器，里面的烟雾顷刻流出，没一会儿，警报乱鸣，全场断电，音乐骤停，喷水器大肆喷水，整个夜店偃旗息鼓，只有几盏应急灯无精打采亮起，宣布了狂欢的结束。众人大呼小叫乱逃，一片混乱。

顷刻间被喷水器打湿的武越抹了把脸，甩甩头发，笑了。

突来的大雨浇懵了众人，却激醒了张江一个人。他凑到林少霆跟前，这也是生日特别安排？不错不错，要不我来演消防员吧，超性感！

林少霆的酒醒了一半，被他问得哭笑不得，您请便，爱怎么玩怎么玩。他望着整个酒吧的混乱，恼火地走向不远处的大堂经理。

一辆黑色大奔无声开过，里面坐着梁董事长。他闭目养神，感觉手机震动，上面显示“秦岭来电”。他接起电话，面色一沉，去夜店，现在！好在没多久大奔就停在夜店门口。梁劲棠按下车窗，看陆续有人惊慌失措冲出酒吧，连忙拨电话：到底怎么回事？

接电话的是大堂经理，林少霆在这儿呢，好好地办生日派对，也不知道怎么回事就来了火警。放心，一场虚惊，毫发无损……梁董事长挂了电话，脸上越发阴郁。他沉吟片刻，说：走！

苏小满和柴晴随大呼小叫的众人跑出来，一头一身水和满脑子雾水。小满试图缕顺湿发，一低头却发觉湿透的衣服简直透成半裸。她揪起胸口的布料，失声尖叫，眼前却出现了一件白衬衣，是武越，换上吧。

小满呆呆地接过，快速挡住胸口，才开口，就一个喷嚏结结实实地还到武越脸上。亏得他本来浑身上下已经不能再湿。小满暗自安慰，问：怎么哪儿停电哪儿就有你！

我还想这么问你呢！

张江正巧跑过，脚下登时一个急刹车，不能忍了，唉，我说优秀生，你偷我的创意啊！林少霆才答应让我演消防员，衣服还没来得及脱呢！

柴晴讥笑，你？卫生间在那边。小满笑罢回头，看武越已经消失不见。

武越奔向吧台，大大松了口气。的确如他估算，这里并未遭水淋，即便天下大乱，武天天依旧人事不知地酣睡。他会不会遗憾错过了这个游戏？武越笑了笑，转而落寞。

这是一件白衬衣，男士白衬衣，穿过的还略带汗味的白衬衣，棉质柔软，想来是多次洗涤后的结果。小满把这件白衬衣穿成了衬衫裙，她低头边走边调整，脚下一滑，被柴晴捞住。柴晴不冷不热：不合身，很丑！

得了吧，你嫉妒！这种白衬衣穿在我身上叫什么款？小满心一横，厚着脸皮一字一句：叫“男朋友的白衬衣”。咱们回家吧！不然你得感冒了！

操我什么心！倒是你啊，赶紧回去换衣服，这就开始发烧（骚）了！

谁发骚呀？林少霆笑着，不晓得从什么地方冒出来的，谁都不许走，不知道生日为大吗？他突然注意到身着“男朋友的白衬衣”的小满，直觉的憎恶直冲脑际，什么破衣服！过会儿哥带你们去买身新的，再陪哥飙车去！

微醺的柴晴搂住小满，不许溜啊！

小满下决心开溜，酒后禁止驾驶，美国警察没教育过你吗？那我代中国警察叔叔正式通告，一旦酒驾扣除十二分，重新考本，六个月不能出境。她不顾摇着自己胳膊的柴晴，继续道，林少霆，找个司机送你回家，不要毁了自己和那辆保时捷。注意安全，早点回家睡觉。白白！

林少霆不耐地看着柴晴被小满扯出门，她朝小满阴阳怪气地大叫：林妈妈，知道了，早早睡觉不熬夜！

林少霆要笑，却瞬间僵住。

夜深了，保时捷 911 快速驶过空空荡荡的街道，路灯刷刷闪过，瞬间的光影如同鬼魅。林少霆坐在后座，狂欢卸装后的寂寞写在脸上。他只想好好静一下，可是父亲却不给他这个机会。他坐在漆黑的客厅，脸色如墨。林少霆决定先发制人，车又没丢，你干吗替我报警，搞得我在朋友面前丢尽颜面。

梁劲棠一愣，我没有，对方不是把包押给你了吗？

难道是你那两个假保镖？算了，明天再说。林少霆打算乘机上楼，没想到父亲还是提到晚上的乱子。

我怎么知道。林少霆假意打了个喷嚏，我去换套衣服。再说了，解释什么，办个派对，乐呵乐呵呗。洒水器出了问题，年久失修吧。你不骂大堂经理，倒来找我麻烦。

梁劲棠还想说点什么，却看儿子已经几个箭步蹿上楼。

房间书桌上有只精致的小礼物盒，他冲过去惊喜地拆包装纸，嘴上念道：车钥匙，拜托拜托是车钥匙！结果却是支万宝龙笔。笔？靠！他失望地将笔抽出，扔到桌上，发现盒子里面有张小卡片，写着“Happy Birthday！好好写你的人生”。人生？你配跟我讲人生？桌上一片狼藉，他拿起书桌上一只旧了的铁皮小汽车，跌躺在床上，久久发着毫无主题的呆。

这是个改装车行，几个工人悠闲地聊天上网，旁边是几辆完工抑或半敞开的车子，各种零件散落各处，凌乱却有秩。林少霆小心翼翼地走进去，听一个声音从后背传来，有什么可以帮忙？林少霆心下犹豫，到底展开手掌，掌心是辆旧了的铁皮小汽车。

8. 面试这一天

一大早没什么人，Edward 可以慢条斯理地擦咖啡杯，端端正正地摆，把手朝左四十五度角，绝不例外。这对他简直是一种享受，然后才能舒心地展开这一整天。他哼着曲子，不经意抬头，表情突然紧张起来。有个人坐在那条沙发椅上朝自己笑。居然在笑……Edward 低头，一身麻唰地冲上头皮，手就松了，“咔嚓”一声，Edward 不敢抬头，指着沙发对闻声赶来的伙计大叫：那……那……是不是坐着个孩子？男小孩，小，小……男孩？

伙计忙着收拾，眼都不抬，没啊！

Edward 连忙摸着自己的几串佛珠，佛先生保佑我！我也没看见，我什么都没看见。他低头退去，我今天有事儿，你看着店。

武天天躲在桌下捂嘴咯咯地笑，心想：哥哥果真厉害，什么都能料到！

武越骑一辆破旧的单车在梧桐树阴下缓缓前行，一路咯吱咯吱过去，显得格外寒碜。他并不介意，时间尚早，他决定多溜达会儿。这时，一辆白色保时捷缓缓跟过来，有人探出头，哎，抢车那小子，找你帮个忙！

武越一看是林少霆，掉头狠蹬而去。可是林少霆的车明显比他更快，没多久就将单车半路拦截。武越一个急刹车人差点飞出去，顿时来火，让开！我没本事帮你。

大家各得所需，双赢，别着急拒绝。其实也没什么，就是请你帮我面试。我打听过了，面试官是个老外，我这英文发憷。看武越调整车头执意要走，林少霆将一卷钞票塞进他掌心。武越的头轰地一炸，眯着眼睛努力压抑着怒火。Easy，easy！林少霆哈哈大笑，什么年代了，别跟钱过不去，再说，时间是可以明码标价的。

一沓钞票在手，武越心里登时五味陈杂翻箱倒柜，脸上却不动声色，简历！

林少霆从副驾驶位上拿起撑在衣架上的西装外套和衬衣，扔给武越，简历在兜里，别给我林少霆丢脸！

柴晴踩着高跟鞋，娉婷挪步走出宿舍楼大门，突然发现黑色丝袜破了个洞。她心下一合计，从包里掏出支黑笔，快速在腿上破洞位置涂了两笔，人瞬间满血。

苏小满坐在钢琴前心如猫爪，甚至还不如猫爪，弹几下就拎着包准备猫腰溜走。无奈妈妈的声音从后面传来：你怎么还不去换衣服！小满丧气地看了下表，烦您挪步前来合奏一遍，我正经还有事儿呢！

苏妈妈缓缓端坐在琴凳上，小满大笑，您这是替我出征的节奏啊！

她顺了顺新旗袍，调整坐姿，突然扬手拍了下小满后脑勺，我替你?！低音部人呢?

他订着琴房等我过去练习呢，你快点！小满无心恋战，咬牙忍气，差不多得了啊！我负责弹琴，他负责踩高跷。苏妈妈出手着实快又狠，又一记弹在小满额头。小满猝不及防，结实中弹，登时恼了：我属“女侠”的，你可别把我惹恼了！

我可不管你俩谁负责啥，又是啥关系，至少把男女朋友给我演好了。

借着小贾琴房里候着的坚挺理由，小满到底名正言顺逃了出来。她地铁加脚力一阵倒腾，终于气喘吁吁冲进通往 NBI 公司电梯，挤在门口一呼一吸调整状态。电梯门才要关闭，急促的皮鞋声渐进，一只细长白皙指甲修整得极其妥帖的手伸进门缝，门重新打开，一个高个子西装男快速挤进身。他手持咖啡，于是笑容和呼吸也有了咖啡的醇香。他的高级感和帅到指甲的气场瞬间弥漫，轻松迷翻全场。小满悄悄打量着反光镜面，迷迷盹盹起来。裤腿，这是谁的西装裤腿，居然卷起一只……竟然是我！她连忙艰难地蹲身调整。待她一起身，扎着马尾的头发正好挂在西装男的扣子上，只好歪着脖子红了脸：帅哥，帮忙。

西装男好笑地将手中的咖啡交给小满，然后费劲地从扣子上抠出她的头发。悄笑四起。小满暗自羞恼，您帅就帅自个儿的嘛，怎么偏偏拉我做垫背。这时电梯门叮咚开启，才从西装扣里解放出来的小满歪着头先看见门外的武越，做坏事被抓个正着似的，急忙将咖啡推到西装男胸口，少许咖啡溅出洒在对方胸口，小满暗叫不好，手忙脚乱去抹。

西装男宽容地笑了笑，从她身旁挤出去。她也连忙跟出来，头发一长绺突兀地立着，拱出个包。武越伸手想帮她整理下头发，半路还是收了回去。

张江推开 NBI 大门，一股清新冰冷之气瞬间袭来，绝对来自前台的漂亮女生。他出于本能，脑子里一阵翻箱倒柜，眼睛豁然一亮。他猫下腰，从包里翻出笔记本电脑，前台桌前噼里啪啦地敲打。

你好！我是来面试的，我叫张江男。前台小姐面带微笑抬起头来，却失声尖叫。原来对着她讲话的是个笔记本，屏幕上正是张江的大脸，嘴巴一张一张，你好，你好，妹妹别害怕，逗你玩的呢！说话间，他真正的脸从屏幕后闪现出来。

前台小姐咯咯笑了，好厉害，怎么做到的啊！

张江不会浪费这个魅力瞬间，故作神秘眯着眼睛凑过去，保密。等哥进了公司，慢慢教你玩。

加油！进去吧，右转第三间会议室。

张江一脸阳光乱灿，浑身风骚摇曳，必须极力按捺才能站直了走过去，他就这样端着推开会议室门，里面竟有几十个面试者，三两成群，各忙各的。

眼前是个眼睛雪亮的女生，她先雪亮加血亮地剐了张江一眼，朝他身后面试归来的女生凑过去，唉，听说面试官超帅又时髦，怎么样？面试者的红眼圈早已出卖了她的坏心情，切，嘴巴那么坏，三两句就把我打发了！

战果颤颤巍巍端着托盘满屋子打转，上面摆满一次性杯子。他乐呵呵地四下招呼，谁要喝水？水杯顷刻被分得七七八八，戴阿玲也站起身准备拿一杯，却被吴志雄冷脸拉下，可笑，犯得着对陌生人献媚嘛！

这时 HR Mary 走进来，面试官有个会，你们也休息半小时吧。她看了下表，自语：过会儿恐怕要批处理面试，任总那边就三个三个来吧。

一屋人顿时放松下来。角落里，武越翻着什么，表情凝重。他也需要考前狂补？苏小满嘀咕着凑了过去，衬衣脏了，等过几天洗好给你。武越微笑点头，手上的简历已被她看得一清二楚。咦，这不是林少霆的……他连忙做了个嘘的手势。

张江的雷达本能直指柴晴，柴晴却走向角落，武越连忙往包里塞林少霆的简历，哪料张江一只手突然伸过来，揪出件绿围裙，激动地乱扬，你来面试蓝翔技校啊？

武越扯回围裙，笑了，哼，我开着起重机来也不耽误面试！

一个中年男人探头进来，眼光扫过，屋里顿时鸦雀无声。男人面色不佳，Mary 怎么回事，半天不叫人，冯峥峥是谁？冯峥峥正是那个眼睛雪亮又血亮的女生，她吐吐舌头拎包就走。

Mary 走进来，手上捧着厚厚的简历，苏小满、柴晴和武越是谁？你们三个一起去 1008 会议室。三人才准备抬腿走人，Mary 又继续往下翻简历，林少霆是谁？1009 会议室准备。武越侧脸小声应对：他晚点到。Mary 找不到声音来源，心下烦恼。告诉他，往后推延一位，再不来就当放弃！武越走了两步，折回又把林少霆的西装塞进椅子，往桌子里一推，西装就稳稳藏在里面。

苏妈妈全身紧绷，不光是因为那件略瘦的新旗袍，还有精心画的妆，还有缎布高跟鞋塑造的优雅步伐，这些都出卖了她从里往外、从外向里的紧，而且瞬间被老同学张老师识破。她本拿着稿子指挥布置“四手联弹情侣赛”现场，眼光才飘过来，立马摆出洞穿一切的笑意，谭妙，谭老师您这么早就来了？需要打扮得如此夸张吗，咱就一小型演奏会。

苏妈妈早已为自己的紧打过腹稿，正式吗？音乐学院当教授，早习惯了。不像你跟中学生打交道，还是简单随便些好。

张老师先失一分，心中暗恼，只好转换话题，四处寻觅，你家小满呢？还有她男朋友呢？

我不是路过这里嘛，先进来瞧瞧。说到他俩，他俩可不着急。对了，你女儿和男朋友呢？

家里练琴呢。

苏妈妈故作惊讶，家里？不是就结婚了吧？年纪轻轻的……

唉，别提了，我女儿在银行找了份工作，一到单位就被领导揪上台表演了独奏。这可好，轰动了整个公司，整天被鲜花钻戒房子车子地撵着。你也知道，银行人不差钱，可也不能成天用钞票围追堵截啊，你说俗不俗？她极其无奈地叹了口气，搞得她现在最怕提“结婚”两字。

看她重新繁忙开的身影，苏妈妈暗自发狠，怕结婚？到时候有的你急！她看看表又看看大门，并不能如电影一般，一转身就惊喜地看见两个身影。哎，哪怕踩着高跷也聊胜于无啊！

苏小满和柴晴跟在武越身后走进 1008 会议室，却一齐愣住，桌前端坐一名西装革履的男人，他眼睛一抬笑了，你们好，我是硬件部销售经理任千秋，很高兴这么快又见面！

武越握手坐定，看任千秋快速翻看着自己的简历。从对方冷峻思考的表情，武越已经有了不好的预感，这关不好过，放马过来吧？任千秋却不着急问什么，抬头将他从上到下仔细研究了一番，突然变脸，为什么穿成这样就来了！

武越大惊，任经理，您的意思是？

西装上有污渍，衬衣领子都洗破了。我不管你经济状态如何，以这样的装束面对客户，就是对客户的轻视。你可以走了！

没等武越反应，小满在后面先嘀咕起来：不公平！以貌取人！柴晴连忙捂住她嘴巴，讨好地笑笑。任千秋皱着眉头盯着武越的反应。武越暗自揣摩，道：首先，感谢任经理对我的指导与帮助，作为一名还未走出校园的研究生，我的确对着装欠缺专业理解。今天无论面试成功与否，我都很高兴有这样的收获，以后无论在哪里就职，我都会想起您对我的指导。

任千秋仍旧面色不善，啰嗦那么多干吗，叫你走人！

武越咬着下嘴唇站起身，跟任千秋握手，很高兴认识任经理！见对方仍不予理会，武越努力清晰说完每一个字：NBI 公司是我个人职业生涯的第一选择。今天，我输在细节，我认了。感谢 NBI 给我上了一课。

任千秋不耐地翻出下一份简历，下一个，苏小满。是哪位？小满走上前，与退下的武越错身而过。武越用下巴指了下门，她立刻明白了他所指。

小满知道此人绝非善茬，准备先活跃下气氛，面试前，我想先向您道歉。我肯定赔不起你那件西装，不过，如果你雇佣我，就可以直接从我工资里扣款了。任千秋愣了下，你的笑话有点冷。苏小满暗想：还不是被你冻的。她一侧脸，正好看武越轻声拉门走了出去。她忙解释，放心放心，他出去梳理一下，马上会以崭新的面貌回来的。任千秋愈加不悦，他根本不需要再回来了。好吧，说说你做过的项目。

手机突响，竟是苏妈妈。小满连忙按掉，看看门又看看表。你很赶时间吗？任千秋面无表情。小满心中一紧，不不，我正担心呢。刚才你给武越的时间只有十秒吧，会给我多少秒呢？十秒……好像已经过了。

二人都笑了。小满才松了口气，手机短信又来了：干吗不接电话！你和低音部练得差不多好过来了！

小满一脸黑线，马上堆笑，第十一秒。

苏妈妈抱着胳膊优雅地站在门口处，听场内主持人宣布比赛开始，她终于打通苏教授电话：丫头不接我电话，你知道她跑哪儿练琴去了？

她不是去 NBI 面试吗？苏教授的声音验证了她所有预感，掷地有声，她只觉血液直冲头顶，从脸到头皮都狰狞起来，面试?！地址发给我！现在！

面试？不会是小满吧？难不成她到现在还没找到工作吗？一只手拍在苏妈妈肩头，正是张老师。苏妈妈不回头也知道，她立刻从电话里抽身，全身神经快速应对，到底在转身瞬间扳回一局。她说：小满挑得不行。再说了，这可是国际大公司，NBI，你不会连NBI都不知道吧？

我知道我知道，世界五百强，超级……张老师身后探出一个仰慕的声音，正是她的准女婿。张老师回手一拳拍在男人胸口，令他在胸闷咳嗽中终结掉一切赞美言辞。张老师遗憾地摇摇头，那小满恐怕来不了吧？

武越箭步冲进大会议室，从椅子里抽出林少霆的西装衬衣就往外跑。他边跑边脱衣服，嘭地撞开卫生间大门，已然脱成赤膊。一个男人正在小便，愕然止尿。武越顾不得那么多，急速套上衣服。

小便男到底缓过来，摘下眼镜，洗了把脸。武越望着镜子中的自己，四周观望，按了下洗手液，试试黏度，然后当发胶抹在头发上。他抓了几把，感觉效果还行。小便男一脸水，愕然呆立，忘记关水。武越帮他按下水龙头，顺手将他的眼镜顺了出去。

走廊昏暗，武越将镜片踩碎，拾起整理下碎玻璃，边戴上眼镜框边跑，跑到1009会议室门口。正好有人从里面出来，他马上往里挤。后面的面试者嚷着：唉，同学，再帅也不能加塞呀！你谁呀？

武越从这一秒进入角色，同学，我是……林少霆，他就这样。

老外面试官手持林少霆简历，他看过文字，目光定格在照片上，然后又琢磨起武越的脸。武越心中一紧，暗自嘀咕：据说老外对亚裔都有脸盲症，不知这说法靠不靠谱？

老外面试官终于开口，二人英文对话。你戴眼镜？

武越微笑应对，这样看起来更专业。见对方的问题回到简历，他终于松了口气，还没来得及抖几句英文，有人敲门进来，正是HR Mary，抱歉打断下。叫Justin Lin的面试者到了吗？

我在。武越假意整理眼镜，挡住半张脸，抱歉来晚了。

您好，任总！我刚才听见您跟武越的谈话……任千秋打断柴晴刚预热的寒暄，并不准备给她一个顺利的开端，你有分身术吗？边聊天边听？好吧，言归正传，既然你对NBI有兴趣，最近我们跟市政府合作的“未来城市”项目，你听说过吧？对此有什么看法？

柴晴准备不足，好在擅长掩饰，我当然听说过了。“未来城市”嘛……肯定是需要IT技术在各行各业的建设。

任千秋紧盯着她的眼睛，详细说来呢？

柴晴在他高压目光下，掩饰的本事火花乱冒，短路的前奏，半天才憋出：交通运输电子化、火险管理电子化……

任千秋步步紧逼，你觉得NBI真能跟政府签下这个项目？未来，未来城市，NBI说了能算数吗？

柴晴突然明白自己被人摆了一道，玩了一把，可笑的是自己居然全力以赴，可她只能再次硬着头皮继续粉饰，这个……这个项目还是很有前景的，政府应该会很重视。

可这还没完，任千秋继续追问，那么你的意思是从未听说过这个项目？

小满心神不定，一会儿看表，一会儿望向门，听见柴晴应答不顺，连忙抓起手机发出短信，“已签项目。”柴晴搁在桌上的手机叮咚一响，二人同时看见这四个字，同时面露不悦。小满连忙将头垂到大腿，不敢动弹。

没多久，Mary推门进来，小声问小满：那个男生呢？

上卫生间了。她的话突鲁得快，后悔也快，因为她马上意识到跟对任千秋的版本不一致。再看任千秋，幸亏他的注意力都在柴晴身上。不擅长撒谎还真操碎人心！柴晴边暗自嘀咕边站起身，跟任千秋握手。

小满见武越还未回，只能一咬牙再走上去，任总，我能再多问一个问题吗？她清清嗓子，希望这一秒针，武越能奇迹般现身。可惜奇迹躲在后面观望，小满只能任“女侠”病再次发作：您为什么对武越这么严厉？到了……不近人情的程度。据我所知，他是B校硕士研究生，作为优秀学生代表上台，演讲能力极强。如果他都进不了NBI，我们谁都没资格进来。

任千秋莞尔，你自认实力不够进NBI？

小满语塞，马上又鼓足勇气，我当然有这个自信，只恐怕您下一分钟就会后悔。

任千秋不屑，后悔的恐怕是他本人吧，经不住两句话就从这里走出去了。

随着敲门声武越推门而入，换了套西装，还戴着副眼镜。Mary没认出来，直接把他往外轰，同学，你稍微等下。

武越！小满大叫。

任千秋脸色更加坚冷，你还来干什么？

武越走上前伸出右手，任经理，这——就是我重新梳理后的对策。

任千秋并不打算跟他握手，倒望向小满，不是去卫生间了吗？

小满尴尬地嘟囔：可以是“一边省略号，一边省略号”的关系嘛。几个人琢磨着她的话，待明白过来都纷纷大笑。

任千秋重新挑出武越的简历，名校硕士、优秀生、奖学金、学生干部、政府实习，一堆头衔也不过如此嘛。请问：你为什么不考公务员，而要选择NBI？

武越暗自松了口气，坦言：我选择这里，因为这是个公正的平台，我可以靠自己的力量谋生，做一番事业。这对我最重要。任千秋研究着他的脸，良久，终于露出微笑，恭喜你通过了这场压力测试！

压力测试……小满登时大叫，又被柴晴捂住嘴。

武越却面不改色，再次向任千秋伸出手，传说中的压力测试果然名不虚传。

任千秋终于跟他握手，请坐，面试可以继续往下走。

小满咽下想说的话，望向武越的头发，忍不住伸手去摸，怎么起泡了呢？

武越详细列出过各种情景以及应对方式，跟武天天一遍又一遍演练，也就是各种"如果……就……"号称"游戏规则"。所以这一次游戏，武天天又轻松赢下。哥哥说过，如果被那个好事的伙计叔叔盯上，就迅速找到妈妈团。所谓妈妈团，无非几个跟妈妈年纪相仿的女人，她们最喜欢三五成群泡咖啡馆，一聊就是半天。武天天只需要往她们旁边一坐，伙计就说不上什么。他也就赢了这局。果然，今天，武天天快速坐到几个聊天的妈妈长沙发上，几个女人只是对视一眼，又继续开聊。

哥哥果然好厉害！武天天得意地笑了，缩在那个角落，看着小画书，眼皮渐渐开始打架。

看见面试官手持的简历上用绿笔写的几个字"生米煮成熟饭"，张江倒先乐了。任千秋点点几个字，便冷下脸，听说你们的光荣事迹了！我想问问，在如此正式严肃的公司集体面试会上，你们怎敢如此大胆放肆？

人事经理一支红黄绿笔把大家搞得神经兮兮的，想法子降降压嘛。再说，效果不错，把个道理讲得清清楚楚。张江见任千秋并不买账，连忙从包里掏出各种宝贝，这是我的专利证书、我做过的项目简介。有的是保密项目，我们要黑进……这个不能讲。反正，你找到我就是找到个黑客级的电脑高手。

简单点，你若能黑进我的个人信箱，我马上聘你！

张江立刻放松地往后一靠，马上伸手去把笔记本电脑掏出来。

我说的是 NBI 公司的个人信箱，现在！

张江立刻傻了眼，转而笑了，老大玩我呢！如果马上就能黑进贵公司个人信箱，我也不稀奇进来了。

三人面试组说说笑笑走出办公楼大堂，被车喇叭吓了一跳。白色保时捷 911 正停在路对面，林少霆戴着墨镜微笑着打个响指，嘿，上车！

先谢了，林少霆，回学校。苏小满当仁不让拉开门，车上摆着辆旧了的铁皮小车模，有些年头，还有修补的痕迹，她忍不住多看了几眼。武越将衬衣西装递给林少霆，转身便走。

一起啊？林少霆说。

小满也叫：对啊，我们可是借你的光呢！

不用。我骑单车。武越冷下脸，小满瞬间对之前跟他的眉眼相交、默契配合产生怀疑，她撒的小谎，他的谢谢……那些真的发生过吗？

林少霆出其不意开口：Hi buddy! How about the interview, which I paid a lot? Really a lot!（嗨兄弟，面试情况怎样，我付了很多钱的面试哦！）

大家都愣住了。武越止步路中央，拳头紧握，忘记手心里正攥着钥匙，生痛。

嘿，这美语腔太纯正了！柴晴感叹。

林少霆可不打算谦虚，开玩笑，从幼儿园到高中都是双语学校出来的！没人告诉你我是海归吗？

小满突然明白过来什么，火腾地冲到嗓子眼，英文这么好还找别人帮忙面试，消遣谁啊？有空！

他无辜地耸耸肩，只有我林少霆面别人的份儿，谁有资格面我啊！再说，我林少霆很公平的，他也没少赚便宜！武越咬着下唇，默默点了点头，去开单车锁。替人消灾，拿人钱财，不是什么丢人事。武越这样告诉自己，可他必须快速离开这里，要下雨了，乌云压顶，带着黏稠湿热的腥气直压胸口。他想一回头将裤兜里的一卷钞票扔到他脸上，可是他没有亦不能。

小满跳下车，狠狠摔上车门，小跑到武越身旁，扯住车龙头，硬着头皮拙劣地撒娇，不管啊，我已经下车了，你得为我负责，带我回学校。

你以为是从图书馆到食堂呢？看她调皮的坚持，武越只能无奈地笑了，上车！

林少霆见单车远去，却并没注意正要拉开车门的柴晴。他黑着脸猛踩一脚油门。

小满坐在武越身后，单车咯吱咯吱的动静令人不安，我有这么重吗？别这么夸张，跟我有仇吗？小满煎熬着是否或者何时环抱住他的腰，期待路上有个坎，那么单车会突然一跳，自己也就顺理成章地……地一个急刹车，怎么来了一个急刹车？小满的头哐当撞在武越后背，她跳下车，看见两只手死死攥住了车龙头，对方急促又压抑的呼吸声预示着一场大风暴将要来袭。小满脸色骤变。

正好林少霆的车子从旁边开过，他也一个急刹车，拉下墨镜，是阿姨呀！

苏妈妈写满"隐忍牌暴怒"的脸上突然迸发出笑容，比锻铁利剑入水变得还快，小贾啊！差点没认出来，原来你们真的在一起。

武越骑在单车上，单脚撑地，原来你们都认识。

小满连忙摆手，不认识不认识，故事太长，懒得节选，还是忘了吧。妈，这是武越，我妈。

苏妈妈象征性地点了点头，看都没看武越一眼，她心急火燎扯着女儿就往车里塞，正好低音部开车，咱们还来得及。小满朝林少霆又是眨眼又是咬牙，他还有事儿，有好多事儿呢！

苏妈妈大声嗓门：对啊，这还不是大事儿！开车！

到底什么事儿呀？林少霆悄悄问，看副驾驶的小满仍想起身开溜，一把将她拽坐下，身子斜靠过去。突然逼近的脸带着热度，瞬间将她大脑逼停，她举手投降不敢动弹，任他扯过安全带，卡塔一声。一抹坏笑跳上他嘴角，嘿，想啥呢？

保时捷呼啸冲出。小满突然想起武越，回头朝他招手大叫，这回不算，下次要补的！

武越淡淡笑过，面色越加阴沉。

我俩这水准要不直接参加决赛吧。小满要拽住保时捷车轮，只好重新调整战术，妈，你一大教授的学生跟一群小白比画，让观众怎么想，让你其他同事大教授怎么想……

他们啥都不许想！比不比赛还在其次，露脸最重要。

什么比赛？林少霆明显瞎掺和，比赛我擅长呀！

你闭嘴！面试都找人替。真给你一比赛，你又得烧多少钞票请外援呢！小满想起面试又恼了，你知不知道，为了你，武越两个场子兜兜转转打时间差，差点耽误了自己的面试！他进不了NBI，你也别想跨进NBI的大门！林少霆愣了下，看她激动起来，大有将这件事搞大的意思，可似乎跟主题不搭啊。她一个深呼吸才要大力喷火，后脑勺突然一痛。

苏妈妈收回手，苏小满，你这穿的啥呀，裙子呢？

您就别臭讲究了，西装不挺好。

好什么好，都看不出是男是女。

林少霆扑哧乐了，阿姨，我真心喜欢你！

别着急献媚，今天谁也溜不掉！苏妈妈瞟了他一眼，对了，你们练到什么程度了，到那里只怕是最后一对，来不及现场指导了。

小满温柔堆笑侧过脸去，还不忘记伸手挡住各种面部暗示，我说贾斯汀，如果没记错，上次是你嚷着要大修车子吧？刚才一发动我就听出嘎吱声了，不会是有什么问题吧？

行啊你！林少霆朝她眨了下眼，这都听出来了。的确是该抓紧修了。

小满一拍手，决定把蛋糕做大。对吧对吧，乘早去修，要不就现在吧！妈，他要修车去了，耽误不得，否则会出人命的。咱俩就近下车！

呼啦的风声中，坐在后排的苏妈妈听不真切，倒也露出紧张的表情。突然，车篷自动关闭，车窗徐徐升起。放心，小毛病，开个一万公里不成问题。林少霆狠踩油门，这下听得清了，我也好开快点！

小满只觉得那块蛋糕垮塌砸在地上，她真想抓起来，糊他一脸。

柴晴甩手就走，或者说被甩下，只好发恨走回办公楼大堂。途径咖啡厅，看张江正托着下巴发呆。呆子恐怕面试不利，柴晴猜测，却永远看不进张江的视野，那里人来人往，美女如织。而他则是站在最中间的那个上班族，西装下摆飞起来，大长腿迈开来，他的墨镜内侧立刻展示出成行的数据，仰慕，荷尔蒙，惊叹……这，就是大数据的我时代！

请问二位要点什么？服务员走过来，一句话抹掉了张江满眼镜数据，连墨镜都瞬间碎掉。他刚要恼，马上又乐了，他看见柴晴歪着脑袋，还有她黑丝上的破洞。柴晴随着他的目光马上明白过来，袜子随行走移动，笔画过的位置也就变为肤色，一个明显的破洞。张江体贴地从包里掏出一支黑笔，别急。哥帮你画上去。

柴晴愣了，心道：这难道就是我寻找多年的心有灵犀？她使劲摇头，把这个念头摇掉，滚滚滚！

张江显然还未走出刚才的状态，站起身与柴晴面对面，眼对眼，用严肃又不失温情的口气，八分入戏的深度，说：请不要这样做。

做什么？

Don't breark my heart.

好吧。柴晴转而冷笑，那就从 break face 开始吧！她出手很快，一拳朝张江脸上招呼过去。

张江灵活一侧脸躲过，作势疼痛捂胸，怎么回事，吭吭……怎么还是疼在心口啊！

因为你压根没脸！

可以问个路吗？

可以。

请问，我要如何走进你心里？

向后转，大步向前，一二一，不许停！

呃……张江还不死心，美女可否给个电话号码？

可以，110。

夕阳西下，金色的阳光透过落地玻璃洒在武天天脸上，他蜷缩在沙发上，梦带着金色的花边，而几个聊天的女人早已离去。伙计上二楼擦桌子，擦到这桌，心想坏了。他拍了拍他小脸蛋，唉，小弟弟，你妈妈走了！

武天天迷迷盹盹醒来，早就忘了跟哥哥说好的游戏规则，他蹦起身大叫着“妈妈”跑下楼去，可跑着跑着也就醒了，因为想起了哥哥的话：“以后再也不要提妈妈，妈妈死了，爸爸死了，你只有哥哥。”他跑出大门，跑了一会儿就站在人行道中央呜呜地哭了。好心的路人围过来，七嘴八舌，他知道应该立刻止住哭声，哥哥说过：“游戏规则五，不许出咖啡馆。”还有“六，哭就输了”。

武天天抹了把眼泪，重新走向咖啡厅，贴在落地玻璃上朝里张望。街上很热，肚子咕噜咕噜叫，他觉得这个游戏不那么好玩了。刚才的伙计叔叔换上便装要出门，武天天重又激动起来，知道自己的机会来了。叔叔前脚一出门，武天天就猫腰溜了进去。他觉得自己是只弓起腰的猫咪，是蝙蝠侠，简直就是隐形人。我又赢了！哥哥说得对，这些大人玩游戏根本不是我的对手。

9. 四手联弹

三人匆忙走进会场。苏小满故意放慢脚步落在后面，双目迅速定位逃生通道，她悄悄扯了下林少霆的衣角，乘我妈没注意，您这就快快逃走吧？

我干吗要逃？

不知死活的家伙，她要逼你上台演奏低音部。小满紧张的样子像只猫，跳脚前行，咱俩可一次都没合练过，更别提……你会不会弹琴还是回事儿呢。

主持人走上台，最后一对选手是苏小满和小贾，如果他们还是没到场，今天的预赛就到此结束了。

来了来了！苏妈妈大叫，一手扯一个往后台奔，一使劲就把两人扔上了台。

灯光炸亮，顿时把小满脑子照得一片空白，怎么办怎么办？是你们逼我出最后最无耻的一招，她边跳着脚移步边小声嘱咐：你坐我左边，到时候随便比画两下，我意思是，就按两下就可以。两下，不是三下哦！小子，机灵点。

行啊，简单！林少霆满口答应，朝台下挥手致意，掌声在哪里？观众大笑，送掌声一片。小满藏着半张脸，突然觉得自己的手或者说拳头也被人抓起来，她暗自挣扎，无果，只好在潮水般的期待中微笑挥手。同学，咱非得爬那么高，再摔个稀巴烂不可吗？小满望向真把自个当明星的林少霆，在想象中已经将七七四十九把飞刀扎了过去。

二人走至钢琴前，林少霆一屁股坐在琴凳中间，被小满拱到左边去。

林少霆小声抗议：给个面子，我想坐右边。观众哄堂大笑，二人才意识到面前的麦克风。

小满狠狠瞪了他一眼，沉淀了下，刚想抬手。

林少霆又小声道：弹什么曲子？谱子呢？观众再次发笑，二人对视吓了一跳。

小满一把捂住麦克风，忍无可忍地小声说：别问，都在我脑子里。到时候，我给你眼色，你就随便敲两下琴键，意思下得了。

小满松手刚想弹，林少霆又问：可不可以多弹几下？他伸手也去捂麦克风，可是晚了，台下已经笑倒一片。

小满调整好的情绪都跑光了，上去咬他一口的心都有，可她必须顾全大局，强压怒气，重新调整，然后手指头行云流水般弹去。没多久，林少霆的手要伸上来的意思，她连忙眨眼咳嗽，可是都不起作用，他的手指头终于落在琴键上。时空似乎静止了，所有人的目光和大脑都停滞了。

林少霆的手指头从低音部滑到高音部，不是两个音，是二十，上百个音符，而且是完全不同于小满的曲子。中间缺乏基本的过渡，哪怕客气的转折，就那么硬生生地抢弹，直给，三下五除二，丁零咣当把你前面的音符统统剁了。屁股还把她往右顶了二十公分。小满呆呆地抬着十个手指头，缓缓将一腔怒火尽收掌心。林少霆的手指头渐渐活络起来，却也暗自忐忑，她那两拳会砸在什么地方？终于，她行动了，林少霆来不及心惊，她已经抢过了自己曲子的高音部分，他听见三个字噌噌射来，带着丝丝寒气：跟——我——抢——

当然，台下听见了，侧台的苏妈妈也听见了，她用手捂住心脏，告诉自己，这下好歹能算个四手联弹了。每个音符都跟长刺了似的，扎得她一身血窟窿，滋血不止。于是你抢弹一段，我抢弹两行。最后，两人同时放下了手，对望中微笑却明明是挑衅。掌声笑声齐响，苏妈妈只觉一身血液都从心脏回归四肢，回到大脑，自己总算重又活过来了。

观众席最后一排站着一个黑影，正是武越，他看了看表，转身而去。

苏妈妈走向停车场时已然平息，恢复了钢琴教授的内涵，不是不可以创新，传统音乐也不是不可以串烧，可是你俩玩的这个简直就是野蛮加……无厘头，毫无道理，生拼硬凑，听得我一背脊又一背脊的汗。我真怀疑你俩到底合过没？两人一个比一个手生。

苏小满把林少霆往车上轰，故作遗憾，看来没有可能参加决赛了。

苏妈妈心下一合计，不怕，你俩都是有基础的人。回头我指导下，冠军不好说，比过我同学女儿是必须要的。

阿姨这么看好我俩？林少霆惊喜地拉开车门，绅士地做了个请的动作。小满一把推上车门，再用身子死死堵住，没机会决赛还扯那些干吗？

都是圈子里的人，这个面子还是要给的。苏妈妈从另一端上车，林少霆和小满都争着绕过去，小满边跑边叫，还是不要给了吧，否则公平和公正何在？你一音乐学院教授怎么干得出……

苏妈妈四下张望，嚷什么，只是给你个机会，又不是给你冠军。

到底是小满抢赢了，一把拉开驾驶座门，将林少霆揪过来塞进去。辛苦了，贾斯汀。Bye-bye！这次算我欠你的，下次一定还。

他笑了，怎么还？我可得好好想想。

好，好，回家想，边开边想！小满替他关上门，笑靥如花，边快点开走，边慢慢想！

林少霆才费力思考就被她一掌拍在后脑勺，也就顺势一脚油门将车子开出。苏妈妈满脑子比赛，还没意识到自己被落下了，不管怎么说，你俩今天在外形上已经大获全胜。下次你换个长裙，效果更好。

对了，小贾要出国了。

什么时候？

决赛时候。

什么时候决赛？

小贾出国时候。

苏妈妈一掌拍向小满，被她敏捷躲过。小满才刚得意，额头已经狠狠中弹。

武越跑回咖啡馆天已暗下来，他顺手捞个盒饭就往二楼冲，路过零星两个客人，终于他在一张桌子下找到武天天。他正蜷缩在桌下看一本小画书，光线暗淡，他还看得津津有味。武越松了口气，那口气却将一股酸楚瞬间送抵鼻腔。他蹲下身去拉弟弟，却把他吓得本能后缩，接着他一把扑上来，搂住武越的脖子，不肯撒手。武越只觉心里哐当一下，被他撞得生疼。他终于松开胳膊，一开口却是：今天我赢了，你怎么奖励我！如果他不提，武越还真差点忘记这个游戏，还有自己制定的游戏规则，可是他无法张嘴，怕游戏玩不下去。他将一个盒饭推至天天跟前，看他大刀阔斧往嘴里赶米饭，明明马上就会被噎到，却总能咯噔咽下去。你不光心大，嗓子眼也大啊！武越想到这儿，却根本笑不出来。

早晨，从气压到湿度处处彰显不善之意。Edward 走进咖啡馆，正逢武越要出门，气势汹汹一把就将他按上墙壁，面色却陡然一变，我又看见了！

武越琢磨了下他的表情，从他肘弯下钻出来，首先表示理解，我都知道。昨天，对，昨晚大师自动找过来，还施过法。大师帮你算过，说这个孩子跟这店跟你可有渊源了，旺你的财，是你的福星。你会不断地遇见他，次数越来越多，他只跟你一个人对话，还会管你要吃要喝。

Edward 脚下一软，不是吧？

武越拍拍他肩头，这也是一种缘。你不用怕他，而要换个思维尝试去喜欢他。你不是讨厌孩子吗？大师说孩子是天上的明月，纯净的星子，照亮人心冷暖的火焰，而他，正是上天派来考验你，成就你的。

我看……不用了吧？

有求必应懂吧？要吃给吃，要喝给喝。把这孩子照顾好了，你必有福报。武越扯了扯他脖子上那串星月菩提，每次见面都拿着念一遍阿弥陀佛。

Edward 稀里糊涂地跟着，*&%#$*& 佛。

等着看你月底的业绩吧！加油！只有一条，不许跟任何人提起。不许任何形式谈起问起聊起他，否则……

Edward 连忙点头，满脸虔诚。看武越已经走向大门，警惕地四下打量后，他才戴上墨镜走了出去。果然是大师的弟子，处处透着神秘和沉稳。他并不知道武越不能住酒店，不敢回去上课，无法联系朋友，他必须守住这最后一个安全据点，哪怕把这个无邪老外骗到屁滚尿流。

第二篇:成为 NBI 人

10. “超级实习生”

柴晴细细地涂眼睫毛，从里朝外从上到下，让每根睫毛都恰如其分地卷翘，不粘连不塌陷不蒙混过关。这样，她眼睛所到之处必将所向披靡，可是当她瞟向桌上一个印有“NBI SHANGHAI”的信封时，她就突然觉得睫毛乱了花了没方向了，只能恼火地重新抽出睫毛刷，刷了再刷。苏小满本只打算撑着下巴学习化妆技巧，却被她一个简单重复的动作生生催睡着了。她胳膊一松马上清醒，看她手上迅速收起一个白色物件，就问：什么好东西，让我瞧瞧！

有什么可看的，还不跟你的通知书一样！柴晴扔掉睫毛刷，背包就走。

张江此刻还窝床上打着成串的呼噜，肚子上搭一条颜色可疑的毛巾被。一个温柔的女人声音传来：帅哥，起床了。张江抓了抓胳膊，一翻身继续睡。没多久，另一个嗲蜜的声音又起：老公，早饭准备好了，怎么还不来！张江终于迷迷糊糊坐起身，从枕头底下摸出手机按掉，吧唧吧唧嘴，知道了。

死变态！随着个没睡醒的声音，一件臭烘烘的衣服正中张江的脸。

林少霆比张江还急，他从家里保险箱里摸出本房产证就直奔房产中介商，无奈进去快出来也快。如他们所言，别墅是好别墅，价格是好价格，就是目标客户极少，租出去的周期不好预料。这时手机震动起来，别催了，烦着呢！

对方正是董秘秦岭，他笑了，别墅不好租吧？别担心，我帮人帮到底，问问朋友，他一直说要找个老别墅开酒吧。只有一样，千万别告诉你爸这是我的主意。保时捷轰鸣而去。很久以后，林少霆才真正寻味出几句话的台前幕后。

小满和柴晴手挽手走向 NBI 大楼，远远看见有个身着暗色西装的男生背着双肩包，他骑在单车上，单脚点地，高高仰头，望向玻璃幕墙上 NBI 几个大字。湛蓝的天空下，他自信微笑的表情执着地入诗入画，令人动容。直至半年后，小满一个耳光狠狠打在武越脸上，她的脑子里突然闪现出就是这一幕，她甚至看得见他双肩包上用以替代坏掉拉链头的小布条在风中摇曳。

大会议室里站着二十多个学生，脸熟的也有。柴晴东张西望，也没找到林少霆，不是穿帮了吧？

武越走过，冷冷道：这种人要进来，需要随我们这个大军吗？

屋里突然暗下来，幕布徐徐降落，投影仪强光打过去。一个带有磁性的声音响起：未来，future，令人充满憧憬的词，令你想到什么？空中穿梭而过的高速汽车？机器人服务生的饭店？还是随时随地按你意思随意改变颜色的服装？未来，你想什么，就是什么。未来，就是你说了算！谁敢画出未来城市的模样？城市规划、交通自动化、能源和制造业……

实习生迷醉了，直至灯亮，Mary 走至台上。这是 NBI 一个真实项目，叫“未来城市”。在众人唏嘘中 Mary 继续道：IT 改变世界，IT 改变生活，这是我们眼中发生的事实。作为 IT 界的百年老店，NBI 具有强烈的责任感、有信心和胆识来实现这个愿景。列位，我们不是超人，不是蜘蛛侠，却是 NBI 人，一个有志实现世界巨变的超级机器。记住，在接下来的日子，我们做的每件事都在服务于这个项目——未来城市！

Mary 将银行信用卡登记表发到众人手上，这是公司为员工申请的双币卡，透支额度由少到多有三种选择，最多那种可透支人民币三万，和美金五千。几个数字扔进实习生，顿时炸开锅。

张江的罗盘总是直指柴晴，这不是逼着我轮为公司奴隶嘛！

柴晴上下瞟了他一眼，你需要花什么钱？你这身行头是我小学时候流行的款式吧？

张江抓了抓头发，一脸贱笑往上贴，妹妹，你终于开始关注我这位帅气大叔的装束了。

长得好的叫大叔，长成你这样的……不好意思，叫他大爷！

张江用拳头狠狠捶了几下胸口，表示随你怎么说，我认了。大爷我所有设备都是一流的，别说你没见过，听都没听说过！

设备？大爷您的设备没跟您一道退休吗？

武越大脑一片空白，根本听不见二人斗嘴，手上毅然勾了最大额度。

说话间笔记本电脑也被发到众人手上，引起叶槽声此起彼伏。Mary 嘭嘭拍了几下桌子，我明白大家的感受，可惜，我不能不打击各位，你们是实习生，就是打杂的，学会学好打杂再说。实习期是六个月，之后根据各自情况转正。那时候发到手上的就是市上最新款机型。

柴晴暗自咬了下嘴唇，目光别向一边，没人注意到这个小小的动作。

Mary 继续：别指望在这短暂的六个月为公司立下奇功。可是，这六个月决不轻松，首先，我们会从各个部门请来精英前辈授课，当然，各种考试打分顺应而来；接着，我们会根据各位个性特长，分派到不同部门，不同师傅带领各位真正进入公司这个大机器。当然，面对客户，甚至被独自扔到客户狼堆里的可能性也是有的。最后，还有一场汇聚了大中华各区实习生的 PK 大会，作为这六个月的总结。很精彩是吧？别高兴太早。成绩在全国实习生前20%的实习生会转为正式员工并获得嘉奖；后20%的实习生只有净身出户，也算一种体验和收获吧，只是得重新找寻工作。至于中间60%的同学呢，你们要加油，每年都会有不少员工被淘汰。

实习生唏嘘间，有人匆忙推门而入，Mary介绍：NBI金牌销售经理任千秋，创过各种记录的奇人，公司单身女的择偶范本。他被委派为你们这届实习生负责人，也就算作班主任吧。

众人齐声：老师好！

有人抗议，在这里要叫老板好！

任千秋摇摇头，笑了，你们也可以说——老大好！在这里，师尊地位都在其次，统管即为大。你可以这样称呼老板、同事、帮你开门的前台，甚至所有人。他环顾四周，把大家都打量一通，缓缓开口：恭喜各位，从这一刻起，大家都晋升为实习生一名。不过，在起步之前，我必须告诉大家，现在的NBI已经不是当年那个用美金发工资的NBI，不是租着百年买办小洋楼办公，让客户排队等机器入海关的NBI了。以前会修个电脑被封为高科技人才，现在电脑坏了都没人修，直接换新。IT技术日新月异，不学习就落后。入了这行，不好意思，你必须学到老。生活让人抑郁，内分泌失调，正常！就是这样，IT行业还是受到各种冲击，利润直线下降。不信？多少IT公司的办公室都从市中心搬到经济开发区，你懂的！众人唏嘘间，他又道：丑话说在前面，接下去，道路在你脚下，就看你怎么走，走向哪里。你的造化也是公司的造化，记住，在这个大家庭里，你是NBI人，一举一动代表NBI。NBI以你为荣，也会以你为耻。任千秋几句话，引起众人内心一片喝彩。

这时投影出现，他回头看了一眼，这就是大名鼎鼎的“能量赛道”，五根线代表TOP5实习生，也就是跑在最前面的五个人。你们不会知道这跑在上面的原点、三角、方块都代表了谁，也许是你，也可能是他。无论如何，加油吧！上了这跑道的基本有戏当上大中华区TOP STUDENTS（最优学生）。至于冠军呢？我们叫他“SUPER TRAINEE（超级实习生）”。你知道意味着什么吗？

战果抢着回答：全球优秀人才，两年美国总部加训。

冯峥峥举手，直升等级九。

宁大齐跟着嚷嚷：Manager稳稳的。

任千秋笑了，看来这个“Super trainee（超级实习生）”在业界是名气大大的。只能羡慕加嫉妒地说，它等同我任千秋十年功力吧！真想一步迈到六个月后，我倒要看看，皇冠到底戴上谁头顶。门外走廊上有个专门属于咱们实习生的展示板，敬请关注。

说实习生像新鲜血液，倒不如说他们像群小鸭子，一到休息时分就叽叽喳喳冲出闸门。他们用自己脖子上的门禁卡刷开各个玻璃门，冲向办公区，引来一片愕然目光。可谁不是从实习生走过来的呢。这里是一片战场，不同兵种的士兵为公司而战，为前程而战，为荣誉而战。

苏小满和柴晴站在茶水间，捧着两杯咖啡，望向窗外的CBD，商场酒店办公楼林立，这才是上海的上只角。

战果是个形式感控，他一遍一遍地试刷NBI门禁卡，每声“咔”都令他幸福感陡增一分，直到前台小姐忍无可忍冲过来，你到底会不会修？

吴志雄和女朋友戴阿玲走进打印室，先被箱子里堆积如山的打印废纸惊呆了。阿玲忍不住嘟囔：太奢侈太浪费，若拿回去订成本子给我弟弟寄回乡下，不知道有多好！

大上海，我真的来了！武越一个人站在窗口，望着黄浦江两岸新老建筑，不禁心潮澎湃。轮船开过，汽笛响起，仿佛可以洞穿历史古今。太多的故事在这里沉浮，而我的人生，是否以此为背景而定格。

任千秋在武越身后站了很久，他明白，他就是曾经的自己，那个深藏潜力和野心的小子。他走到武越身后，拍拍他肩膀，恭喜你！

恭喜什么？武越好奇。

恭喜你被我委任为实习班班长。

武越笑了，也恭喜你找到合适的人选！

任千秋哈哈大笑，心道：好个狂妄的小子，没看错你！

寻找会议室的林少霆恰好从他们身后经过，听这一耳朵，撇嘴走过。

过道墙面上有一个大大的空白展示板，林少霆驻足停下，只见最上面写着“Trainee(实习生)”，下面一句话“It's our time！(这是我们的时代！)”右侧是一个电子板，轮放着一些图片和文件，一张空白图引起了他的注意，标题是“能量赛道”，五条空白的跑道，还有那句经典的话：“历史只记得第一名。”

林少霆耸了耸肩，似笑非笑地走开。张江眼尖远远迎了过去，林少霆，我还担心再见不到哥们儿你了呢！

二人勾肩搭背往大会议室里走的时候，苏小满正拿着一杯水，她连忙将纸杯端至嘴前，企图遮盖半张脸，水却泼了自己一脸。她无法移开纸杯，脚下准备开溜，可还是听见身后清凉一嗓子：hi，高音部！决赛什么时候呀？

小满决定先发制人，她胡乱抹了把脸，你这个人好奇怪，干吗要帮我？当时你车子一轰开过，就没那么多事了。

林少霆望着她一脸一胸口的水，觉得可乐之极。嘿，我这暴脾气，你这人怎么好赖不知！好吧，既然你问起，我就受累认真解释下。我当时想法很简单，就是对那个人……他指向才进门的武越，不爽。那么，把你从他单车上拽下来，让他也不爽一次喽。

什么事啊？柴晴凑到林少霆眼皮下，却并没被看到。

小满点头微笑深表理解，原来如此，早说啊。好吧，你的目的达到了。回头你帮忙跟我妈说你要出国了。咱俩算两清了。

别啊，你会不会算账，说欠我要还的，怎么转眼就两清了！

张江好像明白了一切，两眼贼光一亮，欠什么了？要不咱中午“撮”一顿去？

林少霆直摇头，格局懂吗？格局还能大点不？

11. “大格局”

林少霆的大格局讲着就到了。午后，实习生在学习产品知识，只见一个陌生人匆忙走入，跟任千秋几句耳语，他面色突变，在人群里迅速定位林少霆，你，出来下！

林少霆出去后再没回来。再推门进来只有任千秋一人，他略微沉吟，客户那里出了点小状况，你，你，你，你们几个人跟我一起去现场学习下。被点到名字的武越、柴晴和张江都兴奋地跟了出去。苏小满将落寞写在脸上，呐喊埋在心底，依旧是个小透明。

若真如武越所料，Edward 不断遭遇到小鬼的对视、鬼脸、妖笑，简直太瘆人了，可是他躲不开，这就是宿命，唯一能做的就是少来咖啡馆吧，他摸着脖子上的星月菩提，心下略为踏实。可是，小鬼还是迎面而来，是我的错吗？Edward 战战兢兢迈步，尽量侧脸不看。二人错身之际，武天天突然做了个鬼脸，Hi！How are you？I'm fine. Thank you.

还是个会英文的小鬼，果然跟我颇有渊源。Edward 浑身一冷，边走边用手机点开百度，输入：那种给菩萨吃的饭。

伙计哼着曲子端着托盘走过，脚钉在地上，托盘却飞了出去，劈里啪啦一阵乱。这个歪果仁，作死呢！伙计倒吸了一口冷气缓步走向那张桌子，桌子上搁三个盘子，三样水果，以供品的摆法。

两个女人说笑着走进来，正对这满桌的丰富摆设，才一对视脸都黑了，转身就撤。

任千秋将一辆大众越野车开成了城市越野赛，三个实习生面面相觑，默默系好安全带。任老大目视前方交代背景。原来此去意为拜访大客户旷达集团，他们买了零宕机服务器，自然无法接受这次大面积严重宕机。他命武越和柴晴跟随自己学习销售业务，让张江找找突破点。最后他嘱咐大家，看，学，若非万无一失不要擅自开口。

几个实习生心舞飞扬，却不敢多语造次。

车子停好，四个西装革履携手提电脑包的IT精英跨下车，当当关门声脆响一片。他们款款迈步，自信张扬，大气迈上楼梯。他们自带光芒，闪得路人无法睁眼。

苏小满想象中的版本是那样的，可柴晴口中的描述却是这样的。

四人匆忙小跑来到客户楼下，已有保安候着催促。任千秋绅士地伸手去握(跟他握手？他只是个负责催人的保安啊!)，可对方已经转身跑开。这时电话响起，IT总监陈总电话里大叫：人呢？人呢？任千秋讨好应话，说话间，皮鞋绊在楼梯。三个人眼神一碰，马上转头表示“没看见”。

几个人倒腾着小步，跟保安刷开一道又一道门，一个大型数据库机房终于尽展眼前，工作人员埋头忙活，压迫感直扑过来。张江兴奋异常直搓手，忍不住感叹：这就是传说中的天堂吧？

任千秋深呼吸，这一刻，是地狱！

IT技术总监陈总带名工程师冲过来，恼到磕巴，这……这，这就是你们卖得死贵的零宕机？

任千秋把张江拎到技术总监跟前，息怒息怒，这小子有两把刷子，你带他过去转转。

看张江摩拳擦掌跟工程师走开，武越小声问：他恐怕应付不了吧？

当然，他这种天才加怪才，公司开发部门一抓一把。让他碰碰壁吧，也是种收获。任千秋马上换了口气，对IT总监伸出手去，不卑不亢，我能见见领导当面先道个歉吗？

岂料陈总只象征性地握了握，叫你老板的老板来吧。当着两位实习生，任千秋脸上难免挂不住。电话响起，陈总登时神色大异，你就不能帮我拦住吗？到哪里了？什么？就在门口！说话间，大门大开，一位高个子大佬黑着张脸走来，后面跟着几个人。陈总连忙上前应对，一伸手将任千秋拎了过去。这就是NBI公司的客户代表任千秋。我刚才已经将情况介绍过了。

大佬不是别人，正是梁劲棠其人，林少霆父亲。他黑着脸，不怒而威。旁边董秘秦岭怒言：介绍？你介绍了我们的损失吗？每分钟对股票的影响，对客户的影响？流失掉的资金谁来负责?!

任千秋上前握手，见大佬和董秘都不应，只好尴尬收回。我们已经在第一时间派了工程师进入一线维修，最重要的是，总部也派出了技术大拿从美国飞过来，刚才联系说已经上了飞机。

秦岭口气强硬，也就是说十几个小时的损失是无法避免的了？你是什么人，上海老大 Richard 在哪里躲着呢？上次打高尔夫的时候他还说绝对没机会向我们老大低头，现在怎么讲？

任千秋点头哈腰，Richard 是要来的，快了。现场还是得指望工程师。

大佬梁劲棠看也不看他，只肃然扫过忙碌的现场。秦岭冷脸厉言：谁解决我不管，我只要 Richard 过来给个说法。而且，这个烂摊子得马上解决！立刻，现在，马上！

看着一伙人离开的背影，二人暗暗抹汗。柴晴和武越无法继续假装看不见，只好乖巧候着，直到糟心的任千秋突然想起他俩，打发四周转转。他并未重点强调“及时汇报”，实在是个错误。柴晴已经觉得不好玩了。

武越围着大型服务器细琢磨，才转两圈就遇见个熟人王杨，研究生师哥，苏教授当年的得意门生。他正在研看使用手册，紧张又丧气的模样显得灰头土脸。见师弟问起现状，王杨先灰了心肠，乘机喘个气，混呗，你以为工作了就怎么样了？票子房子车子老婆孩子就近在咫尺了？不好意思，远在天涯！我每天选食堂里最便宜的饭菜，从来不打的，有事没事想方设法加班挣补贴，不就是为了一平方米一平方米挣蜗牛壳吗？王杨拍拍武越肩膀，兄弟，慢慢学会接受吧。对了，你怎么在这儿？

武越意寡，只道：我是实习生。

王杨也不设防，原来这一次旷达真心恼了，因为最近状况百出，造成的影响不言而喻。他们甚至决意请来媒体，要把这次重大宕机事件报道出去。而记者正是他们共同的熟人张蕾蕾，当年她仗着父亲进电视台，目前在做一档跟 IT 相关的节目。

武越心中一凛，缓步撤离。任千秋迎面走来，直觉异常，怎么？

武越却摇了摇头，直觉告诉自己，机会来了。

柴晴被任千秋故意不故意地被“剩”在陈总跟前，她走也不是留也不是，只好没话找话。陈总遭遇一个天真浪漫傻白甜的漂亮姑娘，倒也消了小半火气，居然有一搭没一搭耐心跟她聊起了原委。他那边面部肌肉才松弛下来，任千秋亦远远也松了口气，出门打个电话。对方要见咱们上海老大呢，什么？不见，我这一个小小客户代表能扛多久啊？

武越站在门内，都听得真切。他想明白了，自己握着一把烫手的利剑，是扔给任千秋还是留给自己？也许会烫伤自己还废掉把剑，也许也不一定呢？

武越犯犹豫的时候，武天天的利剑已然出手。他站在卫生间门口，一夫当关万夫莫开的小通道。哗啦冲水声后，Edward 拉开门，面色霎变，红黄蓝绿，然后定格在比过道灯光还苍白的死白色。武天天抬起头，看头顶的小灯泡闪了又闪，重又低下头，我，不，喜，欢，吃。

Edward 不敢看武天天，硬别过脸，贴在墙上，您……您要吃啥，我来准备。其实他心里一直有个声音在发抖，你总不会是要吃了我吧？

我要吃冰淇淋、巧克力，还有饭饭、菜菜、肉肉。武天天蹦蹦跳跳走了，灯炮登时闪灭，在 Edward 看来是眼前一黑的效果，他腿下发软，脸从墙面一路蹭下瘫坐在地。他干脆腿一盘，缓缓，才有力气往外爬。好事的女顾客伸长脖子朝他张望，Edward 马上双膝跪地调整姿势，嘴上说着“瑜伽，猫式”。对方点头表示赞赏，他还打算再摆两个式，却被伙计一把揪了起来，也算救场。

伙计先大声咋呼：老大，你这样搞可不行！

Edward 大惊，啊？你也知道？

伙计着急得够呛，你把客户吓走好几拨了，到底搞什么幺蛾子？

嘘，收了，统统收掉……不许问，不许说。

伙计嘴上刹不住，Edward 怒目圆睁，还问！还说！他伸手作势掌嘴，这才止住一场血雨腥风，他暗自庆幸。

电视台白色面包车停下，一组人扛着长枪短炮下来，拿着话筒走在最前面的人正是张蕾蕾，精致的妆，利索的白色套装，尖尖的下巴更是把新闻人的凌厉表露无遗。可这股凌厉劲一跟武越的笑容迎面碰撞立马全面化开，怎么是你，你也在这里工作？

是实习生。武越顾不上寒暄直奔主题，王杨让我等在楼下，告诉你采访需往后推延。很抱歉，上面正在抢修，事关重要，不方便进去。张蕾蕾将信将疑拨给王杨，却无法接通。武越乘机说：机房信号不好，他特别派我请几位到咖啡馆休憩片刻。张蕾蕾还想往电梯走，被武越再次拦住，双方公司高层正在紧张协调，如果现在进去……没人预料得到后果。

她仔细研究着他的脸，到底松动。那大伙……先等等。

这是位于大厦大堂的咖啡馆，武越拉开椅子安排张蕾蕾就座，一个背对大门的位置，自己则可以面对大门，掌控主动。果然，二人还没聊到大二，王杨已经走到大门处左顾右盼，摸出了手机。武越忙说：还记得大四时候吗？你还让你父亲帮我在电视台找了个位置呢，我现在太后悔了。武越边说边暗自将手压在张蕾蕾手机上。

后悔？她果然眼睛一亮。武越当然明白她期待什么台词，这时电话来了，才一震动，武越就迅速按下拒绝键。王杨气恼地甩手上楼。武越笑了，那可是电视台啊，只怨我年少无知。

谅解一下，王杨作为技术骨干也是忙得焦头烂额。武越说，好歹是咱们师哥，当年系里的风云人物。

可不，就冲这点交情才来的！张蕾蕾最后喝一大口咖啡，将杯子搁下，结束的意思，这么说，旷达真不用我们坏坏这个 NBI 公司了？

NBI 已经派了技术专家从美国飞来，诚意可嘉。即便要报道，也往后推推吧。不好意思，蕾蕾受累了。

既然如此。她果然站起身，电视台那头还得跑条新闻，我们撤了。

武越正将利剑入鞘的时分，一个人从他身后冲过来，双手啪地撑在桌上，一脸急切地大叫：蕾蕾是吧，王杨急死了，问你怎么还不到！

他可以是旷达员工，可以是王杨，甚至是任何人，但是他怎么能是林少霆！其实，就在武越才踏实低头喝第一口咖啡的时候，林少霆踱步而入。他先看到武越——武越在喝咖啡，武越边喝咖啡还边跟一群人聊天说笑，这事儿便蹊跷了，便更有趣了。他特意从旁边绕过去，悄声走到武越背后的柜台位置。武越快速反应，你还不知道吧？最新消息是，董事长不让媒体参与了。武越凌厉地盯着林少霆，希望他领会，他却演得更像了。别逗了，董事长正在上面发脾气，茶杯茶碗砸了一地，问电视台怎么还不到呢！

那咱们赶紧上去吧！

等等。武越拦在众人面前，扯住林少霆手臂，声音不大，寒气逼人，你知道自己在干什么吗？双方老大都在上面，本来谈得好好的，被这么一搅和，你能承担后果吗？林少霆扒拉掉他的手，嘴角微翘。张蕾蕾稍作考量，还是招呼身后一帮人走。

好吧，既然你坚持。手机可别忘记了。武越眼疾手快，伸手去够蕾蕾手机，手一抖，半杯咖啡马上扑向她的白色套裙，一片触目惊心。张蕾蕾失声惊叫。武越连忙递上纸巾，却也于事无补了。

林少霆眯着眼睛微微一笑，你采访车上肯定还有换的吧？

张蕾蕾从衣服望到武越，终于点了点头，好吧，既然如此那就算了。武越的目光在空气中与林少霆坚硬对撞，他提醒自己减一分憎恶多一分平和，那才是胜者的姿态。而林少霆的戏谑目光永不言败，它带着知情的嘲弄，所向披靡。

三盘斋果被撤下后，伙计一阵忙活再回来，就只看到桌上的残羹冷炙，饭菜半吃半倒，冰淇淋黏糊糊化了一桌，嘀嗒嘀嗒往下淌，地下还有半块化了的巧克力，被谁踩了一脚，于是巧克力脚印走来，走去，转圈再发散。伙计心都凉了，默默呐喊：哪儿来的无良顾客！我见一个打一个！

Edward走过，心里倒也踏实敞亮，暗念：那个＊&%￥佛。

躲在角落里的武天天眼睛一亮，原来那几个聊天的女顾客又来了，他又悄悄跟到二楼，窝在她们的沙发一角，看本小画书，看着看着还是无一例外地睡着了。他喜欢坐在她们身边，一米外，一个小屁股的空间。当然他并不懂什么安全感，只单纯喜欢她们身上淡淡的香味，暖暖的体温，叽叽喳喳的谈笑声，还有花裙子布料摩擦出窸窸窣窣的声音。可是，她们还是带着他一切的喜欢，聊好喝好就走了。

Edward看见空桌上小男孩趴睡在那里，正是让他无比害怕的男孩。可是他大着胆子凑过去，想仔细研究下。小男孩突然动了下，嘟囔了句：爸爸。Edward吓得转身要跑，可还是停了下来。他突然想起武越的话：这也是一种缘。你不用怕他，而要换个思维去尝试喜欢他。你不是讨厌孩子吗？大师说孩子是天上的明月，纯净的星子，照亮人心冷暖的火焰，而他，正是上天派来考验你，成就你的。

Edward蹑手蹑脚拿了条毯子小心盖在小男孩身上，见他动了动，连忙跳着脚跑开，跑到一楼楼梯口，他拉过一个牌子挡在那里，写着“关闭”。

伙计正打算上楼打扫，嘿，老大，这又搞啥幺蛾子？他回头看一楼正有客户端着咖啡杯四处寻找座位，嘀咕道：这一楼眼看坐不下了，上面是漏水还是死了人，干吗不让上去？

Edward捂住嘴巴，吓得不轻，打着寒颤横着身子移步走开，嘴里默念：那个什么＊&%￥佛。

与离开前相比，这里并没有什么不同。武越走进机房，内心忍不住膨胀了一下。他没能一发制敌，却成功拖延甚至制止了一个IT界大事件的发生。而至于林少霆，他绝不是一个有点来头的实习生那么简单。想到这儿，他已经走到任千秋跟前，定了定神，说：我为公司至少争取了十多个小时。

任千秋只觉背脊上刮过一阵凉风，先给自己点上一支烟才缓缓开口：你，干了什么？

武越可以接受他任何反应，而绝对不是这种。武越边说边想，看到自己落入一个寒冰深洞，越发的暗越发的冷。终于，他点了点头，说完了吗？说完我就告诉你，这个公司有个部门叫市场部，媒体相关事宜都由他们处理。不管客户意欲如何，市场部才是咱们官方发言人。你、我都代表不了公司。你知道这件事有可能造成什么更可怕的后果吗？诚信的缺失！

武越挣扎着往上爬，我明白，可是如果他们刚才冲进机房，咱们公司辛辛苦苦营造出的“零宕机”声誉就将消失殆尽。

任千秋冷冷地按灭半支烟，那是公司的事情，无关你我。今天我们拭目以待，你赶紧离开这里，若被人抓个现行，我……保护不了你。

武越不能置信地望向垃圾桶沙盘上那个烟头，它怎能就被遗弃在这里？

林少霆每次走进董事长办公室前都要确定一件事，那就是董事长其人不在。他半推开门，听见董秘秦岭的声音从身后传来，进去吧，你爸外出了。林少霆立刻松了松筋骨，乐了，还是你懂我。

是你爸懂你！今天董事长发火，其实还不是为了给你撑腰长面子，否则公司怎么会重视你。

别逗了！你们虚张声势可别把我带上，丢不起这个脸。林少霆随便翻翻父亲桌上文件，还有，这点事情至于惊动媒体吗？太小家子气了吧！

太至于了。我们旷达是上市公司，信息公开化，也是为了对股民有所交代。对了，晚上吃饭你不要迟到！

什么饭局？林少霆似乎不经意将相框碰倒，里面是两个人的合影。

真服了你们父子俩，怎么都让我来传递消息。秦岭叹气，又似乎顺手立起来相框，十年前的父子合影。

张蕾蕾摸着裙子上触目惊心的咖啡痕迹，却并不气恼，只隐约觉得事有蹊跷，凭借她几年新闻人的职业素养，她反倒有种好的预感。这时王杨的电话终于打来，果然，气急败坏地嚷嚷：你怎么还没到？张蕾蕾喂了几句，用“信号这么差”结束了通话。

武越无精打采地走回咖啡馆，准备换工作服，突然发现被封的二楼，恰好Edward怪异的眼神频频递来，也就猜到个七八分。武越拍了拍他后背，做得好！二楼应该关闭一阵子。为业绩加油！

加油！Edward颇受鼓舞，却一把拉住他，我就是问问，没其他意思啊！这二楼不做生意，销售额如何往上爬？这不科学。

幸亏咱们讲的不是科学，武越暗自好笑，只神秘低语，有神相助。

武天天挣了平生最满意的一餐，哥哥说得不错，今天的游戏最好玩，只要一句话，就让外国叔叔乖乖投降。而这活儿一点不难，他只是翻了翻眼皮，声音拖长。当然他暗自练过很多次，直到哥哥完全看不到黑眼球，每个字还得抖啊抖。叔叔真逊！武天天的肚子疼了好一会，厕所都跑过三次，还有一次拉了些在裤子上，只是他并没发现。就在他要第四次跑向厕所的时候，突然听见清晰的脚步声，连忙钻到桌子底下。见是武越他奔了过去，一下扑在哥哥怀中，力道太大，竟将他生生扑倒。也因为力道太大，把第四次该交给马桶的统统交付给了裤子。武越抱着武天天的屁股，还没来得及闻到味道，已经有股湿热出现在掌心。武天天突然觉得这个游戏不那么好玩了。哥哥！他咧嘴要哭，被武越一把按住嘴，于是立马闻到了大便的味道，也就哭不出了。

武越却霎时泪两行。

这个脱得精光的小人像个小叫花子，头发出油打绺，手掌黑乎乎，屁股以下就没法看了。毛巾擦到哪儿，他就软到哪儿，毫无廉耻地嘻嘻哈哈。武越拧着毛巾，觉得自己是不太可能把他弄明白了。

饭局？两个人，还是一桌人？其实有何区别，林少霆这样想着也就推开了豪华包间大门，发现竟是个十多人的大桌，他们已经吃上了，都是跟父亲差不多年纪的老家伙。林少霆点头招呼，找到父亲的脸，叫了声爸。梁劲棠的筷子悬置片刻，疑惑的表情在脸上一闪而过，倒是董秘赶紧起身让座。

犬子少霆。梁劲棠对一桌人介绍，又对儿子道：也给你引荐下，在座的都是我的朋友和多年的合作伙伴。

第二股东是个说话虎虎生风的山东汉子，虎父无犬子，几年没见，公子跟梁总一个模子里刻出来似的，又帅气又有气魄。梁劲棠哈哈大笑，客套两句。林少霆却并不买账，自顾自叫了瓶上好的红酒，听第二股东继续讨好董事长。听说少爷进了 NBI，虽然并非一个行业，到底是国际大公司，好好锻炼下，将来接你爸的班就容易多了。老梁，到时候不要不舍得退啊！

梁劲棠笑了，我早就想退了，就等着他给我卸包袱呢！林少霆刚忍不住要冷哼，已经有一只手拍在了肩头，有分量。

第二股东回到正题，脸上虽然还在保持着刚才的笑容，语气却突然强硬起来。刚刚说到老厂那边，我还是那个想法，就是卖掉还贷。

可是比他还强硬的是梁劲棠，哪能说卖就卖，很多基础零件都有赖老厂。再说了，那么多老工人怎么办，他们可都是跟着我打下江山的老功臣。

可以外包出去嘛，算下来搞不好成本更低。现在很多企业都走这一步，不光为了节约成本，也可以省去繁复的管理环节。第三股东是个瘦高的小老头，他捋着胡子笑眯眯地，至于其他，顾不得那么多老人情了。可以连厂带人一起出售。

梁劲棠不悦地撂下筷子，跟银行合作得好好的，咱们旷达又没有债务困难，何至于走到卖厂卖人的地步！

席间静下片刻，第二股东打了个哈哈继续争取，居安思危总是必要的，等厂子真正面临机床老旧、成本居高不下等问题，想卖可别指望卖出好价格！

梁劲棠沉下脸，卖！卖！就知道打老厂的主意。等人心都卖光了，我看你们怎么搞企业。

秦岭连忙招呼，吃菜啊，大家别光顾着聊工作，动筷子啊！

林少霆食之无味，连那瓶好红酒亦无法将其挽留。他求助地望向秦岭，见他用眼神指向大门，也就站起身，要不……各位叔叔伯伯，你们好好聊聊，我不打扰了，那边还约了朋友。

梁劲棠努力平静开口：你可以坐下来好好听听。我们讲的这些，将来都跟你有关。

林少霆笑了，我在NBI做得好好的，可没打算接你班啊！

梁劲棠尽量掩饰尴尬，年轻人，不知天高地厚，就是个傲字了得！

林少霆大概是喝多了，一股热血冲上头，就权当作父亲提的“傲”字。我是傲，我就不想做你！

梁劲棠还想努力活跃气氛，笑道：你不想做我？你浑身上下哪里不像我？长得像我，穿着像我，连有女人缘都像我！

众人迎合着笑，谁料林少霆却压低声音说：我就是恨我自己，恨我这样像你！

望着他大步走出包间，嘭的一声门响，梁劲棠只看见自己努力营造的玻璃屋被震得粉碎，那里本来风和日丽，光线柔和。玻璃碴子迎面飞来，溅自己一脸一身血道子，而这才是观众最期待的结局。观众嘛，最是嗜血。他冷冷扫视，几个股东连忙低头夹菜左右言他。秦岭打圆场，血气方刚的，挺好。孩子嘛，到时候自然就懂事了。

苏教授在餐桌上查资料，眉头微蹙，见苏小满进门连忙把电脑推到她跟前，为了表示对老苏的忠心，把NBI的旧闻新闻都一起看起来。否则到时候落伍了，被老苏抛弃了可怎么办。

小满笑了，嗯，妾之忠心可见一斑啊！她刚用手去捏老爸鼻子，就被老妈敲了下脑袋，有点恼，你老婆怎么这么凶啊！

苏教授笑了，又是妾又是老婆的，你妈那脑子哪儿转得过来呀！

好，好，就你俩聪明！苏妈妈将电脑往旁边一推，堆上菜盘，不是让你叫小贾一起来吃饭吗？看她蹑手蹑脚要溜，她一串疑问跟报菜名似的蹦出来，就算出国也得回来吧？他是你同事还是老同学，怎么认识的？多少岁？住哪个区什么路？父母干什么的？

小满惊恐地磕巴起来，你要干吗？他……他只负责弹个低音部呀。

苏妈妈意识到失态，好好，我不庸俗还不成吗。只告诉你，人家张阿姨女儿的曲目我都打听到了，《西班牙斗牛舞曲》，那气势就先胜一筹。你们的曲目到底选好了没有？别再来个串烧，我这心脏都快被你俩烧烤了。

撒点孜然。见她立起眉眼，小满收起撒孜然的手指，按下父亲电脑的ENTER键，视频里正是NBI与政府签约现场，她就索然跑掉。老新闻了。以后要什么内部消息，问我这个NBI人就行了！

苏教授继续看视频，记者张蕾蕾正在报道："不管是未来，还是城市，都跟我们的生活息息相关。今天，作为世界IT巨头的NBI公司正式与政府签订协议，一起开启城市建设新篇章。NBI将在城市规划、交通、新能源等多个领域帮助实现自动化。市政府也将在近期加快步伐，与各个领域的领头企业开展紧密合作，将这个令人充满期待的未来城市项目推上历史进程……"

他眯着眼睛陷入沉思。

呼哧呼哧，武越迈着大步跑向任千秋。虽然设想过各种可能，看两只黑眼圈的任千秋快速按灭才点的烟，转身就按电梯，武越还是心里一冷，无他，必是最不堪的那种可能。他努力控制鼻子里的气流、全身的血流，小声问：您不是让我不要出现在旷达吗？

叮咚一声，任千秋只用下巴指了指电梯。

机房依旧是机房，却完全并非昨天那个，人们聚在几盏强光灯下，叽叽喳喳聊着什么。才见二人快步走来，众人立即闭嘴，偷偷交换眼神，传递着某种资讯，看来血雨腥风在所难免。武越企图从任千秋脸上找出一个"没事，有我"的表情，可是没有，只能硬着头皮向前，向前，走向也许一个瞬间的爆炸。"武越！"这时一个脆生生的声音传来，正是张蕾蕾。她还是穿着昨天那身白色套装，却绝无咖啡印子，令人瞬间走向对昨天的怀疑。她拉着武越的手，快，等你半天了！

武越从人群豁口走向强光下，虽然一片混沌，但是，是的——明显，峰回路转。

我们打算拍一条修理现场的实况。张蕾蕾把武越拉到镜头前。

武越快速扫视周围，用眼角余光先瞟见王杨阴沉的脸，他只好故作轻松，又不是我修的，你不是要把我拍进去吧？

张蕾蕾当着众人撒娇，谁叫你这么帅呢，我不管，只要镜头好看，管他谁修的。这可是咱们摄像提出来的。再说，你也没少出力啊！

武越躲过她似有似无的眼神，无奈只好被指挥着跟美国来的工程师专家一起上机操作，张蕾蕾则站在旁边报道：NBI公司特意从美国总部请来专家，经过十多个小时的紧急抢修，服务器资料全部挽回，最大限度地减少了损失。

武越手一抖，抬头正好望向镜头，被站在摄像机后的林少霆看个正着。张江也没错过这个镜头，凑到柴晴身边，什么状态啊？经过一宿熬夜，他头发和口气都发酵了，把柴晴熏得直往后退。没见识过啊，女主播瞄上男神了呗。张江马上不乐意了，那可不地道，怎么也得拍拍我们这些奋战在一线的战士们啊！

拍你？柴晴拿出手机，这是一面镜子。

张江对着手机镜面照来照去，长得还不错嘛！

柴晴抢过手机，大爷，把你脸上的分辨率调低点好吗？

一捧清水将武越的神经捋了个顺，消了个肿。他对着镜子用力拍了拍脸颊，看见镜子里的人已经不再具有多余表情，这才走出卫生间。不料才拐过去就被张蕾蕾顶在墙上。她似笑非笑，有情非情，一脸精致的妆离武越的脸只有二十公分。武越明白，事情不会这么简单。果然，她说：昨天采访和今天采访，说出的话会有多大区别？别说话，记住一件事——你欠我的。

她挥了挥手，微笑挪步。

林少霆则双手插兜，于几米外饶有兴趣地琢磨着。

12. We Once 传奇

这个地方，外观上像本简装小说，门头铁板上镂空几个字——We Once传奇。苏小满暗想，推开木门，风铃丁零提示来客，屋里三三两两有人抬起头来，又继续回到聊天。正对门口是一张巨幅照片，如同墙纸，却只是个女人的侧影，不够清晰，其艺术性或者目的性显得有些可疑。一行中英文，揭示主题。

Once met, even wait. 曾经邂逅，仍旧静候。

我要三明治。柴晴随便找了张桌子坐，怎么没人招呼？

不知从哪里传来的声音：服务员不在时请自己上手，钱留盒子里。

我已经开始喜欢这里了！苏小满多待一秒，就多收获一秒的惊艳。墙上每个相框、每张即时贴都是个故事，她顺时针一步一步看过去，好像走进了NBI公司的历史博物馆，球赛、签约仪式、年会……还有一些说着流年与遗憾的只言片语。风云变幻，万物变迁，只有零星的片断被保留在这个小空间了，沉淀发黄后就越发浓重，可以拿来凭吊与品尝，有如盘香轻袅。她再一移步，目光却撞上了武越的眼睛，那种感觉好似水到渠成，顺着最优美的舞步，旋转一步踏入灯光——他的领域。而最后一个瞬间直指永恒的亮相。想着，她心思才飞扬，就烫着了逆时针看过来的武越的眼睛，他突然怎么也就语塞了。

你知道这巨幅女人照片的故事吗?

武越摇了摇头,那边还有她的照片,同一个人。

故事中的女人沉默,流泪,无限怅惘。小满沉思半晌,其实,咱们也可以在这里留下印记,不是吗?她从桌上撕下即时贴,写了句“6.5次相遇”贴在旁边墙上一个相框后面。

什么意思?

猜!答案写给我。

说话间,二人的目光都定格在一个挂在照片旁的玻璃盒子,里面插有一朵玫瑰,玻璃上贴行小字:“如果爱情来临,请敲碎玻璃。”

战果不知从什么地方蹿过来,据说店员一直在更换新鲜玫瑰,可是因为是真玻璃,需要徒手打碎,放了这么久都还没人真正动手。其实传奇老板还在等候自己亲自砸开玻璃的那天!您二位怎么想?

二人对视,不约而同地别开目光。战果口哨划过,有戏!

林少霆和张江推门而入,张江正努力寻找准确用语,是女神那种,又敬畏又心痒。二人说笑间,柴晴已经不知不觉凑到林少霆身边,一只胳膊挽住他,我不管啊,你欠我的!

张江手忙脚乱扒拉开她的手,有话好好说,欠债还钱不是不可以商量,不带上手的啊!

我跟林少霆之间可不是欠债还钱的问题,拜托你别那么幼稚好不?柴晴好气又好笑,再次伸手去抓,又被拍掉,转眼变成二人噼里啪啦对打。

张江投降,你别这样一本正经,我会很受伤。

受伤好啊,场面好看!

你到底叫柴晴还是绝情啊?

哦,忘记介绍了,我有个日本名,叫“柴(才)知我绝情”!

林少霆饶有兴趣地看他们斗嘴,却不经意间瞥见照片墙下的小满和武越。他抓了几瓶啤酒过去,今天的庆功酒我请,来啊!见她一脸疑惑,他故作惊讶,不然你们两个聊些什么啊?今天武越立了大功,把个电视台女主播搞得定定的,这我得给他宣传下!

武越面色不改,静观其变。更多实习生凑了过来,热闹地倒酒举杯,把个小小咖吧瞬间煮沸。

张江天生是个大喇叭,女主播是个大美女,两眼瞄准男神武越,让一干人马生生等他从家赶过来上镜。我呢,才努力往镜头靠一小下,居然被电视台专门安排了一只脚,一只把我踢出镜头的脚!

众人大笑。武越看小满跟着嘻哈也就悄悄撤步,跟林少霆错身而过,小声道:你想干什么?

他仍旧似笑非笑,我倒想问你在夜店里干了什么?

武越笑了,玩不起啊?

玩啊!这不陪你玩呢?

武越正色,事关重要,不要乱嚼舌头,否则被牵涉的可不仅仅是我一个小实习生。

好怕怕!林少霆连忙举手,做了个给嘴上拉链的动作。

武越随手撕了张即时贴,写下几个字:"你肯定不相信,我猜出来了。"悄然贴在墙上相框后面,转身离去。林少霆并未错过这个动作,他凑过去翻看了下,什么什么呀!

八九点的公园绿地静谧冷清,却不乏夜跑者,老的少的,健硕的羸弱的,却从未见过一个边追边摔边哭的,他就是武天天。武越大步向前跑去,仿佛对世界充耳不闻,他的确很乱,张蕾蕾的欲言又止,任千秋的不阴不阳,还有林少霆,他到底想干什么……武越急需在他熟悉的暗夜里沉静下来,在汗水里排泄积郁,在脚步声中抵达解答。可是,武天天时而惊天动地时而偃旗息鼓,都让武越的思想游离在身体之外。

哥哥!臭武越!

武越不理,小广场上绕圈,过会儿又绕一圈过来。

武天天大叫:刚才有个陌生人要给我糖吃。

武越一个急刹车,退回几步,拽过背上就跑。武天天趴在哥哥宽厚的背上,搂紧他脖子,突然间一使劲,让武越嗓子一紧,跟着心里一紧。武越没让他放松,只这样被他勒着,从快走到慢步,直至他的胳膊也软软地耷下,耳畔传来均匀的呼吸声。武越走向绿地最深处,那里的夜色可以呼吸。

苏小满睁眼起身,头猛磕在寝室上床板,才想起跟母亲逛街的约定,顾不上多梳妆,边打电话边冲出去,妈,学校两条街外开了家咖啡馆,咱们那儿见,我请你喝咖啡吃点心赔罪!

抵达之前并未收到母亲的夺命连环呼,小满站在咖啡馆外捂住膝盖大口喘气,一抬头,透过透明落地窗,她看见一圈老外围在一条长桌忙活。她放慢脚步走过去,于是一个穿制服戴白色高顶厨师帽的男人露出侧脸,他是武越,正在跟老外示范包饺子。小满看见玻璃上自己的小心脏扑扑直跳,无所不能的你啊,无处不在。上帝,你是告诉我些什么吧?可是,突然,她亦从玻璃上看见自己,跑变形的马尾,皱巴巴的衬衣热裤,还有光脚人字拖。她赶忙就着玻璃镜面一阵忙活儿，快速将头发理顺拧成丸子，挽起衬衣袖子，用湿纸巾擦了下脚丫，再往下拽了拽热裤。

一个咳嗽声打断她的忙乱。小满回头看见个老外男人，便指了指里面那群人。

对面正是老板 Edward，哦，这帮老外在学做饺子，你要参加吗？

她脑子飞速急转，直接上英文：Sure, I'm a Korean. You know, Oppa.（当然，我是个韩国人，你知道的哥哥。）

Edward 有点意外，不过马上摊出手，RMB280, thanks!（280 元，谢谢。）

Edward 抽了好几次，才把票子从小满手中抽过去。可她才迈出了两步却听他自语：如果是老中只要 180 块。如果吐血不影响形象，小满肯定会不顾健康与否先吐两口再说，可这回她只能咬牙强咽了。

武越正在切馅，一晃眼看见对面的苏小满，差点切到手。他脸上突变也就将一圈目光直接引向小满。她赶紧笑眯眯打招呼：Hello everybody, I'm Coco, from Korea. An niang ha se yo.（韩语：你们好啊！）

武越脑子飞速转了七七二十一个圈，到底暗笑，并不挑明，Coco, nice to meet you!

趁他讲解，小满赶紧给妈妈发条短信：你一个小时后到，切记切记！

苏小满和面粉和成了面泥，加面粉又凝成面疙瘩，就这样加水加面，和出满满一盆面，把后面探头探脑的 Edward 心疼得嘴上吱一声，又唉一句的。看她一脸一身面粉，格外认真又愈行愈远的样子，武越的心似乎成了她手中的面粉，柔软无形。武越特意让她给大家演示。

小满大喜，擀饺子皮这个环节还真跟母亲学过，她活动活动手指手腕，深呼吸，准备大展身手，先整出一个干净的桌面。可她左手才一挥，一撮面粉刷地甩在众人身上，惊起一行尖叫。来不及抱歉，她再右手一挥，一个包好的饺子飞了出去。

小满尴尬得一脸黑线，Sorry, bi a nei! Actually, I'm really good at it!（对不起，其实我很擅长的。）

整理出桌面后，小满一沉气开始埋头擀面皮，果然训练有素，迅速果断。她边擀边扔，各种形状怪异的面皮横空出世，旁边老外只得手忙脚去接面皮。最后一块面皮最大，一下子飞出去，敷在正好走过的 Edward 脸上，吓得他哇哇大叫。

Bi　　a　　nei——!（韩语：对不起！）

这时候武越的手机响起，他退出来，去外面接电话。

小满擦了下额头的汗，望着一桌子饺子皮才想总结陈词，却被身后一句地道的上海话生生卡住。"跑到各得来白相面粉了,要和回去跟姆妈活!(跑这里来玩面粉了,要学跟妈妈回家啊!)"不回头也知道是谁,她狠狠闭了下眼睛,Sorry, bi a nei! I have a Chinese mother, a Shanghainese.(抱歉!我有个中国老妈,一个上海人。)

小满猫腰钻出窃笑包围圈,小声用上海话埋怨:搞啥么子,让侬一个小时后再来呀!

Edward 面无表情从旁边飘过,老中只收 180,要不要退你一百?

小满又恼又囧,直跺脚,No la! 韩语是 Xi lou. Xi lou!!!

武越接好电话回来,已经不见小满在忙。他望向两个女人拉拉扯扯远去的身影,淡淡地笑了,有些走神。

苏小满啊苏小满,为靠近男神 280 块当次韩国人,亏你想得出!柴晴坐在"传奇"咖吧,笑得花枝乱颤,笑得美倒众生。

嘘!小满还纠结在这个不圆满的结局,我若说"不好意思阿姨您认错人了吧",会不会被她一巴掌呼晕?当时若往脸上抹把面,也许就逃过这一劫了……

冯峥峥身着蓝色碎花裙趾高气扬地走进来,一阵香风顺着丝滑裙摆生生扯走了柴晴的视觉神经。她的眼光上下透视解析,你不觉得了不起的少年大学生最近变化太大了吗?人长得普通,打扮却不一般哦。这条裙子,昨天才在时尚杂志上看过,四位数,她哪来的钱?别替她说话啊,你的眼睛毒着呢,正单、跟单、超 A 还是专柜货,你分分钟公布答案。

说话间柴晴已经走至冯峥峥桌前,裙子不错啊,是哪家网店买的,给个链接?我保证只买其他颜色,不跟你撞衫!一般网店都仿好几个色儿,比专柜的还厉害。

冯峥峥皱了皱眉,没法交流,果然是穿惯了仿货的货!

柴晴故作惊讶,专柜货啊?那不得四位数了?咱们第一个月的工资都没发呢!

冯峥峥冷眼扫了扫她,您这手镯亦不菲啊,林少霆买的单?

你意思是,这裙子也是某人买的单喽?柴晴并不急于撇清自己,而是把对方带沟里再说,这就是她够狠的地方。冯峥峥眯着眼睛点点头,冷笑不语。

小满见势不妙挤到二人中间,我喜欢这个花色,艳却不妖,不是每个人都能 Handle 住的!

冯峥峥很受用,对小满:我才听说一个绝密消息,你可别外传。

小满乐了,你在这儿一吆喝,全世界都竖起耳朵了。

其实也没什么不能说的。冯峥峥瞥了柴晴一眼，咱们实习班里有几个人的实习期是两个月，两个月后若不合格就得走人，如果还凑合呢，才给满六个月。

小满大讶，嘴巴还没合上就被柴晴拉走，哼，看她能蹦跶几天！

这一回合，二人平手。

武越打着电话走进咖吧，见大条桌那儿围了一圈老外，以为忘记调馅。可他才急走几步就急刹车钉在原地，一个身穿制服的女生正挥动毛笔，边写边用英文解释，引来掌声不绝，她报以略有羞赧一笑，正是苏小满。Edward从后面拍了拍武越肩膀，新来的，不错吧？

光教书法？

怎么可能？还有中国水墨画。

还有吗？

她说茶道也可以来，据说……

武越打断他，洗盘子吗？收杯子不？

那是必须的！

武天天躲在角落里，琢磨着哥哥和Edward，还有他们望向的苏小满。他看不懂，只隐约觉得这张桌子归哥哥，哥哥不高兴了，那么这个姐姐就是坏人。人影攒动中，苏小满风一般奔过去。可自己刻意营造的惊喜并未在武越脸上找到效果，他只淡淡地问：你缺钱吗？

在咖啡飘香的环境下工作，实在颇有情调呢！

看Edward极为受用，才要接话，武越一把拨拉开他，冷脸正对小满，工作就是工作，哪来那么多情调。收拾收拾走人，别在这里犯公主病。

小满莫名受伤，她一撇嘴挺直腰板，别以为就你会教做小饺子，我还负责教书法、中国画和茶艺呢！古琴我也可以来一点。你会吗？对“书法等”老师恭敬点！

武越边穿上围裙边走进柜台，好吧，就让你情调一天。牛奶用完了，去后面仓库拿些。小满乐呵呵进去，将两罐递上。武越忙活着收款，看也没看，两箱，不是两罐。她又撅着屁股狼狈地拖两个纸箱出来。武越弯下身，不是拿牛奶而是扔过去两样东西，去收一遍桌子，两块抹布，先这个，再这个，收好的杯盏拿到后面洗干净。等小满出来，衣服上水迹成片，连头发都打绺。武越假装看不到，又扔给她一个纸箱：这是打折卡，你算一下总数，按三元，五元分类整理。再统计总数……

小满气鼓鼓地一抹汗，转身就走。武越愣住了，我招数还没使完，她就撤了？可她几大步走到长条桌前，蘸饱毛笔快速折回，黑着脸在他脸上画了个大叉叉，片刻，就绷不住咯咯地笑了。事发仓促，武越没反应过来，一张脸突兀地亮在大厅中央。

嘿，这笔锋！写得好！Edward带头鼓掌，一屋子人大笑起来。

谁都没注意到角落里有人怒火中烧，却是武天天。他也跑过去，用手按在砚上，带一手墨汁冲过去，直接拍在小满牛仔裤屁兜上。小满只觉屁股被袭，转头去看，却并未看到什么。可这一转身，却被武越瞧见两个触目心惊的小黑手印，顿时明白怎么回事，忍不住哈哈大笑。

众人反倒愕然。

车行老板前面引路，林少霆在跟秦岭通电话。今天运气不错，秦岭的朋友只大致看看就果断租下老洋房，付钱爽快，不还价。秦岭的嘱咐依旧是"万万不可告知董事长"。林少霆心想，废话。车行老板停停走走，有些犹豫，配色什么的也许不那么令人满意，不过真是全照着您的意思来的。然后他推开大门，一盏大灯"夸"地打在屋当中的新改装车上。

林少霆的手机掉在地上，自己却浑然不知。他到底笑了笑，眼睛霎时雾蒙。

改装车在繁华的夜路上开过，时疾时缓，林少霆并不介意。他只那么漫无目的地开着，只想这样开下去，管他呢！右手侧是一辆铁皮小车模，车窗前，正当中的位置。铁皮小车有年头了，配色新鲜却毕竟斑驳，被摸出锃亮的金属质感，旧又格外的新。

黑色大奔缓缓驶入梁家大宅。梁劲棠格外疲倦，今天几个会谈都不顺利，"未来城市"项目签约在即，希望不会再有变数。他望向窗外，却突然喊了声："停！"车子戛然停止，他按下车窗，一辆崭新的改装车就徐徐展现。它配色招摇，静静停在树荫下，却像一杆战旗，像蓄势待发的战车，像一封待签的战书。梁劲棠脸上的肌肉不停跳动，不过，随着车窗升起重又恢复正常。走吧，他说。

车窗玻璃上反射出他自己三十多岁的模样。那天，他身穿一件蓝色短袖衬衣，站在学校门口，脚注水银般沉重，想迎上蹦蹦跳跳出来的林少霆，却无法移步。六岁的儿子一路都在絮叨他的母亲，说她来过学校，然后去洛杉矶看外婆和姨妈了。问他怎么不去，自己可不可以去。梁劲棠生硬回复：咱俩都不去！儿子想起母亲临走送的小汽车模型，兴冲冲掏出来。

梁劲棠怒火直冲，抓过使劲往地上一砸，以后别提她了，你没有妈妈了，你懂吗？

林少霆懵了，"嗷"一嗓子扑向砸成几瓣的小汽车，你胡说！你还我小汽车！他趴在地上草丛里寻寻觅觅，撕心裂肺的哭声把梁劲棠的心也扯成几瓣。

那个晚上格外清凉，窗外花园里悄无动静，虫鸣蛙叫都缺席。梁劲棠趴在台灯下，发了会儿呆，重新拿起胶水。这时，身后传来一阵哭声，“妈妈，妈妈……”儿子抽搐了两声，并未醒来。梁劲棠一把抓起修补得差不多的小汽车，高扬起手，却还是缓缓放下。

待六岁的林少霆在床上懵懵懂懂坐起身，已经淡忘了昨日的撕心裂肺。桌子有个小汽车模型，完整如一。轻风拂动窗纱将阳光洒在它身上，再撤离，再覆盖，不厌其烦。

今晨，林少霆从床上坐起身，拉开窗纱望向院子里的改装车，竟跟小车模型一模一样。他清楚看到自己六岁那天早晨的笑容。

13. 合作愉快

同样享受今晨阳光的还有苏小满，她身着制服，站在咖啡馆门口的小路上，在干爽的青草气息里大大地伸了个懒腰，再一叉腰，就有了一夫当关的意思。武越往里走，他往左移，她也往左。几个来回，他不耐烦了，要问什么？我无可奉告！

楼上有人等。

谁啊？武越突然想起弟弟，顿时心惊。

无可奉告！

他夸张往后一张望就乘机错身，奔二楼而去，小满也假装无所事事跟在后面。

二楼逆光而坐的一个女人高雅地扬起手，这儿呢！竟是张蕾蕾，举手投足全是“妆”。武越越靠近，越看不真切她的意图。她先轻叹口气，我点的咖啡什么时候能上？

小满一根鸡毛掸子扫遍天下，从墙到桌面四下划拉，灰尘在强光下轻舞飞扬，把自己呛得直咳嗽。就这样，她还是没忘记伸长耳朵，煞有介事地忙活着。武越的心在柔化，脸部肌肉却保持坚硬，对，你，拿下5号桌的点单。看她撅着嘴下楼。武越坐下，你怎么找到这里来了？

我做什么的？

武越决定速战速决，找我什么事？

张蕾蕾无法接受这种直接，撅嘴撒娇，人家好心找你，那么严肃，真伤自尊。

当然记得,老板在等我干活,下次请你吃饭。

张蕾蕾看他急于抽身,就从随身包里掏出打火机和烟,自顾自点上,好吧。她吐了口烟正色道:你不是在公司里做实习生吗?至于要跑到这里打杂吗?如果缺钱,我可以借给你。

没等武越回复,小跑上楼的小满将咖啡杯重重蹾在桌上,他不会要你的钱!

张蕾蕾不悦地盯着扑到桌面的咖啡,关你什么事,你怎么知道他不要?

小满大声宣称:因为我懂他!

五个字好像五个小石子,一下一下投入武越心海,激起圈圈水波,暖暖漾去。武越呆了。张蕾蕾却瞪了她一眼,转头对武越,不行的话,就去我们电视台工作,凭借我爸,给你找个高薪位置还不是小 case。

她正抬手举杯,被小满夺下杯子,借着擦咖啡印记的由头,继续代答:我们公司可是国际五百强排名前十位的,你怕武越挣不到钱?干吗要靠你老爸。

张蕾蕾恼了,你是哪颗洋葱啊,一张嘴乱呛人!让我猜猜,是不是追帅哥追到我桌子上了?武越才要开口解释,张蕾蕾又不耐烦地抢回咖啡杯,蹾在桌上,得得,让你小女朋友回避下,我跟你有正事讲。

正欲大举开火的小满登时卸下弹夹,霞飞满面,蹦蹦跳跳走了。

张蕾蕾认真按灭烟头,似乎将前面的氛围按灭在咖啡渣里。然后,她望向武越的眼睛,小声正色说:你是实习生,却并非旷达的实习生。你骗了一道,我不是不知道,只是假装不知,给你个面子。武越微笑强作镇定,并不辩解。别紧张啊,张蕾蕾莞尔一笑。作为 NBI 实习生,你应该知道市政府的大项目——“未来城市”,它本来就是与 NBI 合作的咨询项目。这次政府的步伐迈得大,在相关行业同步招标,旷达的绿色风能已经中标,签约在即。一旦签约,肯定会在近期大举采购 IT 设备。跟“未来城市”相关的新闻,无论巨细,我都会跟。

这跟我有什么关系?

当然,绕来绕去又绕回来了。旷达这么大一块 IT 蛋糕,你们 NBI 会不参与吗?不是说了嘛,跟这个“未来城市”相关的新闻我都要深究。老实说,你们那个什么宕机的小新闻我才没兴趣,不过你这一掺和,我完全可以写篇报道,说 NBI 为了阻挡消息外露,欺骗媒体,比起前面那个小新闻总算有了亮点。

证据呢?

咖啡店的录像里,是你给我们全部员工买的单。也许你按掉我手机的镜头也很说明问题。看武越息声，她甜蜜无公害地笑了，帅哥，放心，其实我对这个小新闻也没兴趣。

武越心中一惊，那么你要什么？

我要更具爆炸性的新闻。我对你有信心，你会挖出来还我一个的，也许不只一个呢！好期待哦！别让我等太久啊，实在没新闻，我把旧闻炒炒也可以再用的。张蕾蕾起身要走，向武越伸出她看似柔软无力的手，祝……合作愉快！

自从被张蕾蕾一点拨，小满的红晕还未褪尽，就这样红着晕手挥鸡毛掸子扬一屋子灰，红着晕用鸡毛掸子搅了咖啡杯，被Edward抢下，这才没能酿成其他祸害，红着晕看武越心事重重地走下楼，连忙跑去洗杯子。武越也卷起袖子，站她旁边帮忙。那一抹红当然逃不过武越的眼睛，他尽量盯在咖啡杯上，慢条斯理地说：不是我想帮你，是你笨手笨脚，杯子被你洗后都缺瓷少块，就怕割到客人嘴巴。

小满突然豁然开朗，我还奇怪呢，手上那么多小道子怎么来的，敢情是杯口子划的。她亮出双手，果然有些细小的道子。武越瞥了眼，苦笑，有种东西叫手套。

就是因为戴手套才老磕破杯子。

笨！

小满抓了一手泡泡抹在武越脸颊，假作清白，不好意思哦，我手笨。

武越慢慢用手抹掉脸颊上的泡沫，却突然抓住她的手，将泡沫抓起来涂在她自己脸颊上，是真笨啊，都不知道反抗！被抓住手的小满心里一阵小鹿乱撞，撞了半天才撞出她的脑电波，脑子活过来手也醒过来，直往他身上撩水，绷了半天的二人终于嘻嘻哈哈起来。他们致力于走出张蕾蕾一句话的紧绷感，却反被弹回它的包围圈，几个字，弹弹跳跳，敲打在各自心尖，有种微妙的不确定。

Edward手托下巴支在吧台一角痴痴地瞧着，头皮发麻，忍着处女座各种无法忍，唉……最见不得这种情节了，可还老是忍不住要看一眼，多摔几个杯子也值得啊！他一晃眼，发现伙计居然也立在旁边痴看，你，你怎么还不去干活？

伙计委屈万分，凭什么他们可以在那儿腻味，我得跟拖把扫把腻味？

这是一个看脸的中国。

看脸的时代好不好，学都学不像！

Edward从卫生间出来，恰逢武越走过，他抬头望向二楼，一副欲言又止的表情。Edward立刻心领神会，知道知道，立马关闭。武越已经快想不起武天天原来的样子，现在的他头发油腻打绺，膝盖黑乎乎，汗味袭人。他不能再让他像个小花子一样玩着游戏过下去，他必须跟他解释清楚。Edward 即便龟毛，到底通情达理，应该可以通融自己暂住的请求。我的意思是……武越企图开口。

Edward 将武越拉到角落，这几天的营业额真的上去了，中国文化博大精深，令人佩服。你看这一楼熙熙攘攘的，坐不下的客人情愿打包带走。哎，大师有神力啊！他仰天长笑，关得好！

我其实……武越越发说不下去，事实不光有损个人信誉，似乎还影响到了中国文化的尊严和神力。就在他犹豫的片刻，Edward 的眼睛跟着大厅里一个小小孩子走了，芒果慕斯在他手中的盘子上颤颤巍巍左歪右晃，到底啪唧掉在地上。小小孩刹不住，跟上去一脚顺势摔倒。他瘪瘪嘴忍住没哭，爬起来要走，哪料中了个大彩蛋——粘着蛋糕的鞋子居然会发出"呱唧呱唧"的声音，他就这样惊喜地"呱唧呱唧"满地跑开。旁边一个孩子见势也加入进来，顿时整个屋子都是大人孩子的大呼小叫。妈妈温柔的呵斥加伙计隐忍的劝告都无法改变整个地板在"呱唧呱唧"中大面积走向黏甜的下场。

Edward 内心被"呱唧呱唧"踩出一片裂纹，走向崩溃，到底压抑地叫道：我——恨——你——们——！他并不知道自己一句话封住了武越的嘴，不过马上意识到什么，不是不是，我已经越来越喜欢孩子了，非常努力……Edward 悄悄指向二楼，他作证！

这是一个需要醒脑的清晨，等着买咖啡的顾客排到了门外，武越忙碌着收银，习惯性地"您好"，一抬头却发现是还未换工作服的苏小满。她笑靥如花，我要一杯拿铁。见武越没反应，我排半天队了。大杯拿铁半糖。

随便吧。武越下单，刷卡。她快速签字，将卡单递还。武越抽回，却被紧紧握着，再抽，仍旧未果。他终于望向她两只握住卡单的拳头，见她先是伸出右手小指头，指甲血红底色，正对自己写着白色两个数字——"13"。武越苦笑，这种骂人不辛苦吗？后面一个穿着花哨的胖女人伸头好奇地观望。小满撇嘴摇头，又展出右手无名指，指甲上蓝底色上写着"7"。然后是右手中指，绿底色写着"0"……就这样一个一个按顺序全部展开到左手小指。武越的眼前一片花红柳绿，朵朵奇葩的花，好似傻笑的脸。卡单早已落入武越的手指，他却忘记收回。

小满不得不小声提醒：手机号码呀！明白了吗？记住了吗？

后面一排人统歪头观望，"哇……"地小声齐呼。身后胖女人更是无比惊喜，这样也行？

武越和小满一对视，脸泛红霞。武越清了清嗓子继续收银，故作淡漠，我早有这个号码。

真的吗？你怎么会有？

我是实习班班长。下一位！

小满撅嘴往旁边挪了两步，还是甜蜜地笑了，那记得加我微信哦！

我很少用。

从此多用呗！

小满才走开，武越眼前就出现了一双胖手，指甲上用白板笔写着电话号码，一个一个伸给他看。武越尴尬地抬头，看见胖女人故作妩媚羞赧，他只能一脸黑线地笑了。胖女人突然发现数字写反了，怎能统统正对自己呢？于是又连忙一阵倒腾手，比画不明白，恨不能把两只手剁下来摆在他跟前。

武天天眼睛一亮钻进玩具堆，放开膀子四处抓，好像个饿极的孩子，世界瞬间变成了这个小圈子，绝无其他。武越心有不忍，回头朝院长介绍：他叫武天天，五岁半，应该上什么班？

中班。院长明显没料到会被家长问出这样的问题，准备再寒暄几句，孩子的专注力不错，这是不小的优点。

武越并不能领会这句不疼不痒的评点，只想快速解决自己的问题，有没有一周都托在这里的班？见对方明显皱眉，他连忙改词，不是，每天六七点接的班有吗？

没有。每天八点送，四点接。院长声音生硬，家长再忙，也不能把孩子的教育全部丢给学校，你说对吧？这位家长，我给你提个小意见，这么热的天，长发易生痱子，更需要勤洗。你也很少给他讲故事吧？我刚才递给他几本书，他接都不接。这些可都是孩子们的最爱啊！咱们做家长的应该在孩子身上倾注更多精力，帮他们养成阅读习惯。还有……

武越愈发蒙了，只呆呆地看着院长嘴巴一张一合，自己负责点头。

院子终于给演讲画上了句号，到财务那里缴费，明天正式上学！

武越突然醒来似的一激灵，他拉着武天天付费、离去，背后传来院长跟财务的窃窃私语。

哥哥？得了吧。

唉，恨不得扔这儿得了。

现在未婚先孕的可多了，恐怕单亲，不然这种事不都是妈妈带过来的？

武天天抬头望着武越，有点莫名有点担忧。武越一口鲜血含在嘴里，只能拉着弟弟急步跨出校门。

14. 林少霆的乱

傍晚的传奇咖吧没几个人，看苏小满大口吃意面，柴晴却只动了几口。她翻出粉盒，补了下口红。大门风铃叮咚一声，林少霆终于现身，他身着精致衍边的亮色衬衣，中裤，白色皮鞋，顿时照亮了整个咖吧。柴晴站起身，褪下西装外套，露出件抹胸露肩小礼服，走吧？

就这样啊？林少霆上下打量她俩，肯定不行。这位苏美女还是素颜，还有这一本正经吓死人不偿命的西装？

柴晴才想起似的，sorry 啊，忘记告诉她了。

见小满一脸云里雾里，满嘴番茄肉酱意面，林少霆打了个响指，带你们去个好玩的地方，慈善酒会。至于装扮，放心跟我走！林少霆一手拉一个出门，顾不上她咀嚼着还在拒绝。沿街停着一辆改装车，配色夸张出挑，即便夜色中亦格外扎眼。柴晴大叫：你的保时捷呢？

换了！

不是吧？保时捷多跩啊！

能有这辆跩吗？

怎么这么眼熟，在哪里见过似的。小满围着花里胡哨的车子转，一句话让他心里一咯噔。这个好，有个性！配咱们林少霆那叫超级定制！你看吧，不管它内在如何简单，反正外表必须张扬又神秘，一副炫死人不偿命的样子，就是要帅给你看！林少霆并非受用，而是从里到外抖了一下，皮肤毛孔嘭地一张，那么细微的一下。他不再敢与她目光相碰，只绅士地一躬身，做了个请的动作。小满还想偷溜，被他揪住后领塞进车里。

好话都白灌了！

改装车一路轰到一家礼服租赁造型公司。造型师必是相熟的，不需嘱咐就将女孩子带了进去。他明白，无他，只需惊艳四座。

一阵突来的夏雨噼里啪啦敲在改装车壳，溅起粉尘与热浪。林少霆干脆走上人行道，让雨点打在脸上身上，他睁不开眼睛，心才没那么杂乱。不敢跟女人目光碰撞的林少霆还是林少霆吗？他被自己问住了，我林少霆阅女人无数，只有她们被我剖析至骨的地步，哪有我被把住反骨与脉络的可能？他抹了把脸，望向落地玻璃窗里的女孩，她真的是苏小满吗？她从造型室走出，画了淡妆，长发做过卷垂至胸口，正好衔接上这件乳白色抹胸伞摆裙，她拽住两侧裙摆，故意骨骼僵化，退一步半下蹲敬礼，向左朝右，惹得造型师大笑，好似甜美可人的木偶。更多的雨水倾泻而来，却压不住他八爪鱼似的恣意张扬的凌乱。

不知柴晴什么时候出来的，说了什么，直至她拗出个S遮住了落地玻璃里的小满，把林少霆拉出混沌，倒也令他斩钉截铁将各种乱于空中打结，跟她走进屋里。小满在钱包里乱翻，现金恐怕不够，刷卡行吗？

柴晴不屑，没见过世面，林少霆会让你操心这事儿！

小满偷偷对镜子往上拉裙子，武越要看我穿得这么暴露，肯定不会要我！

谁料林少霆笑着走过来，不怕，我要！他于镜子里瞥见柴晴瞬间沉下的脸，马上补充，是美女，我统收！

小满依旧犹豫，露太多了，要不我还是不去了。

林少霆找了几张纸巾去擦雨水，去啊，干吗不去！怕武越也在那儿端盘子啊！

小满根植于身的女侠筋霎时自动重启，她双手叉腰，张口就喷：端盘子怎么了？没端盘子的有你吃饭的吗？没端盘子的你吃空气啊！你跑厨房来顿手抓饭啊！四体不勤五谷不分，站着说话不腰疼，还有……她一着急，词蹦得太快，挤在嗓子眼上不来气，最后大力蹦出三个字——自个想！

柴晴乐了，武越是雷，一踩就炸，我等闲人，敬请勿碰。

可惜我不是闲人。林少霆却抱着欣赏的姿态，雷吗？我偏偏爱听那一炸。

改装车于雨夜的街头飞驰而过，溅起水花一片。武越快速拽过武天天，这才用后背挡住溅水。待他再转身，车子已没了踪影。他们走进一家面馆，面对街道坐着，叫了两碗汤面。一摞崭新的绘本堆弟弟跟前，天天看着玻璃上自己的影子，却高兴不起来。快吃，绝对肯定不喂！武越装作很香地大口吃面，看天天依旧气鼓鼓的，就揉了揉他才理发的小脑瓜，头发短到接近光头也就算了，还极为土气。他笑了笑，算了，五块钱的头还想怎样？对了，在幼儿园别挑食，吃饱点，把那么贵的学费给吃回来！吃完开始学习，你看你的绘本，我读我的书，等Edward一撤我们就……

武天天猛一抬头，不对！老师让你给我讲。

我哪儿有空，自己看。

那我明天告老师。

现在换武越气鼓鼓的了，他边大口嚼面边暗自发恨，自从带上这个小尾巴，他比有了尾巴还窘迫，藏着掖着，念着牵着，连个小实习生都当得提心吊胆。现在自己还捧着本幼稚到可怕的绘本正儿八经地念，念到哈欠连天。武天天听得痴迷入戏，不断提醒：大声点！狮子怎么叫的。

武越应付地吼了声。

天天非常不满，应该是这样的。他一仰脖子，大声长吼，果然比武越像样许多。你讲得一点不好听，没意思。

武越疲倦极了，你差不多得了，都第三遍了，你才没意思！

妈妈说了，我这么大的孩子就喜欢重复听故事，是最正常。

是，是，是我最不正常。武越自言自语，说完不禁怀疑这一背脊溅水、这故事、这小面馆、这被夏夜一场大雨洗涤后的街道是否真实。

好吧，最后一遍。

果真是真的，至少他的无理要求是真的！武越大怒，武天天！

谁料老板娘走了过来，嘿，嘿，你俩有完没完，当我们这儿星巴克呢，又做作业又读书的。这面汤再不让收得馊了？我等着你俩关门呢！故事你没讲腻味，我都快听吐了！

改装车停在一个西班牙式花园洋房外林荫道上，雨早停了。沿林荫道一路泊过去皆是豪车，大门内豁然开朗，花园草坪上摆两辆玛莎拉蒂新款展车，车模在灯光和音乐中婀娜展笑。另一侧被布置成长条酒水甜点自助桌，身着礼服的人们端着香槟在暖暖夜色中低语说笑。林少霆拉着二人从中间走过，闪光灯亮成一片。

谁料梁劲棠和秦岭从里走出，林少霆到底反应快，转身一把搂住身边的女生按在墙上，直至三人错身而过。享受壁咚礼遇的是柴晴，她的眼底急速闪过一丝惊慌，马上变为羞赧，再融为热辣，四射而出。林少霆却错过了她满眼化学变化，只用眼角确定父亲位置，笑道：壁咚成功！四个字后，他就放开柴晴继续前行，把苏小满一人留在原地错愕无比。

梁劲棠微蹙眉头，让他低调低调，就是不听。

秦岭笑笑，小孩子嘛，也要面子的。

这是由两家公司合作的慈善酒会，目的是为疑难病症儿童募捐。签名板上已经留下了许多墨迹，林少霆等三人才签好名字反过身，眼前顿时被闪得一片空白。这里到处是打扮入时的俊男美女，各种国籍肤色，处处透着高端，从建筑到布置，每个细节都可以入画。几个人依旧满眼金星的时候，模特手持捐款箱走了过来，先生小姐好，每人入场券是八百元，也就是募捐款，请问各位是现金还是刷卡？

见小满掏钱，林少霆压下她的手，女孩子嘛，美美的就够了！

嘿，小满的女侠病又犯了，谁规定的！你这种思想非常老土……话没说完就被柴晴拍了下后脑勺，犯病要选时机！林少霆却笑了，不怕！她负责犯病，我负责治疗。何况有些病就得激发出来才好治疗。

这时候背景音乐换了，主持人邀请两家公司董事长上台讲话。柴晴激动起来，那个不是旷达的梁董事长吗？上次任老大带我们去现场，我看到他发飙呢。哦，你们都没去，不认识。她用眼角瞟了下林少霆，却没找出额外表情。

主持人又邀请两个女孩子上台，她们是曾经接受过该项基金帮助的孤儿，治愈后被外籍人士领养。她俩身着华服，用英文说着些感激的话。掌声络绎不绝。

意大利菜一道又一道地上，考验耐性。柴晴手持香槟在花园里跟旁人聊天，小满则专心消灭各种食物，跟林少霆有一搭没一搭地斗嘴。他有了困意，不知是香槟使然，还是斗嘴使然，那种感觉暖暖的无比惬意。她偶然会撒一小把辣椒粉，呛他一下，不久，辣意就会随她的笑容散去。她并非 hot 那种辣，为什么却是辣，辣到令我丧失语言能力。就在他迷迷盹盹暗自发呆的时候，柴晴的手已经软软挽上他胳膊，那边有个老外非管我要电话，我不管，你得帮我！

给个假号码不就得了！

他还对我毛手毛脚的呢！

真的？可我不会动粗啊。

我不管！柴晴撒娇，眼睛却盯着小满，我拉你走一圈，他就知道我名花了。

去啊！小满笑着去推林少霆。

巨大的盥洗室里除了可心的香氛，还在角落里摆放了一张双人沙发。小满奔过去，才踢掉鞋子坐下，就听见两个孩子的对话。

为什么每年都是我们来？

我妈妈说，因为我们比别人幸运。其他孩子也许没我们漂亮，没我们样子健全。

我不喜欢那样站在台上。

我也不喜欢。

她们从隔间里走出来，一见有人马上拘谨闭嘴，正是台上满嘴英文的孩子。小满愣了一秒钟，拍了拍沙发。她俩一合计，并未拒绝。她们也就七八岁的样子，美美的妆和高档纱裙却掩盖了天真，透出一种执拗的冷淡。小满不禁心惊，努力用甜美的声音与她们对话，你妈妈说得对，你们是最幸运的。瞧你们多可爱啊，你们需要告诉更多孩子，他们也可以获得跟你一样的帮助。

高些的女孩子腾地站起来，我就是不想到处跟人家说这个帮助！

另一个也撅嘴，我也不想让别人知道我得过病，有好大的疤，还是个孤儿。

委屈你们了。小满万万没料到会出现这样的对话,心里被人撞了下似的生疼,她将二人拢在怀里,有了主意。不过你们知道吗?其实我可羡慕你们了,因为你们太了不起了。刚才主持人阿姨都说,就是因为你们出场,已经募捐到二十万了。二十万啊!姐姐要工作好久好久才能挣到这么多钱呢!如果我有你们这么漂亮,这么惹人爱,我可得抢着站到台前呢。我现在就抢去了啊!现在哦!

两个孩子破涕为笑,被小满拉着跑出盥洗室。

林少霆远远看到三个人嘻嘻哈哈奔过来,反应不过来。柴晴抢着问:小妹妹,听说你们现在都上国际学校,每年一二十万的学费,连家里保姆都是讲英文的本科生,真的假的?小姑娘才膨起的裙摆登时耷拉下来,齐刷刷向小满投来求助的目光。柴晴却挡住她,连小发卡都是韩国进口的,真正的施华洛水晶配置。她转身对林少霆娇笑道:你说这人生转折,它是祸是福,还真不好说。

小满跟柴晴使尽眼色,都无法阻止她不吐不快,还被反白了一眼,有啥呀,这么点的小人能懂啥!

小满尽量用嘴型小声道:她们会很受伤。

受伤?哈哈!贫穷更让人受伤好哇啦?不信你问问她们,看现在的日子好,还是以前的穷日子好。

舒缓的华尔兹音乐响起,便有成双结对的舞者滑入舞池。小满转念将两个小妹妹拖进舞池,教她们一些简单的芭蕾舞和民族舞的动作,过会儿又变成机器人,又变成太空步,三个人疯疯傻傻,不亦乐乎。虽跟会场、乐风完全不搭,她们却渐渐成为亮点。众人纷纷退出,静观鼓掌。

什么乱七八糟的!林少霆歪着脑袋远远观瞧,嘴上不屑。柴晴却看到暖意从他眼角嘴角漾出。她面色一沉,虚伪!

此时,武越就坐在咖啡馆外街道长椅上,注视着落地玻璃窗里的一举一动。Edward还在漫不经心地擦咖啡杯,似乎很享受这个过程,接着又将所有杯子柄摆出一致朝向。有意义吗?武越自语,对了,过会儿你自己睡,我要回宿舍拿些资料。没有动静。原来武天天已经睡着,头枕在他大腿上。这样看,他头发不光剪得过短过土,还不齐整。他努力用手整理了下,也不出型。武越还挺享受这片刻的安静,嘈杂与烦恼都尘埃落定,武越又可以走进自己,一片空白。

将弟弟安置好武越才骑上单车返校,只是鬼使神差骑到了苏小满所在的A大学。他远远看见女生宿舍楼口停着辆花里胡哨的改装车,车前两个穿礼服的女孩子,一颦一笑皆为风景,其中一人竟是苏小满。武越急刹车,看她站在柔光下，身着乳白色的伞裙，整个人散发出柔软的光晕，美得令人眩晕，却针刺似的冷硬。见她朝自己的方向看来，武越连忙调转车头要走。

武越！小满大喊。

武越才准备起步，身后细碎的脚步声却愈加清晰。他只能回头，看小满拎着裙摆在夜色中逆光跑来，令人恍惚。她一把抓住单车后座，怕他再跑似的，然后踢掉两只高跟鞋，这才激动地开口：你来找我吗？你是第一次来找我啊！我在我在！

武越淡然下车，我才下班准备回学校，路过这里。

骗人，回你们大学才不路过这边呢！小满搓着手，眯着眼睛恳求，你肯定是来找我的，别说不是，拜托拜托！

武越到底笑了，打扮这么漂亮等我来找你吗？

小满眼睛一亮，真的漂亮吗？不觉得暴露吗？太好了，我还担心你生气不理我呢！我去参加慈善酒会。

说话间林少霆和柴晴也跟过来。武越瞬间冷下脸，慈善？这种打扮的慈善，充其量就算个富人发发善心的作秀派对。他们总是以各种方式发放爱心，那么即便大肆挥霍，良心也会好受些。

林少霆冷哼，你们评评理，这是不是传说中的愤青啊？

小满赶紧推开林少霆，误会误会，二位请保持安全距离！一旦打起来，后果不堪设想。见几个人全副茫然，她这样解释：这种帅度的两帅哥大打出手，花痴女生不得蜂拥而出，锁门大叔发起飙来会停水断电的！几个人绷不住都乐了，小满这才长呼口气，见两个男人已经各自帮她拾起一只高跟鞋。

改装车缓缓开过，林少霆升起车窗，把目光从窗外的小满和武越身上抽离。而这个动作是带着寒度和硬度的，柴晴遥遥打了个抖，怅然转身而去。

小满挥别武越，却不移步，bye-bye，饺子老师！

武越骑在单车上回头，笑了，bye-bye，书法等老师！

Bye-bye，实习班班长！

武越想了想，Bye-bye，实习班学霸！

Bye-bye，咖啡馆小子！

武越边慢骑走边，bye-bye，咖啡馆破坏王。

小满小声道：Bye-bye，我喜欢的男生。

武越已经骑远，听不见后面的话，他摇摇手，也自言自语地小声道：Bye-bye，公主殿下。

15. 吴志雄他俩的小九九

进了 NBI，考试可能是一辈子事儿。听 Mary 这样说，实习生们哗然一片。同样是考试，跟大学里又有什么区别呢？当然，公司发薪水教你、考你、折磨你，分数直上“超级实习生”榜，最重要的是，今天考的明天就用得上，超实用主义的典范。

第一名肯定不是武越。任千秋边翻看电脑边露出一丝不易察觉的笑容，是的，他很特别，有才华有斗志，很久没有遇见这样的学生。虽然纪律性较弱，可以培养，而野心却是培养不来的。至于第一名这位学霸，良好家庭和学校教育的产物，知书达理，聪明亦努力，就是缺乏明确又宏大的人生目标，没啥野心的三好学生妹。苏小满是也。而她似乎跟武越极为互补，天生一对。

任千秋继续往下翻，看到最后一名——戴阿玲。她是个内向的姑娘，纤瘦羸弱纸糊似的小身板，没说话就先红了脸。不善言辞无妨，许多农村出来的孩子都相对少语，只是她最近课上一直神游，也不知跟她同样考自农村的男友吴志雄是否有关。当初任千秋并不看好这一对，差点把他们从第二轮面试中踢出去。只因为吴志雄一句话，他说：之所以学计算机专业，是为了免费上机。至于为什么要进 NBI？因为他第一个认识的电脑品牌就是 NBI，从那天开始他的人生目标就确定了。任千秋隐约地心疼，他未必贵子，却绝对出自寒门，他的女友戴阿玲更是出自非同寻常的窘迫之家。

这时，Mary 电话打过来，开口先哇啦哇啦一阵怪叫。

戴阿玲坐在学校食堂桌前，看吴志雄端着餐盘过来，有菜有肉，也算丰盛。她挑了两筷子，眼神发散就再没了食欲。这种心不在焉的状态已有好几天了，被吴志雄误以为考试压力。阿玲摆弄着手指尖，到底开口：有件事儿，说出来……你别怕。

吴志雄筷子一抖，西红柿重又掉回餐盘。

Mary 豁然起身，什么?!

小会议室里冷气逼人，吴志雄的鼻尖却冒着细密的汗珠，他用手指抹了下，在桌子下抓住戴阿玲的手，发觉她抖得更厉害。

Mary 研究着二人，按说……我不会干涉别人家事，不过我还是想问问，你们一个研究生毕业，一个本科毕业，也算大人成双了。这件事情……是不是真的想明白、想清楚、想透彻了？

吃饭有助思考吗？吴志雄往嘴里扒拉了几大口饭，专心咀嚼。据说消化食物会占用大量血液，导致大脑缺血发困。想到这儿，他觉得自己是用肚子思考了问题，然后一个饱嗝，顶出了他慎重的回复：我想好了，就这样吧。

却轮到阿玲犹豫了，咱们都还年轻，再说才实习，恐怕老板不乐意。

吴志雄拍了拍她手背，就是因为到了公司，才这么决定。

为什么？

这么说……Mary好像想明白了什么，往后背一靠，抱住胳膊，NBI是无论如何不能让阿玲下课的，即便沦为实习生最后一名。

我最担心这点。戴阿玲咬着指尖，一个礼拜下来，我课上案例表现平平，考试成绩排在后面，恐怕最终会被刷下去。

所以这是最后一个留下来的砝码。不然六个月后，你去哪里找工作？

Mary做了个深呼吸，努力平息。好，抛开一切，我以朋友的身份问，是否考虑过成本与费用？

阿玲想想，还是果断摇头，恐怕我们无法承担，这可是大上海！

怕什么，到时候租个房子把我妈接过来，能花几个钱？何况咱们都是有固定收入的人了！话一出口，吴志雄只觉胸口傲气激荡，却瞬间不知从哪个小洞泄掉，精光，还顺便亏空了些底气。

Mary最后一句：真的决定生下来？

吴志雄和阿玲一对视，点头。

等会儿！戴阿玲突然觉着不对劲，大大的不对劲，你不是在跟我求婚吧？

吴志雄无法直视她和这个提问，只呆呆望向面前清汤寡水两铁盘饭菜，就算是吧。他看阿玲的目光同时停滞在饭菜上，也就会错了意，你说……是不是……咱点它个四菜一汤？一句话，阿玲的火气渐渐抬头。最糟糕的是他还真踏踏实实端来几个食堂里还算像样的小菜，给阿玲的怒火又添了两小把柴。他努力说几句吉祥话，来，祝咱俩未来的日子像这面条顺顺利利、长长久久。他筷子一捞，面条软的断的纷纷落下，令人糟心。他忙又笑道：祝咱俩的小子日过得像这水果，甜甜美美。再一看这水果拼盘，西瓜片小小薄薄的，瓤不红籽不黑，葡萄、橘子什么的都蔫了，比无精打采还不景气。

阿玲到底泪崩，上海人嘴上的乡屋宁（乡下人），我过着打折，折上折的日子。买件新衣裳，不是打折季，看也不敢看，问都不敢问。买点水果，也是人家挑剩降价的一堆，不让挑不让捡，连坏带烂包圆。那些都算了。可是这件事，不能打折！绝对不能！

吴志雄呆了，这或许是认识戴阿玲以来，听她讲过最一气呵成、最强硬的一句话。每个字都把他的脑袋压低一分，再一分，他咬牙扛住几欲流下的眼泪，终于说：好！我今后补你一个不打折扣的求婚！

阿玲还有满肚子话要蹦出来，却突然消失匿迹。去哪里了呢？她只能点了点头。

吴志雄再次微微试探，菜都点一桌了，那今天……算是求成了？

阿玲那肚子话又回来了，然而并没什么用，只好再次泪崩。

Mary在电话里号几嗓子并不足以泄愤，还是大步走到任千秋桌前，将一些并无关系的文件扔到他眼皮下，真没见过这样的学生，太不懂事了。才实习几天呢，就要怀孕、结婚、生孩子、过日子了！这奔小康的步子迈得太紧凑了点吧！算好我们不能开除他们，哼，好一个小九九！也别怪我，只好让她从一线队伍里退下去。

任千秋猛一抬头，什么意思？

对，就这个意思。吴志雄苦着脸在传奇咖吧向战果讨教。小胖子战果是个热心肠，热心到滥情的程度，吴志雄这时候需要他泛滥一下，给个主意。斜靠在旁边的林少霆却先开了口，要说也是你俩不好，这节奏让拎包待嫁、立等可娶的Mary姐情何以堪啊？众人爆笑，林少霆又道：你俩年龄加起来比她也大不了几岁，几个大跃进，直奔共产主义去了。她还在资本主义阶段煎熬呢。

战果不解，怎么讲？

高度自由！

电视里正在播放新闻，张蕾蕾手持话筒报道：我现在正在“未来城市”项目的签约现场，备受关注的绿色能源项目上，旷达果然不负众望一举中标。众人的注意力都被吸引过去，电视屏幕上，梁董事长跟市领导握手签字。战果啧啧艳羡，魔都首富，我的偶像。

张江一肚子小道消息，上次我在旷达现场听到的八卦，说这位梁老大N年前离婚，居然一直单身，什么是钻石王老五？这才是王老五中的战斗机！

柴晴把张江拱到旁边，自己坐下，不太可能吧！消息准确不准确啊，这旷达的女员工不得在争风吃醋中惶惶不可终日？

冯峥峥回头加入讨论，你又有新目标了？

柴晴皮笑肉不笑，别把你的人生目标强加在别人身上。

不是吧，连这个都否认，就太假了！

林少霆无趣推门而出。这些年他听过太多对父亲真心假意的奉承，身心早已种下抗体，可以无喜无忧却无论如何做不到“无关”。开个玩笑，吐个槽不是更妥帖？

冯峥峥凑到柴晴跟前，这位小开什么路数？先保时捷，又换改装车。实力不容小觑。

柴晴上下瞟她，你倒是瞄得仔细，四处下手的节奏嘛！

不是每个人都跟你一个调调。

张江总是最不知道何时插话最好的那个，林少霆的事儿得问我啊！美国名校 UCLA 硕士未毕业，不过不怕，颜值够高。至于家里嘛，肯定千万级别的，买单不看几位数……

冯峥峥微微摇头，恐怕远不止吧！家里做什么的？

张江一想还真不清楚，管他做什么，反正就是狂有钱！

瞧你这小马仔混得多出息！

嘿，张江不服了，干吗混马仔，正经的好兄弟。

哦，混基友的！

吴志雄没心思跟他们谈笑风生，一脑子细胞发动起来也没找到个办法说服 Mary，只好转头去说服戴阿玲。他拉着她漫步校园荷塘月夜，借环境做个缓冲，可她的怒气还是直冲而出，我不同意！还是把孩子打掉，怀孕的机会多呢！

六个月后你排名在后 20%，被迫离开公司怎么办？到时候什么都没了。见阿玲的哭声逐渐平息，融入这沉闷的夜，吴志雄从包里掏出几本厚书，不管怎样多做准备，比如国考，还有公司内部考证，一个都不能少。我们跟他们不同。别提有权有势的爹，我们连个供养得起大学生的爹都没有，只能靠自己一个肩膀扛一个脑袋，读书考试，考试读书，拿证书拿成绩说话。苦命？那就苦着认命。

听说了吗？柴晴下巴指向不远处的阿玲。“阿玲喜怀孕，被贬做秘书。”中华文化博大精深，十字八卦，各种色彩情感尽在其间，不肥不瘦不浪费。柴晴真心瞧不起这些鼠目寸光的乡下人，才踏实几天就着急下崽盖窝，白白荒废掉几年专业课。苏小满总是那个不温不火的和事佬，说什么行政的位置未必不好。当然，柴晴冷笑，不是不好，是她做不好。柴晴拉着小满就往秘书室去。

柴晴明显是这里的常客，直奔一个叫 Nancy 的秘书，亲爱的，你说的那个特卖会的时间定了吗？

Nancy 打扮入时，美瞳明目，植着假睫毛，比恰到好处多一份夸张，着高级职业装，戴大量欧美款首饰，bling bling 尽是锐利度和速度感。她边敲打键盘边张嘴，眼皮都不抬，QQ 号多少？把你加到群里吧。这种特卖机会多得很呢，上次是哪次，应该过去了吧。

见柴晴使眼色，苏小满赶忙张嘴报号。

Nancy 挑起眉头，上下打量，一脸无法忍。西装倒是好牌子，只是搭配得老土之极，毫无生气。就算走清纯路线也可以跟身旁美女学习下化妆吧！是应该进我们群里过过水去层皮。好吧，加好了。她提起刚响起的电话，用英文流利地应答：Hi, David……再抖抖她细长的手指让二人走开。

从秘书室出来，小满一抹汗，面色凝重，这位姐姐太厉害了。阿玲混进去，恐怕是一堆骨头被踢出来。

柴晴眼睛一竖，找死啊，怎敢叫“姐姐”！

二人走到培训教室外的实习生告示牌，看见上面已经贴出了一些培训计划和照片。而“能量赛道”上的五个符号已经起步，差距不大。柴晴说：你考了第一，这第一根赛道上的小圆圈非你莫属了？

小满摇头，还要看课堂综合表现。这第一肯定是武越，对，别无他人。

唉哟，还别无他人呢。看你最近心情很好嘛，是不是跟武越有进展？

你手机 APP 软件安装好了吗？赛道半个月更新一次。

我才不关心这些呢，反正我也不会在上面。柴晴想起那两个月的有效期，看她一副优越姿态，平白生出怨气来。

小满却并未察觉，嬉笑地凑过去，那你关心什么？关心林少霆？你跟他进展到什么地步了？

柴晴却沉下脸，管好你自己吧！你家武越今天下午怎么提前溜了？早上也是慌慌张张地老迟到，到底在忙活什么？

此时正值下午四点，武越站在幼儿园铁门外不时看表，因手机一个震动差点蹦起来，幸而只是个垃圾短信。他的心却被身后两个妈妈的对话揪成一团。她们在谈报名轮滑班的事情，还有英文不行，没外教什么的，不一会又谈起隔壁孩子把蝶泳都学会的事儿。最后她们用“我也要报名”互表决心，用“小学招生要写简历”吓武越一个趔趄。

小满的问题令柴晴格外不安。见林少霆走进茶水间，她就跟了过去，体贴地替他倒了杯咖啡。林少霆虽喝不来公司的咖啡，倒也象征性地喝了口。这时冯峥峥也尾随而来，柴晴想都没想从林少霆手中夺过咖啡杯，自己喝了一口。因为慌乱，没了亲昵反倒惊得林少霆一脸错愕。可惜冯峥峥不会错过任何一个细节，她怜悯地摇摇头往外走，看来也就到这儿打住了！

林少霆不再敢接咖啡杯，张江是我哥们儿，你别让我为难！

柴晴却乐了，几步冲到张江座前，你，离林少霆远点！不然，你朝他多走近几步，我就离你多退几步！

见她转身而去，张江却咧嘴笑了，这算不算一种暗示？

小满慢慢从旁边座位站起来，好深奥，你的意思是？

她早就对我的性取向表示质疑，我也是不好，不光跟林少霆搂搂抱抱，还对他袭胸。必是令女神误解了。

小满一口气差点没上来。恰逢林少霆走过，她大叫一声：我终于想起来了！你的改装车！

林少霆饶有兴趣，但闻其详。

我说你的改装车怎么那么眼熟呢！原来在你保时捷里看到过一个很旧的铁皮车模，就是照它改的吧？里面必有故事，一段让林少霆难忘的窝心传奇？

这是个秘密，或者说从未被当作秘密的事实，林少霆并不指望有人挖掘，破解，哪怕发现。可眼前这个自称不知属什么侠的女侠却层层破茧，将一堂堂林少霆剥皮去壳，搞到狼狈又赤裸的程度。他卸下一脸的玩世不恭，说不出话来。最可怕的是，他居然极其享受这个程度，他觉得自己的心脏就要从越来越薄的皮肤中脱跳而出，于是一伸手抓住了她胳膊，给你三次机会，猜对了，我就把铁皮车模送给你！

张江大嚷：不得了，林少霆被附体了！

这么特别的东西我可不敢要。小满想挣脱却不能。

林少霆坚持，必须要，猜吧！

小满只能被他抓着胳膊分析：第一，看新旧程度，必是多年前某人相赠，不是发小，便是长辈。见林少霆点头，她继续，第二嘛，论感情，这种深厚……还是长辈的可能性大。林少霆再次点头，手抓得越发紧了，把她平白弄得莫名惊慌，却还是努力向后分析。最后再猜，我的胜算就大了，像我跟我老爸亲，你肯定粘你妈，那么就猜……

柴晴不知从哪里冒了出来，我猜，是林少霆妈妈送的吧！

三人瞬间石化。林少霆缓缓放开小满的胳膊，一切都不同了，他的耳畔砰然响起关门声，一些触手可及的不确定就那么确定地烟消云散，他即将脱跳而出的心脏咯噔一下，卡在嗓子眼，堵住呼吸。柴晴娇俏而至，一只手伸到林少霆眼前，说到做到，送给我吧！

林少霆只能傻笑，这个……不要吧……换！你想要什么随便提！

张江不明情况乱起哄：林少霆言而无信。

我就知道林少霆是说说的，妈妈的礼物哪里舍得送啊。又是小满打圆场，换吧，柴晴，别心软，只管狮子大开口！要不狠宰他一顿，宰到吐血倒地？

柴晴打心眼里厌恶她那副和事佬的姿态，却只笑着挎上林少霆胳膊，行，先请我顿好的，咱边吃边商量。

张江追在后面，加我一双筷子。跪求了！

武越挎着包匆忙走过，满脸匆忙。小满喊了一嗓子：武越，你回来了？他淡淡点头并不打算驻足。林少霆下意识推开柴晴的手，见小满小跑跟了过去，罢了，只是她脸上瞬间迸发出的光芒令他心惊肉跳。小满还在努力凿扒出只言片语，课都没上完，你怎么就跑了？你……目送武越匆匆离去的背景，她脸上的光芒渐渐湮没。

16. 小星星

自从当上实习生，变成定时领薪的上班族，实习生也纷纷过渡到租房族。

战果一样，却也不太一样。他“租”下父母的小两房，自己刷墙添家具，一阵倒腾当起了二房东。他推开卧室门，将陌生的小伙子带进大房间，看里面靠墙各摆张单人床，明窗净几，中间素色帘子拉上倒也一隔两世界。不好意思啊！战果做了个数钞票的动作。饭菜我都准备好了，你去收拾下吧，另外那位兄弟也快回来了！

柴晴和苏小满租了个新装修的老式公寓，空间虽局促，倒也简洁明净。谁知二人前脚才进门，苏妈妈后脚就指挥工人将钢琴搬进屋，令小满刹那间凉透心肠。苏妈妈手帕打汗，一天不弹退三天，你不是不明白这个道理。

小满撅嘴嘟囔：那我早就退回你肚里去了！

苏妈妈提高嗓门：什么？

谭阿姨好！柴晴也走了出来，好久不见您还是那样气质脱群，面若桃花，保养得比年轻人还好。

苏妈妈无比受用，从随身大包里掏出几个相框，如家里那般摆在钢琴上，那得感谢钢琴，音乐令人平和而愉悦。

小满面对柴晴，边做鬼脸边悄声学她的样子说话。

苏小满！苏妈妈声调一高，相框都震趴下两个。

我俩先去趟超市。小满忙拉柴晴出门，妈，过会儿同事帮忙扛几个箱子上来，你给开个门！

苏妈妈就坐在钢琴前，随意用手指试弹了几下。钢琴声一起，乐符蹦跃，立即给空间添色加温，陌生也不再拘谨。这难道还不是音乐的力量？

张江撅着屁股费尽全力地将大纸箱往电梯外推，林少霆则手扶电梯门，往旁边让让，事不关己地打着电话。张江有了哭腔，林少霆主动请缨，卖苦力的为何是我？

林少霆掐了电话，我负责出车，你负责卖力。扯平了！

扯不平吧？

嘘！你听。钢琴声隐约传来，见张江仍旧唧唧歪歪大力推纸盒，林少霆干脆一脚踏在上面不让动弹。张江被林少霆的突发状况弄懵了，想问，看他已经魔性地随琴声而去，走到小满跟柴晴合租的房门前。张江按下门铃，琴声和林少霆的魔性戛然而止。

门里竟是苏妈妈。她更加惊喜，小贾啊，正好，你来跟我合一下曲目，眼看决赛没几天了。

林少霆有点反应不过来，庆幸桌上摆有几瓶矿泉水，您让我缓缓。他尽量小口喝水拖延时间，眼睛望向钢琴，莫扎特变奏曲《小星星》是您弹的？其中两个音准有点问题。

行啊！苏妈妈仔细打望。

张江将大箱子拱进屋，不屑接话：有啥呀，这我也听出了，不就是一闪一闪亮晶晶嘛！

林少霆乐了，别理他，咱行话岂是他听得懂的。

苏妈妈笑了笑，你跟谁学的琴？

小时候是母亲教的，尤其这首。林少霆在屋里转了两圈，看钢琴上倒了两个相框就伸手去扶。那是小满幼时跟父亲的合照，他用手指摸去浮灰，重新摆回。阿姨能再弹一遍这首变奏曲《小星星》吗？

那个时候林少霆只有五六岁，1155665，用右手勉强弹完了整曲《小星星》。母亲微笑倾听，并不打断，亦不评说，只揉揉他松软的头发，抬手缓缓弹起变奏曲《小星星》。林少霆倚在母亲身边，似乎看见漫天星子，它们随着飘飞的窗纱流进房间，散落在空中每个角落。他仰望向母亲，母亲朝他眨了眨眼。就在夜色柔光中微笑对视，毋须语言。

曲终。苏妈妈的手指挪离琴键，林少霆的记忆也瞬间灰飞烟散。你的琴学了多久？苏妈妈问。

皮毛吧。后来也陆续跟老师学过，早忘记了。

可是你的耳朵好，变音都被你听出来。

张江不服，搬家嘛，钢琴走音最正常不过。

林少霆搂住他脖子，乐盲跟文盲一个秉性，就是无知者无畏。

苏妈妈往琴凳右边让了让，来，你弹低音部，跟我合一下决赛曲目。

林少霆慌了，这个……嗯……我俩还没来得及商量弹什么呢。

你们这些孩子，还有时间概念吗？幸亏我带了琴谱。她回身去包里取琴谱，小满一会儿就回来了，乘这个时间我先给你指导指导。别小看低音部，气势就指望你了。上次你俩四手联弹简直像四脚合奏，听得我耳朵锈到现在。她戴上老花镜翻开乐谱，再找小贾，发觉门大开着，早就没了人影。还有箱子要搬吗？小贾……

小贾扯着满脑子糨糊的张江一气冲到楼下，手扶在膝盖上大口喘息。正逢苏满和柴晴超市回来，大包小包满手。柴晴乐了，知道出来接人，还算有眼力价。

张江刚要热情伸手，被林少霆从空中扯住。慢，您二位还是慢慢往上挪吧，我们得逃了，你妈揪着我练琴呢。

小满大惊，我怎么忘了这一茬。走，快走，用跑的！

小贾别走！苏妈妈的大喊声从三楼阳台传来：依你，就来莫扎特变奏曲《小星星》。

Run，run，run！

林少霆双脚却被那句话牢牢钉在地下。

林少霆坐在仿真游戏机上开车，只觉身后站有一人，不看也知道是父亲，顿觉索然。他关机起身，却被喝住：等等！你一回来就在酒吧闹事，找人代你面试，别以为我不知道。给你介绍前辈，你甩手走人。好，那些都忍了……他一声比一声高，却突然来了个急刹车，大有蓄势待发的意思。

又怎么了？

梁劲棠的蓄势果因儿子冷冷慵懒一句话发射出来，怎么了？你把家里老洋房租掉，到底要闹到什么地步！那可不是一般的房子。

林少霆回过头，比淡漠还要冷漠地看了父亲一眼，对啊，是我小时候跟我妈住的房子，十八岁后就改成了我的名字，我怎么不能租出去？

梁劲棠努力压低声音，既然是你妈住的房子，你怎么舍得租出去。

租掉又怎么了，我跟我妈的房子，你来装什么不舍！

梁劲棠愈发恼了，你要那么多钱干什么？又是车，车，开豪车有什么用！等你有了真本事再谈车的事情吧！

林少霆冷笑，反正我一年租金拿到了！

把钱还回去！

还？我也得还得回去啊！改装车都买好了。

梁劲棠暗咬紧牙，青筋暴露，可"改装车"三个字还是瞬间融化了他一嘴的坚硬。他脸别向他处，到底放低声音，我其实……我其实明白你这辆改装车。

林少霆心里咯噔一下，怒气却直升胸膛，他情愿听他骂句"狗屁改装车"也不愿看他在这里装体贴，他没资格谈什么明白，他甚至没资格揣摩，他只配在改装车一片欢愉的配色中被恶心到。林少霆的目光重又坚硬起来，你明白什么？你是明白没妈的感觉，还是明白没儿子的感觉啊？

我都明白。

林少霆吼道：你明白个屁！你就知道在外面乱搞，逼我妈离开儿子，她得多伤心才会离开自己的儿子啊！

梁劲棠也大吼道：我向她道歉，求饶，可是有用吗？她中了魔似的，一门心思非要离家出走。你不怨她狠心，倒老是揪着我不放！这么些年，我一个人拉扯你长大容易吗？她一个当母亲的又做了什么？

林少霆一字一句：你自作孽！

梁劲棠一个大嘴巴狠狠扇在儿子脸上。因为毫无防备，林少霆狼狈跌坐在地。我靠自己白手起家，你呢！你有本事，就像个男人一样自己站起来！

林少霆无法置信地慢慢站起，血都凉了。待他摇摇晃晃站定，眼前这个男人已经从伟岸变成为矮半头，是个毫无特点而言的中老年人罢了。他点点头，抹掉嘴角的血，大叫道：好！我明天就搬出去，用不着你管，我会活得好好的给你看！他一怒之下将书桌上的车模和书本都划拉到地上，破门而出。

改装车穿梭在夜色中，横冲直撞的恶气令行车纷纷避让。林少霆就这样一路飙到夜店，先打开一打啤酒，拉着几个看似面熟的陌生人一顿乱灌。酒这东西真妙，加了过滤剂似的，几瓶下去，身子就轻飘飘了。林少霆就这样在重音乐的舞池里飘浮，在女人的重香中飘浮。不知何时，林少霆隐约觉得眼前热裤美女十分眼熟，仔细一看竟是柴晴，就搂过两边美妞，大着舌头介绍：重点推荐我们大美女同事柴晴，绝对的 hot girl！他没起身，却被柴晴从人堆里一把拽了出来，顿时头晕欲吐。

柴晴妩媚又霸气，谢谢各位以前对林少霆的照顾。不过，从今天开始，他——由我接管了，您几位可以下课了！

众人一阵口哨鼓掌，几个女人不屑朝她竖起中指。林少霆还没反应过来，已经被她顺势搂住吻上了唇。这时候他很需要一个放肆，漆黑无边的决绝，他需要全世界的欢愉，需要一屋人起哄的噪音，需要……在需要中，二人已经踢开酒店房门。柴晴从酒柜上抓下几小瓶洋酒，扔到床上，二人就倒在床上激吻，拼酒，然后……

苏小满坐在资料堆里依旧毫无头绪，忍不住长长叹了口气。都怪任老大，居然派出这样的急活。看在工作表现可以当作培训附加分，小满举手主动报名，哪料是半个月的全职活儿，见不着武越可怎么办？当然武越也举了手。任千秋最后自顾自“你，你，你”点了六个人，分在六个不同的项目里。六个人站起身，相互打量，正是武越、苏小满、柴晴、战果、张江和吴志雄。想到这儿，苏小满给武越发了条短信：周末上班吗？饺子老师？

此时的武越正在城市绿地夜跑，进过多次训练，武天天已经能勉强跟着跑两圈了，速度也只是武越慢跑到极致的地步。武越被他拖得几欲崩溃，却一再压低崩溃的底线。这会儿，天天跑不动了，就蹦着跳着往武越身上爬，武越灵巧又冷漠地躲过。他干脆一屁股坐在地上嚷嚷：我跟不上你！

只能怪你自己无能！武越话一出口，立即惹来路人异样目光。就在他犹豫着是否解释下，天天突然抱住武越大腿根哭叫：爸爸，你不能这样扔了我啊！

这可是能上夜间新闻的大事儿，路人纷纷停下围观，热切私语。武越百口难辩，小声斥责：你胡说八道什么！他努力抬腿离开这片口水的汪洋大海，拖着弟弟好几米，却只得放弃，郁闷至极。好在短信来了，他笑意随之漾出嘴角，手指按点回复道：当然，书法等老师。

小满的短信马上回过来：你去我就去！

武越想起几天前听见 Edward 的抱怨：苏小满？她说她的上班时间跟你一致，你请假就等于她请假。这员工……他气得直喘，简直太不把老板当老板了！想到这儿武越不禁莞尔，收起手机就走，忘记大腿根还粘着个武天天呢。于是，他才抬腿，二人直接倒地，一片唉哟啧啧声。

想到三天后跟饺子老师的见面，小满决定抓紧做个面膜，肤不可待，立等抓起。她边往脸上按面膜边看了下表，柴晴这个死丫头也不晓得野哪儿去了，后天要上项目，今天还不准备。想着拨通了她手机。柴晴抱小腿坐在床上，正在发呆，离烂醉的妆容恍如隔世。她转头去看床头柜上震动打转的手机，又望向身侧昏睡的林少霆，当“苏小满”三个字转到正对面，她终于按下接听键，可转瞬就迸发出娇笑喘息，少霆，别这样，啊……

只听电话里小满一声惊叫，电话摔地的声音。柴晴按掉电话，莞尔一笑，再看身边林少霆，依旧睡得沉沉的。她的手鬼使神差地调出手机日历，入职两个月期限的红星异常扎眼，一闪一闪俨然是枚定时炸弹。

小满嫌烫似的扔掉电话，正好看见镜中自己的面膜直往下掉，剥离剥离，露出半张愕然的脸。她马上扶住面膜，重新贴回去。“小星星”叮叮咚咚在耳畔敲响，是谁的手指在配乐。她双手压住面膜，发着长久和不思不想的呆。

17. 两个

林少霆侧身躺着迷迷糊糊醒来，只睁开眼皮这个动作就引来头痛欲裂。就在他碰到后脑勺的时候，他终于看清窗帘、窗子、两张单人沙发，然后是沙发上乱七八糟的衣服。迷惘中，他突然一激灵，连忙拉开被子往下一看，靠！冷静冷静！这狗血剧里最恶俗的情节怎么又发生在我身上了？虽然并非新鲜事儿，可故事女主角变成柴晴就不对了，大大的不对劲。想到这儿，女主角的声音懒洋洋地从后面飘来，醒了吗？

林少霆闭眼假寐。

我吃好早餐了，你饿不？柴晴斜着眼睛冷若冰霜注视良久，一张嘴却甜腻如糖，那我上班去了。

他睁大眼睛，支着耳朵听着身后动静。

她歪着脑袋继续望向林少霆背影，并不移步。二人就这样僵着，直到她再次开口娇笑，林少霆没虚脱吧？得，你待这儿养精蓄锐，我真走了。

当脚步声和关门声确实发生，他到底瘫软了全身筋骨。就这样软着洗了澡，软着斜靠在前台柜前等服务员查房结账。前台小姐放下电话，若有似无地看了他一眼，先生，您还有其他额外消费，我一并算进去吧？

对，酒水。

还有其他的吧？

他顿时领悟，有些尴尬，不会吧？

前台小姐面无表情，两个。

Shit！这一付款不等于认了嘛！林少霆有些气恼，忍不住回忆，被前台小姐的轻咳打断，先生，那您？

林少霆不耐地将信用卡扔过去，随便了！

苏小满在“传奇”咖吧吃中餐，一看柴晴推门而入，脑子里竟同时浮现自己镜中剥离的面膜，于是下意识去扶了下，这个动作令她心中一惊，嘴巴就管不住地开门见山，昨天你跟林少霆到底……

柴晴意外地坐下，找了个合适的词，全垒打是吧？

啊？要不要这么快啊！

干吗不要？都跟你和武越似的，小暧昧，小琢磨，小虐心，然后牵手，KISS再……

STOP！

柴晴白了她一眼，有啥，不就全垒打嘛！

你的节奏是全三二一这种吗？

得得，你们好，一二三全那种，全到下个世纪去吧！我翘首企盼你俩无性生子！

小满乐了，有点羡慕吧？一点点、一丢丢那种羡慕！

柴晴往后一靠，叹了口气，好吧，就一丢丢。你倒是给点建议。

要说建议，我想，如果您能激发他身上温暖的细胞，总有一天能够把他彻底解冻。

柴晴呲地乐了，他需要解冻？别逗了，人家性感似火！倒是要说到你家武越，他才是用自己的优秀冰冻自己的人，冰下的一切扑朔迷离。你，我，都看不透。

得了吧，人家正经阳光帅气大男孩。

好吧，请不要打破他精心布置的假象，以免辜负了他。

那一刻她们都不知道，几句戏言竟把对方的他说得那般透彻。可惜，那一刻，真的，只是当作戏言几句。

风铃叮咚，还未走出宿醉的林少霆扶着脑门进屋，才见两个女生立马头裂到脑仁下意识反身要退却被张江顶了进去，就这儿吧，你不是有事找我谈吗？无论身处何方，张江自带的定位仪必定第一时间瞄准女神，他又将试图走向另一角的林少霆扯了过去，两位美女在等我啊！顿觉自我万丈光芒，集万千宠爱啊！见柴晴没搭腔，甚至没白自己一眼，他又觉不对，女神今儿有恙？

柴晴心乱，本来没有，你来就有了。

叮，女神复位！

林少霆迅速满血，面对柴晴“不挑明不追问却不言而喻”的三不策略，他决定主动出击。我先申明，其他消费我认，绝对没有那两个。

柴晴眉头一挑，暧昧萌动，第一个失败了。

哈，我林少霆啥时候失败过？

张江突然意识到什么，从高脚椅上跳下，一把抓住林少霆领口，声调也“苏打绿”(抖)起来：你比我帅、比我多金，我都忍了，这个……就太过分了！

林少霆知道他会反应，却不料反应会这么大，只能反握他的手，别急，兄弟，我这不是把你找来解释的嘛！小满也拉着两人的手，意图掰扯开再讲。

林少霆只觉得满眼的胳膊和手在晃。至于柴晴，她歪着脑袋，乐得看几条胳膊一场好戏。就这样掰扯着转了两圈，把整屋子眼睛都吸引过来，张江终于松开手，声泪俱下仰天长叹：魔兽 wow，我日思夜想的至尊配置，你居然有两个，简直欺人太甚！

空气瞬间冻结，不然所有人的呼吸为何都停止三秒？

张江继续发飙：我还要怎么强调，除了我，你们谁都没资格拥有我的至尊配置。你可好，居然弄俩，有钱了不起啊！

林少霆抹了把汗，放心，至尊配置是你的，绝对肯定 definitely 是你的！我肯定不下手。就算曾经动过一点点邪恶的念头，也未曾有过下手的念头和动作。我向"生米煮成熟饭"四人组发誓，绝对痛改前非，从此一心向善！

哼！柴晴拎包就走。小满连忙跟上。

林少霆大口吐气，自语：没想到我林少霆也有被煮成爆米花的时候。

张江一条细胳膊挎上他脖子，今天这局搅得如何？

搅得妙，也就你干得出这事儿！

还不是基于对你林少霆的信任！你就实话实说吧！

林少霆苦苦回忆，断片了，不过我向你保证，直到有效记忆的最后一秒都没发生。

张江也深呼一口气，我的至尊配置，你真的没买吧？

还打算深入回忆和努力申辩的林少霆一个急刹车，以头抢地。

苏小满三两步追上柴晴，暗中打量却断不出喜怒成分，想来是极度气愤下的隐忍，于是女侠病油然而生，一拍胸脯，要不要我把那小子灭了？

张江啊？柴晴配合地咬紧牙根，现在就去，刻不容缓！

可不，咱们好好说话，都被他搅和了。小满还是暗暗转了个弯，还有这事儿，林少霆是不是有点……

柴晴笑了，啥事儿啊？一个还是两个的问题啊？这算事儿吗？

打住，不用往下讨论了。

18. 六个实习生，六个项目

电梯镜面中的任千秋面庞冷峻，一如既往带有两分笑意，不多不少，显得礼貌友好亦不可攀，他自信却不傲气，仿佛从"骁将"杂志封面走下来的成功男士，举止跟穿着一般高级，手是温暖的，一旦相握就将那种必胜的霸气传至对方。这便是任千秋，实习生的偶像，武越的人生模版。今天的任千秋似有心事，自顾自走进这家公司，不做解释，令武越平白紧张三分。好在有老大撑腰，他暗自宽慰。就这样大步走到一位中年男人跟前，任千秋握手介绍：这就是我跟你提过的专家武越。然后转脸，对瞳孔瞬间放大的武越，这位是 A 公司 IT 经理李总。

武越的脑子万马奔腾，只能告诉自己：镇定，镇定……专家？TMD，他什么意思?！可任千秋却继续下雾，别看武越非常年轻，却绝对是这个领域的专家，上一个北京项目他就有幸参与，有什么问题就找他吧。

李总略有意外，可也并未质疑，太好了。虽然你们公司有不少成功案例，可是国内没几桩。

武越努力镇定，静观其变，任千秋这样说必有他的道理，可之前为何毫无征兆？也许只是个战术，我站在这里仅负责表演，而他，他必然必须自有办法。任千秋并没有坐下长谈的意思，放心，国外的成功案例放中国一样好使，这一点，我们的咨询师武越可以向你详细阐述。那我就告辞了。武越，有问题随时跟我联系。看他微笑离去，武越却被扔在云端，放眼望去，除了白茫茫还有零下二十五度。

武越，大家都在会议室等你。李总一句话，武越只觉重力加速度使然，自己立时飞速砸向地面，脸还朝下。

张江磨磨蹭蹭尾随这个还没记住是 B 公司什么总的总步入会议室，只看十多个头同时抬起，掌声四起，人就傻了。就在众人窃窃私语到无话可讲，冲他歪着脑袋干发呆的时候，他终于有了辙。他翻开笔记本，人一下子精神抖擞，其实吧……我们任老大乱讲的，我压根不是这块儿的专家。要说专家，我是超酷黑客一名，不信咱们玩个游戏？

众人面面相觑，望向那个什么总的总，没料他第一个摸出手机赌气似的扔到桌面，其他人也就跟着兴致勃勃交出各自的手机，大有看场好戏的兴致。张江将手机一字排开，来来来，WiFi 密码告诉我。接着，他又在电脑上一阵噼里啪啦，键盘声声催眠，就要将好兴致一点一点磨没的时候，手机突然齐响，歌曲、乐曲丁零零的，被各自的主人抢回，才连接，发现手机界面已经变成张江耍酷的照片。会议室顿时爆发出一阵唏嘘和叫好声。

他意欲将卖艺进行到底，还不过瘾？想不想看看我其他本事？

有个爱热闹的马上鼓掌叫好，被领导瞪了一眼。可是转而其他人也开始鼓掌，一屋子掌声。张江大乐，激动地蹿来蹿去，蓄谋发个大招，不震他个7.5级都不好意思叫极客。

任千秋坐在电脑前，难得的心神不定。他打开邮箱，怪了，居然也没一封新邮件。这时,座机终于响起,对面传来苏小满的声音,这令他略微皱眉。她明显捂着嘴巴,任老大,你这样不对!我在会议室外站了半小时,还是认为不能这样欺骗客户。我并非这方面的专家,连学生都算不上。

那你打算怎样?退出?

那倒也不是,我只是得跟客户讲清楚。

随你,你在客户端,你就代表了公司。你自己想好该怎么做,不要后悔。

小满诧异地挂了电话,步入会议室,对着C公司满屋子客户鼓起勇气:各位,我首先向各位坦白……坦白是需要力量的,她卡在那里,想象中的自己站在悬崖边的蹦极端口,被人一脚踹了下去,这样,她便只能毫无选择地纵身一跃……其实我并非这个领域的专家,而是一名实习生。

众人哗然。有人赤红着脸跳起来,看我们好忽悠啊?去!把你们任总找来!

小满好似垂直冲进水中,耳畔一阵咕噜咕噜。接着她又被绳子弹回空中,又可以呼吸可以说话。请不要打断我。来之前我仔细研究过这个项目,它并不是个疑难病症,而是有许多成功案例在先。我们公司正是这个领域的翘楚,大量资料和经验都表示,以此为模版,可以在贵公司上成功运用。我虽然没有经验,可是我可以找到大量资料,找到做过这些项目的咨询师,从他们身上找到努力的方向。最后,我之所以告诉大家我不是专家,就是因为,我已经找到了解决方案。

众人齐愣,良久,经理带头鼓掌。

小满的蹦极绳终于不再甩动,虽然她大头朝下控了一脑子血,倒也挺过来。她笑了,感觉脸上肉都横了,她暗自庆幸,女侠病偶尔犯犯也不是坏事。

柴晴踩着高跟鞋一步三歪跟在D公司IT经理身后,会议室门一开,她头皮发麻,连忙一边拉住门把上IT经理的手,连门带人拽回来。对方明显被这个亲密接触吓了一跳,柴晴甜笑涌上脸庞,老大,现在还不是开大会的时候。

既然大家都在,就随便说两句嘛!

柴晴撒娇:您存心让我丢脸,是不是大美女丢脸格外好看啊?我这人若非百分百精彩就绝对不露脸,美女就是这样爱惜脸面,您就理解一下嘛!说话间,她的手已经缠上对方胳膊,那么天真又娇媚地乱摇。对方终于缴械投降。

柴晴找到个角落,掏出手机咬牙切齿地乱喷:任千秋搞啥么子!说我是专家,我是哪门子专家,材料都没看呢,今天就要给一屋子人讲话。

小满刚好从会议室出来，连忙找个角落小声回电话：是咱们公司不靠谱，还是任老大不靠谱啊，怎能如此骗人呢？

骗人没事，至少跟我通个气啊！我怀疑任老大故意找咱们几个茬，折磨咱们呢！

折磨就折磨吧，我最担心无法满足客户需求，我这离专家距离不是十万八千里，是十万八千次方啊！

距离就距离吧，看你能不能混过去了，我决定先把这个经理搞定，摸摸底，看他对我的期待有多大。

快去吧，我得赶紧去学习钻研了。

回头帮我补课啊！柴晴挂了电话，终于踏地三分。

战果向来是个和稀泥的高手，不光能和到泥水交融，让水感叹泥怎么这么泥，让泥感叹水怎么这么水的程度。可是这件事儿，他长着十张嘴都和不动，可不是嘛，没水没泥，让他从何下手。于是，这一回他决意从 E 公司 IT 陈总的嘴巴下手。战果笑嘻嘻地举起杯子，陈总，小战今天初来乍到，还得指望您多指教，多罩着我呢！

太客气了，NBI 专家还那么谦虚。

专家啥呀，混呗。听说陈总是贵州人，您多吃点，这家的酸汤鱼特别地道，不是提前预订，临时来根本吃不到！

吴志雄跟战果一样吃着晚饭，吃两筷子，就开始苦大仇深地用筷子剁菜，毛豆飞起来崩到对面阿玲脸上，他干脆扔下筷子，你看任千秋到底什么居心？自己懒得动手，找客户修理我？

阿玲小声道：不至于，难道任老大要一并修理你们六个啊？

他们？他们到客户那儿是虾兵小将，我却变成了专家。

19. Brokeback Mountain

武越接起一个陌生电话，脸颊顿时冻结。对方正是他同寝的兄弟，似乎被压低了身子，发音困难带有哭腔，对不起……一句话没说完，就被人抢过去电话，是一个声音低沉的中年男音：你还要躲多久？父债子还，天经地义，你再躲，小心下一个被打的就是你们系教授！

武越握紧拳头，好，我去找你！

武越先找到的人是 Edward。他正躲在仓库里数钞票，今天周末又逢旅游节，路上随时有人挤进来买杯冰饮，再看一楼爆满，从众心理使然，你买我也抢，千万别错过。就这样，收银机的抽屉进进出出，摩擦摩擦铁都烫了。武越单刀直入，老大，我有个不情之请。

Edward 妥帖收好钱，双手合十，若是不情之请，施主还是不说为妙啊！

武越忍不住乐了，您中文越来越精致了。可惜我是箭在弦上，不得不发。

古装片啊？这个我超级粉！

行啊！跟你这个老外对话，用词得讲究些。这么说吧，我的箭就是我的话，必须得说！

只要别提钱，其他都好说。

这个……好，不提钱。武越关上仓库门，我下个月的薪水可否预支？

不远处的苏小满听得真切。待 Edward 从盥洗室出来，只见一个巨大的阴影压来，吓得身子一缩，还好小满从纸板后探出头，老大，你看武越工作如何？

Good！Edward 准备从板子边挤过去，却无奈缝隙太小，她的词汇量已经排山倒海而来，怎么会是 good？明明是 perfect，outstanding，excellent，splendid！（各种优秀。）

Edward 被震得一愣一愣的，还可以更多吗？

那还不是随便来的事儿！言归正传，就我在这里的观察，可以用下面几个词概括他的出色。她把大字报压向 Edward，迫使他直面。这是一大张手绘海报，又贴照片又手绘，颜色丰富，构图讲究，倒也算是海报界的良心之作。她指点江山，娓娓道来。

明白明白，你看那边贴的本月优秀员工不就写着 May 吗？Edward 到底有些不耐，May 就是武越英文名，他不肯贴照片，也难怪你没发现。

小满两眼放光，奖金多少钱？

Edward 啧啧，你个小姑娘怎么动辄钱、钱的，铜臭味。

麻烦让让！后面有人要出恭，忍不住发声，小姑娘要不挪个地儿壁咚？

嘿！小满有口难辩也就懒得辩了。我也不兜圈子了。老板，你给他涨工资吧。你看我列的这一大张纸，他明明是一人干了两人的活儿。

Edward 毅然决然，不行，他才来几天，工资已经比其他伙计高了。

后面顾客再催：壁咚完就让一让！

你先急着，你越急切我就越容易成功。小满又回头对 Edward 一咬牙，你不同意，我就……我就把你的事情告诉你老婆。

唉哟，小妹妹，你这是要敲诈我？抖抖看，看你有啥料？

小满清清嗓子先红了脸，你跟伙计是那个关系。

啥关系？

她一狠心，试图用隐晦的方式，Brokeback Mountain（电影《断背山》）。

What？

没看过这个电影？李安执导。不会吧……这么著名的片子。断背懂不？不懂也正常，就是那种非常人所能理解和接受的亲密关系。还不懂？好吧，同性恋关系。她嘴上一滑带过，生怕对方被几个字划伤似的，却把Edward气得直喷气。她又不忍起来，没事没事，我不歧视这种亲密关系，其实我特歧视那些歧视同性恋的人。你知道我们人事经理Mary吗？人奔四十，冷艳大气又高端，走在时尚尖端。我的意思是，同性恋是种褒奖。

哇，好复杂。后面顾客才开口感叹，却被二人齐声呵斥：Shut up！

苏小满跟柴晴在客厅垫子上做瑜伽，柴晴听到这儿笑倒坐地，Mary是同性恋？如果她听见，你已经中枪倒地死一回了。人家那叫“剩女”，好吧？

同性恋总比剩女要强点儿吧？

柴晴略一沉吟，这个……你已经中枪倒地，死第二次了！

无论如何他终于同意了。小满得意道，同意把我的薪水加到他账上，算作涨薪水。重要的是，他果真发下毒誓！在后面顾客尿裤子之前。

柴晴张大了嘴，不过，按说实习生的工资不错，他何必那般辛苦跑去打工，还要求预支薪水？

小满的手机恰时响起，正是武越。她欢快蹦起身却犹豫起来，万一Edward没守住诺言告诉他了怎么办？要不，你帮我下去吧。

罢了，本小姐卸妆后断不见人。你就直接问他，你要这么多钱干吗？我管我爸要，要多少借多少，免息。

你不懂他。小满摇摇头，蹬上鞋子就往外跑。其实，她又何尝懂他呢？玻璃大门外的武越站在阴暗处，脸色阴郁。小满心道：不好，一转脸把旁边打瞌睡的小保安当作了救兵，保安叔叔绝对肯定不给随便开门的。

保安被瞬间惊醒，这事儿……我就随便看看。

武越好气又好笑，转瞬又板起张脸。玻璃门里的小满连说带比画一顿解释，越说越乱，只把个小保安说得眼睛亮起来。武越听不太真切，将她打断，你不是说懂我吗？一切算没发生过，我的事你别管。别逼我……

她听不真切，背脊处却升起一股寒意。他步步后退，看她目光逐渐暗淡，却只能转身而去。他不敢想象，不敢断言，只是在这一刻，他不愿不想不能让她靠近一步。所以，他选择退步。

柴晴从阴暗处走出，姐给你出个主意。

这夜如此多端，藏匿着些许不安，几个人迈开步伐，走向意识的反向，谁又何尝不知。

武越径直走进一个漆黑的巷子，等待他的是几条黑影。没等表明身份，不知从何而来的拳头已经重重打在他下巴，生疼。可以啊，小子！看你还躲不躲！武越已经被人从身后用木棍敲倒，肚子和后背又着了几脚。他护着头蜷缩身子，并不反抗，不是打不了，是他想尽快结束。果然，终于有人从阴影中走出，一句“停”止住了拳打脚踢。武越缓缓起身，看清眼前一个看似还和气的中年男人，他微笑地将一纸合同拍到自己胸口，我先声明，你父母的死与我们无关，可是他们一死就跟你有关了。武越看字据上写着“二十万”的字样，对方笑了，当然，经过这么久，这个数字早就翻番再翻番了，我给你一个时间吧，两个月怎么样？如果再凑不到，恐怕不是被打一顿这么简单了。

武越从包里掏出两万递上。对方笑着接过，好！识相。折腾这么久也算哥们儿几位的辛苦费了，你不反对吧？武越咬牙不语，看对方拍在肩头，两下，寒气直抵脚底。他说：对了，你弟弟在哪里上幼儿园？看武越顿时坚硬起来的目光，他突然哈哈大笑，别怕，我要的是钱，胳膊腿要它干什么？叫我余叔，下回见！

梁劲棠背手站在二楼窗前，看一辆改装车缓缓驶入林宅，停在门前。林少霆下车去提行李箱，黑衣保镖出手相助，实质却在往回拽。二人僵持半晌，到底被儿子抢回塞进后车厢，绝尘而去。轰鸣声在夜色中打了个决绝的句号，烟消云散。

此夜，几多无眠。

Mary在咖啡馆门口东张西望，并未找到一张熟悉的面孔，只能拾空而坐。穿制服的Edward走过，被她虎生生一把拽住手腕，这里是不是预定了个同学聚会，我们那帮实习生孩子邀请我来的。Mary见对方是个老外，还一脸茫然，有些意外地放开手，先来杯白水。

Mary拨柴晴电话，没人接听，再改拨。苏小满，我是Mary，什么？取消了！

Edward刚送来柠檬水，一听是Mary，马上想起小满的话，忍不住先自顾自乐了，将Mary上下打量。正巧有热裤辣女步入咖啡馆，Mary边挂电话边瞟向美女，Edward就更认定她的取向。当然，这个认定的表情是略带猥琐的，马上激起Mary反感，看什么看，没看过美女啊？

Edward心里一堵，我正想问你呢，你没事朝人家美女乱瞄啥？

Mary 灌下一大口柠檬水，熄了嗓子眼的火又有了吵架的气力，哎，我跟你很熟吗？

还好吧。Edward 笑了，你就是苏小满那个 Mary 老板？那个女同性恋？

Mary 只觉得自己站在什么磁性大球上，被他一脚踢栽个跟头，头朝下控一脑袋血，突然大叫：苏——小——满！

Edward 拿出原话安抚她，别生气，她说你时髦又尖端啥的，反正都是羡慕的话！说她其实不歧视同性恋，而是歧视歧视同性恋的人！

Mary 只觉得控得那一脑袋血就要从嘴里喷射而出，又忍不住大叫：苏——小——满！

不过，我觉得她说得不对，你不像同性恋，倒像剩女一枚。见 Mary 胸口严重起伏，Edward 赶忙止住她的话，stop！别叫了，她不在。

Mary 打量起这个唧唧歪歪的老外，手握满腔怒火，准备随时掷出，必须是把他瞬间烧成渣的那种火量，我像剩女？四个字，她的舌头只一卷粗略带过，一扬手，对 Edward 的出击却发音坚硬，震耳欲聋，我看你才像剩男！

谁知对方并未被撂倒在地，却一拍胸脯乐呵呵道：我是剩男啊！

扔光武器的 Mary 突然手足无措起来，这瞬间的空当滑行令两人突然意识到什么。

自从“钢琴四手情侣联弹”初赛第二天，苏妈妈的手机基本处于关机状态。那么第二天究竟发生什么了呢？话说她醒来才开机，手机就一阵乱震，微信上一堆问号，比如小贾家里做什么，开的什么豪车，他俩什么时候结婚……张老师朋友圈上贴了一组又一组照片，除了家里那对耀眼的明星，也偶有小满照片，不是歪嘴就是白眼，倒显得高攀了小贾似的。待张老师电话夺命 call 打来，苏妈妈就毅然决然地按下了关机键。

苏妈妈做了一大桌丰盛饭菜，色香味三纬勾引女儿回家。当她将最后一盆伊多鲜端到桌上，小满满意得快要流泪了。苏妈妈乘机道：这两天跟小贾合奏过没？

小满索然撂下筷子，头缓缓转向父亲，小苏，你老婆是要将我逼死的节奏呀！

瞧瞧小贾，电梯间里就听出钢琴两个走音。你听得出来吗？恐怕搬家后，连琴盖都还没掀开过一次呢？她又对苏教授，你不晓得这孩子有多好，算好她们从超市回来，下楼去接。周到体贴，长相又好，老有腔调，一看就是有底子的家里出来的。琴虽学得浅，可是领悟力强，最重要是态度好，真心诚意想把这个曲子学好！说着说着，她又转向小满，你找男朋友，就这款吧！

苏教授颇有兴趣，谁呀？

小满大笑，这款再好也名草有主了。

不怕，看得出他对你有意思，你稍微一动手指头就能抢过来。

苏教授神秘兮兮地，当年你妈就是这样把我抢过去的。

我才不好那一口呢！爸，你是不了解我们实习班班长，他那天加班，被老板临时叫走。否则他人一到场，立时秒杀所有雄性生物！

谁呀？你上次让我打听的研究生，叫什么来着，武越？

小满惊喜，你还记得呢，打听明白了？

你一边儿去。他谁呀？也会弹琴？

弹琴弹琴，你当了一辈子琴妈，还打算继续当琴丈母娘呀？

咋了？我还打算当到琴外婆呢！

想着琴外婆的对话，苏小满忍不住自顾自地乐了。她发现那个"人一到场就可秒杀所有雄性生物"的武越正在咖啡馆外擦窗，水刮从上至下从左往右，一下一下刮出他清晰俊秀的面庞，却刮不走他眼中迷离。他在神游中猛然意识到对面也有个移动物体，正是一块抹布，正是玻璃对面一张拿在苏小满手中的抹布。自己的水刮刮到哪儿，它就跟到那里。他停下来，她也停下来。他就这样走走停停，她也走走停停。于是，在玻璃的水纹中，脸时而清晰时而模糊，目光时而交错时而平行，笑容时而有意时而无名，一种透明的物体在玻璃的厚度中缓缓折射，碰撞，流转，飘摇不定，似光线又似试探。当玻璃净如透明，她停止跟随，用食指画出一个"牧羊座标志"，简单两笔。见武越脸上的迷茫，她作势擦掉，重新画。终于，他嘴角漾起笑意，也用手指画下"牧羊座标志"。那一刻，巧克力化在嘴里一般，甜亦漾上她的眼角眉心。

几步外，两位观众托着下巴，将二人的兜兜转转看得荡气回肠。Edward问：苏小满在画什么？

伙计呆萌地想了想，牧羊座吧。

武越呢？

人民币符合吧。

他俩啥意思？

苏小满是牧羊座的，武越爱钱吧？

Edward败兴地敲了下伙计脑壳，每分钟都要原谅你一次，才能把谈话继续。

伙计努力琢磨了下，请讲汉语！

直到武越将左手扶在窗户上。小满用自己的右手小心翼翼地隔窗贴在他的手上。Edward和伙计齐声"唉哟"，小心脏酥得透透的。武越感受不到她的手温，却分明有股暖流涌入心底，稀里哗啦掀起一片大乱，一些东西在倒塌一些在重建，简直是台风嘛，或者地震……对面的她是否亦然？只见她眼神一变，突然抽身而去，被烫着了似的。就在他一愣神的当儿，Mary走进咖啡馆，武越本能缩身躲过，看她不光精心打扮，还变了画风，一袭纱质长裙袅袅飞扬，清风拂动下语调也被包裹了层薄纱，唉，那个爱德华老板，你不是说今天小满会来吗？

Edward呆了呆到底缓过神，悄悄问一句，是不是今天报不了仇就不走了？

提到报仇这事儿，Mary杀气毕现，对啊！人呢？

Edward朝后面喊了一嗓子，小满是不是已经下班了？

武越悄悄从侧门回库房，途径柜台，发现小满正蹲在下面。撤吧，仁慈的老板已发暗令。他俩蹲着身子才移步，就被Mary轻舞飞扬的裙子堵个正着，好嘛，两人跑到这里来卿卿我我了！

一句话好比油漆刷，刷红两张脸。

Mary的报仇是经过深思熟虑和反复排演的，她双手突然紧扣小满双肩，逼对方近距离直视，接着深情开口：作为资深女同性恋，我负责地告诉你，苏小满，我爱上你了！空气瞬间冻结，似乎无法承载各种情绪和猜测等杂质，噼里啪啦落了一地，于是稀薄起来。

就在小满憋得上不来气的时候，头竟直觉地转向武越，对不起了老大，我喜欢的人其实是武越。突然迸发的表白，仿佛瞬间营造出另一纬空间，一个肥皂泡，将他俩包裹其中。那里，风清云静，两个身影闪闪点点随时飘散又随时凝聚。肥皂泡越来越小，将他们推至更近，就在对方即将融化在眼底的时候，肥皂泡破了。

武越伸手将小满的头往回一别，自己面对，不要逃避。

小满突然想起，去找柴晴，她才是主谋！

Mary大叫：主谋？谋什么？

不能说。小满眼看对方爪子再抓过来，连忙供认不讳，是你让我说的啊，是主谋剩……男和剩女那点儿事儿。

Mary和Edward同时大叫"苏——小——满"，两个手指头发狠弹上她脑门，登时送出两个大红点。她就带着这两个大红点，坐在Mary跟Edward之间，慢条斯理地继续谈剩男和剩女那点事儿。看Mary在公司被追得人仰马翻，Edward在咖啡馆被女客户穷追不舍，我们实在为你们操碎了心，担心你们会坚持不住，随便找个人就凑合了，那怎么对得住未来几十年呢？所以，我们就想办法将美貌尖端的您和品位与钞票共齐的您往一块儿凑凑。

Mary 心道：对啊，万一我没坚持住呢。

Edward 心道：对啊，多少人羡慕我的品位呢！

二人一对眼，再次将期待的目光投向苏小满。她只能继续。

武越的脑子乱得不行的，算账不明白，收银机也失灵了似的弹不出来。他边收银边望向那桌，见小满一会儿左边说说，一会儿右边讲讲，好像手持一个鸡毛掸子，把身边两只晒太阳的猫咪都挠得痒痒的，却刚刚好的舒服。乘两猫咪慵懒又甜腻地互递眼神的当儿，她身子越来越矮，突然哧溜滑到桌底，又猫着腰爬进柜台，往地上一坐，指着嗓子说不出话。武越端给她一杯水，蹲在旁边，你不做媒婆都屈才啊！

说话间两张脸挨那么近，似乎只是一个杯子的距离。此位此景，暧昧值登时攀升，狭窄空间里热度上升，直将二人推向下一垒。可就在这时，她恍惚发现侧面站着个五六岁小男孩，叉个腰气鼓鼓地。武越自然也没错过，他连忙伸左手扶过她的脸，右手打手势让武天天走。

武天天撅着嘴巴跑了。

这一次，武越的手并不生硬，却透着霸道和主动，将小满半张小脸捂得滚烫滚烫。她瞬间忘记了那个小男生，倒在想，自己必定是一脸红一脸白的，像个剥了一半的鸡蛋，这样被他亲下去是不是一半嘴唇热一半凉，会不会留下心理阴影。就在“柜台咚”箭在弦上的当儿，“苏小满跑哪儿去了？”Mary 一声咋呼把她吓一哆嗦，杯子脱手，多数水泼在武越身上。

她下班了！他登时起身，做个手势，示意她从后面撤。

话多口干，上点喝的。Edward 嚷嚷。

Mary 没话找话，刚才那边好像有个小男生，挺可爱的。

Edward 瞬间失魂，看武越端着三个玻璃杯过来，一边抓住他领子扯向旁边，她……She can……

武越故作神秘，这就是你们二人之间神秘又无法言传的关联，一种命中注定的暗示。

缘分是吧？Edward 登时轻松，却提高嗓门，你尿裤子了？

武越分他们一人一杯热水，然后将两杯热水同时倒往中间一只空杯子，里面的物质被冲起橙色气泡，动感十足的一满杯。武越再把两只吸管往里一插，略做调整，退后做了个 OK 的手势。他又补充：一个泡腾片而已。

Edward 的眼神还沉浸在飞动的气泡里，情绪却已跳戏，不说会憋死啊？！

20. 终极面试

任千秋见人基本到齐，迫不及待地要公开一个秘密。他在人群中找到苏小满，说说你的感受吧？六个人中你第一个打我电话。

是你让我说的，我实话实说，可别记仇。她扒拉开柴晴扯住自己衣角的手，鼓足勇气，任老大，你就是个骗子！谁料这股气鼓太足，中气冲天，将一屋子人震傻了。于是满教室沉默的尴尬，尴尬的沉默。任千秋却微笑鼓起掌来，说得好，我就是个骗子，而且很成功地把你们、把客户都骗到了。我成功了！

角落里有人幽幽地开口：任老大，这压根是一场终极面试，对吗？

任千秋愣了下，转而笑对武越了，果然没看错你！说说看！

武越说：我们六人进入不同项目，虽然内容不太相同，却都是纯咨询项目，到哪里找这样的巧合？

公司有上千个项目同时开展，你能说这六个同时是巧合吗？

公司不会如此不负责任把六个菜鸟扔进森林，任其生死。

谁说不顾生死，我都在后方你们看不到的地方帮你们兜着呢！

还有一个致命漏洞，就是对方公司几个人。他们对我们的交付件根本不上心。

任千秋登时释然，原来是演员不给力。好吧，我承认，这是一场终极面试，意在考察各位综合应对能力。不能不说，惊喜不断。说话间他看见张江蹲身挪步，意欲从后门溜掉，张江同学请止步，先从你说起吧。

张江只能撅着屁股挪回座位，我还是最后吧！

那怎么行，你的故事最提神！咱们张专家上去就跟客户说，不好意思，咱不会，不过，咱会的那可都是高科技。然后跟耍猴的似的，把自己各种本事都耍了一通。

否则那么多天怎么熬啊？难得还有观众。

然后呢？

张江顿时来了精神，想想却忍了，还是不自拉仇恨了！教室里顿时哄笑四起，张江一赌气，那我可顾不上大伙儿自尊心了。人家公司要死要活要把我挖过去，专门给我成立一个实验室呢！

吹，继续吹！众人起哄。谁料任千秋却替他验明正身，所言句句属实，绝无水分。可是话说回来，要不是对方公司器重你那点小伎俩，早让你卷铺盖走人了。好吧，总分若是十分，给你打个六分，勉强过关。任千秋望向柴晴，你在这个项目上基本毫无建树，却做了大家都没做的一件事情，就是实实在在请到一位咨询师，给对方公司开了个技术讲座。

小满似乎明白了什么。那天傍晚格外闷热，她在餐桌上铺天盖地地忙，见柴晴进门，她抹了把汗，将稿纸推向柴晴，你看，好容易找了几个专家和他们的联系方式。明天我决定找个会议室好好打一圈电话讨教一番。今天晚上，我得先把要问的问题提前列下来。接下来，她从冰箱里取出冰镇大西瓜，一刀两半，一人一勺。

小满望向正跟张江推推搡搡的柴晴，亲爱的，你怎么做到的？

对方一直拒绝来的，哪知最后时间却出现在会议室里。柴晴轻描淡写。她当然不会提及乘她转身拍下那张写满联系方式的纸，还有任凭一堆客气话，对方专家却只有一句：我在杭州的项目上，没时间去上海。

听说您是北京人，对各地人文地理特别有兴趣。我知道，您上海也来过很多次了。不过我作为一名祖上三辈都是上海人的上海人，我可以带您周末游上海，保证给你一个原汁原味的上海感觉。

柴晴悄眼打量略有失落的小满，心想：你的各种专业问题根本无法吸引专家，我赢就赢在这最后一句。这样想来，最后一丝歉意也就消声匿迹。只听任千秋继续讲评：请专家这事儿虽做得好，我还是要批评柴晴。客户请你进会议室说几句，你死活不肯，撒娇耍赖。我相信但凡做了功课，怎么都能说上几句，哪怕就着我给的资料讲呢！头天晚上你难道没准备下吗？

柴晴略带羞赧，抱歉啊，老大，头天晚上我跟林少霆出去了。

林少霆冲口而出，不是那个晚上吧！

哦……有人故作暧昧起哄。柴晴不反驳，只一脸娇羞，跟冷笑不屑的冯峥峥微笑对视。

林少霆无奈，突然抓住张江的手，作感动状，还好有你的信任！

张江哭丧着脸，我还有其他选择吗？

任千秋一拍手，好了，没人看你们演戏。回到终极面试，苏小满，你肯定不知道客户如何评价你。

小满清清嗓子，厚着脸皮道：认真、努力、专业精神？

任千秋摇头，引用客户经理的话，我们只知道你任千秋是大骗子，没想到跟着来了个先抑后扬的小骗子！她先说自己并非专家，可是又说自己找到了解决方案。口气大吧？想把你踢出去的客户也都打算忍忍，看你如何骗下去。结果人家愣是古今中外来回研究，把几个公司里的专家电话挨个骚扰，在最后时分，终于弄出个还算像样的方案。

小满暗自唏嘘，骗子可不是好当的，胸脯拍得山响，功夫下得海深，没的讨价还价。好比捅出个窟窿，你用布用塑料袋用胶带用水泥也得给补全乎了。为此，她一头扎入 NBI 资料库，东拽一布料西扯一布条，连拼带凑熬出个颜值尚可的 PPT，先用一堆英文和图表将公司专家扑倒，他才勉强翻开了眼皮，说吧小姑娘，你想怎样？可是电话在对方手中，脆弱又随性得很，信号随时会被风吹散，情绪会被句“开会了”拉走，她为此练就出快速又清晰的谈吐，终于把一份业内良心送到了客户手中。她忍不住又瞟了眼柴晴，她美美地嗲嗲地勾勾手指头就请到专家本尊，自己真心羡慕却无能为力。恍惚间她听任千秋在问，给你打八分，那你知道谁能得满分十分？

小满脱口而出，当然是武越！

几十张脸嗖然转向，小小锋芒直接将她一张小脸戳成赤红色。柴晴一把搂住小满的脖子，亲爱的，要不要如此昭然若揭？

没错！任千秋一个响指，那我就隆重介绍十分的武越吧！

武越手突然压住会议室门把手，李总，现状是这样的。以往同类项目都是由一个团队提供支持，可是现在很抱歉，只有我一个人，最后交付件可能无法达到您期望的效果，还请理解。李总脸色一沉，却并未多言。

任千秋解释：他做的这一步叫——降低客户期望值。

林少霆翻了翻眼皮，他们几个往那儿一杵，客户期望值自动直落底线。话才出口，周遭笑倒一片。

武越头发炸着，灰头土脸在加班，打了个长长的哈欠。他回头见武天天躺在沙发椅上，梦见了美味吧，哈喇子晶晶亮。武天天醒来的时候天已经蒙蒙亮，他趴在武越桌对面，伸出小手，抹掉哥哥嘴角的口水。

找资料，学习，补课，苦学是一切的基础。任千秋拍了拍笔记本电脑，NBI 是个大图书馆，上百年的新老故事。至于如何将成功案例装入自己的手提箱，得靠你自己。

林少霆一撇嘴，不就是抄几份资料，搞得跟学术研究似的。

武越起草一份长长的英文邮件，重点部分用蓝字，他最后快速理一遍发了出去，然后在手头的本子上画个钩。就这样一封信一个钩地发下去。

以正式的方式寻求专家的帮助，你的方式越正式，对方的回复才可能越正式。任千秋转向苏小满，不是说你打电话的方式不行，只是，被拒绝被忽视的次数不少吧？这也是 professional（专业）的一种。

林少霆笑了，这是个看脸的世界，更是个看官职的世界。你让任老大去要要看，电话都不需要，分分钟被专家围个水泄不通。任千秋面色一沉，笑声顿止。

武越调整好投影仪，回头面对一会议室的客户，这是我这几天的工作汇报，请大家指教，咱们可以边谈边改。

任千秋解释：定期，而不是一股脑把交付件抛给客户，在表达尊重的同时，也令客户充分认知自己的工作进展。

客户公司员工偷偷谈笑，那小子夸夸其谈，到底懂不懂啊，说的话都模棱两可的。

武越环顾四周正色道：既然贵公司请我来，恐怕你也只能信我了！在这个领域恐怕中国没几个人做过这个项目。

任千秋带头鼓掌，适时拿出专家范儿来。

掌声才止，林少霆的掌声又起，孤独清脆又格外刺耳，高！只可惜我眼拙看不懂啊，如此这般欺骗客户有什么可炫耀的，还拿出来大肆宣讲！难不成这就是我们将来的工作方式？

面对一屋子质疑的目光，任千秋微微一笑，你们不是每次都有幸被师傅带领成长，很多时候会被扔进狼窝，自己学习生存，这很正常。你成功，就是NBI的成功，你失败，也就是NBI的失败。各位，从学校到职场，肯定会被洗脑。请相信，NBI一定是你能找到的——最佳洗脑公司！这么说吧，不管你进来是什么颜色的，出去时候，都是NBI的红色。

林少霆还不服，传销的节奏……小满忍无可忍一嗓子见血封喉，就三个字：林少霆！

一屋大笑中，林少霆悻悻然收了个尾，数你最红。

所谓洗脑，就是用咱们NBI的企业文化、正规的处事方式、先进的行业标杆引导各位的职业生涯。

老大怎么不谈战果和吴志雄？小满悄悄问柴晴。柴晴作势割喉，再一翻白眼。吴志雄一如既往黑着脸，战果与民同喜绝无作态。战果刷着手机突然嚷起来：说话间成绩就上去了！众人纷纷掏出手机低头刷屏，发现"能量赛道"上果然有所调整。战果去抱着武越胳膊，本来挺神秘一游戏，哥们儿，被你搞得没了悬念！

任千秋一声轻哼，华山论剑，谁能笑到最后还不一定呢。

小满几乎是目视斜上方流着口水将这段讲述，然后拢住父亲胳膊一顿乱摇，怎么样怎么样？夸吧，我受累替他扛着。苏教授毫不意外。他勤学苦练内敛低调，说话办事严丝合缝，不留尾巴给人踩，除了礼貌和温暖的空间，也绝不给对方余地。这就是武越，标准的武越，自己最佳研究生毕业生，硕士论文评比第一名的获奖者。他本已接受唯一保送博士名额，却突然自称家庭原因婉言谢绝，进了NBI，成为小满实习生同事，甚至……苏教授被女儿摇得犯晕，无奈地笑了，他叫武什么？

武越！小满撅起嘴，一个响指，理解！内心产生了某种无法抑制的抵制情绪？恐怕你有的抵制了！

21. 好比那一杯水

林少霆走进茶水间，用一次性纸杯倒了杯白水，水杯才挨嘴巴，就发现苏小满斜靠在冰箱上正皱着眉头将自己打量。他手一抖，被她快速从手中接过纸杯，稳稳搁在桌上。她招呼他坐在桌对面，稍作酝酿，我说林少霆，这杯水你喝过吧？喝了又不承认，你好意思吗？

林少霆努力反应了下，哦，你说两个那事儿？

她慌乱摇手，唉唉，咱俩说水杯呢，用水杯说事儿！

嗯，这个方式我喜欢。他乐了，对，我曾经打算过喝，可是嘴巴才挨杯子就睡着了。

她不依不饶，睡着不代表没有啊！

男人有没有自己怎么可能不知道？你真相信断片什么的鬼话啊？什么酒后乱性胡作非为，醒来断片一无所知，小心掀开被子……

小满再次慌忙制止，用水，说喝没喝。

他竖起发誓的手指，我没喝，向你保证！

小满按下他的手指，探过头去，略带羞涩地小声道：探讨下啊，有没有可能不太确定，或者忘记了，或者喝了一半。

完全没可能！

她眯着眼睛琢磨着他，突然起身从旁边扯过一叠杯子，夸夸夸，一个个立着，立了一桌，这些，都是你以前喝的吧？

他又从旁边拿过两个杯子，放在一起，大概还得加几个。

他俩都没注意到身后还有位观众，那位男同事本打算简单地倒一杯水，却变成旁观和拆解。可惜对剧情所知寥寥，跟不上节奏。

唉，我说你这人！那么多都喝了……小满将最初那杯水慢慢移至他眼前，这杯喝了就喝了，不矛盾，不丢脸啊！

他缓缓却坚定地将杯子移开，没喝就没喝，干吗非得多加这个杯子？

她口气转软，又将杯子移过去，你看这杯水，它聪明、漂亮、火辣、时髦，一等一的好水。要不就喝了吧？

他憋着笑，再次移开杯子。

林少霆！小满腾地站起身，恼怒地将水杯哐当往他眼前一蹾，半杯水迸他一脸一身。观众大惊，一次性水杯掉在了地上顾不上捡，撒腿就跑。小满冷下脸，又对边抹脸边大笑的林少霆嚷嚷：我刚才说哪儿了？对，我说，你不可能不喜欢这杯水，这跟你以前喜欢的那一堆都属同一款。这回你偏就戒了这口，说出来谁信！

林少霆从旁边拿过杯子，两个叠一块儿重新接了半杯水，说对了，现在我口味变了，我就换这杯喜欢了，行不行啊？

他举起杯子要喝，被小满一把夺过，自己几大口喝掉，一抹嘴巴，不行！不许！她霍然扔掉杯子，毅然的表情还未表达到位，已经有大把表达痛苦的神经拉扯脸部肌肉纹理，她伸长舌头用手乱扇，你是要烫死我啊！

林少霆望着她跑出去的背影笑了，见她突然回头，连忙冻结笑容，请指示！

收好杯子，放回原处，浪费可耻！还有……烫死我了！

武越收银之际，侧眼打量着打杂小工苏小满。她扫得尘土飞扬，桌面划拉半张，洗杯子溅一身一地水，一抬脚就害自己摔跤，头刚好摔到柜角，登时鼓起个大包。她快速变通，扯下脖子上的三角巾系在头上盖住额头大包，又是握粉拳又是剪刀手对着手机一顿自拍，分分钟在微信朋友圈发布新造型，令武越看到愕然。

不远处，Edward饶有兴趣地盯着他俩，拉过伙计，还记得他们上次画的那个“r”吗？他清清嗓子，关于这个问题，勤学好问的歪果仁先生特别向武越请教过。就是成语“苏武牧羊”，懂不？

伙计一拍脑瓜，对啊，苏小满，武越，牧羊座，加起来可不就是“苏武牧羊”！

这个苏武是个历史人物，忠贞向国，决不妥协，被敌人发配到边疆，以牧羊为生。我查了下成语词典，寓意呢就是顽强和不屈什么的！

伙计愈加茫然，他俩有啥顽强不屈的？

Edward当然也找不到答案，可这不重要，他走进柜台去替换武越收银，悄声细语：自从最近调整二楼开放时间，营业额……居然大涨！你倒是给解释解释？二楼平时五点后关闭，周末全天关，为什么反倒比全关闭二楼时候生意好了？

人算不如天算。武越迷离一笑，双手合十，走向二楼。

两位中年女人谈笑风生步入咖啡馆，小满眼疾手快侧身躲在Edward身后。怎奈其中一位眼光穿透人墙快速定位，一把拽住Edward，要不是柜台过高，小满有理由相信她会一跃而入，将Edward掀翻在地。小满只好举起双手投降状从柜台后走出，瞬间令一屋子人僵掉。好你个苏小满！中年女人才扬手就惹一屋子惊叫,她却只是压下那双投降手。跑这里打零工?

小满只好转头笑笑,张阿姨好。妈!

一屋子看热闹的齐声“切”。

苏妈妈四处打量,老板能给几个铜钿啊!Edward连忙一矮身,缩入柜台后。小满有点恼,你不懂!不是为了钱,是体验生活。

现在工作的确不太好找。张阿姨不吱声也罢,这一同情,等同搓火。不是不是,咱NBI那么一国际大公司说进去就进去了,只是这熊孩子玩得没谱了!她体验生活?她怎么不在家体验下扫地做饭呢?苏妈妈一回头,看女儿已经站进柜台。谭女士,请注意你一贯优雅的仪表。我在上班呢,您喷得痛快,被扣工资的可是我。要不你买点什么?

苏妈妈果然立马用“优雅”的标杆自检,挺胸,收腹,深呼吸,微笑,掏卡,两杯卡布奇诺,请。小满一把揪起还蹲在下面静观其变的Edward,自己乘机跑开。武越安排好武天天,从二楼下来,重新换Edward收银,除了他受惊吓后的诡异,一切看似并无不同,想着也就突然瞟见了苏妈妈。她们坐在收银台一米外的位置,苏妈妈用眼睛拴着女儿,生怕一松就跑掉似的。唉,在家就是一个小公主。

玩呗。张阿姨当然不会继续“小公主”的话题,而是换了个平常人家常用的字样——“小丫头”。你家小丫头转眼就要到谈婚论嫁的年纪了。

可不是!我没什么要求,就是一定得是上海小宁(小孩)。

上次四手联弹那个小宁不是上海人?

当然是,人长得老好的,家庭条件也好。苏妈妈说,琴虽弹得差强人意,他们可是国际五百强前十位NBI公司实习生,每天又是客户又是项目又是“超级实习生”竞赛,忙是忙得来……

忙到这里来了?张阿姨话不多,话不多却善接茬的人最遭人恨。

上海小宁,四个字摇身一变成了堵墙,咣当往那儿一竖,坚硬,无边,密不通风。几步外的武越心里咯噔卡了一个跟头,眼前一抹黑,手上就乱了。站在收银台对面的客人是个光头男人,他可看不到武越心里的万马奔腾,自顾自地絮絮叨叨:你家咖啡又涨价了?上次我来的时候一杯摩卡才23块,现在居然32块。物价局管不管这事儿?

武越看他手指头指东打西,嘴皮子巴拉巴拉,内心却一片茫然。

不是我狭隘,非找上海小宁。苏妈妈小声道,我先生也并非上海人。

张阿姨却斩钉截铁,必须上海小宁!我家隔壁张太太家就是个生动的例子。她女婿卖相不要太好,可惜是个乡下人,老麻烦哦,生活习惯完全合不来。

不至于吧，现在小夫妻都不跟老人住一块儿，眼不见，烦什么心？

乡下女婿就算了，乡下亲家才难搞。卫生习惯不提，连聊天话题都找不到。你带他去吃鼎泰丰的小笼，人家说几个小包子吃也吃不饱，哪能嘎巨（怎么会这么贵）？点都点了，非要退掉跑出来。失魂落魄的样子，丢人丢到家了。

苏妈妈捂嘴乐了，真的啊？

笑声平白带着锋芒，乱箭一般射向武越，把他扎得浑身密密麻麻小窟窿眼，上下里外透凉气。武越就这样冒着隐身白汽走了神，将客人的银行卡接过搁在旁边。光头哥等急了，唉，我说！这儿不是ATM机，怎么还带吞卡的！

不过有件事我相当坚持！苏妈妈坚持的必定是武越关注的。她说：小满将来是要生两个的。一个跟夫家姓，一个跟咱苏家姓。

武越继续魔性地走神，将银行卡递给光头哥，瞬间撩起他一脑门火，啥意思，你还有了脾气，不卖了？

武越连忙躬身道歉，不是不是，您要什么？

光头男忍无可忍抓紧十指，将满腔怒火控在掌中，随时有将火球扔到对方脸上的可能。他一字一句，摩卡咖啡！说三遍了！

不管姓啥，孩子必须由我们娘家来带。

张阿姨一口咖啡差点喷出来，这年头还有抢着带孩子的呢？

不为什么，完全本着对咱家后代负责的精神。还找得着这么体谅人的丈母娘吗？

张阿姨啧啧摇头，恐怕人家婆家不这么善解人意。

光头哥被一把心火烧得内焦外嫩，嘿，我点一杯，你怎么收我三杯咖啡的价呢！

Edward连忙冲过来，将武越推开，弄错了，重新刷！他的意思是，今天买摩卡的统统买一送二！武越终于弄明白这句，不信任地望向这个以抠门著称的老外。

光头哥甩掉一脑门汗，大大呼出口气，送，就送得心甘情愿，right（你说是不）？

他嗓门一大，后面排队的顿时骚动起来，争相传递这个难得的好消息，改喝摩卡的议论声此起彼伏，已经有人迅速安排好赠品去向，甚至决定临时聚个早就老死不相往来的幼儿园同学会，打个车，送一打过去什么的。Edward斜了眼武越，恨得牙花子疼，挤牙膏似的从嘴里挤出几句：从你薪水里扣！说，巧克力粉是不是不够用了？还不说？

武越快速逃离灾难现场，他拿着托盘抹布围着苏妈妈的桌子打扫，顺便窃听。所幸苏妈妈并未认出这个仅有一面之缘的小伙子，她说：随便找个人问问，我就不信没人领我这份情。她眼睛随随便便那么一溜，便定位武越，小伙子卖相老好，这点配得上我家妹妹。小伙子，你过来下。

武越不敢移步，杵着个拖把呆呆地站着，叫我？

对呀，你过来！

武越有些紧张，不由自主张嘴就来，我还有个弟弟，不符合二胎政策。

我家符合就够了。

我父母都不在了，没意见。

怎么样？苏妈妈得意地乐了，却猛然意识到自己什么都还没问呢，唉哟小子，你敢偷听我俩说话啊？

小满一直关注着老妈动态，才看她眼神不对，马上箭步冲前来，手一拍桌子，谭女士你干吗？

张阿姨插嘴：你妈说让你生两孩子，还不让夫家带孩子，问这孩子同意不？

小满强硬的面部肌肉立马软化，令二人费解地扭捏起来，谭女士，不带这么豪放的吧！她又回头安慰武越，你别搭理她。不过，既然……见武越已经逃向仓库，她就一屁股坐定，快说，他怎么回答的？

你那么关心干吗？

能不关心吗？说呀，真是急死人！她一急就把头巾撸下来扇，额头的大包豁然曝光。苏妈妈嗷一嗓子蹦起身，怎么在这儿还带受体罚呢？经理呢，把你们经理叫出来！

Edward 丢下小票向后转，直奔仓库，留一排客人探头大叫：别走啊！送，就送得心甘情愿，right？

22. 各就各位

出租车从 CBD 开至荒芜得貌似已出上海的地方，缓缓刹车，一百元结账。老销售老许迈步走向厂房，快点，新老大上台，咱们好容易约到时间拜见，别错过了。武越小步跟上。电梯门吱嘎吱嘎才要关闭，却被一只粗糙黑手拦住，又将只巨大纸箱推进电梯，卡在门口。嘿！老许不耐地看看表，说你呢，等下一部电梯吧，我们赶时间。随着纸箱继续艰难挺进，一个三四十岁高个子男人走进武越视野，他身着深蓝工作服，咧着大嘴吆喝，帮一把，不耽误！武越这才反应过来，找到角度一使劲将纸箱拖进电梯。电梯很快到了第三层，高个子男人倒不把自己当外人，再次招呼：小伙子，帮人帮到底，推到那边仓库去？就在老许满嘴子弹上膛即将喷出的当儿，武越已经弓腰上手。

高个子男人就这样把武越使唤到走廊尽头仓库的某个角落。武越急出一身汗，顾不得理会高个子男人颁发的"有把子力气"好人卡，点头一笑就大步跑向会议室。老许满腔火药无法张嘴，只好融入眼神上下溜他，从武越滴到衬衫上的汗到西裤上蹭的灰，各种忍无可忍。急促的脚步声传来，人未入声先进，"久等了，有重要事宜先要处理。"武越跟老许同时心惊，才一对视，就看见一个高个儿男人大步跨进，径直走到主座，身着那身快递服。他居然就是新晋总裁戴总，一个冒着臭汗蹭一身灰土的糙汉子，他环视了一周，目光定格在武越身上。

苏小满、张江和吴志雄被 Mary 一起带到软件实验室，这里找不到化学试剂或者瓶瓶罐罐，也没有机械手变形金刚之类高科技，只有格子间和一台台笔记本。没什么特别嘛，小满暗自寻思，直到被带到一个扎冲天辫的男人，这才找到一点"实验"的感觉。他个子不高，站起身并没好一些，反倒矮了半截。作为三名软件工程师实习生的师傅，他抬头将三人仔细打量又打量，再在电脑里翻了下资料，有了主意。你，往技术专家方向；你，技术架构师；你，软件咨询服务方向。见三人不得要领，师傅面露不满，否则呢，你们想干吗？

张江立马表态，我要做个巨牛的软件开发工程师。

来到这里，你已经是了！

秘书室，四张桌椅围成的小空间，除了一个空位，其他三个位置坐三位忙碌的美人，忙着英文电话、上海话轮换发嗲、记录和表情万变……这里，举手投足间香氛沁人，首饰跟眉眼齐闪烁，各种卡哇伊的装饰物，各色 TIP 纸贴在板上，连手上的笔都带有羽毛或者其他 bling bling 的东西，魔幻和夸张得宛若——雷池。是的，戴阿玲手捧笔记本电脑走向秘书室，却好似靠近雷池，每一步都提心吊胆。素颜、劣质服装加上其貌不扬，扔进秘书室简直就是掉进黑洞，瞬间变成一具骸骨，渣都不剩。既然如此，自然没人看得到她，她只能战战兢兢放下电脑，开机。几个女孩子突然用上海话讨论起某个当红韩剧、当红小生，关于羡慕和无法自拔的情愫在眉眼中流转，活色生香。说着她们居然起身走了，戴阿玲也站起身，企图打个招呼，却被忽视不见。座机突兀响起，声音很大，旁边已经有人投来厌恶的目光。戴阿玲这才意识到来自自己的空座，连忙扑上去，喂？电话里是她的直线老板，我在出差，你也不是第一天在 NBI 上班，自己去认识下同事。阿玲回过头去，已是三个空位。

战果的直线老板是个四十来岁的中年男人，他渴极似的大口喝茶，喝够才开头：不瞒你说，咱们部门就是公司的蓝领，高级蓝领而已。为什么呢？你见过哪个白领以狗的姿态趴在地上检查路线？他企图从战果眼里找到失望或者其他负面情绪，却只看他点头微笑。他继续，咱俩是校友，就得认命。你瞧他们，都是来自F、J字打头的重点高校，咱们不行，咱们是小不拉子学校，就从小不拉子做起吧。战果一脸“真的好有道理”的表情逼真入戏。直线老板有些意外地研究着战果，再次拿起茶杯，发现没水，也就放下。

战果连忙起身，您喝绿茶、红茶、咖啡还是白水？

资本主义公司，讲究众生平级，不兴这个。

我正好也要去泡茶，顺手的事儿。

那就绿茶吧，滚水，两个茶包。

傍晚的“传奇”咖吧本来清静，实习生一扎堆立刻嘈杂起来。战果这天似乎收获颇丰，大声散布着他的小抄，“NBI生存法则”，绝对的金玉良言，跟大家Share share(分享分享)，Totally free(绝对免费)！

北京人宁大齐是个人高马大的肌肉男，一抬手就能将战果拍得成球那种。他平生最看不上南方男人的种种，比如文静比如礼貌，到他那儿都叫装腔作势。这段不英不中立刻刷他一身鸡皮疙瘩，哥们儿，咱好好说中国话，要不干脆来句流利的外语。

战果不以为然，这就是我说的生存法则第三条——请快速加入中英文混说吧！你英文可以不够好，可是关键词必须得来英文。见众人频频点头，战果更来了劲，那我从第一条开始啊！一、邮件永远看不完，可是必须得看。怎么办呢？教哥们儿一招，每天上班从老板那封开始。

小样儿，溜须拍马的本性藏不住了吧。

你也可以从最后一封看起，信不信一天时间就耗在电脑前了。战果笑笑并不介意，我继续啊！二、客户和老板一定都是对的；三、Team Work，团队精神，要做要说，天天说，变着法子说；四、要想听懂老大们的话，先从背英文缩写开始吧！

小满心不在焉地盯着大门问柴晴：武越被分到物流行业做销售，可好？

听说他今天去了个快递公司。快递公司能需要买、又买得起什么机器？也不想想都是些什么人。

小满不禁惴惴然，才一回头却看宁大齐的大脑袋凑了过来，嘿，妹妹，个人电脑部知道吗？鄙人就被分到个人电脑部。不是吹，都说咱这块儿绝对是个巨牛、巨有油水的部门。你知道吗？咱们NBI个人电脑凭借技术领先，在全球市场上占据高端定位，销量一直居高不下。下包都笼络着咱们拿货呢！

想到这种忙，也是醉了。

众人纷纷仰慕艳羡，战果更是真诚捧场，被人求的感觉很好吧？不像咱们部门，即便被人求着去修大机，也不会给张好脸。

能比吗？你们就是蓝领工人啊！

小满瞬间心塞，女侠骨架突起，她嘭然起身，却被战果按下，频频点头道：嘿，竟然跟我老板说的一样！

宁大齐顿时没了兴致，撇开那块压不扁的海绵宝宝，凑过来跟柴晴搭讪，柴美女，你呢？你看哪个行业？

柴晴寒冰冷眼，北京人真以为自己代表中央呢！

此时的武越正在 NBI 会议室里加班，除了老销售老许，还有几名同事。老许看时间已晚，让武越找秘书订几份外卖。秘书室里只剩个全神贯注致力于发呆的戴阿玲，她好容易听懂武越的需求，手忙脚乱东翻西找，文件夹掉了一地。阿玲抓起包冲下楼去买，终于气喘吁吁拎着几袋子热气腾腾的外卖奔回。哪料老许眉头一蹙，加班到几点都不好说呢，就用米线对付？就不能正经买顿大米做的饭吗？这新来的秘书怎么呆头呆脑的。

没等武越揽责，阿玲已经满心酸楚默然退下，觉得饿了，这才想起并未给自己顺带捎一份。老板就是老板，够有水平，呆头呆脑四个字送给自己——重点大学计算机专业本科生，果然，如此，这般，贴切。

秘书这活儿，难倒自己的都是些虚无缥缈的东西。比如自己一张嘴跟老外对话，旁边就有人嘻嘻地笑；比如她们满嘴上海话，自己明明讲着中文，却插不进一个字；比如一些眼神一种笑声某种对视或者残酷的沉默……一切如同张网，将自己死死压住，粘连又紧绷。她就在这张网里，挣一口气呼吸。而这些，她无处诉苦，说来谁信，谁又明白。“这么简单一活儿。”他们只会扔给自己这句。

武越无从猜度亦无资格安慰谁，他自己的生活一团糟，还找不到那个线头呢。

老许扫了武越一眼，下午那幕立刻跳出来。老许毕竟是老销售一名，换脸的高手，立刻躬身递上名片，戴总的亲民果然名不虚传！戴总却并不接，只正气威风地扫视一圈，高冷地与“亲民”划清界限。老许只好悻悻然放下名片，尽量靠近对方的位置。戴总依旧大着嗓门，中气十足，今天特邀请 IT 部门和 NBI 公司销售团队来探讨咨询服务采购计划。我虽然并非大学毕业，可是从快递员做起，生意也做了很多年。技术方面主要请 IT 部门把关。好了，NBI 来介绍下你们的计划书吧。老许起身打开投影仪，正准备阐述，却被戴总拦住，等一下，请你身边的小伙子来介绍吧。

他？老许的心瞬间被堵得严严实实的，他只是名实习生，为了表示对贵公司的重视和负责，还是由我这产品经理向您介绍吧。

可戴总仍旧摇头，如果一个实习生能打动我，我才可能信任你们的产品。

老许暗握拳头，只好将笔记本轻轻推向武越的位置。好在武越仔细研究过这份 PPT，毕竟是前一晚整组员工的加班成果，他一直默默做着笔记，可要用自己的话去讲，还是颇具难度的。他边回忆边断断续续地阐述，老许极力忍耐着一次再次的不准确，偶尔暗咳提醒。戴总倒也听得仔细，却突然将武越打断：我相信你对 NBI 的材料很自信。但我其实更想听听，你对我们这个看似低端的快递公司非要购买昂贵的咨询服务是怎么想的？

武越略微沉吟，老实说，刚下车我还以为开错地方了。话一出口，就被老许狠踩一脚。武越忍痛继续，后来，看到一个公司高层居然肯去做最低层工作，我颇为感动，更有了信心。我看到了一种努力、进取和野心，还有对成功最平和的心态。有人鼓掌，带动起一屋子掌声。武越暗自擦汗，瞟见老许被晾成鱼干色的脸。

这般脸色一直维持到傍晚，整碗米线下肚也不能清润缓和些微。武越企图找几句算得上建树的话，老大，咱们今天的演讲材料是不是需要改改，我看戴总对这些数据并不满意。见老许似有思考，武越又问：要不要改成对方公司实时数据？

老许扣上电脑，“啪”的一声。你问这么多干吗？是你该问的吗？今天四不像的阐述我就懒得批评了，你不过就是一介实习生，跟着看看学学就得了。如果下次客户非要你来汇报，我会告诉他，你没有这个资格涉及这些机密。公司流程就如此规定。

明白。武越微笑点头，想起武天天，忍不住看了下表。今天下午四点他心急火燎地开完会，跟老许请了个假就打车直奔幼儿园，且不提令人肉疼的百元车费，班主任陪武天天站在幼儿园门口，已经无法礼貌性笑出来，她说：你可以考虑下住校那种幼儿园。武越蹲下身，看武天天已经站不住似的，背上他就往咖啡馆奔。

老许不会错过他露出的马脚，一副“被我抓住”的笑容，还不习惯加班是吧？年轻人，加班就是 IT 人的常态。

咚咚咚，伙计听见一串脚步声就在头顶。他眼睛一立，“熊孩子”三个字还要出口，却被 Edward 一把捂住嘴，不许问，不许说，你听错了！伙计当然不服，掰开他的手，不信你……Edward 继续上手，还说！想不想干了？见伙计要往二楼冲，Edward 一伸脚，绊他狠狠摔个大马趴。伙计强咽一口气，拍拍裤子去旁边收拾杯子，乘 Edward 没留意，踮脚悄悄溜上二楼。

武天天举着个小飞机呜呜在飞，机头一头撞上伙计惊愕的脸。伙计夺下飞机，哪来的小鬼？武天天本能地咧嘴要哭，可“小鬼”两字马上点醒他装神弄鬼的本职，他到底对这个角色驾轻就熟，白眼立即翻起来，声音颤起来，我是小鬼不是人。谁料伙计不吃这套，一个暴栗打在武天天额头，你吓得了谁啊！他终于找到Edward最近反常的缘由了，原来是你，在这里装神弄鬼，把老板吓得那个怂样。伙计自顾自乐了半天，突然一变脸，走，跟我下去，让他亲眼瞧瞧！

武天天猛然抱住伙计的腰就哭，把伙计吓得慌了神。哥哥，哥哥说如果被人发现就没地方住了。

武天天平日的故事不是白听的，帮助他把自己的故事讲得声色并茂，还擅自增加了不少情节，比如高利贷坏叔叔开坦克追杀，比如武天天点了三根火柴说三个心愿，比如武越饿得直叫妈妈……这些情节似通不通地贯穿成一个故事，令伙计动容，武天天学着武越的样子拍拍他肩膀，男孩不哭。伙计愈加心酸，心道：要不就是个天生超凡的小骗子，要不就是个感动中国的典型，我还是情愿相信后者。

Edward踮脚走上二楼，四周光线阴森晦暗，令人发憷。叫你别上来，不听，别说我的生意，恐怕你的小命都不保了。他边自言自语边颤颤巍巍迈步，突然僵住，因为看见伙计跟小男孩坐在一起。三人互望，快速反应，寻求答案，空气诡异起来。阿嚏！伙计大大打了喷嚏，四肢大幅抖动，直翻白眼，最后一个大大的激灵好像恢复意识，咦，老板你怎么上来了？

Edward死死抓住栏杆不敢上前，他怯怯地指指小男孩，你看到他了？

刚才发生什么了，我头好痛。伙计恍惚地扶住额头，你说谁？Edward望望男孩子又望望伙计，牙齿直打颤，半天说不出一个完整的词来。于是伙计站起身，莫名地左顾右盼一番，抹了两把桌子就下楼了。武天天不辜负哥哥的教诲，乘此入戏，死盯着Edward的眼睛，将他逼得逐步后退。

伙计乐了，你这失魂落魄的，不是见鬼了吧？

Edward“嗷”一嗓子，大步跑出咖啡馆。

武越大步冲进咖啡馆，却被伙计拦住。加油！伙计对着二楼挤眉弄眼，武越暗叫不好，却被伙计狠狠拍在后背，放心，有我！

武越看武天天完好无损，先松了口气，忍不住恼火起来，你怎么能告诉别人。信不信他转身就会告诉Edward。收拾东西，咱们今晚搬出去。

咱们不是没钱吗？为什么不能求老外叔叔，求他同意我们住在这里？武天天问。

他平时最讨厌孩子，加上这段经历，必定加了份恨。武越蹲下身，与弟弟坚硬对视:靠自己,永远不求别人。

没等弟弟明白这句话的含义,楼下伙计的声音已经异常夸张地传来:老板您又回来了?还有 Mary 姐,你们这是要上二楼?二楼我还没打扫呢,要不……唉,唉,Mary 姐!您别推我啊,这男女授受不亲的。姐,姐,你一小……大姑娘,别给吓着了。老板,您咋不拦着呢?

聒噪什么!Mary 大着嗓门,就是他请我来的。我就不信了,告诉你啊,如果这儿有……那个,我就是符;如果是小那个,我就是大那个!

说话间脚步声起,武越与武天天紧张对视。Mary 话讲得大气,步伐却一折再折,走到楼梯中央时气场已经缩水一半,她停下,回头看伙计和 Edward 已经跟上,这才一挥手,悄默声地攀爬楼梯,伏击战的架势。天色已黑,所幸二楼还亮着盏小灯,微弱晦暗而显得格外阴森,就在灯光下隐约有个男人的背影,似在打电话,他缓缓转身,正是武越。

Mary 大大出了口气,刚要大步走过去,却听武越大喊一句:停!我在 3D 视频通话,这个技术尚不完善,会受到灯光甚至温度、气流等影响,你们千万不要靠前。他按下什么按钮,一束微光射出,射在屋子最远角落处,那里隐约有个小男孩。不等众人仔细端详,光束顿收,男孩的身影随即消失。

Edward 努力回忆,不禁自语,原来是这样,一直是这样吗?

一个小小投影仪当然无法骗过 Mary,她推开 Edward 扑过去亲自验证。这一会儿,武天天早已爬到远处桌下。Mary 嚷着:你再来一次,我不信!

伙计打圆场,人家不说了,技术不成熟,会受这这那那影响啥的。

你懂个屁,这小子会弄这个,还在我手下混个头啊?一晃眼看见目瞪口呆的 Edward,Mary 这才意识到自己口粗,连忙憋起嗓子,不是,直接当上我老板的老板了。

Edward 把武越拉到旁边,不是不是,你以前不是这么说的。

武越附耳悄言,对人说人话,跟鬼扯鬼话,懂不?

吴志雄紧张地转一支笔,正转,反转,掉地,拾起,再转……就在他转得室温都要提高一度的时候,Mary 终于走进小会议室,我们有半个小时。

吴志雄笔头直接转向 Mary,感觉却是直戳的硬度,他说:新老板告诉我,咱们部门对实习生只放出两张票子。也就说,得到票子的人才能得到上海户口。可是我们共有三个人,苏小满是学霸,张江又是 IT 奇才加怪才。如果我是那……第三个人……

Mary 点点头,表示理解,我们 HR 会努力去争取第三张票子。

多久能拿到?

不好说，也许半年，也许一年，两年也是可能的。

吴志雄突然怒了，HR是什么，Human Resource，根本就是Human Reboot，开人录人，Human对她就是一个数字，冰冷的数字，跟薪金报告相关。可是，这个数字对我吴志雄就是孩子的身份，是阿玲肚里一个响当当的上海户口。

Mary愣了下，还是回到数字，问他在上海保持基本生活水平需要多少钱，养孩子，买房多少钱……吴志雄怎么会知道，他怎么会不知道，他只是不想弄太明白。数字无关生死，却事关生死。吴志雄腾地站起身，我不管，我要这个孩子，我要结婚，我要上海户口！

Mary吓一哆嗦，看见他的腿在肥大的西裤裤腿里瑟瑟发抖，劣质的布料努力支撑着这个乡下孩子的尊严与勇气。她无法直视他的眼睛，只盯着这两个裤腿沉默半晌，办法也不是没有，他们部门还有多出来的票子。不过……你是重点大学研究生，是不是有点？

您就这样安排吧！吴志雄咬了咬下唇。当目标明确，眼前也就变成华山一条道，没废话没旁骛，只能向前。吴志雄笑了，裤腿晃得愈加厉害，直到他一屁股坐下，露出因兴奋而显得狰狞的笑容。只是那一刻，他并不清楚自己面临的到底是什么。

任千秋跟冯峥峥边走边交代工作，见柴晴迎面过来，正好，你跟峥峥还算熟悉吧？

开玩笑！柴晴上去挽住她胳膊，闺蜜般亲昵，咱们实习班就出了她一人本硕连读的重点大学少年女大学生！

任千秋欣然点头，那就好，她如今负责你所在行业的技术支持，既然都是实习生，要互相支持合作！

任千秋才一撤足，两个女人就冷脸转身各走各路。

装什么傻白甜！让人恶心。冯峥峥嘟囔着，走向真正的傻白甜苏小满。她面前站着冯峥峥，唉，我说，同样做技术，你们这个部门未免太闷。要不进我们部门吧？偷偷告诉你，我跟大老板关系铁，知道他们还剩一个名额，就差你一句话！

苏小满笑着献上飞吻，果然是你最爱我！

这个动作被绕了一圈过来的柴晴看个真切，从人到心被堵个正着。这个冯峥峥真不简单，刚才跟我假意扮闺蜜，现在直接下手抢闺蜜，男女通吃四处下手的节奏。人长得勉强算个周正，却在甜言蜜语的罐子里泡大的，平白膨胀，殊不知姐姐我是上天派来向你扔小刀的，放放气，瘦瘦身，包管你认清自己，看清姐姐我是谁！想着，她微笑走过，拿起小满的包，走，吃饭去。

小满不及反应，却被冯峥峥死死扣住手腕，只能看自己的包被柴晴拎得越来越远。柴晴见小满并未跟过来，顺势将包扔到迎面过来的武越怀里。武越愕然一秒就看小满冲到眼前，吃饭了吗？一起吧？可惜她并不能解他心头之乱。下回吧，他微笑摇头，径直朝一间小会议室走去。

任千秋抬起头，长话短说，我马上要开个电话会议。简单直白令武越反倒哑然，任千秋翻了下邮件，有意无意问及：最近物流的那个单子还顺利吧？老许那人有些冲吧？

武越点头，老许相当有经验，方案尤其写得漂亮。只是，由于一次偶遇，客户对他产生了误解，却把我一介小实习生当作整组实力。于是，麻烦就来了。

任千秋并不打听细节，只漫不经心地敲打键盘，NBI 藏龙卧虎，是片风水宝地。注意，我说“藏”和“卧”，那么不到万不得已就不要冒尖，何况这是个按资排辈的公司，事事总要讲个先来后到吧。锋芒是什么？是硬度，是杀气，谁不明白？可是，既然是龙是虎总得冒头的。悖论是吧？其实也不矛盾，只要……

头垂得越来越低的武越突然抬起头来，只要什么？

任千秋笑了笑，只要你有必胜的信心。

就在实习生小鸟归巢般各就各位的时候，林少霆还单着，游离着，迟到早退和大驾光临着，这才是林少霆，不可能腆脸去寻一个职位，况且那个职位还必须得够重要、够光鲜、够自由。就这样游荡过一阵儿，直到办公室和“传奇”里都鲜有实习生的身影，林少霆就对这个职位是否重要光鲜不那么看中了，够自由的要求总不过分吧？这时候任老大出现了，又狠又准，林少霆几乎没反驳或者抗议，就跟着任千秋来到了旷达。对，旷达，父亲梁劲棠的公司旷达！

任千秋站住脚，压低声音，对你只有一个要求，就是保密身份。

要是被认出来呢？

不可能。你姓林，你爸姓梁。

林少霆眯着眼睛，不屑冷哼，作为 mental，你不是应该要求我好好工作吗？

我是不是还得要求你早中晚三餐不落啊？

林少霆微微一笑，我也有一个要求——我代表，仅代表 NBI。

你必须代表，仅代表 NBI！任千秋推开旷达会议室门，跟大家介绍下，林少霆，NBI 销售实习生。

中午的办公室里人走得差不多了，秘书池这个池里却鱼龙跳跃，热闹非凡。四方空间中央摆两张椅子，坐着两个女生——苏小满和阿玲。阿玲不安地望向小满，企图寻找一点安慰，毕竟是她的主意。上手吧！有人才招呼，她俩的头发立即被揪到后面，被简单粗暴地扎成个揪，露出两张素脸。Nancy眯着眼睛冷冷打量了半晌，还好，没到无法收拾的程度。二人连忙谄媚点头。

几个秘书同时上下其手，在两张素脸上各种拍打，连描带涂，直至画面立体、精致和生动起来。闪光灯一阵乱闪，妆前与妆后照就在电脑上展示出来。真是不比也罢，一比吓死人。不用谢！Nancy扔掉粉扑，拍拍手，妞们可以自拍上传朋友圈了！

戴阿玲笔头不断，记录着化妆步骤和产品名称，被Nancy一把揪过小本子扔掉，笨成这样怎么当秘书啊！她伸出手掌，卡交出来！记住，每天妆后来报到，我说OK才许落腚。

小满跟柴晴暗自眨眼，侧身悄悄比画出胜利的手势。谁都没注意到几米外路过的武越，他的脚步却被地面拽住，被他眼中的慢动作小满拖住似的。青春美好的她在淡妆下的容颜娇嫩明亮，她对着手机调皮地自拍，妩媚的、翻白眼的、剪刀手、鼓腮帮……这么多个她把他看呆了。

苏小满！一个男声传来，惊扰了整个秘书池。她们转头，目光齐刷刷指向武越。

武越尴尬地点头要走。走前先一抬脚踢在战果屁股上，他正捂着嘴蹲在隔板下，笑得要抽了。小满突然意识到自己的头上还顶着个难看的鬏，连忙忍痛断发揪掉，一晃头落下瀑布般的黑发，调整出30%微笑，摇手打招呼：嘿，武越！

这只妩媚温情手空摇了两摇，却被另一只手"啪"地打下，清脆又生疼的声音。苏小满，下班后跟我去练琴。竟是林少霆，他微笑注视着淡妆下的小满，挡在她跟武越之间。小满顾不上打手之仇，挤眉弄眼，意思是可别乱讲。

你跟林少霆？Nancy酸得下巴快掉下来。

奉她妈旨意。林少霆挑了只粉橘的唇膏，替下柴晴，正准备补到小满唇上的桃红色。

柴晴拔开口红，嘭的一声，仔细地替小满画唇，谁知手下一滑，从嘴角直接画到耳根，长长一条红线，女孩子们的嘲笑声四起。小满却不识灾祸现场，还咧张"大嘴"再三解释：世交，算世交吧。林少霆扯张餐巾纸去擦她脸，在她看来简直就是一个龌龊的抚摸，吓得她直往后躲，从椅子上掉下去。待她狼狈爬起身，再看武越，早就不见身影。小满气急败坏地刚要骂人，就看见他手中镜中的自己。

还不谢我？林少霆坏笑着走开。

23. 做名快递员

会议室里气氛不对，老许讲得越多，戴总的眼光越迷离，眼看就要远离他努力用红色激光点指向的主题。凭借他的经验，他应该停下来，请对方说点什么。果然，就在这时，戴总扣上笔记本，你对我们公司了解多少？知道一个快递员每天几点起床？每个包裹面临几次丢失风险？你知道什么，就在这里夸夸其谈，让我们买这买那。

老许并不正面回答，我们NBI公司在全球物流行业有着丰富的经验，这点您完全可以放心，从国外到国内都有许多成功案例，一定可以最大程度地帮贵公司实现优质办公流程。

戴总呼出口气起身要走，恐怕你没听懂。

老许慌了神，伸手拦人，当然这个动作极不理智，所以他还是及时撤收，却看一个身影蹿了出去，挡在戴总眼前，稍等戴总。如果戴总对我们的诚意尚有所质疑，我愿意做一个礼拜实习生，走进贵公司各个工作环节，把所见问题和解决方案一并呈现给您。

安静，令人浑身长毛的安静。就在老许准备拽开武越的时候，戴总终于点头，从椅背上拎起一件快递员制服扔过去，就穿我这件吧！

老许一上车就绷不住咆哮开来：你一个小实习生能发现什么问题，能拿出什么解决方案？也不跟我商量就擅作主张，简直胆大妄为胡作非为！我想把话拽回来都不可能了。做名快递员，靠，简直幼稚！

旁人乐得把笑话看到底，武越则不卑不亢，让我试下吧，如若失败，我会向戴总向整个团队当面谢罪。反正我就一个小实习生，即便做错了，也不足以代表NBI。车子扬长而去，武越望向车外，看见自己的影子握住工作服，在尘土中振臂高呼。

武越的"爱出风头"经实习生们你一句我一笔尽情渲染，一颦一笑一添加，逗号句号感叹号一铺设，口沫相传，味道却跑出好几条街，恐怕武越其人也尚需辨认。这令苏小满格外紧张，做名快递员到底什么意思？

柴晴打个哈欠，早起的鸟儿呗！

真的假的？宁大齐挤过来，目光贪婪地粘在柴晴脸上，班长这回可把咱们实习生的脸丢光了，你说好笑不好笑，乖乖跟着打单不就得了，非要出奇冒泡做那么低级低端的活儿，是Too young too simple啊？有点专业素养好不好！

小满快速抨击：你倒说说，什么是专业素养？西装革履高高在上，拿几台破电脑摇头晃脑说事儿就是专业素养？

宁大齐嬉皮笑脸地转过头，嘿，姐们儿，这还就是咱的IT专业范儿！咱NBI人的三观啊！好嘛，跟武越似的，今儿个签物流就去当快递员，明儿个签环卫局，他去当环卫工人扫马路，后儿个签铁路局，他不得直接开小火车去了！这种搞法，简直毁三观啊！

哄笑中小满立时爆发，对对对，趁早把你那种西装革履的三观直接碎成二维码吧！

战果把小满从并不那么正面的笑声中拽出来，我明白武越，快递公司新老总出身草根，也许对草根的对策更Buy in（能接受）。

宁大齐乘机再次粘回柴晴，哥给你搞台最高配置的电脑，内部价格，市场价的三分之二，小伙伴惊呆了吧？这就是我们部门的好处，如果要，最多再帮你苏闺蜜弄一台。

的确想弄一台……柴晴来个大喘气，一台大型服务器。

别逗了，你要那东西干吗？

你怎么知道姐姐我用不上呢？

那就找你自己吧！宁大齐这才明白柴晴的意思，好好好，你本事大，可惜这屋里还是求我的人多。看到那边的少年女大学生冯峥峥，跟我订了两台。

柴晴冷眼打量冯峥峥，她个头中等，总是打扮得花蝴蝶一般，无奈大牌服装就有这个本事，艳而不俗，断掉你说三道四的念头，让你没脾气。大小姐以掌声为点心，以羡慕为开胃菜，吃了这许多年，吃到NBI，似乎转了胃口，迎头专攻某种真实口感。

WIFI怎么用不了了？突然有人叫唤。

张江蹦出来，不急，新密码就是今天的日期，0827。大家依次设置手机和电脑WIFI密码，谁料才设置成功，每个屏幕都变成黑屏，引来惨叫一片。一个动图突然闪现在各个屏幕上，正是个时髦打扮的长腿卡通身子，顶着柴晴真人大头像，随生日曲扭动性感身躯，下面一行英文滑屏——Happy Birthday to my hot girl！掌声哄笑声中，柴晴只能动图一般舞进“传奇”中央，扭几扭，叫几嗓子，弄得现场High到顶点。她的目光却始终回避张江，莫名地怒火中烧。

对不起亲爱的，连我都忘记了。小满惭愧地搂着柴晴胳膊，却看她眼睛盯着门口，林少霆才推门而入，上来跟张江勾肩搭背，说话间就走了过来：恭祝柴大小姐生日快乐，如何庆生，我贡献钱包！

柴晴转瞬笑靥如花，小满连忙支开张江，帮柴美女拿杯咖啡吧，瞧她哈欠连天的。她又转头问林少霆，今天这一幕肯定是林少霆主意，托技术大咖实现的吧？她挡住半张脸，对林少霆一顿眨眼暗示却并不能改变他心直口快的锐度。

他说：没啊，我都不知道柴晴的生日。

小满企图一张纱布糊住伤口，对啊，你只托他做这些，却不知道生日就在今天，对吧对吧？

说起生日，我还真的只记得你的生日！林少霆说，效果却好比掀起纱布，继续倒盐。

我的？

对啊，农历小满之季，是二十四节气之一，夏季的第二个节气。那时候夏季作物都只是开始灌浆饱满，但还未成熟，只是小满，还未大满。

他说得不差分毫，俨然是百度上查得，逐字逐句记录在心的结果。这结果无疑是火上浇油，把伤口直接烹成熟肉，断绝回转余地。小满无计可施，或者说她内心瞬间柔软，大脑就僵在那几十个字隐隐指向的主题。柴晴起身就走。

小满赶忙跟出去，转头又指着林少霆，赶紧给我忘掉，删除，Control X（剪切）。

林少霆反应迅速，Control V（粘帖）

Control X（剪切）！

Control V（粘帖）

……

一个四十多岁的男人坐在角落里，摇头笑了笑，继续看他的电脑。

武越回到座位，看桌上黄色纸条写道：“工作服已拿走，洗罢明早还你。勤劳的小蜜蜂。”武越微微笑了。

小蜜蜂可不好当，为此苏小满特意回了趟家，从妈妈各种功能的洗涤剂中挑出两种，在卫生间里大动干戈。她将臭汗兮兮的工作服放在大盆里，洗衣液跟巴斯消毒水一齐往里倒，倒到足够消除前任气息的剂量才罢手。她一抬头却不经意发现镜子里的母亲，吓得手一滑又倒进去半瓶消毒水。

果子熟了终会掉，女儿大了，也终是会洗衣服的。苏妈妈笑眯眯地往盆里一看，马上紧张起来，她忙拎起衣服，这是谁的啊？怎么还是男人的衣服？你爸的？小贾的？

小满把她往外撵，公司活动，你不懂的！

好，我不懂。苏妈妈拿过她手中巴斯洗液，我倒懂得这个怎么用。

小满对这种冷静的口气再熟悉没有，一种不祥的预感直压头顶，怎么用?!

次日便是周末。门铃骤响，蓬头垢面的苏小满睡意惺忪，从猫眼先看到妈妈，慢着，旁边还有个男人，他回过头来，居然是林少霆。小满顿时解析了二人阴谋，屋里翻箱倒柜一阵倒腾，接着又是窸窸窣窣的动静，终于满头大汗定了定神，开门，先发制人喊了一嗓子：还让不让人愉快地活了？

苏妈妈嗷一嗓子扑进去，受惊不小，把小满也吓得倒退几步。她小心翼翼地摸着女儿胳膊，是打着石膏的胳膊，大呼小叫，词不达意。还好小满很镇定，用另一只胳膊豁达地拍拍妈妈后背，没事没事，都过去了。林少霆还没来得及反应，比如心疼或者“啊”？苏妈妈却凌空180度大转弯，一板脸，伸手去扯她的石膏胳膊。林少霆大惊，拦在中间。

苏妈妈深吸一口气，努力做回那个温婉大气的钢琴教授。她微笑着一字一句嚷道：好你个苏小满，你是自己摘下来，还是我帮你扯下来？

小满气急败坏地一顿脚，好吧，你怎么发现的？

苏妈妈得意冷笑，到哪找这样的庸医，手艺太次了吧？

三双眼睛齐刷刷射向小满的胳膊，果然，情急之下她竟将睡衣布边也裹在里面，于是变成了天衣无缝的那个缝。小满恨得牙痒痒，上手噼里啪啦将假石膏卸掉，扔在地上。把林少霆眼睛都看直了，他拾起假石膏里里外外地研究，又拾起地上的包装袋，韩国家庭妇女最贴心偷懒利器。没念完，他已经笑抽。

本来买给你的！谁叫你跟我妈一起来？小满突然想起什么，你会韩语？

不会。可是地球上的奇葩发明我哪样不知道，没想到你的用法更奇葩！

哎呀，起晚了，我要出门去送衣服。小满抬头看钟，被刺了似的跳起来，拎起门口的袋子就往外冲，谁料被妈妈死死堵住。巴斯洗液记得不？这回真真的，我发誓！

林少霆略一皱眉，我送你！他虽然不明就里，可她这份紧张令他也有些紧张，而且是那种不愉快的紧张。

这是一个沿街的小店铺，从里往外横七竖八铺出许多快递件，盒子、包裹、信封，几个快递员蹲着身子正在忙碌地分类整理。其中的武越就跟他们差一件制服。他坐到台阶上抹了把汗，掏出个本子来记录，不时瞟向远处。这时，大马力发动机声传来，林少霆的改装车随后拐个弯飞驰而来，一个急刹停在街边。武越脸上一时瞬间万变，他站起来拍拍裤子，将表情定格为漠然走了过去。

副驾驶的车窗徐徐降落，苏小满指着自己全身上下着急忙慌地解释，武越听不真切。她身着粉红桃心睡衣，在头顶随意揪出个丸子，插一支笔，像个小道士。因为词不达意和着急，她脸若红霞，极尽可能地与驾驶员其人划清界限。而驾驶员林少霆只歪头半笑地看她，这个表情令武越非常不爽，他冷冷道：衣服呢？

这个……小满反倒紧紧抓住手中的纸袋，令武越有种不好的预感，他一用力她只能放手，却突然大叫：快跑！驾驶员一惊，半天才反应过来，脚下狠踩油门，车子轰了出去。

武越拎出一件工作装，抖开，顿时倒吸一口冷气。这本是件藏蓝色工作服，现在却是件……说好听些叫迷彩服吧。几个快递员大笑起来，武越从地上拾起一张黄色纸条，上面是她潦草的字迹："消毒用巴斯嘛，我没错呀，错只错在加水太晚。抱歉哦，你这么帅，本来就不像快递员，再穿这么一件迷彩快递服就更找不着调了。"武越笑了，突然听见有人大叫：谁家熊孩子，快下来，那些易碎品不能踩！武越一惊，披上迷彩服就往屋里跑。

大周末的，林少霆的安排一定丰富多彩吧，比如车模啊夜店什么的。苏小满边往家走，边寻思着如何将他支走，直到她顶在门口，我已安全抵达，您就蹦蹦跳跳去过您的欢乐周末吧……"吧"字在跟林少霆的较劲中拉得好长，"吧"完到底还是被对方推开门。小满叹了口气，说吧，我妈给你什么好处，我给 double(双倍)！triple(三倍)？

谭老师教我弹莫扎特变奏曲《小星星》，不是瞧不起你，你只够教我童谣版。林少霆说话间已经将她推到客厅，苏妈妈和柴晴正坐在沙发上聊天喝茶。苏妈妈微笑放下茶盏，站起身，来了，这就开始吧。

不好意思，我先冲个澡，你俩先来。小满慢慢往后退。

一弹琴，撒尿喝水零食啥啥都开始了。不顾她满脸黑线，苏妈妈已然微愠。

林少霆弹琴，那种情景想想都太美。柴晴迎了上去，自然地挽住林少霆的胳膊，他却加快步伐暗自挣脱，端坐在钢琴前，揭开琴盖。苏妈妈看在眼里，再找自己女儿，水声已起。

待小满冲罢澡，擦着湿发从卫生间出来，却不禁愣在几步之外。林少霆跟妈妈坐在琴前，正小声交流着什么，他们弹几段，停下，说说又笑了。阳光斜射进房间，撒在二人身上，加了抹金色柔光，温暖的音乐和光线缠绕着洋溢在整个空间。原来音乐之美是可视的，她湿发的水滴落在脚背，嗖然将她惊醒。小满走过去换妈妈，坐在高音部位置。

林少霆闻到一个湿乎乎、香喷喷还散发着热乎气的苏小满，柴米油盐那种真实，不禁心猿意马。他努力镇定下来，来，先听听刚才跟谭老师学的几段。

他的手还未落下，却被柴晴戴着镯子的手先抓住。先插嘴问下，林少霆，上次你送我这个镯子，在哪里买的？冯峥峥向我穷打听呢。她说看到一个差不多的，得三千多。

林少霆顺口接话：恒隆吧，你应该记得啊，你拉我去的。

柴晴微愠，你拉我去的好不好！

真不记得了，没多少钱。林少霆一抬头，看见苏妈妈冷脸直视，好好，马上开始。

柴晴也看见了苏妈妈的表情，决定加个粗体，下味狠药，对了，上次咱俩住那个酒店打电话来，说找到个充电器，问是不是咱俩留下的。

我都醉成那样了，怎么可能还随身带个充电器。

苏妈妈是何等聪明的过来人，几句话够她把背后的故事组装成剧本，在脑子里快进了一番。她眯着眼睛看了看精心化过眉眼的美艳女子柴晴，再转头看见那个刚洗过头发，随便挽成个鬏，还脂粉未施的女儿，“恨铁不成钢”五个字在心里百折千回，不过脸上却平复下来，学了那么多年音乐，明白它的特别之处吗？见三人皆现茫然之色，她娓娓道来：其实音乐可以将记忆牵引至某个特殊片段，它比图片、味道和语音更敏锐，更直接。比如，若干年后，你从1155665几个简单的音符就能回忆起今天如何走进这扇门，开过怎样的小玩笑，小满身上好闻的沐浴乳，这满屋煦暖的阳光。音乐给人的记忆不可磨灭、历久弥新……

林少霆脸上漾起纯净的微笑。是的，他总是能被这几个音符带回童年的午后，妈妈只笑笑，抓抓自己的头发，继续教下去，弹下去……如果能这样一直弹下去该多好。

柴晴不屑大笑，恐怕小满只能回忆起怎样勉为其难坐在这里的心情。

苏妈妈淡淡一笑，说你们还没长大，你们肯定不乐意听。不过，用不了多久，真的不用多久，我就知道你们会怀念这几个简单音符，甚至手指头落在琴键上的触感。

柴晴嘴角一翘，阿姨还真文艺，不愧是大学教授，跟音乐学院学生都得这么酸不溜秋地上课吗？

苏妈妈一抬眉，高人一筹地斜斜她，又将暖暖的目光投向小满和林少霆，懂音乐的人有自己对话的方式，旁人如何能懂。

柴晴甩手进屋，小满连忙冲她的背影嚷道：我肯定能回忆起今天早上武越穿着迷彩服穿越小区送快递的情节。

柴晴停下脚步，回头朝小满笑了笑。

谁呀？

林少霆抢着回答：没谁，一个跟音乐不沾边的人。

苏小满送母亲出小区时已近中午，步入空旷暴晒的小广场，小满突然停下脚步，决定在这个站不住脚的地方快刀斩乱麻地解决问题：妈，我能拜托您一件事儿吗？

苏妈妈从包里掏出副墨镜戴上，不行，这个女婿我抢定了！

刀还不够快，小满心道，嘴里嚷嚷：不是吧？小贾他女朋友成打，从黄到白到混血，谈恋爱都用双语的。至于尺度，大到荤腥。您也听见了，礼物大把送不说，酒店房间都开了。你的包容心不是那么大吧？再大就俗称缺心眼了！

吵什么吵！谁没有过去，你爸跟我结婚之前还跟已婚人士堕过胎呢。如果那般狭隘，还有你这个人吗？

信息量太大，小满眼神呆滞起来，她缓缓伸手摸上妈妈的胸口，这胸腔里，是不是没有肝肺，只有颗心脏呀？

苏妈妈扒拉开她的手，大步向前走去，学音乐的人最相信感觉。人家小贾是个纯净的孩子，在音乐里简直清澈如水，你都望尘莫及。

望着苏妈妈离去的背影，小满愣在那里。烈日当空，她无法睁眼，周围一片刺眼的强光，她的耳畔只有一句话在萦绕，是吗？是呀。我何尝不知。

武越拿起快递包，暗记时间，小跑冲向电梯厅。武天天跌跌撞撞奔在后边，一把抱住他大腿再不肯撒手，被哥哥拖进电梯。武越却只管暗自考虑着派送效率与道路选择的问题。在门铃按下六秒钟后，一位大妈拉开门，有点犹豫地接过快递包，签字。武越连忙手抓制服晃了晃，太热了，制服穿不住。见大妈依旧死盯着自己大腿，他才意识到那儿还粘着个半大孩子武天天，哦，这是我弟弟，好奇跟过来的。

当目光落在手中的迷彩制服，武越甜蜜地笑了，这个笑必是在某些方面过分了，以至于他被自己吓了一跳，连忙收起脸上的纹理，将迷彩服扔在武天天头上，他“嗷”一嗓子，跟着哥哥跑向电梯。

橘色的夕中，武越身着迷彩服骑单车往家走，他吹着口哨，心情极好。武天天坐在单车前杆，快乐地张大嘴迎接微风。上海，魔都，一个让人着魔的世界。新烤出来的面包味令鼻子着魔，街头橱窗的精美和时髦令眼睛着魔，每个人内心对成功的渴望和呼喊令耳朵着魔。在这里，人格平等，不分卑贱，自备专业精神。在这里，精神与物质共存，品位与文化共荣，自豪感在骨子里任意滋长。在这里，心比天高又如何？

周一清晨，武越步入会议室，打开灯，连接电脑至投影仪。一切就绪后，他站在白板前，整理了下西装领带，望向整个空荡荡的会议室，那些整齐排列的座椅，还有每个位置上摆放的打印资料，自信的笑意漾上嘴角。

清晨的一束阳光斜入会议室，在地毯上留下一米长的照射带，"一米阳光"是这样来的吗？武越寻思着，看这一米阳光随云朵遮阳淡了又强，强了又淡，被时间越剪越短。早有人探头探脑，你这会议室到底用不用啊？武越总是努力说服对方，说服自己——我们的会马上开始。真的吗？就在武越起身去收打印资料，一个熟人推开了玻璃门。见他回手关门，武越明白，不再有他人。

他并非老许，而是晨哥，比武越早一年进入公司的员工，去年的实习生。晨哥有些心不在焉，眼睛终于从手机屏幕上抬起，哦，那个……老许说不用那么大张旗鼓地开会了。把你的文档跟我简单介绍下就好。如果真不错，我会转达给老大。

那个手机界面大概是个心灵鸡汤吧，大篇文字，却与自己无关。武越无法把他的目光拽过来，只能强压怒火，打开投影仪，那我们从快递流程讲起吧。

这个我清楚，挑最重要的说！

重要的？这个PPT演讲稿一共六页，除去封面，五页都无废话，无现成抄挪，都是武越一个一个快递送出来，每个流程跑出来的数据和感受。可是这话不能说出口，否则就有了没功劳也有苦劳的怨气，而"没功劳"三个字是武越不能接受的。他明白自己的价值，这个价格不幼稚不可笑，它顶着"爱出风头"的封号，冷暖自知地独自打拼，努力膨胀，却像风中的蒲公英，随时会被吹散。

晨哥站起身，蒲公英散了一天一地。武越没听清他说什么，也许是还行，会转达之类的话。望向他消失了半晌的背景，武越沉重地坐下，发现他连一片纸都没带走，忍不住恼火地将几页A4纸扫到地上。可是才仅仅两秒钟，他又蹲身片片拾起，关掉投影仪，关掉灯，关掉那一天一地的蒲公英。

24. 从发烧到发骚

张江的公寓小且乱，乱且碎，在这里你找不到一个软件工程师的条理，却找得到一个软件工程师的大原则，"0和1构成全世界"，是的，这里就是0和1，都是碎片，看不出什么完整的整体，比如床或者橱柜，比如漫天遍地的书和衣物。张江就坐在一堆碎片上，无精打采地盯着电脑屏幕，咳嗽，狂咳。待到咳嗽的狂潮略微平息，他终于能叼住一根口表体温计，忍着量了个体温。同时哆哆嗦嗦摸出苹果手机，对 Siri 口齿不清地说：头疼、发冷、打寒战，美女，我不会英年早逝吧？

Siri 反应了半天，终于回答：您需要去看医生。

美女说得是，这嗓子要着火了，您给来杯水吧！

Siri 又一阵反应，喝水有益健康。

姐们儿，我真羡慕你，一张嘴巴嗒巴嗒就够了。

张江披着被子下床，眼前突然一黑，"咕咚"栽倒在地，额头顿时鼓起个大包，温度计也碎了，他连忙"呸呸"乱吐，心想：若是死在这儿了，被报道成吞水银自杀，就是化作冤鬼也说不清啊！他从沙发上刨出羽绒服，暗自佩服自己：英明如我，幸亏一直没将羽绒服塞进衣柜。他就这样暗自庆幸着出了门，忘记头上还顶着一条白毛巾，隐隐蒸腾出白汽。

张江不是没去过医院，只是上次是被母亲硬拉来割包皮，不提了，都是泪。他在医院挂号大厅这个熙熙攘攘比脑子还乱的地方东张西望，终于找到个队尾，哆哆嗦嗦排队到挂号口，将病历本递了进去。

挂号员是个清秀却被职业磨砺掉多余表情的小伙子，挂什么？

发烧，咳嗽。

内科。对方替他总结，却推出病历本，去咨询台取小票。

什么小票？

挂内科的小票。

你直接给我挂内科不就得了！

你不去拿小票我怎么知道给你挂什么？

嘿！张江有点迷糊了，难道自己发起烧来会在逻辑上输给他？没可能呀！张江强调：是你自己说挂内科的！大伙都听见了。

后面的大妈实在忍不住凑过来，小伙子，这儿就这个规矩。再说，有这个争辩的时候都拿回来了。

我靠！张江给自己找台阶下，他说：嘿，我还非得看看到底啥玩意儿那么重要！小票是张橘红色的小纸头，二乘以五公分的样子，大大的印刷体"内科"两个字。张江就举着这两个字好似一杆大旗，重新冲到挂号口，想挤到窗口前，被一个粗壮大叔推了出来。排队不懂吗？乡下人素质就是差！

怎么说话呢！我排过一次了，不信你问那个挂号的！张江哆哆嗦嗦，口齿不清，无心理论，只想速战速决找个椅子靠会儿，于是他费劲全力将脖子挤进空隙，向挂号小伙找寻支持，你给我作证？挂号小伙看破红尘的眼神飘过，通透无物，大彻大悟的境界。张江只能望向蜿蜒向远处的挂号队伍，倒吸一口冷气。

张江才找到内科就抓狂起来，椅子，座位在哪里？他只看见密密麻麻的人，还好有人起身要走，他几乎是拨开重重人肉冲向那个正要空出来的位置，然后怀着万分满意和感恩之心一屁股坐了下去。谁料周遭惊叫四起，“跟老人抢椅子！”“现在年轻人真不像话！”……各种负面舆论扑面而来，可是张江眼皮沉重，嘴皮子起皱，只能假装昏死过去，于是就真的昏死过去了。这一觉睡得踏踏实实，醒来时候全身刺痛，也不知道是不是被正义人士揍过一顿，然后他们带着大仇已报的满意度散了，不然大厅怎么空旷起来。张江刚好听见机器在叫250号，可是他发现自己是……205号，连忙奔向护士台，我的号过了。

护士伸手，卡给我！好容易等到他全身十八摸，才摸出张发着高烧的挂号卡，护士一刷，眉头微蹙，开始怎么不来我这里刷卡？等着去吧！

张江自动启动反攻模式，不是，250明显大于205嘛！下一个就该我了吧？可是没等到护士的回复，他就被旁人轻松地挤了出来。这次他不敢再睡，盯着叫号电子板，迷迷糊糊脑子乱转。直到被叫到一个叫“4号诊室”的地方。张江探头探脑，这里要刷卡吗？

护士不耐烦地从里面推上门，外面等着去！

到底要不要刷啊？

“4号诊室”外小电子屏好容易显示“205张江”，医生却走了出来。护士在身后出来小面积打招呼，你们去护士台换个诊室，医生换班吃饭。

张江裹紧羽绒服，猫着腰哆哆嗦嗦蹭到护士台，咋回事啊？4号医生吃饭去了，我去哪里看病啊？

护士小姐并不正面回答，只一个字——卡！

张江再次满身乱翻，十八摸也没摸出来，却把一腔怒火摸了出来，咋又要刷卡啊！是医生去吃饭，又不是我要吃饭，我刷什么卡呀！饭卡啊？!

护士小姐也恼了，医生不是人啊？不吃饭啊？

是人啊，吃他的去啊！可是管我什么事儿，干吗让我换屋子刷卡？我看个医生得打过多少个关啊！你们这里的设计太不科学，很多环节都可笑地重复，浪费病人的时间和医院医疗资源，在软件设计上，这就是……

护士冷冷将他打断：别说那没用的，有卡给我！

找不到卡就看不成病了？

当然了，没卡补卡去！

我这本子上明明写了“205张江”，还要卡干什么？你们这破流程，就别打肿脸充胖子冒充数字办公了！这叫数字化，真的给跪了。

张江硬要把病历本塞给护士，护士却感受到攻击的意味，干什么，爪子拿远点！

一个黑衣保安冲了过来，三下五除二扭住张江，瞅你半天了，看打扮就不是好人！不好好找卡，找茬是不！

不是找茬，是系统设置太不科学！张江被撅着很难受，说理又没人听得懂，反脚一钩将保安撂倒，片刻间，二人推推搡搡打作一团。

林少霆三步并两步冲进大门，先看见冬日打扮的张江，还有额头挂的伤，欲气先乐。见旁边还有一个气鼓鼓的保安和满脸和气的工作人员，他赶忙收住笑容。张江眼睛一亮，举着张餐巾纸就冲过来，你可来了，看看，看看！

林少霆夸张地检查着张江的额头大包和全身可能的伤，声音发狠：哥们儿，怎么着，打你的是谁？要我找人哇？还是叫媒体，来文的？

工作人员马上紧张起来，不是，您别急，事情是这样的……

我其实就是要……张江要解释，被林少霆按住，要媒体来报道是吧？好！报纸、电台还是电视台？你直接点！还是海陆空一道上？

张江再次举起那张写写画画的餐巾纸，好啊，我都弄好了！

还真快！林少霆呆了下，继续发狠，咱新闻稿都写好了，我保证明天的报纸就能印出来！

张江激动起来，保安警觉地逼上，林少霆和工作人员连忙挡在中间，唯恐再生事端。情形似乎一触即发。张江激动地举着餐巾纸，又跳又叫，真能上新闻？我得好好说说我为医院设计的流程图。有专题采访吗？大美女举话筒对着我那种？

林少霆这才抓住关键词，啥？流程图？

林少霆坐长沙发上，手臂撑着手，手撑着眼皮，睁着两只表示态度的大眼睛。他努力回忆昨晚都干什么去了，怎么可能这么困。可是他不能犯困，甚至不能打一个哈欠，以免那股为兄弟摇旗呐喊的士气随一口气烟消云散。保安坐在沙发中间，抱手打盹，工作人员则坐在右边打哈欠，心不在焉，却负责不知所然地点头称是。张江则站在三人跟前大讲特讲他在餐巾纸上设计的"医院挂号流程系统"，可惜缺块白板，不然他还会有更多突破。我跟你们说，这在技术上是完全可是实现的。只要略有投入，就可以解决目前这种混乱局面。省去中间环节、人工不说，消除医患矛盾是必然的结果。

工作人员好像突然醍醐灌顶，站起来诚恳地鼓掌，对对，医患矛盾都是可以根本解决的！

张江大受鼓舞，伸手相握，那就这样吧！

工作人员大惊，快速抽手，什么就这样？

明天你把院长约出来我们谈一谈。

作为“处理医患关系”大拿的工作人员到底见过大风大雨，聪明地转移话题，我还是先安排您去看病吧。出了这些意外，我代表医院表示道歉，我现在特别为您安排咱们内科主任博士导师第一大拿为您服务，好吗？

不用不用，这一折腾我出了身臭汗，已经好了。咱们还是谈谈见院长的事儿吧？

您还是身体为重吧！

林少霆抱着张江的身子往外拉，张江伸长胳膊抠住门框，努力露头，就给我一个机会吧！

门好容易关上，保安和工作人员同时抹了把汗。保安由衷夸赞：终于打发走了，这个医患矛盾处理得非常和谐！

工作人员玄妙无比地微笑摇头，小白，你的社会经验到底太少！他抓起桌上名片，看，NBI 销售代表林少霆，还不明白？太狠了！为了谈生意，连这种苦肉计都想得出！

林少霆把张江按进改装车，系上安全带，当然并不知道这则医患关系最终是被如此定性，否则大概会要拼死打回去的。他仔细打量张江，见他终于脱掉羽绒服，异味包抄，除了眼神其他尚且正常，还是忍不住问道：真不看病了？

张江摇头。

不投诉了？

张江摇头，突然想到什么，投诉的话，就让见院长了？

林少霆连忙摇头。

对了，你刚才不说上报纸啥的？他又揪出那张宝贵的餐巾纸，这里有一个环节我还没想透彻，你帮我看看。见林少霆握着方向盘假装听不见，他也来了火，我就知道叫错人了，要是苏小满来，说不定我俩正跟院长聊着呢！

林少霆突然指着远处，吹了声口哨，哇，34E！

张江马上打开雷达模式，哪里？哪里？

开车追去！

二人一路追到 34A 的苏小满。林少霆将脚架在桌上，一只眼从两只鞋子中间瞄着苏小满跟张江捧着餐巾纸指点江山，直到她郑重其事压好那份机密文件，交给我吧！林少霆估计下一句就是——“相信组织。”果然，她说：我会找任老大谈谈。

任千秋站在小会议室门口，你的提议不错，还算小有建树，也有太理想化甚至幼稚的地方。我帮你找到这位是咨询部门专门负责医疗部门的咨询师，你们抱着谦虚学习的态度，好好跟专家探讨下。

任千秋拍了拍张江肩膀，Innovation（创新）。好样的！

张江立即眉飞色舞，嘴巴要开启千言万语感慨模式，任千秋又道：Self-control！（自控）。必须的！

苏小满在电脑上噼里啪啦地写，终于最后一敲键盘，写完了，你看看！谁料一转头看张江趴在桌子上竟睡着了。她啪啪狠敲桌子，震波强大，将张江震得蹦起来，稀里糊涂地嚷道：奖品呢？待他看清只是个小会议室，不禁失望，都怪你，我梦见咱们的创新提案被评上了，大中华老大正在给咱俩颁奖呢！

小满谦虚了下，要颁也是颁给你，我就帮你打打杂。不过你那张破纸随便画画，有谁看。

所言极是，领导都只负责随便写写画画，让下面人处理。

唉，我说！

这时谁都没注意林少霆双手插兜靠坐在桌子上，不知来了多久。别做白日梦了，还领奖呢！存在即为合理，明白吗？你们光从病人便利的角度考虑，有没想过医院这样设置的合理性？

什么合理性？

林少霆一个响指，分流啊！

小满再想，顿时激动，对啊！咱们重新来梳理一遍。

张江已经大步迈远，现在咱们仨一起领奖去。见林少霆冷眼不屑，张江直接进入颁奖现场，吭吭，奖品是 MCD Racing RRV4 越野车一辆。

林少霆马上正色，算我一个！

张江跃上桌子，咱们步子不妨迈大点，提议一张新型就医卡。它绝对不是一张简单的记录卡，而是张智能电子卡，具有估算时间、指引流程等功能，好比一个医导。怎么样？有没有酷炫屌炸天？苏小满我知道你不服，不服来咬我呀！张江就这样在桌子上蹦来蹦去，小满就在白板上写写画画，三个人轮流表态。这一回小满写的几个字，被张江用板擦抹掉，小满恼火提笔重写，张江还要擦，被林少霆扔掉板擦。张江只得改用手抹，甚至挑衅地用胸口去抹。林少霆无奈拦在中间，大叫：Calm down（冷静）！

任千秋从门缝里悄悄抽回手，关上手机，笑着转身而去。

第二天清晨，NBI 教室外的过道被挤得水泄不通，那里正是“能量赛道”所在，屏幕上播放着一段被简单编辑并被命题为“INNOVATION（创新）”的视频，正是三位实习生为流程图争辩不下大打出手的片段，众人笑成一片，武越却面无表情地撤身走开。柴晴悄悄伸手，在液晶屏下方找到开关键，一按，顿时黑屏。众人怪叫一阵也就散了。

林少霆只身赶赴“四手联弹情侣赛”决赛现场，靠墙等在过道，终于远远看一个拽着裙摆的身影跌跌撞撞走来，醉酒似的。她的头发高高挽起，优雅松软地高盘成髻，压一大蝴蝶结，露出修长的脖子，平白拉长十公分的样子，正是苏小满。旁边比她还优雅的当然是谭老师，随时上台被授“最佳指导老师”的装束。一双高跟鞋嘛，哪有那么困难？她果然一直保持着“指导”状态。

小满看见林少霆，嘿，踩高跷的人在这儿呢！

林少霆当然不明白这个梗，却见苏妈妈上手要拍头，被小满四个字“发型，发型”生生叫停了手。

三人才摸黑坐下，主持人上了台，仍是上次那位中年大叔，无非是感谢赞助单位，感谢各位选手的客套话。小满和林少霆却突然激灵对视，原来上次初赛的五对情侣全部进入了决赛。苏妈妈冷冷道：为什么？二位请自行反省。

台上表演的正是张阿姨女儿和准女婿，小满听得一背脊汗，林少霆则刷着手机，真把自个当观众了。谭老师到底是钢琴教授，选手的高水准发挥在她这儿都是浮云，淡淡飘过，无风无浪。台上二人将一段《西班牙斗牛舞曲》演绎得气势磅礴，整场掌声为其收尾。主持人再次上台，想必大家都知道，比起初赛，咱们决赛新增了一个环节，就是“情侣秀恩爱”。他笑着用手压下台下的掌声和口哨声，一点娱乐精神而已，两位别害臊，任何形式都可以，越有新意、越动人得分越高。记住，这占了整体打分的20%。

苏妈妈一把压下腾地起身的小满，不管你俩什么关系，进展到哪里，不能动动脑筋从新意下手吗？

台上的秀恩爱已经开始，掌声雷动，原来正是二战最著名那一吻——“胜利之吻”的姿势。

小满杏眼圆睁，越过中间的苏妈妈对林少霆叫道：这个——不可以！

林少霆白她一眼，你倒——想得美！

小满和林少霆坐在镁光灯下的钢琴前，彼此互望，缓缓落下手指，世界顿时变得宽阔又狭小起来，说宽阔是因为他们眼中不再有任何观众，而是一片白茫茫的光，影射出去，很远很远。而这种远又是没有意义的，因为远里只有两人的手指在乐符中对话，时而悄言细语时而大声诵读。他俩说着自己的语言，不管不顾地欢愉，无人能懂。她并不明白这一曲莫扎特变奏曲《小星星》

对他的意义，只觉得有什么化学反应在发生，就那样化掉了他眼神中戏谑却坚硬的成分，而缓缓升起的温暖气息舒适轻松，好似巧克力入口的甜晕感。恰时他侧头微笑，那种毫无杂质的笑恍然令她心神荡漾。小满心中一颤，手上一抖，差点坏事。

曲终，台下掌声雷动。林少霆的心里却晃过两个字——人散。他抬头望向已经微笑起身的小满，不舍离去。

主持人鼓掌上台，夸张地作势抹了把汗，这不是初赛大挣眼球那对吗？那个古典大串烧令我记忆犹新，看来他们这次采用保守战术。好吧，现在就到秀恩爱环节了，二位准备决定怎样取胜？

小满苦笑向林少霆伸出手，他接过，放在唇边轻柔一吻，然后顺势拉过她，搂在怀里。可就在这刹那，一个黑影突然蹿上台，扯过小满就往台下走。小满惊魂未定，仔细端详，竟然是武越。全场愕然冻结，突然，台下口哨掌声四起。

这可能是小满脑子里最接近万马奔腾的瞬间，小星星叮叮咚咚起起伏伏的乐符，林少霆侧脸的笑颜，才传递而来的体温，还有武越略微粗糙而干燥的手掌导致的扯痛感，高跟鞋的东倒西歪……她稀里糊涂地奔跑，跑向演出大厅走廊尽头，直到猛然令她眼盲的一片强光，她突然清醒过来，大叫：我们这样就输定了！我妈会把我杀了的。

武越不言语，握紧了她的手。

我们就是跳一段华尔兹而已，没打算干吗！

武越稍一迟疑，还是拉着她大步跑出。大门缓缓自动关启，演出大厅重新暗下，众人的目光重新回到台上，主持人尴尬地望向林少霆，这个……这对情侣果然够新意，表演的什么？逃跑的新娘？看来标新立异开天辟地一直是他们专攻的风格，在这一点上，年轻人你们赢了！

林少霆想起关于“曲终——人散”的预感，好气又好笑地轻哼了一声。这已经是他能做到的最佳、最“林少霆”的应对了。

小满撇开武越的手，冲上了路边一辆公共汽车。她不知道自己为何如此生气，气自己气武越还是气什么，她害怕答案，所以选择远离。这辆不知开往何方的大巴士将会把她的迷乱带向何方，整理，丢弃，再出发……

25. 特别快递

快递公司的会议室依旧坐着上次那些与会者，不同只在，这一次戴总并未要求实习生来介绍。那简直就是搞笑、不专业、儿戏和对自己的侮辱，可是老许依旧隐隐担心一切重演，那可真正简直了……他站在台上陈述，眼睛总忍不住往戴总和武越身上瞟，直到陈述结束才舒出口气，感觉却明明是堵得慌。一切糟透了，作为资深老销售一名，他知道自己在节奏和互动上并未发挥好，因为被二人催着了似的。

这时，武越偶然瞟见两个男人从会议室玻璃窗外匆匆走过，一个冷颜斥责，被斥责的脸上手上都是墨粉，表情尴尬，频频点头，竟是吴志雄。他不是跟苏小满在软件实验室吗，怎么跑这儿来了，武越暗自奇怪。

戴总用笔敲了敲笔记本，刚才许多数据和图表，看起来都很说明问题，不知道有多少是我们公司的真实数据？

老许忙应：我向贵公司 IT 经理要了些数据，都是这两年最新鲜的真实数据。

戴总点头，哦，说到数据，你们那个实习生当快递员当得有什么收获？涵盖在刚才的汇报里了吗？

终于说到这儿了！当然，我早有准备。老许暗自冷笑，嘴上却相当讨好，当然，我们的实习生非常努力，把工作中的发现在团队里做了介绍。虽然他没什么经验，热情到底可嘉。相信他在这次实践中有着相当的斩获。

斩获了什么，都在你的文档里体现了吗？戴总咄咄逼人，在哪一页？

老许强忍着万种不耐，很多地方都有展示。

具体呢？

嗯……这个。老许笑笑，努力将已经步步绷紧的琴弦放松，生怕它下一秒绷断，弹自己一脸血，于是他轻松地笑道：好像不太重要吧。

谁料这笑声倒加了最后一道力，琴弦豁然断裂，嘭的一声。戴总一拍桌子，当然重要！IT 经理给你的数据不会包括快递员花在交通工具、一日三餐上的时间，不会包括无人应门的概率和应对，不会包括客户接过包裹时的态度。这些细节在你的文档里是不是显得微不足道？到了现在这个阶段，难道你还不明白我要的是什么吗？

老许灰头土脸坐下，跟晨哥对视，又冷眼望向武越，茫然捕捉到一丝笑意，这绝不简单，他霎时心惊。

武越面无表情，化身空气一般地存在。就在前一天下午，武越身着“迷彩制服”手持快递包徘徊在戴总办公室门外。这个“特别快递”不重亦不轻，隐约发出嘀嗒嘀嗒的声音，他明确知道这个包会炸，只盼它炸得更响、更震撼些。他敲了下门，您好，快递！

戴总愣了半晌，爽然大笑，我的工作服怎么成了这个样子？

女朋友不会做家务，第一次帮我洗衣服洗出了这个效果。还挺有新意

（心意）吧？我能留下来做个纪念吗？

戴总望向他手中的快递包，却摇了摇头，看你拿什么来换了。

拿我手中的快递包，请先签收。

第一次，“女朋友”三个字从武越嘴里脱口而出。那一刻，他并不知道这三个字终将孤独无助走过千山万水。好比一朵花开的夙愿，从发芽开始，都并不能预测成长的艰难。

IT 经理拍着老许的肩膀走出会议室说：老大心情不好，是因为上批从你们 NBI 采购的服务器出了问题，早上还吼了大伙一通，你们快去瞧瞧吧。他几句话不光帮老许解了围，还成功地把下一个麻烦扔给了他。老许暗自糟心，也只得带一行人马前往。

机房里没有旁人，只有两名 NBI 工程师蹲在地上检查路线，厚厚的工作手册摆在地上，两个人挽起衬衣袖子跪在地上忙活，西裤膝盖、衬衣甚至脸上蹭得都是灰。早已听见脚步声的吴志雄并未抬头，只看见锃亮的皮鞋和西裤立在旁边对话。他师傅早就拍拍手爬起来，向双方介绍情况，见武越一直盯着吴志雄看，他戏谑道：新来的实习生。本来是很简单一句话，加上个“脑子一根筋”的手势，就不同了。吴志雄不傻，当然听得出来，就更加没有起身的意思。

这夜，吴志雄和衣靠在宿舍被子上，闭眼装睡，他听见阿玲的脚步声，闻到饭菜香，却将眼皮粘得更紧。阿玲抽出张纸巾去擦他脸上尚未洗净的打印机油墨。吴志雄却被扎了似地突然吼道：别碰我，别管我！

阿玲手僵在那里，见四下无人就小声问：要不……我们还是打掉吧。

吴志雄睁开双眼嚷道：你，我，再也不回去了！你还不明白吗？

阿玲的眼泪怔怔地掉下来。

吴志雄叹了口气，真的。你，我，再也回不去了。

武越不屑于偷听，可这一次是他们背后讨论在先，而且主题还是自己。武越靠在文件柜后假装看一份文件，听老许隐忍的声音洞穿而来：不是让你认真听吗？你怎么听的！这也没弄明白，那也说不清楚。

晨哥赔笑，戴总就那么一说，咱们加几个图表表示对小实习生的认可就得了。

屁话，源数据从哪里来我总得说得清楚吧，否则被追问起来更尴尬。这个表是什么意思？

晨哥越笑越心虚，还……只……就这个表最迷糊。

迷糊就去问明白！还不滚！

武越连忙闪躲，看晨哥苦着张脸走开，嘴里骂骂唧唧的。武越整理了下，微笑走向老许，您找我？

老许一扫不悦之色，拉把凳子让武越坐在旁边，你跟戴总以前有私交吧？见武越微笑摇头，估计是上次你帮他移了个箱子，这种基层上来的老大比较念旧，骨子里讲究江湖道义。对了，咱们今天下午开个会，会议的最后十分钟给你，你可以把上次的文稿解释清楚。

上次大家都没来……

上次？老许哈哈大笑，你太没经验了，周一是销售最忙的时候，谁有空听你汇报。好了，去准备下吧。

武越点头退下，心想：我跟戴总以前的确没私交，可是，现在有了。

26. "很高兴认识你"

林少霆发现一封来自"NBI志愿者团队"的邮件，没来得及纳闷，苏小满的电话打了过来：收到了吧？原来咱们公司里也有个志愿者团队，我帮你和柴晴都报了名。林少霆嘴上刚"不是"，她又开始嚷嚷：上次不是你带我们参加慈善募捐吗？想来必是个爱心满满的热血青年。到时候见哦！

拜托，那里有靓女美酒吗？

当然没有，只有一件劣质黄色大T恤，被柴晴从上套下，套在他米色亚麻西装外面。林少霆一进电梯看见自己的模样就抓狂了，当场一阵脱，不管现场各种饱餐美色的目光在电梯四个镜面胡乱发射。最后，他就只好光着两条胳膊身着黄色大T恤，保不住体温保仪态也是好的。他就这样抱着胳膊起着鸡皮疙瘩坐在小面包车上，随一群志愿者开向郊区。

校园静谧，志愿者们自动压低声音走向深处。林少霆磨磨蹭蹭跟在队伍最后，总被身上这件颜色模糊布料劣质的T恤弄得浑身痒痒。他努力整理下，却毫无帮助，于是掏出个墨镜戴上，长舒口气，这下总算没人认得出我林少霆了！

苏小满还生着武越的气，气他打断比赛害自己被谭老师教育整晚，气自己无法给林少霆一个交代，气林少霆并不声讨，气武越既然拉自己出来又不挡住自己冲上公交车，气武越不再有下文。居然没下文，一句话？一个电话？或者短信，微信？纸条？……直到"气"若游丝的程度，她只得主动给武越打了个电话，邮件收到了吧？原来咱们公司……可是，武越说自己去不了，被研究生导师召见。她撇撇嘴扔掉电话，却并不知道这个导师此时坐他对面，正是苏教授——自己的父亲。几个师哥师妹围着武越，叽叽喳喳问了许多在NBI实习的八卦。最后，苏教授问：遇到什么困难吗？

武越瞬间迟疑，还是摇了摇头。

苏教授并未错过这个停滞，他眯着眼睛打量着这个大个子俊朗男生，令女儿颇有好感的男生，自己的得意门生，有一种复杂的预感，他一时理不清，只拍拍他肩膀道：有困难找我。

导师手上余温尚在肩头，武越的目光却被他书桌上的相框紧紧锁住。武越一把抓住正欲离开的师弟，这是谁？

摆了那么多年的照片，别说你没见过！师弟吃惊地扒开他钳子一般的手。

武越走下热闹非凡的教学楼，一步一步走向校园小树林。照片上的小姑娘也就十来岁，着白色连衣裙，笑里隐约露出苏小满惯有的没心没肺。不是她又会是谁？武越躺在草坪上，嘴里衔一根草，翠绿的草汁是略微苦涩、带芒的，好似师弟的一番话。他咋咋呼呼地，马上引来一堆师哥师妹的齐声八卦，组织起来就是：这个女儿是苏教授从小照着准王妃养的，琴棋书画样样精通，吃的用的都是最高级配置。据说当年苏教授游学美国，每次回来什么都不带，整箱整箱都是给女儿带的衣物食品。真正蜜糖罐里长大的公主。武越怎么可能没想到呢？她是那么简单，养尊处优使然的简单，不知人间疾苦的简单，不计后果甘当女侠的简单，而这种简单竟如此迷人。一片低空云彩飘过，阳光直射眼底，令他突然眩晕却立即清醒，他蹦起身大步跑向校园冰室。

才到门口，就听服务员在嚷：小鬼，你给我出来！看你哥是大帅哥的份上才当一次保姆，你还不给我弃械投降！武越连忙冲进去，看武天天抓住个扫把桌子墙上乱扫。武天天！武越喝道！武天天愣了下，扔掉扫把，冲进武越怀里。武越不知道发生什么了，也不想知道，只突然红了眼圈。

一行NBI志愿者随同带领教师走进教室，苏小满却在门口处拉住林少霆和柴晴，做了个手语动作，见二人发懵，悄言：记住这个动作，是手语“很高兴认识你”，万能好用。她又慢慢拆解重复，企图教给二人，却被柴晴打断：拜托，招招手再夸张笑笑，岂不更好用！

小满无言以对。

可是你那套不是哑语，走不进他们的世界。林少霆走过，顺便整理了下黄色大T恤，却未能整理好小满意外的表情。

这是一间窗明几净的大教室，坐三四十个孩子，小到五六岁大到十几岁的都有。志愿者挨墙站了一排，静静地看带领老师用手语介绍这次活动主题，就是将几十台NBI二手笔记本电脑捐献给这所聋哑学校。难道一切不是过于安静了吗？在这里，语言变成一种多余和负担，志愿者们不敢把这种奢侈炫耀，只默默地配合老师，一套一套将电脑发至每个孩子手上，并教他们如何使用。闪光灯喀嚓喀嚓记录下许多传递的瞬间。柴晴收起了自己的手机，学校有专人负责，高级单反和摄像机一上，隆重到只差一名记者上场了。

小满总觉得气氛哪里不对。她负责的是个七八岁的男孩子，他盯着笔记本电脑，并不上手。她蹲下身，比画出一句也是她会的唯一一句手语"很高兴认识你"，瞬间令他眼底流动起来，他两手齐比画，却令她石化。她连忙掏出纸笔递上，男孩写道："这些电脑会留下吗？"

小满写："当然，为什么这样问？"

男孩写："以前也有人送来好多东西，拍了照片，下课后就没了。"

小满一下子难过起来，她拿出标有NBI字样的贴纸，让他写上自己名字，就贴在电脑外壳，最鲜明的位置。小男孩激动起来，嗓子里发出啊啊的声音。望向他眼底跳跃的烟花，小满笑着笑着酸了鼻子。他的烟花如此鲜明，好似投射在静夜一般，顿时集聚所有目光。志愿者领导走过来，一个眼色将她引至走廊，却发起飙：你在干什么？

小满解释：以往捐赠物质根本未被好好利用，摆摆过场就被收起来了……

所以？

所以孩子们都很失望。

所以？所以你给了他一个希望，却任由希望破灭！志愿者领导厉声斥责，见小满坚硬却玻璃一般逐渐破碎的眼神，又不忍了。她缓了缓口气，我们的任务就是把电脑送抵这里，然后由学校领导自由处理。简而言之，你没权利代表NBI或者校方派发给个人。好吧，你考虑下回去如何跟小朋友解释。

小满咬紧嘴唇却无力反驳，眼泪却汹涌而出。十米外的走廊处，林少霆按灭烟头走回教室。

也就几分钟吧，小满设计了各种对白，无一能够说服自己。想到有一只毫无感情色彩的手伸出，"哗啦"一掀，他眼底的烟火将随之熄灭，她就觉得自己随他一起沉入漆黑的夜。她艰难移步，鼓足勇气打算说对不起的时候，却看见林少霆正坐在男孩身边，手把手教他玩一个PSP手掌游戏机。本子上有林少霆一行字："送你这个游戏机，名字贴它背面，好吗？"

小满的眼前霎时模糊。

林少霆抬头乐了，正愁没地方淘汰呢！

小满动了动嘴却默然无声。柴晴凑过来，跟我想到一块儿去了！小弟弟好开心呢，下回我也要一个！

你也喜欢？早说啊！林少霆再转头，看小满已经走到几步之外，微笑抹了把眼泪，朝自己做了个手语，正是“很高兴认识你”。

柴晴不耐抱怨，记住了，学会了！

林少霆则一丝丝收起笑意。他想起在LA跟朋友驾游艇出海的那天，香槟、比基尼和一望无际的太平洋，醉生梦死的欢愉令人麻醉，就这样麻醉着掉入大海，扑通一声，他浑身一凉眼前一黑，恐怖感大面积袭来。他觉得自己一直在往下坠，只能努力昂起头。在他看见头顶那一抹阳光在水中荡漾的时候，心底霎时一片明净，全身静止，他只向着它，就冲上水面于是有了空气。那一刻，他看到一个剥离尘世的自己，新鲜的皮肤在烈日的灼烤下茁壮成长……且，如若此刻。

27. Early Bird

早一个小时走进NBI，地铁不堵，办公楼电梯不需挤，连喝杯咖啡都气定神闲。任千秋满足地喝了口咖啡，一低头，却从实习生脸上找不到回应，尤其一个哈欠来自林少霆，长久不衰。泡妞需有度，小子，任千秋提醒。

谁知林少霆思路清晰，嫉妒伤身体，老大！

这一乐，实习生也就清醒了。任千秋拍拍手，今天的短会叫做Early Bird，明白什么意思吗？

苏小满举手，是否来自中国一句古话，早起的鸟儿有虫吃？

聪明！任千秋打了个响指，只有早起的人才会明白，比如光线的变化，比如无比清新的冷，比如一只鸟飞过……见众人笑，他收回畅想的表情，我是想说，只有早起的人能看见其他人看不到的风景。

武越骑着单车驮着大小快递包，飞驰过大街小巷，他见过那些光线、冷和飞鸟，他知道，他注定就是那只Early Bird，他必须是。

会后，两只被看好的鸟儿——苏小满和柴晴跑到“传奇”补早餐。柴晴困得咬不动三明治，任老大那么早把我们折腾过来，什么乱七八糟的！

小满在刷手机，用心良苦，是个好导师！

别幼稚了，妹妹！柴晴夺过手机，这不过是资本主义盘剥无偿劳动的一种形式。他不是说了，以后这种会在各个部门以每周、每两周或者每月的频率召开。俗话说得好，早起的鸟儿有虫吃。可是还有下一句呢——早起的虫子被鸟吃。

小满扑哧笑了，抢回手机，给你看样好东西！柴晴仔细端详图片，无奈不得要领。小满故作不屑，这个都不懂还自夸时尚狂人呢！看仔细了，这是一张用 Nike Running APP 软件绘出的 GPS 跑步路线图。

柴晴重新看了一眼，打了个哈欠，So?

这是武越微信朋友圈里贴出来的夜跑路线图，每天十公里呢！

So?

哎，你故意的吧！多时尚多健康啊！

好好，我把“时尚狂人”的封号拱手相让你家武越！

谢了，我看行！“运动，让时尚从每个细胞开始。”金句不错吧？现在把它改成我的微信签名。

看她说干就干，柴晴讥笑：差不多得了啊！

不服你也跑步去啊！小满说，我说话就跑起来啊，从采购设备开始，中午吃饭后陪我去？

疯了！时尚，我还是不走细胞那种吧。

下会，武越跟随老许一车人来到快递公司总部，准备进行下一轮汇报。这个版本的演讲稿里采用了不少武越的新鲜数据，却在格式和图表方面改头换面，这也是老许隐蔽维护自尊的方式。武越暗自得意又不屑。办公室里一屋子人正临襟坐，等候许久仍未见戴总露面。

武越低头刷新手机，发现苏小满的微信签名已更新为“运动，让时尚从每个细胞开始”，忍不住暖暖一笑，一抬头笑容没刹住，却被老许瞪了眼。这时 IT 经理走进来，经过我们的慎重考虑，决定加大采购额度。突来的好消息把 NBI 团队炸了，众人似乎听见“嘭”的一声礼花迸发，于是亮片金光漫天飞舞…… IT 经理继续道：以前咱们双方一直在谈的是咨询服务，现在，戴总决定同时加大软硬件投入。

老许激动地上去跟 IT 经理握手，可对方视而不见，只清清嗓子总结：也就是说，接下去我们会采用公开招标的方式寻找合作方。各位请回吧，标书一旦做好，会通知到贵公司。

马上到嘴的小鱼突然变成了大鱼，本是好事，可是大鱼被放回公共池，供几张网自由捕捞，结局就变成了未知数。NBI 团队面面相觑，最终将目光投向老许。亮片飞絮落下，变成满地垃圾，杂乱闹心，老许只觉脑子嗡嗡乱响，直觉地瞪着武越。武越也低头暗想，难道跟我上次的“快递包”有关系？

这是间六平见方的小会议室，摆一张小圆桌和三张椅子，搁进武越、任千秋和老许三个男人就显得拥挤了。两个人说着说着站起身，当话语碰撞，火星四起，连空气都稀薄了。武越心惊肉跳地坐在二人之间，不语，不动，尽量减少使用空间。

老许的嗓门先大起来，你的实习生怎么回事？没轻没重！胆大妄为！严重影响公司大局！

任千秋轻描淡写，他不过做了七天快递员，何谓影响大局？

别想抵赖，我已从内部证实，他跟戴总私下联系。

联系下就能影响到加大投资，我们是不是应该夸夸他的个人影响力呢？

任千秋！老许一拍桌子，电话机差点震下去，你不能这样袒护自己人。我们是团队作战，最忌讳越级汇报，你个十多年的老员工，在这儿装什么傻！

任千秋也黑起脸，作为新人不知轻重是不好，可是他的工作态度和工作方式并无问题，最后的结果也对公司有利。你作为更资深老员工，怎么能处处以自己小目标为重，而不惜牺牲公司大效益。

二人的针锋相对以老许甩门而出结束。任千秋重新坐下，用两分钟令人窒息的沉默平息了怒气。他终于压低声音，威严面对武越，维护你不是因为你做得对，只因为你归我负责。当然也不代表你做错了，可是你又犯了同样的错误，就是自以为是，自说自话，没组织没纪律。处理是必须的，从老许项目上退下来，先思过。不过，公司最近在做 Innovation（创新）系列活动，我会把这次事件作为实习生的创新案例报上去。你自己写一份材料给我，用英文。没等武越转过弯来，他又转为大声大气，像对着外面厉声道：今天放你一天假，回家好好反省！

武越想起儿时那只摔在屋檐下的燕子，它的翅膀折了，还在扑腾。没人关心它曾经翱翔，也没人在乎发生过的故事，它就死在那里，死得很难看。

消息以邮件、微信、短信、电话等方式迅速传播，主题都是一个——“爱出风头的实习班长”。苏小满在 NBI 上下楼层来回绕圈找到武越的时候，他刚好收拾好电脑包等在电梯间。小满躲在玻璃门后暗自观察，并未从他脸上找出负面情绪，这才装作不经意间与他邂逅，今晚 Edward 加了一场书法的课，本大书法老师第三次执教。你也去吗？

不去。武越当然并未错过她的东藏西躲她的刻意平白令他脸部肌肉变硬，语气也随之坚硬，连你也看出我很闲吗？

小满赶忙摇头，企图劣质地撒娇，给我捧个场，够意思嘛！

电梯来了，武越走进去按上门，小满将手伸进去，眼看要被压到，武越只能扶住门，他暗自咬牙黑着脸，愈加坚硬地开口：我没时间去给你捧场，我没闲心逗你开心，我要去工作挣钱，养家，立足。我们根本就是两个世界的人。你懂吗？电梯门重新关上，把两个人隔在各自的世界。小满意外地琢磨着他的话，看他零下一度的容颜消失在电梯门缝里。武越站在自己的小世界——电梯，从 34 层直线下坠。这种修辞叫双关吧？他苦笑着走向停在路边的单车，却发现任千秋的车子停在旁边。上车！

去哪里？

上市公司旷达。

那不是林少霆跟的吗？

也不晓得溜哪儿泡妞去了。任千秋启动车子，既然你跟物流那边弄僵了，最近就一起跟工业吧。旷达最近有采购计划，弄不好是个超级大单。

宕机事件才过去没多久，短期内会有动作吗？

上次是他们内部员工误操作导致。当事人已被开除。任千秋看了眼武越，从他脸上找不出丝毫关于喜悦或者感激的表达，心中却暗自欣赏。是的，就是他，他就是自己要找的人，喜与悲不过是人生路上的过山车，冲过去，未来不得而知，何必尖叫。

上市公司旷达会议室里，几名员工正在等候。武越找到一个并不起眼的位置，安静地记录会议纪要，会议室暗下来，他却不时感到一双眼睛的力度。果然，会间休息他才出门就被人堵住，正是老同学王杨。武越先开口，对不起，兄弟！

王杨本有一腔怒火，听见兄弟两个字，也就平息了一半。他走到电梯间，给自己点了支烟，武越，我认识的你不是这样的。

武越到底有些沉不住气，你没把这件事通报领导吧？

看在同学的面子，否则，你也不会在会议室里待上那么久。

武越放下心来，我一进门就知道了。谢谢你给我机会。这件事我的确欠考虑，事后我也主动找张蕾蕾道过歉。

其实，咱们旷达就是想给NBI点颜色看看，未必真要搞出什么大事。你这一折腾，反倒变成给你们唱赞歌了。你想我会被老大怎么骂。不过……算了。

武越伸出手，谢谢你……王杨按灭烟头，转身走了。

房产中介颇为健谈，其实他不强调，吴志雄也明白，公司附近贵出想象边缘，好在魔都公交便利，完全可以找到个一小时内抵达的高性价比房。然后就回到预算的问题上了，阿玲望了男友一眼，一千五？

吴志雄却马上改词，八百。

中介冷了脸，从键盘上收下手。这种冷场令人难堪。八百？上海？中介无法置信的表情无处落脚，只能回到屏幕，尴尬的沉寂中只有中介粗壮的手指头拨点鼠标的声音，显得爱搭理不搭理的。终于，他开了口，这样的房子……他的眼睛突然一亮，嘿，别说，还真有！

吴志雄仔细看过图片，无法理解，这个地段、房型、装修，却是这个……价格。是房子有什么大问题吧？

中介连忙摆手，怎么会？人家房东不差钱。

二人对视，反倒愈加疑惑。阿玲脱口而出，不会死过人吧？

中介低头去找杯水，咣当一大口，虽然马上否认，却也等于认了。

吴志雄说：就它吧！

可是阿玲同时开口：不行！

二人走进茫茫的夜，一路无语。分手前，阿玲挤出一个疲倦的微笑，咱们终于有一个家了。吴志雄却转身扶住棵树，大口呕吐。

28. r

武越夜跑期间，武天天已经习惯被安置在城市绿地的儿童乐园，那里总会有几个孩子和家长，武越必须在他们离去前跑完，否则就会变成背人跑。于是，他的速度也被逼逐提升，倒也不失为一种收获。这夜，一身夜跑行头还隐约散发出昨天汗味的武越安置好弟弟，先找个椅子压压腿活动活动，却看远远跑来一个女生，正是苏小满。是哪里不对劲呢，武越暗想，终于明白，止汗带、臂绑手机、护膝……是过于专业的行头与她初跑者的反差，于是动感十足又明明滑稽隆重。她明明看见武越，偏要停在他十米外的地方，压腿松筋。而武越插着耳机跟蒙住眼睛的效果似的，偏偏目中无人。看武越一直没有发现自己，她只好慢步跑过武越，又倒退几步，搭配偶遇的惊喜，咦，你也来跑步？

武越朝她点了点头，抬腿就跑。

你也是夜跑族啊！每天几公里啊？每周跑几次啊？小满连忙跟上，可因为说话，就有点喘不上气，何况武越上来就不是慢跑。小满自诩体力不错，却只能咬牙跟上，才好找出更多的话聊，还得保持从容的姿态，你见谁谈恋爱呼哧呼哧脸红脖子粗大喘气的。那都得马尾辫轻甩起来，眼神暧昧碰撞起来，耳机里背景音乐飘摇起来……可是，现实是，她只得闭嘴，紧跟。

被超，再紧跟。

然后，就被武越远远甩下。

接着，被第二圈赶超。

小满气急败坏地扯掉额头的止汗带，手扶膝盖大口喘气，马尾辫耷拉下来，再仰头就歪到了一边。她干脆甩手不干了，撤掉皮筋，抹了把汗地去找武越。这时武越已经不在外圈上跑了，而是在内场小道上转悠，奇怪的轨道。

小满披头散发一把扯掉他的耳机，大声嚷道：你犯不着躲我躲到内场来吧！我今天来就为给你这张卡！她狠狠地将卡戳进武越怀里，转身就跑。想想又报复性地回头大喊：你臭死了！可是因为急转还崴了脚，只能强忍着痛龇牙咧嘴小小挪步，维持形象。

武越揪起衣服闻了闻，果然很臭。他好笑地看着她离开，低头抽出卡片，发觉这是张自制卡片，封面上写写画画几个大字——"我们来自不同的世界"，里面画着两个星球，左边火星上连着武越的照片头像，右边金星上连着小满的照片头像，手一拨动就摇头晃脑。每人身边都有好几个对话框。

武越：她怎么这么啰嗦？

小满：交流与分享嘛！

武越：别告诉我该怎么做！

小满：没要求你干吗，配合听着不就得了！

武越：我这样做是为了给自己加分。

小满：不分大事小事，统统只加一分。

武越脸上的线条柔软起来，可她已经跑远。突然，一个小人连哭带叫跑过来，臭武越，你又想扔掉我……武越大步跑过去，一把抱住武天天，抡起转圈，激起清脆的笑声。

小满回到住处便踢掉鞋子，褪掉七七八八的装备，疲倦地拖着受伤的脚踝去卫生间，却听见开锁声。柴晴带着一身酒气甩上门，倒床便睡。又跟林少霆出去玩了？悠着点，别一不小心被他占了便宜。不过，已经过有"两个"事件，好像也没啥可逾越的了。

就那一次，他老躲着我！柴晴醉醺醺地翻了个身，继续呼呼大睡。

小满给她盖好被子，边刷微信边往卫生间走。突然，她眼睛一亮，因为看见武越在朋友圈发的一条消息，上面只有一张图片，是一张用 Nike Running APP 软件绘出的 GPS 跑步路线图——一个牧羊座的符号 r。苏小满乐得哇哇大叫，忍不住蹦起来，脚一落地却又疼得哇哇大叫。

柴晴翻了个身，迷迷糊糊地，神经病！

次日清晨，苏小满才看林少霆进办公室就跟了过去，以后少给柴晴灌酒，她的胃本来就不好。你看昨晚半夜吐两回，幸亏我们从寝室搬出了，否则半夜还不得跟同寝女生打起来。

林少霆边走边乐，场面会这么火爆啊！可惜我进不去，无缘见识。

她不满地拉住他，怎么没心没肺的！

林少霆无辜地往后退，昨天她见客户去了，又不是我灌酒。

当销售是这样的啊？

幸亏你不做销售。

小满随口接话：否则呢？

林少霆顿时语塞，小满于是尴尬起来。其实没什么，可是一个欲言又止，一个无言以对，空气就微妙起来。她连忙用长串傻笑弥补，否则肯定死得更惨嘛。林少霆望着她溜走时顺拐的小步子，十分担心她会在下一秒钟摔得很丑。

几步外就是饮水间，柴晴揉碎了一只纸杯，就在那个微妙的瞬间。水流了一地，竟是滚烫的开水，灼热痛感顿时将痛恨 N 次方加倍。可就在这时，她听见半墙之隔的打印室传来一对男女的对话，因为尽量压低声音而显得格外诡秘，令她忘却了手痛。

男人无奈，别在公司跟我拉拉扯扯，好吗？

在哪里可以？女人娇笑。声音很熟悉，柴晴努力回忆。

男人似乎在推女人，于是女人变成哭丧，你难道不爱我了吗？

咱们之间没那么复杂。

不复杂，你为什么吻我，为什么……接着就是呜呜的哭声。

男人显然慌了，别在公司闹，我在车里等你。

好吧。

乖，你擦干眼泪先出去，我过两分钟再出来。

女人果然走了出来，一个黑色蕾丝裙的背影快步闪过。柴晴努力回忆，是谁呢？凭这裙子的版型用料，必是令人咋舌的标价。

没多久，男人走出来，四十来岁，中等个头。柴晴悄步跟男人走进电梯间，躲在玻璃门内，乘他进电梯前最后一回头，手机快闪拍照。苏小满从过道尽头过来，身边正是那个蕾丝女人，她终于转过脸，竟是少年女大学生冯峥峥。柴晴冷哼一声，转身而去，她知道，这里有一出大戏，而自己何不顺应剧情做一次导演。

冯峥峥的裙子不光布料挺括版型服帖，还因为超短和背后的蝴蝶结而有了晚礼服的意味。而晚礼服必是扎眼和具有挑衅力的，尤其在一个百年 IT 办公室里。小满七拐八拐说到她的裙子上，又加了句：你别生气啊，不过最近有些对你不利的传言。

少理他们！冯峥峥眼神自然闪躲，我什么都没做。

什么都没做？谁信！那么他到底是谁呢？柴晴在 NBI 内网搜索，仅凭借一张照片，从上海几千名员工里找出一个男人可绝非易事。柴晴是谁啊，她只需调出冯峥峥的汇报链，往上看两层，就轻松找到了。Bingo，他就是冯峥峥的二级老板！

旷达集团的确有一个项目跟进，武越不知合同大小，可是凭借双方参会人员数量、等级，会议的频度也能猜到几分。当然他并不过问，只是负责打印、复印、分发资料，会议记录和分发盒饭。而同样的NBI实习生林少霆只负责出席和继续保持个性。

29. 凶宅

这是个普通日子，普通到黄历上都并未标注“宜迁移”什么的，吴志雄吆喝着几位同学和实习生帮忙搬家。家对两个穷学生来说，不过是成箱书籍和成箱书籍。吴志雄和战果撅着屁股，合力将一大箱书一级一级台阶往楼上扛，歇歇爬爬，终于抵达五楼。小胖子战果变成了个蒸笼头，像个冒气的热包子。他抬头擦汗，先看见大门上方一把剪刀和镜子，这是干嘛？

吴志雄支支吾吾，见四下并无他人就凑到战果耳畔，只告诉你一个人，这个屋子曾是凶宅。不过价格很公道。千万替我保密啊！

战果有点反应不过来，茫然点头。

中介来收尾款，猫步迈着怕惊醒谁似的，他来回打量房子，穷能壮胆吧，这种地方都敢住。此话一出，马上被一个实习生听出背后巨大信息量，并迅速套出“吊死过人”四个关键字。

周末后的第一个工作日，吴志雄和阿玲早早起床，换乘地铁抵达公司，看时间刚刚好。亦是个小小的安慰，足矣。他俩对视一笑，有些疲倦。可是，空气中洋溢着某种怪异，他们说不清楚，只觉得习惯做透明人的自己今天格外扎眼。他俩低头走向各自座位，耳畔到底传来一组清晰的对话。

就他们俩，胆子还真肥。女的肚里怀着呢，真不怕是什么投的胎吗？

唉哟，想着汗毛就立起来了。

阿玲垂下头，紧紧拉住吴志雄的手，只觉得他越攥越紧，却突然放开，人直冲出去。阿玲不知所然跟在后面，看他直接跑至战果桌前，消息是你散布出去的吧？

战果果然是装无辜的高手，简单和善意洋溢在那张胖脸上，从表情到情绪完全与自己统统撇清。他不知所然继续喝他的茶，吹吹，啜一口，再吹吹。吴志雄抢过杯子，一杯热茶直接泼向他脸。战果被烫得乱叫，手在脸上乱抹。吴志雄被自己吓到了，可是极度的气愤立马占了上风，他一字一句地逼视对方，你知道住在死过人的房子是什么感受吗？是害怕、无奈、气愤和妥协！就像你此刻的狼狈，好好感受下吧！

几人围观，几人鸣不平。阿玲被吴志雄拉走，留下一后背的轰鸣与喧嚣。而前方，前方未必清静，吴志雄大步迈出却没了方向。

阿玲一脚轻一脚重走进秘书池，失魂落魄地坐下，跟往常一样开锁拿笔记本电脑，然后，她就摸到了桌子上的、椅背上的黄纸，那种叫符的薄纸，赫然提示出一种隔离。她转过椅子，见 Nancy 和 Catherine 正把自己从头到尾打量，放肆的目光好似 X 光，不留死角。Nancy 啧啧摇头，我说呢，不光皮肤黑，还泛着青气。上次我说远远就看到咱们秘书池上方一片黑气。

阿玲腾地起身，恼火地将桌子和椅子上的符都扑棱到地上，盯着 Nancy 紧咬下唇。

Nancy 却笑了，放在咱们四人中间这张符可就厉害了，特意花大价钱请的。我是双面胶贴在地毯上的，我看谁敢动。动也可以，后果自负！秘书池地毯中央果然贴着一张更小却更显眼的符，阿玲只能含泪坐下。

张江作为高级黑客一名，注定是神秘的，可惜他的神秘一直写在脸上，就显得鬼祟了。苏小满一看见这种鬼祟就猜出他在干私活，多看几眼，也就看出是个手机软件。这一次，他居然乖乖招了，这是个“告白软件”。告白？小满不自觉地望向柴晴方向，虽然也看不到什么，却感到坚硬的寒气袭来。万一，我是说万一你被拒绝了，该怎样收拾心灵碎片呢？她小心翼翼询问。

不会呀！张江愣愣转头，不会吧？她可能拒绝我，总不会拒绝这款软件吧？谁会拒绝我的软件设计呢？

小满真真实实抹了把汗，拍了拍他肩膀，fighting！

武越从旷达出来就直接去接武天天放学，有了伙计的里应外合，骗住变成一件较为容易的事儿了，可武越跟伙计的话更少了，这平生的压力令他更生自己的气。他交代好弟弟的晚餐，就跑往大学，去苏教授机房拿些资料，再顺便取些天凉衣物。一个博士师哥做过类似项目，武越打算向他请教一番。苏教授默默观望许久，这才走近，桌上打印资料封面写着“旷达集团投标文件”的字样，他便拿起来随意翻看，武越连忙起身问好。

坐，最近在 NBI 忙什么项目？苏教授微笑，不肯跟我读博，想必公司里做更有成就感？

哪里，我们实习生就是打杂的，先混过六个月试用期再说吧。武越说，最近跟着参加旷达投标项目，应该是个超级大单，倒也令我大开眼界。

苏教授一直微笑倾听，点头赞许，不加评论，直到师哥出去接一个电话，只剩下他们二人，苏教授终于开口：我很了解旷达，市政府“未来城市”的能源中标单位，优秀能源中的行业标杆。中标后他们决定加大 IT 采购，软硬件上都有大量投入。你知道吗？除了 NBI，我们公司也决定参加竞标软件包。你，可得帮我多关注着。

武越马上意识到自己说多了，笑笑没接话。

苏教授明白他有了戒心，放心，你那边没有任何损失，也没人知道。我不过是竞标单位之一，也未必竞争得过你们。更何况同时竞标也并非第一次。

武越这才点了点头，接过苏教授递过来的打印资料。他并不放手，于是将一种信息暗自传递，他又道：不过，反过来说，如果我公司竞标成功，对你肯定也大有好处。武越的手掌被火燎了似的，打印资料直接掉在地上，"嘭"的一声激起尘土。待他再弯腰拾起，一切都突然变了，尘埃无孔不入，拍打也依旧存在。

武越走出教学大楼，回头望向苏教授办公室的窗口，兀自心惊。他正迈步要往寝室去，同寝兄弟的电话突然打来，你别回来，那些人又在闹事！武越挂了电话就往寝室跑，虽然跑得够快，寝室里已然人去楼空。是的，高利贷人已去，他的床上亦空空如也，书和被子都不知去向。地上都是饭盆、杯筷、撕碎的衣服和摔碎的保温瓶内胆。两个兄弟垂头丧气地正在收拾，他们抬起头重又低下，一言不发。武越只觉得一股热血直冲眼底，握紧拳头砸向墙壁，剧烈的疼痛令他稍许平静，他摸出手机抖抖索索地拨出电话，不久，对面传来一个慵懒的声音，看到了？

武越压住满腔怒火，我已经跟你谈妥了，每个月准时将钱打入你的账号。为什么还来打扰我同学！

为什么？我已经告诉你，这个月底必须凑十万给我，我也是正经生意人，做生意谁不有个手短的时候，何况一帮兄弟指着我吃饭。对方突然厉声，可是你呢？当我开玩笑？

武越咬紧嘴皮，我真的凑不出。沉默，沉默是最可怕的东西，极具延展力，霎时令人满脑子血雨腥风。最后，是武越松了嘴：给我半个月。电话咔嗒一声断了，武越也被一声撞门声关在寝室门外。

林少霆将车停在公司地下车库，突然看见两名黑衣保镖走过，他连忙缩身躲过，发现秦岭跟在他们身后。他们就这样一路拉风上了电梯，走向 NBI 前台，秦岭说：找任千秋。

在会开到一半的时候，任千秋终于回来。林少霆从他脸上琢磨不出任何故事情节，只能凑过去直接问，老头子要干吗？落井下石？

任千秋愣了下，压低声音：您啊，就争点气吧！话音刚落就看武越也推门进来，情绪不高，他不声不响找到最不起眼的位置，准备做会议纪要。迟到，对他，意味着某种不寻常。任千秋忍不住多看了他几眼，又瞟见旁边刷看朋友圈的林少霆。他略一沉吟，今天我们有几个敏感数据要讨论。旷达需要我们准备一个简单的小汇报，武越你准备下吧。

武越猛然一个激灵，挺直了腰板。

林少霆坐在自己的改装车里，停在家门外街边浓密的树荫下，从左侧后视镜里看见父亲的黑色大奔徐徐开来，又开了过去。

梁劲棠坐在后座，从正面后视镜看见一个人影大步走来，步步生风，正是儿子。怎么？梁劲棠冷冷开口，钱花光了？

林少霆冷哼，哪会那么快，信用卡还能划五千人民币呢！

既然不是钱的问题，就进来说吧。

免了，我就在这里说。我进 NBI 从底层小瘪三做起，应该够惨了吧。你犯不着派秦叔叔进公司找我老板吧！想干吗？打翻在地还再踏上几脚才踏实？见父亲并不表态，林少霆又说，你以为我乐意参加什么旷达的投标项目？我呢，也不想跟你们旷达有什么瓜葛，不求您办事，也拜托您别找我麻烦。成不？

梁劲棠居然点了点头，令他颇为意外。他懒得多想，驾车绝尘而去。

30. 一场好戏

“不为人知的秘密”，所谓不为人知，不是秘密的内容，而是——秘密它竟然是个秘密。也就是说，在你将它称之为“秘密”的同时，就等于找到了攻破点。是的，柴晴才发现了冯峥峥的秘密，就轻易找到男主角。故事需要高潮，柴大导演就足足给你导一个。同时，她还需要一个群众演员，Nancy。

为了预谢 Nancy 的出演，柴晴将她带至林家夜店，随便点，免单！这个面子林少霆会给的，柴晴告诉自己，在 Nancy 面前绝不能输掉面子，所以没几句话，她又宣称林少霆就在来的路上。话一出口，她知道自己必须把林少霆搞过来，搞到手，没得商量。

Nancy 倒不客气，既然这么搞得定，我就叫一帮朋友来捧场喽。

叫啊！柴晴豪气万丈，看她跟几个朋友吃吃喝喝，群魔乱舞。她却躲在角落给林少霆打了十通电话，统统无法接通，什么状况！她转而恼怒地拨打了张江的电话，恶声恶气地大叫：林少霆在哪儿？

女神主动来电，就这一个主题就够张江盲目激动很久，所以他一直自助式聊天，压根没弄懂柴晴要干什么，直到她扯着嗓子喊到第五遍，才收回魂。他不在我这儿，在那边跟人瞎聊呢。

把电话给他，现在，赶紧，马上！可电话才被传到林少霆手上，柴晴却瞬间换了口气，林少霆啊，我带朋友在你家夜店里捧场呢！怎么谢我啊！

好说好说，跟大堂经理要最大折扣。

柴晴撒娇，不行啊！你得给我免单！

林少霆皱了皱眉，笑道：行啊，随你！

朋友们都要见林少霆本人呢，你快过来哦！柴晴极尽嗲能，却很怕对面来句“我没空”，或者“下回吧”，以至于嘴唇都有些颤抖，可是这时候一个熟悉的声音传来，替林少霆回复了自己，她说——别打电话了，你快过来！

接着，他真就挂了。

苏小满？！柴晴好似被一个冲击波直推丈外，狼狈倒地，钝痛令她全身粉碎性骨折，站不住了。

小满生成图表，将电脑推到林少霆近前，你这段可以这样写，你认为呢？

慢点，你得掰开来一点一滴给我解释。

要不要嚼碎了喂给你啊！

林少霆乐了，有点恶心，不过也成。

张江，你一起来听听。属于咱们三人的 Innovation 啥时候变成我一个人的事儿了！

怎么会？林少霆提出一兜子盒饭，夜宵都买好了，就等你一句话，立马操起筷子陪你开吃！

张江若有所思，柴晴找你干吗？

抢钱。林少霆想都没想。

我怎么觉得是她被抢了！张江突然一挑眉毛，她整个人都毛了，遇见大麻烦的故事情节。英雄救美的机会我等了好久，你看今晚有戏没有？

林少霆上下打量他，我看行。

操着英雄的心，张江把自己也捯饬成英雄的款，剥了林少霆的亚麻西装和墨镜，鸟枪换炮意气风发，走进夜店时倒也赚足了属于英雄的大票眼球。柴晴还没来得及将激动夯实，却已识破这一冒牌货身份。张江径直而来，摘掉墨镜，小伙伴们都来了！尽情喝啊，算小爷我的！

众人欢呼。Nancy 皮笑肉不笑，这位就是你那位林少霆？

柴晴搂住张江肩头，介绍一下，张江，咱家林少霆的小跟班。是不是他喝高了才叫你过来？张江不及反驳，已经感觉到肩头瘀伤。这时 DJ 的声音传来，下面这首是张江先生送给柴晴小姐的曲子。大家都 high 起来吧！张江做了个“请”的姿势。Nancy 正举杯，一口喷出来，全在柴晴衣服上。

柴晴化悲愤为力量，揪着张江的领子舞进舞池，就着高强节奏，对着他一顿拳打脚踢。张江猫身躲避,求饶讨好,二人倒也乐成一团。柴晴借着半醉,边跳舞边嚷:跟我一起喊,林少霆,我恨你!

张江也喊:林少霆,我恨你!

苏小满,我恨你!

苏小满,我恨你!

张江,我恨你!

张江犹豫了,这个……

柴晴对他又打又拧,张江只能乱叫:张江,我恨你!

宿醉后柴晴一没晚起,二不迟到,令苏小满快速翻篇。是啊,小满怎会明白 Nancy 喷出那口酒的意味,她有林少霆,还有武越,她简单地拥有,不努力不挣扎不痛苦不煎熬,就那么命中注定,一直如此。她甚至莫名其妙被刺儿头冯峥峥青睐。柴晴坐在她的座位,看四周未有他人,快速输入密码开启小满的个人信箱,发了封邮件给冯峥峥,里面只有一句话:"是他吗?"附件正是手机拍摄二级老板照片一张。

柴晴到底犹豫了片刻,只片刻,便按下发送键,并快速删除发送记录。

冯峥峥打开这份来自苏小满的邮件,愣了,不过还是邮件回了句:"是他,替我保密哦!"这封信把小满看得云里雾里,却因急事一转身就忘在背后。

打扮入时的中年女人带着双胞胎女儿走进电梯,她对着电梯镜面补了下妆,叮咚门开,三人款款而出。

Nancy 搁下话机,朝不远处的柴晴轻咳一声,迎上对面三人,说笑间径直将他们带到二级老板跟前。她们像三只花枝招展的蝴蝶飞过,有声有色。对冯峥峥而言,却无非是一片乌云压顶,大雨将至。

我带孩子去玩吧,Nancy 一手拉一个刚经过冯峥峥身边,手机突然响起。柴晴站在角落处,并不言语,只淡淡一笑掐了电话。Nancy 嗯了几句,转头道:老板,我那边有件急事,孩子请峥峥带会儿吧。她蹲下身,朝小女孩眨眨眼睛,把剧情扔给"顺其自然"去玩。

冯峥峥的儿童经验值为零,何况是面对两个跟二级老板一个模子里出来的孩子。她俩围在冯峥峥跟前,为个桃心笔大打出手,这一手一手地,就将一杯水结结实实掀翻在冯峥峥键盘上。她被扎了似的跳起身,抽出纸来乱擦,怒火直喷:你俩搞什么!

众人还没明白怎么回事,孩子妈妈几个大步已经冲上去,朝冯峥峥一个大嘴巴狠狠扇去,竟然敢打我孩子!被吓傻的孩子一听有人撑腰,也跟声附和,哭闹声一起更是板上钉钉,将个罪名拍得死死的。冯峥峥百口莫辩,只能将求助的目光投向二线老板,而他并不打算搞清谁是谁非,只拦在二人之间低声劝解以防事态升级。随着围观人数直线上升，他越发恼了，怨恨的目光直指冯峥峥。形势已明，中年女人低声厉言：这只是警告！

冯峥峥咬牙跑开，泪下两行。

二级老板才蹲下身子安慰孩子，却被人揪着领子立起身。眼前这个高大强健的男生是谁，他并不认识，对方却平静并严厉地说：我不知道你们演的什么戏，总之，请你离冯峥峥远点！不及挣脱，对方已经松开领子大步走开。二级老板狼狈地整理领口，朝旁人大嚷：这谁啊？哪来的疯子！我要向安全部投诉他！

没几个人认识他，他就是实习班班长武越。

冯峥峥火车头一般冲向苏小满，面目狰狞却并未引起对方预警，她正从座位上走出来，却被一个火车头大马力的大嘴巴子扇倒在地，顿时昏天黑地。紧随而来的张江和林少霆企图拉住冯峥峥，也被火车头惊人的爆发力撞得东倒西歪，挣扎间她鲜红的豆蔻长甲抓过林少霆的脸，血红色留在那里，还是双轨道。

疼吧？小满被吓清醒了，眼泪忍不住涌上眼眶。林少霆疼得龇牙咧嘴，收住痛感神经，向她伸出手。

小满缓缓伸出自己的手，被人一拉而起，接着是个满怀的坚实拥抱。他竟是武越，关于幸福和委屈的表情瞬间涌上她脸颊，泪水顺势而落。这个瞬间反转好像一记拳头直抵林少霆心脏，闷杀顿挫，他却无法反击，于是脸上露出他一贯的笑容，不羁中有种落寞。

柴晴冲过来，谢谢你帮武越拦住那个疯婆娘，不然后果不堪设想！疼吗？她摸向他的脸，却被林少霆坚硬拦住。

小满脸上的火辣疼痛渐渐淡去，冯峥峥莫名的邮件却浮上脑际。张江大显身手的时候到了，他键盘上一阵敲打，将后台那封被删邮件找了出来。显然，小满对此一头雾水。那么还有谁知道密码？小满望向远处柴晴的座位，突然默声。张江却并未察觉，再仔细想想，我岂不成了第一嫌疑人。小满凄然一笑，听他还打算黑进保安室监控录像，却"啪"地按下电脑屏幕，起身就走。

当天下午的案例学习会上，分到各部门的实习生再次回到实习教室，小满心不在焉地东张西望，被 Mary 点名，找谁？武越在项目上！

张江凑过来，别担心，林少霆在呢。

林少霆散漫的姿态斜坐在后排椅子上，Mary 一句话令他脸上两条血道子抖了一抖，疼！小满连忙转过头来，Mary，冯峥峥是不是因为我……Mary 并不打算回答她，而是将咨询部门两位前辈请了进来。

次日，苏小满途径林少霆的位置，看那两道铁轨颜色愈深，又折回来。林少霆已经跳起身，本少英猛无敌吧！英雄救美，人气指数顿时飙升，你都不知道，大家的朋友圈里都传唱着一段林少霆侠的佳话。

小满笑了，恐怕借冯峥峥之名吧！

不管怎么说，我的帅气和人气指数直接碾压武越，那就值了！不过话说回来，我亏大了，让他小子捡了个便宜英雄做，我越想越亏呢！

你想怎样呢？

林少霆撅起嘴，本来那一抱是我的！

好吧，让你抱一下！小满本是说笑，话音未落林少霆真的贴上来，想后悔都来不及了。他紧紧抱紧她，心就化了，一丝暖意慢慢浮上脸颊，眼角眉梢，然后在嘴角那里凝成个贪婪又风轻云淡的微笑。林少霆是那长途跋涉的人，早已被沿途风沙磨砺了双眼，直到出现了这一抹清泉，他掬在掌心便褪去了一层坚硬，可以摸到肌肉挣脱而出的柔软。而这一抱对小满则是惊吓有加，尤其在柴晴的身影闪过，她发力挣脱朝柴晴追去，不是你想的那样！

林少霆自语：怎么不是呢？为什么不能是？

小满一把将柴晴从背后抱住，冤枉啊！大人明鉴！民妇是冤枉的！都是友谊的火花啊！

柴晴好气又好笑想挣脱她，星火还能燎原呢！刁妇你招了吧。

二人嬉笑怒骂却实际认真地对话，企图减少伤害，无奈已是徒劳。

第三篇：致命决意

31. 公正、公平、公开

武越偷偷从旷达会议室抽身奔往幼儿园，搭地铁，二号线转一号线，再跳上一辆三元钱的黑摩托。才转至幼儿园门口，就看见两个黑衣人站在树阴下吸烟。目光相遇，武越只觉全身血一冷。其中一人将烟头扔至地上，狠狠踩灭就走了。武越一路无语将武天天接回咖啡馆，交给伙计，又奔往公司。

任千秋并未深究他早退的理由，只听他仔细过了遍演讲材料，看他一身一身出着汗。他企图努力镇定下来，也的确做到了，话里行间并未出现波动。任千秋暗自赞赏，针对演讲稿提了不少修改意见，他起身离开，走了两步又再折回来。武越见他欲言又止，马上有种糟糕的直觉，果然，他说：上次你在旷达搞的小猫腻被知道了，估计跟你老同学有关。有我挡着，他们答应不追究你，不过……这份报告得由林少霆来讲。

大汗淋漓的武越被一大盆水从头浇至脚，还是冰水，肌肤骨骼顿时奋起激战，只是皮肤那里静如沉潭，于是被任千秋错当为一种羞愧和默认。他拿起电话，少霆，你过来。

不行！林少霆起身就走，当我乞丐啊！

任千秋堵在门口，抱着胳膊压低声音，我们每次做文档，从公司资料库里调出的大量资料不都是前辈的成果。为什么那些资料我们用得，他的就不行？

好呀，要不干脆找份前辈的资料。

任千秋恼了，不乐意是吧？为了赢单子，我亲过三陪小姐，背过吐了一身的客户，当过小丑演过乞丐。这么说吧，如果客户同意签单，我他妈的现场下跪爬几圈都行！什么最大？公司利益最大，“赢”一个字最大！大男人一点能屈能伸的肚量都没有，还有什么前途而言！再说了，你们是谁？你们谁都不是，只是 NBI 巨大机器上的两颗螺丝钉，调个位置，这都算事儿吗？看两人虽不反击，表情肌仍在抗拒，他缓了缓，这样吧，少霆回去也做一份材料，二合一，咱们再深入讨论。

林少霆翻了翻武越的资料，免了吧，我懒得弄。

武越强忍怒火扣上电脑，眼前晃过两个黑衣人影，苏教授的低语在耳畔嗡嗡。

第一次翘班，武越走进“传奇”喝杯品质尚可的咖啡，他才坐定，窗外就下起瓢泼大雨，狂风卷起一片白茫茫的雨帘，大面积拂过，城市陷入无为的困顿和混乱。一个被淋透的中年男人推开门，收起大伞，却端着杯滚热的美式走了过来。你好，我是老徐。不用上班吗？

武越并不想被打扰，可是这个叫老徐的中年男人话说得随性，令聊天顺其自然。有一篇很火的网文叫《我奋斗了18年才与你坐在一起喝咖啡》，你看过吗？武越说，我虽然不是那个“我”，也想来感受一下。

我，却绝对是那个“我”。老徐点点头，大口喝咖啡，好像为了暖暖，从爱好说起吧。我从小没读过除了教科书、辅导书外的其他书，不懂乐器，不认识明星，不会画画甚至没摸过什么电器。高考报志愿时候填了个电子系，就是因为“电子”两个字处处透着高科技，神秘高尚得不行。

武越笑了，才进机房就傻眼了吧？

那都是后来的事儿了。老徐摇头，傻眼从开学第一天就开始了。他自认英文很不错，可是才张嘴就把整个教室逗趴下了，最可怕是他根本不知他们所笑为何。他汗毛陡然竖立，愣然立于教室中央，成就了笑话的高潮部分。见武越眉头微蹙，老徐微微一笑，不是每个人都明白为什么我要奋斗十八年才与你坐在一起喝咖啡。年轻人，你是NBI公司的实习生吧？相信我，这十八年马上就过去了。

你为什么要跟我说这些？你认识我吗？

我是NBI老实习生了。这是第二次看见你哦！记住你是因为很少有人对照片墙那么痴迷，只有你，对每一张照片看得那么认真。

武越笑了，我看到了一个人的成长历程，成功路上的风景不最迷人吗？

说得好！你的成功之路风景如何？

我还差得远呢，不过是尽其所能而已。只是……只是很多时候，公司并非我想，公司希望我们做好每一颗螺丝钉，让整台大机器运作起来就够了。

那么你希望公司把你培养成什么？一个不需要螺丝钉的机器人？就凭一人所向披靡？

武越想了想，难道不对吗？

对啊，可是连一颗螺丝钉都做不好又如何成为所向披靡的机甲战士呢？老徐拍拍武越的肩头，不知为什么，我看好你！你会成为所向披靡的机甲战士的，总有一天！知道大家叫这里什么？“传奇”！你会成为这个“传奇”。不过，成功的路上注定孤独，你终要自己面对。

望着他快速消失的背影，武越顿觉恍惚，怎么像一场自己跟自己的对话。而窗外，骤雨已停，人们重新走上街头，并快速忘却了躲避。

周末清晨，苏小满早早来到咖啡馆上班，没料武越早已在那儿，才准备调整出30%的淑女笑打个招呼，他已点头漠然走开。Mary和Edward从仓库勾肩搭背走出来，Mary 竟也穿着制服，于是有了份扭捏，你，你，还愣着干吗，干活去！地没擦，桌子没擦，玻璃没擦，杯子也没擦！

小满反应迅速，一个敬礼，遵命，老板娘！灯没擦，咖啡豆没擦，天花板也没擦！

倍感受用的老板娘很容易被套出话来，小满才弄明白“文稿易主”的背景故事，不等“别劝”两个字从 Mary 嘴里冒出，她一背脊“女侠毛”已经腾地竖起，太不公平了，武越干吗要来 NBI，还不是看中这是个公正的平台！不行，我要找任老大评理去！

武越愈加烦恼，苏小满，你能不能消停点，好好待着别添乱！

不行！

武越大了嗓门：一个大男人的事情，什么时候让女人出过头了！

小满的“女侠毛”唰地耷拉下来，只好偃旗息鼓，闷头拖地。一双运动鞋出现在眼前，她让开，鞋又跟了过来。小满当然知道是武越，见他不动，就一鼓作气杵着拖布去撞他鞋，最后变成了一人乱跑一人乱追的收场。不解释不深究不用计较谁又为了什么恼。

慵懒的阳光洒进半个院子的时候，身着旗袍长衫的老外们已经围了过来，把一张长桌围成中国风满满。小满立于桌前，缓缓提起毛笔，洋洋洒洒写了几个大字：“公正、公平、公开。”

好！长衫老外大赞，可是三个词好像都差不多呀？

小满一时语塞，你们英文中的“好”还有好多种呢，什么 good，perfect，excellent，brilliant. 考试时候还不得照背，我说啥了！见旁边老板 Edward 直干咳，她又道：反正你记住是 justice 的意思就好了，大家一起跟我念三遍，公正、公平、公开！

不知所然的一圈老外也跟着大念：公正、公平、公开！

明白了吧？

不明白！

不是说了嘛，justice。

不明白到底什么区别？

别明白了，背下来再说！

Edward 干咳到肝痛，捅了武越一下，抗议呢！唯恐天下不知她喜欢你！

武越别过脸去，心底的暖意亦漾至眼角眉梢，想收没收住，被小满瞧个正着，她脸上蜜意飞扬，笔锋也轻佻起来。

苏小满花蝴蝶一般轻佻地飞进家，听说父亲一个朋友等待许久，才刚离开。他曾是父亲生意上的合作伙伴，只想从一个新新人类身上询问一个手机软件市场走向。小满想了想，现在市场上雷同的产品很多，缺乏新意，可是奇思妙想可非易事。苏教授又加了句“他愿意提供天使投资”，小满的脑子立即链接到张江。

苏妈妈端着一大盆热腾腾的大馄饨出来，还没明白怎么回事，已经被苏小满连馄饨带汤水一起倒进个大保鲜盒，既然你们吃不下，明天我带公司吃去。

苏教授凌空举着一双空筷，指向保鲜盒。苏妈妈则眯着眼睛，此事必有蹊跷。

32. 致命决意

林少霆站在暗处，望向下面的武越。这个男人眼中空洞无物，不表态不代表接受，不伸手不代表不战。一个响指令林少霆浑身一激灵，是任千秋，他使了个眼色，林少霆点了点头，用激光笔指向投影。武越侧过脸去，也许只是偶然，或者一种无声抗议，林少霆却突然有种摔掉电脑的冲动，他当然不能这样做，他必须用自己的嘴去讲武越写的演示稿，每个标题每张图表。然后，他启用了自己擅长的英文，也不管下面人听不听得懂，他只负责收集来自武越的不服、哪怕一点点露怯也好。武越却转回脸来，嘴角上翘，一个似是而非的笑意，琢磨不透。

有人中途进场，一声不吭却引来众人让座。他招了招手，低调地坐在角落，露一个模糊的身影。林少霆当然认得出这个轮廓，复杂的表情在脸上转瞬即逝，并未被武越错过。任千秋紧张地关注着台上台下的隐形链接，想起不久前董秘秦岭那次黑社会似的登场拜访。秦岭单刀直入：鉴于你是 NBI 在旷达集团的销售代表，我是否可以理解为，你为了做单才录用少霆？

他还真是快人快语。任千秋多少尴尬，不否认我的小私心，不过我要强调一点，林少霆其人绝非看起来的那个林少霆，我知道我并未找错人。

秦岭轻哼了句，我是看着这个孩子长大的，因为从小失去母亲，人也变得孤僻起来。这么些年跟他父亲做对，在美国也没好好学到什么。逆反期就没准备过去的意思。不管他浪荡不羁也好，不学无术也罢，给他一个机会在旷达项目组里锻炼，对他对你们投标都有好处。

因为秦岭口中“一个机会”，武越只能委屈自己成全他人。任千秋望向武越，却找不到他的委屈，于是隐隐不忍，转而又隐隐不安起来。见林少霆讲到差不多，任千秋站起身，武越，你也参与了材料准备，肯定还有些补充吧。

武越有些意外，静默半晌却并非因为慌乱，武越永远是那个有准备的人，他只是在合计该说什么，怎么说，说多少。最后他只对第三页的图表进行了阐述，落落大方的演讲获得一片掌声。梁劲棠也在黑暗中点了点头。

会后，武越有意无意与师哥王杨错身而过，停下脚步，谢谢你帮我把秘密保留这么久，虽然现在不得不公开，我也由衷感谢你。

王杨反应了半天，你说上次采访的事情？我答应替你保密，就一定做到。你什么意思？

武越慢步走向室外骄阳，却两眼一抹黑。任千秋搂着他的肩膀，表扬他的分寸，而不是能力。武越有些不认识他了，这个他引以为榜样的成功男人，多金又睿智的帅气男人，他说了很多标书报价等等细则，武越都没听清，他决定最后求证一次，或者说给自己最后一个机会，他问：上次媒体的事情……难道旷达真的不介意我了？

任千秋按灭烟头，介意多少有，我已替你摆平。保持今天的定位，他拍了拍武越肩头撤足而去，最后似有似无地道了句"委屈了"。

武越咬着下唇"嗯"了一声，在刺眼的阳光中抬起头，让光线灼烧眼底，那里有一些软弱和犹豫在蒸发。他到底低下头，狠狠揉了揉眼睛，拨出电话：苏先生，找个地方谈谈吧。

任千秋被IT总监叫进了董事长办公室，略有忐忑地坐在秦岭对面，并未见到梁董其人。秦岭依旧单刀直入：NBI投标组安排了两位实习生，武越？秦岭端起茶杯小口啜饮，终于缓缓开口，草地上两棵树，如果其中一棵比较强壮，会从附近土壤里汲取更多的养料和水分，于是变得愈加强大。而另一棵则长期处于劣势，恐怕无法茁壮成长。见任千秋点头，他轻松一笑，那您去忙吧。

任千秋却没起身的意思，您对少霆今天的表现作何评价？

不错。

我可以负责地说，如果没有身边这棵树，他不会有今天的表现。

怎么讲？

强者并不一定知道自己是强者，他的潜能长期处于休眠状态，无法迸发能量。只有一个办法，就是让他在跟对手的博弈中被激发启动。仿佛两棵并排的树，不管谁暂时强大，都会较着劲汲取养料、水分、阳光雨露。在这个过程中，强大与羸弱必将同时壮大。这才是我把武越安插在少霆身旁的原因。

秦岭心下犹豫，脸上却强硬起来。他冷冷起身，送客的意思，你说的或许有理，可我依旧坚持。如果你执意如此，恐怕我只能请NBI更换客户代表。

任千秋亦起身与他坚硬对视，艰难的沉默后，任千秋决意再搏一下：也许武越是暂时处在优势的那个，可是如果长期缺乏对手，他也会变得平庸。可否请您把原话转达给梁董事长本人？告诉他，我要对少霆负责，也要对武越负责。我只是努力去做名导师，去成就两个优秀的孩子。如果一定要付出代价，我愿意承担。

任总说的对！这时候身后一个低沉的声音传来，竟是梁劲棠。

傍晚，张江提议在"传奇"里为林少霆办场小型庆功会。几瓶啤酒碰在一起，苏小满也勉为其难地抬起胳膊，象征性地举杯，目光仍在搜寻武越的身影。柴晴招呼着，来，为林少霆在旷达震惊四座的发言走一个！

林少霆表情不自然起来，哪壶不开提哪壶，你这是要揭我伤疤啊！

柴晴不以为然，不就是拿来主义嘛，全世界通用。小满，你也别那么小家气，不就是你家武越写了几天的演讲文档嘛，谁讲不是讲，信息共享的年代，这都不叫事儿！

林少霆笑了，还是柴晴会说话，吧嗒吧嗒几句，就把这心抹顺溜了。

小满撇嘴，你是顺溜了，也不想想人家心里多别扭。

知道知道，其实这些天我心里一直有两小人在打架。

柴晴凑过去，挽住他胳膊，是不是一个说"去吧"，另一个则说"不去"？

小满却直摇头，错也！一个说："随便讲讲得了。"一个说："我非得讲好，震你没商量！"

你认识他俩啊？林少霆激动状，作势要扑上去，被柴晴生生勾住脖子。

从"传奇"走出来的林少霆几瓶啤酒下肚却愈加清醒，他接了任千秋电话，走进大会议室，坐在武越的对面。一长条桌子，只有他们二人分据两侧，无声对峙。过了很久，脚步声临近，任千秋推门而入，双手撑在长条桌首，二人中间的位置，笑了。

林少霆问：任老大这回准备如何消遣我俩？

任千秋故作不屑，林少霆记仇，缺乏气度啊！

林少霆谐谑，要报仇也轮不到我，说得上气度吗？

好吧，我向二位道歉。也许我是做了些让二位都不舒服的事情。不过，都过去了。我把你们安排在同一个项目上，只有一个原因——对手的存在就是为了让自己更强大。见二人对视，却各自不屑暗笑，他并不泄气。没关系，允许甚至鼓励各自狂傲、内心膨胀。我们来玩个游戏。规则很简单，我手中有两枚硬币，你们每人一个，将自己最钟意的那一面朝上，用手掌盖上。

林少霆和武越照做，露出两个同样的正面。任千秋释然，怎么样，你俩注定是最般配的对手！

武越扔回硬币，如果我俩选的不同，你也会说同样一句话。对吗，老大？

任千秋笑容带着尴尬，都叫了老大，还不给留个面子！

林少霆也抛回硬币，游戏谁定的，规则当然由谁来定！

就是这句话！任千秋打了个响指，你俩都是我器重的实习生。希望你们记住我的一句话：成长比成功重要，你可以不在销售中成交，却不可以不在销售中成长。期待你们的共同成长。任千秋将两枚硬币重新抛向两个目光倔强的男人，好像埋下两粒种子，可以仰望树冠万丈。

柴晴是那种斤两了然于胸的人，拎得清，伶俐又凌厉的人，不浪费口齿不做无用功，所以当战果扔给她一件红色T恤时，就被她原封不动地扔了回去，运动会？姐姐我不玩这个！

武越在忙旷达项目，任千秋就把这个组织"实习生队伍"的任务交给了战果，他风风火火而去，偃旗息鼓而归。实习生们不是柴晴这种看不上的，就是倒戈加入现任老板麾下的，别说填写运动特长，连红队T恤都拒绝接受。当然，柴晴口尖舌利，到任千秋面前立刻变脸，老大，NBI居然举办运动会了！

任千秋是在各色人种、各种字眼语境中摸爬滚打过来的，自然明白她的心思，他嘴里轻描淡写地：不要小瞧，NBI全公司都会参与，那些掌权的头头脑脑都会出席，倒是个出头冒尖的好机会。见柴晴有些走神，找我什么事情？

柴晴电脑调出张表格，我最近一直在忙一件事情，就是试图搞清楚自己的地盘。看吧，我很高兴地看到，公共事业行业这些年基本年采购额都很均衡，起伏不大。也就意味着没有增长。可是咱们部门咱们每个人的指标却以季度为时间单位递增。也就是说，我站在一块年产量保持贫瘠的土地上，却扛着与日俱增的税收。

还有吗？任千秋饶有兴趣地停下手。他明白，这块地盘可不是一介小实习生有本事弄明白的，这其中牵涉了多少"老人"、"关系"和私房话。职场里不是没有真正的朋友，只是敌人远多于朋友，何况是一个屋檐下的"假想敌"，要套到这里地形，她必是下了番软力的。

当然还有，各个大客户的主管人物我也摸了个透，各自死死把着自己的地盘，我想杀进去，不得先把我剁了！

任千秋大笑，那么你想怎样？

柴晴看对方有商量的意思，立马腻过去绕住他胳膊，任老大，你不能这么偏心，给林少霆分那么肥的地，却欺负我这个小姑娘。

他微笑着扒拉开她的胳膊，要不你就去物流，正好武越跟他们闹得不愉快。

武越的故事谁不晓得，柴晴怎屑于跟快递员混，更何况老销售老许硬得比块骨头还难啃。柴晴还想撒娇，任千秋却已提起话筒拨电话会议，不混哪来的单子。哪一单公开招标就是现在进行时，上百万是一定的。你不想进去，想的人多呢！再说，多难搞的人……也分碰到谁啊！

柴晴径直走向战果，从他身前纸箱里翻出件小号T恤就走。战果反应不过来，也来不及反应，他又抓住匆忙走过的武越胳膊，先恭维上了，这二头肌练的，衣服里更藏着八大块吧？班长大人，您可是我们的希望之星啊！武越手握一份打印件，极不自然，没心思听。战果已经开始诉苦，现如今国之不国，班之不班了，你倒是给出个主意啊！

武越将打印件卷成一卷，不然就用任老大压吧。

战果抓不着壮兵，决定在“传奇”里堵人。他先将目光投在林少霆身上，少年你骨骼清奇，必是运动奇才啊！

T恤我可不要。林少霆见战果立即哭丧起脸，乐了，我自备。我可不在乎什么NBI的LOGO，报名表给我，随便给你勾几个。

战果感动得快哭了，世间为何只有一个林少霆啊！只怕我要让林少霆失望了，咱们这个“实习生”队伍都未必组得起来。

交给我，小事一桩！林少霆略一思忖马上有了主意，他踩上椅子拍拍手，实习生们，运动会来了，战果说大家不太配合，不好吧？这样，但凡参加咱们实习生队伍的，不管得奖与否，都先去专柜挑一双阿迪运动鞋，拿发票找小胖子战果报账！过期不候啊！

“传奇”里顿时尖叫口哨一片，战果更是围着林少霆上蹿下跳，感激涕零。

小满怎么都觉得不对劲，不太好吧！

哪里不好？公司给T恤，我出鞋。凝聚力来了，TEAMWORK来了，皆大欢喜！林少霆一语才出，欢呼再起。

柴晴凑过来，这可比武越动用任老大压的主意妙啊！

小满不服，人家是有原则的人！

有原则的武越此刻正坐在一个茶室，手捂热茶从里往外透着冷气。他忍不住狠狠打了个寒颤，在这个夏末的日子显得不合时宜。苏教授起身，体贴地关掉空调，望向窗外，良久才重新坐回他对面，不语。

武越终于从口袋里摸出一张折叠好的A4纸，慢慢推过，再收回自己无处安放的双手。

苏教授并不急于打开那张纸，而是先缓缓喝了口热茶，现在拿回去还来得及。其实呢，做对自己有利的事情，就是对的。见武越点头他才拿起来看，却浅浅一笑，信息量太少。凭你的聪明，应该知道这张纸换不到什么。

这是个公开投标，分成“硬件包”和“软件包”两个大包。武越跟随任千秋，能力范围基本都在硬件包，而苏教授意在软件包，他的确难于触及。苏教授并不想听他解释，只细细碎碎地撕掉那张纸，扫进纸筒，一有消息我们下回约见。

听脚步声在身后消失，武越发现自己竟出了一身大汗。他从兜里拿出另一张纸，展开看了看，重新揉成一团装进口袋。

33. 月为戒面

报名表快被苏小满握皱巴的时候，武越终于从会议室里走出，她连忙蹦过去，你要参加什么项目？我来帮你勾？

自从跟苏教授在茶室会面，武越根本无法与小满直视，只想加快离开，不是说实习生队伍都组不起来，还玩什么？

放心，林少霆用运动鞋重组团队，现如今咱们实习生队伍军心大振！

武越愕然止步，冷哼道，这种人穷得就剩钱了！

嘘，人家好破费的……

武越恼了，就那么不管不顾地突然爆发：好，你就跟着林少霆去混吧！至于这个运动会，我没空参加。

Mary 刚好走过，又退回来，一把拽过武越，按在墙上张嘴就喷：谁不参加？我看谁敢不参加！大中华老大都如约出席，你个小实习生班长摆什么谱？No excuse！（别找任何借口）好好准备，别给我 Mary 丢脸。她又转脸对苏小满，替他挨个打勾报名，一个不落！

战果屁颠屁颠跟过来，既然 Mary 钦定，长腿帅哥，我就不客气了！

吴志雄围着武越的位置转了几个圈，大圈大到一整层办公室，小圈小到椅子，终于下定决心，从怀里掏出一个盒子。武越疑惑地接过，沉吟了下，交给我吧！

这夜的大学操场并没什么不同，夜跑的学子矫捷而过，中间是一堆叽叽喳喳在做热身的实习生。战果暗自跟众人眼神确认，招呼 4×100 米的参赛选手热身训练，他们是吴志雄、林少霆、武越和宁大齐。几人活动四肢，抻抻腿脚走上起跑线，下蹲，准备跪式起跑。

苏小满的小旗子刚要举起，想起什么似的塞到阿玲手上，你来发令吧！她冲武越做了个 OK 的手势，吴志雄有些慌乱地摸了把裤兜。

阿玲略有生涩地挥下旗子：预备，跑！

三个人迅速起跑，唯有吴志雄从起跑姿势变为单膝下跪，对着阿玲掏出了一个小盒子，里面是枚小小细细的白金戒指。苏小满和另两个女生手持啦啦球在他身后挥舞，战果一束手机电筒强光打在指环上，手机里正在播放叫做“Marry Me”的英文歌。

吴志雄将戒指对向月亮的方向，你看，这只是一个简单的白金指环，但是，从特别的角度看，可以镶上圆月一枚，就算“月为戒面”吧。今晚，我把这枚虚拟钻戒送给你，将来一定补你个真实的，好吗？可以嫁给我了吗？阿玲捂住嘴，霎时泪下两行。吴志雄为她戴上戒指，对着圆月的位置举起手，果然戴上一枚圆月戒指，耀眼至极，涤荡眼底。

这就是你说的好戏？柴晴凑在苏小满耳边，没想到武越这人还有点浪漫心肠，怎么就没用在你身上呢？

才细想就颓心，她怨恨地望向武越。武越满头大汗，招呼大家，不忘最后告诉吴志雄，群演是战果招呼来的。吴志雄不是不相信，而是不舒服了。

苏小满径直奔向父亲书房，还没走出刚才的亢奋，苏教授一听说她承包了场浪漫求婚，不禁心惊失色，好在她并非主角，一心就想打听武越的家庭。家庭？苏教授心头一震，脸上勉为其难地应了，手中短信却快速发了出去，“去查武越的家庭状况，悄悄查。”

武越收到入账短信的时候，头一晕，完全是被天上馅饼砸中的感觉，而且是巨大的一个——二十万元人民币，大到他明显感到重力及加速度，骑着单车侧摔在路边。他缓缓起身，待到站定，已经弄清楚了朝向。他一路狂蹬，企图在自己激起的风中冷却血液，就这样大步奔上楼梯冲进苏教授办公室。

苏教授微微一笑，“嘘。”

武越关上门，胸口剧烈起伏，汗水在胸口恣意流淌，当他终于可以面无表情地张口，只有四个字：她知道吗？

苏教授摇摇头，做了个请坐的动作。武越长长呼出口气，走上几步。他清楚地明白，每迈一步就远离自由一步，他看见自己从一个躯壳中脱身而出，而那个站在苏教授书桌前的人面目模糊，根本并非自己，怎么可以是自己……他从兜里掏出个揉皱的纸团，递上。

对方却并不伸手接过，还是那句话，你现在收回去还来得及。我打款仅仅为了帮你渡过难关，你也可以在方便的时候把钱还给我。武越当然不会质疑这份温情包裹下的供需本质，这最后的拉扯。他颤抖的手指几近笨拙，很久才将纸团展开，推过去。苏教授戴上眼镜，又摘掉，嗯，继续跟进吧，合作愉快！

苏教授朝武越伸出手，武越则生硬地转身而出，只是，他再也找不到回去的路了。

苏教授回到家里书房依旧还在研究这张皱褶的纸，里面信息量不大，但也绝对不小，好像一个钩子，令人欲罢不能。苏教授眯着眼睛，从这个层面上看，武越还真不简单。他突然意识到身边有人，连忙反射状盖住纸张，动作太快令人起疑。其实她并没看到什么。上次管你要的照片呢？作为导师，武越的报名照你总有吧？苏妈妈问。苏教授一合计，干脆将武越的家事原原本本讲给她听。

苏妈妈心下难受，沉吟了半晌，表态却毅然决然：绝对不合适。别怪我太现实，他这种家世配不上小满。

怎么不配？苏教授皱起眉头，我的得意门生，硕士论文的水准都顶得上博士水平了。就算家庭条件差点，也可以考虑做上门女婿嘛。

真如你说得这般优秀，恐怕人是极骄傲的。

苏教授望着这皱得不能再皱的纸张，好似看见武越一路征程，一个又一个起伏，暗角、爬坡和小小急速冲坡。他看不真切，只决意走一步看一步。

初秋的晴空碧日与运动会的主题极尽贴切，NBI 公司租借了校园大操场，举办这场规模上千人的大型运动会。员工按照部门被分为各个方阵，以T 恤颜色区分。苏小满全场转悠，远远看一个身着大红运动服的高挑女孩子大步跑来，竟是柴晴。同样是大红，这套运动服做工裁剪高过众人几条街，苏小满张嘴一顿乱夸。柴晴却先盯上她的运动鞋，这双可不像新的，不晓得说你缺心眼还是故作清雅好呢？她大步跑向主席台，长马尾甩起来，好似移动的烈火，所过之处燎起一片热辣目光。

不远处战果正在分发矿泉水，苏小满抢了瓶就送抵武越眼皮底下，也马上注意到他脚上那双旧得要破的运动鞋。武越自然也没错过小满脚上比较新却刻意弄脏的运动鞋。林少霆歪着脑袋对着两双四只运动鞋一顿皱眉，召呼旁边人上运动饮料。实习生们呼啦一片围上去，各种捧。

你还有个弟弟呢？小满没话找话，武越一口水喷了出来，慌乱地剧烈咳嗽。她还想问候两句，武越已经跑开去热身。

林少霆将一瓶运动饮料递给小满，指着她的鞋子，乐了：我喜欢你的。

她的心思还在武越的反应，懵懵懂懂的，我的什么？

旧款！

小满也想跟他开个玩笑，我也喜欢你的……

请大家迅速集合，排列方阵。这时候喇叭里传来工作人员的声音，打断了她的声音。

他笑了，我记住了！

记住什么，我都没说完呢！

他仰天大叫：我记住了，你说你喜欢我的。

她红了脸还要解释，却见他调皮地眨眨眼跑开，恨得“哎，哎”直跳脚。

各色方阵列在主席台前，激昂的音乐响起，两个主持人从方阵中间跑向主席台，男主持人乃沪上知名体育主持人，而身旁搭档正是火红的柴晴。战果暗自心惊：这位姐姐果然玩得高级！

小满站在红色方阵最后一排，身后便是行政蓝色方阵，两个女人的一言一语声声传来，动静不大，却格外刺耳。

轻信于人了吧？Nancy，我都替你生气，这个主持人的位置本是你的，旁边站的可是上海知名体育主持人！

算我瞎了眼，居然被小狐狸精耍了！主持人这事儿还是我告诉她的呢！

小满忍不住转头去看，发觉是 Nancy 和 Catherine，这眼睛一对上正好被 Nancy 揪着数落：看什么看！亏我当时那么帮你们，居然说翻脸就翻脸。不过，跟姐姐我斗，来日方长！小满不敢搭话，赶忙转回头。

才来几天，就把上上下下都搞定了，连工会的老秦都被她下了迷药。听说主持人置装费就两千多呢！

你想气死我啊！Nancy 气急败坏，高端运动品牌 Y3 的好哇啦，帮帮忙，两千块哪里搞得下来！说话间方阵慢慢经过主席台，柴晴跟体育台名主持人在台上解说，Nancy 就在后面挑刺：这种普通话，乍一听是上海人讲的，却也是下只角里的普通话，也真敢腆着脸上台。

小满气不过，Nancy，柴晴在大学里也是有主持经验的，这才是她今天上台的原因。

真的哦？Nancy 冷笑，苏大小姐，你不要幼稚了，你有没有胆量问问你闺蜜，这个上台机会是牺牲什么获得的！咱们 Club 主席人不要太冲动哦，动手动脚都是瞬间爆发的。

别说得这低端好吗？

Okay，你尽情高端。只是这个人，她明年上这个舞台我说不出什么，可是才混几天实习生就混到这个舞台，就证明她高端不起来！

小满哑然，随方阵缓缓经过主席台。主持人的事情她的确从未提及，可是明显，所有一切进过缜密地排练，包括她每个手势每句台词。她说：现在走在主席台前的是我们公司里最美丽、最有魅力的行政方队。

体育台名主持接话：我走错地方了吗？难道走到选美比赛现场了？

柴晴娇笑，你以为美女都在电视台，其实都在人间呢！

Nancy 咬牙嘀咕：靠，她是天仙，我们都是人间俗物？

柴晴又道：这些走在时尚尖端的美女们各个神通广大，别看她们成天像辛勤的小蜜蜂一般飞来飞去，信不信由你，她们才是家长，公司的脉搏！

主席台领导们都笑了，朝她竖起大拇指。小满吐了吐舌头，不敢相信这么大胆热辣之词来自柴晴之口，偏巧正对众人胃口。

Nancy 却在方阵里冷冷道：我们是蜜蜂，她不会真以为自己是花朵吧！这次不要怪我们，是你扰乱了蜂群的兴致！

一阵寒意从小满脊椎直冲头皮。

每个方阵被分发到一艘原木色木船，作为各自基地，也作为比赛项目之一。除了征战四方的运动员，剩下员工的任务就是装饰木船。战果招呼运动员到各个比赛地点注册，将木船交给小满。一看张江神不守舍地围在木船乱转，小满就知有蹊跷。他一阵嘀咕，她几许心疼，打算嘱咐几句，还是算了，张江从未做过失败的打算，否则就不是他了。她稍一合计，就带领实习生们开始了木船装饰，才上个底色，满头大汗的林少霆跑了过来，粉粉嫩嫩的不好，缺乏气势！

小满眨眨眼，到时候你就明白了！

我帮你啊！

小满站在船头，手举板刷指向远方，你还是去海中与浪花搏斗吧，等你鱼儿满仓再回家！

一句玩笑却惹来林少霆满腔温柔，那你好好在家等我哦！我就乘风破浪去了！

张江拍手大叫：调情撩妹之高手啊！

小满一把沾满颜料的板刷扔向张江，张江用绳索反击，几个人嘻嘻哈哈打闹起来，更多的实习生也加入混战，动静太大引来无数目光。站在起跑线上的武越面无表情，本在活动的脚腕停了下来。突然，一声发令枪响，武越回过神来，快步起跑。站在船头的小满远远看见跑道上的武越，连忙跳下船。林少霆去扶不及，她已经狼狈摔倒地上，手忙脚乱爬起身，直接奔向武越，嘴里嚷着加油。林少霆收回手，嘴角的笑意瞬间枯萎。

武越大步快速冲过终点线，终获小组第一的成绩，不及调整呼吸，小满已经大步跑到他跟前，顺势给他一个胜利的拥抱，然后不好意思地退下两步。武越笑了笑，举手帮她擦掉脸上的颜料，轻柔似风，她的巧克力心嗖地化了。

“咔嚓”，二人循声望去，正是 Mary。她从立拍得相机上抽出一张照片，递给 Edward。

Edward 边甩照片边嚷：一张照片三十块，好像比卖咖啡划算啊！我说，您二位谁要买？竞价开始！

小满马上举手，我买！

武越却拉下她的手，抢呀！

抢到照片的苏小满甜甜美美回去画她甜甜美美的船，无奈过往同事都不看好，满眼粉红变成了实习生低幼的证明，其他人纷纷扔下板刷表示弃活儿。小满望向比自己还慌乱的张江，只能一拍胸脯，我打包票，得分不要第二，只要第一！

战果涂抹颜料的时候眼睛还粘在主席台上，柴晴正拗着妩媚身姿跟大中华老大聊天。虽说她没跑没跳没为实习生队伍挣得一分，却挣得了最大的面子，为此，战果仰慕得五体投地，并不断在心里暗自设计。如若易位，此刻会跟大中华老大聊些什么，也许问下他的锻炼养生方式，或者今年亚太地区压下多大营业额。不好不好，去年的金额都说不上来，万一对方问起来呢……就这样患得患失又煞有介事地演了良久的内心戏。

柴晴意欲补妆，却找不到双肩包。她走向主席台后场，惊讶地发现包里的化妆包、钱包等都散落在杂草上。她连忙翻看，发现钱、卡一律没少，顿时心如明镜，从牙缝里憋出两个字：幼稚！

哟，说谁幼稚呢？Nancy 和 Catherine 走到蹲着的柴晴面前，歪着脑袋冷冷道：记住，今天是你抢了我的位置，你自己挑起的战争，那么就告诉自己坚强起来，到时候不要哭鼻子！

柴晴扬起头，你说是你的位置就是你的，你怎么不说 Henry 的位置也是你的？

哎呀，了不起呀！第一次跟大中华老大说上两句话，就蹬鼻子上脸拿人家来说事。Nancy 又转脸对旁边 Catherine，镜子有没有，我看看大牙笑掉没。

在二人刻薄的笑容中，柴晴咬着牙一点一点抓起杂物扔进背包。她到底站起身，要斗就别斗得这么幼稚、低级！否则，本大小姐恕不奉陪！

Nancy 冷笑，陪不陪的不打紧，等着享受吧！

集体赛的重头戏“4×100 米接力赛”决赛开始了，各队纷纷派出短跑健将，实习生队的安排是宁大齐第一棒、吴志雄第二、林少霆第三，而负责冲刺的第四棒交给了武越。苏小满站在武越身后，一会儿递水一会儿递毛巾，除了嗡嗡声，跟只小蜜蜂无甚区别。

百米之外的 Mary 和 Edward 一只立拍得相机四处抓拍，所到之处总是引起哄抢。这会儿，他俩挤在备战的林少霆身后窃窃私语。Mary 指着百米外的小满，瞧那出息！

Edward 揽住 Mary，别说人家，你自己呢？

我怎么了?

Edward 走到 Mary 正对面,双手抬起她的脸,深情道:此时此刻,你的眼球里面只有一个我!

Mary 亦深情回应:你的眼球里却有两个我,我赚了!

哄笑四起,林少霆却笑不出来。

发号枪一响,六队运动员大步冲出,宁大齐第一棒略占优势,因为交棒顺利,吴志雄借势拉开距离。林少霆在实习生们的加油声中奋力冲向对面,可离得越近越清晰,武越备战的身姿全都映在小满的眼底,她侧着身子甚至没朝自己的方向张望一次。

柴晴在主席台上举着话筒喊话:实习生加油!林少霆加油!林少霆,我爱你!

可惜他的时空被拉成慢动作,耳畔一片寂静,只有自己呼哧呼哧的喘息声。对面待跑的武越伸出手,绷得一如张弓,小满就是助他一箭发出的神力。林少霆递出交接棒,交接棒却掉在了地上。“啪嗒”一声,时空瞬间冻结。林少霆只觉嗖地一背脊汗,他的时空也恢复正常。叹息、欢呼、加油声中,武越赶紧拾起交接棒,死命追赶。小满在场外跟着奔跑,心疼、焦灼和慌乱在她脸上交替,于人群中若隐若现。

武越到底没能力挽狂澜,落得个决赛第三的成绩。他愤怒地将交接棒狠狠扔向远处草丛。

一层又一层,林少霆的脸上重新浮出他惯用的不羁,惹恼了首棒宁大齐,他推推搡搡被实习生架开。林少霆倒并不介意,只嘻嘻哈哈地,我也不想的,就那么掉了!

说得轻巧,我看你是故意的!宁大齐冲过来一拳打在林少霆脸上,他登时跌坐在地,却隐约期待更痛些。这时,苏小满和武越也挤了进来,挡在二人之间,小满弯腰去拉林少霆,却被柴晴打开手,清脆生疼。柴晴蹲身去扶林少霆,他却大力挣脱,抽身离去。

你少给我动手动脚的!柴晴迁怒于宁大齐,推了他一把,愤然走开。

小满担忧看着林少霆的背影,再回头,看武越的胸口已经渐渐平息。张江着急地拉开小满,最后一个项目就是木船设计评比了,咱们可以开工了。你帮我把柴晴叫来。

小满磕巴了,你……刚才柴晴喊的话……

张江拉着她就跑,什么?快啊!

几步外的高台上站着任千秋,他双手抱胸望向这些实习生,似笑非笑。

Edward 放下照相机,递上最后一张照片,呆若木鸡地望向 Mary,信息量太大，恕我反应不过来呀！

Mary 接过照片，十个手指头夹着大量立拍得照片，像两把扇子一扇再扇，小孩谈恋爱呗，哪像咱俩这么单纯。二人甜蜜对吻，Mary 着急地亮出照片，我已经闻到照片大卖的味道，走！

苏小满在大操场上找得大汗淋漓，到底看到正跟体育台名主持搭讪的柴晴。顾不得她手托香腮，婀娜多姿，一把揪住就走，完全忽视她的眨眼、咳嗽、扯拉。小满必须狠心拉上她跑，并将她推到刚刚装点好的木船上。柴晴莫名站在这艘粉嘟嘟的"公主号"船头，最鲜明的位置，刚想张嘴问，"嘟嘟，嘟嘟"手机声此起彼伏，实习生和裁判们面面相觑，纷纷掏出各自手机。手机显示黑色底色，上有粉红色半圆弧，大家不知所然地被小满指挥着举起手机，而站在船头高处的柴晴却看出来了，手机拼在一起隐约现出朵层层花瓣的花朵模样。小满抢过 Edward 的立拍得，跑到船头，拍下了这一幕。这时候每个人手机上都显示出同样的音乐和一句话——"我可以喜欢你吗？"人群沸腾，柴晴站在高处，与人群中仰视的张江对视。那种笑容不好形容，明星红毯亮相的那种，集教养和唯美为一身却不显山不露水。

苏小满从船侧面往下撤离，脚下踩空，眼看要从一米多高处掉下来。武越一个箭步冲过去，她手上乱抓，将他脖子上的玉石挂坠扯下。两个人重重摔在草地上，无语红腮无法思量，而玉石则以一个漂亮弧度飞进草丛，没人发现。

林少霆双手叉兜，远远观望。

武越把弟弟哄睡，在卫生间准备擦洗一番，脱下运动装却发现玉石吊坠不见了，脖子上的指甲抓痕令他隐约拼出缘由，连忙给苏小满打了个电话就冲了出去。运动会早已彻底清场，夜深了，冷清的跑道少有人至。武越努力辨清方向，却看见一个白色身影跪在地上，手机电筒照在草皮上，头发披散下来，遮住了脸。武越轻轻靠近，看她一点一点扒开草丛在找，听见脚步声，从长发中扬起一张脸来，正是贞子版苏小满。找不到啊，她无比沮丧站起身，白色运动裤膝盖上露出两大块草汁和泥土的印记。武越故作轻松，还能找件更容易脏的衣服吗？

这是一把就能抓到的衣服。没事，早就想把这条裤子改成短裤，回家咔嚓咔嚓两剪刀的事儿！

见过牛仔裤咔嚓成短裤的，还真没见过运动裤咔嚓成短裤的。

苏小满不假思索，时尚事件往往源自白痴事件。

二人重新趴在地上细细找寻。小满试图探问：是不是很有纪念意义？

武越想了下，不仅于此吧。这是母亲临终前送给自己的念物，价值多少不好说，他动过很多次念头要不要折现给高利贷，每一次都无法下定决心。今天就找到这儿吧，如果有，也应该找到了。

话说得轻松，第二天清晨天蒙蒙亮，武越就给弟弟套上衣服，一路蹬单车来到运动场。抗议不动的武天天还睁不开眼睛，软软靠在哥哥身上。武越突然一个急刹车，单脚点地。隔着铁丝网围墙，武越看见昨日木船的位置还是苏小满。她站起来伸伸胳膊、捶捶后腰。清晨的霞光勾勒出她一个暖暖的橘红色轮廓，美得炫目。在她转身之际，武越一脚狠蹬快速离开。

上班没几个小时，苏小满一迈进电梯就看见武越，张张嘴没说话，武越立刻明白她并没有发现。她从电梯镜面小心地观察他并无表情的脸，不敢造次。出了电梯，她到底忍不住，摇着他胳膊拙劣地撒娇：好了，好了，别生我的气了，哪怕假装一分钟。等我走了再接着生气，不然今天的班可怎么上！

武越才一松弛想笑，林少霆却冒了出来，什么气啊，这种程度？

当然要气了，我把武越的玉石吊坠弄丢了！

林少霆想了下，戏谑道：唉，我说那个顺风英雄，好容易实打实做回真英雄，又因为块吊坠搞得唧唧歪歪，叫我怎么夸你？

武越本不想理会，恍然听出些端倪，你见过？

林少霆展开手心露出块玉石吊坠，武越直觉地伸手去拿，却被他握紧，转而递给小满。现在人家小姑娘可不欠你什么了，别老黑张脸给人看，英雄都是打碎牙往肚里咽的，你不知道吗？

小满赶紧把吊坠双手捧至武越眼前。见他走开，小满长长出了口气，拍拍林少霆肩膀，多谢救命之恩！对了，张嘴给我瞧瞧。

林少霆不知何意，张嘴让她看了个遍。她笑道：不缺呀！看来你上次打碎的是假牙。

望着她蹦蹦跳跳追向武越的背影，林少霆的笑容渐渐湮没，你看到的才是假牙呢。

花形基本显出来了，却不够鲜明。张江拿着立拍得照片研究半晌，终于豁然开朗，难怪告白效果不显著。苏小满一腔话挤在嗓子眼，却无法发出。女神说我帮了她大忙，本来因为抢了 Nancy 的主持人位置被修理，可这一场告白令她振奋了起来。

振奋？小满有些磕巴，好一个那什么的形容词。

是动词。

小满想起父亲朋友需要的那款手机软件，告白成功与否不论，这款 APP 也许就是他在找的那款，如若真能获得天使投资，也算对“告白”失败的最大弥补了。她这样打算着，却无法在张江全身上下找到安慰的突破口。

34. 高徒

旷达项目公开招标包括硬件包和软件包两部分，硬件一直是NBI的强项，真正竞争对手只有CTT一家；可是软件方面向来薄弱。公司以往的做法是会发挥优势，就目前力量着重攻破硬件，可是这次不行，上海老大定的目标是——全部拿下。这是任千秋一颗脑袋两个肩膀扛的单子，是一个团队的重担，亦是上海老大一拍脑袋报上去的数字。他老人家自带光环，下面人内伤倒地成片。大家都明白，这些年中国市场的客户迅速成长，手上握着的IT专家兴许比NBI人还“专家”。说白了，不易忽悠。NBI一言堂的大时代早已一去不返，价高的现状却无法动摇。任千秋的发言令会议室陷入沉默，转而，他却换了话风，坏消息过后就是个好消息了。机密消息，切勿外传。

武越身子一晃，靠后坐在同事的侧影中。

任千秋神秘地压低声音：NBI最近将收购TXC软件公司，他们的软件在工业市场占有率很大。一旦合并，对打下旷达软件包必将如虎添翼。

这话在苏教授听来并无压力，公司兼并绝不简单，小到带LOGO的即时贴的设计更改，大到员工团队、公司文化、技术到资源的整合，都不是短时间内可以用1+1=2的公式办到的。所以，这或许等于一个大好的时间差。

小满难得来办公室找一次父亲，这次带着“告白”提案而来，办公室是个彰显正式的场合，她甚至还轻轻敲了敲门。才推开门她就意识到父亲正在会客，而拉上门，又突然大叫起来：你们认识？

那个回过头的人明明是武越。

苏教授却爽朗大笑，岂止认识，他可是我高徒！

武越眼中闪过一丝慌乱，乘机起身告辞。

小满跟出来，脑子一片混乱。难道武越知道自己是苏教授的女儿，父亲也知道自己喜欢的人就是他的学生，那么……他们为何瞒着我？她隐隐觉得不对，跟着武越一级级台阶快速下楼，听他解释，原来NBI跟父亲公司一直有些小合作。不管了，小满一把拉住他，咱们志愿者活动马上要安排一场活动，就在你家乡附近的希望小学。你一起去吗？可以顺便回趟家呢。

武越心里咯噔一下，挣脱她的手，不去了，最近项目准备投标，非常忙。

那我一个人去了啊？我准备从你的幼儿园、小学走到中学，感受你的人生轨迹，就像“东京爱情故事”里的赤名莉香一样，走进丸治的过往……

武越突然定住脚步，坚硬转身，冷冷道：苏小满，你能不能别去！

怎么了，我就是想了解你的……生活……

我就是不想让你了解，别给我添乱了！他拂袖而去，留她怔怔落下两行泪来。

小满盘腿打坐，把这事越想越深奥，直到父亲推门进屋。小苏你惨了！小满着急站起身，却忘记自己还盘着腿，一头栽下沙发，更把自己气着了。

苏教授先发制人，小姑娘矜持一点，看你这么主动地打听男生，我能不提防吗？难道告诉你我们是师生，我来给你介绍，多说你几句好话？

小满果然顺着他的思路，满脸憧憬，怎么不行啊，我就是喜欢武越，他好帅啊，冷峻、大气，才华横溢。就是我一直在找的那个人。

苏教授故作不满，这个丫头白养了，什么时候听你这么夸过我啊！

武越就是老爸的年轻版本嘛！这下满足了吧？

的确如此，所以他相信武越会接受那个机会。苏教授搂住女儿肩头，小满啊，什么对男人最重要？不是外貌、气质，而是一颗赢天下的心。为了赢，什么都敢为！讲到这儿，他一腔人生语录猛地急刹车，她是女儿，他一下子便不那么确定了。

武越悄悄将天天托付给伙计，走出咖啡馆准备去公司拿些文件，苏小满也扔下杯子追至门外。武越已经等在那里，从包里掏出一个饭盒，谢谢，大馄饨的味道很好！

怎么样，我说这家老字号的馄饨最棒吧！外面大雨遮不住她兀自阳光灿烂，她却并不伸手去接饭盒，你就这么空着还给我了？

武越突然明白，我也得装点什么还你，是吧？

话从嘴里说出来怎么就没劲了呢！就好比借书得添张书签，你请客下回我还顿饭，这才是谈恋爱嘛，武越就是武越，不解风情，却不影响小满谈情说爱的心。对了，你今天不骑车吧。

下雨，我乘公交车。

那我跟你一起。

武越淡淡地笑了，别逗了，你家离这儿也就两条街。

兜兜风呗。小满悻悻然，只得撑伞相别。

两米外，扮相高雅的苏妈妈咬着下唇走出来，老字号？夸我两句会死呀！原来是这小子，卖相倒是老好的。她也撑开伞，戴上墨镜，跟在武越身后，直至公交站台。她将几米开外的他默默打量，个头一米八朝上，胖瘦合适，略有肌肉。穿的呢，不太讲究。好在底子好。武越隐约有些不自在，四周张望了下。苏妈妈“哗啦”一把伞已经撑开，挡在二人之间。碍于旁人莫名的目光，她连忙解释，自动伞。公交车驶进站，众人慌忙拥过去，把她挤得东倒西歪。

上不上车？不上旁边去！路人埋怨，苏妈妈的伞被挤到地上，待她弯腰捡起，盘好的头发已经松散开来，她还在尽量保持高雅站姿，又被人从后面推了把，一个趔趄。好在武越并未上车，苏妈妈用手漫不经心划拉划拉头发，还在偷瞄。这时，肘弯挎的小包被人用力一扯，她的身体马上失去平衡，摔倒在地。抢包了！苏妈妈大叫，只看见一个小个子男人的背影。

几米外的武越快速冲过来，将苏妈妈扶起来，匆忙间并未将她认出，只嘱咐报警，就迈开大步追了出去。

苏妈妈拾起墨镜，看一个镜片已经摔裂破碎。

武越没跑多远就被大雨浇透，在拥挤的人群里紧随同样湿透的小偷。小偷迂回在路人伞下，企图躲避片刻，却被武越越追越近，于是拐进一个人流拥堵的商场。小偷迅速脱掉外套裹住抢来的包，慢下脚步，偷偷回望。他遇见商场里另一个男人，马上使了个眼色。

武越跑进商场，还是从滴水的后脑勺辨识出易装后的小偷。追兵脚步渐近，小偷只能重新撒丫子快跑，二人冲过正在上升的扶梯，惊起尖叫连连。就在武越冲上扶梯，几乎伸手就能扯到小偷衣服的时候，一个男人突然走过，直接与他九十度相撞，武越想刹车收腿已经来不及，人狠狠摔倒在地。后面随扶梯而上的人更是惊叫一片，着急避让，或者干脆踩在武越腿上。待武越一瘸一拐走到旁边，再也找不到小偷身影。

警察抵达公交站时，苏妈妈已经将狼狈状态拾掇差不多了，却一直朝武越跑去的方向张望。警察要求回警局做笔录，她却坚持等候。老实说，您别抱太大希望，市民帮忙一般追不到赃物。如果追得远了，恐怕人家就在前面搭车走了。警察说话间，武越大步跑来，手中无物，掌心却磨破了。苏妈妈的墨镜已经戴好，露一只眼睛。

追不到没关系，武越。苏妈妈心有不忍，脱口而出：你也受伤了？

没事……武越马上意识到不对劲，您怎么知道我的名字？

苏妈妈自知失口，临时改编：你跑开前喊了句“我叫武越，你等我回来”。

有吗？

警察写着什么，一抬头就吓了一跳。苏妈妈搭在脖子上的围巾已经盖在头上，穆斯林的打扮，裹得只露出一张脸。加上露一只眼镜的墨镜，显得极为鬼祟。雨停了，武越就扶着这样的苏妈妈缓缓走向医院，惹来一路侧目。她也顾不上了，只暗自观察着武越，卖相老好，小胳膊上有肌肉，心肠又好。慢，没那么容易过关。他也就是一般般嘛，是个年轻人都会路见不平拔刀相助的。不对呀，除了他，连个扶我的人都没有！难道他早已认出是我？

恰好武越无话找话，看您好眼熟，想不起哪里遇见过。苏妈妈连忙上手遮住没镜片的那只眼睛。武越顿时紧张，怎么？眼镜也摔坏了？

苏妈妈放下手，心里却有点放不下这个孩子了。

直至返回咖啡馆，武越还是没忆起这个怪异的女人。他一脚才迈进门，另一只脚还在外，却浑身血一凉僵在那里。武天天坐在最靠近门口的位置，呆呆望向自己，小脚一晃一晃踢着他的卡通行李箱，还有全部的铺盖卷。

武越走过去，蹲在他对面，没事，游戏结束了。

天天摇摇头，这个游戏一点不好玩。

武越看着这个理“五块钱”发的小男生，头发又长出了不少，显得越发参差不齐。衣服换洗得不勤，酸臭四散，更别提摸爬滚打的小脏手。他处处冒出副惨淡和寒酸气，在幼儿园也是不讨人喜爱的那类吧。武越想想自己也好不到哪里去，这才发现刚才那一跤把裤子膝盖也磨破了，好在是条牛仔裤。皮也破了吧，他隐隐觉着痛了。没事，没事，武越这样说，也不知是讲给自己还是天天。他蹲下身，看着武天天的眼睛，每个游戏都会开始和结束，我带你玩下一个，更有意思，好吗？

武天天点了点头，张开掌心，露出一把钥匙。Edward 说是开启另一个游戏的钥匙。

武越怔怔蹲在那里动弹不得。直到躲在墙后的 Mary 实在忍不住，扯开 Edward 的手冲了出来，行啊小子，骗我 Mary 就算了，连我 Mary 姐的男人都骗，还想不想混实习生了！想想这些日子，你让一个小屁孩装神弄鬼把 Edward 骗得有家不敢回，有店不敢进……

不然你俩能那么容易干柴烈火吗？伙计在旁边插嘴。

废话！主要是你把个孩子弄得不人不鬼的，到底什么破游戏，一点不高级。我是循着臭味找到他的。

Edward 递上一张纸，写了个地址递给武越，去吧，我早搬你 Mary 姐家住了，这里恰好空出来。

谢谢你们。武越却将钥匙递还给 Edward，一手拎行李，一手拉武天天走出咖啡馆。雨过天晴，虹霞映照，四只鞋踏过地上镜面般清静的水滩，溅起水珠串串。武越的游戏武越自己来玩，从不例外。武天天抬头望着武越，又回头朝几个人挥别，竟有些不舍。

Edward 埋怨 Mary，都是你，忍都忍那么久了，为什么不多忍一阵？

35. 对手已经出现，没得选择

这是个台风加暴雨的日子，吴志雄和阿玲算出来结婚的好日子。上天没打算给个笑脸，乌云密布，大雨如注。苏小满跟柴晴走进那间“吊死过人的房子”时衣服湿了一半，身上的不适将忐忑发酵成为恐惧，而四周红色布局更显出刻意的欲盖弥彰，土气，却也一片新婚的喜气。屋子空空荡荡，没什么家具，一张席梦思床垫直接搁在地面，墙角红花布缝隙下隐约可以看出里面是几个纸箱。屋里挤满了说说笑笑的人，大多站着。住顶楼，天漏房顶跟着漏，谁将个大铝盆搁在屋当中接雨水，滴滴答答的敲个没停。大家都绕着它走，不一会儿就听“咣当”盆响，人在嚷嚷。

小满和柴晴买了婴儿用品，大礼袋塞到阿玲手上就打算撤了，可这时候武越拎大兜子菜推门而入，小满只觉周遭一亮，被美图秀秀刷过的效果，她抛下柴晴，掏出餐巾纸就擦了过去，吓得武越往后一仰，一个格挡才看清来者是谁。小满跟柴晴眨眨眼，跟着武越往厨房去。

武越做菜，小满卷起袖子帮忙。他拍黄瓜，才转脸就看见小满手捧一把大蒜头奉上，只好小心翼翼地挑出一头来切。武越才洗好西红柿，她那边鸡蛋都划拉好了，满满一大碗。武越用筷子在里面捞出两块蛋皮。有进步！他想了想，商量下，我本打算做番茄土豆排骨汤，你没意见吧？

当然没意见。苏小满一脸贤惠，端起鸡蛋就往水槽里倒。

武越连忙接过碗，意见好像不是一点点嘛！

柴晴立在旁边看热闹，忍不住插嘴：嘿我说，小满你该去杀猪了！

那你还不逃？刀就在手上呢！

嗨！我还想夸夸你俩呢！

那就甭客气了，直接上吧！

柴晴清清嗓子，好一副夫唱妇随的美好景象，怎么看，您二位都更像主人啊！小满脸上一烫，大拇指已经偷偷竖起。

武越不温不火地忙着，有空拿我俩开涮，不如去帮忙洗草莓！

柴晴赶忙抗议，我有密集恐惧症！那么多黑点，哎呀，想着就要吐！见小满已经开始动手，唉，你不是对草莓过敏吗？

没事，那是小时候了！

战果徘徊在门口，最终还是敲敲门，快速闪到墙后。新郎吴志雄应门，只看见地上摆放着一大套餐具，插有一个红包，隐约现出战果的署名。吴志雄提脚要踢，被阿玲拦住，她唤了两声，见无人应答，就将礼品提了进去。战果从墙后探出头来，往楼下走去。餐具滴水未沾，他全身却都湿透了，喷嚏一串打到楼下。

阿玲还说那是个误会。吴志雄就不乐意了，战果是什么人，他是全公司最会溜须拍马的人，还把人拍得那么舒服，不管对方是二线还是够都够不着的三线、四线，哪怕芝麻大的实习生，他都能下得了嘴夸！痒不痒，他都帮你挠两把。他是什么人，他是什么都做得出的人。他是人才，我是废柴！你满意了吧？吴志雄说出这样的话，自己也就被气着了。

苏小满边洗草莓边抓，抓手，抓胳膊，然后抓到脖子和脸。武越发觉不对劲，看她脸上已经出现块块红印，慌忙将她拉离水槽。别看！小满明白这红印子会在两个小时内消掉，并不担心，快速用手捂住脸颊往外跑，不能帮你了，恕在下过敏在身！

找不到那么多凳子，桌子又小，武越就建议将酒菜搁在木地板上，席地而坐。只言片语化解掉吴志雄蕴积了一早的窘迫。

新郎吴志雄感慨万千，谢谢大家来参加我和阿玲也许是史上最窘迫的婚礼。不过，既然来了，就别笑话，大家吃好喝好。我吴志雄娶了戴阿玲，二人踏踏实实地过日子，要在上海建一个家，管他狗窝也好，豪宅也罢，家嘛，就是一个过日子体验幸福与艰辛的地方嘛！现在我有的，兄弟们都跟着吧！今天没能力款待大伙，我这脸……唉。这么说吧，咱西北汉子吃饭都是用大碗，端着蹲在门框上吃。今天，大伙就当体验下，当回咱们西北人吧！

众人叫好声中，小满躲在角落里，用丝巾缠着过敏的脸，悄悄抹眼泪。她望向武越，看他拍手起哄，拉开彩炮喷向新郎新娘，花瓣彩片漫天飞扬，新郎新娘腼腆地相拥而笑。屋子那侧的盆还摆着，雨水滴落下来，置身事外，这般冷静和真实。原来生活的底线真的可以很低，如果对幸福如此迫切。

林少霆随任千秋走出办公楼，老大，你当班主任的怎么不去参加婚礼，怕随礼啊？

嘿，小子！任千秋乐了，小刀别乱飞。其实我和 Mary 都没收到邀请，你们这些孩子怎么这么不会办事呢。

担心您二老受刺激吧。老大不小的都没结上婚，万一现场一激动，出门就弄个闪婚什么的，自寻死路嘛！

嘿，又补我一刀！跟我出来抽根烟，让我好好捋捋你的刺儿！

二人说笑间来到室外花坛边，任千秋给双方点上烟，望向不远处的车流，缓缓吐出口烟，我也明白你为什么不去参加婚礼。交接棒吧？

林少霆狠吸一口烟，不就是掉了个棒子，这也算事儿？

它背后有事儿啊！说你跟武越是工作中的对手，我没说错，只是说少了，对吧？

林少霆不愿继续这个话题，在旁边垃圾桶上按灭烟头，你看着编吧，我先撤了？

等等，说个“对”有那么难吗？当武越的对手可不丢脸！

林少霆冷笑，我哪儿配做你接班人的对手啊！

你林少霆不是不敢为对手，只是懒得。

林少霆愣了愣，挂上玩世不恭的笑容，任老大，您别在这儿灌心灵鸡汤，信不信我敌敌畏下肚照样穿肠而过。

任千秋大笑，看来我只好下砒霜了！

有料你就下！

梁董事长。任千秋瞟了眼林少霆，见其已经皱了眉头，其实你家老头子也没做什么，就是想把自己一辈子的产业交给一个靠谱的人。而你，偏巧长着不太靠谱的脸。

对，这个问题我研究过。这人太帅，是让人产生不信任感。

怎么说到我头上来了！

嘿，任老大，别跑题！

对，对。回到正题。一句话，梁董事长他护犊心切，只想清一阳关大道给你走。见其面示迷茫，任千秋直言，说白了，对你的能力尚有怀疑。当然，这不是什么新鲜料，你早就习惯了。你习惯了被怀疑和轻视。可是现在不同了，对手出现了，他就在那里，你没得选择。我早说过，有些强者的能力是被对手激发出来的，在这之前他不知道自己是强者。

林少霆笑了笑，我哪儿算得上强者。

任千秋按灭烟头，好，我正好问个同类问题。我们 NBI 跟 CTT 的竞争优势和劣势各在哪里？别着急告诉我，真正想明白了再说。

还带布置家庭作业的？

任千秋拍拍他肩膀，小子，你对手的家庭作业都是自己布置的。

阿玲手持两杯茶往会议室去，却被 Nancy 和 Catherine 硬生生拦住。跟你做一个交易。Nancy 勾勾手指头，跟我们一起对付柴晴这个贱人。

阿玲战战兢兢却毅然决然地摇了摇头。其实 Nancy 也不指望她能帮上什么，只要她加入自己的阵营，杀杀那个贱人的傲气。谁知她还没眼力价，不识好歹。好吧，等着后悔吧。Nancy 幽幽几个字，阿玲脚下一软，差点摔倒。

苏小满一冲进电梯就看见武越，或者说本是冲着武越的背影奔去的，早啊！

武越小声道：你的草莓过敏怎么还没好？

小满大惊，慌忙对着电梯镜面乱照，不是吧，早就不痒了。

那你脸上一点一点的又是什么？

小满停下，故意的吧，这叫雀斑！见电梯里笑倒了一片，她也故作惊讶，你头发上怎么了？

不上当！电梯叮咚一响，武越微微一笑走了出去。小满不甘心地跟在后面，说说嘛，上次面试换装，你的头发怎么起泡呢？

武越阳光明媚步入会议室，发现讨论已经开始。任千秋召集整个项目组分析时局战势，所谓知己知彼，才敢冲锋陷阵，那么即便是死，也死得明明白白。说起对手，自然得从CTT这个老对手说起，旷达这快大骨头必定逃不过CTT的狗鼻子，死磕难免。

任千秋似乎突发奇想，要换种轻松的方式讨论。他命林少霆扮演CTT销售代表，武越扮演NBI销售代表，二人来场现场辩论。

既然先发可制人，我们CTT第一个发言。林少霆目视桌子对面的武越，我们CTT不具NBI百年老店的历史，亦没有NBI琳琅满目的生产线……

武越接话：承让。

众人笑了，林少霆也笑了，别急啊，所谓术业有专攻，我们将更多人力财力放在发展优势产业，目标就是把软硬件做到业界头牌。

武越点点头，我们NBI也有个目标，就是保持业界头牌。

NBI做了那么多年头牌，被CTT多次抢单出局的感觉一定更难受吧。不像咱们后起之秀，输赢那都不叫事儿。

何为输赢？一流企业选择一流合作伙伴，二流选择二流。NBI对此还看得开。

众人再次爆笑，将目光投向林少霆。他略作沉吟，口水战都是拿来活跃气氛的，咱们还是说说产品吧。NBI的服务器在业内是高大上的代表，令一般企业只能仰头兴叹……

武越打断他，旷达可并非一般企业。它颇具实力，发展优势能源产业，是大有前景的上市企业。最难得，几年来它在NBI一直就有采购记录，可谓我们最友好又忠实的合作伙伴。

也正因为这段长久的合作历史，旷达对NBI的产品和工作方式非常了解，所谓“合久必分”，老夫老妻的矛盾日积月累，最容易爆发。我们CTT却带着新鲜和年轻的气息前来，带着跟许多新兴产业合作的背景来投靠，好似一股清风，横扫一切老态。

武越想了想，谁说百年老店就老态龙钟，NBI何以保持业界头牌，靠的就是引领风尚。不敢说所有，可是大部分 IT 界的崭新概念都是 NBI 引领甚至创造的，例子举不胜举。我只想说说咱们这款大型机，它的优势就是稳定，是同类产品中的佼佼者。

CTT 的优势在价格……

说到价格，旷达更应该选择国内某些大厂家，它们负责买一送一。

众人大笑，林少霆亦大笑不止，如果我是旷达，肯定选择买一送一的国内厂家，瞧这豪气！绝不给你们两家资本主义公司添堵，成天为谁贵谁便宜五毛钱吵来吵去的。

任千秋笑着咳嗽两声，跑题了，架还是得继续吵的，谁叫你吃这口饭呢？来，继续。

武越正色道：NBI 用技术说话。在服务上，十年来 NBI 本着创新的宗旨，醉心钻研专利，取得了专利数目甚至超过了排名其后的十家公司专利总和。一些重要专利已经变成了工业趋势，被竞争对手所采纳，就包括 CTT。其中两个专利对计算机界造成了强大的影响，它们是铜芯片和绝缘硅技术，这两个技术使得 CPU 速度提升、功耗降低、更加稳定可靠。

林少霆表示认同，CTT 最大优势是其硬件产品在工业行业的占有率。工业跟银行业不同，也许不那么在乎零宕机，所以 NBI 稍强一点的稳定性就很难打动旷达了。

如今是服务打天下的时代，靠我们强大的技术，配以强大的服务团队做后盾，总可以打动旷达了吧？

你意思是七天二十四小时维修服务？林少霆摇头，它的前提是提前买好价格不菲的维护服务。如果不买，好嘛，电话一撂下，客户就开始掐秒表，工程师每跨一步就是一步的钱，银子撒了一路，人没到现场，机器没碰到，钱包先扁了。

武越反击，总比三天两头掉链子，免费到场却修不好的强吧。

任千秋走上台，今天就吵到这儿吧。公平来说，还是咱们 NBI 强嘛！众人大笑鼓掌。林少霆暗道：不公平，演反派的向来没好下场。他望向面色平静的武越，并不知道武越此刻的心惊。在此之前，武越从未把桌对面的小子当作对手。

走出会议室，林少霆到底忍不住小激动，拉着苏小满和张江就往“传奇”去，以汽水代酒庆祝一番。三个玻璃瓶碰撞在一起，林少霆正色道：我决定宣战了！

张江一惊，望向不远处的武越，跟他啊？

当然是跟他自己。苏小满纠正。

林少霆深深地望向她，心想：谢谢你懂我。

这时候柴晴急匆匆推门进来，小满连忙朝她招手，林少霆却一猫身躲到别桌。柴晴单刀直入：上次我让你管武越要的东西呢？

小满面露难色，还是你自己来吧。

张江插嘴：你要什么？但凡哥有，都是你一句话的事儿！

柴晴溜了他一眼，心肝脾肺肾，随便割一个。

张江咽了口口水，但凡你有地方安，哥就奉陪割。

柴晴没心情陪他逗，笑了两声，目光又回到小满身上，冷冷叹息：闺蜜闺蜜，闺中无蜜。她半愠走开，朝武越方向走去。

张江自语：这招是不是更起效？

小满好奇，哪招？

苦肉计啊！

林少霆重又猫腰回来，你人都废掉了，她还要你干吗？干脆剁剁炒肝吃得了。

张江突然意识到，林少霆，你刚才隐身了？为了成我大事儿，你也是够拼！

林少霆忽然故作惊讶，难道我真的练成了？

小满不安地望着柴晴走向武越。当然她的担心是多余的，柴晴几个箭步走到武越跟前，面部肌肉已经调整出其他走向，锐度立减。我说妹夫，都传言你当时给戴总送了份快递，能不能透露下，到底是什么东西，让他瞬间爱上你？

武越乐了，故意的吧！我这都被一脚踢出来了，还谈什么爱不爱的。

戴总对你的爱是不变的，怪只怪老许爱不上你！

战果表情怪异挤过来，这两人儿是男是女啊，我怎么听着这么别扭！

柴晴故意，咱武越特招男人喜欢，你还不知道吗？劝你离他远点，小心中招欲罢不能。战果吐了吐舌头，还真配合做惊恐状，小心逃离。

武越微笑摇头，你还真有一手。其实没什么好避嫌的，我那个快递包就是他的私人快递，放在大门口，我做个顺手人情递送过去。

柴晴怎会相信，你武越从来不做无缘无故的事情。好吧，你不愿帮忙就算了。

说起帮忙，我倒给你个建议，也许更有帮助。

柴晴见身着快递制服的戴总远远走来，也走向办公楼，造成几步后不期而遇的假象。柴晴大方招呼：Hi，我是柴晴，把你的制服洗成迷彩服的女生。

戴总一愣神，乐了，武越的小女朋友？

武越被任老大派到他自己的项目里去，换我来替班。您这儿有什么打杂的事情，尽请吩咐。柴晴见对方并不反感，继续跟着他走进电梯间，上回我请你们公司发了个去北京的快递，哪料丢了。不过你们公司服务还真不错，爽爽快快就赔了。

你发的是什么？

一件衣服。

价格多少？

谁还记得，三四百吧。反正我给他们看了购买拷屏，就爽快地赔了。

戴总有些意外，真的吗？没走什么流程？

是啊，所以我非得找机会来夸夸您呢！柴晴自诩这搭讪不高明却自然，应该给对方留下了深刻的印象，哪料半个小时候不到，却遭遇老许当头棒喝："戴总问这个武越的假女朋友是从哪儿找的，满嘴谎话。"柴晴磕磕巴巴，看一屋子男士，明白抵赖无效。想起武越"传奇"里给的警示传言，其实只有四个字——脚踏实地。真是100%废话，又100%正确的鬼话！柴晴有点信了，可是不能坐以待毙，绝对不行。

36. 柴晴 vs. Nancy

饭店里这桌女孩子格外引人注目，她们叽叽喳喳喜形于色地恭贺老板高升。Nancy作为小团队领导，把一桌饭菜招呼得体贴又味美，深得老板欢心。老板环顾四周，阿玲为什么缺席？

她没向您请假吗？Nancy故作惊讶，附上耳语，向老板委婉传达了几个信息：一、自己不喜嚼舌头；二、阿玲不甘做名秘书；三、孩子生下后立志返回原岗位。秘书老板笑笑不动声色，让她坐这个位置是不太合适，可手指仍快速发了条短信给阿玲：如果你对这个位置如此不满，可以找我谈谈。

在自家厨房里的阿玲一只湿手持白菜帮子，一只湿手持手机。水在流，她的思绪也滴滴答答，流淌无边。

次日清早阿玲本打算向Nancy打听一番，可她已经实言相告：昨天老板请吃饭，庆祝她老人家高升。对的，我没有通知你。老板问你为什么不到，我说：对以前的技术岗位贼心不死呗。

阿玲含泪咬着牙，你想干吗？

没啥，帮你跟老板掏心窝子呗！说不定老板一同情就把你调回去了呢，到时候你怎么谢我？

你到底要我干吗？

Nancy 笑了，从抽屉里抽出几个文件夹：别说得被我逼得似的。Package12，还有最神秘的 Package3，都给你！

神秘的 Package，基本却超级好用的工作手册，她需要却没见过的东西。阿玲伸手去接，却被 Nancy 快速收回。阿玲挣扎了半天，嘴角终于溜出几个字：苏小满和……林少霆。

跟着姐姐我，有你的好处！Nancy 笑了，将文件捅给她。阿玲胸口突然生疼，情节反转太快，她无法辨清凶险。

柴晴慢悠悠走向座位，却被阿玲一顿催促，老许到底什么会，她根本没收到任何通知。她抽出笔记本奔向会议室，却已近散会。老许沉下了脸，打断她的解释，老大的秘书 Nancy 办事就没出过错。小姑娘，倒是你，晚上早点睡，你看我们这些老家伙都早早来公司了。

柴晴立即明白是 Nancy 的小伎俩，干脆上“胆怯羞愧”妆，对不起，我记住了。

老许见状也就消了火，咱们项目虽然总额不小，可是却面临技术困难，得从国外邀请专家进入。这样不仅成本贵，若没上层授意，很难进行。

柴晴心里咯噔一下，她明白等了很久的机会终于到了，嘴上却怯生生的：我能说两句吗？上次运动会上，我有幸做了次主持人，更有幸遇见大中华总经理 Henry，本来我这小人物没资格跟老大对话，可是老大亲民，问起我做什么项目，我就把咱们这个项目仔细做了个宣传，他老人家似乎挺感兴趣。

老许眼睛一亮，马上又严肃起来，令柴晴不禁忐忑。待散会众人走得差不多，她便将忐忑挂在脸上凑过去：老大，我有没说错话呀？

老许果然放下戒备，你们这些孩子就是鲁莽。越级汇报是很严肃和不可为的，看在你不谙世事的份上，我也不跟你计较了。做人得谦虚，跟着我慢慢来，前途无量！另外，你将当天跟 Henry 的对话原封不动给我复述一遍，我说的是原封不动。

走出会议室，柴晴脸上的坚硬划破空气直抵 Nancy 所在秘书池，嘿，小妞，耍这些小心思，有劲吗？

Nancy 跳起身大惊失色地嚷开：我都跟你说对不起了，很抱歉，是我工作的失误，你怎么还用笔甩我啊！瞬间突变令柴晴慌了手脚，这一愣神的当儿，Nancy 红着眼睛拉起旁边 Catherine，你帮我看看脸，好疼啊！

Catherine 大叫起来：有个黑道子，还好笔筒里没有裁纸刀！这个实习生好可怕哦！

Nancy不光将楚楚可怜表演得生动到位，连脸上的黑道子都事先画妥了。老许站在不远处，摇头走开。柴晴嘴唇快咬出血来，却迸出一丝笑容，对不起，刚才失手了。不是故意的，姐姐你比我年纪大，要原谅妹妹手误。

从跟Nancy的冰冷对视中走出，柴晴怒火中烧冲向座位，一个丑男不知从什么地方跑了出来，二人额头咣当一撞，柴晴疼得差点没晕过去。丑男兴奋地张开大嘴和双臂，欢迎你！

柴晴扶住额头，人还站不稳，欢迎你妹啊！

对啊，欢迎你，妹妹！

啥毛病，撞到人还不道歉！

这是咱们NBI"非人"足球队的迎接仪式，欢迎你加入，成为咱们领队。

柴晴这一迷糊就从额头疼到后脑勺了，去去，什么飞人，你飞一个给我看看，不是人的那个非人还差不多。

对啊，就是这个意思！

我是造了什么孽，身边都是中二青年！我对你们足球队没兴趣，乘我的怒气才冲到这里，柴晴强压怒火，用手比画了一个高度，还不乘早滚粗！

丑男果然拔腿就跑，冲到Nancy跟前，接过一杯咖啡，多谢姐姐打赏！

怎样啊？

香！

还有呢？

热血沸腾！

Nancy怒了，不是让你冰冷藐视，用你丑陋的眼神将她彻底撂倒吗？

我已经很努力了……

Nancy一把夺过咖啡，任务失败，没得喝！

柴晴满腔怒火烧到嗓子眼，一屁股坐在苏小满身边，大口喘气：这帮狐狸精，竟敢算计姐姐我！小满却不接茬，少有的淡漠，又质问起冯峥峥和二线老婆的闹剧，说传言竟出她一手策划。柴晴自然否认。

小满是应该相信柴晴的，可是自己的电脑和信箱密码是班号加学号，除了她并无第三人知晓。她寒气四冒，我只问你一次，那封信，是你用我的信箱发出去的吗？张江和林少霆正在隔断外，虽然她声音不大却寒气瘆人。二人听得真切，一对眼神，赶忙将头缓缓低下。

柴晴依旧采用不承认策略，怎么会是我？你还不明白吗？Nancy恨我夺去她主持人的位置。

那，的确是你去抢过来的？

为什么不？人家工会主席也说了，主持人人选确定前我就有机会！我跟你们不同。

有什么不同?

柴晴忍了忍,她当然不会说出“两个月试用期”的不同,她绝不给任何人嘲讽的机会,尤其是Nancy和冯峥峥这种贱人,而对小满她只能说到这个份上:我必须努力争取每一个机会,你是不会懂的!

小满腾地站起身,拉住柴晴的手腕,好,那我信你,你现在就跟我过去跟冯峥峥说,不是你做的。

有意义吗?大家都说她脑子有点那个了,看人眼神都不对劲。

当然有意义,她一直固执地认定是我干的,现在谣言一传出,肯定也把你恨透了。她需要真相。

柴晴挣脱她的手,没空陪你死心眼!

那你陪我去找Mary。

去去,去告状吧!

我要你跟我一起去跟帮峥峥求情。

柴晴白了她一眼,转身就走,没空!

有空的小满到底找到并不空的Mary,她正在小会议室里听电话会议,昏昏欲睡的。看小满探头探脑,就按下MUTE键,招手让她进来,哪料张江和林少霆也跟了进去,Mary顿时头大。

外面传说柴晴是冯峥峥事件主谋,可是我相信她。小满站在Mary跟前大声宣称,可是话一出口反倒不那么确定了。

Mary不耐烦地说挥挥手,都不重要了!

是要开除她吧?小满突然意识到事态的严重性,我……再给她一个机会吧!实习班就出一个少年大学生,她骄傲了一辈子,怎么受得了这样的打击呢!

Mary打了个哈欠,这点说对了,她就是自我感觉良好惯了,受不了丁点挫折,才有今天。反正,我最后劝各位,请求各位,求你们就这些天老实点待着,跟冯峥峥保持距离。再出任何幺蛾子,我可保不住各位!你地——Understand?

说话间,武越冲进会议室,见小满并无大碍,担忧的表情立马冷却。嘴上解释:柴晴说苏小满发疯了,这才跑来看看。不好意思打扰老大训话。请继续。

Mary坐下,我正好找你们有事。上次运动会上实习生队伍表现非常突出,你们的朝气、创造力令领导非常期待。所以这次公司组织的“送电脑进希望小学”的活动,由咱们承包,具体事宜可以跟小满学习,她已经混成了志愿者里的小头头了，加油！

武越倒吸一口凉气，又想起小满“准备从你的幼儿园、小学走到中学，感受你的人生轨迹”的宣言，他有理由相信这完全是她一手操办的。

苏小满站着，前面是一个长队，后面还是一个长队，神龙见首不见尾。一辆改装车停在路边，林少霆探出头来，你也好这口？他路边停好车，站她旁边也准备买些。

真的假的？你这种大少爷是不是真吃过鲜肉月饼这种小吃啊？

林少霆想起那时候他真的很小，排在长长的队伍里，前后都是屁股，母亲拉着自己的手，站多久都不倦。最重要是得算好钟点儿，跟父亲前后脚进家门，然后一家人乘热美美吃一顿。直到后来，无论如何，他和母亲都不能算得准父亲回家的时间。于是这个不成文的中秋习俗就中断了，也不知道中断了多少年。

他说不下去了，表情又变成戏谑。小满心有不忍，说不定今天父母都在家，你带回去是个意外惊喜。

不用。林少霆淡淡摇头，我已经习惯了。

等买好了，咱俩找个地方去吃啊！少霆孩子般纯真笑意令她心那么疼了一下。她看了看手机，上面是自己发出去的短信：“爱心送餐时间，六点整，空着肚子在咖啡馆等我哦！”

武越还在咖啡馆给老外上中国民俗课，这次教的是小笼包，他虽没做过，好在还有网络教程。她如何知道这笼小笼包好吃不了，居然先预定了爱心送餐？武越想着不禁微笑，脸上瞬间流淌而出的柔情引起片刻静默，一圈老外都停下了手。情绪真是个玄妙的东西。这时一个电话打来，他抹了抹手上的面粉接起，脸色突变拔腿就跑。

Edward“哎，哎，哎”，哎到第二声已经看不到他身影，只好自己亲自上场，幸亏那段视频他也看过，也还对付得了一圈尚未进化到中国通的老外。什么事呢？难道又是武天天？Edward越琢磨越担心。其实并非伙计透露，他已经慢慢看出武天天跟武越的关系，通过长相通过他俩的呼应，或者其他。最初他陷入了浓重的羞辱感，后来是气愤，然后是好奇，接着就是探究了。他躲在面店窗外看他俩合吃一大碗面条；他清晨五点偷偷溜进咖啡馆，看二人躺在沙发上睡觉，武越的脚还搭在桌子上；他从仓库角落找到两床脏薄被，又悄悄塞回去；还有一个小行李箱塞在废纸盒下，里面的衣服因为未晒干而发出霉味……他越是探究下去，越下不了盛怒之下将其赶出的决心。直到Mary实在无法接受关闭二楼的做法，她才因此获得了这个秘密。她沉默了好久，突然掩面而泣，将他吓得往后一跳。没等他反应过来，Mary一抹泪，嚷起来：这个臭小子，死硬死硬！你不许暴露！Edward连忙点头。

可是，到底还是Mary第一个暴露。那天伙计提早下班，武越又着急赶回公司开会，Mary下班才进咖啡馆，就看见个人影从二楼跳下来，从客人刚走的桌上抢走半个面包，快得像道闪电。Mary悄悄跟过去，看他躲在二楼一个桌子下，小黑手握着面包，大口咀嚼，就再也忍不住了。她上去一把把他拎了出来，洗手，洗脸，换衣服，好好吃了顿PIZZA，再从Edward手上抢下他们所有家当，搁在门口。直到武越回来，并拒绝了Edward的门钥匙。

初秋的傍晚清爽微凉，树叶偶尔打着旋飘落，撒在绿地公园的长椅上，二人的脚边。林少霆见小满买了那么多鲜肉月饼，忍不住问起去向？她将其中一包塞给林少霆，让他带给父母。可是嘴角那个尴尬的"嗯"立即暴露了另一个答案，武越，一定是武越。林少霆于是迅速做出一个勇敢的决定：我还想吃。他将手伸向小满那袋。

她稍一愣神，他一个鲜肉月饼已经塞进嘴里，接着又是一个，饿狠了或者吃死我算了谁也别拦着的架势。

林少霆中午没吃饭？早餐也没吃？不油腻吗？小满小心翼翼地问，难道是我说错话了？我也没跟你打赌啊！你这是跟谁啊？林少霆的速度已经明显慢下来，撑得说不出话，眼睛却还瞪着纸袋里最后两个。她连忙递上，都归你！回家再吃。

林少霆笑了，艰难地咽下一大口，早说啊！可是才接过纸袋，马上扛不住低头呕在了纸袋里面，直到缓缓从纸袋边缘露出一双无辜又尴尬眼睛，有什么办法能让你忘记刚才那一幕？

小满手一指，发狠道：把剩下那袋吃了！

林少霆忍不住再次干呕。

小满一会儿给他灌水，一会儿给他捶背，他这才算缓过来。问起运动会上的告白，林少霆执意将自己定位为观众，而观众除了看热闹的心思，是不存小满企图试探出来的醋意，一点都没有。她不敢再问下去，他亦不敢被问下去。就在谈话眼看走向艰难的时候，她把话岔到父亲朋友的"天使投资"，这才跳脱而出解了围。林少霆轻描淡写，其实，对我们都可能都是个好机会啊，咱们合作开家公司，借助你父亲的朋友，可以把这个软件做大。

几句话点亮了几名实习生的另一条路，路走起来不平坦不坎坷，中规中矩，直到一个人出现。他成就了他们的创业，又瞬间毁掉了一切。是一切的一切，他本如此珍视的一切。

小满跑到咖啡馆，看表已经六点半，老外都撤了，她就靠在夕阳染红的玻璃窗，大口喘息，手持一张照片，正是从 Edward 那里抢来的立拍得照片。运动会上，武越抬手，那样柔柔地帮自己擦拭脸上颜料。

此时，武越坐在回家的士上，武天天缩在怀里已经睡着，胳膊上打着石膏，偶尔还吸几下鼻子。他从兜里拿出张照片，照片上有苏小满、林少霆和自己三个人，正是接力棒掉在地上一瞬间的表情。

林少霆坐在改装车驾驶座上，手里也是张照片，小满嬉笑跑在前面，自己跟在后面，眼里有什么就要就要荡漾而出……这令他无比心惊。

黑色大奔缓缓开至大铁门门前停了下来，司机机警地跑出去，将个纸袋子拎回给梁劲棠，竟是几个鲜肉月饼。莫名其妙，扔掉吧？司机自作主张，却被对方一把拽过，握紧纸袋口，发出细碎长久的挤压声。梁劲棠望向晦暗迷茫的夜色，却并未找到一辆改装车。

37. 赤名莉香的探访

周末清晨不到八点，大巴车发动机呼噜呼噜催人起步，苏小满暗道"知道了知道了"，却踮着脚四处打量。车尾窗边的林少霆从车上默默注视着车下的小满，看她心乱，一回头，前额还撞上了车门。他呲地笑了，嘴角却有一抹落寞席卷而来。那叫林少霆的乱，随它吧，他也管不了了。

Mary 乘机把捂着额头的小满揪上了车，关门启动。除了武越，张江也未出席，他临时设计了个小型软件，要呆坐公司做线上检测。那么战果是怎么回事，运动会组织得相当成功，Mary 暗自嘀咕，旁边的吴志雄忍不住接话：史上拍马屁最起劲的人哪有空玩这个。

公共场合，措辞小心！Mary 压低声音，其中严厉却并未打折，她并不知道还真错怪了吴志雄。此刻的战果坐在开往阳澄湖的车上，听父亲跟他几个朋友讨论着买雌蟹还是雄蟹的问题，看战果心有不安，父亲拍拍他的肩膀，自己亲自从阳澄湖拎回的蟹才更有诚意。放心，领导觉得好就是好。

宁大齐也坐车尾，看到前一排的林少霆就故作意外状，林少霆做慈善还需要以这种方式啊？

林少霆头也没回，慵懒道：那你觉得应该是哪种方式呢？

酒会、名流、美女、支票啊！

不排除。林少霆还乱着呢，他懒得言语，望向车外。

宁大齐却不知趣地凑过头来，今儿个林少霆赞助什么啊？

爱心。

爱心？宁大齐大笑，转头对其他人起哄，他说爱心，爱心哟！还有比这个更可乐更便宜的事儿吗?

苏小满腾地立起身,头顶登时撞上行李架,生疼。她捂住头,力压一车笑声,回头嚷嚷:人家林少霆这都第二次参加了。宁大齐,上一次你在哪儿啊?

柴晴翻了个白眼,默默摇头,女侠啊女侠,真是哪儿哪儿都有你!

怎样?小满理直气壮,专治各种不服!

林少霆微笑转头望向窗外的行道树,它们以倒退的节奏同步他的思绪,倒退,倒退,渐渐倒退回初见……她说"原来是个卖车的",她在奥迪车里为武越据理力争,她逗萌娃却被扇了嘴巴,她发出那条"rou rou rou"的微信……林荫道的树影投射出光的游戏,在他面庞哪儿忽明忽亮,云淡风轻。

因为路窄,大巴车开不到学校,停在几里外。一行几十人只能将捐赠物品手动拖运至学校。才下过雨,路上泥泞,走起来泥浆飞溅,谁的鞋子和裤腿都无法幸免。一个泥孩子不知从哪里蹦出来就跑,转眼没了踪影。宁大齐乘机再次打趣林少霆,可惜了这双高级鞋,泥巴一糊,跟咱们这些草根鞋也差不多啊!

林少霆慢条斯理回他:这所谓高级低级,完全取决于说话人的境界。就这双鞋,你抬头看,它就高级;你俯视,它就低级。

林少霆说话高深莫测,就不怕舌头发酸硌到牙!宁大齐自讨无趣,嘴上总得找回来几句。

小满朝林少霆眨眼,斜身偷偷竖起大拇指。他却瞬间恍惚,眼前浮现出在聋哑学校她曾远远做了个"很高兴认识你"的手语。小满已经跑到前面去帮吴志雄拎东西,他的行李格外多又沉重。原来这里正是阿玲的家乡,而她弟弟正在这次探访的希望小学就读。待她伸手帮忙拎包,他却一把夺了过去,几个大步跟她拉开距离。

一杆鲜红的五星红旗飘进了众人视野,实习生们戛然止步肃然无语。校门处,高高矮矮的孩子们戴着鲜艳的红领巾敬着队礼,两两一对,一路排到学校深处,他们之间俨然铺起条红地毯。兴奋如火焰在眼中跳跃,令人动容。

清瘦的石老师将众人带入教室,实习生们也将电脑分发到孩子桌上,他们好奇观望,叽叽喳喳,却不触碰。放心,按这里。苏小满这样告诉身边的男孩子,他却依然摇头,手脏。这是双小小的,却长着茧子的黑手,掌纹也是黑的,不知能否洗掉。小满教他拍拍手,再搓搓掌心,就可以碰键盘了,我们都这么干。她说,他就信了。于是传染一般,整个屋子都是令人心酸的拍手声。这孩子这辈子恐怕都会如此上机,想着她又有了犯罪感。电脑将一个崭新的世界展示在他们眼前,千变万化花枝招展,令人敬畏更令人兴奋,教室里逐渐沸腾。

不知外面谁叫了声“该做饭了”，几个孩子跑向旁边厨房。米和菜都是孩子自家种的，轮流带到学校里来，食堂如此运作。小满也跟过去卷起袖子，却愣着原处。高高矮矮几个小孩子，比灶台都高不了多少，却都煞有介事地忙乎着，不管生火、洗菜、择菜、洗菜，都无比娴熟。她根本无处插手。刚才跟她学电脑的小男孩正在淘米。真能干啊，什么时候学做饭的？

小男孩想想，五岁吧，你呢？

小满尴尬语塞，我不会做饭。

小男孩大笑，露出参差不齐还缺几颗的一口牙，那你五岁时候在干吗呀？

小满哑然。

再遇见小男生，是在午间休息，他背着个新书包在院子里被几个孩子羡慕地围着。他说书包是姐夫送的，小满立即想到了阿玲，果然有些神似。书包很沉，小满掂量了下，拉开拉链，里面竟是用单面打印的 A4 废纸装订的本子，来自 NBI 废纸箱的 A4 纸。

好白啊，真光滑呀！孩子们感叹着，纷纷将小黑手伸进书包，争相摸触。阿玲弟弟倒也大方，一人发赠一本，嘴上还不忘嘱咐，姐夫不让告诉别人。

小满才反应过来，快速替他拉上书包拉链。

电脑好吗？苏小满采访操场上几个跳绳的姑娘，她们点头，好，只是……如果是个没打过结的绳子就更好了。

小满感觉越来越不对，不断的错位令她明白，人们忙于扮演上帝，却只上演了他的形象，而并非功能。她从兜里掏出个本子，把几个孩子拉到身边，认真记录下他们认定的“更好”，比如篮球、皮筋、羽毛球、电饭煲……

还有儿童雨衣，我看有几个孩子头发衣服都湿透了。竟是林少霆，他将长长清单捋到尾，咱们好好规划下，下次大采购送过来。

你真好！小满大大松了口气，松大劲了，眼圈突红倒生生截断他一腔打算。她没话找话，真是哪里有美女哪儿就有你，看你跟石老师聊得热乎啊！

石老师啊，林少霆坐下长聊。原来她毕业于上海师范学院，因为没背景在上海实在找不到学校就职。后来听说有政策，在希望小学工作两年以上，教委负责给在上海市内学校分配一个教师职位，这就单枪匹马来了。跟男朋友一直书信、电话往来，渐渐也就淡了。她就住在后面那所小屋里，两年已经过了，可是她却再也离不开这些孩子。她恐怕回到上海会活得像个傻瓜，也许将来找个当地人就嫁了，号称新一代知青。

小满的泪水砸在地上是大个大个的水点，弄得林少霆不知所措，我都跟她说了，得找个帅的，必须是当地最帅的。

她一抹眼泪，这里就你最帅，要不把你留下来吧！

你怎么这么容易就把我放弃了？林少霆话一出口，就把沉默拉了过来。

柴晴从后面跳出来，哟呵，怎么把我们苏大公主弄哭了？

应该我哭才对啊，刚才她说要把我扔这儿呢。

柴晴顺势搂上林少霆胳膊坐下，娇嗔道：我怎么舍得，怎么肯！

好吧，那就把你俩都留这儿卿卿我我吧！小满做可爱状起身跳开，笑容骤然消逝。林少霆眼角眉梢的玩世不恭瞬间老了，洒落于地。

苏小满没走几步又遇见小熟人——阿玲弟弟，他藏在墙后，好似藏猫猫，她也就蹑手蹑脚凑了过去。他却紧张地“嘘”，原来墙外是 Mary，正对着吴志雄训话，声音虽低却极为严厉。这些打印废纸都是公司阿姨定期统一销毁的，因为什么，因为我们城里人更浪费，是吗？

吴志雄沮丧低头，对不起，我只是觉得太可惜。

可惜？Mary 冷笑，你到底明白不明白我们为什么要集中销毁？因为里面有很多是报价单，是演讲材料，是机密。

您能否网开一面……别公开。吴志雄的恳求却招致 Mary 的毅然拒绝，他开启干涩的嘴唇，脑袋垂得更低，我们夫妇已经够背运了，她因为怀孕改做秘书，我因为一纸上海户口委身成为蓝领工人。住的房子是吊死过人的，午餐只挑苍蝇馆子，怕人发现不惜走好远的路。现在再被您点名通报，叫我们还有什么颜面在这个公司混下去……

Mary 在他的哽咽中长久缄默，再提气说话却越发坚硬。背运？见人就说你有多苦逼，说久了就一定成为公司里最苦逼的那一个！苦逼久了还找不到解决方法，只能说明你不是智商有问题就是情商有缺陷。秘书怎么了，秘书在公司里嗓门最大，因为跟老大最熟络，熟人好办事懂吗？让你家阿玲别一副死气沉沉的样子，混了那么久还没人记得她的英文名。至于你，不论职位还是上海户口，都是你自己的选择，选了就得认命，坚持做下去！谁告诉你那叫蓝领工人，战果不是乐呵呵地做着？如果没有你们团队，那些贵得要死的机器一宕机怎么办？重换新的吗？上次宕机可是从国外打飞的请专家来修的，多少费用？有能耐你也成为这种专家！她一口气打完机关枪，吴志雄并未倒地反倒挺直了腰板。Mary 声音缓和了不少，死过人的房子又怎么了？实习生中有几个人成家立业，租房生子？你不骄傲，反倒成天唧唧歪歪酸啾啾的样子，哪点像个男人!？至于这些本子，赶紧叫你弟弟藏起来。

阿玲弟弟冲了出去，你别骂我姐夫，是我要的。现在统统还给你！

小满也只能跟出来，Mary，我也说两句。很多打印废纸都只是打印人的姓名，这一大张纸张就是个名字而已，实在太浪费。我建议把这种纸张留下来，或者以后跟公司建议，把打印程序修改下，取消这种封面纸。

Mary想了想，你帮忙将封面纸留下来装订，其他的统统碎掉。别让任何人发现，以免留下话柄。她转身要走，又停步回头，拜托你们不要那么幼稚，这个社会等着看你犯错的人多着呢！

志愿者要走了，孩子们围在校门送别。阿玲的弟弟挤出来，你们还会再来吗？石老师扯扯他，示意别乱讲话。的确是个不好回答的问题，Mary不敢保证，小满倒口快，手指敲着硬皮笔记本，当然，这么多东西下次要带来呢！我是公司志愿者，会请领导批复再购买些你们急需的学习生活用品送来。

Mary不自然地嗯啊，叫苦不迭。阿玲弟弟从身后拿出一朵狗尾巴草编的花朵，递给小满。季节不对，狗尾巴草都枯萎了，否则很好看呢！石老师解释。更多孩子从身后拿出他们编的花朵，它们在微风中摇头晃脑，代替了所有的语言和客套，令告别简单而隽永。

在长满杂草的路边，大巴士缓缓停车，放下苏小满。她告诉自己右拐一百米外是个公交站，可以转车。就这样佯装镇定挥别一车人，迈步走在无人的乡间小道。大巴士起步没多久又戛然而止，林少霆蹦下车。坐在巴士中段的柴晴从假寐中睁开眼睛，她咬着下唇重新闭上眼，泪下两行。

时至傍晚，小满已经转两趟车，背着小双肩包在这个知名水乡转悠开来。而林少霆则两手空空远远跟随。她坐在路边在本子上画钢笔素描，拍下来发在微信朋友圈。林少霆则用手机远远拍下她的一举一动，一笔一画。

武越刷微信，看画面上是巷子里的孩子的背影，上面配字："傍晚，邻家的炒菜味传了出来，顿时饿了！放学的孩子玩疯了，他们相互道别，奔向各自的家，小书包在后背颠啊颠，风一般的童年。"

武越不禁神游至自己儿时，却被哼唧声拽回来。

话得从教授小笼包那天，武越接到来自房东太太的电话，她五十好几，用上海话一阵嘀咕，武越就冲了出去，骑单车闯了几个红灯，风也似的冲进医院急诊室，看医生正在缝针，武天天咬牙含着泪，直到武越抓住他的手，眼泪才狂涌而至。

武越抓住这双小小的手，想起那夜拒绝了Edward的钥匙，拉弟弟走进夜色，走进一家洗浴中心，在那里给武天天泡了洗，洗了泡，把两个来月的污渍发狠蹭掉。武天天被蹭得浑身通红，终于昏昏地睡去。武越则坐在洗浴中心的木地板上，度过了一个不眠之夜。第二天他在老里弄石库房租了个亭子间，它是位于灶披间之上、晒台之下的空间，高度两米左右，面积六七平方米，老早的时候大多用作堆放杂物，或者居住佣人。他推开房门，看里面虽然杂乱昏暗，到底是个家，最主要是房东太太答应偶尔看护孩子。

谁知意外那么快便发生了，因为她的明文规定——白天不许开灯。武天天就这样摸黑摔了一跤，额头狠狠撞在墙拐角，一个需要缝十针的大口子。武越抱着弟弟，让医生把最后几针缝好。针似乎穿行在他自己额头肤肌，疼得他把下唇咬出血来，血腥味如此刻骨，醒脑，他告诉自己要好起来，必须要快点好起来！

从这天开始，房东太太网开一面允许白天开灯了，武天天却变得非常黏人。这绝不是另一个游戏，弟弟明白，哥哥也编不下去。一切都太不好玩了，没人有心情玩下去。武越就这样陪着武天天在这个亭子间昏睡了一整天，直到刷出小满的晒图。

她又发了条微信，画着水乡桥头，一个男孩子坐在桥中央石头护栏上面，晃着双脚。她写道："夜色越发浓了，这是谁家的孩子，怎么还不回家？他望着远方，仿佛远方有什么似的。我看了看，只有愈加浓烈的夜色。"

夜色中分明是儿时的武越。母亲住院后，他常这样坐在桥中央望向远方，晃着腿，不言不语。其实远方有一条路，父亲会骑着单车将母亲接回，在家偶住两日，他俩小小又模糊的身影一经过，他会从桥上跑过去，几百米的距离冲过去。后来父亲的自行车单独地去，单独地回，武越跑过去，又跑回来。再后来，母亲病故，父亲的单车再也不需要经过那条路，他也长大了，就不再望向远方心存期待。

这夜，小满才在水边客栈住下，狂风暴雨就至。可是才盖好被子却停电了，她一声尖叫，连忙盖住头，闷着自己哆哆嗦嗦发了条微信。

住在对面客栈的林少霆看到微信赶紧冲出门去。虽然过街没几步，他还是被淋了个透。他想敲开她的房门，手停在那里，还是放弃转身。再回来，他手上多了把钥匙，打开隔壁房间。他摸黑拨通了她的电话，你在哪儿呢？

还能在哪儿，家呗。她故作镇定。

林少霆不禁好笑，真的吗？你那儿没断电？

小满愣了愣，出了哭腔，你怎么知道？大风大雨的还停电，吓死人了！

别怕，我就在你隔壁房间，你一招呼，我分分钟冲进去。她如何肯信，他又道：你微信上不是说"我的上帝啊，快来帮帮我"！我就来了。你也知道，我那么喜欢装上帝。

你怎么可能知道我住哪个客栈？不聊了，手机马上没电了，又无法充电……

等等！我敲敲墙，你若听见，便知道是我了！

小满果然听见咚咚的敲墙声，她爬起身靠在墙边，心一暖嘴便竟无法成句。她也敲敲自己这边的墙，听见他电话里叫：收到收到，这算接上头了吧？然后电话就没电了。他俩就这样微笑靠在墙上，你敲两下，我敲三下，四下，五下……来来回回，直到数不过来，才各自上床睡了。

武越半夜突然醒来，看见小满的朋友圈留言，一个激灵爬起身，电话打过去，却是关机状态。

次日清晨风和日丽，好像刻意抹煞昨夜记忆。两人各自洗漱后，走上洒满阳光的水乡石板路，反倒无语。小满怕他问"现在去哪里"，林少霆怕她说"我一个人行"。这是一所初中，因为周末而大门紧锁。林少霆环顾四周，把小满拉至一堵围墙处，指着几块垫砖，看，这里肯定是个突破点，我推你爬进去。小满才翻过去就失声尖叫，林少霆一慌也快速翻过去。他俩都没料到，对面地面更低，所以二人都摔得全身酸痛，躺在杂草地上哼唧了半天，相视反倒大笑，停不下来。天空透蓝如涤，云朵萌萌飘过，耳畔虫鸣鸟叫远远近近，无法辨别。他俩胳膊枕着头都不舍得起身。

小满想：初中时代的武越是不是这样躺在墙下，衔草望天？

林少霆想：什么令她如此陶醉，是我吗？为何不是我？

他俩走过一个又一个教室，当然并不能找到武越的身影。他都明白，她也就不需解释。最后他俩费了很大努力原路爬出围墙，顾不上午饭，又往武越的小学走去，乘保安没注意，二人偷偷溜了进去，直奔操场。小满把包扔进草丛跑两圈，她相信风还是当年的风，还留有武越的步伐，那么她跑起来也就可以同步。林少霆并不明白，只坐在杂草间看她愉快地奔跑，她必定心存执念，且越行越远。待她跑到气喘吁吁挪不动步的时候，突然很想找个地方哭一下，于是顺势奔向跑道外的秋千，将自己荡起来，把泪水甩在空中，身体才会飞扬。

莉香的探访并不轻松，如果完治并不在乎。

这时她感到身后的助力，秋千被甩得更高，天也近了，随时可以反转过来，她不再想哭，而是尖叫和大笑起来。林少霆是带给她笑声的人，她一直知道。

此时已是下午两点，两个秋千吱吱嘎嘎起起伏伏，笑声随风飘散，他俩谁都没发现十米外站着两个人，一高一矮，止步喘息，汗水默然下落。是的，他们正是武越和武天天，因为一夜打不通苏小满的电话，天没亮他就扛着弟弟赶往高铁站。所幸水乡不大，按照她给的线索也就找到这里，却看到这样一副和谐景象。就在他准备转身而去的时候，小满终于看见了武越，从高飞的秋千上跳下来，膝盖着地，疼痛的大叫声暂时止住武越的脚步。她一瘸一拐追至跟前，拽住武越胳膊，眼睛却望向林少霆。

林少霆叹了口气，不是你想的那种。难得有机会充当上帝，你想啊，我肯定不会轻易放弃！你不也一样奔过来了吗？只可惜晚了，还是做了个顺风英雄……

小满回手一拳捣在林少霆胸口，林少霆“哎哟”一声，做吐血状。在想象中，他真真实实已肋骨断裂到疼痛倒地，满口血腥。

武越点了点头，我还有事，你们请便。小满看着他长袖T恤背面已被汗水浸透，他手拉的男孩还在回头，再次回头。他是谁，怎么如此眼熟。

38. 又一记耳光

战果见经理只身走进小会议室，就迅速拎一纸箱大闸蟹跟过去。可才推开门就傻了眼，里面不光有经理，还有吴志雄。两人同时抬起头，又同时把目光投向他手上的盒子，盒子上赫然几个大字——“阳澄湖大闸蟹”。

战果脑子飞转，还是硬着头皮走进去，将纸箱搁在老板脚跟下，这是您托我买的。他又从兜里掏出些零钱，这是找零。

经理这才醒悟过来，“哦”了两句。

战果回到自己座位，兀自抹了把额头上的汗，不一会儿手机响起，是经理发来的短信：“谢了！你小子反应不是一般的快！”战果得意地笑了。可是不久，吴志雄另一条短信发过来：“溜须拍马真有一套。”战果尴尬至极。

从水乡回来，林少霆受了寒，破天荒在家焐了两天。这一趟也就定了心，他决定把苏小满叫出来说清楚，说什么，他也不知道，说我加了你微信才知道，你很早就认识我了，早到我飙车那天。你说照片里的车子都“rou rou rou”飙过去了。那时候他俩会相视大笑，然后猛然静下来吧？他会望着她的眼睛，说：你先认识的人——一直，是我！可是，直到二人吃好饭，车子开到办公楼下，小满解开安全带，他都未能开口。

她推开车门，看见车门外双臂交叉抱在胸前的柴晴，眼底寒冷令小满凭空打了个寒颤，连忙解释：林少霆满公司找你，可是你不在。

柴晴婀娜俯身，饿死了，林少霆带我去吃夜宵吧！

林少霆从车头绕过来，递给小满一件外套。小满接过，顺势轰他们走。他却毅然摇头，缓缓拉开柴晴才刚挎上来缠绕的手。小满越发着急要撤，却被他一把扣住手腕，吓得浑身剧烈一抖，愕然站定。林少霆做了个深呼吸，既然大家都在，我不妨把话说明白。

不要！两个女生齐时大叫。

小满慌乱无比，小步倒腾着向后退，没什么可说的，所以，什么都别说！林少霆眼中的火苗分明在熄灭，令人隐约心疼，她一转身决意走向大堂，额头却“嘣噔”一声狠狠撞在关闭的玻璃门上。她必须强装镇定，忍痛回头安慰，我很好，我绝对肯定没问题。

林少霆看她晕晕乎乎走向大堂，思绪飞回飞机上的初见，直至她从眼前消失，他气恼地抓住柴晴胳膊，生硬地塞进副驾驶，一踩油门，改装车呼啸而去。车疾如风，于高架上左右穿梭，柴晴劝也劝不住，只看他置若罔闻，冷冻的火山却随时可能爆发。

林少霆终于将车泊在少人的路边，刚才带你飙车，过瘾吗？我为什么回国，就是因为在美国飙车，被我爸抓到把柄。

柴晴生硬接话：你想说什么？

几个月前小满的微信朋友圈里有一条信息，说照片里的车子都“rou rou rou”飙过去了。你还记得吗？

柴晴冷哼了句，我记她微信干吗！

可是我记得，因为那个时间、那个地点，那个 rou 过去的车里就是我！

柴晴愣了下，转而不屑，干吗？跟我讲缘分啊，你土不土啊！没听过这句话吗？男人若有钱，跟任何女人都可以有缘分。

接下去她又发了条微信，说感觉不再爱了，居然被一岁小男生偷袭！被偷袭的时候，她就在我一米开外。

So？就算你第一眼看见她，她第一眼看见的人却永远是武越，不是你！

一句话如同重锤，瞬间击碎了林少霆眼前一切镜像。玻璃碴子齐飞，分明在他脸上凌厉划过，留下无数血道子。于是他突然颓了，慢慢，却恢复了不羁笑意，那又怎样？没什么永远，我会证明给你看。

柴晴怒了，她有什么好，长相、身材，哪样比得过我！

她懂我。

她懂你什么？

比如这辆车，她明白我的心意。你只说花里胡哨，哪有保时捷帅。

柴晴嚷起来：我哪个字说错了！我不过是不屑像她处处伪装出善解人意的丑态。

她的善解人意是骨子里的。她是你最好的朋友，你怎能这样说她？

最好的朋友？最好的朋友会跟我抢男友吗？如果不是她站在咱俩中间，我根本不需要自编自演那出上床戏！

林少霆愣了，好半天才反应过来，我就知道，男人做没做哪有断片的可能！

柴晴意识到自己说漏嘴了，有些后悔，那是她逼的！

你错了，像你说的，她第一眼看见的人永远是武越，不是我。可是，我是真的很喜欢她。林少霆拿起二人中间的小车模，仿佛这辆车子，她一直给我温暖的感觉。所以，我一定要追她到底。

盛怒下的柴晴却一把夺过车模，扔到车外。林少霆冲出驾驶室，跑向那辆被砸成三瓣的车模，跪在地上，努力将它们组装在一起。怒火燃至胸口，将泪水挤至眼眶，他压抑着大吼一个字：滚！

武越独自一人跑在城市绿地，他越跑越慢，到底停下脚步，双手扶在大腿上，大口喘气。谁都猜不到他停下脚步的原因，可是，这个原因把他吓到了。这么些年，在孤独的奔跑中，陪伴左右的除了美妙的音乐，就是空旷的思维，或者儿时的回忆。可是最近，却换成了另一个女主角。这，着实把他吓到了。

武越掏出手机，把微信签名改成："你是我的内啡肽。"这举止太不武越了，他打算删除，手机却没电了。

苏小满惊喜地从座位上跳了起来，突然捂住额头，唉哟，疼死了！

张江百度条内输入"内啡肽"，点搜索。看罢文字介绍，他抬头望向不远处的小满，再朝更远处林少霆的位置暗自摇头，人家这都内啥啥了，林少霆你也整点啥？

柴晴一个人漫无目的地走在街头，细高跟曼妙却折磨脚。她干脆脱掉鞋子，踩在地上，脚底越发生疼，也就走得跌跌撞撞。她发狠撇掉鞋子，眼泪疯涌，都是假的，说你有多假就有多假！

林少霆将改装车停在小学校门口。他按下车窗，思绪回到六岁那年。

那天，妈妈蹲下身，递给自己一个铁皮小汽车。他兴高采烈地拿着端详，却被妈妈一把死死抱住，什么都不说，只默默地流泪。他总算觉得有些不对头，妈妈却只说要去美国洛杉矶外婆和姨妈家，让他等放假再来。

你要去多久？上课铃响，他问，你什么时候回来？

妈妈回答不了，只能默默流泪，去上课吧。

他边跑向教室边回望妈妈，铁皮小汽车掉在地上，被自己踩了一脚，略扁，自己也狠狠摔了一跤。他沮丧地哭了，回头再看，妈妈已经不在。

林少霆抹了一把泪，自嘲地笑，铁皮小汽车！林少霆在六岁的时候踩扁了一辆铁皮小汽车，他哭过，又学会装作无所谓。可是谁知道，后来，这件事还是以各种诡异的方式又回来了。

一个头发花白的老太太穿着朴实，她跟在秘书 Nancy 身后，小心翼翼地四处打量。周遭投来的异样目光令她迅速收起自己的目光，就这样低头跟着，慢慢走到冯峥峥座位前。儿啊，咱们走吧！

保安部经理将一个纸盒递给母亲，手续都办好了，相应的赔偿已经跟冯峥峥解释过。

冯峥峥母亲不断点头，谢谢组织，谢谢公司，谢谢大家。

全公司都静止了，只有三个身影慢慢挪出办公室。

在公司大楼下车水马龙的街边，小满和柴晴二人面对而立，空气紧绷如弦，稍有疾风便奏劲雨。小满先开口：再问你最后一次，那件事是不是你做的？

柴晴不耐，愿信不信，没空陪你论理。

小满拉住她，嚷道：你知道吗？她是个十四岁考入重点大学，本硕连读的女孩子，是一个家庭的骄傲，是一个家族的信念。就在她迈出公司那步，所有一切都倒塌了！

是，她曾经是所有人的骄傲。可是后来，没人拦得住她改变。她已经不是以前那个她了，她是个小三，破坏别人家庭的小三啊！你看到二级老板的老婆了，看见她双胞胎孩子了吗？

谁都不知道内情，又是谁的对与错。

哈，真轻松！她只顾自己的感受，置一个家庭于不顾，就是这下场，早晚的事情。我们今天帮她瞒天过海，明天她还会一样，也许是更过分的事情，她就是那种被自信冲昏了头脑的少年大学生嘛！

小满有些哽咽，你怎么忍心看她妈妈一步一个心碎地走出公司？

柴晴冷冷道：她正好反省下，除了教孩子读书，有没有教孩子怎么做人！

小满一个耳光狠狠扇在柴晴脸上，你做得那么错，那么绝情，那么卑鄙，却还那么理直气壮！她一字一句，自己的眼泪倒先窸窸窣窣流淌下来。

柴晴懵了，她突然一个耳光还过去，真以为你是公主呢，永远握着最好的，武越你也要，林少霆也不放，留着慢慢挑是吧？最卑鄙无耻的其实是你！偏偏还装出一副清高清纯模样，你就做你伪善的好人、善良的人、完美的人吧！我看你装到哪一天！

柴晴甩手走了，留小满一人站在湍流行人中，泪奔。她恍惚踱入“传奇”，找个角落继续流了几行泪，喝了杯咖啡，发了会儿呆。这时候店里没什么人，只有一个四十多岁男人抱手看着电视，正是老徐，“传奇”老板。小姑娘，我猜你是 NBI 公司的吧。

不难猜啊，来这儿的基本都是 NBI 人。

NBI 这么清闲？

小满故作神秘，你肯定不相信，我今天跟人打架了，还是我先动的手。

老徐仔细打量了下她，干吗不信？你若动手一定不是小事，是被触及底线了。

一句话，她的眼泪重又席卷，你这人真是的，我本来还有些惭愧、自责，这会儿又消失得一干二净了！

老徐笑了，认识一下，我是老徐！

她伸手相握，我是苏小满，实验室里做的。你哪个部门的？

老徐愣了下，NBI 老销售，现在出来混了。

既然是老销售，你肯定知道这里的“传奇”故事，就是这张巨幅照片的由来，这个神秘女人。

老徐望向这幅照片，你相信一见钟情还是日久生情？

都信。

哪一种会发生在你身上？

她略一思忖，不禁沮丧。

复杂了，我不问。

她也乐了，别跑题啊！

好，就说这个神秘女人。老徐幽幽地吸了口烟，吐出个令人惊艳的烟圈，眼神也走进余烟袅袅。当年店主还并非店主。大年三十那天，他一个人在上海过年，没什么地方可去，就在这跟家一样熟悉的“传奇”里边看电视边杀时间。那一天街上没几位游神，可偏巧走进个长发女人，她明显毫无目的，喝着茶望向街头飞雪。老店主急得挠心，真想关店回家，只好将钥匙交与老熟人，也就是后来这位店主，随其吃喝，记得关门关电便是。你猜发生了什么？他突然问。

两人聊起来？要么继续观望？女人该不会马上离开吧？

这时门上铃铛“叮咚”响起，几个实习生走了进来。

见老徐止声，小满意犹未尽，你别走啊，还没说完呢！

老徐故作神秘，小声道：To be continued（下次再续），如果下次单独遇见。

她望着他的背影，你不会就是后任店主吧？

老徐并未回头，只挥挥手，拿起电脑包走出“传奇”。

战果跑过来，上下左右端详苏小满，没破相，对方算是手下留情了。

武越走到公司一个角落，看了四下无人，拨出张蕾蕾的电话：你不是管我要一个大新闻吗？

张蕾蕾皱着眉头听完，这也算大新闻？

给你几个关键词：NBI，高层当事人，雇佣矛盾，精神状态堪忧和……性骚扰。

39. Fiona

人物，一位重要人物，据说是 TXC 被合并进 NBI 后，被派来负责旷达软件包的资深销售。任千秋似有芥蒂，事先声明，你们两个实习生继续支持我们硬件包。林少霆和武越坐在长桌对面，冷冷相望。

武越悄言：你那么喜欢扮上帝？

林少霆一耸肩，淡淡地笑了，Why not？

凭什么？

凭我在乎。

哈，武越冷哼，酸不酸，再往下说就得是心的呼唤了。

林少霆笑了，Who cares？

说话间香风先至。她是个瘦高的时髦女郎，画着精致的妆，服装和包包都透着高级感和大气场，令四座收声。她眼光流转，迅速定位任千秋。任老大，不公平啊，硬件包都有实习生支持，怎么到我们软件包就没人支持了！

任千秋笑了，没来得及找人呢！

那么实习生是？

Fiona，我跟你介绍下，武越和林少霆。

都是小鲜肉呢！这个叫 Fiona 的女人撅起嘴，任性撒娇，我不找其他人，就要借他们其中一个！

武越马上举手，我帮你！

一屋子人讶异地望向武越，林少霆不禁大叫：明明是我的风格，你们说他什么意思嘛！

笑声中，Fiona 仔细打量武越，要我说，他不光识时务，更识美女啊！

下班后，林少霆、苏小满和张江三人开车来到罗斯福楼顶咖啡屋色戒，边等候边聊天。浦江两岸，新老建筑交相辉映。轮船开过，汽笛响起，悠扬持久可以穿透历史古今。

林少霆打趣，今天是什么日子，你和武越都把本性展露无遗。

我什么本性？

正义感。

张江双手举起一杯白水，来，走一个！我敬你是条汉子！

汉子打了你家女神！

女神不也回击了吗？没吃亏我就不干预了！

嘿，林少霆大着嗓门，你倒是干预下试试。

三个人都笑了。小满又问：武越又是什么事儿？

传说中合并过来软件公司 TXC 人终于进项目了。人未到，香风和娇笑先飘进来，带着各种高级感和女性魅力秒杀全场。

张江流着哈喇子，不是吧，公司里还有这样一号人物！

小满清清嗓子，这跟武越有什么关系？

没等我展示魅力，他就抢着表态，表示愿随她服务软件，把个任老大别扭坏了。

小满心里酸溜溜的，你就打趣他吧。

林少霆正色强调，真事儿，人品大暴晒。

这时苏教授朋友的下属来了，由于他老板出差，委托他全权负责这个项目。张江忙把电脑支起来。

待三人回到改装车内，都发了蔫儿。对方明显对产品并无太大兴致，三人一合计，将界面、操作便利度、市场、目标客户挨个分析下去。最后还是定论在今天的调子上，一切显得过于随意和小儿科，如何能说服大笔天使投资呢！这么一想也就豁然开朗，他们准备照着 NBI 的文档依葫芦画瓢，无论 PPT 还是打印资料，都做成中文英文两个版本，既高档又专业感十足。

车子行驶中，林少霆试探地问副驾驶座上的小满：准备断交了？

她不语。后座的张江赶过来：能不断吗？江湖上传二人街头大打出手，互相扇耳刮子，左一个右一个，眼泪鼻涕乱飞，场面一片狼藉。

小满大笑，比这还惨烈呢，头发都被抓下一大把了！没看我发型都变了，就为了盖那一处！

林少霆突然急刹车，转头伸手去抓她的头发来看！后面的车子接二连三急刹车，乱按喇叭。小满磕巴了，开……开玩笑的呀！

张江突然意识到什么似的，哦……你们两个人……

小满指向前方，转弯就到了，不跟你们瞎掰！车子停在合租房楼下，她从车上往下搬书，全是大部头，不好意思，你的车子又被我利用了一次……话一出口柴晴的声音又回荡耳畔，脸上的笑容亦嗖然消逝。

回去不会再跟柴晴接着干架吧？要不我们送你进屋？林少霆探出头来。

小满疲倦一笑，摇头，心下却并不那么肯定。

改装车缓缓行驶，张江问：是不是有点对不住武越啊？

林少霆冷冷道：他是我兄弟吗？

那是不是有点对不住柴晴啊？

她是我女朋友吗？看张江还在犹豫，少霆乐了，反正最对得住就是你了，这下你追柴晴就便利多了！

张江认真寻思了下，我追她跟你无关，纯属个人兴趣爱好，即便当上你女朋友，我但追无妨。

林少霆哭笑不得，兄弟，让我咋夸你是好！

虽然重荷在手，苏小满依旧拖着脚步踯躅夜色。武越从阴影处走出，接过她的书。他低缓的语调和担忧的眼神在她内心恣意流淌兜转，转过青山还有绿水，摇起衣襟袖口春意缠绵。她幽幽道：她彻底把我惹恼，让我绝望了。

他却瞬间缄默，再开口嘴皮已经艰于开启，他说：如果有一天，我也把你惹恼，让你绝望了呢？

她愣了，会吗？面对她的提问，武越站不下去，将书重新递还给她，似乎可以转移某种压负。她接过，心情果然沉重起来。她大喊了句：等等！然后，她对着一米外武越缓缓回转的面容，终于可以鼓足勇气，挂上30%那种美好的笑容，你既然如此关心我，想来也是喜欢我的，为什么不能问我一句——做我女朋友好吗？

夜如此静，枝丫与清风纷纷探头，连草棵里的小虫也止住了碎叫，时光就如此静谧地发酵着期待。其实他只需要重复她最后七个字就可以，不艰不难，顺风顺水，可是，他偏偏低下头，说：我……现在还做不到。

那什么时候能？为什么现在不能？是不够喜欢我吗？

他摇摇头，眼前浮现出自己推向苏教授那张皱巴巴的A4纸。

她不甘心，关于6.5次相遇，我看到了你的回复。你说"你肯定不相信，我猜出来了"。你到说说到底猜出了什么？猜对了，你就赖不掉。

赖不掉什么？

赖不掉对我的喜欢。

武越笑了笑，心疼地看着她，悠悠地：我当然喜欢你，我有多喜欢你啊，你怎么会明白。

她霎时酸了鼻子。短短的几天，第一次在机场看他跃进保时捷，第二次台上座谈，灯光那时亮起，第三次，他们二人移动桌子，目光往一个方向粘连，第四次在夜店，男朋友的白衬衣递过来，第五次……她从包里掏出一张纸条，每次动摇的时候，我就拿出它，看看你的回复，告诉自己，一切并非错觉。那让我来问你，你可以做我的男朋友吗？很多次，在"传奇"，我都想把玻璃砸开，取出玫瑰送给你，难道……你真的希望由我动手吗？

武越低头无语。

小满等了太久，等到全身冰冷彻骨。我……可以等你，不等候怎么知道我有多坚强？又能坚强地等到什么时候。其实我一直没告诉你，我有一张加利福尼亚大学洛杉矶分校的研究生OFFER，一年有效期。如果等不到你，我就……走了。她跌跌撞撞地走了，一步一步落空，一次又一次被掏空。

小满推开门，几个大部头书噼里啪啦掉落在地。她呆坐在沙发上泪水汹涌而至，不知多久才意识到并未开灯。灯一亮，她的目光就落在椅背两件衣服上。她习惯性地找出剪刀，一点一点挑线剪去领标，却恍然自嘲，现在的她还在乎这些吗？

柴晴回家看厅里亮着灯就知道小满在家，而卧室门紧闭着。她将几小盒水果扔在餐桌上，负气地嘀咕着：你吃草莓起红疹，吃芒果香肠嘴，好嘛，我陪你四年不买，不吃！现在我一个人吃个够！我现在就吃，馋死你！

这时她的目光落在了桌子两个衣服领标，眼前却浮现出大学一幕。那天，苏小满宿舍床上堆满了拎袋，她一个人拿着剪刀忙着剪领标。柴晴抓起来看，都是些大牌，干吗剪掉？小满不自然地笑了，当然是因为硌脖子。

柴晴狠狠甩掉手上两个领标，眼睛红了，嘴上却依旧坚硬：虚伪，撒谎！假好人，谁稀罕！

摄像机才出现在公司门口，保安就绷紧了职业神经，举起警棍把张蕾蕾等人往外轰。可他们是闭门羹里混出来的，一句“在拍，别乱说话，恐怕饭碗不保”就把两个五大三粗的保安打发了。相比之下安全部经理明显经过正规职业训练，她平静地请摄像师先回避才肯交谈。当会议室里只剩下她跟张蕾蕾二人，她先一言定性：冯峥峥事件是在平和友好的氛围下解决的，双方对这个结果都很满意，我不认为有报道的必要。

张蕾蕾笑了，不屑之意，事件处理结果明显偏向男方，怎么谈得上满意。

女方的精神状态的确不适合在公司工作，她父母也表示理解和认同，他们也不放心她一个人在公司，何况还有出差的安排。所以女方父母自己主动提议离开公司。

可以理解为爱女心切，估计她父母并不很有社会和法律经验，并不明白如何保护自身权益。

安全经理看了下手机打算尽快结束这场谈话，情况就是这样，如果没其他问题，还是请回吧。

既然贵公司已经秉承公正的原则处理，也不怕我报道事实真相。

既然你执意要采访，我就通知市场部一起来谈。安全部经理略一沉吟，拨通了分机，全程礼貌又坚硬。

“传奇”里的实习生当然不会错过这场关于采访的八卦，却不知细节。战果带来一个好消息，今年实习生结业PK大会安排在昆明。据说以前就是北上广三个地方来回倒腾，再以前会更令人激动，比如在香港、台湾、东南亚。

就在实习生欢呼沸腾的时候，宁大齐懒懒打岔：对于排在后20%的实习生也算是个安慰吧，好好玩一趟回来就可以辞职打包了。一句话冻结全场，众人霎时没了心肠。

林少霆乐了，真有比我还不会说话的人。

你跟他不同，你心好嘴贱，当作耍帅利器。小满心不在焉地看见柴晴走进“传奇”，身后竟跟着大肚子阿玲。

你不带这样的，居然比我更了解他，叫我这个兄弟在哪里插足啊！张江正要挤进二人之间的位置，眼角余光却瞥见柴晴，连忙后退一大步，苏小满同学，你知道我很难做的，原谅我与你阶段性划清界限。

小满也就起身离开，好好，你在这里以绝望的姿态表态吧。张江想再凑到柴晴跟前，被她冷冷一个眼神拦住，他不会知道柴晴有一肚子话要交代阿玲，没空跟他打趣。她要用一只小老鼠撼动一头大象，自己不动手。对，她就要这个效果。而大象自然是Nancy。

林少霆跟着小满前后脚出来，门一开冷气便袭来，他拉住她胳膊，摘下围巾轻轻绕上她的脖子。小满心中一颤，我以前努力撮合你和柴晴，可是……也许并不合适。

柴晴告诉我了，那夜情是假的，其实什么都没有发生。

何苦？

没有安全感吧。

小满不禁苦笑，如果我说可怜她，肯定会被她左右开弓大嘴巴子伺候。

林少霆笑笑，笑容却瞬间淡去，其实想到这儿，他随即原谅了她。同命相怜吧，他与她都在努力找寻安全感，只是她极端了些。他笨拙地做了个“很高兴认识你”的哑语手势，我做得还行吧？

别对我那么好，我怕你会失望。小满咬了下下唇，将围巾从脖子上摘下来，戴回他脖颈，认真做了一个“很高兴认识你”的哑语手势，便转身离开。林少霆在初秋的落叶寒风里自嘲微笑，打了个寒战。

街对面，Nancy和Catherine相视一笑，结束手机录像。

40. 无节操、无底线

NBI一言堂早已令旷达极其不爽，这次就算打定主意买咱们产品，也得让NBI难受得脱成皮。这不就是公开招标的意义吗？任千秋此言令武越心中一震。标书尚未出来，他已经有了行动，就是从硬件“反应速度”上影响客户，当旷达把这个硬性指标加进标书，也就等于NBI以其强大的性能，变相剔除掉部分小竞争对手。此举甚高，未见战场，已经打赢了预赛。武越听罢，不寒而栗。

至于软件包，Fiona果然一语说中武越痛点，她说：我的建议就是限制那些中小厂商，别看他们没什么规模，服务态度极好，无节操、无底线提供超级订制，对我们这种强大的软件一样具有巨大冲击力。

众人哄笑中，任千秋冷静思索，你整理下，给我一个其他厂家不具备的功能指数来。其他的就交给我。

苏教授缓缓注水，涮杯，再倒，一口喝尽。无节操、无底线。他细细思忖，仰头长笑，令对面的武越不免尴尬。他其实并不介意Fiona的评价，这正是我们的巨大优势，我们的强大之处，也正是令NBI害怕的地方。不是只有NBI可以在这个环节上发力，我们也可以。

武越略有不安，那您……准备？

苏教授笑了笑，作为国产中小软件公司，在投标中的确处于劣势。不过这么些年，我也研究出一套自我保护的办法，即标书中一行字——“若采用国产中小企业软件，可享受政府津贴。”这是明文规定，可是写不写出来差别就大了。这下对我有些信心了吗？你也喝啊，这普洱可是十五年以上的古树台地茶，醇香回甘，小满都没尝过。

张蕾蕾带领一行人走上昏暗的楼梯，开门的是个头发花白的老太太，她满眼惶恐，正是冯峥峥母亲。安置灯光的当儿，她惴惴然抓住张蕾蕾的手，姑娘啊，我们其实对公司没啥意见。他们还发了一笔派遣费，咱们不能不知好歹是吧？可是我恨他这个台湾老板，这个你得仔细说说。

张蕾蕾掰开她的手，放心，我们都会据实报道。

采访过程中，有人用钥匙打开门，正是素颜的冯峥峥。她无精打采走进屋，表情跟头发一般凌乱。一屋目光顿时齐刷刷指向她，她连忙用手遮住强烈灯光，惊恐不已。张蕾蕾手持话筒快速跟进，不用害怕，我们只是就你在NBI遭遇的不公平待遇采访一下。你能……不等她说完，冯峥峥就一猛劲拨开她冲过去，推开灯光，拉起母亲就跑。现场大乱，摄影师一路跟拍。

武越跟着Fiona，果然被“用”到很晚，各种文档资料很费时间，加上她对页面的唯美要求，倒是令武越在PPT技巧上急速增长。这晚，Fiona结束了当天工作，顺势提议去酒吧喝两杯，没等他犹豫着如何拒绝，她已经用“好受伤”撒起了娇。这是个安静的酒吧，某五星酒店的大堂一角，晦暗的灯光，暧昧的音乐，并未扰乱武越的思绪，他依旧是那个好学的实习生，TXC的软件真有什么技术指数可以独特到打倒其他软件公司？

Fiona凑过身子，眼底弥漫着挑逗的分子，咱们是TXC啊，何况是被NBI合并的TXC！

武越忍不住向后一倒，那会是什么？

怎么比任老大还急，他还没催我呢！

武越自知突兀，好奇而已，TXC到底强大在哪里？

Fiona再次开始用上“好受伤”这招，难道我这样一张脸只能唤醒你工作的热情吗？

武越暗自失望，酒中无物，此晚注定颗粒无收。思忖间，一杯烈酒已被她灌下。

而此刻的苏小满则鬼使神差地走到跟武越同擦的那扇窗前，窗里Mary和Edward卿卿我我，黏黏糊糊，好比自己喝的那杯热巧克力。在NBI忙起来，她跟武越都淡了这里的工作，结果只剩下自己的怀念。Edward挺武越，Mary挺少霆，二人即兴来场辩论，小满微笑倾听，最后只记住Mary的总结陈词：还是那句话，人生人生，人生来是不同的。不是每个人都能轻轻松松谈一段恋爱的。

小满望向玻璃窗上形单影只的投影，那就让我陪他沉重地谈一段吧。

周一清晨，Nancy照例早一个小时到公司，准备大会议室里的茶饮，看时间将近，她就准备拨出电话会议。可是电话机居然坏了，屏幕上并无显示。她心中一紧，捣鼓了半天，又跑到旁边小会议室换部电话过来，依旧未果。开会的人陆续到齐，看她一个人狼狈折腾，早就没了办公室一姐的风范。

算了，用我的手机拨吧，只是声音太小。经理到底还是忍不住埋怨，Nancy你好歹是个老秘书了，怎么这点小事情都做不好！

柴晴是如此规划的，让阿玲随便找根线插上去，以Nancy水平哪里能够发现问题。找IT修理部门帮忙？不好意思，八点半，人家没上班呢。换大会议室？Sorry，周一是各大部门例会时间，什么Early Bird、大单review，会议室都是半年前就预定好的。

阿玲仍不放心，我做手脚时候会不会被发现啊？

柴晴没好气，你就不能天一亮就出门，布置好现场，再出去吃个早饭，回来不正赶上一场好戏吗？

Nancy坐在座位上打电话预订酒店：那么就这个周日，大床无烟房，千万别弄错了。这次来的可是我们部门亚太区老大，上次因为茶具不齐是投诉过你们酒店的。

酒店销售不敢懈怠，反复确认要求后，报出预定确认号：98098。

Nancy嘴上重复，用笔在本子上随手记录，却并不知道身后的阿玲亦已记下98098。

阿玲在本子上一丝不苟地记录，抬头问道：然后呢？

柴晴不信任地掉了下巴，这还要我教你？找个犄角旮旯打个电话，您好，我刚才预定的房间要取消，单号是blablabla。

阿玲为难地放下笔，可是……亚太区老大来了岂不是住不到房？

对呀！他越急越气，就越会狠狠修理Nancy。想着就痛快，大快人心！

那……老大住哪儿？

我只关心老大是哪国人，用什么语言和哪个词条骂人！柴晴大口灌下一杯冰水，呼出口气，令阿玲桌下的脚哆嗦了好久，她艰难地开口：好吧，只是，这最后一招，是不是太狠了点？

柴晴嚼碎了最后一块冰块，再开口越发寒意四射，她害我跟苏小满决裂，是她太温柔了？

Nancy网上购物，跟客服讨价还价。客服在聊天工具上写道：价格都好说，我跟店主商量下。这儿还有个细节图，你打开看看，网上不方便公开。

Nancy心下纳闷，还是习惯性地接收并打开。突然，电脑屏幕出现多条横线，接着熄火黑屏了。她一声尖叫，捧着电脑冲向IT修理部。

张江从键盘上收手，抬头有了询问的意思。别问！柴晴一摆手，追求者，就差往我脸上泼硫酸了，我能不下狠手吗？

张江马上紧张起来，真的啊，哥帮你教训他！

柴晴俏皮地拍拍他肩膀，你已经帮了个大忙，接下来就替姐保密吧！谢了！

凭借张江，想弄明白对面ID何许人也实在小儿科，可是他必须假装不知道，这样才好玩，才够保持女神在他心中的神秘范。

Nancy一屁股坐在IT工程师办公桌上，张嘴就骂：这点问题都搞不定也好意思在这里混，不就是病毒嘛，那么多杀毒软件干吗使的，统统给我用一遍，告诉你们，我电脑里装着那么多老大的绝密文件，哪一个坏了都没你们好果子吃！

工程师停下手往后一靠，恐怕上了什么不该上的网站吧，否则病毒怎么找上你！

姐姐我上不该上的网站的时候，你们还拖着鼻涕幼儿园里混呢！

不跟你计较。我们尽力而为，不过丑话说在前，十有八九是修复不了的！

Nancy气得哇哇大叫，一姐之风尽失，众人纷纷侧目，照片在朋友圈里疯传起来。

阿玲看着Nancy的照片，心事重重靠着桌边，想起丈夫的嘱咐："寻找工作中不可替代的优势点。"怎么不知不觉就跟柴晴混到了一起。她非常不安，却隐隐欢乐。柴晴果然邪恶，简单几手就将Nancy直逼崩溃边缘。

实习生都在"传奇"吃中饭，不知谁一吆喝，众人的目光都聚集在墙角电视机里一则新闻采访，采访人正是张蕾蕾。NBI公司市场部经理就冯峥峥事件的处理进行了阐述，可是镜头一转，却出现冯峥峥推掉灯光大叫大闹的一幕。张蕾蕾加以阐述：尽管NBI公司一再强调此事件是在双方平和友好的气氛下处理，可是当事人的心情和状态却令人堪忧。

想起在Edward咖啡馆遇见的张蕾蕾，小满望向不远处的武越，而他只是单纯地注视着屏幕，并无表情。看老徐也在，小满忍不住打听：你不是老NBI人吗？遇见过这种事情吗？

什么事情？桃色事件？

雇佣矛盾吧？我总觉得NBI处理得有些粗暴，对当事人不公平。

老徐笑了，公平？你觉得媒体这样报道就公平了？

总算对弱势群体的保护吧？

老徐讳莫如深，如果你这样认为。

小满再望回屏幕，发现报道已经结束，一屋子唏嘘感叹。

Mary正跟Edward吃着一顿酱油都吃成蜜糖的午饭，一个气急败坏的电话拨了过来，正是安全部经理：看手机！这下好了，我们市场部和安全部有的忙了！人家说得很清楚，是爆料。是不是你们那群实习生搞的鬼啊！

Mary故作温柔，不会啦，我们实习生都还是孩子呢！

孩子？谁家孩子如此作死！

Mary挂掉电话已经忘记Edward其人，饭嚼得大刀阔斧，指着电话发狠：我家的呀，怎么着吧你！她突然瞥见冰冻住的Edward，捋捋他一头软毛，乖，等姐杀回公司吵个架，先。

武越来到他夜跑的城市绿地，远远看见苏教授坐长椅上。确认并无熟人，他这才坐至旁边，拿出一些打印文档。这些是旷达项目演示稿，当然并非最终版。苏教授借着昏黄的路灯仔细翻看，并故意不故意提起已经打款的事情。武越当然明白他的不满，也很感谢这笔钱。自从款打给老余，他的确没再找过自己麻烦，也暂时没给自己制定下一个时间点和金额数，这显然令他残喘片刻。

为了回报这个"打款"，武越又拿出一张打印纸，正是NBI准备让旷达写进标书的技术指标，Fiona跟任千秋从未当众讨论过，都是武越三言两语听来的猜测，仅供参考。苏教授微微点头，字不多皆为重点，打印稿不留个人痕迹,果然做得滴水不漏。很好,苏教授继续交代:最重要的仍是报价,你知道的。马上要应标了,到时候,公司就会意识到我们这个竞争对手,如果再了解到咱俩关系,你恐怕就更难获得有利消息。

苏教授的电话响起,“苏小满”三个字令武越表情有些不自然。苏教授却并不回避,接起电话:老苏,请指教。

小满四仰八叉躺在自家沙发上,小苏,我妈让我问你回家吃饭不?

回,半小时后到家。正逢有球飞到二人身边,苏教授随便踢了脚,这一分神放下电话也就忘记挂断。对面的小满正准备挂线,恍然听见武越的声音。他说:对了,小满是有个去美国读书的 offer 吗?

小满一没保持住,头滑下沙发撞在地板上,咣当一下,居然憋着没出声。

是啊,怎么?

她决定去吗?

那得由她自己决定。看武越心事重重的样子,苏教授笑了,你想说,不希望她放弃什么而选择什么?得天下则得美人!我这个女儿还小,也许不懂。可是,你应该懂的呀。

小满就这样头杵在地上,抓紧沙发以保持静止,免提状态,听见武越最后道了句“谢谢,再见”。然后她看见了上空母亲的脸,按以往她早就吱哇乱叫,今天却寻思着什么默然走开。小满这才让身体滑下沙发,躺在地毯上,边寻思着父亲与武越的对话边揉着脖子,然后抓起包跑出家门。

武越夜跑后回到家,在巷子口却见小满站在那里,估计也有了些时间,她单刀直入:我只是想问你一句话。这个新闻是你透露给媒体的吗?

为什么这么想?

因为女主播是你朋友。

那也不代表是我把她找来报道。

小满却执意,你是为了伸张正义吗?

武越的笑容渐渐淡去,就算是吧。那个台湾老男人还妥妥地上着他的班,每天在公司里人模狗样地走来走去,仿佛被害者似的被公司保护着。可冯峥峥呢,你在电视里也看到了她的状态。我做的难道不是你想的吗?

小满一时语塞,我不知道,看见这个新闻,我第一个感觉是很痛快,终于让这个老男人出了丑。虽然新闻里没露面,可是上海公司是没脸待下去了。不过……马上,我又为冯峥峥担心起来,被媒体干扰无非等于再次掀起她的伤疤。如果这个新闻越闹越大,各种媒体蜂拥而至,她受的打击恐怕只会更大。

武越用手指轻轻拂过她紧锁的眉头,如果冯峥峥要为自己报仇,就必须付出这样的代价。小满，你太善良了，可是这个社会并不那么友善。

她突然扭捏起来，对了，今天傍晚你跟我爸在一起？

他突兀地抽回自己的手，你怎么知道？

她磕磕巴巴，我打电话问他是否回家吃饭，听见了……你的声音。

武越边回想边努力镇定，我说了什么？

她乐了，你说什么倒来问我？

他这才意识到自己的失态，我应该也没说什么，就是跟你父亲讨论工作的事儿。你……会不会反对我跟你父亲的合作？

她露出了甜美的笑容，最让我放心的两个男人合作，我找得到反对的理由吗？

武越打算配合一笑，脸色却越发沉重。

苏教授提着电脑包进屋，一眼瞥见苏妈妈抱胳膊坐在沙发上静思冥想。乌云将至，苏教授意识到。果然，她转脸就问：说吧，你到底让人家孩子做什么去"得天下"？苏教授暗自心惊，脑子飞转。苏妈妈又道：我认识你不是一两天，你口中"得天下"三个字可绝非戏言。这么些年，你只在一件事上用过这三个字，就是评教授。

苏教授收起笑容，不语，良久，坐下搂过她肩膀，小满不在家吧，这些事告诉你倒也无妨。

次日清晨，任千秋和 Mary 就急吼吼把一屋子实习生召集起来开会。任千秋巡视了一圈，相信大家都关注到冯峥峥的相关报道。短短一两天时间，NBI 的雇佣矛盾也被业界传得纷纷扬扬。不知在座是何感想。

苏小满紧张地望了眼教室另一端的武越，毫无表情的武越。

任千秋却没未遗漏这一眼，继续道：我相信作为同一届实习生，你们对此事件的关心远超过其他 NBI 员工。毕竟冯峥峥也曾是你们中的一员。可是就她身上所发生事件，我们作为外人并无发言权，没人知道事情真相。既然双方已经正式了结此事，我们就应该放下。据我所知，媒体并非冯峥峥本人找来的，那么，我就忍不住要猜测，跟你各位是否相关？没人接话，任千秋从柴晴脸上轻易抓到不屑的笑意，柴晴，你怎么说？

芝麻大点儿小事也能上电视，媒体这口饭不好吃啊！

众人大笑间小满忍不住反驳：这不是小事，对冯峥峥个人不是！

这么说，是你把媒体叫来的？柴晴眉头一挑，嘴上接话。可这话接得顺风顺水，将一杆利箭直指小满，她心里咯噔了一下，也被自己的话镇住了。

教室里霎时肃静，小满有些不相信自己的耳朵，凄然一笑，把目光从柴晴身上转至任千秋脸上。实话实说，人不是我叫来的。不过，我觉得这不是坏事。看了昨天的新闻，我后悔没有早点把媒体叫进来，否则……可能就不是现在的处理结果。

林少霆又来搅局，都什么时代了，媒体八卦几句算什么啊！各行各业谁不都得具备一定娱乐精神嘛，谁说咱们IT行业就非得板着脸，正装领带，一副正临襟坐的样子啊！腻味不腻味，好容易有点好玩的事儿冒出来，瞧你们一个个，搞得跟批斗会似的。

气氛果然轻松起来，任千秋也笑了，我没打算找出那个人，只是告诉大家考虑下NBI公司的难处。毕竟我们是NBI人，还是那句话，NBI以我们为荣，也以我们为耻。

角落有声幽幽传来，正是武越。这件事上，让NBI蒙羞的不是那个台湾男人吗？

终于找准方向，众人纷纷鼓掌表示赞同。

Mary却一嗓子吼起来：叫唤什么！为了你们这群小兔崽子，我跟市场部和安全部一顿架吵得……以一战二，现在还没缓过来，你们且消停着吧，再给我找事儿，先把你们炒了，油爆，烂炖！

在众人哄笑声中，会散了。柴晴站在门外走道上，看小满走出会议室，本打算上去解释两句，未及开口却看林少霆几个大步先抢过来，眉眼活络，笑意已起。柴晴顿时变色，撞着小满的肩膀过去。林少霆乐了，瞧瞧你们女生，一顿打打闹闹而已嘛。

小满强装欢笑，你们男人才……可是她心事重重，根本说不下去。

我知道并非你找的媒体。

小满大叫：你当然知道！

林少霆心中顿暖，露出一嘴白牙，我现在只担心一件事，就是冯峥峥的精神状态。

她如释重负，终于有人跟我想到一块儿去了。

41. 多角碰撞

苏小满桌上摆一张照片，画面上冯峥峥努力挣脱母亲的手，而保安经理正惶恐地扯着二人。小满恨恨地望向柴晴座位的方向。

柴晴走到自己座位，手机突震，是个视频。林少霆将围巾环上苏小满脖子，眉眼间都是温情，她又将围巾戴回……柴晴抓起手机想扔，到底生生忍住。

藏在墙边的Nancy侧过身，跟身边的Catherine相视冷笑，阿玲的情报精准。要对付那个贱人，在他俩身上做文章就够了。

正准备下班的小满走向电梯间，接起母亲电话。回家？可惜我吃好晚餐了。再说，我在外面租了房子，是要付房租的，老妈，你别老三天两头把我往家叫，将来也是要出嫁的。

没羞没臊，少贫嘴，今天有正事找你。苏妈妈压低声音。

电梯门开，小满发现武越在里面，连忙凑过去，武越，你也下班了？

苏妈妈在电话中连忙叫道：对，谈的就是他。

武越笑笑，吃饭没？

小满半秒没犹豫，快饿死了！

苏妈妈在电话里大叫：不是吃过了吗？女孩子矜持点好哇拉！

武越当然听见了电话里的动静，暗笑道：要不换明天？

小满气急败坏地挂断电话，脸上有点挂不住，讪讪道：好吧。如果你去"传奇"别忘记……她用手比画了个方形。

什么？

不能再提醒下去了，我得受内伤了……

两人走出电梯，各自方向。可她迈开两步，依旧回头小声嚷道：确定的消息，今年实习生PK就在昆明，然后咱们组团环云南游啊？我做了旅游计划，就放老地方！

她到底不放心，她怎能放心我呢？武越想着便乱了。

苏教授才关门，钢琴声戛然而止，苏小满和苏妈妈双双回头，令他内心一紧，他很清楚，女儿肯配合四手联弹，还弹得出水准，绝对是有什么大砝码在后面压着。果然，小满站起身，为了犒赏我妈的情报，我容易吗，边弹还边被打手。话说回来，据可靠情报，你好像……做了什么对不住武越和我的事情啊！

父女俩沙发上对视，空气紧张，一触即发。苏妈妈则站旁边催促：急死人了，谁先开炮？二人同时扭头怒向苏妈妈。她只能退后两步，好好，你负责批斗，我负责观景。

小满终于开口，小苏，我对你太失望了。

苏教授下了好大决心，的确，我是给武越安排了一个重要任务。

苏妈妈眉头舒展，我就知道，你话里有话，是逼迫人家孩子的意思。说吧，到底怎么回事？

这小满说好了在NBI只是看看，可是两个月快到了，好像都忘记UCLA那个Offer的事儿了。尤其这满脑子武越……

你念个博士就非得拉女儿上这条贼船？

你不也是个留洋钢琴系硕士吗？我就不信你甘心小满只读到本科份上，何况她还天生学霸的命。

谢谢你别带上我。不要离题，老实交代，你怎么逼人家小伙子，搞得人家那么为难？

小满大声质问：所以你就逼人家武越暗自监视我？一旦我在工作上有了懈怠或者任何风吹草动，就向你汇报？难怪你们三天两头见面，还打着合作的幌子。你到底要干什么？

我就是想在你动摇的某时某刻做做思想工作。

好，那么条件是什么？

苏教授假装无辜，没什么条件啊！

苏妈妈忍不住插嘴：当然有条件，你家老苏可叫一个慷慨了，说但凡你放弃在 NBI 的工作去美国读书，他承诺给武越出学费陪读呢！

小满半天没反应过来，好久才用很受伤的口气说：你怎么可以这样对待武越呢？他那么骄傲的人，怎么会接受"陪读"两个字！不过呢……她又转失望为喜悦，挪到苏教授近前，靠上他肩头，咱家小苏就是体贴，想到我心尖尖去了，我还真有点舍不得那张 Offer 呢，小犯愁呀，你说武越他会不会愿意跟我同去读书？

苏妈妈下巴差点没掉下来，围着二人气恼又无奈地转悠，唉，我说，这事儿……还是人家小贾更阳光体贴……可惜父女俩聊得火热，没她事儿了。

林少霆、张江和苏小满三人带着彩打材料候在会议室，西装革履，正临矜坐，倒把投资人下属镇住了。利用投影仪，三个人将软件的各种指数详尽阐述。投资人下属频频点头，突然做了个手势打断张江，拨电话叫技术经理过来。

三个人走出公司，忍不住兴奋地搂在一起乱蹦。今天无疑是个里程碑式的日子，每个人都朝"CXO"迈进了一大步。这次是张江首先冷静下来，也别高兴太早，都说别把天使投资人当天使。

你说他们长着天使的面容，却都属狐狸的？小满说。

林少霆眯着眼睛，错，属吸血鬼的！

不管什么鬼，咱们一起拿下！有没有信心？小满又提起实习生 PK 那场云南之旅，咱们组个团吧，我已经跟武越预定好了，准备做个详尽攻略。

林少霆即刻兴致全无，我不参加。

张江拢住他肩膀，别这么扫兴嘛，指着林少霆买单呢。

林少霆淡淡笑了，再说吧！恐怕我在实习生里后20%，哪里有心思跟你们组团。

我希望你留在公司，要努力哦！小满认真做了个加油的姿势，可笑又迷离，林少霆瞬间乱了，怎么才好。

说笑间，三人路过公司附近西餐厅，林少霆看见一对食客，竟是武越跟Fiona。他第一反应却是用身子挡住苏小满。搞什么鬼，他在心里骂自己。

无奈张江嘴快，嘿，那不是武越嘛。对面靓妞是谁啊？

小满扒拉开林少霆，顺着张江的哈喇子往里瞧，正好看见Fiona往武越嘴里叉一小块三明治。他推不过，只好吃下去。小满的眉眼登时立起，人也虎背熊腰起来，抬腿就要往里迈。林少霆要拦，被她一巴掌挥开，生痛。好吧，有多恨我懂了。

武越也发现外面人影攒动，顿时尴尬起来。

小满做了个深呼吸，气沉丹田，活动活动手腕，让开！这次保证不打耳光。我跟她不熟，犯不着教育她怎么做人。

林少霆先冲到桌前，Hi，Fiona你们也在啊，这时候吃中餐是不是早了点！

Fiona乐了，Brunch（早午餐）嘛！

小满对他们相识颇为意外，怒气也泄了一半。林少霆继续招呼：跟你介绍下，咱们公司实验室的实习生苏小满和张江，将来的科学家们。这位是Fiona，软件销售经理。

这个女人三十不到，皮肤略糙，刷墙似的盖厚厚的粉。可却实在无法借此讥讽，因为她实在太漂亮了，眉眼自带三分辣，前凸后翘，坐在那儿小腰一挺事业线一露真叫万种风情。小满忍不住偷溜向自己的飞机坪，人家露不出鞋尖，我这儿的小腿都挺给你瞧了。论女人味，我是幼儿园没毕业的水准吧？

她二十出头，高挑瘦弱没斤没两的，生得倒也清秀，只是妆都画不流畅。年轻就是好，清汤寡水也是道风味，Fiona的女人马达才一伸出，立刻断定此女跟武越之间千丝万缕，这便好玩了。大家都坐吧，这顿我请！

林少霆一句“不用”不及出口，小满已经一屁股坐在武越旁边，对服务员吆喝：加把椅子。嗓音过于雄厚，有了侠客壮士的意味，幸好她也意识到了，身子连忙软下去。没多久，服务生就将餐点上齐。小满斗志昂扬，先从“女人味”下手，这个三明治是拿香水喷的吗？浓得简直令人倒胃口！

林少霆立马接话：你点的就是香水三明治。

小满一脸无法忍，吃不下，换你的来！

林少霆奉上自己的三明治，唯恐再生是非。

Fiona娇笑连连，那声音和画面能掐出水来，哎呀，林少霆那么傲一人，对女朋友倒是百依百顺好脾气！这便是上海男人的好。

武越正在喝水，要咽没咽好，呛了，剧烈咳嗽起来。林少霆刚想否认，小满干脆舀了一勺林少霆的汤，尝了下。味道不错哦。她控制不住自己学起Fiona的腔调，却统统错了味道。

林少霆将汤推到小满面前，全归你！

小满笑眯眯地将汤推回去，不，我只喝两口。剩下都是你的。

武越不动声色，渐渐止住了咳嗽。

小满再准备从女人的硬伤发起进攻，菲姐多少岁了？见桌面上方空气突然冻结起来，她又道：对不起啊，不太礼貌。不过咱们又不是外国人，应该没那么矫情吧？我今年二十二岁，该尊称您声菲姐吧？小满这一开口，突然意识到自己柴晴味十足。

Fiona调整了下情绪到底笑了，有什么好介意的，我就是熟女一枚，受不起你一句姐，还是叫我Fiona吧。真羡慕你的年轻，我在这个岁数时候不懂人情世故、不懂品位，可是想做便去做，做错说错都不怕，可以用"年少无知"做挡箭牌。

小满强压怒火，你这个年纪也不错啊，这也明白那也精通，熟得又红又紫，说话做事没人敢质疑你的对错，反正有"年老资历"垫底。

Fiona眯着眼睛转头对林少霆笑道：难怪如此服帖，原来小女朋友嘴巴那么厉害呢！

林少霆挺美的，还不好美得太明显，我也是第一天知道呢！

小满立刻隔山涉水将手掌压在少霆手上：我嘴巴最笨了，只是实话实说而已。再说……

林少霆被她的动作搞得青涩起来，心中小鹿乱撞，眼睛乱瞟无处搁放，于是就瞟见张江，他鬼鬼祟祟正半遮蔽用手机录像。喂，你干吗呢？

张江并未停手，小声嘱咐：别吵，多角碰撞，这段在网上肯定能火，太刺激了！

几人一对视，"啊"的一声同时扑向张江。

苏小满与武越在茶水间不期而遇，各自倒水，无他声响。武越终于开口：因为你，林少霆蜕变如此，也算是件大好事。

小满冷冷望向窗外浦江两岸，我什么都没做，他本来就是这样的，只是他自己不知道，你们也不知道，他也就乐得做你们认为的他的模样。他听得迷糊，她也懒得解释，转身要走，被武越从身后拉住胳膊，我……跟Fiona没什么。

我跟林少霆也许……有。小满并没回头，一使劲挣脱而去。

柴晴走进来，似笑非笑，她没乱说哦。

武越心烦意乱地倒水，差点烫到手。

柴晴堵在他跟前，若不是太冲动删除视频，我倒是可以给你机会见证下苏大公主为林少霆系围巾的亲密镜头。武越艰难地举着水杯准备从她身旁挤过，却依旧被拦死，我说，咱俩别死撑着了，成立一个互助小组吧，也来个Teamwork？

武越好笑地摇头，走出茶水间。下班后，他径直走进苏教授办公室，甚至没跟他提前预约，令对方心里咯噔一下。

苏教授打到武越卡里的钱虽不足以还清全部高利贷，可是还清第一笔还略有富余。武越留下来应急，虽然只有三万，还回苏教授三万亦毫无意义，可是总算一种表态。所以武越终于艰难开口：暂时不需要向您借那么多钱。要不我先将三万还给您吧。

苏教授微微一笑，高利贷什么时候变得那么好说话？武越的汗毛霎时竖起，自己从未跟他提及高利贷事宜，他为何调查自己，他到底知道多少，难怪……钱打得那么及时。苏教授依旧一脸慈祥，钱的事情不要有顾虑，我都说过，不管你帮不帮我，都可以借给你应急。见武越低下头并无表态，苏教授点上一支烟，我只是好奇，你不帮我的原因是什么。难道因为小满说了什么？

不，跟她无关。其实……也就是因为她。我一旦帮您做这些，就没办法跟您女儿在一起。我是真心喜欢小满。

苏教授释然笑了，我拦着你俩了吗？他起身拍了拍武越肩膀，决定乘他犹豫的时刻送离，你不着急决定，好好考虑下。放心，我这个当爸的向来民主。

42. 一场出其不意的交锋

物流公司的签约大会办得气派又得体，除了戴总率领的团队，NBI上上下下也去了不少人，柴晴全程跟随老许，漂亮乖巧又伶俐，令老许颇长面子。一高兴，他多喝了几杯，呼着酒气要拉柴晴出去喝两杯庆祝她实习生第一单。

柴晴果然乖巧到家，我妈炒了一桌子菜，让我邀请您来家做客呢。既然人家把长辈都使上了，老许只能悻悻走开，柴晴没忘记最后一次撒娇：跟我们任老大说的话……您可别忘了。她妖娆转身，语断色凉。

阿玲将咖啡送至苏小满手上，下巴指向柴晴，接着走向下一位实习生。

自从柴晴这单妥妥签下，她的做派和着装都上了个台阶，上上下下都搭得上话，骄傲又高端的做派，完全脱离实习生群体的穷酸。

张江也端着咖啡过来，你俩还没修复呢？

病毒尚未清除，如何修复？另外，你确定你最新版“告白”软件还会用在她身上？

当然！张江应声，只是第一次他犹豫了那么久。

而咖啡杯送到 Nancy 手上时候，剧情就没那么顺利了。Nancy 接了，却没用力，于是一整杯咖啡都洒在地毯和阿玲身上，那触目惊心的效果不比凶案现场柔和。她自然还负责提供声效，怎么这么不小心！还傻站着不去叫清洁阿姨，弄不干净你和柴晴都得负责啊！你知道这么一块地毯多少钱吗？真是群没见过世面的乡下人，不就是签下个小单子嘛，值得满世界叫嚣吗？几句话惹来几多窃笑。

阿玲惊慌失措，大着肚子费劲地蹲在地上收拾，最后只好调整姿势跪在一双细高跟鞋前。柴晴并未中断跟同事的聊天，可是她的优雅明明打败了张牙舞爪的 Nancy。

柴晴的心理并不那么强大，只能去卫生间补个妆稳定情绪。这时，一个女实习生从隔间出来，边洗手边沮丧地问：你接到通知了吗？见柴晴还专注在自己的红唇上，她又道：两个月到了。我反正是不得不走了，Mary 已经将一封正式邮件发到我邮箱里了。

小满恰时推开卫生间大门走了进来。柴晴不自主地故作莫名，你什么意思啊？

女实习生来了气，你怎么可能不知道，你也是只给了两个月的实习生，跟我没什么区别。咱们这群里有四五个这样的。

小满脚步迟疑，令柴晴越发心急，我还是第一次听说呢。为什么只给两个月啊？

女实习生望了眼小满，哈，为什么？因为你不像苏学霸那么优秀呗！

小满连忙走进隔间，关上门。

柴晴更加恼火，废话真多，被开了还不去收拾东西滚蛋！

女实习生彻底恼了，装什么劲呀，不就是从两个月加到六个月实习期，在后 20%里面多折腾几个月吗？我看你能扑腾出个什么幺蛾子！傲什么傲，跟在别人屁股后面签下个芝麻绿豆大的单子，这才被饶了小命嘛，谁不明镜似的，只有自个还搞得跟真的似的！

甩门声后，小满推开隔间门走出，见柴晴收拾东西作势要走，脸上笑意淡然，好像没看见自己。小满犹豫了下，真的……有两个月的说法吗？上次你让我向武越要资料，也因为……

我管你要什么？好笑！今天人人都莫名其妙。柴晴打断她挪步就走。

小满默默道了句“Sorry”，不知她听没听见，眼前只有她一双辣眼红唇，好似一个乐谱上的休止符，不留余地。

张蕾蕾电话打来时口气不佳，质问武越冯峥峥的背景，因为她最近压根无法采访到母女俩，一个彪形大汉拦住门外，拦截各方媒体，还负责安排食宿。这当然并非NBI的帮忙，NBI巴不得跟自己撇清关系，而他们冯家自然没这个实力，更没这个意识。

武越暗自思忖，才挂掉电话又接到苏教授的电话，因为身体欠佳，他让武越周六下午五点将上次的文件送一份到家里。到家里？武越心中一凛，确认小满不会出现这才应允。

武越走进大会议室，还没坐定就看见任千秋推门走入，身后带了个人，竟是苏小满。他介绍道：我们这个单子的难中之难在软件包，既然客户提出要我们提前做个DEMO样本，证明对我们有信心。Fiona，希望我临时借来的实习生苏小满可以帮到你。

Fiona不动声色地点头微笑。

武越望向小满，小满则捧着电脑径直走向林少霆身旁空位。

散会后，武越几步跟小满走出会议室。一个好消息，内部消息，别外传啊！武越故意压作神秘，迫于压力，公司已将冯峥峥的二级老板赶回台湾去了。

小满喜上眉梢，不开除，这也算是最好的结果了！

对了，冯峥峥她家也不需担心，据说有人暗自保护她，你知道是谁吗？

小满一愣，会不会是林少霆？上次他答应找人帮忙呢。

武越冷哼了一声，有钱就是好！有这个钱，不如雇人把这个台湾佬痛打一顿！

整天就知道打打杀杀的！小满跑向林少霆，两人想必说到冯峥峥，三言两语却够了，眉眼传递能叫做“意会”？这令武越心生厌恶。

武越从未想过拜访小满的家，一次都没有，可是真正拜访，他却未预料到是这般情节。苏教授拉开大门，整个屋子略带中式装修，几件明式家具点缀其间，明净又大气。武越的眼前却浮现出自己租的那个亭子间。苏教授接过文件，拉他坐下，放心，她们娘俩逛街去了，一时半会儿回不来。

而事实上是，他才坐稳，苏小满接着一个电话就冲进屋里，看见武越先把电话扔在门口鞋柜上，大叫道：果然是你啊，我在楼下大老远就看见有人背影跟你很像！

苏教授拿起她的手机，乘几个人说话时候，悄悄发了条短信。武越有些尴尬，马上看见她身后的苏妈妈，苏妈妈发现是武越，更尴尬，重新戴上墨镜。

武越连忙叫人，师母好！

苏妈妈半扭开脸“嗯嗯”两句。她没料到，这副墨镜倒是令他想起那个路上被抢包，还去了趟医院的女士。当然，当时她只戴着一个墨镜镜片。这样想来，她必是认识自己，所以执意戴一个镜片，也就是乔装，又意欲如何呢？他眉头一皱令小满会错了意。

她一把摘掉她的墨镜，人家问候你呢！对，她就是上次在咖啡馆里害我丢脸的那个 Chinese mother，a Shanghainese。还抓着你做问卷呢！

苏教授连忙接话：介绍下，武越，我的得意门生！

小满把武越拉进自己房间，拍着胸脯给武越壮胆，别怕，这个家我说了算！

武越打量着这个堆满了书籍没太多女性特征的房间，突然回过神来，啊？

苏妈妈把苏教授拉进书房，让他知道这个家谁说了算，别以为把你俩搞定就够了！

苏教授暗自点头，偏偏假意担忧，你有什么计划？

小满先把母亲当作假想敌，你只要跟在我和我爸后面就没有问题。

武越苦笑，还得寻求庇护？你妈使什么大招？

苏妈妈活动了活动手指，两招总得过过的，你俩统统给我让开！

苏教授捂住她的手，小声道：只可伤及皮毛，不得动其筋骨。

小满手脚一起活动，百米冲刺的准备活动，此人绝非善茬，切莫掉以轻心。

武越还真的紧张了下，嘀咕了句：是亲生的吗？

苏妈妈抱着胳膊，我这女儿肯定可着劲败坏我的名誉呢！

您还有名誉可败坏呢！

说话间两拨人同时出门，于客厅汇合。苏妈妈早有打算，温柔和善地开口让武越来打下手。他才坐定，小满则悄悄将苏教授拉进书房。

坐，小苏！小满压低声音，让你老婆可别摆上海丈母娘的姿态，否则我让她好好尝尝上海公主的滋味！

苏教授愣了愣，怎么讲？

首先，别问出生，别打听祖宗八辈。

武越帮忙掰豇豆，悄眼打量苏妈妈，看她极是端庄，相貌还胜过小满三两分。人必是极爱其手的，连这样的活儿也戴着塑胶手套。苏妈妈终于谈起了那次见面，上回没好好感谢你。

您别客气，是谁都会出手相助的。何况很惭愧，没抓住小偷。

苏妈妈回了下头，这事儿我没跟小满提起过，你正好也没来得及跟她说起过吧？

没抓到多丢人，能跟谁说呀。武越暗自好笑，果然是瞒着小满的行为。

苏妈妈这才放下心来，打量着他，对了，你家是哪里的？

江苏。

江苏哪里？

小地方。

小满想了想，还有，说话客气点。

苏妈妈头都没抬，也是，比起上海，哪里不都是小地方嘛。

小满说：其次，别给人压力。

苏妈妈麻利又细致，为了配合谈话的主题而特意放慢动作，可以因为心不在掰豇豆，动作又麻利起来，噼里啪啦地令人紧张。她说：你也是今年进的 NBI？

武越据实回答：是的，我做销售，跟小满不在同一部门。

那年龄也不大嘛。在上海生活不容易啊，什么都贵，将来还要买房买车娶妻生子，压力大呀。

压力大不大取决于有多贪心。武越考虑着是否跟她一样节奏，嘴里却突鲁出一句，倒被自己吓了一跳。

苏教授走向书房门，还有呢？

别跟我唱对台戏。

还有呢？

把人伺候好了！

还有呢？

想好了再补充给你！传达去吧！

你自己怎么不去？

你的老婆你管呀！

你的妈，你搞不定吧？

重要吗？

不重要。

小满拉开门，那还不快去？

苏教授和小满二人走进客厅，正逢苏妈妈不冷不热地回道：不贪心的人都在小地方混呢。

苏教授忍不住乐了，口气比我还大呢！

小满到底着急，先打听上了，妈，你刚才都问人家啥了？

没什么，就问他家哪里的，具体工作。苏妈妈白了她一眼。

小满一顿脚，扭头对苏教授眉一横，小苏你怎么回事？

苏教授直叫冤：我？我还没来得及教育呢。

那……那基本的学前教育呢？

苏妈妈扔下豇豆，苏小满，别没大没小的！

既然你罢工了，就跟我进来。小满一使劲，把苏妈妈连拉带拽弄进厨房。武越暗自抹了把汗，虽然听不太懂，还是大概明白了些什么。

小满尽量耐心又温柔，细声细气地说：能不能体现出你贤妻良母的一面？

苏妈妈用木勺搅动着伊嘟鲜浓汤，缓慢细致，怎么体现？

比如主动问问，你爱吃什么？爱吃我给你做啊！

苏妈妈快速抽出木勺，伺候你们父女俩还不够烦？

您装一下行不，就当初次见面化个妆呗。小满抓住木勺，似乎为了抓住她那一刻的温柔节奏，可是没抓住，被她扔进水槽，自己也强硬起来，人是我带来的，不给面子也得给！

不是你爸带来的吗？

哦……这个，不重要。反正是我的人，你就得捧着。

怎么就是你的人了，你跟他都做啥了？

小满异常抓狂，没有！就是怕啥都没来得及做就被你搅黄了。

既然文件已经送达，状态还有些迷糊，武越决定起身告辞，恰逢母女二人走出厨房，小满连忙大叫：不许走，你一走就变成我妈的罪过了，你于心何忍？

苏妈妈也嚷起来：不关我事啊！

基础教育！小满跟苏教授使了个眼色，他就又拉着苏妈妈二进书房。

小满也坐下来收拾豇豆，心不在焉胡乱地掰着，不管我妈说啥了，我代她向你道歉。

武越看她掰的豇豆长长短短，着实糟心，你妈没啥，倒是你这个活儿……不是这么干的。你看，长短得基本一致，还有筋要剔除。

小满好声好气，我负责掰断，你负责去筋。

武越一口气差点没上来，好气又好笑，这样吧，我负责干活，你负责观赏。

要不你负责干活，我负责夸奖吧？

苏教授和苏妈妈二人才走到书房门口，听见这些不禁哑然失笑。苏妈妈恨铁不成钢，咬牙切齿，瞧这个倒贴劲儿！上海丈母娘的门槛没那么好跨的！我负责找茬，你负责和泥。

苏教授点头，行，我负责慈父，你负责悍母。本色上演，绝不做作。

门铃恰时响起，苏教授连忙几个大步抢着跑去开门。门外的男人手握手机，表情略有呆滞，苏教授却热情地招呼：是小满妈妈一直惦记着的小贾吧，还不进来！

你怎么来了？小满大叫着跑过去。

林少霆莫名低头看了眼手机，上面显示着“快来帮忙！地址……”他脸上、嘴上还反应不过来，这不你……我这紧赶慢赶冲过来。

眼看苏妈妈一脸意外就要接话，苏教授连忙发言阻拦，你天天叨咕着小贾名字，念念不忘要来四手联弹。人家真到了，还不快让进来。

阿姨叔叔好！林少霆边进门边看见小满旁边的武越，三人六目相对，都颇为尴尬。半秒犹豫后，林少霆马上换了不羁的口气，走向餐桌，今天是什么聚会，气氛古怪呢！

武越继续手上的活儿，不会啊！别揣着手，帮帮忙。

林少霆冷哼了句：弄得自己跟主人似的，不合适吧？

小满尴尬地站在二人中间打哈哈，还真是个充满惊喜的一天呀，小时候的春游作文都这样结尾的。

武越皮笑肉不笑，这才开始呢！

苏妈妈果然惦记小贾，被苏教授一点拨，拉着他要去弹两曲。小满帮着抗议，没这么虐各的吧。林少霆，比赛都结束了，你绝对可以 say no，别不好意思。

林少霆本也叫苦不迭，一看到武越阴沉的脸，马上有了主意，跟着苏妈妈走向钢琴，转眼便传出动听的钢琴曲，二人边谈边聊，颇有兴致。《小星星》本是家喻户晓的童曲，被他们二人四只手弹得纷扬婉转，宛若天上繁星。武越并不懂什么莫扎特变奏曲，掰着不知冷暖的豇豆忍不住出了神。他才一抬头，看小满捧着水果、零食一大堆摆在他跟前，把菜筐一推，别弄这些了，想吃什么，放开了吃！

武越看着眼前小山一样的食品，有些发懵，晚餐就吃这些？

随便了，不行咱俩外面偷偷吃去！

武越顿时有了冷暖。

一席五人终于坐下来吃饭了。小满给母亲使眼色，用嘴用眉用眼神使了好几次，苏妈妈想起什么，武越，你爱吃什么，夹呀！她说罢，却夹了一筷子豇豆给林少霆。

小满微笑点头，也算认同。

武越总得客气两声，阿姨做的菜都很好吃，尤其是这道红烧排骨，甜而不腻，火候正好。

苏妈妈不太自在，时间来不及，这是中午剩菜。

小满忙解释，人家剩菜都夸了，算是无底线无节操把你夸上天了吧？

林少霆暗笑，阿姨这个伊嘟鲜实在是难得的地道，外面饭店里都难得找到这种鲜美。肯定照着祖传菜谱来的吧？

一句话令她舒坦了眉眼，到底是上海小宁(小孩)，有见识！还真有，不外传的。我还在犹豫要不要传给小满呢。我家倒不讲究传男传女啥的，可是向来只传优秀不传劣质的。

谢谢，别打我主意。小满习惯了跟母亲对峙。对了，林少霆什么时候琢磨起菜谱的事儿了，你犯不着讨好我妈啊，不然她天天逼你来尝手艺，那可是自找的麻烦。我帮你只能帮到这儿了，接下去好自为之吧！

林少霆果然做了个 ZIP 的手势，惹来一桌子笑声。

苏妈妈又问武越：你是江苏人，吃不吃得惯我这上海菜？会不会偏甜？

小满抢话，我爸也不是上海人，你怎么不问问他？

苏教授连忙表示委屈，嗨，她倒是会问，我敢说吗？

苏妈妈略有愠怒，爱吃不吃。武越和少霆，你俩多吃点，还是咱仨一伙比较可靠。

小满松了口气，瞧，说句好话也不难嘛！

苏妈妈还想说话，举着筷子却想不起来，干脆撂下筷子，我这暴脾气……还让不让人说话了！

酒足饭饱，武越和林少霆再也坐不住了，一对眼，纷纷起身告辞。苏妈妈职业病地总结，少霆，下次来家跟我学两个曲子，你的感觉相当好，比小满好多了，很快就能补回来。

小满捂着耳朵大叫：我失聪了！她一把将林少霆推出门，快走，接下去她得逼你我四手联弹了。

林少霆边走边回望，温柔应对：行呀，坚决完成任务。

武越从二人之间穿过出门，小声道：闲来无事乱弹琴。

没想到林少霆接的快：弹琴（谈情）说爱两不误。

小满狠狠敲了下林少霆后脑，跟谁呀，没大没小的！

林少霆才意识到她的误解，冤枉啊，当然是……你知道的。

说话间，小满已经关上门，你俩，谁先交代吧？

二人走进小区夜色。林少霆大大松了口气，真到自己头上，没想到还会紧张呢！

武越冷冷道：你紧张什么，恐怕想多了。

有的想总比没的盼强。林少霆拿出车钥匙，要不要带你一程？

武越也走到不远处的单车，打开车锁，只有我带人的份儿。

苏教授坐在沙发上，被两个女人审视着，一声长叹，我还不是为了您二位！

小满抢话，为了我，怎么叫来林少霆？

苏教授望向苏妈妈，你妈爱他，我也没吃醋呀！

苏妈妈点头，我审核下不行啊？我看这个孩子好，相貌家世都好，难得还看得上你！

小满大叫：嘿，这话我听着怎么这么别扭呢！好像我是个困难户似的。

你还不困难呀？柴晴大学四年都谈一打男朋友了吧，您呢？我算客气的了，还没拿着你的照片到人民广场张贴呢！

你敢?!

苏教授打哈哈，好了好了，今天两个最佳人选都已现身，也给咱当父母的吃了一颗定心丸。我挺你啊，小满，这个高材生武越的确被我调教得很好。

切，苏妈妈不屑，少给自己脸上贴金了！我挺少霆，还是那句话。

哪句？

难得还看得上你！

小满双手抱肩，我宣布啊，这事儿从头到脚，从皮肤到指甲盖都不许你俩掺和，否则让你们见识下我上海公主的厉害！见妈妈甩手进屋，小满则拉着父亲问起“告白”APP 的事情，让他变着法子跟天使投资人夸，夸得天花乱坠，夸出精英荟萃。苏教授心不在焉地对付着女儿，暗自松了口气。

43. 三个人的任务

服务生将武越带往某间茶室，屈身退下。武越才要进去，却发现隔壁房间有个男人背身正在打电话，声音如此熟悉，从竹帘缝隙望去，竟是任千秋。他压低声音，现如今越来也难做，我上面也有老板。不过你不用担心，这次硬件标当然还是咱俩合作。

武越迅速移至旁边，贴墙站立。他轻轻拿出手机，开始录音。

任千秋说：王总，你以为我容易呢，每个人都想用自己的人，我努力削减各部分力量，甚至把没有背景和反抗力的实习生都用上了。就这样，那个老徐还跟我闹，他想用哪家下包我还不知道啊！反正这次你放心，还是你我的天下，不过说好的分成是一分不能少，别怪我提高，这次尤其难！

听对方挂断电话，武越悄声往外走，看手机录音画面显示为"保存成功"。恰逢苏教授往里走，武越一个眼神，对方马上意会，路人一般分头走开。

武越拨通电话，道：就电话里跟您说吧。我想收回上次的话，合作……继续。武越挂断电话，却不得不走进苏教授的布局，去迎战上海丈母娘，去学会明白感情并非两个人想在一起那么简单，去靠近那个小满并不认识的父亲。

看 Fiona 消失在走廊拐角，武越无声无息坐到她电脑前，可是界面锁死，他输了下 Fiona 的生日，生日加英文名，几个拍序却并未成功解锁。突然，一阵香风扑来，武越暗道"不好"，Fiona 已经惊讶开口：你怎么在这里？

所幸武越早有准备，借口修改自己发给对方的邮件，也就混了过去。带着一丝挫败感，武越走到张江桌前，见周围无人，能帮我黑进同事电脑吗？

张江一脸呆萌，上次柴晴让我黑，现在轮到你，你们销售都玩啥呢？无间道啊？

武越反倒眼睛一亮，这么说你有经验？

对方用不用购物聊天工具？

上班时间似乎没用过。

张江一摊手，那就没办法了，你当我神仙啊！

任千秋双手支在桌子上，看看左手边的武越，又望望右手边的林少霆。说说看，旷达为何能拿下市政府"未来城市"能源项目这个超大单？

武越抢着回答：因为风能属于清洁环保能源。

对，可是，中标的能源企业不仅仅旷达一家。为什么？

林少霆补充：电力的特性是要按需求而生产相应的电量，目前科技仍未能以具效益的方法将电力大量储起。由于风速及风向都难以预测，风力发电机的产电量亦难以控制和预计，所以不能依赖风能作为唯一发电资源。

任千秋打了个响指，对！而且风力机结构复杂，风电价格远高于煤电，我国风电设备单位功率的费用是煤电的两倍以上，电网公司很难接受或根本不愿意购买风电，有人据此将风电比喻为“垃圾电”。既然如此，“未来城市”项目为何偏好旷达呢？

武越不甘落后，因为这是未来大势所趋，是不可再生能源走向枯竭的必须选择。科技必定进步，一定令单位功率的费用降低。

说得好！任千秋点头赞许，我们必须从客户的角度出发考虑问题才能打动客户。作为IT行业老大，要引领IT界潮流；那么作为客户的合作伙伴，我们不是解决短期问题，而是要做他们的战略合作伙伴，想其所需，帮助客户走出行业困境，伴随并推进成长。这，才是让客户为之动心的东西。

二人对视，默默点头。

任千秋道：我希望你们在这点上多动脑筋。林少霆，你负责找找NBI内部全球资料库里与能源相关的文件。而武越，你负责中文资料。行动吧！

小满正好捧着电脑推开门，见有人，边道歉边往后退。任千秋灵机一动，慢着，我给两位帅哥安排了任务，你既然冲进来，也就接一个吧。任务很简单，就是陪他们二位一起探讨。你也知道，钻研的过程都异常枯燥，有你参与就不一样了。二位没意见吧？

小满顿时撅嘴，说白了就是当个书童嘛！要不要捏脖子捶背，扇个扇子什么的？

林少霆和武越异口同声——行啊！两人对视，又尴尬了。

林少霆先争时机，我下午有空，要不，订一个会议室？

武越也不甘落后，咱们晚餐边吃边聊？

没等小满回答，任千秋两手同时拍上他俩后脑勺，资料都没找，探讨个头啊！

林少霆在父亲的办公室外探头探脑，确认父亲不在这才走了进去。他跟董秘秦岭一顿软磨硬蹭，这才从他牙缝里撬出一句话：两个包，总有NBI做的，能否全部拿下，就看你们公司的本事了！

任千秋在茶水间捧着水杯暗自寻思，等于没表态嘛！血本无归不太可能，可绝非NBI的追求啊。软、硬件包不可缺一。这数字可是我拍着脑袋被老板勒着脖子早就报上去了，被当作第四季度firm的数字。什么叫firm，就是不允许出意外，否则要掉脑袋的。

把我当人质啊？林少霆大笑，可惜梁董事长只给票子不给面子。现在票子都断了。

苏小满气呼呼冲进茶水间，咕咚咕咚灌下一大杯冰水。任千秋默默走出，林少霆则饶有兴趣地观望，说吧，谁把你气成这样？

小满一惊兀自咳嗽了好久。原来她刚跟志愿者领导吵完第三架。从希望小学回来后，她曾将捐赠生活学习用品的想法声色并茂写了封千字邮件发过去，结果石沉大海。待她第一次杀过去，对方说已经把部分文稿登在志愿者内部杂志，上了什么什么媒体。小满不求稿酬，只求考虑提案。对方好歹同意将邮件发给再上层领导，于是，第二吵是因为领导的回复为——no！因为公司只组织"送电脑下乡"活动，不送其他东西。小满无论如何都不能接受，用Excel算了一笔细账，让她明白生活学习物品实在便宜，比二手电脑成本低得多。可是对方居然说——那些二手电脑不送掉，咱们员工怎么能用上新电脑！

我快疯了！小满大叫。

林少霆却大笑，人家被你逼得实话实说了，你还不依不饶，我看是她要疯了。

小满也绷不住乐了，那可怎么办？孩子们等着我们履行诺言呢！

我来出这个钱。

不！我们不是来劫富济贫的，这是公司活动，一定得公司负责！

44. 免费拥抱

苏小满放下撑住双眼皮的手，帮林少霆扣上电脑，结束的表态。想到她即将奔赴武越那场，林少霆连忙抗议：别啊，我这儿还满血状态呢！

是是，林少霆进步大大的。

什么叫进步？我还没来得及发力呢！

她伸了个懒腰，成成，您才打个哈欠，就让我看到狮吼的前奏。不过，我晚上还有一场，这中间时间还得赶Fiona布置的活儿，饭都来不及吃了。

看她为难，林少霆一咬牙，得，我陪你去！

小满更为难了，还是……不要了吧？说着不要，还是被林少霆寸步不离跟到城市绿地。不久，武越戴耳机远远跑来，对小满的挥手置若罔闻，从身边两米外几步跑了过去。

小满连忙解释：他才开始，咱们等等吧。

林少霆啧啧摇头，看这汗，好像不是才开始的架势啊。

武越边跑边暗自苦恼，臭小子跟来干什么！再一圈后他若还不走，我要不要停？

二人只好坐上绿地长椅，清风游走暗香浮动，她惬意他迷离。小满讨好地商量：基于公平公正原则，要不你先撤了？下午那场武越又没参与。

林少霆狡辩：我又没拦着他参与。任老大钦点你分别参与探讨，没阻拦咱们三人同台探讨啊！再说这一城市绿地，公共场合，没谁可以拒绝我吧？

嘿，我说，你这就没劲了！

看武越第三圈又跑过来，林少霆笑道：是是，就他有劲，有劲就别耽误，可着劲儿跑呗。

小满有点急了，你再不走是要累死他啊？

我坐，他跑，看谁耗得过谁！

武越跑了过来，脚下犹豫脸上负气，还有再继续一圈的架势。小满发力将林少霆一推，他踉踉跄跄只能跳到武越跟前，迫使他不得不停步，唉，我说班长差不多得了？等你半天了。

武越顺势停下，擦了擦汗，我不记得邀请过你。

我也不记得你承包过这个城市绿地。

武越拉起小满的手，走，换个地方。

小满抖掉他的手，仰天长叹：我说您二位，能不能成熟一点？二人茫然相向，她却没了词儿，边想边扯：成熟，maturity，对吧？正好对面不断有女人走过来，比如谁第一个跟陌生女生拍张合影，我今天晚上就属于谁，不，就跟谁探讨问题。

林少霆撒丫子冲了出去，武越一副不屑的表情来不及摆齐，也撒腿跑了出去。

你好！听说过免费拥抱吗？林少霆微笑拦住一位女生，见对方明显戒备摇头想走，他连忙解释：现在的社会，通讯手段越来越发达，可是人们之间的关系却越来越淡薄，都不会交流了呢！对方暗暗移步，林少霆跟踪堵截，这个免费拥抱是悉尼一位二十六岁的年轻人发起的，他天天举着一个牌子赠与免费拥抱，是希望通过一个小努力唤醒大家最直接的情感交流。对方的小步子越迈越快，林少霆的嘴唇也加速吧答吧答，这个活动在全世界范围被追随，我就是中国的追随者之一。

对方娇滴滴怯生生地，你要干吗？

林少霆终于舒了口气，就是想给你一个免费拥抱，然后拍张合影发到网上，以支持这个全球温暖活动。

这样啊……

正在对方犹豫的时候，一个高胖壮妹子凑了过来，一把将娇滴滴拨推开，她不乐意，我来！少霆没反应过来，已经被她一个熊抱，喘不过气来。无可奈何的林少霆勉强笑笑掏出手机，准备拍照。

武越从旁边走过，假装大声讲电话：最近这一带常有色魔出没，你一个女孩子要小心点！

高胖壮马上警觉起来，你不是要怎样吧？你到底想怎样？

还被夹着的林少霆举起手机，要哭了，我就是想拍张合影传到网上。

什么网？万一被我男朋友看见怎么办？你想把我怎样？你到底要把我怎么样？她边说还边更加凑上去，逼得林少霆节节后退，大步开跑。

武越换了个灯光明亮的处所，向对面过来的夜跑女生伸出手，你好，听说过免费拥抱吗？林少霆哇啦哇啦乱叫跑过，后面还被高胖壮追着，嚷着什么"免费拥抱"。再看夜跑女，已经用冲刺的速度消失在茫茫夜色中。

待林少霆和武越一前一后跑到长椅边，已经见不到苏小满的身影。椅子上用石头压了张纸条，小满的字："你好，听说过免费拥抱吗？"二人对视大笑，可是马上收回笑容，各走各路。

什么是客户关系？简单来说无非是买卖关系，一手交钱一手交货。稍微高级些的是了解客户所需，按需服务。再高级些是为客户量身定做，只卖对的，不卖贵的。可是，这就够了吗？怎样才能抓住客户，让其成为我们最忠诚的客户？我们不光得用产品抓住他的身体，还得用朋友关系抓住他的心。客户为了买这些软硬件和服务已经省吃俭用，胸闷吐血，还能把你当朋友？当然能，如果你能帮他解决棘手问题，帮他成为行业老大，你看他会不会含泪紧握你的手？旷达为什么能中标"未来城市"风能项目？因为它绿色能源的优势。可是咱们对旷达的风能了解有限，最近却一直磨刀霍霍，忙着商榷从哪块肉上下刀呢。

交锋日终于到了。任千秋说了那么多，只是一个铺垫，看众人频频点头，他清了清嗓子，所以，我特意派两名实习生学习了 NBI 和旷达多方资料，请他们各自给大家做个演讲。武越你先来。

苏小满激动地摇晃胳膊，脑残粉的架势，被林少霆飞快拽下胳膊，省省吧！

为了嘉奖三位实习生的表现，任千秋拉团队去K歌，苏小满被先派去布置打理。八点后大家纷纷来了。

在等林少霆？Fiona是个聪明人，一张嘴就要给苏小满定性。

小满却是桀骜的，不，我在等武越。

林少霆知道吗？

武越知道你在等他吗？

Fiona冷笑，不是吧，一个小实习生跟我叫板？信不信我一句话让你滚出项目组？

小满大着胆子，一不说二不休，信不信我一句话，让武越离开项目组？

哎呀，跟我斗！Fiona眉头一挑，响指叫来服务生，去，上杯子和酒！桌子上顿时摆了一溜小杯子，注满满的酒。Fiona一杯，小满一杯。Fiona再一杯，小满再一杯。众人都围过来，唯恐天下不乱地鬼叫。

微醺的Fiona拿着话筒边唱边性感地扭动身姿，身边口哨四起。有了醉意的小满终于放开手脚，或者说绷不住了，挑了首蔡依林的快歌又唱又跳，凭借良好的舞蹈基础，跟着屏幕上跳得令人惊艳，把一屋子带动得high起来，尖叫四起。Fiona明显输了这场，气恼地斜眼打量她。

武越和林少霆一前一后进来，并未引起关注，二人倒是被异常豪迈的小满惊到，她尖叫一声，摆了个结束的POSE，放下话筒。

Fiona酸不溜秋地开口：成天在家练这个玩啊？

电玩城的跳舞机上有这个曲子，哦，你这个年龄估计早不玩这个了。小满不解释也罢，一解释更激起Fiona怒气燃眉。她扣住小满胳膊，还没完，我们划拳喝酒，愿赌服输！众人再次沸腾，把小满架着，只好假装豪迈地应了。

小满没玩过五十那种划拳，是当作数学题来做的，格外认真，倒也学得快。两人边划拳边忍着难受灌酒，直到所有酒杯里的都一分为二下了肚。酒呢？Fiona大叫。其实酒已经被任千秋藏了起来。Fiona转念一笑，从包里掏出支口红立在桌上。既然没了酒，咱们输一次就脱一件衣服，脱到底线就用这支口红在对方脸上画，随便画！

见小满涨红了脸，林少霆走了过去挺她，别怕，我替你脱！Fiona自然不同意，林少霆又道：大家都想看你和我脱，她那飞机场有什么看头啊！

看到这场面，武越也凑过去，那我就替Fiona脱吧，两型男同台才有看头嘛！

小满才发现武越，心有千言万语，偏听他要帮Fiona，顿时气得烤煳冒烟，咬牙切齿道：好啊，武越，你很好！她上手将Fiona搭在武越肩头的手打掉，啪地生响。对不起F小姐，这儿不是红毯，也没有闪光灯。挪出你的爪子，这就开始吧！

Fiona 撩了下长卷发，眯着眼睛活动了下手腕。两个女人划拳，旁边两个男人一件一件脱。这一次小满又赢了，众人起哄让武越脱衣，武越护着自己的底裤，不能脱了！

亢奋的小满回头与脱得差不多的林少霆击掌相拥，却恍然意识到那是他赤裸的胸肌，马上将他推开，动作太大，竟将他一把推倒在地，脸上还挂着羞涩。小满顾不得扶，先一把抓起桌上那支口红，步步逼向 Fiona，逼至墙角时，她却突然转向旁边的武越，以拔匕首的架势"嘭"地拨掉口红盖，朝他脸上乱抹去，让你帮她！让你帮她！

毫无提防的武越想躲，已经被横横竖竖画得满脸口红。

45. 第一股东

擒贼先擒王。任千秋再布置任务，竟是研究旷达的王——梁董事长。

还需要吗？林少霆不屑冷哼，无情冷血，孤傲一世、富有野心，还有……他突然愣住了，还有什么？就这样呆坐在电脑前哑然失笑，他到底将身子挪向前，在百度里输入几个字："旷达梁劲棠"，屏幕上立刻跳出许多词条：1960 年出生于上海。1982 年毕业于上海交通大学，加入上海电厂。1992 年离开上海电厂，自创旷达公司……

1992 年，那时候林少霆应该是五岁，如果没记错，有个晚上，他在屋里玩小汽车，门外却传来母亲的声音，声音越来越大，好好的技术工作不做，非要自己创业。你知道你领导多器重你吗？你对得住他吗？

父亲压低声音，我为自己活而不是为了领导活。再说，你不懂能源，电能污染大，总有一天会被新能源替代。

那又怎样，那时候你人都归西了。现在做好你的研发工程师就够了！

对于新能源开发我有诸多想法，却无人重视。我只能单干，你明白吗？

不明白！这么好的工作非要放弃，跟领导置什么气呢！

反正我也回不了头了。你同意不同意，这条路我走定了！

总有一天祖上的老洋房也会被你败光！

一声沉重响亮的甩门声将林少霆震得跳起来。

林少霆继续轻声念到：2004 年旷达集团上市。风能这种优秀绿色能源受到市政府的重视和支持。上市第一天，股票就涨停。

他的记忆飘回到 2004 年他的高中时代，周五，他照例在校外车流中找到派来接自己的小轿车，把书包和自己扔进去。司机小心地从后视镜里将他打量，一个眼神就令林少霆意识到什么，果然，他更小心地出了个选择题：少爷，您父亲让我问你，这个周末你是回家还是去同学家住？他出差了，估计这两个周末都不在家。

林少霆选择C——停车！一个急刹车后，他重新背上书包，走向才静下来的校园深处。

武越在网上找到一张梁劲棠董事长年轻时的照片，虽然是一张集体照，他只是后排一员，可是打眼一瞧，他顿时心惊，目光忍不住转向不远处林少霆的位置。是的，二人眉眼如此相似。

经过一段时间开发，“告白”项目组三人再次约见投资商下属。对方仔细听过还是满意的，并用老板的原话给他们信心，的确，产品很有吸引力。三人对视微笑，看太阳透过云层照进玻璃，灿烂得简直刺眼。

投资商下属却话头一转，不过，我们老板也有句话让我转达，是关于我们天使投资的“投资前提”。四个字乌云压顶，他继续阐述：我们需要对经营模式的否决权。

没等林少霆想明白什么经营模式，什么否定权，张江已经蹦起来大声反对：那不可能，这个太难受了，那不等于你们说了算吗？等于说我们开发出来产品给你们挣钱嘛！

对方并不意外，只淡淡一笑，也不好这样说……

张江扣上电脑抓起就走，天使投资还是恶魔投资啊，简直是吸血鬼嘛！

苏小满急着道歉，一路追到大街。张江到底从脚丫子撒掉了一些怒气，仍旧满腹牢骚，经营权和否定权都给他们，我们还剩什么？上来恨不得一口吸干你的血，还有什么可谈的！

林少霆说：不然我来投这笔钱吧，就算一时拿不出这么多，几十万问题应该不大。

小满摇头，几十万还不是你管家里要的，再说，万一血本无归可怎么办？别急，让我爸想想办法。

苏小满含着根棒棒糖奔赴武越第一次约球，才走进室内网球场，却远远看见武越跟林少霆站在一起，还没想明白，露肉的性感Fiona婀娜多姿挪步而出。小满低头再看自己一身棉服，顿时泄气又懊恼。想着就脱到一套素色运动套装，还是打个哆嗦，亏Fiona穿得那么风凉，晾鸡皮疙瘩吗？她气恼坐在长条椅子，看Fiona差强人意地挥拍，奔跑，真是越看越别扭。可是那种婀娜是骨子里的，跑也跑得风生水起。她就这样气鼓鼓地看着，连林少霆身边坐了半天也并未发觉，直到他先开口，你会打网球吗？

小满赌气，不会。

林少霆现场做起了游戏规则演示。小满眼睛追着场上 Fiona 和武越漫不经心地打球、说笑，什么都听不到，你说，叫我来是干吗的？添堵的？

那叫我来是干吗的？疏通堵塞的？林少霆瞟见小满的拍子，拍子很专业啊，而且还不新，管你爸借的？他拿起示意正手挥拍，嘱咐道：拍子要这样斜着出去，手腕绷直，但也别一发力就扔出去了。

小满盯着 Fiona 牙痒痒，如果扔得准，这办法倒也值得一试。

Fiona 下场，拿着毛巾娇喘拭汗，又将毛巾随手递给小满，搭她手腕上。她举杯咕咚咕咚喝水，跟武越拆解动作，就把毛巾那事儿忘了。饥渴是吧，小满暗自咬牙，缓缓将毛巾捋平，重新挂回 Fiona 脖子上，从地上拿起自己的拍子，示意林少霆，上！

我教你。林少霆仍在絮絮叨叨，其实不难，球要蹦一下再接，跟羽毛球差不多。我尽量打到你跟前。

别废话，直接来！

林少霆的球就直接蹦到小满右前方，她发狠一记正拍，风声呼啸，球就排山倒海大力压去。林少霆欲接，一分神先崴了脚。球越打越狠，林少霆实在招架不住，累得叉腰直喘。

武越一直在套 Fiona 标书价格，看见场上赛况，也渐渐止了声。

小满脖子上架着网球拍，彪悍下场，你俩，谁先上？

几个回合，武越也败下阵来，Fiona 更是早早披上运动衣，收起了满身鸡皮疙瘩。而小满赤红着脸，咕嘟咕嘟灌水，粗气直喘。林少霆忍不住大笑，太凶悍了吧，把我们三人拍得死死的！

是你们太菜，让我没办法谦虚。小满一抹嘴，拍子直指 Fiona，你来！

Fiona 褪掉外套，才走几步却突然一声惨叫，摔了一跤。小满怎么看都觉得装得成分大，就冷冷道：骨折了？

Fiona 抓住武越胳膊，恐怕扭伤了，你送我回家吧！

剩下两人跑去草草收拾，跟着“搂搂抱抱”的两人往外走。林少霆一瘸一拐忍着痛越跟越远，小满觉得不对劲就命他席地而坐，见其脚踝已经肿起，还真是笨啊，球打得不怎么样，倒是把自己伤得挺像样！“搂搂抱抱”一组已经消失，小满一寻思，将林少霆扶起，带你去家老字号，跌打损伤分分钟药到病除。他家也做按摩推拿，我爸的地盘。

Fiona 的家不大，却装饰得华丽高调，女王范儿武装到犄角旮旯。武越将她扶至沙发，准备撤步，却被她拉住胳膊，轻声问道：你到底想要什么？

武越心中一震，这明明是个双关，她到底知道什么，又在试探什么？他唯恐惊慌流露，连忙挣脱转身，我要什么你还不知道吗？好了，你好好休息，我下去买点外卖，也快到晚饭时间了。

Fiona看他带上大门，起身去拿一瓶红酒，行走无恙。

苏小满将一瘸一拐的林少霆架进老字号，气喘得夸张，实在背不动了！

你管这叫背啊？林少霆嘟囔着，脸上有点挂不住，听小满还在跟老板手脚齐上夸夸其谈，把赛场聊成了江湖这才想起自己。她将老板推过来，快上魔力秘方，让他活蹦乱跳起来！

都是苏大公主一句话！对了，苏教授也来了，在里面跟朋友做推拿。

小满突发童心，蹑手蹑脚停在包房门口，对话传来，果然是父亲。

我女儿都来找我了，得给她个面子不是？现阶段真没办法投资吗？

你别难为我了，这行你懂的，我的确看中他们产品的新意，可是我要掌握盈利模式，比如模版收费等。他们不肯放手，连商量的余地都没有，这还怎么往下走？另一个男人的声音传来，隐约熟识，小满努力想却想不清楚。

小问题。这样吧，我来劝服他们接受谈判。到时，你们双方各让一步。老实说，你这个要求让头次创业的人是很难受，他们这个反应也在情理之中。

如若各自让步，合作指日可待。

门外的小满激动地挑帘欲入，却被苏教授几个字生生按住脚步。他说：可是，我有一个条件，只一个小要求，就是让我女儿做最大股东。你以投资方提条件，随便什么理由让另外两个小子认同小股份，并最终出局。

我没问题啊，只要你女儿同意。

问题就在她身上。这个孩子打小聪明，可惜心太软。这是她第一次创业，必须成功。

小满慢慢放下帘子，僵硬着后退后退，直到脚跟抵住墙根。她从来没考虑过第一股东，甚至股东一说也是张江提起的。“告白”明明是张江的娃，从创意到技术都无可争议的第一所有人，父亲要来干吗？我要来干吗？她心乱如麻脸色煞白一步步挪到林少霆身旁，走吧！

老板还没忙完，吓到你爸了吗？

我……小满觉得那个被吓的明明是自己，还吓得不浅。

不用付钱吗？老板还说要加用他家老祖宗传下来的秘方呢，不是看你的面子不给的。林少霆被她一把拽起，边瘸着脚走边絮絮叨叨，看她拿过登记本，在父亲登记卡上草草签字，“苏枫”两个大字。

苏枫坐在书房里还在暗自寻思推拿店老板的话，苏妈妈风风火火冲进来，那二十万到期了，你提出来给我。快，最近有一个很好的理财产品，半年期，七个点的收益率。最难得是没风险。

苏教授笑了，哪有没风险的理财，都是骗你们这些老太太的！

嘿，我什么时候变老太太了？别啰嗦，给钱！我又不是没买过，跟朋友明天约好去银行。见苏教授面露难色，她声调骤高，怎么回事？你把这二十万怎么了？听苏教授用公司急用解释，苏妈妈却暗自凝重，她心如明镜，这绝非他的风格，他财政上向来公私分明。

苏教授借口走进女儿房间，见小满并未从书上抬头，已经证实了自己的猜测。他将网球拍递上，老板说你跟一个帅小伙子来的，是武越吗？

不，小贾。

苏教授研究着她的表情，到底问到重点：你没找到我的包房？

没有啊，才准备敲门任老大电话就来了。小满不善撒谎，三两句还是回到主题：爸，我请你帮忙的事儿，你帮我问了吗？

苏教授坐下来，你们开发的这个"告白"软件，是什么目的？

让创意成真。

那为什么不接受天使投资人的要求？

要求太过分了，等于把我们的权利全部买断，那在接下去的合作中我们就将失去主动权，变成简单的程序员。

有一定道理，可是不至于。既然你们的目的就在让创意成真，成真总是要付出代价。

小满略微沉吟，突然搂住父亲脖子，小苏，你觉得我们产品如何？既然你的朋友有信心，你难道不动心吗？不然你来做我们的天使投资人吧？

苏教授笑了，拽开她胳膊，怎么说到我头上了。我了解得不多，不过老苏参与的肯定错不了。

小满大喜，那就说定了，由你来投钱吧！

苏教授却严肃起来，也不是不可以，不过有一个条件。你别生气啊！

小满心一凉也板起脸，由我做公司决策人，第一大股东，最终把他们二人踢出局？

还说没找到包房？

这个不是重点！你怎么能提这样要求呢？你知道这个软件是谁的点子谁的创意谁的心血？

苏教授拍了拍她肩膀，重点是，我也是个生意人。

生意人苏教授退回书房，见苏妈妈一茶一静默，他便更难受了，还是那二十万的事情吧，他心下暗自打算从其他地方先调钱应付过去。可她却似笑非笑，公司急用，对吧？武越什么时候进了你们公司？

他必定有个小秘密。他前脚进女儿房间，苏妈妈后脚就闪进书房，从公文包到书桌抽屉一顿找，终于在公文包拉链内袋翻出几个小U盘，有两个上面贴着贴纸，写着"WY"。她又从一堆U盘里面找出网银U盾，插进电脑，快速输入密码。

终于，她找到一条二十万的转账记录，收款人竟是"武越"。

苏教授大讶，你怎么会有我的U盾密码？

这有什么，就凭我多年练琴练出的过目不忘。你在我面前输入密码又不是一次两次了。

孩子的智商取决于母亲，这话我一直不信……苏教授快速盘算着如何应付过去。

少打岔，你准备骗我多久？总不会认定准女婿就打款订货了吧？咱家小满还没到这种程度吧？

亏你想得出！苏教授面色一沉，随即转换调子抛出武越身世，父母因生意失败自杀，只留给他一个同父异母的弟弟和一笔债务。最后他强调这二十万，等于……从高利贷刀下抢回来的两条命。

苏妈妈一时半会儿走不出这段剧情，那么小满知道吗？当然不知道，武越这般骄傲的孩子如何受得起怜悯。不对，你肯定还有什么事情瞒着我，干脆一起坦白吧！她虽用说笑完结这段谈话，心里并未真正放下。有什么地方隐约不对，她却暂时想不真切。而武越，竟然是这样的武越，令她心惊又心疼的武越。

武越站在咖啡馆外，透过自己跟苏小满合作擦过的窗户望向屋内，武天天跟Edward早已混成熟人，一个负责捣乱一个负责收拾，看着Edward欢快又隐忍的表情，他淡淡地笑了。在这一方田地里，苏小满假装韩国人跟自己学包饺子，洗杯子撩水打闹，她将手指头挨个亮出，13-7-0……直至一个手机号码，她爬进柜台躲避Mary，两个人的脸近在咫尺……

这时，Edward将一杯热咖啡端给他，还是这里好吧？

是啊，简单，多好。

投影仪上打出了梁董事长的大幅图片，林少霆走上台前，这种感觉如此诡异，第一次深究、阐述、夸赞一个人，而他却是自己最熟悉的陌生人——父亲。旷达集团梁董事长，梁劲棠，他是个富有传奇色彩的人。他祖上殷实，曾经有一个甜蜜的三口之家，在上海电厂拥有一份稳定、有前途的工作，可是不甘如此的他情愿放弃一切，从零开始。这才有了旷达。林少霆长长呼出口气，重点是，当初他决心走这一步，只因他各种创新念想未能得到电厂认可。

武越插话：网上并无类似描述，只说他离开电厂，开始创业。

林少霆假装并未听见，我的建议很简单，迎合他对创新的执念，把创新的思路贯穿在投标文档和软件设计中，必能轻松中的。

任千秋带头鼓掌。林少霆扣上电脑，就这些。他开了个精彩的头，却草草收场，令人费解。

武越才插上自己电脑，顿时投影出一张梁劲棠年轻时候的照片，他却马上翻篇。虽然八卦并非我特长，今天我要说的却是梁董事长的私生活。众人大笑中，武越不经意瞟向林少霆，却找不到任何表情。我找了许多梁董事长和旷达的介绍，关于私生活的非常少，基本几个字：早年离异，育有一子。

林少霆望向任千秋，见其微微摇头。

离异时间点并未交代，只知他本人如今乃超级钻石王老五一位。那位公子呢，算起来应该是二十六七岁的样子。他肯定不在旷达工作，否则这样的消息想藏也藏不住。而这样一位腰缠万贯的民营企业家最关心的是什么？当然是子承父业。找到他的儿子，从他身上下手，必然起到四两拨千斤的效果。

任千秋带头鼓掌，你的确不擅长八卦，下回我换个女实习生执行这个任务，恐怕帮我把太子照都扒来了。在一屋子笑声中，他草草结尾：今天林少霆略胜，他提出的观点非常好，咱们可以在接下来的会议中重点讨论。也就是说手机 APP“能量赛道”上又有了更新，武越并不介意，也从不怀疑自己与第一符号之间的关联，他只朝林少霆笑笑，意味深长。

没人看得到林少霆心中狂草疯长。百度是个什么操蛋东西，居然比我更了解我爸，在那里他明明是个陌生人，那么了不起，那么强大和无敌。如果真这么伟大一个人，为什么这般对待我母亲？而六岁，六岁那年到底发生了什么事情，令母亲就那样狠心离我而去？

落叶于秋风中散乱飞扬，因为阳光温暖，就有了花瓣撒落的美意。三人从工商局出来，嘻嘻哈哈地走在人行道上，还在抢夺营业执照。现如今公司终于成立，证也领了，二位是不是不觉得我特碍事。张江眨眨眼，见苏小满不解，深入解释：如果不是我杵在这儿，二位是不是找到了领证回家的感觉！

林少霆居然红了脸，小满心里被什么硬物撞了下似的，生痛。我爸那边都不好说，不一定能帮上忙。咱们还是尽量靠自己把软件完善起来。时间紧迫，如果市场上出现类似的产品，咱们的价值就将大大削减。

我出钱，你们又不让。

小满依旧坚定，不能让你承担这样的风险，也许最后血本无归，你让我和张江还怎么过下半辈子？

张江往旁边一跃，跟我无关哦，我没压力。要过下半辈子，你俩细细商量。

两个人都去敲张江脑袋，目光却不敢产生交集。

武越径直走向“传奇”老位置，见没人注意便伸手摸向相框后，惊喜地触到一张折叠纸条，正是苏小满的字——“特别圣诞节任务。特工 WY 收”他展开纸张，见上面写道：“北纬 31 度 11 分，东经 121 度 29 分，准东南方向，第二排红色盒子。”

武越罗盘搜索找到公司大堂一棵巨大的圣诞树，再找到准东南方向，顿时倒吸一口冷气，树下堆了那么多包装盒。武越蹲下身，刚要伸手去够一个红色礼盒，耳畔却是一声大喝“住手”！武越手一哆嗦，回身看见名保安大叔站在身后，一脸得意，哼哼，盯你半天了！长得人模狗样的，连这个破盒子都偷！失望吧，空的！

武越站起身，就是看看。

看？那些偷走圣诞树挂饰的人都这么说！

武越计上心头，将保安大叔拉到旁边，小声道：咱们这栋大楼是不是没有 13 层？你肯定说，当然没有，老外都忌讳这个数。其实……是有的，只是从另一个电梯上，一个普通人都不知道的电梯。

保安大叔乐了，扯吧你！可是马上被武越一脸严肃震到，真的？

武越压低声音，一个我不能说的国家保密单位，你也不会想知道太多吧，否则可能对你不利。保安果然讳莫如深地点头。武越把小满的纸条在他眼前晃了下，立即令他面露敬仰。武越警惕地望向四周，悄悄演示他的手机定位，眼神指向圣诞树。保安无比悔恨，半蹲着身给武越打掩护，直到武越翻到红色盒子下贴的纸条。他拍着保安大叔肩膀，真有你的，连我这个训练有素的特工都被你发现了。有机会我可以推荐你到我们公司做保安。见对方激动地掏手机要留电话，他只能快速撤步，我会找到你的！

多么熟悉的台词，二人会意点头错身，内心戏要演足。

才转过墙脱离保安大叔的视线，武越连忙展开纸条，封面依旧写道：“特工 WY 亲启”，里面的任务竟是——“Fiona 包里，有个黄色小纸团。”

武越苦笑，你扔进去简单，我拿出来可不容易。即便不易，他还是第一时间靠近 Fiona，看她在自己座位上办公，大 LV 包包就半敞在身边。武越仿佛不经意走过去，突然大惊“咦”了一声。

他声音不大，却令 Fiona 心下一惊。怎么?

武越磕磕巴巴地，一只大蟑螂爬进你包里。

怎么可能，在公司里……说话间她马上意识到是“大蟑螂”，尖叫着抓起包就反扣在桌上。武越扑过去划拉着找蟑螂的架势，顺手抓住了一个黄色纸团。然后满怀歉意地笑笑，也许是我看走眼了。

这回纸条上才是最终版，“特工 WY 听令：圣诞夜，外滩 51 号。”

46. “一人一个问题”派对

Edward 正在外墙上刷字，一个大大的“拆”字，忽觉背后有人，竟是两位片警。他俩费了点劲才用英文说明白，意思是有人投诉他涉嫌造谣，引起群众躁动。Edward 四下打看，发觉邻里三三两两都在指指点点。我？我一遵纪守法的小老外公民，你是不是走错门儿了？

早知他会中文……警察还没来得及胸闷，一辆小面包车急刹停在咖啡馆外，下来几个人，将一盆盆鲜花沿路摆在通往咖啡馆的小路上。

Edward 梗着脖子，弱弱相问，这是被投诉的待遇？

林少霆的改装车沿路而泊，Mary 身着华丽亮片的性感礼裙迈出车门，光彩照人。站在咖啡馆外手持香槟酒杯的实习生纷纷拿出手机拍照，顿时闪光灯一片，走在鲜花红地的效果，令 Mary 感觉颇好。

苏小满冲过去，手持手机当麦克风，Mary 姐说说您的感想吧！

Mary 摆出各种 Pose 拍照，一点小激动而已。

是因为 Edward 即将回国继承一笔遗产的原因吗？

Mary 娇笑连连，继续摆 Pose，小声点行吗？多招人恨啊！

小满继续追问：那您知道这笔遗产具体数额吗？万一其实是一小丢丢钱，也许都不够您今天的置装费……

Mary 突然停下，大讶，会吗？

这时 Edward 从门里走出，他身着燕尾服打着领结，格外绅士的装扮亦引起一片闪光灯和尖叫。他一只手背在身后，频频鞠躬。武越手持手机充当话题凑过去，爱德华先生，如果没猜错，今天对您将是尤其特别的一天。

Edward 点头，特别的特别。

是因为关店的原因吗？

Edward 继续露出 30% 微笑供大家拍照，咬牙道，有你这么聊天的吗？

是，可是接下来的话也许更不好听，还请海涵。我是想问，如果您继承的遗产金额原来只有四位数，还是以人民币计，恐怕都不够买您这一只手里的……

Edward突然嘴里一丝冷风穿过，脚僵在半空。

如果我没猜错，您手上这只是特价不退的。

Edward脚下一软差点跌倒，你怎么知道？

只是出于直觉。

Edward痛心疾首的表情，管不了那么多了，既然这本是一条不归路。

武越大声道：恭喜二位通过了重重心理考验，现在你们可以该干吗干吗了！

众人鼓掌中，Mary和Edward终于在通道中间相聚、相拥。Edward夸张地举着那只手，Mary明明渴望，还装出不屑一顾的微笑。

可是，然而，但是，事实却是这样的：

林少霆的改装车沿路而泊，Mary穿着华丽亮片的性感礼裙迈出车门，光彩照人。可是一阵冷风吹得她整个透心凉，Mary忍不住骂了句：靠，应该选那套带毛毛的。

众实习生看着Mary哆哆嗦嗦地走在装点过的过道上。战果小声打听，Mary今天过生日吗？

苏小满跟过来，Mary你冷哇？听说Edward要回国当继承者去了，你跟去不？

Mary不爽，去个头啊，总得有人邀请我去呀！

那你晓得继承款多大吗？Edward干吗要关闭酒吧，感觉是要垫钱不是拿钱啊？

Mary穿着恨天高细高跟鞋，脚下顿时趔趄，大叫了句：爱德华！你给我出来！

Edward自语跑出：爱德华三字一出必定不妙。他身着厚棉格子衬衣，牛仔裤，看见打扮得又冷又酷的Mary，顿时愣了，今天你过生日吗？

武越走了过来，恐怕不这么简单，她这样隆重的穿着好像不是为了迎接你这样随意的打扮。

Edward边走边低声求救，我心肝肺都打颤了，教教我该怎么办。

武越想想，你就说，我的礼服还没干洗完，你急了把干洗店都砸了！

Edward想都没想搬来就用：我的礼服把干洗店都砸了！

Mary跨进咖啡馆就看小黑板上写着“今夜绝对不跑单”！联系到自己心里小九九，她顿时觉得明明话中有话，春意盎然而起，干吗啦？

到时候你就知道了！

苏小满将一张画着树干的图画端至Mary跟前，请求留下指纹。Mary印上指纹来不及询问，她已经走向下一位客人。Edward从柜台里端出一盘巧克力布朗尼，七八块叠放在一起。武越接过，吆喝一嗓子：店长大人为Mary姐亲手烘烤，都来尝尝。马上有人伸手，都被Mary噼里啪啦打掉，她一把将盘子拢在怀中，引起众人愕然。

Mary就这样抱着盘子坐在角落里吃那盘巧克力布朗尼，已有半盘下肚。小满上去要一个，Mary顺着这个台阶张开满嘴黑牙，说：好，先检查一下。说着就用手将布朗尼挨个掰开，零零散散一盘子。小满磕磕巴巴退下，Edward就凑了过来，怎么，你喜欢掰碎了用勺子吃？

Mary摸过把勺子，抄起一大勺碎布朗尼就往嘴里送，可不！

Edward见人来得差不多了，就拿起麦克风，大家好！很遗憾地告诉大家，今晚派对后，咖啡馆就要关闭了。然后我要返回我的家乡去做个有钱人，继承者，懂吧？无论如何，作为我的老朋友和Mary的朋友，你被邀请来派对。请确定你是单身，因为接下来我会进行一个中国相亲大会上的游戏——换伙伴！切记，每个人只允许提一个问题。这就坐下开始吧！

屋子炸了，口哨冲天。

一个丑老外男人坐到柴晴对面，都说老外找的中国女人都很丑，不符合中国审美。如果我喜欢你，你会不会感觉被羞辱？

柴晴皮笑肉不笑，都说中国女人委身的外国男人都又秃头又老，如果我喜欢你，你会不会觉得被羞辱？

男人吐血状竖起大拇指，柴晴则得意地起身换人。

林少霆坐在角落里看这一屋子闹腾，恍然发现柴晴就坐在对面，这儿好像并非游戏区域，可是谁管！你在喝什么？他问。

柴晴将杯子往前一推，小满和武越浓情调制款咖啡，你也来一杯吧！

林少霆不屑一笑，你想说什么？

停，你已经问过一个问题了，就是“你在喝什么”。我只想让你看看清楚这属于小满和武越的一切。这里，与你，无关！

林少霆大口灌下一杯香槟，过了今晚，这里就将从地球上消失。

骗人容易，骗己难。柴晴起身，走向游戏。

小满和武越默契地走向同一张桌，相向而坐。的确如柴晴和林少霆所言，这里属于他俩，可是，过了今晚却又将从地球上消失。小满摩挲着桌沿，想起面试集体那天，Mary让大家移桌组合，他俩桌子才要凑到一块儿，她却被柴晴生生拽走。小满作势发狠，那天，我剁了她的心都有。好神奇，似乎什么都没发生，时空又转至那一天，咱俩的桌子终于拼到了一起。我只有一个问题，你会不会忘记这个地方？

武越暖暖地笑了，当然不会，这儿有个韩国人跟我学做饺子，有人跟我一起洗盘子，有人用鸡毛掸子刷杯子……我也只有一个请求，他将她拉起走向那块他俩曾经合擦的玻璃，能否再次合作一次？他将一个刮刷塞至她手中。

“哗啦”一声，武越在玻璃墙外将一整桶水泼上，玻璃面顿时变得模糊。武越用刮刷从左到右，从右到左刮过去，镜面清晰起来。小满也举起自己的刮刷，跟随着玻璃对面的刮刷，慢慢地、慢慢地。两个人的手也隔玻璃合印在一起。曾经有一个午后，他停下来，她也停下来。他就这样走走停停，她也走走停停。于是，在玻璃水纹中，脸时而清晰时而模糊，目光时而交错时而平行，笑容时而有意时而无名，一种透明的物体在玻璃的厚度中缓缓折射，碰撞，流转，飘摇不定，似光线、光影或者试探。小满泪眼盈眶，用手指画了个“r”，武越笑了，刚要说话，突然被一桶水泼在身旁玻璃外墙，顿时被溅了一身一脸的水。竟是林少霆。

我来帮忙！林少霆兴奋地张罗着。武越将刮刷一扔转身便走。玻璃墙面上的水渐渐落尽，便清晰起来。那对面分明是个倔强淘气的坏小子，嘴角在笑，眼底却是绝望。玻璃如此通透，她如何敢看。

张江正准备坐到小满面前，被林少霆一把拽起来，换自己坐下去：嘘，一人只许提一个问题。小满立即谨慎住口，做了个“你先”的手势。林少霆望向她的眼睛，真想直截了当问一句：“喜欢我，行吗？”可是他害怕答案生硬钝痛，或者绵软却指向虚无。要不还是换心里百折千回的那句：“其实，每一回，都是第一个遇见我。你可知道？”她当然、必定不知道，知道了又怎样？所以他只能孩子气地张嘴，我知道这里是个神奇的地方，可是我不喜欢。所以我决定变一个魔术，他学她的样子手指一个轮转，变，变，变，让这里的气场统统消失。

他执拗的孩子气令她发笑，笑着笑着心便隐隐痛了。小满故意打岔，陈述句太多了啊，提问，请！

林少霆语塞，一个问题而已啊，就一个，他却哽在那里，看笑容从她脸上淡去，淡去，又有一丝慌乱划过眼底，便不忍了。于是他说，我的魔术成功了，你能不能不要难过？

她伸手揉了揉他的头发，软软地乱了，好像这样她才可以开口，魔术如果失败，你能不能不要难过？

张江突然大叫：一人一个问题，结束，换我！

算你狠！林少霆乱着头发起身离去。是的，他感谢张江的捣乱，虽然是两个问号，可答案却都如此明确，不需回答。

这时，Edward 用话筒将小满叫到台前，感谢你给我一个慈善机会。

小满明白他指的是捐赠家具和餐具给希望小学的事，也明白他心中不舍，打趣道：怕 Edward 反悔，我已经叫了辆搬家车，停在外面。只等大家前脚一走，我后脚就洗盘子刷碗，塞上车就走。见 Edward 带头鼓掌大笑，她亦轻松坦然起来。不好意思，我的慈善方式有些迫切，肯定令 Edward 割肉似的疼，不过我也顾不上他的感受了。想着这些漂亮的桌椅摆在那所乡村小学里，孩子们在上面写字画画，就觉得无比幸福。只有一个担心，就是这些餐具，它们显得过于高级和单薄，恐怕那些小黑手都不敢触碰。还有些小碗，我就谢绝了，小得不像话嘛，你知道那些孩子的胃口多大？一个一个比脸还大的饭碗，不挑食不矫情，大口往嘴里拨。所以，我建议：女神们，放下矫情，别减肥了；男神们，您也吃得爷们点！

掌声笑声中，林少霆敲起个铁皮罐子，江湖规矩，有钱的出钱，没钱的出力！

有个老外抗议，啥都没看到呢！出来混也得靠耍把式吧，中国的武侠电影里都这么演的。

林少霆将罐子往张江怀里一塞就打开音响，他跃进人群中央，令人惊艳地来段街舞。口哨掌声四起，更多的人加入进去。小满眼睛还在寻找武越，却被林少霆拉入舞池。

搬家车泊在咖啡馆外街上，大家帮忙搬运，随后渐渐散了。咖啡馆和整条街快速陷入夜色寂寥。小满将运费数给司机，发觉还剩下两千多，跟林少霆举手击掌。武越毫无表情走过，进来吧，帮 Edward 收拾下他的宝贝。

人去楼空，只有 Mary 兀自打嗝，坐在窗前生闷气。Edward 并没太在意，而是从储藏室搬出几个纸盒子开始献宝，都是他走遍大江南北淘来的宝贝。Mary 眼睛一亮。他首先小心掏出个青花瓷瓶，看仔细了，这可不是普通货色，是出自元代景德镇湖田窑的青花瓷！瞧这胎体，瞧这釉色，仿是不可能仿得出来的！

大家面面相觑，突然爆发出大笑。

Edward 连忙搂紧自己的青花瓷，唯恐被声波震破。他又小心翼翼掏出个兵马俑人头。Mary 则将手伸进花瓶摸来摸去，无奈只有几团软纸。Edward 当然并未注意她，只对围观者神秘兮兮道：偷偷告诉你，这真的是秦始皇的陪葬品，西安人盗墓出来的，你看这个破损程度，绝对地下上千年的真货。小心点，今天片警才来过，可把我吓得不轻。

武越忍不住乐了，我也去过西安，到处是卖这个的，没破的还贵些。再说了，如果是真货，还能让你这个老外带出国门？

Edward 大讶，马上换了口气，假的假的，我几十块淘的纪念品。

他正准备掏出第三件宝贝，在旁边已经掏了个遍的 Mary 终于忍不住发飙了：什么破玩意，没一样值钱的，里面什么都没有！

林少霆乐了，Mary 姐口下留情，不允许你如此伤害一个热爱中国文化的傻老外！

小满捧出一个相框，正是她四处寻求指印的那棵树。当派对每个人留下五彩的指印，画面也便枝叶繁茂。她交给 Edward，手挪开露出下面一行小字——“Edward and Mary”。Edward 深情款款递给 Mary，在我们家乡，结婚典礼上，每位宾客都会在这棵手绘树上留下指印。你看，这棵树是属于咱俩的。除了这个，我现在什么都无法给你。Mary……你还会等我吗？

Mary 立时泪崩，想来点浪漫的，却先打了一个大嗝。

Fiona 喜欢的西餐厅必是全英文菜单，且不配中文翻译。在这里，武越却可以轻松点餐，令她暗自满意。是你喜欢的吧？他轻声询问，她却呆了，对啊，他如何知晓。武越解释道：因为你有个很可爱的习惯，就是每次看到喜欢吃的，眼睛先要亮一下。如果是动画片，会表现得更充分一些。

莫名的情愫在 Fiona 心里剧烈摇曳了下，他是第一个发现这个习惯的男人，连自己父亲都不知道。

武越握向她的手，我知道的还很多呢，比如你喜欢把各种漂亮的戒指戴在右手食指，比如你喜欢嫩黄色的服装，会把你的皮肤衬得更娇嫩，比如你用筷子很笨，跟老外有的一拼。见 Fiona 娇羞地笑了，武越身子凑过去低语，偷偷告诉你一个秘密，我已经把手机和电话密码改成了咱们第一次见面的日期，151125。你呢？

真的吗？Fiona 迎上武越炙热的眼睛，心底便化了。

NBI 公司楼下是个大型十字路口，红灯嘟嘟声响。两个男人站在人群中，直至绿灯便相向走来。苏教授将手插在大衣口袋，感受到一个塞进来的东西，是小 U 盘，他小声道：就等核心数据了。

武越快语缓步走过，数据只保存在 Fiona 的电脑里，只待她改密码了。

二人错身而过，宛若路人。

苏教授一进门就大大打个喷嚏，他伸手从大衣口袋里掏手帕，却将里面的 U 盘带了出来，掉在地上却浑然未觉。苏妈妈一进门就看到了，上面“WY”两个字扎眼。可惜她并不能理解“NBI 旷达投标书”的字面意义和深层含义。今晚她的琴声时断时续，手指干脆狠狠地敲下，胡乱收声。她到底写了条短信：“小满，有事找你。”才要发出，手却被苏教授按住。

第四篇：投标谍战

47. 来自 CTT 的老金

如果你以为任千秋手中只有实习生几张牌，就 Too young too simple 了。他车子开进巷子，走进一个隐蔽却精致的日式餐厅，坐在一个中年男人对面，从包里掏出一个大信封，推至近前。Package 很好，跟我们当时谈的一样。如今三个月已过，恭喜！

对方五十来岁，看着和气，锐利却藏匿于眼角眉梢。他抽出文件仔细查看，直至微笑点头。任千秋暗自松了口气。他是老金，自己三个月前从 CTT 挖出来的专家，被安排在一个小公司里用三个月时间洗了身份，也就规避掉诸多法律问题。他本打算标书递交后再让老金现身。

老金点上烟，却坚持：那还不是为了给你们提前加砝码，我说话，他们旷达还不给个面子？

这倒是真的！任千秋暗想，都是迟早的事情。

消息很快传到了 CTT 旷达项目组，虽然老金辞职的时候，他还并未入组，可也是早晚的事情。项目经理沙总是个四十多岁的谢顶男人，虽在办公室，他还是大口抽掉了一整根烟。众人不敢多语造次，只互相传递眼神。沙总狠狠将烟头按灭在方案书上，一个凹进去的小黑坑，自语道：好你个老金，洗刷刷洗刷刷，倒成了咱们死对头！

武越全身运动装束，小跑至苏教授在绿地公园所坐的长椅前，低下身子系鞋带。据武越分析，老金的加入几乎是为了对付硬件竞争对手 CTT。难怪任千秋对硬件一直信心百倍，原来早已挖来对手一员大将。苏教授快速思考，也认为老金对自己软件上的威胁不大。而且或许是件好事，让他们两位 IT 大佬在硬件方面恶斗，刚好可以忽略对己方防备。

武越系好两只鞋带，起身要跑，却听苏教授嘴里"吱"一声，苏小满一身隆重的夜跑装备远远跑了进来。二人神经一紧，说起话来都只动嘴皮子。

小满知道这个地方？

知道。

知道还约到这里？

武越缓缓站起身，现在怎么办？

你溜还是我溜？你跑得快吧？

找个借口更现实吧？

说话间，苏小满已经大步跑到跟前，目光却望向他处，惊讶道：小苏，你在干吗？

武越顺着她的目光望去，大跌眼镜。原来苏教授脱了皮鞋正踩在旁边的石子路上，我做足底按摩呢！这都没看出来啊？

不是吧，这些石头大大小小、奇形怪状的，就不觉得硌脚？

苏教授忍着痛，来来回回地走，故作悠闲状，不疼，就得这种起伏才能起到按摩效果。你看公园特意为咱们老年人修建了这条路，这就叫鹅卵石按摩道。

小满望了眼武越，你这样骗我爸？

苏教授乘嬉笑打岔穿上鞋子，搂住女儿回家。听女儿大笑的复述，苏妈妈却冷了脸，最近怪事儿多了。

洗好澡出来的苏小满边擦头边从书房前经过，里面传来父母的谈话，忍不住驻足倾听。

苏妈妈直言：我不会装。

苏教授压低声音，你就当为了小满。

我看是为了你自己！

都跟你解释过好多遍了，我在情急之下助人为乐，难道还做错了？

助人是不需要代价的。你呢？你这让人家孩子多为难。

这可不是个简单的社会，每一分钱都需要付出代价。谁不是这样一步一个代价走过来的。

苏妈妈提高了声调，老苏，他不是别人！

房间里一片死寂。

苏小满捉摸不透，想推门进去，却看二人走了出来。苏教授顿时紧张，嘴上却准备了套说辞：你妈让我帮朋友的孩子找个硕士生导师，可惜分数不争气，哪有那么容易？

来自CTT的老金亦成为战果跟旷达工程师交流感情的话题，他本跟吴志雄二人来机房做维护，说到神秘人物，就激动起来，我有两个朋友就在这个投标组里……他一激动脚下就踢到电线插座，机房顿时断电。可是他踢到时候，自己身子并未倾斜摔倒，身后紧接着走过的吴志雄却踩到电线，一个趔趄。突然的断电引起一屋子惊叫。众人无头苍蝇一般忙碌起来，企图快速拯救现场。NBI带队工程师马上找到是插座的问题，连忙重新插上电源。可是再一检查，新的系统没升级成功，旧的却擦除了。

旷达工程师大怒，马上将矛头指向吴志雄，你乱走什么！

吴志雄百口莫辩，你怎么知道是我踢掉的，战果就在我前面，你怎么不怀疑他？

旷达工程师本来就对吴志雄没好印象，怒道：他？他走得好好的，你差点摔个跟头，你说是谁弄的！他指着吴志雄，转身对 NBI 带队工程师乱嚷，下次不要带这个人来添乱！以前给人脸色看令人添堵，现在还长本事了！

吴志雄抓起外套狮子般愤怒地冲出机房。

他前脚冲出去，NBI 会议室里的任千秋后脚就接到电话，他的脸色逐渐阴沉，最后嘱咐快速撤回实习生工程师。看一屋子人紧张起来，任千秋又道：如今旷达还流传着一个谣言，说咱们硬件产品会在明年卖掉。可是有点常识的人都不会相信！我看只能是 CTT 一看老金现身就彻底毛了，下三滥的手段都使上了。

老金的声音偏低沉，幽幽地从屋子角落传来，令人颇不舒服，他说：别小看这个谣言。你们 NBI 的价格向来偏贵，有时候比其他公司甚至明目张胆地贵 20%以上，可是为什么还是有那么多客户选择你们？就是因为你们的服务。他们相信你们的产品，相信你们的更新换代，更相信后续的服务，百年老店的好处就在这里，解决了许多后顾之忧。可是一旦这个产品要被卖掉，相应的后续服务就不得而知了。

任千秋点点头，谣言有板有钉，明年几月被谁收购都一清二楚。联系上前段时间个人电脑部被卖的事实，的确令人心生不安。其实更令人心烦的是：旷达要求 NBI 出具一份书面保证，保证三年内应标硬件部门不会被出售。三年的事情谁能保证？自己胸脯拍得山响又有何用？那么几线老板的保证才算数？NBI 非常规流程走起来都异常艰辛，费时费力不说，恐怕输掉的更是公司的面子。如果软弱地接受旷达这个要求，等于怕了 CTT 一个谣言，更等于外交上输了一个回合。

看任千秋脸上阴云密布，实习生面面相觑，都感受到一种前所未有的肃杀。任千秋随即宣布散会，叫老金一起中餐，手上习惯性去盖笔记本电脑，老金却扶住他的电脑屏幕，还想再跟你讨论下这个问题。

任千秋不免莫名，不急吧？饭后再说。

老金也不坚持，那咱们早去早回，电脑别关了。

任千秋走了几步，回头张望了下自己的电脑。

旷达项目几个实习生去“传奇”解决一顿午餐。说起来自 CTT 的老金，张江羡慕得紧，厉害啊！啥时候我也成为这么一号人物，往大家跟前一站宣称，我张江说一，别人不敢说二。业界我说了算！

苏小满点了下他额头，醒醒！我帮你设想下，你的最佳结局是，往那一站，大家都围过来，有人掐你脸，有人揪你头发，说：天啊，这就是传说中的超酷黑客？长相很逆向啊！说话间门上铃铛响起，吴志雄和战果黑着脸推门而入。小满马上想起任千秋的话，你们今天在旷达吗？

吴志雄被扎了似的，真是坏事传千里！

战果个子矮，却去拍他肩膀，你也别生气，没谁的眼睛真正看到你踢掉插头。

吴志雄一别身躲开，那又怎样？也没一只眼睛看见我没踢。对了，你小子走在我前面，凭什么不是你踢的？是不是就是你干的，却没胆子承认！

战果马上摇手，不是我。

吴志雄一把揪住战果领子，为什么不是你？为什么没人怀疑你？那帮孙子平时吃你多少好处，凭什么没人针对你，却个个对我恶言恶语！

战果也不乐意了，努力挣开，他们不针对我又不是我的错！

如果像任老大说的影响投标可怎么办？这个黑锅我绝对不背！吴志雄嚷道。二人推推搡搡，眼看要打起来，实习生都围过来劝架。

柴晴跷着二郎腿乐了，多大点事儿，至于这样哇啦哇啦？你们真觉得这点小事儿会影响到旷达投标？真把自己看成大人物了。话一出口，实习生们也就散了。

午后的会议不免令人昏昏欲睡，不过，一条新微博爆料倒是令人精神头一震，"旷达投标组慌了，CTT造谣生效，绝对堪称重拳。"这爆料ID到底出自谁手？Fiona将手机递给身旁的武越。

武越的目光将导火索引致嫌疑人老金，悄言：难道他其实还服侍着原主？

不会。若是他，前期他没加入进来的时候消息又是谁爆的？她想了想，突然惊呼，会不会是苏小满啊？

武越大惊，连忙好笑地摇头，不可能！想象力越界了。你未免太大看她，她就是个没心没肺的傻妞！

为什么不会是她？她本来就是被抓壮丁进来在我手下打杂，现在又看着咱俩卿卿我我，能不起了从中捣乱的心？Fiona撒娇，你可不许向着她啊！如果真是她干的，看我怎么往死里修理她！

武越倒吸一口凉气，暗自感叹：女人真可怕！

Fiona却听见了似的，吃醋的女人真可怕！我说……她呢！

48. 内鬼

吴志雄灌下两口白酒，狠狠将酒杯甩到墙角，那片支离破碎的狼狈好似自己的处境，遭人嫌弃又再回不去。他握住酒瓶就灌，火辣辣的白酒烫熟了他的音带，放大了音量，他红着眼底破口大骂：他妈的，看咱们乡下人好欺负，什么脏水都往俺身上泼！不行，我明天就找旷达工程师去，当面质问他，问他哪只眼睛看见是我踢的……

阿玲摩挲着他后背，知道了，知道了，都说十好几遍了。

他醉倒在桌，渐渐没了声响。

阿玲抓起电话，想请武越开解开解丈夫。武越似乎还在开会，压低声音说了几句"别放心上，我相信他"这种不痛不痒的话就挂了电话。是啊，这种脏水反正泼不到超级实习生身上，他怎会明白其间脏臭。

第二天的黎明一如既往地到来，不管你想不想上班。阿玲企图把吴志雄从被窝里拉出来。他却转过身，上个屁，这种憋屈的班老子不上了！

阿玲恼了，不上？孩子谁养？他抓起被子捂住头，闷声大叫，无非是我吴志雄不是好惹的云云。

这个时候比阿玲还急的恐怕就是战果了，他一大早就转悠在吴志雄的位置上，急候他大驾光临。事到如今，他恐怕无法站出来宣称——是我踢掉电。说了又有谁信？他对当时一瞬间也并不那么确定，可他担心的事情到底还是发生了。见武越一进公司，他就冲过去上下其手找手机，快给吴志雄打个电话，或许这个时候他只听你劝。

这么点小事都 handle 不了，在公司还混个什么劲！武越一脑子事偏还迟到，只甩下这么一句就走进会议室。

任千秋边摆弄投影仪边自顾自说话：最近一直有人在查我们的成功参考案例。我几个老客户打电话来问，怎么还没开标就查起来了。是啊，是谁在查？旷达还是 CTT？他突兀地停下来，想起什么似的发了十秒钟呆，不好意思，我有个电话，你们继续。他大步走出会议室，临出门朝武越使了个眼色。

任千秋果然等在茶水间。他望向窗外的浦江景致，努力在脑子里搭建线索与结论之间那些横线竖线，直到他终于一口喝干整杯水，将纸杯揉成团，眼睛一线间透出凌厉和阴冷的光来。他说：我怀疑我们中……有内鬼。

武越吓得不轻，身子不自觉往后倾斜。他意识到自己的失态，努力镇定下来，你是说那个爆料 ID？

任千秋摇摇头，爆料 ID 都是小儿科。我今天开会，突然意识到这些成功参考案例都写在我们的标书上，并未发给客户，当然不是旷达的人在查。那么是谁？只能是我们的竞争对手，CTT 是我们最强竞争对手，嫌疑也最大。可是他们又如何知道这些成功参考案例的？只能是从咱们这个组流出去的。

武越悄然松了口气，那你觉得是？

任千秋附在武越耳畔轻声说出一个名字。

武越没耽误，悄然走进会议室拿出一个笔记本电脑，放到张江跟前。张江看都不看，不屑道：杀毒找 HELP DESK（技术支持）去！

如果不是高端大气上档次的，能找到你吗？武越压低声音，帮我看这里有没什么监控软件。越快越好！见一句话调动起张江的全身神经，他却按住屏幕，郑重嘱咐：悄悄地，别让任何人知道，尤其是软件操控者。

张江亢奋地敬礼，贼眉鼠眼地低下身子，小心翼翼掀开屏幕，鼻血却缓缓流了出来。不怕不怕，沙鼻子，这种情况下通常不能自已。

武越身上多了其他任务，这令他隐隐兴奋，就这样开着任千秋的车子跟在一辆车子后，直到那辆车开进某小区。他将车停在小区外路边，发了条短信："他回家了。"一会儿，短信回来："再等等看。"天色渐暗，一辆黑色跑车停在自己车前。过了一会儿，一个男人从小区走出来，两边看看，径直走向前面的黑色跑车。武越连忙矮下身子，看黑色车子按下车窗，伸手接过对方给的一个小 U 盘。

武越用手机拍下了这一幕，车外的男人是个侧脸，正是老金。苏教授点开照片，暗自思忖：难道这个老金假装被挖，吃里爬外？当然，目前这张照片也说明不了太多什么。任千秋居然会因为老金过分关注自己电脑，或者说不让关机就怀疑上他，可见是个格外谨慎的老狐狸。离交标书没几天了，任其忙乱，或许对我们有利，可是也未必，恐怕他会生出许多戒心，断送掉我们的机会。想到这儿，他回了条短信："尽快确诊内鬼。格外小心。"

在 NBI 熬了整夜的张江才眯了会儿，一睁眼就被武越拎进了小会议，任千秋已经等在那里，先回身锁上了门。

高科技啊！张江神秘地开口，证实了任千秋的猜测。这玩意儿我只听说过，还没用过呢，绝对是市场上少见的高级货！

任千秋催促，说清楚！

还不清楚吗？你的电脑被监控了，安装了截屏软件，每分钟截屏一次。透露下，谁干的？

果然。任千秋暗自心惊，还查出其他线索没？比如信息传到哪里？

传到一个澳洲的服务器，下面就查不出了。

继续查！

得令！张江熬了一夜却异常亢奋，居然还在求活儿，还有没有其他电脑需要查？

任千秋点了点头，查一下武越的电脑。

武越脑袋"轰"的一声，努力镇定下来，却不自主手压电脑包，嘱咐他拿到座位上查。只要出了这个屋子就好说，他快速反应，告诉自己。可是张江手快，已经抽出电脑，我已经弄明白了这个软件的套路，保证三两下查明白。

武越只能当众输入密码，盯着他的每个步骤。张江故意打趣：作为一名正常男性，视频很少嘛！

快点！武越心下不耐。

张江嘴上废话，手脚却是麻利，这个什么文件夹怎么设置了密码，里面有一个音频文件，打开看看吧！

武越心脏兀自狂跳，别乱来！私人文件。

张江一本正经，实话告诉你，病毒就依存在音频文件上的，我必须将所有音频文件挨个打开查看。

武越迟疑片刻，只能输入密码，说：这是我跟苏小满的……

张江马上搓手乐呵，我就是要看你和苏小满的什么什么。

这时，任千秋不耐的声音救了武越，张江，别闹！

武越恨恨地瞪了眼嬉皮笑脸的张江，乘机跳开话题，要不要把项目组所有电脑查一遍？

恐怕声势太大打草惊蛇。任千秋想了下，最后命他把 Fiona 的电脑拿给张江查一下。

得令！张江大叫。说话间，他已经将武越电脑上的这个音频文件拷贝到了自己的迷你小 U 盘里。至于那个他输入的密码，他早已看到眼底。

张江快步跑回座位，插 U 盘，插耳机，输入密码，突然想起什么似的拨出电话，林少霆过来，给你看一样好东西！这时耳机里已经传出一个男人的声音，张江凝神听去，目光逐渐呆滞。他突然拔掉耳机，苦着脸大叫：我错了！上帝啊，把快乐还给我吧！

任千秋静坐一隅，似在候人。果然，没多久一个矮个子中年女人径直走上主席台位，正是他等候的价格审核部的 Judy。报价是投标最关键一个环节。价报高了，可能将良机拱手相让竞争对手；报低了，牺牲公司利益还只是其一，行业内的影响，将来项目的一贯性，自己乃至老板的业绩都受到影响。此间敏感和细微，基本上是过来人才能体会。当然，价格不是随便乱开的，无论高低，最后还得经过价格审核部的批准。她最终的结论却是：综上所述，我们一致认为你们报给旷达的价格偏低，你们完全可以做到更高 GP。

任千秋缓缓起身，做了个请的姿势，你们认为？好，你们上！

一屋人僵在那里，看他江湖比武的姿态已经比画出去，接下去必是一场恶斗了，无疑。

Judy 是公司各个项目组里摸爬滚打里出来的，骂街都当甜点生吞，什么难搞的人没遇过，何况他们就是唱对台戏的，早就练就了铁齿厚颜，管你够硬够狠还是耍太极，她能文能武挨个拆招。Judy 皮笑肉不笑道：首先，我的信心并非来自盲目乐观，而是来自 NBI。旷达在过去十来年陆续购买了大大小小软硬件，每年投在系统维护上的资金亦不少。就兼容性考虑，我不相信他们会放弃 NBI，重新考虑其他。这不光是冒险，更是对以往投资的不负责任。我们一无大错，对方二无新总上任，旷达为什么要换掉 NBI 呢？这就是我坚持高价上位的原因。

这一点，我表示认可。我们也讨论过这个问题，可是对方如果认为咱们以此要挟，漫天要价，就难免把他们逼到竞争对手那边。任千秋语气依旧生硬。

就旷达的实力，价格上涨个 5%到 10%，对他们来说，根本算不上什么。

梁董事长可未必认可。任千秋啧啧摇头，他这人闯劲十足，酷爱冒险，不然当年也不会冒着被众股东质疑的风险，第一个采购咱们才上市的新型服务器。若他真如外界传说的那般匪气，我有理由相信他会一气之下将 NBI 抛弃，重新布局。

二人争执不下，最后以“再议”终结。苏小满嘘了口气，是“再吵”吧！

任千秋无法从愤怒中抽身，半晌才发现被一屋人盯着。他手搁在电脑上，却并不急于打开，漫不经心扫过整个会议室，目光正好与老金相撞。老金略微点头，眼睛却有意无意往自己电脑上瞟，这令他计上心头，一句话令整个屋子瞠目结舌，他说：那个什么什么部门的 Judy 既然疯狂自信，非搞个什么高价，我就来帮她！咱们编一些“参考案例”加进去，尤其在软件部分。

Fiona 杏眼圆睁，开什么国际玩笑！我做过的项目，还没一个弄虚作假。

任千秋冷笑，高价就意味着铤而走险。找 Judy 论理去吧！

可是……Fiona“可是”两个字后便偃旗息鼓，令任千秋无法继续激化，所幸这时，一个低沉的声音从角落传来，正是老金。他用一贯低沉的专家腔调补充：一般能源行业的客户更关心功能，对那些文本的东西不会当真。基本没什么公司会真正核实那些参考案例。要我说，这些都是无所谓的小事儿，倒是对推动高价有所帮助。

武越的目光在几个人身上轮回，却看不出端倪。

会后，Fiona 偷偷将电脑递送到武越手上，低声嘱咐，开机密码贴在上面。二人在转角处自然分开。

武越瞟了一眼，虽然她并未按设想将密码改成自己暗示的 151125，毕竟可以开机。见张江桌上无人，他三步并两步过去，快速掀开 Fiona 电脑，照样输入密码，找到一个叫“旷达投标”的文件夹。里面有个叫“报价”的文件夹，却是——空的。他浑身血一凉，呆坐在那里。

你在干吗？Fiona 不知何时兜转过来，正惊讶地望向武越。

武越快速反应，啊……我见过张江的查毒方式，自己也想试下。

这样啊！我突然想起，好多私家照片都在里面，得加密啊，别便宜了张江这小子。

武越笑了，早知道有这个福利，我就先忙活这正事了！

Fiona 娇笑，你要看，还不是一句话的事儿！

张江也回到座位，眼神躲躲闪闪，左右言它。武越奇怪，嘱咐他别看私照，他竟点头应了，令武越越发感觉不对劲，可也想不明白，只好跟 Fiona 一并走开。

林少霆并未忘记张江刚才的留言，大步跑来，刚才在开会，什么好东西啊！

张江支支吾吾，没什么，我本来给你机会捉奸的……

林少霆乐了，这么重要还不拿出来！

你自己要看的，别后悔啊？

林少霆顿时紧张起来，苏小满怎么了？跟武越有关？见张江摇头，又点头，恨得一把将他从座位上揪起来。

武越看时间差不多，又兜回去，正好看林少霆摘下耳机，呆滞地望向张江，二人无语对视，却似有千言万语。二人又同时将目光投向自己，里面有了更多深意。武越没空琢磨，伸手去拿 Fiona 电脑。张江反应过来，快速敲打键盘，几下就排除了她的电脑被监控的嫌疑。

看武越走开，张江小声道：我说不让你看吧！

林少霆狠狠拍他一记后脑勺，捉奸！亏你说得出，哪儿跟哪儿啊？

这个不是更劲爆？你说武越弄这个音频，加密码保存着干吗？是不是太腹黑了？

我才不在乎，只要跟小满没关系就是了！

要不要告诉小满？这小子这么腹黑，别哪天把她也给算计了！

不至于吧？林少霆抬头望天，那她得多失望？

张江刻意思考的表情，等等，是我二还是你二，我怎么觉得没走在正道上呢？

林少霆苦笑，我一直走在辅道上，用力用心蹬着我的小三轮。你才知道吗？

张江拍拍林少霆的肩膀，兄弟，安个小马达吧？要不我帮你扔个炸弹？

别乱来，休怪我先轰了你！林少霆这样乱扯，却忍不住越发低落。他的辅路越走越窄，似乎明明是条死胡同，他不知会在什么时候丢盔弃甲。对，这四个字提醒他，在爱情这条路上，他依旧是名战士，绝不轻易言败。

武越将笔记本电脑悄悄塞给 Fiona，摇了摇头。她暗自松了口气，明白并未被监控。武越低声嘱咐：小心你的软件报价文件，刚才我拿给张江时分忘记提醒你了。

放心了，报价未真正定稿之前都存在数据库里，便于我们几位高层保持版本一致。

原来如此。武越暗自心惊，不过马上有了主意。任老大告诉你老金的事情了吧？按他的等级，大概也有数据库的密码吧？见对方一脸惊慌，他加重口气：我好心提醒下，既然如此，还是把报价标书之类文件存在自己电脑里保险。反正你的电脑是安全的。

也许是报价前最后一次正式汇报，NBI 高层一行人来到旷达，唯独老金为避免与 CTT 人碰面而缺席。任千秋特意大力强调了行业大拿老金的加入，肯定他在技术和合作方式上的提议为项目增色不少。话到这里，他的目光与台下 IT 陈总相撞，凭借二人多年交往，他已明白了个七七八八。

49. 浑身上下都是明亮的

闹哄哄的会议室里，Judy 跟任千秋暗自交换了一个眼神，讲起上次谈到的参考案例问题。她声明自己并不支持采用虚假案例，可是衡量下来，目前标书过于单薄，恐怕导致客户信心不足。最后她不甘心地叫任千秋上台来讲，并大声强调：用也可以，后果自负！

几个案例投影出来，黑色为真实案例，红色的为虚设案例。任千秋压低声音，请大家不要声张，虽然不是什么大事，可是也不能让咱们的竞争对手发现，免得他们乱做文章……他话还没说完，一个红色的身影席卷而来，“啪”地扣上电脑。

竟是柴晴，她前几天才进的项目，开口便引一屋子哗然。她说：我们这里有内鬼！任千秋脑子嗡地大乱，听她继续嚷道：最近颇火的 NBI 爆料 ID 说了不少咱们投标组的内幕，虽然都是些无关紧要却也敏感的八卦，可是，万一把这个消息也传出去？

任千秋眉头微蹙望向武越，武越突然起身，好吧，我承认，这个 ID 是我建的，也就是娱乐一下。我向大家道歉。众人再次哗然。任千秋却朝他默默点头。

Fiona 幽幽开了口：早知道你会如此袒护苏小满！这个 ID 肯定是她弄的呀，她被抓壮丁抓到这个项目本就心怀不满，眼看小男朋友不保，醋意上来了，乘机捣乱，对吧？

小满怎料矛头会直指自己，人就磕巴了，我……我没有，我啥都没做啊，连这个微博 ID 都没添加呢！

唉哟，一点小八卦而已，拜托大家都有点娱乐精神好不好！林少霆嬉皮笑脸地搅和，我就认了吧，ID 是我注册的。放心，今天这事绝不报道，我还分得清哪些是娱乐，哪些是机密。

Judy 又迷糊又气愤，突然一拍桌子，任千秋，到底怎么回事？

任千秋严肃地盯着武越，过来，从你开始！二人闪进旁边小会议室，才关上门，任千秋就长吁一口气，幸亏有你今天救场。

武越解释：怕节外生枝，我就赶紧认了算了。哪料 Fiona 又来捣乱。

亏你脑子转得快！不然真正的内鬼恐怕有了戒心。我的电脑让张江继续追踪，但是不要干预截屏软件，不要让对方知道已经被发现。我会在我的电脑里下钩，等对方去咬。至于真实文件，我会存在你的电脑，反正电脑都长一样，不担心老金起疑心。不过你说，这个爆料 ID 到底是谁干的？

武越心惊不已，还没从对任千秋的"钩子"上回过神，嘴上随意搭话：有空的人吧。

任千秋点点头，想想倒真像林大公子所为，玩心重吧。目前重中之重还是把这场戏演好。

苏小满懵懵懂懂走出会议室，先一拳头打在林少霆胸口，干吗说爆料 ID 是你干的？

林少霆夸张地剧烈咳嗽，你怎么知道不是我干的？

就是知道，你哪里有那么聪明。

你聪明，怎么不是你做的？

Fiona 真是疯了，逮住我乱咬，把我吓得心胆俱裂。她又一拳狠狠打上林少霆肩膀，谢谢你替我解围啊！

客气！林少霆疼得龇牙咧嘴，揉了揉肩膀，不过你仔细想想，这事儿还挺像我林少霆风格。你难道真不怀疑我吗？

她认真想了下，重新思考，的确不是你做的。

为什么？

你啊，浑身上下都是明亮的。

林少霆逐渐放慢脚步，见其走远消失在过道尽头。怎么办？他脑子大乱，我做过那么多坏事，交往过那么多女友，各种路数各种人种，她竟说我是明亮的，浑身上下都是明亮的。一种暖流冲过他的人通二脉，裂缝如闪电般在他坚硬的躯壳上伸展，伸展，突然的迸发，就支离破碎散去。于是微茫从毛孔中散出，有种草汁的味道，他真的通透而明亮，可以飘飞可以阳光万丈。

小满径直走进卫生间，与柴晴迎面相遇。柴晴重新扯了张纸巾，没针对你的意思，不知 Fiona 怎么扯到你头上了。

小满涂上洗手液搓起丰富的泡沫，淡淡道：你做得对。

未得到应有的重视，柴晴有了不悦，申明啊，我可没陷害你。

我不在乎，我早就无所谓了！小满有点生气不耐，大水冲掉泡沫，手上滴滴答答就走了。她怎么会不在乎，怎么会无所谓，她怎么会习惯握不住她真心的今天。她迎着寒风走进“传奇”叫一杯热咖啡暖身，咖啡却是温热的，劣质又苦涩。细雨纷飞，密密麻麻，再添寒意，她就望着街景出神，没注意到老徐在身边坐了多久，直到他先开口：难得你心事重重，愿意聊聊吗？

小满摇头，嘴上却冒出一串，你说我怎么办好啊？一个浑身上下都明亮的男生喜欢我，可是我喜欢的男生浑身上下都不透亮。我该怎么办？

老徐努力思索，好抽象。你是希望我给你打气还是理智分析？

小满凄然一笑，话一出，我就明白了。

老徐大笑不止，跟聪明人对话一点即破，根本聊不下去嘛！

二人笑罢，空气中欢快的分子就沉淀下来。小满的目光落在墙上那个装着朵玫瑰的玻璃盒子，玫瑰必是勤换的，变幻着颜色和身姿迎接故人。择日不如撞日，继续你的故事吧？

老徐点了支烟，烟雾缭绕，将故事的柔软氛围绕得刚刚好。上次讲到大年三十，老板将一串钥匙交给我，而“传奇”里只剩下我和她，那个神秘女人。还有一台春节晚会。我把自己舒服地窝在沙发上，跟她看一台节目，那种感觉挺奇怪的，看着看着，就觉得跟她走近了似的。因为我们会一起笑、一起被外面的鞭炮声打断，会一起讨厌陌生带来的隔阂。

于是你终于决定打破僵局？

我这般高人肯定不能上去“嗨，你好”这种开头，否则马上就是“bye-bye”的结局呀！老徐望向墙上各处陌生女人的照片，重新跌入柔软记忆。我在厨房一顿找，终于把家伙事儿凑齐：一包汤圆粉、一个装满水的大碗。好猜吧，是的，我要做汤圆，上网现学。问题来了——没汤圆馅，我就丢了包瓜子给她，说：帮个忙，剥些瓜子仁，我来做汤圆。

亏你想得出！这个讪搭得极妙，顺其自然不说，偏偏颇具创意，而这八竿子打不着的创意明明带着精心的设计，苦心也就昭然若揭。小满亮起大拇指，这就顺利搭上了吧？

老许微笑摇头。

啊？她就这样温柔一刀地拒绝了你？

别急啊，她从包里掏出一包好时小颗巧克力，说："包这个吧！"

温暖的笑意浮上苏满脸颊，她在想象中重温这个场景。寒冻飘雪的大年三十，两个有故事的陌生年轻人，似乎都找到回家的路，邂逅在个小馆子里彼此微温。和面，包馅，在掌心中滚圆，一个个尚需佐证和商榷的动作，一步步试探着互动着的靠近，于是温情抽出嫩黄绿的芽，扶摇而上。然后呢？

老徐脸颊肌肉突然抽动了一下，嘴角就流出苦涩的笑来，然后……然后的故事就下回分解吧。

武越开车紧随老金的车，下了高架匝道，又东拐西拐开进个简陋的写字楼地面停车场。老金半张脸藏在围巾里，悄无声息步入大堂。武越边跟边用手机拍照。咔嚓一声，老金警觉回望，武越快速闪到墙后。最后一张照片是他手持门禁卡打开某家公司玻璃大门的场景，武越一查阅，倒吸一口冷气，果如任千秋所料，这家公司正是 CTT 的一家金牌代理公司。

是夜，温度骤降，城市绿地里夜跑的人数也随之骤减。武越却不曾意识到这些，他迈开大步，在夜色的包裹中沉淀。是的，这是每天最放松的时候，他可以放心地思考，让压力从毛孔排泄，然后人也就简单通透起来，即便那种感觉如此短暂。

苏小满站在灌木后，远远观望。她知道他在这里，一直都知道。所以，无论自己在哪里，心里都一直那么踏实。可是，今天，望着他，却如此忐忑。

武越终于放慢步伐，拿出手机，发给苏小满一条短信："对不起，今天牵涉到你。"

小满脸色却越发阴郁，也发出一条短信，"我知道爆料 ID 是谁开的了"给林少霆。

50. 双赢

投标迫在眉睫，几乎到了定价的最后时分，Judy 和任千秋的分歧却越演越烈。任千秋虽然坚持低价政策，低 GP(总利润)到底撑不起硬腰杆。可是一听说不顾人死活的 Judy 还要提价 5%，他的声音就刺耳了：5%，这就是你的应对方案？

Judy 并不正面回答，公司 GP 压力非常大了，恐怕你坚持的意义不大啊！

难道就因为这个压力，你就轻易冒着高价失单的风险？

我并没冒险，而是给出一个最合理的价格。

任千秋突然狠拍桌子，我可不能因为你们部门 GP 指标就带着一组自杀！

Judy 眯着眼睛，强硬对视，我们部门指标是小事，倒是您，带着全组白忙活才是勇气可嘉。

空气异常紧绷，刀光剑影杀气四起。武越冷眼旁观，不知他俩在演哪出戏，当然，他只关心而这出戏是否对苏教授有所影响。

打嘴仗解决不了任何问题，任千秋决定使出撒手锏。你们部门说话算数还是我亚太老板说话算数？

Judy 大讶，你什么意思？

任千秋得意宣称，我昨天已经跟亚太地区发邮件，请示特别批复这次低价投标。

Judy 没吱声，老金却发言了：咱们 NBI 在行业里最大的特点就是价高，不怕贵，客户照样买单。怎么这次却怕了 CTT？

任千秋眉头微蹙，这一单不必寻常，不拿下来，四季度谁的任务都完不成。这是势在必得的一单。

不是针对您任总啊，老金面带不屑，为了势在必得，就牺牲掉十个点？未免太胆小。这样做单还有什么意思，大家不如比惨好了！

一屋子大笑，笑声却快速收敛。因为任千秋怒了，声音提高了几个八度，惨？总比因为丢掉这个单，大家净身出户的好！

多虑了，您！Judy 幽幽地打开电脑，调出一封邮件，投影在墙上。我知道你会在这个问题上烦恼，所以已经提前跟你们亚太老大沟通过，他完全认可我们的定价。这样，即便最后拿不下此单，亦不是你我二人的过错。

任千秋握紧拳头，愤然甩门而出。

自动散会，苏小满第一次见这种大佬掐架，跟自己动手似的，嗓子直冒烟，跑到茶水间灌了一大杯。林少霆从后面过来，任老大特别帅吧？

小满细想了下，大气、劲爆，信心在握。是很帅。不过……她突然打了个冷战，还是觉得你这样更帅。

我？

林少霆暖暖的帅意，让人踏实。

林少霆愣了，突然手忙脚乱地摸出手机，让我找出录音软件，你重说一遍吧！求求你了！

老金悄然走向地下停车库，才关上车门就拨出电话，这次你得好好谢我！我几句话让 NBI 将报价提高到了一个高度，这下……

对方大喜，这下，只要我们略微低过 NBI 报价，就可如计划即赢下单子，又赢得高 GP，可谓漂亮的双赢。

老金哈哈大笑，你们的双赢，亦是我的双赢。不过……我公司那边怎么说？

还用说，当然按当时商量的走！对方挂了电话，马上拍拍手召集紧急会议。这真是个天大的好消息，做单的成就感不过如此，赢单算什么？用高 GP 赢单才叫厉害。看来要辛苦众人加班了，必须在短时间内出个报价单和标书的新版本，一个赢下史上最大单的新版本。

众人欢呼。他转过身，正是 CTT 旷达项目经理沙总。

任千秋当着武越的面在他电脑上将正式文档略作调整，存档，关机，并将电脑递还与他。没人会对这个动作产生更多遐想，在旁人看来，无非是对实习生的一个指导。任千秋拍拍他肩膀，幸亏有你。

是哪里剧烈震荡，武越几乎站不稳，他连忙抱紧电脑，将电脑锁进自己柜子，钥匙递与任千秋，与他一同下楼又别过。武越在大堂跟另一部电梯下来的苏小满走到一起，步入密雨的街头。

她似乎没话找话，最近的爆料 ID 怎么熄火了？

武越走向自己的单车，抚掉座位上的水迹，淡淡道：没什么大事吧？

怎么会？Judy 和任老大吵成一锅粥，正是爆料好时机。

谁知道。

小满试探着，也许，爆料 ID 只是玩玩的，真正事关公司的秘密，他不会拿来开玩笑。武越无法正视她的眼睛，只能推车径直往前走去。几步，他发现她仍站在原地，朝自己的后背大声喊道：他肯定有自己的原因的，他肯定有自己的苦衷！

武越满心苦涩又微温，却也只是远远招手，一脚蹬车而去。

小满朝地铁走去，暗暗流下两行莫名的泪来。很久以后，她才明白，内心就那么一亩三分田，无论收成如何，都难免孤独。而孤独的人无非两种。一种人是把理解当作微温，在春雨中冷暖自知地滋长，如果你看到他荒芜表面下蓬勃的野草，他便瞬间阳光灿烂换了模样。而另一种人，他的孤独坚如磐石，他的田地严丝合缝，他享受荒野之风肆虐，他要，只需要你满眼装着他的丰收景象。优秀，所以孤独。孤独，无错。

阿玲拖着疲倦的身子推开大门，眼见厅里堆着各式纸箱，而胡子拉碴的吴志雄坐在箱子上发呆。这个男人旷班生了几天闷气，连老板的电话都不接，成天憋在家里喝了睡，睡了喝。现在又搞什么？阿玲只觉怒火从肚子直接冲向脑门，嘴上就喷发出来：就这么个冤枉就要把你逼走？逼到哪里去？你西北老家还是我江南老家？她扔掉包，边叫喊边去推那些客厅里的纸箱，箱子沉重，纹丝不动。就你委屈吗？我难道没有吗？我一个礼拜前订的会议室，老板开会前却发觉被 Nancy 抢了过去。她不商量，哪怕说一声，直接把前台的本子拿起来就改！我怎么办？只能重新找会议室，屁话不敢说！我对你吐了苦水吗？我受得住，你一个大男人为怎么不能?!

阿玲披头散发号啕大哭，把吴志雄吓到了。他费了好大力气才抱住阿玲，把她瘦弱的肩膀搂在怀中，我都插不上嘴，不是你想的这样。

事实也并非完全不同于她的想象，他们要走了，搬离这个吊死过人的房子，放弃这个无处可寻的大便宜。下午，吴志雄昏睡得人事不知的时候，一个光头男人用拳头砸开了房门，他正是房东。他斜着眼睛着实无法从快要长草的吴志雄身上找出 IT 精英的影子，当然他也并不在意，只给他三天时间搬家，押金双倍退还。还没等吴志雄反应过来，对方已经哼着小曲，歪歪斜斜地下楼了。

于是，吴志雄的酒就彻底醒了，委屈也烟消云散。当生活如山倒来，放下一切，才能腾出手来。

武越再骑回办公大楼下已近十点，弟弟早已入睡，路上也鲜有人经过。举目望去，办公室里并无一人。他就着昏暗的灯光走向自己柜子，摸出备用钥匙开柜，拿出电脑，输入密码，任千秋设定的密码。武越当时是知趣地转过头，却从夜晚玻璃反光里记住了键盘位置。他的心嘭嘭乱跳，快速打开任千秋新建的文件夹，里面文件不少，他挨个找过去，却只看到硬件报价，而并无苏教授需要的软件报价。武越只觉一背脊的汗登时凉透，还是快速将张江提及的音频文件移出到小 U 盘。

这时，一声清脆的刷卡声传来。武越连忙扣上电脑，快速锁进柜子，已听出来者竟是 Judy 和任千秋。武越连忙闪到旁边。他们走向武越的位置，打开文件柜，拿出电脑，任千秋却“咦”了一声。我记得是硬关机。

Judy 顿时警觉，没关系吧？还有谁有这个柜子的钥匙。

没谁。任千秋停了停，也许武越还有备用钥匙。不用担心，他是自己人。

不管了，你把文件调出来，咱们改一下，就刚才讨论的内容。Judy 啧啧道：真没想到吧，行业专家老金竟是间谍。

都怪我，只想挖个大专家过来撑面子，没料到他竟然开了家 CTT 金牌代理。若不是旷达陈总消息多，我还真想不透老金的目的。

我现在最担心的是 CTT 如果没上当，还是采用低价政策，比咱们最后真正的价格还低，咱们还可能会输。

老金为了保证自己的代理利润，必定会撺掇着 CTT 出高价，何况还有我们的假高价在诱惑着他们。现在这个年头，哪个投标组不是被公司逼着拿高 GP 啊！

道理是这个道理，可是万一呢？

任千秋笑了笑，万一的话，我还有一招。别问，暂时保密！

武越躲在柜子后面，很意外的是，Judy 居然没有反驳或者继续追问。他其实并不太明白他们的意思，不过没关系，他已经用手机录音。苏教授仔细地听过三遍才长舒口气，望着武越道：幸亏有你。同一天，两个人，轻轻松松两句"幸亏有你"，却令武越如山在背。

如任千秋所料，CTT 旷达投标组里又是一个无眠夜，咖啡与烟缭绕。报这么高的价，下面人惴惴不安，唯恐欠妥。可是沙总非常坚持，有老金和截屏软件两个保证，就等于万无一失。赢单？赢得漂亮是大！

第二天清晨，见吴志雄终于大驾光临复职，老板气不过，大着嗓门当众调教：这么屁大点儿事儿就跟客户耍脾气，跟我摆架子！你以为你是谁啊？管他是谁踢掉电的，就算是客户踢的，你也得跑上去承认，对不起，是我的错！

吴志雄梗着脖子，一副听不进去的模样。见老板似乎发泄完了，就闷头闷脑地说：我的房东赶人，过几天我要请一天假搬家。

老板差点没一口气背过去。

战果心头一紧，已经有了主意。他走到楼梯间拨出几个电话，基本用词一致，就是房子是父母的，他们要收回房子。退押金不说，他还会帮这同一屋檐下的兄弟找到其他房子。同等条件，甚至更惠。然后他长长舒了口气，人这才觉得好起来。

51. 也许并非一个梦

一个头戴三角巾和黑色口罩的男人拎着外卖放慢脚步，机警地打量四周，在第四个会议室门口驻足倾听。里面闹哄哄的，他敲开门，将盒饭送至会议室桌上，眼睛暗扫。白板上投射出"旷达"字样，果如任千秋所料，下班后仍旧点餐，五至十人份的大外卖。观察两天必能定位。而沙总是好辨识的，四十多岁，若找到这个头发稀疏的技术男，就找对了方向。

黑口罩贴心地分发盒饭，每每用餐巾擦净汤汁才放下。张小姐见罢，也就不作阻拦。他绕着桌子摆放，看到一些无比熟悉的来自 NBI 的文件截屏打印件。当然，这些都被他用领口上的微型摄像机记录了下来。

今天菜不错！张小姐打开饭盒盖，沙总，现在公司已经没几个项目能拿到这么高GP，这一中标你就算立了奇功。听见两声咳嗽声，她马上意识到什么，大着嗓子，小伙子快点，磨蹭什么呢？

他快速收起塑料袋，躬身退下，听见门缝里最后一句话是：新来的小伙子到底勤快，以前的那个连送上楼都不肯。

黑口罩跨上路边一辆车子副驾驶位，扯掉三角巾，摘掉黑口罩，正是武越。他马上将CTT项目组规模，NBI截屏打印件的等情况如数汇报。

驾驶位的男人摘掉墨镜，正是任千秋。他欣然点头，自语道：可惜没准备器材把这些录下来。

武越用外套刻意盖住了衬衣领子上的微型摄像机。时间紧促，还被他们赶催。对了，一位女士谈到高GP。

武越并不多加评论，看任千秋到底眯着眼睛笑了，看来，鱼儿真的上钩了。我还需要再从其他渠道确定CTT的报价，如果真采用高价，就帮了我们大忙了。

武越试探着，如果我没猜错，您是用了个反间计，让CTT以为咱们高价投标，也采用高价应标，只要比咱们低一点就够了。而其实咱们用的价格是低价策略。那么CTT将最终被淘汰。对吗？

任千秋意外地看着武越，不愧为我高徒，想留一手都不能。如果真的中计，我们也就不用使上第二招了。

武越暗自心惊，第二招？

任千秋笑着拍拍他肩头。

这个清晨，NBI旷达项目组格外忙碌，除了最后检查文档，做陈述准备，还有许多冒出来的杂事令人伤神。好在时间充裕，一行人终于从公司准时出发。任千秋边开车边关注着手机上的GPS监控系统，地图上红、绿两个点重叠停在一起，没动。

武越的车停在地下车库，他坐在驾驶室，再次看表，终于等到CTT一行人走向不远处那辆蓝色商务车。武越连忙戴上墨镜，跟着它缓缓开出。商务车开上高架，武越就不紧不慢地跟着，时而换个车道。这时，任千秋的电话终于来了，只几个字：差不多了，寻找机会。

武越看表，11点20分，他摸了摸安全带，神经紧绷起来，握住方向盘上的手多汗打滑起来。可就在转瞬间，他突然意识到——机会来了！前右侧车道的CTT蓝色商务车正在打左转向灯，也就是正在往自己正前方凑过来。他一咬牙，轻踩油门撞了上去。只听一声巨响，两车大力追尾。武越的额头咚地撞在方向盘上，剧痛令他眩晕。两车骤停，前面 CTT 蓝色商务车里走出几个人，围在武越车前议论纷纷。沙总敲敲车窗，嚷道：我们明明打了转向灯，你怎么还横冲直撞的……窗子徐徐退下，一个额头大包触目惊心，他也埋怨不下去了，赶紧打 110 吧。

武越却一把抓住他的胳膊，恳求：别叫警察，我驾照还没考下来，有了这条记录，一辈子别想摸车了。

有人在身边嘀咕：投标在即，跟他耗不起。沙总一合计，也不打算叫武越赔修理费，各走各路好了。这时一缕鲜血从额头流下，武越推开车门，脚下一软差点摔跤，不行！把我撞成这样，你们就想溜了，没这等好事。

又不让叫警察，又不肯私了，CTT 沙总彻底被激怒了，可是这个鲜血直淌的车祸现场令他们又下不了拳头。武越却努力拉扯对方不让他们开溜，拉拉扯扯间，更多的车堵在一起，直至交警骑摩托车赶过来。武越弃车而逃，在车流中跟警察周旋，直到被按在地上，戴上手铐。武越望向交警腕上时间，已经是 11:50，终于露出了轻松的笑意。

武越突然从床上坐起，一头一身大汗。身边电子闹钟显示为 5 点 55，原来是一场梦。他胸口剧烈起伏，许久才平息下来。他拽过运动服，跑至公园绿地。在天蒙蒙亮的时候，苏教授走了过来。武越直接开口，电话里跟您讲的情况，您如何考虑？

苏教授从兜里掏出一个小本子，指着一个电话号码“13946884444”，可以找他帮忙，你自己再考虑考虑。

见武越用手机记录下电话号码，苏教授就将小本子收了回去。

又迟到了，阿玲冲向座位却发现战果端坐在那里。他兴奋地转过头，终于安顿好了，你们住我那儿吧。

阿玲冷冷道：不必了，谢谢。

战果急了，你必须接受，不然我就白忙活了！

阿玲抬起头，听他从如何把两居室装修成三四人的群居房，提供怎样的服务。到他为三人各自找到其他房子，谈妥价格和服务内容，帮忙搬家，直到空出一整个房间给阿玲夫妇。她无法置信地瞪大了眼睛，心里缓缓漾起一股暖流，可是有一个狭隘的声音却告诉自己：他何至于此？必是做了对不起志雄的事情。

当然，她不敢亦不能直言，只看吴志雄恶狠狠地打断自己，我绝不跟这种虚情假意的人住一起，恶心！

任千秋默默注视着角落里的林少霆，暗自思忖。这个看似吊儿郎当的富家公子绝非表面上那么简单，他睿智又善良，在“能量赛道”上的积分已经赶超众人爬至华东前五。从未指望他套取竞争对手资料，曾经只为讨好梁劲棠，给他某个安定的实习位置。如今，他的成长超乎预期，足以令梁董事长给NBI投上至关重要的一票。可是，这个砝码是否可以压倒全票？

林少霆却乐了，我能做什么？跟我爸说：老爸，干脆点，就买我们公司产品！

任千秋似笑非笑地坚持，为什么不呢？

别逗了，那么大一家上市公司，那么多专家、审核人员……老实说，我跟我爸几乎没交流，都是通过董秘秦叔叔传话。

任千秋眉头一展，越是这样，也许他更稀罕你一句话。

林少霆大笑，怎么跟秦叔叔说的一样。可是，怎么可能呢！我这个儿子只要活着不给他添堵，他就满意了，哪管我怎么想、要什么。你们全看走眼了。

无论如何，你上场的时候快到了。到时候，我希望你用NBI所学、用信心，跟梁董事长来场一对一的较量。你若赢了，NBI就赢了。

林少霆精神一震，笑容悄然隐退。这个变化被几米外的武越看得一清二楚，他不知发生了什么，只好暗自揣测。这时Fiona凑了过来，说了很多最近鲜见他露面的话，武越暗想，原来任千秋并未将自己的行动告知自己的partner，的确是个心思缜密的高手。恍惚间他听见Fiona说起，订了杭州香格里拉饭店，让投标当晚一起住过去，西子湖畔饮酒当歌以庆圣诞前夜。

Fiona的眼底明明伸出妖媚的神经，空中群魔乱舞。苏小满坐桌对面，在想象中将其一把抓住，刷地拽出，于是Fiona暗灰色的深邃眼波（俗称美瞳）消失殆尽，变成了死鱼白。哇咔咔，小满仰天大笑，却被人拍了把后脑勺，一下震回现实。当然是林少霆，我很开心，来，抱一下！没等反对，他已经抱住苏小满，紧紧一下，好似瞬间吸饱了墨的毛笔，他便可以挥洒下笔。

当晚，任千秋约了武越在一家热闹的小酒吧相见，虽然不知其意，武越并不多问，让举杯，便干尽，这也是任千秋喜欢他的地方，聪明应对，会看眼色，知冷知暖，是个难得的助手和知己。带过几届实习生，也就是他令人眼前一亮，如果不出意外，大中华区“超级实习生”非他莫属，就算其他区有劲敌出现，他也必定力保武越，给他这个超越老大的机会。You deserve it！（你值得拥有）他搂住武越的肩膀，三杯干尽，告诉你一个好消息。我已从内部确认，

CTT会采用高价对策，咱们赢定了！

武越惊喜撞杯，真心替他高兴。这个冷峻帅气的男人勇敢大气，足智多谋，不畏强权亦能屈能伸，从各个纬度将一个成功销售立体勾勒。他把自己当作徒弟、学生、partner、党徒甚至同庆知己来待，如果有一天真的东窗事发……他是否可以原谅我？幸好灯光晦暗，武越在杯盏交错中暗自神伤。

任千秋语气肯定，消息确切，所以不用你使第二招，也就是撞车那招了。本来我一直不忍，担心撞击时出问题，的确是不情之请，令我忐忑多日。可是这个单子咱们NBI势在必得，我任千秋势在必得，你武越也势在必得！

在他三个"势在必得"中，武越一次比一次心惊，亦一次比一次心酸。他只能再次举杯，为"势在必得"……就在他还没说完，手中的杯子却被人撞飞掉。那是一个醉得不行的年轻人，嘴上骂骂咧咧，却抓住武越的领子上来就是一拳。武越猝不及防狼狈倒地，起身狠狠还击。两人随即扭打到一起。任千秋见拦不住，也对着醉汉追加了几拳。二人大步跑出酒吧，在寒风中仰天长笑。

多年后，武越每每想到这一幕胸口都会隐痛。任千秋的手在淌血，他却浑然不知，在大笑中振臂高呼："你我必胜！"兄弟便是如此吧？只是，也许，已是最后一次。

52. 圣诞夜的任务都如此伤人

圣诞节味道甜腻，它穿红着绿穿梭在室内和室外空间，发出bling-bling的光泽和丁零当啷的脆响，极力宠爱着你的各种感官。这是一个恋爱的季节，谁都不能例外。苏小满走在这样的季节里，找寻一个礼物。它不能太隆重，亦不可太随意；有含意却不过于含蓄，免得做作走到反面。就这样犹豫着纠结着走在公司旁边的百货商场，直到被一个做促销的售货小姐叫住，她说：一杯子，一辈子。

不知谁喊了声"下雪了"，旷达项目组的成员都挤到窗前。不是有人说过嘛，不下雪的圣诞是不完整的。既然标书打印完毕，任千秋跟Fiona一合计也不打算扣留众人，何况明早的投标也只是几位高层的行动。

会议室瞬间沸腾。林少霆拉小满去他家夜店，却见她的目光定位在Fiona缠着武越的手。他似乎并无挣脱的意思，甚至好像忘记了那个"特工WY的任务"，或者他压根并未完成任务呢？猜度间，他俩已经有说有笑走出会议室，只有Fiona回过头，眉毛挑出胜利的风骚姿态。小满回过神才意识到林少霆正在等候自己的回答，而此刻，他亦收到了她的答案。柴晴收拾妥当，挎上林少霆的胳膊，走吧，不是叫她不叫我吧？

小满独自走上雪花纷飞的大街，漫步于光影迷离的圣诞夜。仰起头，雪花从深不可测的夜空扑面而来，不知走过怎样的千山万水，只为一个优美的降落。久了，她便可以腾空而起，变为一枚轻舞飞扬的雪花。她在寒风中，徒步走向外滩51号，自己在“特工WY特别任务”里留下的地址，一个西餐厅。她想清楚了，如果她的世界里只有等待这一件事情，为什么不做呢？

她拆掉包装纸，从里面抽一只细长的白色保温杯，请服务生泡一杯美式咖啡，要滚烫滚烫那种热度。咖啡来了，杯子外围中间位置上却现出一个小小红色桃心，正是它的神奇功用。随温度下降，桃心的颜色会从大红褪至橙色，直至冰蓝。她将大拇指按住红色桃心，似乎就可阻止褪色与变迁。

一个人坐久了便会思绪翻飞，尤其在大门被目光洞穿。她首先进入自我憎恨模式，脑子秀逗了才会设置那么多倒霉线索，万一武越找不到又不好意思告诉自己呢？

反正特工WY未能完成任务，找到写着这个地址的纸张，这应该是他迟迟未到的原因。对！小满四仰八叉躺在想象中，几近虚脱。窗外浦江两岸铆足力气地豪美，生怕冷场了狂欢的心肠。

武越坐在外滩另一家饭店，从同样的景致上收回目光，投向桌对面的Fiona。今天她是蜜糖色和蜜糖味的，举手投足黏腻，红唇轻启妖娆。服务生走过，武越扬手，麻烦快些上菜，还有我订好的红酒。

不急吧。Fiona享受这里的景致、空气的甜味。这个男人令人捉摸不透，虽年轻却沉潭如水。对于自己的要求，他每每温柔顺从，实质是种娇宠。可是这一回他很坚持，吃好饭去家中坐坐。她何尝不明这坐坐的含义，竟生羞涩。

二人杯盏交汇，垂眉低语，在酒精的浸泡催生下，柔情蜜意发酵蓬发，Fiona潮红了脸，武越醉入了眼。一瓶红酒几下见底，他又叫来第二瓶。

夜店的圣诞带着金属乐的强硬质感直捣耳膜，你必须调动荷尔蒙迎上这里的暧昧气息、热烈情绪，这样才够High、够投入、够得上不遗余力地欢愉人生。几杯烈酒穿肠而过并不能挑动林少霆的神经，他跟柴晴共舞两曲便意趣索然，一人退出舞池。他推开夜店厚重的后门，将嘈杂抛离身后。门外的时空清冷通透，很好。他靠着隐约透出铁锈味的栏杆，抽一支烟，看烟那般袅袅飞向远方的外滩夜景。不久，柴晴也走出来，默默加入他抽烟与观望，直到开口：别去找苏小满，总有一天会受伤的。

林少霆凄然一笑，她去找武越，总有一天也会受伤的。

那又何必呢？

是啊，又何必呢？

柴晴扔掉烟头，扭身挂在他脖子上，深情道：别推开我，也许是我最后一次请求。苏小满不适合你，你爱玩，你爱物质，你爱耍帅，这些只有我懂！

林少霆笑笑，想掰开她的手，却被她转而环腰死死抱住，也只能任其抱着。也许你不信。突然间，我对那些都没了兴趣。只因为她对我做了一个动作——很高兴认识你。似乎刹那间，尘埃落定，我走了出来。

柴晴从他眼底捕捉到一丝柔光，她自然明白的东西，瞬间令她抓狂。我不信，什么走出来，你根本只是暂时迷惑而已！我们的生命都是用来燃烧的，必须热烈，刺激，必须充满惊喜。那是你我的宿命，无可躲避。你待在小满身边只能沉闷此生。

如果早些相识，我们或许会走进彼此的宿命。可是这种宿命必然会焰火般燃尽，什么都留不下来。像你说的，何必呢？

柴晴大叫：不会的，不会的！我给你最好的我，比小满更好的我。

别这样。林少霆搂住柴晴，企图给她一个安慰的拥抱。

柴晴不需要安慰，一把推开他，发狠道：不是我不要这样，是你不要这样中了苏小满的毒！她就会装好人，巴不得把全世界人都包裹在好人罩子下的人。她若真好，怎么不劝冯峥峥悬崖勒马？

林少霆轻叹口气，呼出长长的白汽，你比我更懂她的好，只因为我，你才不肯承认，对吧？

柴晴退后两步，眼泪大滴大滴砸下。林少霆上前再次将她轻搂在怀，眺望远处的外滩景色。当然，他看不见景致里坐着的两名实习生，一个暗自销魂，一个暗藏杀机。世界本是立体的，就是因为凹凸有致耸立的灵魂吧。

改装车呼啸而去。柴晴站在楼道口，向一段爱情挥手别过。

不是每次相见都为了相识，不是每次相识都为了相知。有位易经大师说过："女人什么都不争了，就什么都有了。"可是，不争？在爱情来临的时候，只能奋不顾身，只能激流勇进，只能就这么，把自己，废了。

柴晴挥别那个奋不顾身、激流勇进的自己，泪如雨下。

尽管保温瓶外壳鲜红的小桃心被紧紧握把，它依旧没心没肺地褪为橘色。苏小满乱发蓬松，眼神散乱，褪出了忧伤的颜色。为什么不直接发条短信呢？她马上精神一振，手机上快速输入："我在外滩 51 号！"可是马上又擦掉，改为："找到最后线索了吗？"再擦，写道："笨死！再不来我可走了！"因为气恼，感叹号才打出手机就脱手，待她手忙脚乱拾起，正好按在"发送"键上，想撤销已晚。

武越感觉到手机一震，却腾不出手。他费力地将喝得烂醉的 Fiona 扶下 TAXI，推开大门，快速扫视全屋，将她扶进卧室床上。他又去酒柜找出两只杯子，分掉饭店带回的小半瓶红酒，一走三晃地摇到床边，舌头都打卷，来，再走一个，今晚有烟花表演，喝完去看啊！

Fiona 似乎睡着了，见几次呼唤都无反应，武越终于长舒口气，酒登时醒了，或者说他根本没敢喝醉。他一个箭步冲向书桌，抽出她的笔记本电脑，开机。密码，就看密码的了！他舒展了下手指头，快速按下“161125”，电脑居然解锁。武越忍着心中狂喜，快速掏出个小 U 盘插上。

躺在床上的 Fiona 微微睁开双眼，望向武越的背影，想起那个下午，他曾握紧自己的手，说：我知道的还很多呢，比如你喜欢把各种漂亮的戒指戴在右手食指，比如你喜欢嫩黄色的服装，会把你的皮肤衬得更娇嫩，比如你用筷子很笨，跟老外有的一拼。他最后凑过来，眼底电花石火般嘁喳作响，告诉你一个秘密，我已经把手机和电话密码改成了咱们第一次见面的日期，161125。你呢？

Fiona 重新闭上眼睛，泪下两行。一串匆忙的脚步声后便是大门关闭的“咔嗒”声。她明白，再也没有那场烟花表演，烟花未燃就已逝去。

武越冲出大楼，撒腿在街头狂奔，他听见咔嗒咔嗒的声音，那是他背负的桎梏在分崩瓦解，是炼狱中游走的灵魂终于解冻的声音，从此洗白而轻松，回归是个瞬间的动作，他坚定，义无反顾。就这样大步奔出几条街，他才意识到有一条短信，果然来自小满：“笨死！再不来我可走了！”于是，他霸道地抢了一辆 TAXI。我来了！你要等我！武越在心中大叫，手伸出窗外，感觉到冰冷的雪花在手上融化，融化……

这个时候，小满已经踏上回家的地铁，她挂在扶手上晃悠，对向玻璃镜面上的重影发呆。重影中有两人坐在那里，颇为眼熟，竟是吴志雄和阿玲。阿玲的肚子圆圆鼓鼓很是突兀。两个人各戴顶红色圣诞帽，一人一口啃着只面包，于冰冷城市的地下通道彼此微温。小满看着看着，重影愈加模糊。

漫步在飘雪的校园，不知不觉她就走到了父亲的办公楼下，父亲那层窗依旧亮着灯。就在她犹豫着是否上去，一个黑影却大步跑出，步伐身形如此熟悉，正是她候了一夜的武越。一愣神间他已经跑远，迅速消失在茫茫夜色中。待到她再慌乱地摸出手机，却显示没电。

武越连打车带跑步来到约好的外滩 51 号，已近午夜，虽值圣诞前夜也没剩下几桌客人。他大口喘息，拨出小满手机却无法接通。他拦住服务员，有没有苏小姐订的位置？

好像有一个。她在靠窗小桌等了整晚，只点了一杯热咖啡。瞧她一会儿乱揉头发，一会儿自言自语，不知道的还意为她上错酒了呢。瞧，她的杯子我都没敢收。

武越走过去坐下，渐渐平息了呼吸。他摸着桌子正中摆放的一个白色保温杯，上面显示温度的小桃心明明是最冷的冰蓝色。他将随身包里另一个同款黑色保温杯摆放在一起，黑白双煞，他想笑，鼻子却酸得厉害。

苏小满等完武越又开始坐等老爸，还好，他终是可以等到的，只是已近夜半两点。小满支起眼皮，单刀直入：今天武越找你干什么？

苏教授明显愣了下，借着脱大衣思考，把个小男朋友盯得那么紧干吗？

小满到底沉不住气，说啊！什么事啊？明明跟他约好圣诞夜晚餐，他爽约也罢，居然为了找你……

吃老爸醋呢。苏教授乐了，两个大男人能有什么事，肯定是正经事了。明天我批评他，怎么能爽我女儿的约呢！

不是！她开始跟我们一女老板出去了，然后又从你公司出来，我实在想不明白到底怎么回事。上次短信里说的“合作”是合作什么？

安心睡觉吧，老苏。肯定是好事，放心！明天再跟你好好解释。苏教授把困顿的女儿推进屋。

第五篇：投标这一天 & 然后

53. 投标这一天

艳阳高照把个昨夜飞雪抹得消失殆尽，天空湛蓝无比，风也置身事外，若于暖阳下驻足，会很容易忽略这毕竟是个寒冬的清晨。NBI一行人西装革履，从办公室起身下楼。Nancy，让你备的公司车呢？任千秋打着电话迈进电梯。

武越暗自心惊，忍不住问道：不开你的车吗？

我那车太旧，有损形象。公司车已在一楼候着了。

武越打量一圈，对了，Fiona怎么不来？

她说昨晚被人灌酒，今天头痛欲裂不来了。无所谓，你我都在。

果然，一辆崭新黑色奔驰停在路边，武越小跑两步主动接过司机的钥匙，其他几人也就各自上车。武越的电话突然响起，小满，你也想参加投标？我们的车牌是沪CR2290，你打辆车跟过来吧。武越跨进驾驶室，想起应该征询一下副驾驶任千秋的意见，不好意思，任老大，允许小满来吗？你知道她的，好奇心强，第一次参加投标，也想去看个究竟。

任千秋在调GPS，嘴上随意应付，无所谓，她要去我也拦不住。

车子驶上高架，武越将车开得不急不缓，正合任千秋心意。此去旷达路上还有一小时左右车程，略堵，可是时间充裕。任千秋抱着厚重的电脑包，不时看表，可见并不那么淡定。武越密切关注着周遭车辆，直至一辆黑色大众开进后视镜。它略有破旧极其普通，却令武越的心瞬间提到了嗓子眼。其实也不一定非走这一步，他内心摇摆，是180度反转，这令他分心，脚上的油门踩狠了，差点跟前面车追尾。任千秋紧抓扶手，小声嘱咐：来得及，稳重慢行。

武越出了身汗，尴尬地笑了笑，看后面那辆大众依旧不紧不慢跟在左侧车道。他暗自咬牙，准备打左转灯换道。可是电话来了，竟是苏小满。任千秋瞄了一眼，接啊，肯定是没跟上车。

具体地址她有。武越强装镇定，驾驶员接电话可是要被扣分的。

他刚准备挂掉，任千秋却将电话拿了过去，我帮你接。说着便按下了接听键。

此刻小满并不在路上，而是坐在自己餐桌前吃碗葱油拌面，她一只手机扶在耳畔，对苏妈说：我爸呢，怎么那么一大早就溜了……电话接通了，对方“喂”了一声，她并未听出任千秋的声音，直接大叫：直接坦白吧，武越！

可是手机里却传来尖叫，似乎还是几个人的尖叫。

话说就在任千秋按下接听键的时候，武越瞬间下定决心，果断往左换道，后面的黑色大众车便直接冲了上来，咣当一声巨响，两车追尾，一车人齐声尖叫，任千秋手中的手机也飞了出去，落在挡风玻璃下。两车骤停。武越与任千秋快速对视，看彼此安好，连忙下车查看。

对方车子也下来了四个小伙子，都是二十多岁的精壮青年。他们撞了人反倒面带愠色，毫无歉意，气势汹汹地围到车尾相撞处。武越压低声音：你看穿棕色皮夹克的，就是上次酒吧闹事那个人。

任千秋暗自心惊，我也看出来，这时间被缠上可不妙啊！

穿皮夹克的开口就骂：哪来的傻B，会开车吗？换道不打灯。

武越气恼地指着对方，嘴巴给我干净点！

任千秋拉住武越，几位小哥，对不起，我们一定会赔偿你们的损失，双倍赔偿，只是现在确有急事。

说声对不起就行了？穿皮夹克的不依不饶，突然认出任千秋，原来还是你们，可谓冤家路窄，上次在酒吧你们二打一都忘记了？对，就是这两孙子，兄弟们上，给我往死里打！四个精壮小伙子对着武越和任千秋劈头盖脸就打，两人只能出拳还击。其他人站在后面被吓得不轻，只能打110求救。高架上霎时堵起来，到处都是喇叭声。

任千秋一直斜背着这个至关重要的电脑包，刚才下车也忘记摘下来，里面的投标资料厚重无比，令他束手束脚。他后悔不迭，还在用自己后背保护电脑包，就被打得根本无力还击。武越冲过去帮忙，也挂了彩，鼻血长流。

任千秋快速从肩上解下电脑包，塞进武越怀里，大叫：车子堵成这样肯定走不了，你快跑，前面离下匝道不远，然后打个车。跑呀！

武越愣了，抱着个沉重的电脑包，无法接话。犹豫间后背被人狠狠一脚踹上，身子随即向前扑倒在地。任千秋冲到武越后面，以一敌四，或者说甘当人肉靶子，他急了：还不快跑，投标来不及了！说话间脸上就狠狠挨了一拳头，人整个摔倒在地。

武越一回头，感觉到水点砸在自己脸上，大概是他的鼻血吧。武越的时空瞬间空白又黏滞，慢动作似地迟缓，然后重又嘈杂却一片明净，宛若湛蓝的天空。他猛地蹿起身，抱着电脑包大步跑开，在车流中穿梭。他耳畔生风，心有万马奔腾，全身疼痛彻骨，可是只能这样跑下去，跑下去，直到下了匝道，他虎生生拦住一辆出租车。

武越坐在车里，边大口喘息边发呆。

司机从后视镜悄悄打量，这个年轻男人衣冠不整嘴角带血，面容阴郁，可是总不能一直往前开到底，他只能第二次开口询问：您到底去哪里？

武越再次犹豫了。他憎恨选择，尤其在他可以第二次选择的时候。

一个看似西装革履却豁开肩袖的男人跌跌撞撞跑进旷达办公楼大厅，惹来众人侧目，他正是武越。武越看了下表，快速辨识了下方向，向招标办公室大步跑去，将旁人不管不顾地拨开，在牢骚尖叫中冲了进去。武越将电脑包甩上办公桌，从里面抽出个厚纸袋，塞进办公人员手上。对方被武越的外形镇住了，没敢接话。

准时送到了吧！见对方无语，武越又大声质问，急切中露出了狰狞，算准时了吧？

办公人员被吓得往后一靠，抱着文件袋直点头。

武越这才松了口气，慢慢退了出去。这个清晨耗尽了他全部的力气，打架、狂奔……还有两次抉择。他只觉自己被抽空了似的，眼前一黑死死靠在墙上。

苏小满举着电话满屋乱转。武越的电话再也接不通了，那些尖叫代表了什么？她不敢乱想，或者说已经把各种可能想了一圈，吓得不轻。为什么不打任老大电话呢？她终于豁然开朗。

唱标后武越独自坐在旷达大楼外的楼梯上，顾不上往来路人异样的目光。身边包里任千秋的电话响起，竟是苏小满。她快人快语：任老大，武越跟你一起去投标了吧？他人呢？怎么电话接到一半……

武越温柔地将她打断，是我，我在，我一切都好。

小满顿时酸了鼻子，没了声响，转而却来了气，谁管你好不好！

“夸”的一声，她挂了电话。武越笑笑，全身暖意洋洋。两辆车急速驶来，在他跟前急速刹车，冲下 NBI 一行人。最前面的任千秋一只眼圈乌青，嘴角挂彩，外套虽已换过，依旧滑稽又惨烈。他几个箭步冲过来拉起武越，大声问道：送到了？

武越微笑点头。

任千秋大大松了口气，用力把武越拥抱。二人对视，哈哈大笑。

武越又补充道：唱标了，CTT 果然采用了高报价，排在第二高。沙总听到我们的价格，鼻子都气歪了。只可惜你错过了这个精彩镜头。

任千秋腾地站起身，用力振臂无声高呼。

投标这天也正是吴志雄夫妇搬家吉日，一辆小型卡车停在楼下狭窄的巷子里。吴志雄指挥着工人搬运，战果就挤在旁边，不甘心地缠着他，真不住我那儿吗？房间还给你们空着呢。

说过不用了，你怎么听不懂人话！吴志雄转身上楼。

这时，阿玲挺着大肚子费力地拎着几个大塑料袋下楼，战果连忙去接。阿玲悄言：志雄就是觉得丢人才不让朋友来帮忙吧，你赶紧走。你看，我们东西不多，还有一个搬家公司的师傅帮忙，足够了。

搬家师傅正好扛着箱子下楼，不耐的脸上浮着大汗，跟我讨价还价，说没家具，却有这么多箱书，死沉死沉的。我跟你说啊，这个价格肯定不行！

战果只能走了，一步两回头，需要我的话就说。

标书收齐并唱标后，接下来便是专家组的正式讨论了。这个环节至关重要，各家公司都会暗自发展自己人，只要有他们代言，互通消息是其次，大翻转也是有可能的。当然，讨论其间为了以示公正，一行七八人是完全与外界隔离的，连手机电脑也会统一收管。

NBI 的标书胜算最大，这是几位专家的共识。谈到 NBI 的短板，即：硬件成功案例，世面采用量明显不足。这时，一个尖细的声音蹦了出来，不够也罢，恐怕还有虚假的……他边翻看边发言，突然横空打住，快速地从上到下细理一遍文档，再从下到上，前前后后慌乱地翻了几下，停了手。

顿时有人警觉起来，你说哪个案例是假的？

尖细的声音也不那么尖细了，他轻咳了几声，我就这么一说，如今许多标书都在这上面做文章，我们不得不警觉起来。

这时候另一个声音来救场，迅速抓住所有神经，他说：这还都是小事，我发现软件包有个大问题，两份投标书非常接近。

会议休息期间，尖细声音专家在酒店角落处借了部手机，直接拨到 CTT 沙总手机，声音再次尖锐起来，你搞什么鬼，差点害我在会上出丑！

怎么会？沙总大叫，脸色越来越差，直至最终收线，将手机狠狠摔至墙角。他铁青着脸缓缓转过身，恐怕你的监控软件早就被任千秋发现了。

老金跳起来，不可能！我做得天衣无缝，是你们打单不济。

沙总也腾地蹦起身，那请你解释下，为什么你截屏软件给我的几个虚假案例都未被列在最终标书里？

老金急了，绝不可能，我这儿还留了一份最终标书呢。他从包里掏出文件，匆匆翻看，突然停下手，猛然地抬头望向沙总，难道……难道任千秋弄了两套方案？

54. 爱情，出发

机场候机大厅一角聚着群叽叽喳喳的年轻人，正是整装待发的 NBI 实习生。苏小满站在外围左顾右盼，终于看到一黑衣男人大步走来，他的棒球帽檐压得很低，正是武越，她立马转目傲然无视。带队的 Mary 清点人数，数来数去数不明白。小满解释：柴晴的腮腺炎还没好透，这若传到大中华区域可就搞大了。

Mary 嘟囔了两句：糊弄谁呢？咱们一走她那腮帮子立即瘦回锥子。

不等等林少霆吗？见众人动身，小满有些着急。

公司里还有事情，他晚点会赶过来。张江安慰小满，放心，以我对他的了解，即便不去云南参加实习生 PK 大会，一样能留在公司，只要他想。

此刻的林少霆按照纸条上的地址找到一个破旧又密匝的老里弄。他边走边找，突觉后脖子一凉，抬头去看，竹竿挑出是几件肆意滴水的衣服，家家如此，即为老巷子的清凉味道。开门的老太太一脸迷茫，正是冯峥峥母亲。

林少霆只说自己同是 NBI 实习生，屋里亮着一盏忽明忽暗的灯，光线晦暗，地面则被大小行李占领，凌乱到难以下脚。冯峥峥在小屋内午睡，最近情绪已然稳定。幸有好人相助，老人絮絮叨叨，还解释了搬家原因。原来林少霆安排的房子虽好，房租仍难以承受。林少霆暗自自责，听她说到投简历未果只能回老家，这才想起自己来意。他拿出一份文件递给对方，公司让她走也是不得已，让我帮忙给她另找了份工作。回头她醒了，您让她看看合同，如果身体状况允许，也还满意，就到这个地址去找人事部签约。老人哆哆嗦嗦接过，泪眼婆娑，令林少霆无法直视。相信你女儿，她是我们实习班最优秀的学生，一直都是。

飞机划破天际，将一群欢快的实习生送至昆明机场。住进酒店已近中午时分，苏小满偷偷打望武越跟战果离去的背影，心神不定走向自己分到的房间。

她才洗手就听见门铃一声接一声响得急促，她顾不上擦手就跑去开门，站在狭窄的小空间，小满忽然呼吸不畅起来。应该继续生气才对啊，怎么可以先心疼上他额头的淤青、嘴角的伤口？反正不应该开口就是：你受伤了？

夜路骑车摔的。武越暖意漾上扬，旅游攻略不错。只是……我们能不能甩开他们？见小满忧虑的表情淡去，转身要进屋，他抓住她胳膊一把拉了回来，从包里掏出一白一黑两个细条保温杯。

小满冰霜逐渐化去，你最终还是……去了？

来吧，出发！武越把杯子塞进包，去拉小满。两个人甚至顾不上等电梯，从楼梯飞奔出酒店，冲进一片阳光万丈。突来的幸福把她撞得头晕目眩，她只能任凭他抓住手，不管不顾地向前奔跑。湛蓝的天空飘着棉花朵朵那种云，安个方向盘就可以开动似的，多年后再想起来，她认定冲出酒店明明就跳上这种云朵飞车了嘛，没错！爱情，出发！

任千秋却在另一空间纬度坐立不安，旷达为何一直不开标，这不合常情，虽然只拖了那么一两天，却令他有种非常不好的预感。旷达 IT 总监陈总那边也得没消息，按理来讲，既然 CTT 基本出局，难道……还有其他劲敌？

依任千秋指示，林少霆靠近父亲办公室，一个电话把董秘秦岭叫了出来，您好歹透个风！也别装模作样研究来研究去的，赶紧宣布咱 NBI 得了！

你爸就在里面，直接说去啊！见他直退一大步，秦岭忍俊不禁，正色道：硬件方面，你们公司肯定是有绝对优势，拿下无二话。问题出在软件包，专家的意见不一，恐怕暂时没定论。

到底什么问题？

秦岭四下看看，旷达直觉上感觉软件上有问题，要调查清楚，以示对股民负责。有一家叫路枫的民营公司跟 NBI 在软件标书内容上非常接近，价格更具优势。总经理是名大学教授，叫苏枫。

苏枫？林少霆在记忆里努力搜寻这个模糊的影子，一路开车来到“传奇”咖吧。他用本子写下“苏枫”两个字，眼前突然一亮，对的，他见过这两个字，在推拿老字号的记录本上，不同颜色，不同大小，在不同时间写下的一长列“苏枫”。五分钟后，他在旁边空白位置写下“苏小满”三个字，用横线连上，上写“父女”。

本子的另一边，他列下 NBI 全部投标组员姓名，写到“Fiona”时，他再把“武越”写在旁边，二人之间画上横线，上写个“?”

林少霆在电脑上查询了半天，拨出电话：请问是苏教授办公室吗？武越在吗？

对方并非苏枫，而是他的学生。武越啊？武越是我师哥，已经毕业，最近不常来……

林少霆慢慢挂掉电话，望向窗外，玻璃镜面上自己的投影目光空洞。

滇池湖畔霞光漫天，红嘴鸥栖息于此，安逸自得，以主人姿态自居。武越抬起手，红嘴鸥就会飞至手上啄食，再扑闪着翅膀飞走。苏小满羡慕得紧，犹豫着却实在不敢伸手。武越抓住她缩紧的手，展开，将喂食搁在上面，不痛，害怕的话就闭眼。

小满惴惴然闭上眼睛，伸长胳膊，只听武越感叹不已：哇，这只手果然比我更具“鸟气”，一只红嘴鸥来了，又来了一只。不痛吧？

小满终于敢睁开眼睛，却看是武越用个小树枝在戳自己掌心，不禁大呼上当。武越撒腿就跑，小满追在后面，惊起一滩鸥鹭。

霞光自留剪影，在地面，在林梢，在最甜腻那个篇章。它裹起来就是一棵棒棒糖，折起来就是巧克力块，揉成团就是一罐蜂糖，展平了，却起起伏伏皱皱褶褶，成了后话。

“传奇”里人来人往，风铃叮咚叮咚，都与林少霆无关。他用一根直线从本子左侧的“苏枫”画至右侧的“武越”，那么长一条，穿越装订线，穿越重山万水。上面写着一行小字：“师生和？”

戴着口罩的柴晴收起雨伞走进“传奇”，看林少霆在便打了个招呼。他却并未发觉，只对着个本子兀自费力思索着什么。柴晴觉得蹊跷，想到自己的腮腺炎，也就没凑过去，端着三明治坐在他身后不远的地方。

天色已暗，武越跟苏小满走进路边一个书店，各自逛着。他们在书香横溢的小小空间里错身而过，眼神交叉、连接又散开。小满找个角落坐着看书，武越也搬来一摞书，默默坐下。她不经意瞟了眼那一摞书，眼圈转瞬红了。那不是随意选择的书籍，更不是随意导致的混乱，它们一本压一本，一共四本，横横竖竖，遮遮掩掩，只为让她从自己的角度看到四个字——“我喜欢你”。

小满捂住嘴泪水横飞，马上又掏出手机来一阵拍。

武越心疼地搂住她的脖子，吻在额头。

林少霆也不知坐了多久，下雨了，雨大了，雨又停了。他再未给纸张上填写一条线或者一个字，只这样长久地暗自解析背后的线索，越想得透彻越心惊肉跳。三明治干干巴巴，引不起食欲，他终于站起身，缓了缓麻木的腿脚，最后看了眼这个本子，将两页纸撕下来，揉成团扔在桌上。

手机上竟有五个未接来电，都来自任千秋。他干脆关机，推门而出。

柴晴走过去，从盘子里拿出纸团，展开，拼凑，终于看见一个人物关系图。她就着昏暗的灯光仔细查看，脸上瞬息万变。

55. 今天，打了你，我就配得上了

当林少霆将两页纸扔在“传奇”，已经将一个主意埋在心底。他冒着冻雨徒步走回家，忘记停在公司的改装车。街头格外清冷，冻得他满脑子冰裂纹。

他不敢再想下去了，怕裂纹会直接劈到心脏的位置。这样的林少霆令任千秋有点奇怪，好像又戴回以前那个玩世不恭的面具，他说不上，只隐约觉得不对。还好，他确认硬件能保住，那么软件呢？梁董事长既然只字不提，说不定是个问题，他越想越担忧。任千秋还是决定把林少霆赶到旷达等候消息，何况，他准备了一席足以打动父亲的话，随时待发。

带着对软件的各种猜测，任千秋找到 Fiona，开口便问：最后的报价一直掌握在你手上，是吗？有没有给其他人看到过？Fiona 一惊，自然否认。只是握住水杯的手剧烈抖动了一下，水溅出不少。他并未继续追问，只暗暗心惊：糟糕，软件包果然出了问题。

林少霆在旷达办公区走走停停，心事重重打着腹稿，瞟见一个熟悉的身影，正是冯峥峥。她身着朴实，眼神晃悠，若有惊慌。她才坐定打开笔记本电脑，旁边同事已经议论纷纷。他听不真切，只见她眼底闪过一丝坚毅，也就踏实了。

这么快再次见到林少霆，何况被他电话叫出会议室，令秦岭颇为意外，不要催那么紧嘛，专家还在讨论。

林少霆故作轻松地翻着一本杂志，有什么可讨论的，谁的价格合适就用谁呗。

秦岭琢磨了下，笑了，你知道你们公司的价格一直……偏高吧？

林少霆漫不经心地翻着书页，软件公司 TXC 是才合并进来的，谁知道水平怎么样。要我说，你们看哪个价格差不多就定了吧，免得我们老大非派我盯在这里，不让回公司。

不是吧，昨天还催着我定你们公司，现在又随便了。秦岭突然觉得这事儿不一般了，林少霆看似随性，也不至于一夜间态度骤变，更何况这恐怕更是暗示，而且明显的是——它绝非来自 NBI 指示下的暗示。

秦岭揣摩着重新推开会议室门，见专家们正在讨论软件报价的问题。有人明显站在路枫那面，咱们这次招标就是为了市政府项目，政府的态度是什么？很简单，支持国产。现在既然有个国产公司带着实力和诚意出现，就给他个机会嘛！

另一位专家面带不屑，什么小公司，我不信他们能强过 NBI。

秦岭开口：NBI 的软件部分并不强，这次应标完全来自 TXC 的助力。而 TXC 才刚刚被合并进来，从公司文化到产品都跟 NBI 关系不大。

见董秘为自己撑腰，第一位专家的声音更高了。请诸位对国产货持有信心！据我所知，公司总经理苏枫也挂有不少头衔，重点高校教授、市政协委员、信息协会专家……

问题是他们的标书和价格都很可疑。

整个投标都很可疑，CTT给出那么高的报价，根本不是他们公司的一贯态度嘛。明显被人算计了。第三位专家想为CTT说几句，要不要重新考虑下硬件包……

他却被第一个专家打断，可疑？我们又不是公安局的，没法破这个案子。见大家都不吱声，他又开始了一长段分析，最后总结：综上所述，我给出这个建议，既保住了旷达项目的安全和权益，又顾全了大局。

坐在会议室长桌尽头的梁董事长跟秦岭一合计，终于点头，就这样吧。

那边梁劲棠一点头，这边任千秋就接到了陈总的电话。投标结果出来了，NBI中了硬件包及一部分软件包。任千秋大惊失色，一部分？怎么可能？他脑子嗡嗡乱响，在电话里嚷起来：什么公司？怎么可能强过我们NBI？

陈总按灭烟头，有些不耐，具体也不清楚，反正就这么个情况，你也该满足了，硬件全中，软件又中了大头，总得让别人分一杯羹吧！再说，你也替我们考虑考虑。我们本来就是为了完成政府项目才招标的，也得拿出点支持国产的态度吧？更何况国产软件中标，我们旷达也是有补贴拿的。双赢，加上你们两家公司，咱们算四赢了。得了，就这样啊，消息暂时不让公开。

苏教授也同时收到了消息，消息来自会上第一位专家。苏教授立刻问起另一部分软件包的下落。专家笑笑，当然是NBI。可以了，这么大一个标，即便赢下小部分，也是很大一块馅饼了。如果不是我坚持支持国货，恐怕大家已经怀疑了。

怀疑什么？

咱俩多少年了，你说怀疑什么？专家的大笑余声未了，苏教授按下确认键，将第二笔钱转到武越账上。

任千秋并不像苏教授“知足常乐”，他跑到楼下寒风中大口抽了三支烟，这才镇定下来。接着，他上楼走至秘书Nancy桌前，悄然递上一张纸条：帮我查查这家公司……和这个人的社会关系。话音未落，柴晴疾步走来，却有些犹豫地拿出两张皱巴巴的纸。任千秋快速瞟了眼，只觉大脑瞬时缺血，手抓紧了隔板。

大中华区近百名实习生分组参与授课，接受从产品到实践等多纬度培训，每天下课前都是一场考试，好似一场脑力大战。几天下来，实习生们紧绷的神经几近崩溃。课上表现每一分钟都有人在观察打分。而这群人中有一个人表现格外突出，问题阐述到位，一直获得老师Jason的格外青睐，更是获得战果的深度质疑，他就是宁大齐。战果怀疑他拿到了往年的培训资料，并已经深入备战，准备在这场 PK 中得个高分，唯恐大齐的作弊会导致武越错过 Top Student。武越微微一笑，对我有点信心，好吗？

再上课时候，Jason 请实习生做案例学习。我来做一下背景介绍，A 公司，国企，员工 1000 人。A 公司决定收购 B 公司，进而进行内部整合。B 公司，德国公司，200 人，采用市场上最先进的 D 系统。这可不是 1+1=2 这么简单的事情，所以特别邀请咱们 NBI 公司为其进行咨询分析。你准备怎样做？

大齐立即自信满满再次举手，武越朝战果眨眨眼也举手。Jason 请二人上台，大齐你先说，武越可以补充亦可驳斥。

大齐娓娓道来：一家公司收购另一家公司，内部系统必然要整合。我认为，应该以人数多的那家公司，也就是收购公司 A 公司系统为基准。被收购 B 公司人数少，资料也少，系统合并进来相对容易。

武越嘴角微翘，那么……你的意思是不用考虑两家企业的系统谁更合理、更先进，而只是考虑工作的简单性？

宁大齐愣了下，小声埋怨：别拆台啊！

Jason 笑笑，是啊，难道只为考虑数据的便利吗？

宁大齐尴尬语塞，这个……当然要综合考虑了，我是从企业文化的角度考虑，被收购 B 公司应该服从收购人 A 公司嘛。人之常情啊！

理论上是的。可是我相信，作为收购公司 A 员工，会本着大度的主人态度去接受更先进的系统。而被收购公司 B，如果一定要委委屈屈被纳入对方所谓的公司文化，必然产生抵触情绪。以德服人才是合并的基础。武越一席话赢得了 Jason 的带头鼓掌。

武越要赢，一定能赢，这点他很清楚。

武越随苏小满走出教室，看她面对阳光伸了个懒腰，金色的光芒给她勾出了毛茸茸的边，格外温暖。他从身后将她搂住，却把她吓一哆嗦。武越附在她耳畔轻言，不要怕，现在再也不用担心被人看见。我们去哪里？属于我们二人的丽江吗？

二人按攻略上了从昆明飞往丽江的飞机。武越坐在小满身边，人是轻飘飘的，这种感觉如此不真实，所以他问起了最真实的东西，就是工作。对啊，我一直在忙什么？小满有点被问住了，旷达投标里，她配合 Fiona 做了些小开发，对项目并不了解。不过前段时间研发的项目特别有意思，师傅说是实验性质的，失败了便一无所得，成功的话说不定可以申请诺贝尔奖呢！

武越乐了，这你也信？

咱们公司获得过两次诺贝尔奖，你不信吗？

太遥远了，说说你的收获。

小满想了想：我最大的收获是参加了公司志愿者队伍，我原来并不知道其实有那么多人需要帮助，我们的举手之劳，他们的……

这跟你的工作有关系吗？武越毅然将她打断，如果没有，那就把心思多放点在工作上。我们能进NBI不易，应该多为前途和职业生涯考虑。

怎么跟我家小苏一个腔调！小满撅着嘴望向窗外，耳畔却响起林少霆的声音："你想怎样做，我帮你！"是的，如果是他，一定这样说。她被这个念头吓了一跳，连忙狠命摇头，企图摇走这个念头。

小满跟武越背着双肩包在束河古镇闲逛，与普通情侣无异，玩到哪儿吃到哪儿笑到哪儿。两个人的世界便是如此，只要在一起，在不在束河古镇又有什么区别。"晴天、碧日、客栈、人头就是束河古镇。"小满的微信朋友圈如此配词。什么嘛，林少霆轻哼了句，打电话给她却不通，他转念又拨给秘书，订了一张最近时间从上海到昆明的机票。

从中索道抵达牦牛坪，小满跟武越沿木头栈道前行，蓝天白云下，玉龙雪山清晰可见，壮观庄严。藏人拉他俩换装拍照，看小满意兴盎然，武越勉强同意，换好装又被她拗出藏族舞的姿势，一个又一个，好生尴尬。咔嚓咔嚓，相机乱响。二人从舞蹈姿势拗到搞笑姿势，笑声回荡在雪山云顶。最后，武越换回自己服装坐在木栈道上，看身着藏服的小满跟几个藏人学跳藏族舞，不禁看到痴迷。

林少霆再刷朋友圈，已经看见小满的更新："藏人的舞蹈豁达开朗，不矫揉造作，充满真实的喜悦，好似这雪山烈日，这是小时候学舞蹈不曾体验到的。"他微笑翻看着她的照片，直到最后一张与武越的搞怪合影，不禁大叫：什么嘛！

他又从兜里翻出一张打印出来的列表，核对时间，发现她果然是按照攻略走的。他空着两只手起身登机。

林少霆并未跟任千秋打过招呼就擅自离沪，并毅然关机，怎么也料不到自己的手迹正被他攥在手中。从哪里理起呢，任千秋脑子纷乱如麻，有一些看不清楚，又害怕看太清楚。他就这样坐在座位上，低头不语，兀自发抖、出汗。久久不语，对面的柴晴也就不敢贸然开口。

任千秋终于抬起头，真是林少霆的字迹？

是的，我偶然看到他从本子上撕下来的。

任千秋不动声色，我会找人核实。在处理之前请勿外传，我讨厌谣言漫天飞。

柴晴并未听出自己其间价值，人就不舒服了，恐怕并非谣言吧，苏小满确是教授千金，他父亲也的确开了家规模不小的公司。只是，万万没想到她居然如此腹黑，戏那么好，对我都瞒得死不透风。

他压低声音，调查之前不能断言。

柴晴却提高了嗓门，几年闺蜜当得太失败了，不能不说我很受伤，连武越是苏小满父亲带的研究生我都一无所知！你说是我的失败，还是她的阴谋？好，就算这事儿是我胡思乱想，林少霆都怀疑了，你还不信？

查清之前若有谣言流出，我拿你是问。任千秋表情淡漠，唇齿坚硬。

待她出门，他连忙拨通林少霆的手机，却被告知“机主已关机”。他发狠地将话筒扔掉，地毯上的闷响令他越发郁闷。

此刻，小满和武越已经游至澄江抚仙湖。这是个神秘的深湖，各种关于湖底古城和浮尸的传说流动在深邃的波光中。澄净的湖水，晴暖的天气，一切都好似情爱的温床。微甜的空气吹进肺里就起了酒劲，可沉迷可醉人。二人租了双人自行车沿岸骑行，小满在前，武越在后。清风拂起她的碎发，飘至他脸上，于是痒痒的暖暖的困困的，缭绕沁人。武越搂紧她的腰，将脸贴至她后背，满足无比地闭上了眼睛。

小满踩得费力才发现他根本未动脚，嘴上直抗议，嘿，就靠我一个骑啊！

武越喃喃道：我太累了。

四个字随即于风中飘散，她未听真切，只觉车子那么重，他怎么会那么重？

傍晚清凉起来，二人躺在沙滩上，听波涛起伏，拍打着沙子，从万千小石缝里下泄，发出沙沙的声音。一波一波，永不停歇。还没注意，谁的手那么任性甩一笔玫红色，瞬间染红了一片天。欢迎走进童话世界！小满露出了卡通的微笑侧过脸，你是一个谜，一个我很想看透却被拒绝看透的谜。

武越轻言：我也想象你一样，从出生就是一汪清水，通透、简单。

你为什么不能？

像 Mary 说的，人生人生，人生来就是不同的。

可我……我就是走不进你的人生。

武越伸手抓了抓她的头发，那么现在呢？

不知道，你近在咫尺又远在天边。说着，她眼前的虹彩糊成一片。

武越用大拇指抹掉那一行泪，心隐隐作痛，我答应你，从此即便远在天边，也只做近在咫尺的我。

她破涕为笑，一转脸看见张奇怪的脸，正在头顶上方。于是一激灵跳起身，马上意识到，是林少霆。你……你怎么来了？她突然脸一红，心想：我需要磕巴吗？

我怎么不能来，我也是实习生啊！

可是……可是培训都结束了，你不会去昆明补完课再赶过来的吧？

先别管我。你俩怎么失联了呢？

你找小满有事吗？武越不耐地站起来，拍拍身子的沙子，又去拍小满裤子上的沙子。她却被刺了似的跳开。

林少霆却道：不，我找你。在二人有点反应不过来的时候，他又嘱咐小满，此事跟你无关，就坐在这里，我们那边谈去。

武越跟林少霆身后走到十米外的沙滩上，心中百折千回琢磨着。会是什么事情，让他不远千里追到这里，甚至等不了多两天。难道跟刚赢的标有关？他怎么可能发现？难道是代表任千秋来的？不可能！一定不是，否则苏教授的消息早传来了。

林少霆转过身，露出一张冷峻的脸，透着丝丝寒意。我今天找你，是问一件事情，我必须当面问清楚的事情。

什么事，你说。

林少霆沉了口气，透露 NBI 标书和报价的事情是你做的吗？

武越大惊，你说什么！

林少霆辨认着这份惊讶的真假，却不得不承认，根本无果。别装，我已经发现了你跟他们父女的关系。直说吧，把标底透露给苏教授是你干的吧，是为了小满吗？我现在才明白你亲近 Fiona 的原因。你到底用什么换来 Fiona 的报价？小满若知道了……

武越突然抓住林少霆领子，这是我的事，与你无关！

林少霆抓住武越的手，满眼的坚硬锋芒，可是跟小满有关，我就必须得管！她知道你做的事情吗？到底为了什么？为了人还是钱？

武越突然挥起一拳打在林少霆脸上，叫你别管！

林少霆意外地爬起，抹掉嘴角的血，果然是你干的！小满肯定不知道。

别提她，我早就警告你离她远点！

林少霆扑上去反击，以前我觉得我自己配不上她，今天，打了你，我就配得上了！

小满被吓得哇哇大叫，连忙冲过去拉架，可是两个男人越打越往水里去，她又不会游泳，只能在沙滩上大喊大叫。逆光的身影在波光中荡漾，撕碎了湛蓝深邃的湖水，夜色迟迟不肯降落，是在期待这场正义之战的胜负吧。可惜，爱情的天平上没有正义亦没有胜负，爱情不讲道理。

56. 是我一个人做的

天际仍有余光，苏小满坐在骤然降温的沙滩上，看看左边的武越，又看看右边的林少霆，一样湿透一样搂紧膝盖打着寒战。她忍俊不禁，冷吧？非常冷吧？冷得要死吧？还逞强摇头，还打架？引来那么多人围观，也不嫌丢脸？

林少霆接话，牙齿不时磕碰，能不围观吗？那么两大帅哥打架，还以为拍偶像剧呢。

偶像剧是吧？给你拍张照片！小满举手机给自己和林少霆来张合影，拿给他看。光线不佳，林少霆的嘴角又破了，配上东倒西歪的湿发，显得异常狼狈。

删掉，别毁了本帅一世英名。

不删，说不定什么时候要派大用场呢！也发你一份。

武越心事重重，对二人的笑闹不屑一顾。他突然起身，走，回上海！现在就去机场。

小满不解地望向林少霆，你到底跟他说了什么？

林少霆又望回武越，欲言又止，最后还是说：让他自己告诉你。

武越眯着眼睛目视前方，面若沉水。她立即明白，他依旧是那个近在咫尺却远在天边的武越，如果他不主动开口，她是得不到答案的。乘武越收拾物件，小满忍不住再次跟林少霆打听，要不你偷偷告诉我，给你好处。

林少霆故意逗她，什么好处？我可不缺一顿饭啊！

废话，你什么都不缺！

当然缺，我缺什么你还不知道吗？他的语调飘柔起来，她便没了声音。武越快步走到前面，心事重重。林少霆小声嘱咐：标书的事情，我相信你是清白的，你要保护好自己。后来他终于想明白了，自己之所以让武越坦白，是因为害怕另一种真相——就是小满也是当事人的真相。如果如此，他情愿假装不明了。

三人才抵沪开机，武越和苏小满的短信纷纷响起，都来自任千秋，同样一句话："马上来公司！"

武越走开两步，转身跟苏教授拨了个电话，电话通后他一言不发，良久，对面苏教授终于开口：你们回来了？还算好消息，我们跟 NBI 共分软件这张馅饼。武越嗯了一声就挂了电话。听口气，似乎并没出乱子。

记住我的话！林少霆最后一次嘱咐小满就与二人分道扬镳奔赴旷达。旷达正在开一场新闻发布会，各路媒体纷纷到场，张蕾蕾也在其中，举着话筒站在有利位置。就算尘埃落定了吧，林少霆暗自松了口气，从人群后缓步走过。台上风光无限的梁董事长正在宣布令人振奋的消息，威严、庄重，偶尔还诙谐两句，他的强大气场足以调动整个会场，一，二，三……待他的声音逐渐湮没在身后，林少霆数着自己的步伐，心如明镜，他和他亦再次回归本位。

匆匆赶到办公室的苏小满直接去推会议室门，被武越压住手，你只需实话实说。小满心下疑惑，无以名状的不安缓缓爬上心尖。这种单人汇报面谈的方式很常见，他在担忧什么？难道跟林少霆让他告诉自己的事情相关？

任千秋一个人坐在里面，微笑望向小满，投标结果听说了吗？

小满眼睛一亮，这么快就出来了？被咱们包圆了吧？

任千秋仔细研究着她的表情，咱们中了硬件，还有部分软件。

软件？软件上就没听说过有哪家劲敌啊，到底哪家公司能分 NBI 一杯羹？

就是这话呢！疏忽了。任千秋作势很不服气地拍了下桌子，想起什么似的，对了，投标那天你不是说要打车跟过来，最后怎么没出现呢？

小满想不起来，没有啊，那天不是可以放假吗？我待家里睡懒觉呢。

任千秋心下一紧，脸上笑容明朗，明天咱们公司要办庆功会，你也是功臣一枚，到时候靓丽登场啊！

得令！那我叫武越进来。

不用了。任千秋突然叫停，直接回家休息吧！见小满带上门，他的笑容一丝丝从脸上瓦解剥落，露出苍白的底色。很明显，她并非主谋甚至助手，否则她至少在言语上跟武越达成一致。那么那个清楚的电话，那个报出我们车牌的电话他打给了谁？自然是追尾车辆里的四个流氓，那么酒吧里拳打醉汉那一场戏明明就是武越的安排。可是，最后，他依旧将标书准时送到了旷达，难道是自编自导一场苦肉计，只为给自己留下美好印象？他明明可以选择放弃送达，那么 NBI 将竹篮打水颗粒无收。思路到这儿，任千秋浑身一冷，汗却从额头暗暗冒出。那么他到底站在哪边？

武越看小满春意满面退出，手立即不抖了。她激动地宣布着中标的消息，拉他就走。老大体恤咱们，让回家了。这时林少霆的电话打来，小满笑言：老大就是告诉我们明天有一场庆功会，我要看看林少霆怎样帅气席卷现场哦……武越烦躁地扯过电话，按掉。

第二天的 NBI 旷达项目内部庆功会开在一个五星级酒店，会议厅被布置成自助餐厅。任千秋和 Fiona 庄重时髦，手持香槟谈笑风生，处处彰显出项目主人的身份。苏小满身着小礼裙推开门,先看见武越,他站在人群中,总是桀骜得突兀的那个人。她的陶醉逐渐上脸,真是酒不醉人人自醉。对,酒呢?她才优雅地抿一口香槟,林少霆焦急的脸杵过来,吓得她一口酒喷个正着。

真没事儿吗?林少霆一抹脸,仔细查看她的眼睛,无惊无悲无杂质,似乎的确没事,或者说她压根一无所知。他望向武越的身影,难道他还不肯告诉你?

小满扯张餐巾给他,到底什么意思啊!干脆点,说呀!

任千秋举杯,Cheer!武越微笑碰杯,并不多语。任千秋搂住武越的肩膀,紧紧握住他的肩头。武越心头一紧,肩头的寒气直抵全身。他重新面对武越,短距离目视,然后一字一句说道:你,是我看中的人,看好的人,当作自己人的人!

字字铿锵有力,一下一下敲打至深。武越在想象中看见自己的拳头已碎,裂纹升至手臂,所以他必须持杯一口喝尽,然后杯口朝下,大声道:谢谢任老大的栽培,我武越感激不尽!

任千秋点了点头,好,你能告诉我吗?为什么?

武越低头拿起身旁另两杯酒,敬你,我此生最重要的导师!

你真这样觉得吗?任千秋接过这杯谢师酒,竟有些哽咽,眼前浮现出他面试那天破旧的衣领,他的机智换装,委任为实习班班长时二人共眺浦江,他在课上侃侃而谈,他走进旷达强压睿智的伪装,他望向林少霆那小兽般的眼神,他跟Fiona课下的调笑,他将柜子锁紧,交给自己一把钥匙,什么都没有问……任千秋一干而尽,幽幽道:喝吧!酒过今日,也许味道就变了。

门口突然骚动,大中华区总经理Henry在众人的簇拥下大步走来。任千秋扔掉杯子跟Fiona从不同方位迎过去。是的,杯子被他扔在地上,好像是随手掉下去的,再加一分力便可唤作"撇"或者"摔",武越拾起玻璃杯,努力忍住眼眶中的潮湿。

Henry站于台前,很幸运NBI有你们这样团结和智慧的团队,赢下了这一大单,我已经批准给你们Team一个大大的奖项。听说很多实习生也参与了重要的任务,尤其一个叫武越的实习生,是哪位?他在人群中找到举手示意的武越,先给了他一个大拇指。我今天代表公司额外承诺给你一个大大的奖项,以表彰实习阶段的优秀表现,更表彰他奋不顾身将标书送到旷达的英勇表现。这个奖励非同寻常,绝非金钱可以衡量,我卖个关子,最后让你老板颁予你。

掌声中,苏小满惊喜地向身边林少霆打听:什么事啊?我怎么没听他提一个字。

望着她全身每个细胞冒出的爱慕，林少霆冷冷不语，他未提及的恐怕远不止这一件事了。

武越跟Henry微笑握手，脑子异常纷杂。难道自己多虑了，任千秋本不知情？至于这个大奖项，他当然猜得出是传说中的“超级实习生”，可是他此刻什么都不想要。武越才走出人群，就被个半醉的女人拉住，人未言已经半倚在他身上，咱俩说好的杭州香格里拉一夜呢？

对不起，实习生集体去昆明培训了。武越扶住她，时间没算明白就草率答应，我赔罪。

Fiona压住他取酒杯的手，不怕，咱们重新订酒店。

武越应付道：好啊！定好通知我。

Fiona妖娆地缠住他，就今晚吧，咱们现在就走！

武越拨拉开她藤般缠绕的手臂，你喝醉了。

其实我根本没醉，从来没醉过。Fiona暗自难过，可是她必须装下去，否则就变成了纠缠，爱情就是这样，失之毫厘谬以千里，她不想转眼走向一个痴缠的女人，那不是自己。难道就一直如此醉下去吗？她需要酒，需要真正的大醉一场，也许一切就将恢复正常。

任千秋才送走Henry，就被柴晴跟上了。不是吧，老大，真就这么算了？还超级大奖项，没这么便宜吧？

任千秋笑了，别急妹妹，猜测需要证据。

哦？打死不认？

不急。

任千秋径直走到半醉的Fiona跟前，不遗憾吗？一半软件被别人吃掉。

当然遗憾了，可是陈总不也说了吗，让咱们别太贪心，免得令他们不好做。至少Henry今天表示了认可，没追究那一半软件的问题。

任千秋盯着不远处与Henry交谈中的武越，可是我不甘心，本来都是我的。

今晚的超级大英雄不属于你！林少霆将小满送至楼下，一路都是她在叽叽喳喳，无非是云南旅游的见闻，生怕他留下遗憾似的。他几次想开口，从张江拷自武越电脑的音频文件说起，说他跟任千秋绝非简单的师徒；或者从另一半软件标说起，恐怕到现在她还不清楚胜利者离她那么近，近得可疑……可是，他开不了口，他害怕玫瑰走向颓败的景象。

小满看不懂林少霆的心事重重、词不达意，回家痛痛快快地洗了澡。她为武越骄傲，明天一定让他把事情经过讲来听，怎么出拳，鼻血怎样溅了一地，怎样抢车……肯定是个动作大片的节奏。正想得翩翩，卫生间外有人嘭嘭敲门，竟是个男人的声音。她三两下穿好衣服出来，男人便冲进去一阵惊天动地的呕吐。柴晴也醉得厉害，直把她往屋里推，苏小满不经意看见椅子上搭着件西装，眼熟。才躺进被窝，外面又一片凌乱，杯子椅子摔了砸了，夹杂着比这些还乱的娇笑。不久，娇喘亦声声传来，来自公用的客厅或者她的门前地板。

第二天清晨，小满小心翼翼推开自己房门，踮脚出来，没想到柴晴已经坐在餐桌前吃上了早餐，正饶有兴趣地打量自己的动作，干吗，表演什么？

苏小满看没外人，正色道：以后能别带外人来家过夜吗？

柴晴咯咯地笑了，唉哟，跟我在这儿装清纯呢！两个男人都拽在手上，好像什么都没做过似的。是不是今儿个跟这个男人学的姿势，明儿个就用在另一个男人身上？也算交流互进了。猥琐的三人行玩得那么 high，苏大公主您凭什么教训我啊？你是不带回家，那请教一下，您都在哪儿，酒店，宿舍，还是办公室啊？

小满全身的皮肤都绷得紧紧的，好像生怕一松劲就会迸发出奇力来。她套上靴子，推开门，停顿少许，淡淡道：若不是为了那段大学生活，我……她鼻子一酸，拉上大门。身后传来玻璃破碎的声音，想来锋利又刺痛。她大步跑上地铁，跑进公司，终于可以在大口喘气的间隙轻松地笑出声来。

她才到座位就见阿玲无头苍蝇似的乱转，老大传你！

小会议室里，挨墙一列坐着四个人——Fiona、任千秋和另两位老大，个个面色严肃。小满坐在对面，立刻找到影视剧里被审的感觉，到底何意？她的眼睛才停留在其中一个男人的西装外套，他便浑身不自在地望向他处。小满更确定了自己的想法，是的，昨晚狂呕的男人果然是他。任千秋的声音把她的注意力拽了回来：虽然旷达新闻发布会也开了，Henry 也出席了 NBI 庆功会。看似尘埃落定，可是，我觉得这场战斗……还没有真正结束。你知道为什么吗？看她一脸茫然，任千秋压低了声音，咱们的投标组里出现了内奸，导致咱们 NBI 的软件价格和标书都遭遇外露。

除了震惊，小满脸上并无其他反应。任千秋暗自合计，要么真的与她无关，要么她就是位高段位演员。不好说，他想，继续追问：你知道价格和标书是泄露给谁吗？

小满摇了摇头，她明白事态严重，严重到超乎想象，她甚至有点害怕。可是到目前为止，她的表情仍然让在座认定——与她无关。

任千秋死死地盯着她的眼睛，终于解开谜底，是苏枫。

小满腾地站起身，大惊失色，脸上从赤红到苍白，都在四双眼睛的记录下。她只觉一身大汗唰地冒出来，身子便陷入冰窖一般的冷。她使劲思考发狠思考，眼前浮现出父亲手机里的短信："如计划"，他俩在绿地公园的会面，父亲莫名其妙踩在碎石上"锻炼"；圣诞夜武越跟 Fiona 一起离开公司，看也不看自己一眼，却在深夜从父亲公司楼下跑出来；武越叫自己"说实话"，林少霆却"让他自己告诉你"……一切疑团聚集在一起，无比嘈杂，令她头痛欲裂。

任千秋的声音传来，一下将她拽出迷雾，他说：我们已经查清楚你跟苏枫是父女关系，也查出武越跟苏枫的师生关系。不妨由你来告诉我，是你做的，是武越做的，还是你跟他一起做的？

"嘭"的一下，迷雾不见了。小满忽然心如明镜，她看见自己走了出了冰窖，跌跌撞撞却义无反顾。她缓缓抬起头，望向 Fiona，又将目光移至任千秋，终于开口：是我一个人做的。

终于找到被审的感觉了，她咬紧牙关，怕在下一刻大哭，也就失去"女侠"风范。

57. 两段音频

苏小满从被提审的椅子上站起身，晃了几晃，艰难地拖着沉重的脚步向外走去。任千秋还问了几个问题，她都快速做了回答，比如他问数据来自哪里，她就说来自 Fiona 的电脑，比如……她不太记得了，糟糕，下一次回答该如何保持一致。她隐约听见任千秋让自己不必进公司，静候调查处理。是啊，她还指望什么，当"是我一个人做的"的几个字出口，就截断了其他各种可能。

她推开门，与武越错身，缓慢，沉重。他应当目光忧虑吧，她不想知道。

浦江景致并无两样，繁华依旧麻木继续，无防，迎合着世人的喜好。小满坐在茶水间望向这片熟悉无比的景致，觉得自己沉重得快要压垮椅子，当然，这个念头本就疯狂。不知过了多久，一双手从身后将她环抱，当然是武越。他幽幽道：你怎么这么傻啊！

你欠我一个解释！她转过身，拉他就往楼下奔去。

街头异常寒冷，少有行人。这也许是小满需要的，她突然觉得所有都无比熟悉，不正是自己跟柴晴对扇耳光的时空再回吗？难道也要走到这种决裂，她摇摇头，企图走出这种不好的预感。我不懂啊，你前一天还是公司的英雄，今天就变成了公司的蛀虫！

武越双手扶住她的肩头，你冷静一下，先听我解释。

你先告诉我，是我爸逼你做的吗？

武越稍许停顿却摇了摇头，苏小满情愿他说个“是”。他却轻轻地捧起她的脸，怕碰破皮肤似的小心，他说：如果你没有出现在我的眼里、我的时间、空间里，我也许不会进这家公司，也许进来，也只是跟着任千秋做一个本分努力的小销售。可是，你毕竟出现了，改变了我的整个世界和价值观。我必须使出最大努力，在最短的时间，给你一个美丽的未来。如果我不利用机会，凭借NBI薪水，不知道做多少年才能给你房子、车子和在上海相对舒适的生活。而那些都是美丽未来的基石。

不对，不对！小满眼泪长流，我不需要那些。我要的只是咖啡店里那个简单的男孩子。

我何尝不想做回那个男孩，武越在心里默念，泪水也夺眶而出。他将她紧紧搂着怀中，对不起，我错了，让你失望了。请相信我，我还是我！

向我保证，无论面临怎样的困境，你都不能做这样背离自我的事情。小满在收住眼泪的时候，疲倦地为他总结。她决定第一次，也是最后一次无条件将他原谅。

一路无语，小满在楼下与武越招手告别，头也不回地走进电梯。父亲一个人在茶桌前品茶，整套的杯盏，溢香的普洱，一丝不苟的流程，丝毫不为她红肿的眼泡而分神。他并不招呼，小满却接过茶壶，缓缓注满一小盏，递上，轻言：为什么让你的得意门生背叛公司？

苏教授研究着女儿的表情，喝下这杯完美的功夫茶，幽幽道：这不是背叛，而是生存。

生存？以欺骗、盗窃的方式？

你以为真实的生活是什么样子？男人的世界是什么样子？这是一个弱肉强食的世界，你不去抢就会被饿死。你以为我的社会地位和公司，你优越的生活条件是怎样来的？我早说过，你可以做你甜甜美美、不谙世事的女孩子，可是男人的事情……不要管！让男人去拼去抢，去成就，去挫伤，去成就梦想。

随着父亲的情绪逐渐激动，小满斟茶的手亦抖了起来，为什么是武越？

你说为什么？还不是为了你？

我？小满放下壶，与父亲的目光坚硬碰撞。

我可选的人多了，选武越还不是想给你未来的生活积累财富。他有了生存能力，有尖锐的牙齿，有了钱，才能给你未来，给你幸福。苏教授拿杯到唇边，却突然被她夺过，狠狠摔在地上。

你胡说！根本就是为了你苏大教授所谓的荣誉和利益。你害了武越，也害了我！小满大哭着冲进自己房间。

苏教授强装镇定端起桌上另一茶盏，手却抖得无法送至唇边。苏妈妈站在不远处，她只能站在那里，面露忧伤。

事实上，一切并未走向苏小满的预想，不是她一拍胸脯扛下罪责就万事皆休。四个人除了 Fiona 举手，另两人都投了反对票，任千秋暂不表态。的确，从表象上看，小满并不知情；从事件分析，苏教授应该不会利用亲人，甚至不惜牺牲掉自己孩子的事业；从她供认不讳的台词，Fiona 根本没给她机会碰自己电脑，她在撒谎，拙劣地撒谎。那么嫌疑人只能是武越，只是他咬紧牙关并不承认。迫于缺乏证据，调查也只能搁浅于此。于是其他三人不约而同将目光投向跟武越最亲密的 Fiona 身上，她眉头一皱，看我干吗，难道怀疑是我泄露给苏小满父亲？我又不认识他，再说，对我有什么好处？就算跟武越走得近，也说明不了什么，我可是有原则的人。

这时有人匆忙拉开门，露出张脸，正是林少霆，他快速环视周围，焦急地问道：小满呢？难道真被停职了？

任千秋面色一沉，不是让你待在旷达。她的事你别管……话音未落，他的脚步声已经消失了。

被停职的小满像往常一样吃早餐，拎电脑包出门，却并未走向地铁。路人在寒风料峭中行色匆匆，只有她被冻僵了似的机械挪步，不知不觉便挪到了 Edward 曾经的咖啡馆。店面依旧空关，还未有人接盘。连进去喝杯暖暖的咖啡也不能。她与武越共擦的那扇玻璃布满灰尘，角落处还结有蜘蛛网，透过玻璃，里面更加昏暗阴沉，尘土遍地。

第一次来这里还是夏日，武越正在切馅，一晃眼看见对面苏小满，差点切到手。小满赶紧笑眯眯打招呼：Hello everybody, I'm Coco, from Korea. An niang ha se yo.（韩语：你们好啊！）

武越并不挑明，Coco, nice to meet you!

家具虽然搬得干净，水槽还依旧在那里。小满低头望向自己的手，当时洗杯子划破的小口子早就愈合了，她却还记得武越当时的话，他说：一个字——笨！

小满抓了一手泡沫抹在武越脸颊，假作清白，不好意思哦，我手笨。

武越慢慢用手抹掉脸颊上的泡沫，却突然抓住她的手，将泡沫抓起来涂抹在她自己脸颊上。

前台冰柜空空如也，再也没有那些可心又养眼的点心，它与水槽之间的狭长通道依旧在那里。小满还记得自己猫着腰爬进那儿，往地上一坐，指着嗓子说不出话。武越端给她一杯水，蹲在旁边。说话间两张脸靠得那么近，似乎只是一个杯子的距离。

除此之外再无改变的就是这扇窗户了吧？她找出张纸巾抹去蛛网，手触及冰凉的玻璃，眼前也浮现出武越在里面擦窗户的模样，他的水刮从上至下从左往右，一下一下刮出他清晰的面庞，却刮不走他目光中的迷离。他在神游中猛然意识到对面也有个移动的物体，正是一块抹布，正是玻璃对面一张拿在小满手中的抹布。自己的水刮刮到哪儿，它就跟到那里。他停下来，它也停下来。他就这样走走停停，她也走走停停。于是，在玻璃的水纹中，脸时而清晰时而模糊，目光时而交错时而平行，笑容时而有意时而无名，一种透明的物体在玻璃的厚度中缓缓折射，碰撞，流转，飘摇不定，似光线、光影或者试探。当玻璃净如透明，苏小满停止跟随，用食指画出一个“牧羊座标志”，简单两笔。见武越脸上的迷茫，她作势擦掉，重新画。终于，苏小满看到武越嘴角漾起的微笑，也用手指画下“牧羊座标志”。那一刻，小满心随巧克力化了一般，甜上眼角眉心。

苏小满手按在当时玻璃上的位置，突然意识到身后站着个人，她心下一惊，马上从玻璃的映像辨认出是武越，他站在外面而并非里面，令人恍如隔世。他们两个人就这样默默地注视着对方，久久无语。

武越伸手在布满尘埃的玻璃窗上画了个“牧羊座标志”，小满一股怒气直升胸口，立即用手掌去抹。她转身要走，被武越一把拉住抱在怀里。她奋力挣扎无果，只能任其抱着，怔怔流下泪来。

你忘了吗？

不，是你忘记了！

武越将头搁在她肩头，喃喃道：不要放弃我，不要！

几个字霎时令她心碎一地，她从未听见过他的乞求，他的屈身之辱。马路对面，改装车马达突起，一脚油门，黯然消失在光影斑驳的林荫道。

收到 Fiona 的短信令苏小满十分意外，项目组里无论怎样明争暗斗，二人都未留过对方电话号码，可是这次她竟约自己去吃甜点。Fiona 还是那个高傲又完全有高傲资本的美丽女子，小满不自觉地挺直身板，迎上她的目光。

Fiona 先是环顾四周，还喜欢这儿吧，想来适合你这种简单小女生。

小满冷冷道：我不是小女生。有话直说。

Fiona 不屑地笑了，也是哦，这些经历把你简单的小世界搅乱了吧？我知道你为他扛了罪名。小女生，不简单！

小满心脏狂跳，Fiona 的话是否就等于审判组的最终审判。不过她马上明白，不可继续这个话题，镇定，镇定下来，她说：我也明白武越走近你的原因了。

哈！Fiona心有不悦，却淡淡地说出一个令小满无比心惊的事实：其实，我明知被他利用，却也纵容了他。没有我的纵容，他怎么可能拿到报价？看对面的小满根本无法掩饰的惊讶，她只觉好笑。这个姿色平平、童叟可欺的小女生怎么跟自己拼，所以她最后不动声色地告诉她：我们两个都为他牺牲了自己。可是我跟你不同的是，我得不到的人，我就要毁了他。

小满还没想明白，怎么就这样莫名其妙败下阵来。她漫步在街头，并无目的。她想起什么，从手机邮箱里调出一封英文邮件，看着上面的几个字："Period of validity：365 days(有效期：一年)"

小满前脚刚走，武越后脚就到了。坐啊！Fiona点了杯甜蜜的饮料给他。这里怎样，还喜欢吗？是个适合谈情说爱的地方吧？

看一个并不甜美的女人摆出美腻的姿态，武越别扭又不忍。从头到尾他都在利用她，并未爱过她一分钟，这是怎样的悲剧。今天，他必须至少让她看清剧种，他柔声道：Fiona，你是聪明人。

Fiona身子剧烈震动了一下，嗓音也尖锐起来：那是当然，所以，我并未真正喝醉，并且让你得逞。为什么？还不是因为我爱你！

武越万万没有想到会是这种剧情，对她有了更多愧疚，既然你都看到了，也应该知道是被我利用。是我的错，我向你正式道歉。我欠你个人情，只要你开口，我会努力弥补。但是，我没办法再次出卖自己的感情，再也做不到了，Sorry。

Fiona凄然一笑，泪水霎时冲上眼眶，好一副有情有义的面孔！既然如此，我只好把你的事情汇报上去，任千秋差的不是怀疑，而是证据。我就是证据。苏小满为你所做的牺牲不都白费了吗？对了，忘记通知你，她已经同意退出……

到了这种地步……你要来干什么呢？武越豁然起身，甩手就走。

我要不到的，别人也休想得到！Fiona对着武越的背影不管不顾地大嚷，你别后悔！但发狠亦无法挽留他的脚步，Fiona登时泪崩。她是没有仇人的，她是有仇当场就报的那种女人，所以她拨通了任千秋的电话。

任千秋握着手机脚步渐止，咖啡杯歪了，嘀嗒嘀嗒落下令人厌恶的一摊。

"传奇"风铃丁零作响，一个高个子男人大步走向任千秋，对面坦然坐定。任千秋倒吸口冷气，是武越，坚毅并妄为，一如自己。电视里张蕾蕾正在播放新闻，两个人同时抬起头来。"……旷达的世纪大采购已落下帷幕，NBI公司不愧行业领头人物，以绝对优势中标。可以预见的是，优质能源将在未来城市建设中扛起重任，真正走进大众生活。"

新闻一过，二人将目光重新投向对方。

很久，任千秋艰难地开了头：武越，把你从众多大学生、众多实习生中挖出来，因为我看好你。你跟别人不同，有野心，有决心，有能力，能成大事。我想我对你不薄，即便做错事，也帮你据理力争。旷达，这么重要的一个项目，我也把你带进来学习，就是为了给你机会快速成长。

武越目视桌面，我都明白。

任千秋似乎听见一根火柴“呲”地点燃被扔到心底，而那里有种危险气体。既然你都明白，不妨直接告诉我，你为什么要这样做。说吧，我想，无论如何，你欠我一个理由。

武越抬起头，看来您都知道了。这件事情跟苏小满毫无关系。对不起，老大，的确是我做的。我对不起你，可是我真有自己的苦衷。请你……再给我一个机会。

什么苦衷？你坦白吧，否则让我如何帮你？你还以为是上次跟老销售老许的矛盾吗？这次软件投标的失败可不是你我二人能承担得起的。

武越低头不作解释。

我再问你，那个爆料 ID 是你的杰作吧？见武越不回，任千秋心底那团危险气体发出了小小炸裂，细碎的疼痛令他紧锁眉头，那群打架人也是你找的吧？自编自演这出戏是什么意思？总不是为了给我留下英勇无敌的形象吧？需要吗？你向我解释一下，为什么在最后时分将标书送达。任千秋从手机里调出“能量赛道”，放在武越跟前。图片上五条线，其中一条已经远远领先其他四条。

武越黯然失笑，我已经跑出了赛道。

你知道自己放弃的是什么吗？是你的大好前程，是……

武越幽幽地接话：是超级实习生，是 job rotation（工作换班）去两年美国总部培训，是直升等级九和经理的机会。

哈！任千秋不解，既然如此，你押了什么？苏小满的感情还是他父亲给你的蝇头小利？

武越再次强调：跟小满无关，是我自己的选择。

你难道不后悔？

武越小声又似自语，我错了，可是并不后悔，只遗憾。如果重新来过，我还得……或者说只能选择这条路。

一句话将危险气体大面积引爆，火苗直冲至任千秋眼底，他抓起玻璃杯狠狠蹾在桌上，碎了。胡说八道！你醒醒吧！你到底是为了什么？

玻璃和水从他指间流淌，武越好似看见支离破碎散了一地的自己。对不起，让你失望了。我还是无法相告。不过，我确保这是最后一次……对不住您。

火苗逐渐燃尽，熄灭，任千秋眼前一片灰烬，他最后点了点头，好，那我也只能遗憾地告诉你，你必须离开这个公司。

武越猛地抬起头，不行，你还可以帮我！

可惜……我找不到帮你的理由。

在任千秋抽身的时候，武越突然拉住他胳膊，等等，给你放一段录音。

手机里传出任千秋的声音：王总，你以为我容易呢，每个人都想用自己的人，我努力削减各部分力量，甚至把没有背景和反抗力量的实习生都用上了。就这样，那个老于还跟我闹，他想用哪家下包我还不知道啊！反正这次你放心，还是你我的天下，不过说好的分成是一分不能少，别怪我提高，这次尤其难！

在音频传放中，灰烬已被薄冰覆盖，一层再一层。任千秋暗自握紧拳头端坐其位，这才发觉手掌破了，生疼，却生疼地紧握，疼痛入骨入髓。他突然大笑，这能证明什么？销售都如此操作，你不是今天才知道吧？

武越静默半晌，又翻出另一段录音。还是任千秋的声音：我给你布置一个任务，开车去撞 CTT 投标的坐骑。小追尾就可以，目标是让他们无法准时投标。这事只有你知我知。

任千秋从上到下冷到打颤，得意门生果然了得，青出于蓝。

武越将一个小 U 盘双手奉上，无力抬头，或者说无法与对方直视，他说：这个你看看，或许会有帮助。

是对你有帮助吧！任千秋冷哼接过站起身，最后朝武越点点头，你好样的！武越。不过，不好意思，你去撞 CTT 这件事情并未真正发生。

武越低着头，紧紧地握住手机，好像握住了自己已被掏空的躯壳。那个拍着自己肩膀，说“恭喜你被我委任为实习班班长”的任千秋已经走了，那个“合适的人选”也早已不在。

武越站在走廊“实习生展示板”前，看电子屏幕在滚动播放照片，从集体面试到培训，到演讲的照片将他带回几个月的时光。时过境迁，恍如隔世。直到屏幕上出现“能量赛道”，第一条赛道还在，代表武越的符号却凭空消失，变成了一条空跑道。他自嘲道：还是……跑出了赛道。

什么？战果神神秘秘凑过来，我说，你这个“超级实习生”是“上”了还是“下”了？见武越苦笑摇头，又追问，柴晴到处说你跟小满出卖情报，到底什么意思啊？

武越刚想借机离开，却惊讶止步，柴晴？

柴晴说从林少霆那里听说的。

真正深藏不露的原来是他！武越难以置信，一拳砸在展示板上，差点把电子屏震下来。

所谓深藏的林少霆跟柴晴在“传奇”里聊得正欢，看苏小满进来，连忙招手。他从兜里掏出两张 A4 复印纸，分别递与二人。小满大喜地蹦起来，冯峥峥，她又找到工作了？这个“旷达”就是我们那个“旷达”吗？

柴晴幽幽道：坦白吧，林少霆跟旷达到底什么关系？你不会正是梁家少公子吧？

林少霆马上否认，怎么可能，你知道我姓林的嘛！

柴晴凑近他的眼睛，冯峥峥被 NBI 以性骚扰名义赶出来，都上电视了。以这个背景，哪那么容易在旷达找到这么好一个位置。说，你怎么做到的？

找关系呗，董秘秦岭是我家老邻居。做这些，我只求两位给个面子，握手言和吧，所谓解铃自在系铃处。我在这里向二位保证，冯峥峥在那儿待遇只有更高，又有董秘罩着，没人敢把她怎样。

小满哽咽不已，眼前的林少霆也模糊起来。最近怎么了，哭哭啼啼的尽失“女侠”风范。

柴晴故作轻松，好吧，领林少霆一个人情，咱俩没事了是吧？她伸手搂了搂小满肩膀，将她两滴泪水震了出来。

第六篇：废标

58. 废标

旷达 IT 总监陈总坐在桌前，眉头紧蹙看着手里的资料。事情有些复杂，NBI 投标组里出现了内鬼，一个实习生是软件中标公司路枫总经理的女儿，另一个是他的学生，两人还是情侣关系。这倒合理解释了专家对报价和标书的质疑。本来目前的中标结果已经接近完美，如果重新审标，把路枫赶出去，让旷达如何跟市政府交代呢！事出突然，他暗自揣摩着事件的性质和可能的走向，一时并无主意。他抬起头，你们的意思是？

坐在对面的任千秋和 Fiona 异口同声：废标！

陈总叹了口气，NBI 早干吗去了？你说旷达集团这么大一个项目，新闻发布会也开了，各路媒体也都报道了，市政府那儿也给了结果了，你也知道，政府还特意对支持国货加以表扬。现在突然来这么一出……有点为难啊！

我非常理解旷达的难处。任千秋点点头，可是，旷达怎能放心使用这种下三滥的骗子的产品呢？若由媒体而非你们……报道出来他们的行径，恐怕市政府也会质疑到旷达的能力吧？更何况还在公示期，一切都有扭转的可能，不是吗？

有理，偏还有着恐吓的成分。陈总强压不悦，那我就想想办法，帮你把文件传递上去啊，老大怎么决定都不好说，我可保证不了什么。他叹了口气，你啊，还是一个贪字了得！他心下却隐约不安，这事儿绝不简单。

果然，梁劲棠面色突变，将文件扔到一边，这个 NBI 有点不懂事了。

消息很快传到了苏教授耳朵里，虽在意料中，他还是有些沉不住气。见武越推门走进办公室，他从一本厚书上抬起头，你来了，都……听说了吗？NBI 正式提交废标申请。武越心头一紧，倒的确是任千秋的风格，赶尽杀绝，绝不善罢甘休。

苏教授突然从厚书上“刷”的一声撕下一张纸，缓缓道：这页纸已经掉了，即便再费劲粘回去，裂痕也盖不住。所以，只能翻篇，把大家的注意力吸引到下一篇章，这事儿就过去了！

武越心惊不已，那我？

苏教授笑笑，回去好好想想，咱们商量个对策。

武越起身告辞却又被他叫住，武越啊，尾号四个 4 的机主都告诉我了。当时任千秋把标书塞进你怀里，你是只能跑，将戏演到底。可是，你需要演得如此逼真，演到准时准点将标书送达吗？你跑慢点，加上上海的交通状况，相信任千秋是可以理解的。

任千秋替我挨拳头，我……

苏教授大笑，其实你想多了，这招明明是他传授与你的，你再还给他，也算出师了，他应当欣慰才是。再说，你难道不为那笔钱想想吗？

那笔钱，那笔要将他压弯腰的该死的钱！武越恍恍惚惚走出办公楼，一看表已经快到幼儿园放学时间。他大步跑到幼儿园门口，已经迟到。武天天挣开老师的手跑过来，紧紧地搂住自己脖子，不肯撒手。为什么过了这么久，他依旧害怕会被扔掉不顾。于是任他趴在自己背上，一步步走回他们俩的小家。他真的有些后悔了，为什么还是选择将标书送抵。如果真要吐回那一笔钱……他不敢想。

闲人苏小满百无聊赖坐在林少霆的改装车里，缓缓开在凄冷的梧桐街道。林少霆提议去看看冯峥峥，这才提起她的劲头。你……肯定没告诉她，帮忙的人是你吧？

林少霆乐了，有啥可说的，她都未必知道我是谁，别看我帅遍 NBI 无敌手，她满脑子可都是那老么咔嚓的二级老板呢！

小满淡淡地笑了，是啊，有几个人真正认识你呢。

他不敢直视她的眼睛，只能望向窗外蓝天，沐浴在橘色 27℃阳光中。

你不问我吗？小满叹了口气，柴晴在实习生中到处说，说……我跟武越卖情报给我爸公司的事情。

我跑到云南就是想跟武越证实这件事情……

证实？

对，中标单位才一内定，我跟你一样意外，是什么公司可以跟 NBI 分一杯羹。所以我从人物关系上摸索猜测到一些线索。我相信你，可是我不相信武越。他果然没有正面反驳，所以我俩就在水边打了那么一架。可是，柴晴到底怎么知道真相的？

柴晴说消息是从你那里来的。

我怎么可能告诉她呀？

小满脱口而出：我相信你。

林少霆亦言：我也相信你。

几个字，令两个人突然明白了什么。其实从头，彼此才是对方最信任的人。

小满想起什么，对了，你怎么会在第一时间获知中标内定消息？

告诉你也无妨，反正 NBI 已经中标，我跟任老大的保密协议也算到期无效了。林少霆犹豫了半分钟，梁董事长其实是……我父亲。

啊？真的？她做费力思考状，笑了，我的脑子卡住了，好像应该有一些

"如果怎样怎样就怎样怎样"的假设啊,可是我怎么什么都想不明白。

就是因为你笨我才相告嘛!不过,还是替我保密。

小满马上做了个 ZIP 的动作。

对了,柴晴她为什么对你……

没什么为什么,不是每一种分道扬镳都需要完满的结果。她再怎么做,都已经丝毫伤害不到我了,因为我已经不在乎了。所以我算明白了,这人啊,什么时候最强大,不在乎的时候最强大。小满刻意大笑。

林少霆却笑不出来,你这个状态不对啊!受伤后应该哭闹,应该述说。

小满顿时酸了鼻子,武越为什么要这样做?

他怎么跟你解释的呢?

为了我俩的未来。

林少霆不齿,未来?哈!

小满笑着泪下两行,你也不信是吧?他为什么不能像你一样做个浑身透亮的人呢?

林少霆心疼地拢她在怀,任她为另一个男人默默流泪。也许,也许他有自己的苦衷吧。

她突然抬起头,幡然醒悟,苦衷?是吗?对啊,我怎么没问过他,我现在就去问他。

林少霆暗自懊恼,张江在哪里?我需要他出场扇我丫一个嘴巴啊!这时候,他的手机响起,是个陌生的号码,一个男人的声音:你好,我是 Henry。

哪个 Henry?对方不语,林少霆突然想起什么,是那个最最老大的 Henry 吗?

不甘心的任千秋拉开改装车门,送林少霆走上旷达电梯。电梯门就要关上的瞬间却被他突然拦住,真不需要再跟你过一遍材料?

任千秋摇头,在这几个月,你的进步与劝服你父亲的可能性成正比,所以,就靠你自己了。走吧,该你上场了。

他的话在林少霆耳畔流转,窝心又踏实。他习惯性地先给秦岭打个电话,问父亲在否,其实推开门就可见答案。但是,他还准备从父亲最贴心之人套句话,让秦岭出个准主意,也就是如何让老头子爽快答应废标,成全 NBI。

你打算怎么做?分析利弊?秦岭合计了下,你在门口等着我。

再回来,林少霆却一脚踹开了梁董事长大门,看他正坐在桌前看资料。林少霆红着眼睛胸口起伏,冲过去将电脑包扔在他桌上,咣当一声。

梁劲棠亲自关上门,坐,你是来劝我废标的吧?

林少霆强忍着满腔激动，可是嗓音还是越来越高，是！秦叔叔说你在等我一句话，任千秋也说你在等我一句话。说什么？我本来准备了一个详尽的文档，想好好跟你聊聊。

梁劲棠依旧心平气和，很好啊！他做了个请的手势。

林少霆却觉得他文质彬彬得可耻，可是……现在我不想了，我只想问你一句话，请你，麻烦你一定给我句真话！他撑在桌上，瞪着充血的双眼逼近父亲，咬着牙说：算起来，我妈这一走就是二十年。是什么令她这么狠心，二十年弃儿不顾？世间怎么可能有这样的妈？请你告诉我，到底发生了什么？

你妈妈是她自己要走的。他依旧老生常谈，缺乏基本的诚意。

林少霆也依旧用老话回他：是你在外面乱搞女人，不回家，否则我妈根本不可能走！

梁劲棠平静地望向儿子，我知道我错了，一再向她恳求，可是她一定要走。走还走到那么远的美国，你让我怎么办？

怎么办？你为什么不把我送到我妈身边？

梁劲棠叹了口气，我给了你妈一大笔钱，所以她才答应不带你走。请原谅我的自私，我太想把你留在身边。

你胡说！你胡说！你说我妈把我卖给了你！不可能！你现在还在骗我！我给你最后一次机会！林少霆一字一句发问：到底发生了什么？

二人再次僵持，直到梁劲棠艰难吐出四个字：是你舅舅。

林少霆的泪水恰时涌了出来，我舅舅是个赌徒，欠下巨额赌债面临追杀，是吗？所以，你替他还钱保命，前提是让我妈放弃我！

梁劲棠大惊，你怎么知道？

这不重要！重要的是，你利用一段亲情抹杀另一段。你未免太狠心了！

梁劲棠拍着桌子腾地站起身，这是什么钱，是我创业的钱，因为这笔债务我放弃了什么？是机遇，是时机，是晚两年上市！你明白吗？我提一个条件，只为自己提一个条件，又有什么错！

林少霆不能相信地往后退，你没有错，只是……我在六岁后就再没有了母亲。他拉开大门，跑了出去，一脚油门开到自己的小学。他神不守舍地走到校门口，当年与母亲告别的地方，蹲坐在地上，泪流不止。

那天，妈妈蹲下身，递给自己一个铁皮小汽车。他兴高采烈地拿着端详，却被妈妈一把死死抱住，什么都不说，只默默地流泪。林少霆总算觉得有些不对头，妈妈却只说要去美国洛杉矶外婆和姨妈家，你等放假再来。

好吧。妈妈你要去多久？林少霆乖乖地点头，这时上课铃声响起，我要上课去了。你到底什么时候回来?

妈妈无法回答,只能默默流泪,你去上课吧。

林少霆边跑向学校边回头看妈妈,铁皮小汽车掉在地上,被自己不注意踩了一脚,略扁,自己也狠狠摔了一跤。林少霆忍不住哭了,回头再看,妈妈已经不在。

不知过了多久,林少霆重新站起来,抹了把脸,对着母亲当年离去的方向,轻声喊了声什么,嘴皮子黏在一起连自己都听不清,他试着大起嗓子去喊:谢谢你,谢谢你只是迫不得已。当喊到第五遍的时候,风轻云淡,他的耳畔恰好传来《小星星》那叮叮咚咚的钢琴乐,婉转而悠扬,一如冬季暖阳。

林少霆才奔出去,梁劲棠就将一个茶杯摔到董秘脚前,怒吼道:你凭什么告诉他?你有什么资格这样做!

秦岭低下头,少霆舅舅马上就要出狱了,知道是迟早的。

那也轮不到你来说!

对不起。不过,这是少霆最有效的讲演,不是吗?

梁劲棠猛然心惊,偃旗息鼓。

59. 神秘爆料

苏小满游游荡荡拎着电脑包"下班"回家,远远就看见武越等在楼口,真傻,怎么不等在玻璃门里面,冻得脸颊通红又何苦。再别来了,别辜负我所做的一切。她转身要走,却被武越一把拉住,为什么要为我做这些?

她淡然微笑,都不重要了。

当然重要!你替我扛罪名,现在却要离开我。

否则我怎么办?看着你被公司开除?看 Fiona 毁了你?有了这条黑记录,你将来如何在这个圈子里生存?

那么你呢?

我……我不重要,我还有退路。

什么退路?我不许你去美国!

小满意外地望着他的眼睛,眼神暗淡下去,可是我们没法在一起了。

武越扶住她的肩头,放心,我已经跟 Fiona 开诚布公地说了,我跟她没有希望。别担心……我还有自己的办法。

小满不觉往后一退,挣脱开他的双手。他"有办法"令她浑身一冷,心惊肉跳。她情愿面对一个会心慌意乱、会抓狂的武越。武越看见她眼中闪现出的畏惧，心中一凛，连忙安慰道：我只是给自己留了些证据，让任千秋不能动我。没什么可顾虑的，重要的是咱们终于可以在一起了。他伸出怀抱，微笑等她过来，却只等到她躲躲闪闪的目光。这时，微信响起，二人拿出手机，发现都来自任千秋："下午正式恢复上班。"

他俩的复工信亦等于苏教授接到的另一通电话。他扶着桌子，听见对方用标准普通话通知：在公示期间，有一家公司对中标结果不满，认定已方标书和报价外露，提出废标。旷达方已正式受理，必将调查到底。

苏教授气恼地对着话筒大叫：你们这是无中生有，这是崇洋媚外，无视并严重妨碍了咱们民族产业的发展！可是对方已经挂上了电话，随着一串"嘟嘟"声，他手中的电话亦滑落在地。

电梯门缓缓开启，外面正站着 Fiona，苏小满企图甩开武越的手，却被他抓得更紧。双方错身而过，武越从她身上嗅到一种隐忍，不属于她的隐忍，到底发生了什么。他别过小满，快速走向任千秋。他正在处理邮件，抬起头却面带微笑，听说你在昆明的实习生 PK 大会上表现突出，给咱们华东挣足了面子。我作为班主任很感谢你，估计 TOP STUDENT（最佳学员）是当定了。在我找到合适的师傅带你之前，暂时不安排什么项目。

武越垂头低声，谢谢您不计前嫌给我机会。

任千秋爽朗大笑，感谢那个软件包吧。NBI 已提交废标申请，正在审核中！也感谢你的努力！他站起身向武越伸出手，武越犹豫地回握，力道适中，是交情不在的宣布，是一种淡漠的决裂，这令武越内心隐痛，比胸口中一拳还痛。最后，他被要求代表实习生为即将到来的年会准备一个节目，唱歌、跳舞都可。这算什么任务，武越想到他说的"暂时不安排什么项目"，顿时就明白了。

下班后，武越第一次正大光明走进茶室，坐在苏教授对面。他面色不佳，只啜杯热茶不语。对不起，没想到会是这样的结果。武越道。

苏教授不动声色，废标与你无关，何况这还不是最终结果。

武越暗自松了口气，您对我家人的帮助，我深表感谢。至于钱……如果最后还是废标的结果，我会尽快还钱给您，请给我些时间。

没关系，不急。来日方长，咱们还有合作机会。

合作？武越本能地皱了下眉头，他再也不想跟他合作。这时张蕾蕾的微信传来："这个消息你难道不知道？倒被同行抢了便宜！"不等武越回问，她又发来一个链接："自己看视频，电视已播。"

武越连忙点开视频，是一条电视新闻：中标市政府"未来城市"项目之后，上市公司旷达进行了历史上最大规模的IT采购，国际五百强NBI公司成为最大赢家，不仅硬件全部中标，软件也中了大半。可是公示期内，却有人爆料，NBI之所以成为赢家，是因为利用人事关系进行的不正当利益输送。爆料人甚至明确指出，NBI所雇实习生林某正是旷达梁董事长之子。二人并非同姓，让人怀疑有故意避人耳目之嫌……

苏教授琢磨着武越的表情，你真不知道？

武越实话实说：只是猜测。

记得上次我撕掉的书页吗？苏教授面露不悦，你若早点告诉我这个猜测，这一篇早翻过去，也不至于走到今天这步田地了。

陈总的电话也急吼吼打给任千秋：看了吧？瞧你做的好事，把我们董事长都牵连进来！

任千秋直语：那么废标的事情怎么说？能快速定下来吗？

陈总要疯了，还废标呢，听说上面有人要调查我们梁董事长了！你一个人贪心，把我们一车人都带沟里去了！他愤怒地挂断电话，急得团团转。眼看公示期要过去，太太平平不好吗，非提什么废标？最重要的是"废标"申请是自己帮NBI提交的，绝对脱不了干系。

任千秋马上拨出一个电话给林少霆，最近向谁公开过你的身份？

林少霆脱口而出：苏小满。

苏小满？任千秋顿了顿，苏小满！你真不知道他是谁的女儿，谁的女朋友吗？他叹了气，自从你进公司，我只要求过你一件事，就是保密身份。

这则新闻同时播在"传奇"咖吧的那台电视机上，听到"林某与梁董事长的关系"的时候，一屋子实习生骚动起来。宁大齐大声宣布：林某就是林少霆啊！

战果连连感叹，早知林少霆是富二代，没想到富一代在旷达呢，却姓梁！

这事你知道吗？张江逮着苏小满质问，见她默默点头，顿时急得哇哇大叫：真不够意思，就瞒着我一个人！

小满狠狠地拍了下他后脑勺，不是重点！是谁把这事捅给媒体，在投标上大做文章呢！两人同时拿出手机去拨林少霆电话，却都提示占线。

小满急冲回家，看父亲正看着报纸等晚饭，忍不住一把扯下他的报纸，林某与梁某的消息也是你的杰作吧？因为你气不过"废标"的结果，只能另辟蹊径废掉NBI，对吗？

苏教授苦笑地望着怒气冲冲的女儿，耐心解释道：林某是谁我都不知道，是你实习生朋友？

小满细想，也许他真不知道，于是将报纸扔回给他，林某就是来过咱家的林少霆，他可并非我一般的朋友或者同事。

原来是你妈的最佳女婿！他不是你一般的朋友或者同事，总不是你的小男朋友吧？那武越怎么办？

小满笑不出来，他与世无争，简单面对。干吗对他那么残酷……

苏教授委屈不已，这事儿真不是我干的，我对天发誓。

以后我每天早饭时都要你对天发誓一次，说今天不做坏事。

说完，两个人相视笑了。小满却笑得很无力，一转脸看母亲立在桌前，若有所思。不对啊，妈，你这反应不正常呀。是林少霆，贾斯汀呀，你最相中的小贾啊！

她端碗就走，随你吧！

次日清晨，小满各个楼层跑遍也没找到林少霆的影子。柴晴叫住她，眼神不善将她先上下扫视一番，眨了眨眼：行啊丫头，藏得挺深啊你！认识你这么久了，自认为小聪明远多于你，现在才知道你玩的都是高级腹黑那套，真正的高深莫测！

小满转身要走，听不懂你说什么，我有事呢！

等等！我就是不服，因为我弄不懂你苏小满哪个真，哪个假呀！跟武越联手搞到公司报价来服务你老爸。真是个孝顺女儿，那你跟武越到底真的还是假的？现在可好，一听说要废标，干脆出狠招，把林梁，不，应该是梁家父子二人放倒。可以啊！以前算我小觑你了，这一手又一手地出招，绝对令人膜拜！

你凭什么认定是我做的？

除了你，他还会傻乎乎地将身份透露给谁？

小满顿时哑然，是吗，是呀，是啊！她暗自难受，脸上却一片风平浪静。很遗憾，你白认识了我那四年。不过，我都不在乎了。无论如何，周四的排练依然照旧吧！

少给我打旧情牌，你讲旧情就不是今天的结果了！柴晴望着她跑开的背影，却忍不住心如刀绞。

小满从林少霆租的房子找到夜店，都无结果。避嫌会避到哪里去？她心急火燎地打个 TAXI 直奔“传奇”，上班时间那里最安静，她想去碰碰运气却还真碰着了。从落地窗外就看见林少霆一个人面对街景发呆。他不适合发呆，他要么嘻嘻哈哈，要么假装风流，反正就不适合这么呆头呆脑。小满酸了鼻子，一拳打在他后背，叫你不接电话！

林少霆发现是她，先是假装疼痛，可惜表演得力不从心。

差评！小满嚷道，坐在他身边，惴惴地问道：对你，对你父亲，对公司投标有影响吗?

他无奈笑了，一下这么多问题，叫我如何答复。你也看到了，我好好地坐这儿喝咖啡，连班都不用上了，照领薪水，好得不能再好了。至于对我爸，对公司怎样，我才不在乎。

装吧你就！对了，你的身份……不是我说出去的。小满举起四个手指，我没跟任何人提过，尤其对我父亲。

对不起，我不应该怀疑你，现在好了，我全身轻松了。你不知道，怀疑人、记恨人的感觉可真不好，多累呢！

小满故意逗他，居然怀疑到我头上，上次还说什么"我信任你"。

我错了，我犯错的时候不晓得多痛苦呢！身体里脑子里好像很多小人在吵架，各说各的，让人头大。

后来谁赢了?

后来，你……赢了。

世间喧嚣突然于空中打了个结，不再有声有色有动静，小满整个人就卡在这个结上，艰于呼吸。她眼圈一红，笑着做了个胜利的手势。

自从爱上你，我就输了。林少霆看着她可爱又楚楚的模样，自语，也露出了暖暖笑意。

对了，你为什么姓林?

那是在十八岁生日后的两个礼拜，也就是自己拿着户口本，擅自将名字从"梁少霆"改为"林少霆"暴露后。愤怒扭曲了父亲的脸，他将户口本撕得粉碎，扬了一天一地，又一个巴掌狠狠掴在林姓小子的脸上。林少霆捂着脸，挪开手却露出残酷的笑意，这是我送给自己的十八岁生日礼物，这一天，我等了好久!

他以为会继续挨揍，可是……父亲却转身，慢慢走过满屋子雪片般的苍茫，一字一句地说:"准备出国读书吧，我不想再见到你。"那一刻，他瞬间老了。

我固执地以为，改随母姓是跟她维持关系的唯一方式，是不是很傻?少霆怔怔流下两行泪来，他伸出舌头舔了舔嘴角的泪，还是那个调皮又让人心疼的孩子。小满揉揉他柔软的发，却道不出安慰的话。

第七篇：创业

60. 第四合伙人

武越逐渐领教了任千秋的高明，他不举枪挥棒，却在全公司对自己进行全面封杀，虽然他放出去的话模模糊糊亦称作传言，可是哪个团队敢用“出卖情报”的员工。实习生毕业在即，如若一直没单子可跟，这个被架空的销售是混不了几日的。武越清醒地认识到自己的处境，可是不能丢失工作，绝不能。

苏小满当然明白武越的闲来之苦，擅作主张邀请他加入三人公司。也好，如果可以帮到你。武越寻思了下，只是听说上次你们拒绝了那笔天使投资，现在你们的计划是什么？

骑驴找马吧，咱们先把 APP 开发起来，不愁找不到人投资。

武越虽不便评价，可还是忍不住皱了皱眉头。一个项目连明确的策略和定位都没有，还谈什么未来。

就这样擅自着，小满把林少霆和张江叫来开“股东大会”，先将目前形式分析一番：怪我想得过于简单，本指望我父亲以朋友的身份劝服投资方，去除不平等条约。可是……她当然不会告知苏教授的私心，只说：我爸说服不了对方。反正我们现在缺乏开发力量，即便咱们三个人再拼命也进展太慢。

张江点头，有什么办法吗？真的……就不能让林少霆把钱垫了吗？

当然不能，风险太大，万一赔了呢？小满想了想，我倒是有个建议，能不能把武越收编进来，他的开发能力很强，我敢以我爸的名义担保。

我不同意！林少霆马上举手抗议，却被小满正眼不瞧打下胳膊。

张江说：可是我们现在没办法给任何人开工资。

小满清了清嗓子，小心翼翼，嗯，我就这随便一提啊，能不能分我一半股份给他？见两人杏眼圆睁要吃了自己似的，她吐着舌头埋下头，手上做着“拜托”的手势。林少霆却满脑子“阴魂不散”四个字在打转。

周末，第四合伙人试工上岗，加入其他三个人在办公室着手手机 APP 的编程工作。小满精心准备了点心和奶茶，讨好地端过去。张江瞟了眼几步外的武越，充满敌意地摇头，口型上是：No way(不可能!)林少霆看见，也默声跟张江隔空握手。

武越的目光并未离开电脑屏幕，手在键盘上忙活，露出一丝不易察觉的微笑。

突然，张江跳了起来。不是吧，不是吧！他一步一步逼向武越，因为激动或者愤怒，脸上的肌肉还在跳动。

小满大喊不好连忙跑过去，拦在二人中间，我知道你有意见，有想法，有大不爽。咱们好好说，好好商量，都是我一个人的主意，跟武越无关。

张江却一手将她拨开，林少霆也冲过来拉架，哥们儿别激动，我绝对理解你的气愤，站在你这边！

张江长了蛮力，居然大力挣开林少霆，扑向武越的桌子。武越却微笑平静地站了起来。张江突然抓住他的手，大哥呀！我得叫你声大哥！小满与林少霆面面相觑，下巴差点没掉下来，只看张江搬了把椅子，紧挨武越，声声大哥地唤着，大哥，这个 bug 纠缠了我好久，今天被你三下五除二就解了，在下顿时豁然开朗，佩服得很啊！来来，跟小弟我好好说说。

武越有点尴尬，你能不能先放开我的手……再坐过去一点？

林少霆恨其不争地握紧拳头，没出息的货！

小满抹了把汗，你无法拒绝美女，他没办法拒绝天才！

安顿好第四合伙人，小满又安排起任千秋给她布置的任务，拉柴晴走进一间舞蹈教室，是苏教授帮忙在大学里借的，带落地镜面，只是颇冷。校园的桌椅和门窗自带魔力，才走进这里，她俩似乎又退回往日那对嘻嘻哈哈的丫头，可以随便说笑，用力欢愉。

柴晴还端着，你家武越要出节目，干吗把我拉上？

因为你美呗、吸引眼球呗！

不上台都浪费是吧？主唱武越怎么还不现身？

他先私下练唱功，因为舞蹈动作没我们多，晚点再练他也来得及。

还是好难想象他又唱又跳的样子。

你不记得林少霆怎么叫他了，凤凰男。放心，他什么都会！

二人对着电脑里一个现场 MV，把伴舞动作扒下来，小满边琢磨边教柴晴，二人练着渐入佳境，天黑也舍不得离开这个神奇的旧房间，渴了，饿了，亦没人开口。直到她们实在跳不动了，瘫坐在地上，相视一笑，眼神流转间便有了一笑泯千仇的意味。

柴晴走进任千秋所在会议室，他才挂下 Henry 的电话，心情极糟。Henry 不听故事，只看数字，毕竟他也被亚太区老板压着，只关心旷达项目是否准时下水。下水？废标已提出，等于重新审核，再被董事长这事一压，恐怕下头执行力锐减，延期已成定势。柴晴却不懂事地提出转部门的请示。他强压心头烦躁，说：妹妹，既然你这么信任我，我好心点拨你。你想想，这个刚收购过来的部门，只有出，哪来进的人事指标呢？所以，我恐怕……你是被人骗了。

听口气，恐怕自己的事儿他亦有耳闻。柴晴不乐意了，哪来的骗子！你也知道我跟着做这个投标，被看中也是情理中的事。再说，是一个同事要走，位置正好空出来。

那你知道 NBI 一个人事指标要经过多少道审批程序吗？他人一走，指标就立马被收上亚太去。再要人，麻烦你走流程申请去吧！这就是公司，不是小商品市场！不明白的地方可以去向 Mary 请教。

柴晴顿时泄气，难道非得按这个手续申请人事指标？

任千秋冷冷地开始收拾电脑，妹妹，你来了半年多，人脉倒是活络。不过，真的别把这儿当自个家小院子了，以为每个门都可以随便乱串。

柴晴停了半晌，转而娇笑，晚上请任老大去夜店喝酒，赏个脸啊？

她的确是个“漂亮的女销售”，跟自己当初给她的定位绝对吻合。任千秋看她娉娉婷婷离去，觉得这个女孩子不易，也绝不简单。

不简单的柴晴走进卫生间，正好遭遇补妆的 Nancy 和她的白眼。柴晴转念就停下了脚步，微笑盯着她扑粉，美女，我跟苏小满没事儿了，咱俩也没事儿了吧？虽然对方嘴型回过来是“有病”两个字，她也并不妥协，晚上夜店喝酒，你一起来吧，再把 Catherine 也叫来玩。

Nancy 收拾收拾要走，跟你？哈！

可不是我叫你，我是代表 NBI 第一男神任千秋传话，要请公司最漂亮的 lady 陪酒！看见对方表情松动，柴晴再次嘱咐，美女要给任老大面子哦！

Nancy 果然和 Christina 隆重打扮而来，众星捧月令任千秋心情大好，他左拥右抱，杯盏不断。柴晴一个电话打到林少霆，直接要免单。

林少霆正在跟其他三位合伙人熬夜写程序，满口应了也没放在心上。他的心都在小满身上，她却凑在武越身旁，花痴状托着下巴看他编程。林少霆“啪”地扣上电脑，走向茶水间。小满自动自觉跳回座位，武越手指停驻。张江则四下张望，表示戏多复杂看不过来。

林少霆握着温暖的水杯，望向窗外浦江繁华夜景，感觉身边站了一人，竟是武越，谢谢你帮我保密……

想多了。林少霆冷冷地打断他，我不是帮你，是帮她，不想看她失望伤心。再说，也不重要了，如今真相大白，相信她对你的失望你也彻底领会了。

能不能答应我一件事？如果有一天，我是说……如果……如果她果真对我失望透顶，希望你站在她身边，帮她渡过难关。

第一次听他有些磕巴或者说哽咽地说话，林少霆却出了身冷汗，他到底要干什么？

小满到家时候，父亲正在客厅看新闻，原来正是 NBI 市场部对旷达项目的正式回应。女主播依旧是张蕾蕾，令人恍惚。几个月间，事态骤变，挣扎在投标里的众人转眼各自散去，而一切并未结束，或者连结果都不算。巨大的漩涡浮现出来，下一分钟被拉下去的会是谁？“不正当利益输送”并非不存在，只是不同于神秘爆料所指。

苏妈妈忍不住再次确认，爆料这事儿真不是你做的？

苏教授笑了，老实说，若有这惊天消息在握，我还犯得着找武越帮忙吗？

她觉得有理，也就松了口气。人家少霆挺好的孩子，武越也……你可别做令小满为难的事儿。

话说到这儿，武越人是不错，家境到底不配咱们苏家。苏教授道。

小满才要进卧室，心口一紧，不信任地驻足倾听。父亲继续小声分析，到底是你慧眼识人。少霆的家世不得了，旷达集团大董继承人。不是咱们势利，小满若进这个家门，咱们做父母的倒也再无他求了。

苏妈妈怔怔地拎着件衣服，老苏，你这样不好。

小满浑身一凉，或者说瞬间出了一身冷汗。母亲口中的老苏，自己口中的小苏，他居然换了队伍，在这个特殊时刻。因为他，武越背叛 NBI，差点被开除，如今被任千秋架空，连个岗位都成问题。她真想冲进去质问一番，可是，经历了这么多，她只是推开了自己房门。

一夜宿醉，任千秋头痛欲裂。本想喝几杯解压，哪料美女环绕，自己耳朵根儿一软就贪了杯。旷达悬而不决，Judy 一封邮件写到亚太老板，把所有罪责推至自己，好大喜功，多事废标等等，将一块巨石扔给自己背。这旷达万一政变出个新老大，三把火一上，恐怕就是宣布任千秋“阵亡”。说来说去，谁能料到如此变故呢？他迷迷糊糊地从烦恼中醒来，发现自己躺在床上，只穿了条内裤。喝断片？怎么可能，他起身，看床头柜上有张纸条：“早饭在锅里，柴晴。”早饭？他一惊，再次掀开被子。

带着各种猜测，任千秋途径柴晴座位，本想试探出什么，却看见她神秘又暧昧的笑意。任千秋心头大震，在想象中，自己是心惊肉跳跌跌撞撞冲回了家。对，回家，他要补一觉。他还没料到，这种笑意会持续那么久。

61. “为我留下来吧。”只说一次！

志愿者主席最后正式回复——公司高层拒绝了苏小满的提议，只肯捐赠电脑。理由很简单，没有其他物资的采购渠道。若去一一签署这些采购单位，不晓得要经过多少道手续。采购员疯了才会为区区几千元走这些手续。小满气急败坏地在公司里乱转，冲到林少霆跟前一顿倾诉，他却只伸个懒腰，现在可以接受我的捐款了吧？

还是不行，我答应石老师是以公司名义捐款，否则她不会接受。上次Edward一批餐具桌椅差点被拒。

林少霆灵机一动，以咱们小公司的名义捐赠总没问题了吧？

她兴奋地大叫：怎么不早说！害人家孩子苦等。

还有理可讲吗？

小满顾不得讲理，心里已经打起小算盘，每人先捐个千儿八百足够买些急用物品发过去，说话间拉起林少霆直奔超市。站在属于他们二人的电梯里，突来的安静袭来。你怎么不叫武越陪你去？林少霆试图打趣。

她愣了下，他……他没车！

难道不是因为喜欢我多些。林少霆戏谑，还是利用我？

小满望着电梯镜面里的他，故作轻松，对啊，就是利用你的好心、善心和爱心。

还不是被你逼出来的！林少霆小声埋怨，在她身后默默温习了下手语“很高兴认识你”。她自然看得见。笨蛋，还是那么笨拙。她垂下眼帘热了眼窝。

忙了一下午，小满又拉上武越和柴晴去大学舞蹈教室练习。几个人唱唱跳跳，为了一个动作不断重复，改了又换，好容易脚步跟上节拍，武越嘴上又忘了词。小满望向落地镜面，恍然晃回几个月前的大学时代，那几个傻乎乎的孩子，不知疲倦，毫无烦恼，玩着简单得不能再简单的游戏，然后心满意足地傻笑。可惜镜子就是镜子，并无保鲜功能。三个人收拾东西，套上厚重棉服，熄灯，走人，走出这面镜子，重新走进冬日冷风。现实寒冷，零下一度。

武越走在真正的零下一度，看着自己在NBI的职业生涯逐渐冻结。他曾请求Mary帮忙推荐职位。Mary虽然并不了解任千秋与他之间沟壑，可是从撤销“超级实习生”到架空其位，她亦看出事关重大。面对红娘，Mary到底心软，指了个道儿。

顺着这个道儿，武越在茶水间“偶遇”到一名中年香港男性，Jack Lee。他接过咖啡机里流出的一小纸杯咖啡，啜了两口，眉头深锁。他扔掉咖啡抬脚要走，武越却开口留住了他：这个咖啡豆不行。我早就研究过，好的咖啡豆是坚硬的，用手指捏不碎。你看这个，一看就是潮软的。

Jack惊讶地回头将他打量，行啊，小伙子，你还挺有研究的。

哪里，我就是喜欢咖啡，有点小体会。

Jack饶有兴趣，那你说说，哪里的咖啡豆好呢？我家的几种我都不太满意，公司这个就更别提了，冲泡出来简直难以下咽。

武越并不卖弄，我喝的也不多，自己偏好巴西的。德国的比较苦，实在不太习惯。您呢？

Jack 点了点头，我们的口味相近啊！小伙子你是哪个部门的，叫什么，我怎么没见过你？

带着不确定，却明显零上一度的回温，武越来到苏教授的办公室，并不知道他意在何处。可是欠他一笔巨款，又怎好开口询问。二人寒暄几句，就说到了工作。武越直言说到转到咨询部门的可能性，苏教授却满嘴“将来的合作”，逼他寒沁心肠。他心中千回百折，终于冷下脸，苏教授，我会尽快筹钱还您，只是……我也答应过小满再没第二次。我不想再错下去。

在一个令人难堪的沉默后，苏教授也冷了嗓音：在小满去美国的 Offer 没过期之前，你再争取跟我合作的机会，那么以前的钱一笔勾销，我还出资送你一起出去读书。所以一切都是为了你和她的未来。你还见过更通情达理的岳父吗？

一个“未来”一个“岳父”分分钟将武越打倒。苏教授居然考虑出资供自己出国，武越心惊不已，倒也一暖。虽然他不可能接受，可是到底什么能让以前的钱“一笔勾销”，让 Offer 消失？头疼如同裂纹延至后脑。

苏教授拍了拍他后背起身送他走，给你支个道，不是对你百分百的信任和信心，我可不说这话。小满他们那么小公司你是知道的，她下不了手，不用我教你怎么做吧？

武越回到公司，第一件事就是召集四人公司成员将软件 APP 版本整理了一番。几个人忙到半夜，终于可以在第二日交付给投资人下属。张江状态不太好，哈欠连天，讲了没几句就交给武越补充，最后变成了武越一个人的演讲。投资人下属提了几个问题，故设陷阱，都被他巧妙绕过。他理性，善解人意，似乎站在中立的位置，于是立即、马上、瞬间捕获到投资人下属的欢心，“咻”，一箭中的！对方感叹：你们怎么早不派他来呢？甚至感叹了四遍。

四人走出投资公司便分道扬镳，各自回家补觉，没顾上道别。苏小满未曾料想，林少霆的电话从此便再也接不通了。张江努力回忆，说那夜他接到个电话，面色顿沉一脚油门就没了踪影。想到他满后车厢的捐赠物质，她有点急了。可是张江却依旧满脸轻佻，不定睡在哪个妞的香闺呢！

小满瞪了他一眼，开始第二轮寻找林少霆的征程。他的家门敲不开，夜店门口贴着张纸，有着“暂停歇业”的字样。而“传奇”咖吧里，一个顾客都没有，她转身要走，却被电视屏幕吸引，女主播张蕾蕾正在播报一则新闻：“……前段时间，旷达集团卷入不正当利益输送的丑闻，旷达公司并未进行正面答复。一波未平一波又起，有消息传来，旷达上市资料存在造假，已有相关部门介入调查。梁董事长也因此被关押调查……”

小满大大一个寒颤，转身冲出门去。她边拨电话边在街上寻觅，看人来人往，不知何去何从。可是她必须找下去，直到找到他为止。一辆白色保时捷开过，她追了半条街才意识到他早已换开改装车。她呆呆地站在寒风中，看见他按下车窗，拉下眼镜被自己一掌呼回去，看见他身着志愿者的黄色背心东扯西拽，看见他弹奏《小星星》，“小星星”却明明闪烁在他眼底，还有他与武越在澄江水中对打，他在电梯里说：“难道不是因为喜欢我多些，还是利用我？”……她怔怔地流下两行泪来，快滚出来，你这个坏小子！她对着街头嚷了两嗓子。

此刻的林少霆立于外滩，在猛烈的寒风中瑟瑟发抖。他面色憔悴，发型不再，他拢住大衣，遥望浦江对岸那栋高大威猛的写字楼，那个令自己人生天翻地覆的地方。这时身后传来急促的脚步声，正是董秘秦岭。他面色凝重，递给林少霆一个大厚信封，你爸出事前叫我交给你，里面有一万美金和一张去美国洛杉矶的机票。

林少霆抽出机票，发现正是第二天清早的航班。

你爸的事情不用担心，本来都是无中生有，调查两天就没事了。再说，有我呢。你待在这里也没什么帮助，何况会被媒体骚扰。

为什么要回洛杉矶？

秦叔叔又从包里掏出另一个信封，这是你……你妈妈的地址和电话。

我妈？突来的幸福，苦苦追寻的真相就在眼前，令他头痛欲裂几欲昏厥，这封信好似一个暖炉或者一把火，瞬间烧掉了所有阴影。林少霆的心已经登上了那架开往洛杉矶的飞机，可是就在他在机舱口回望的时候，他看见了苏小满一只手将自己的墨镜呼上脸，看见她站在孩子间对自己手语：“很高兴认识你。”看见她跟自己合奏《小星星》，看见她在运动会上满身涂料大叫加油，她站在沙滩上大叫别打了……

推开张江家门的时候，已经八点。张江赶忙迎上去，手机不开急死了，你吃饭没有？我买了生煎。

你怎么跟小满说的？林少霆脱掉外套，发觉一片杂乱压根没地方搁，就提在手上。

张江递上一纸袋生煎，还能怎么说，就按你交代的呗。

小满找林少霆不得，落下一天工作，就留在公司加班，看任千秋心事重重走进会议室。她跟过去，林少霆两天没上班，一定向您请假了吧？他轻叹口气，顿时令她心惊肉跳。

张江对着堆刚收回来的袜子一筹莫展，突然计上心头，唉，林少霆，你喜欢玩连连看吗？林少霆在上网，没理会他。这时，急促的敲门声传来，不是用指关节，而是拳头，二人相视莫名。门外居然站着苏小满，她脸颊绯红，也不知是被冻的还是被气的，她一把扒拉开拉门的张江，冲林少霆就嚷：你怎么回事，不是躲在什么妞的香闺吗？怎么是这个臭烘烘的地方！

张江大叫：唉唉，苏大小姐，考虑下我的感受！

林少霆挤出一丝微笑，你怎么来了？

小满激动地大声嚷嚷，口齿不清磕磕巴巴，谁叫你就这么消失了！你知道不知道，我们那么多捐赠品还在你后车厢呢！还有啊，我们跟投资方的谈判就在明天，指着你的豪车撑面子呢！还有……还……

林少霆什么都听不清，只一把搂住小满。她亦瞬间红了眼眶，想推开，却被他搂得更紧。第二次拥抱她，他的心再次融化，暖意浮上眼角眉梢。这一次他再也不想将她放开，他像干燥的海绵，努力汲取她香甜的气息，是结实的绳索，要把她勒进自己体内。他呼吸急促，眼泪大滴大滴流下。她脸一红，有些心慌。

张江只能披件大衣偷偷溜出去，还是忍不住回头嘱咐：问她喜不喜欢玩连连看，床上那堆袜子归她了！

煞风景！林少霆暗道，松开她也就破涕为笑。二个人各据桌子一侧，走向沉默。

为什么不告诉我？

又不是什么好事儿。林少霆轻描淡写，我们家是家族企业。最近负面新闻不断，不知怎么又被扯到上市材料存在问题。

是谁搞的？

也许是竞争对手吧，反正现在我爸是被关押调查了。

你母亲呢？

很多年前跟他离婚后去了美国。

小满未曾预料到这些，对不起，我不该多问。那你现在做何打算？

林少霆摇了摇头，企图把明天即将起飞的念头甩掉。告不告诉她呢？他望着眼前这个深爱的女人，恍恍惚惚不知所言，直到与她与小区门口告别，他依旧未能下定决心。

小满几步一回头，别多想，好好休息。如果愿意，明天照常上班。不想进公司也罢，中午电话约我吃饭。

林少霆点了点头，望着她离去的背影，突然叫住她：小满，你记住……我是……真的很喜欢你！

她在两米外与他对视，红了眼眶，还是转身而去。

林少霆的声音越来越小，好像每个字才蹦出口，就被呼啸寒风吹散。那几个字是："请你说一句'为我留下来吧'，只说一次！"她已经步步远去，并未听见他的恳求、他的呼唤、他的挣扎。

Jack Lee与武越在茶水间"偶然"邂逅后又交流了几次，每一次都有惊喜，直到他动了调动的念头，武越的回复自然是恭敬不如从命。对他的赞誉，任千秋举双手赞同，从面试讲到课堂表现，又讲到旷达投标，一点一滴将那个自己曾经最赏识的孩子立体呈现，可是那栋他精心搭建的积木却瞬间倒塌，零碎一地，痛彻骨髓。Jack当然看不到这幅景象，只听任千秋缓缓说道：他跟了我半年，我本来都舍不得放人，只是当时项目软件负责人Fiona……唉，可惜。

Jack心下一颤，Fiona有什么顾虑？

哦，没什么没什么。Fiona多虑了。上次投标消息外泄，她怀疑到他。不过，我也说了，是她多虑了，谁也没有证据。任千秋微笑起身送客，这个结语过于匆忙，是因为他再也无心赔笑。Jack亦没再追问，不追问也就没了下文。

林少霆站在机场大厅，身边竖着个小行李箱，两个信封已经被握得皱巴。四周人流快速游走，只有他一个人钉在那里，好似河滩中央一块鹅卵石，随时可能被冲走却还努力卡住不动。不知过了多久，他跟自己耗出一身汗，终于移动脚步，朝里面走去。

武越挂了电话，在邂逅Jack的茶水间，将手上的纸杯狠狠砸向玻璃窗，咖啡溅出的效果触目惊心，将他人惊走。待苏小满跑过来，见他透过咖啡渍的玻璃正远眺浦江，胸口还在剧烈起伏。她扯了几张纸巾，一点点擦干玻璃窗和墙上的咖啡渍，最后用手指在玻璃上画了个"牧羊座标志"。他的眼珠动了动，瞬间泪迎眼眶。小满缓缓搂住武越，他也顺势靠在她怀里，紧紧将她环抱，热泪默默洒在她单薄的肩头。

几米外，林少霆叹了口气，拖着行李箱黯然走过。

行李箱过小，以至于无人注意到他已经收起又几欲出发的"离意"。任千秋一把将他和行李箱抓进小会议室，你到底能不能出点力！从最开始宕机，我就被你爸修理。后来好容易投标，你有内部消息居然不告诉我。现在可好，你爸被关押调查，对这项目到底有没有影响？见林少霆眼底腾地燃起怒火，他放低声调，好好，对不起。我知道你也不想提这事。可是项目签是签了，到底能不能下水，全世界都盯着我呢，北京老大成天审我，说明天又要飞过来，眼看要脱层皮！万一最后成不了……

林少霆淡言：那也不是你的责任。

话是这么说，可是我今年的指标就没希望完成了！算了，你多用点心，不能去那边，打电话跟熟人问问也是好的，别说你白混了个少爷身份！

林少霆暗自苦笑，缓步走过秘书池，Catherine窃窃私语，那个不就是上市公司旷达的小开嘛！搞得老神秘的，直到老爸被关押调查身份才暴露。

Nancy冷笑，可惜暴露时就已经不再是小开！

别这么现实好哇啦？林少霆苦笑着继续走下去，见柴晴和另一同事迎面而来就扬起了手。同事说：走，咱们外面抽烟去。

对林少霆视而不见的柴晴只对同事神秘娇笑，最近不能抽烟。没什么为什么，就是不能抽。

林少霆在他们背后放下手，自嘲地比画了个八卦动作，隐身大法练成！他走到硕果仅存的兄弟张江跟前，看他一个劲地打喷嚏，鼻涕眼泪齐流。张江胡乱一抹大叫：为了给你们腾地方，我在楼口站了半小时，冻成冰棍呀！

缺心眼啊，怎么不去找个小馆子吃夜宵？

谁知道你们要那么久！

没关系，再也不会了。

张江琢磨着他的表情，别这么跟我笑啊，你的招牌笑可不是这种。

是哪种？

是什么都不鸟那种。

现在呢？

现在是……临终遗言那种！

我去！

林少霆坐在看守所的冷铁凳上静候，不知过了多久，里面走出一个身着橘黄背心的人，正是父亲。他坐在对面，脸上挂着安详的笑容。那个高高在上的董事长和父亲依旧器宇轩昂，只是少了锐气添了沧桑。林少霆曾设想过跟父亲的谈话，多种场景多种假设多种主题，但绝不是这种。他凝望着对方，竟有些哽咽，爸，你头发白了。

终于注意到我了。梁劲棠笑着理理头发，一句话令儿子红了眼眶。怎么肯主动跟我说话了？

林少霆想了想正色道：我需要平等对话，不是你给我安排的人生，不是你期待的答案。他收住口便有些后悔，直接显得稚嫩，何况过于坚硬。可父亲略一沉吟却点了点头，表示赞同。梁劲棠待在看守所里这两天，粗茶淡饭，清心寡欲，眼前便也通透起来。

当梁劲棠将林母在美地址写给儿子的时候，一直有个讽刺声音在与自己对话。本以为此时此刻他已经飞机落地，却万没料到会坐在自己对面。就凭这点，他恍然顿悟，原谅了儿子一切的一切。他说：这么些年，是我对不住你。虽然我同意你改随母姓，可是我怕你走，故意不让你联系你母亲，如今想来是太过自私。现在……你怎么反倒不去呢？

对于父亲的忏悔或者说道歉，林少霆半天反应不过来，虽然只几句话几个字，也是他从未期待过的。我想好了，那些钱拿来给你找律师。

一股热流冲进心底，洪水般令他五脏六腑翻天覆地，梁劲棠低下头半晌说不出话来，终于，他抬起头故作轻松，怎么这么傻！那些罪名统统子虚乌有，过几天我就出去了。

无论如何还是要请律师的。资产冻结了，只能用这些钱了，还未必够。等你过几天出来，我再去找我妈不迟。林少霆这样告诉自己，告慰父亲，却未曾预料后续的故事远远超出想象，哪怕他俩相加在一起的想象。

林少霆呆坐在改装车上，手握一个早已背下的手机号码，试图鼓起勇气拨出。二十年有太多大事小事要说，从何开启才好？恐怕还是一句："你还好吗？我很好。"万一她反应冷漠怎么办？万一转到自动留言机，万一留言她不回……不会吧，他握出满手心的汗，看有人拉开副驾驶车门，正是张江，他被林少霆脸上瞬变吓了一跳，你没事吧？

说话间，林少霆已经平静下来，回头看苏小满和武越也坐进了后座。他启动车子，开至投资人办公楼下。小满环顾四周，发觉大家兴致都不高，她拍了拍手，今天就直接由武越展示，其他三个人逐一补充吧！加油！

四人还未坐定就感觉气压不对，投资人下属心思不在，可靠消息称某公司也在研开类似软件。如果他们产品比咱们早上市，一定会对我们产生巨大冲击，或者说根本没有咱们的立足之地。我早说过，你们四个人的速度不行，你们不信，也不肯接受我们的条件。现在好了！时间就是一切！

几个人默然走出办公楼，路边随便找了个小饭馆划拉碗面条，才有了说话的气力。张江抹了把嘴，投资人不是你爸朋友吗，让他再去谈谈？见她淡然摇头，他提高了嗓门，这么点忙都不肯帮，是亲爹吗？

小满一股怒气脱口而出，不是我爸不帮，是他想帮的方式我不能接受。他劝服不了投资人，倒是同意做咱们的天使投资人。大家错误地兴奋起来，她却接着说：条件就是——让我做第一大股东。

几个人顿时愣了，张江幽幽道：果然是亲爹。

怎么办啊？我不想就这么算了。小满笑着却滑下两行泪来，她冲出去叫了辆车回家，直接坐在苏教授书桌对面，爸，我不能背弃我的朋友。

他缓缓摘下老花镜，我可以帮你帮他们实现梦想。然而，在商言商……

在商言商？小满怔怔望向他后背一墙书柜，那曾是父亲答应留给自己的嫁妆。而现在一切都只是他的背景墙，他坐在前面，摇身一变成了商人。真不能帮我一次吗？

可以，以我的方式。苏教授转而温情，手掌盖住女儿的手，我是为你好！老苏。

小满甩开了父亲的手，冷冷道：爸，别这么叫我。

62. 消失的改装车

浦江两岸的新老建筑交相辉映，轮船开过，汽笛响起，仿佛穿透历史古今。当天色渐暗华灯初上，一派繁华迷醉亦浮现。上海浦东国际会议中心的宴会大厅聚集着上千人，布置了上百张餐桌。舞台上焰火劲曲忽起，一个高大帅气的男生手持话筒边跳边唱，后面两个打扮火辣的女生伴舞。舞台灯光炫动，掌声呼声齐响，场面一片火爆。

Mary 双手抱在胸前，对身旁任千秋，给你推荐的人怎么样？

任千秋眯着眼睛，点头，的确不错！

Mary 故意追问：你说的是哪个？

任千秋大笑，心里却不免忐忑。自从清晨留言之后，柴晴就变成了话中有话的人，或者自己多虑了？她不再抽烟、拒绝喝酒，连妆都画得寡淡。最重要的是，周遭都在谈论她向“良家妇女”的转变，以及那夜宿醉。难道 Mary 亦有所指？

舞台烟花再次爆亮，三人完美亮相结束。武越携两女伴下台，体态拉风，走到那里都是哨声一片，他亦成了全场焦点。三人径直走向任千秋那桌。武越举杯敬酒，没给您二位丢脸吧？

化了浓妆的柴晴艳光四射，眼光热辣，她故意撞了下 Mary，道歉间，将酒偷偷倒进身旁武越杯中。任千秋正准备向柴晴举杯，她却坚硬转身，留下他尴尬的手举在那里。他只好一抬胳膊，将半杯红酒灌下，深深望向柴晴离去。

Mary 跟柴晴错身，悄言：不知道你在搞什么，不过，给你老板留个面子。柴晴马上转头，对不远处的任千秋举杯。

武越随即带两个女生走回实习生那桌，再次掀起一阵小旋风。林少霆则靠坐在位置上望向舞台，面容淡漠。

小满悄悄问柴晴：你们怎么回事？

柴晴冷哼，你男朋友帮我挡杯酒都不许？

你跟任老大怎么回事?

柴晴沉吟良久,终于用不小也不大的声音说道:这个月我没来例假,已经过去半个月了。

小满呆了,你不是那个意思吧? 你不是又来一回吧?

柴晴叹了口气,一场戏演两回,可能吗?

站在他们身后的武越突然变了脸色,放下杯子,冲向不远处的任千秋,一把将他掀翻在地就打。任千秋猝不及防,登时鼻血长流,连忙举拳还击。餐具的破碎声夹杂着尖叫声传来,被殃及的,拉架的,更多的人挤在一起。最后,武越拉小满跑上江风呼啸的平台,他听不见她的指责,只是大叫着:“打的就是他,我打了! 痛快!”武越望向浦江两岸璀璨壮景,只觉内心鼓足了激情,他纵情大喊,喊声伴随着轮船的汽笛声,久久回荡。他需要下一个决心,巨大的决心,大到需要仪式,而今天绝对就是一个仪式。

苏小满准备下班回家,却被张江和林少霆于大堂拦截,绑架至公司附近一个老小区,不做解释。林少霆推开房门,露出间空荡荡的房间,里面只摆了几张办公桌椅,有人回过头,竟是武越。

张江兴奋地东跳西跳,怎么样? 咱也有办公室了,不是四个电脑本本在NBI蹭网络和空调的皮包公司了。咱们现在租这个一室一厅,买了服务器,过两天找个人管服务器,再找一到两个美工,再也不稀奇他们什么天使投资了!

小满仍然反应不过来,问武越:谁出的钱? 总不可能是我爸突发善心吧? 见武越用目光指向林少霆,她马上大步冲过去,眉毛一竖劈头盖脸:你家徒四壁,还要借宿张江家,你哪儿来的钱?

好一副狰狞面孔! 林少霆往后一跳,瘦死的骆驼比马大!

张江凑过来,有钱不早说,害我成天勒紧裤腰带救济你!

小满推开张江,仍旧扯住林少霆,快说,你到底做了什么? 哪儿来的钱?

林少霆摘下她的手,放心吧,我做小开时候的朋友借的,不偷不抢! 还不是为了咱们公司,那天你的话好好启发了我。看在我出这么多钱的份上,到时候股份咱们得好好谈谈哦!

小满将信将疑走向另一个房间,武越也跟了过去。她在这个暂时堆积着杂物的房间越想越觉得不对劲。武越几句话成功转移了方向,他说:先别想这么多,抓紧时间把产品开发出来。好好利用手上的几十万,别辜负了这些钱。一旦产品成熟,我来找风险投资。

武越敢开口就必有下文,容不得小满不激动,那可是上千万的资金啊!

别担心，只要产品好，就一定有人愿意大把投钱。

厅里的张江不信任地拉过林少霆，你真是为了股份？

我只是怕看到她失望的样子。林少霆双手插兜作回忆状，她失望的样子有多丑。第一次是在聋哑学校，领导不让贴孩子名字，她跟人家据理力争，还是失败了；第二次是她的捐赠提议被公司多次否决，还有……

张江啧啧摇头，真没看出，世间大情种啊！

林少霆一拍他后脑勺，你没看出的还多呢！

果然，就在次日清晨，张江“没看出来”的事情便接踵而来。张江抱着膀子在飕飕寒风里四处寻找改装车，正要拨打110时却被林少霆拉着就走，早说了嘛，你没看出的多呢，我把车卖了，要不哪来的钱呢？

张江愣了，改装车没了，那保时捷呢？

改装车卖不出价的，基本都是保时捷的钱。

天啊，两辆车……两辆就这么没了！

走吧，现在咱俩搭地铁上班。

收容你的唯一好处就这么“扑哧”灰飞烟散！谁都别拦我，我要杀了苏小满！

林少霆搂住张江的肩膀，说说笑笑地走了，一路上还要压住他吱哇乱叫。这时候，林少霆的电话响起，他接起，面色越发严肃，嗯了几句挂断：你自己上班吧，我有事儿。

小满的反应果然跟张江想的一样，她跳起来狂奔乱蹦，嘴上哇啦哇啦乱叫，引来目光无数，张江只能将她按住，淡定，淡定，事已如此，施主还是看开些吧！当然，他坦白的只是卖车的行为，而不包括目的，否则依她的性子，恐怕车算白卖了。

小满见林少霆一进出租房，马上冲过去劈头盖脸一顿臭骂。他听不真切，或者选择左进右出，只觉得她是那么多变，眼睛时而冒着愤怒的小火花，转而又迎上雨点。嘴皮子也是的，又快又狠，将那么多坚硬或者柔软的字抛出来，不管不顾，直到她累了，咕咚咕咚喝了一整杯水。

夜深了，四个人和几个新招来的同事在熬夜加班。小满实在熬不住趴在桌上睡着了，林少霆起身去里屋找床毯子。待他好容易翻出返回，看武越正将自己的羽绒服轻轻盖上她后背。她醒了，二人对视暖暖一笑，毋须多言。林少霆只好站定原地，显眼的地方。恰逢她的目光扫来，他慌忙间突然将毯子扔到张江脑袋上，张江“嗷”一嗓子大叫：干什么！

林少霆反应快，你不是冷吗？

张江迷迷糊糊地，有吗？好像是挺冷的，来，咱俩一起盖吧！

新来的员工吃吃地笑了。

我去！同吃同住，你还嫌不够暧昧吗？林少霆直往旁边闪。

张江将毯子盖在肩上，故意去拢住林少霆，来吧，小帅哥。

林少霆到处躲，惹来一屋子的笑声，回荡在几个人记忆的拐角。

第八篇：豪门恩怨

63. 股东大会 & Super Trainee

旷达大会议室里坐了不少大佬，面熟脸生的都面色严肃，偶尔窃窃私语。林少霆跟着董秘秦岭走进会议室，眼底不禁露出怯意。秦岭示意他坐在身旁位置，自己则坐在主席位。

秦岭环视四周，人都到齐了，那么我们这次股东大会正式开始。首先，向大家正式介绍林少霆，他是梁董事长的独子，代表父亲出席。鉴于梁董事长被关押审查，我代理他主持会议。大家都知道，IT 采购非正当利益输送的丑闻才爆出，已经对旷达的股票产生了巨大冲击。紧接着上市资料造假的新闻更是如同一枚重磅炸弹，把旷达在业界营造的美好形象统统破坏。股市持续下滑，旷达人人自危。现状紧迫，刻不容缓，今天特意把大家召集到这里，希望通过此次股东大会找出解决方案，走出困境。见众人面色凝重，秦岭停顿稍许，又道：股市失利也罢了，现在还一件更加迫在眉睫的事情，如刃抵喉。

林少霆心头一紧，他本以为只是代表父亲坐在这里，最多举个手表个态而已。难道父亲才走就出现巨变。

秦岭停顿了更久，直到屋里死般沉寂，他终于缓缓开口：旷达面临两亿人民币的还贷，时间就在一个礼拜后。因为丑闻，时至昨天下午，几大合作良好的银行已经明确拒绝咱们的续借要求。也就是说，以往以借还贷的方式已经无法运作。怎么办？还贷绝非儿戏，不可能推迟。否则面临的可能是……

第二股东终于接话：这事儿……也不是不能解。一句话激起千层浪，待潮水退去，他又缓缓开口，这件事情我跟我们集团公司商量过，他们同意支援旷达渡过这个难关。众人来不及惊喜，他又宣布，可是，我们有一个条件。他走向主席台，白板上投射出一张股份持有图。我要求动用股东优先购买权，收购梁劲棠名下不少于 4%的股权。

全场哗然。

少霆望向白板，发现父亲目前持有 15%股权，第二股东持 6%，第三股东持 3%，其他 76%都是市场公开股份。林少霆算不懂其中利害关系，只能将目光转向秦岭。秦岭的表情令人难以琢磨，令他心中一凛。

林少霆坐在旷达，也就意味着缺席实习生毕业典礼。Mary 站在台上侃侃而谈，身后显示的画面正是“能量赛道”，上面依旧五根线，只有四根上有符号，一根则是空线。小满盯着这根空线发呆。恍惚间听见任千秋在宣布：说到 Top Student（优秀生），大家从进来第一天就知道，只有全国前 20%的人才有资格获奖，今年咱们华东有三位实习生斩获殊荣，他们是武越、苏小满和林少霆。

掌声中，任千秋让小满上台领奖。她心不在焉接过水晶激光刻字相框，下台后坐在 Mary 身旁，忍不住小声问：为什么不让他俩上台？

Mary 差点嚷了起来，上台？武越一拳打在班主任脸上，没让滚蛋已经是看在这个证书份儿上了！至于林少霆，他小子溜到哪里去了？

秦岭带林少霆驱车离开董事会现场，直抵看守所。梁劲棠面对风云突变紧锁眉头，凝神不语。不知过了多久，他终于张开干涩的嘴皮，两亿人民币的贷款，我看他们是算计好了。援手还贷，逼我割让 4%的股权，恐怕接下去……他们还是意在董事会。

秦岭顿时紧张，怎么讲？

梁董事长幽幽道：我目前作为第一持股人，拥有 15%的股份。第二股东持 6%，第三股东持 3%，其他 76%都是公开市场股份。他们既然要求我割让不少于 4%的股份，那么我将变为持有 11%，第二大股东持 10%。我依旧是第一大股东。为什么？因为要求再多，我不可能同意。那么这个 4%又有什么重大意义呢？如不出我所料，第二大股东必定是跟第三股东密谋谈妥……拉我下台。

秦岭大惊，下台?!

你想啊，10%加 3%就是 13%，高于我 11%股权，也就等于掌握了管理权，那么他们下一步必然要推出自己的人，一步顶替我的位置。

秦岭嚷道：咱们当然不能同意！

不同意？两亿人民币的还贷怎么办？梁劲棠一声叹息，又是长时间的沉寂，直到他再次艰难开口：我看就这样吧。4%的股权我同意割让。新董事长多少会在一定程度上洗刷旷达丑闻，推动低迷的股市。

林少霆惊叫起来：爸！

梁董事对儿子笑了笑，别担心，我仍然是第一大股东。不过我有一个条件。

什么条件？

我举荐你——秦岭担任董事长。梁劲棠目光坚毅，我考虑过了，你是最适合的人选。从创业开始你就待在我身边，我的做事风格到人脉，事无巨细你都清楚。最懂我的人就是你，当然，最合适的人选也就是你了！

秦岭叹了口气，也许这真是最好的办法了。

林少霆看着父亲，又看看秦岭，不安感全面席卷而来。

任千秋久久望向“能力赛道”，终于回转头面对整间教室。这是一根令人肾上腺素急增的跑道，它通向你职业生涯的巅峰，这样说不算夸张吧？参与美国总部“全球优秀人才计划”，直升经理，等级九，基本等同奋斗十多年的NBI人的捷径。

任千秋目光直指武越，历史只记得第一名。可惜，可叹，某人跑出了跑道。既然第一名已经出局，也从来没有第二名替补的规矩。我只能万分遗憾地宣布……今年的“Super Trainee(超级实习生)”——缺席。

众人唏嘘不已。武越在衣兜里紧握拳头，面如沉水。任千秋环视整个教室，不管荣誉还是留走，感谢大家半年多的努力。咱们还会相遇，也许下一次，你已成为我的同仁、领导，甚至我合格的对手。一切都有可能！

众人鼓掌，起身散去。小满转身刹那，只见武越与任千秋错身而过，形同陌路，目光碰撞冰寒四射。这是个忧喜夹杂时刻，她抱着Top Student的水晶刻字相框走向自己座位，有人掩面啼哭跑过，有人将大量打印资料扔进垃圾箱，巨大的砸柜门声又接踵而来，她连忙用西装下摆将相框遮严。至于武越，他接了个电话，脸色突变就大步跑了出去。

秦岭再次驱车回公司，凝思无语，好像忘记了林少霆的存在。林少霆手头拮据，乘无外人也就直接开口：秦叔叔，这次风波不知道多久可以平息。所谓调查，目前也都没有什么头绪。我想律师是必须请的，可是财产冻结后，我实在拿不出太多钱来。不知您担任董事长后，是否可以批复一笔钱给我父亲支付律师费？

秦岭凝思少许道：律师是要请的。不过，你刚才也听到了，我们做那么多，无非为了挽救旷达形象，也就必须撇清旷达与你父亲的关系，以免媒体乱作文章。至于钱嘛，我个人可以借给你，却绝对不能从旷达账上走。

话说得在情在理滴水不漏，林少霆无法反驳，可是极不舒服，他只能转头远望。窗外景致疯狂倒退，他有了越来越不好的预感。就这样跟着他走进大会议室，见他清了清嗓子，背影忽然挺拔起来。

秦岭重新站回台前，股东大会继续。首先请梁董事长之子林少霆转达其父态度。

林少霆站起身，环视整个会议室，望着第二股东。他曾出现在那晚饭桌上，一位说话虎虎生风的汉子，此时眼睛里却闪着狡黠的光芒。林少霆说：我父亲同意割让4%的股份给第二股东，以换取第二股东两亿人民币的还贷支持。同时，为了拯救旷达的公众形象，他愿意主动让出董事长其位，给……

秦岭。

众人议论纷纷。第二股东与第三股东对视，一起望向秦岭。短暂混乱后，第二股东终于表态：这也是个不错的决议。的确没有一个人跟秦岭一样懂旷达，我相信他会在这个攸关时刻把握旷达命运。不知道大家怎么想？他将目光指向第三股东。

第三股东稍一沉吟，也爽快表态：我同意。

两位大佬态度一定，众人也只好举手赞同，掌声从稀疏到雷动也就是接受的过程。秦岭意气风发站在台前，衷心感谢大家的支持和信任。在旷达岌岌可危的关键时分，我临危受命，不敢说有什么能力，只求不辜负大家。

林少霆抬头望着秦岭，忽然明白，他再不是父亲那忠厚老实的马仔。这时有人将几份合同摊在自己面前，他不禁万分别扭，这么快？

门外纷杂的脚步声传来。是媒体的朋友，我请来的。咱们做这么多，无非是为了旷达的公众形象。第二股东说。门一开，张蕾蕾带领团队蜂拥而入，分头采访。秦岭于镜头前侃侃而谈，林少霆全身骤凉。

待一切尘埃落定，秦岭走出众人环绕，林少霆也紧随其后，拉住他胳膊。秦岭驻足，还有什么事情？是不是合同里有些条款看不懂？我知道这些对你可能是难了点，秘书可以跟你详尽解释。

他越是面色祥和，林少霆越是冒出满背脊寒气。我只觉得一切进展得太顺利了。你不奇怪吗？他们怎么那么确定咱们可以劝服我父亲同意那 4% 的股权割让？连合同都早早准备好了。

秦岭正色道：因为他们早算好咱们别无选择。

好，就算如此。那对我父亲的举荐，他们怎么一点疑义都没有。按照父亲的猜测，他们应该另有董事长人选，应该会在股东大会上展开一场唇枪舌剑。可是并没有，他们居然如此随和。

秦岭略有不悦，我只能说，他们跟我一样真正关心旷达的命运，非常理智，非常果敢。

恐怕没那么简单……

秦岭板起脸有了威严之色，若真如爆料所言，你父亲的举动实在令我非常失望，简直痛心疾首。可惜我那么信任他，兢兢业业辅佐了他那么多年。

林少霆万没料到他如此薄情，嚷道：若有此事，你应该早就知道，何必装得这么无辜？

秦岭冷冷地打量着林少霆，置之事外的姿态，我若早知道就不会允许这些事情发生。很抱歉，不管我跟你父亲之间过去多年的恩怨，今天，我必须对企业负责。毕竟企业不是你父亲一个人的！

林少霆神不守舍地踱出旷达大楼，冷风飕然灌入脖子，将他一身冷汗吹到寒彻骨髓，掉进冰窟一般。秦岭是什么人，是父亲面对自己的代言人，是调和剂。半年前在洛杉矶飙车被抓是他找的律师，回国机票、进NBI都是他安排的，连租老别墅的房客也是他的朋友。那顿股东饭局，自己跟父亲当众为“像不像”大吵，可是父亲自始至终并不知道自己为何出席。NBI中标似乎是情理中事，可是“非正常利益关系输送”的新闻又是谁报道出来的？接着又是神秘爆料人，上市资料作假的调查，父亲锒铛入狱，难道都是他一手策划……林少霆耳畔划过刹车声响，看一辆暗红色大卡车呼啸而过，这才戛然止步。

对于柴晴处处暧昧不直言的方式，任千秋实在没了耐性，他走过柴晴座位又退回来，笑言：既然实习毕业，可以考虑申请人事指标了。柴晴大喜，上去搂他胳膊，却被他一激灵抖掉。任千秋迈步前实在没忍住，那些传言都是真的吗？

柴晴天真地眨着眼睛，什么真的假的？为了感谢任老大帮忙，今天我请，酒吧、夜店随便点！

任千秋头也不回迈步而去，大大吸了口冷气。后生可畏。

你的意思是……你怀疑秦叔叔。梁董事长半晌没说话，一开口声音却有点发颤。

种种变故太戏剧化、太快，一环扣一环，顺理成章地没遭遇任何阻挠，秦岭就这么顺顺当当当上了新任董事长。

你错了，一点不快。若果真如此，这个局是从半年前就设好了。梁董事长望向远处，吁出一口长气。现在回想起来，儿子在美国飙车，自己虽然动气，还并未动过逼他回国的念头，毕竟学分不够。谁料秦岭竟暗自查过少霆，知道他已经修完计算机硕士文凭，并将他安排进NBI面试。回来就回来吧，是时候做接班打算了。既然专业合适，又可以在国际五百强里锻炼下，想着也就答应了。

林少霆抢道：接着NBI中标，咱俩关系被媒体爆料，“不正当利益输送”的罪名成立。

二人对视不语，梁董事长自语：可是他这样做的目的又是什么？董事长的位置？

梁劲棠不曾预料答案会这么快揭晓，因为第二次股东大会接踵而来。林少霆坐在原位，看秦岭器宇轩昂走进屋，发型和服装都变了。他举目望去，目光并未在林少霆身上停留片刻。今天召集大家开会有一个重要议题，就是老厂及地皮出售的问题。

众人哗然，答案终于揭晓，林少霆腾地站起身：不行，我父亲一直反对这个提议！

秦岭转头冷冷道：林少霆爷你先别激动。请坐。对于这次股东大会上的任何议题，你尽可以行使自己正当的股东权益，支持或者反对。但是，请注意措辞，切勿意气用事，以免在众位长辈面前给你父亲丢脸。

林少霆紧握拳头，只好强压怒火坐下。

第二股东说：中标市政府"未来城市"项目，对咱们旷达来讲是一个千载难逢的好机会。旷达一下子跃升行业领军人物。可是谁想到会出这些乱七八糟的事情。他憎恶地看了林少霆一眼，将一切过错划至其父账下。股票下跌，资金紧缺。连贷款都要指望我们集团援手。

林少霆眼底燃起怒火，援手也是明码标价的！

梁董事长某老部下忍不住发言抗议：老厂是梁董事长的创业基地，很多老工人都是他当年的战友。

第三股东一声冷笑，那又怎么样？养他们一辈子？改革是什么，就是割除老朽与落后。

不能这样说，老厂负责了大量基础零件的生产，也不可或缺。

第二股东嘲笑道：这种缺乏技术含量的产品完全可以外包出去，成本更低，何乐而不为呢？如果坚持养着这个厂子，昂贵的产品研发费用不提，光养人都是巨大负担，会将旷达扯下水的！过几年想明白了，后悔了，再想卖，可卖不出这个价格。

又有其他股东发言支持，接盘企业已经找到，收购价非常合理。恕我直言，我实在找不到不出手的理由。

秦岭看旧人大势已去，临终总结：老厂一旦出手，必然能起到拉动股市的作用。另外，我不是吓各位，市领导跟我通过气，说这个"未来城市"中标结果也不是那么稳的。

林少霆幽幽道：卖掉老厂，这才是你们密谋半年的终极目标吧？

屋里顿时鸦雀无声，林少霆听着自己嘭嘭的心跳，怒视秦岭。二人目光于凌空对抗，空气中便有了剑拔弩张的火药气息。

梁劲棠低垂眼帘倾听着儿子的转述，除了活动下手指关节，并无其他动作。他终于颓然后靠，点了点头，原来是下了这样一盘棋，我怎么会没想到！我怎么可能没猜到呢！

没几个字，却都是从他牙缝里挤出来的。林少霆有些不安，不过，你为什么不肯卖掉老厂？也许你听了会不高兴，不过，老实说，他们的话也有一定道理，卖掉老厂对旷达的长久发展有好处。

我不是没算过，老厂是我跟你母亲相识的地方。梁劲棠苦笑道，老别墅也被你租出去了，老厂是我唯一还能怀念你母亲的地方。你是不是又要说我假惺惺？

林少霆微微一笑，你从未跟我提起过怎么跟母亲认识的。

有什么可说的。梁劲棠这样说，自己却陷入回忆。你母亲是新招来的会计。为了制造跟她见面的机会，我只能不断地找茬，一会说她这个算多了，一会儿说她那个算少了。弄得她整日惶恐不安，生怕丢了工作。直到有一天，她实在忍无可忍，找我来评理，理直气壮的却把自己说得大哭起来。

林少霆实在无法想象这个不苟言笑的男人曾经做出这些事儿来，也许他也曾年轻张扬，也曾在一些微不足道的事情上下尽功夫。后来呢？他忍不住好奇追问。

后来我就说，我所有的钱都要交给你来管了，我不能不谨慎加谨慎。

林少霆笑了，看来我还真遗传到你不少优点。

梁劲棠也笑了，你母亲还以为我要给她升职呢，千恩万谢的，搞得我很无趣。最后还是你秦叔叔给出了个主意。老套路，英雄救美。

林少霆缓步走出看守所，嘴角仍然在笑。那个年代的秦岭烫一头卷发，着大喇叭牛仔裤，自封前卫青年。他站在厂房后的巷子里，嘴里叼根烟，喷着“小妞陪哥玩玩”的秽语，把个调戏良家妇女演得颇为入戏。父亲三拳两脚未将他打倒，自己却被秦岭打得鼻血长流，为了增加苦情情节，父亲趴在地上还死拽着他大喇叭裤腿不放，嘴上嚷着：“你快跑！”就在苦情戏进展得颇为顺利的时候，母亲却被激怒了，心一横操起棍子就跟秦岭拼命，若不是父亲拉住母亲裤腿，疤痕不止额头那一块了。

寒风起时，路面空旷，他又想起父亲最后一句话，竟如眼前一般萧瑟。他说：没想到，我跟你妈走到这一步，跟你秦叔叔……也走到这一步。

64. 草莓味果糖

这是一个区警局户口办理窗口，坐着两名办事人员。吴志雄和阿玲头挨着头挤在办事窗口，看里面办事人员挨个检查文件资料。他终于抬起头，还缺一份学校退档函，没这个东西，我无法调动你的档案。说着他就将大堆资料果断往外一推。

夫妇俩紧张对视，满脸堆笑，这都来第三趟了，就差这一份资料，能否先办起来，我马上去补。请个假不容易，这儿离我公司又远……

办事人员已经按了下一个号码，帮帮忙，你让我往哪里堆这些东西。赶紧去学校办吧！

学校档案室的老师看了眼吴志雄的毕业证，是他们要你的档案，对哇啦？那就让他们出示个调档函啊！否则我怎么能随便给你档案，手上给你拎过去吗？我给你，你敢拿吗？你以为这样儿戏啊？你敢拿我还不敢给你呢，谁知道你是不是你！

吴志雄愈加迷茫，他们说您这儿出个退档函也是一样的。

他们说一样你就信了？老师提高了声调，下一位。

吴志雄恼了，拍着玻璃就嚷：你们一个让出退档函，一个让出调档函，让我听谁的。为张上海集体户口，我一个小市民被你们折腾得跑东跑西，指这儿打那儿，到底给不给办？再啰嗦老子把这儿砸了你信不?！办事老师吓得大喊保安，他在众人的拉扯下最后一拳击碎了隔断玻璃。

可惜，这些都出自他的想象，事实上他只是皱着眉，将阿玲拉出办事大厅，还在安慰自己：上海户口哪有那么容易到手的！

第二天，吴志雄照例打开电脑看邮件，却突然蹦起身，大步冲向经理座位。经理撂下茶杯，被他脸上肌肉的跳动镇住了。吴志雄到底先收了脾气，可以耽误您几分钟吗？

人与人之间就是这样，你进我退；你退，不好意思，我自然要进。见他张不开口，先把自己憋个一脸通红，经理马上不耐起来：干脆点说，我一会儿还要开会！

我就是问问……为什么同样是实习生毕业，我的职称只有四级，而战果是五级？他修机器不比我强，毕业学校没我好，更别提他是本科生我是研究生。这不公平！

不公平？经理嘴角不屑翘起，首先，你的客户就觉得不公平，凭什么你一张黑脸对着他们，凭什么他们问三句你回一句，凭什么他们就没遇见一个随和的小胖子这样的服务工程师？

吴志雄一蹦三尺高，是，是，是，就他好！我为了客户辛苦加班他们看不到，我解决了一个难题，省去请外国专家的巨额费用你们也看不到！我这样努力有个屁用！

经理也软了口气，你别激动，你做得好的地方自然会有回报。

才不会呢，根本不会！吴志雄一把推倒会议室的小圆桌，甩门而出。

坐在小会议室外的工程师都听得真切，战果犹豫再三，还是拽上件外套跟上怒气冲冲的吴志雄。

苏小满跟林少霆费力地将四大纸箱移至长途大巴行李舱，已经累出一身大汗。二人站在大巴下大口喘气，在细雨蒙蒙中冷透，仍未见武越现身。

吴志雄困兽一般冲进细雨蒙蒙，被战果从后面拉住，志雄，你的工作表现老板都看在眼里的！

吴志雄回头面对这个皮肥肉厚面色红润又顺风顺水的小胖子更加气不打一处来，看个屁！他只看到你为他端茶倒水，为他送大闸蟹！

战果不免尴尬，孝敬孝敬老板也是应该的，更何况都是同事，我对大家都一样！

吴志雄冷笑，一样？一样，为什么我这辈子尝都没尝过大闸蟹的滋味！当然，指望你吃人生第一只大闸蟹，本来就是个笑话！你就尽情大笑吧！

看细雨落在他头顶，茫茫如添白发，沧桑至极，战果心里颇为酸涩。说话间他已经冲进一家小饭馆，什么菜都不点，只点了瓶高度白酒。战果冷得直跺脚，围着小饭店，拨出了武越的电话。

同时拨出武越电话的还有苏小满，说不定在来的路上，她这样安慰自己，打了第五个喷嚏，在口袋里掏纸巾，却掉出个草莓水果糖。林少霆蹲身拾起，为什么老看你带着这颗糖，却从没见你吃？小满一把夺过，面掠飞霞，由不得他更好奇，说嘛，为什么？为什么是草莓味？

小满被林少霆绕着圈追问，只得实言相告，声未出脸先红，可不许笑话！其实我放在兜里，是希望，你别笑哦……在 kiss 之前吃下一颗。这样，无论何时，当他吃到、闻到这种味道，都会立刻想起我。

林少霆愣了，心被一只手握紧又嗖然松开似的，他呆呆望向她的眼睛，轻轻道：可是，从今天开始，无论何时吃到草莓的味道，我都会想起你了。怎么办？

怎么办？她听见一个声音，好似他的回音在心底荡漾。恰好司机大哥下车催促，她就拉着他的胳膊冲上了大巴。

小馆子里，吴志雄喝着闷酒，目空一切。武越先给冻僵的战果要了杯开水，给自己要了个小酒杯，满上酒敬志雄：兄弟，我知道你胸闷，太他妈的胸闷了！我也一样，咱们一起喝，喝到开心！战果悄悄扯他衣服，他则豪迈地一干二尽，笑了，我就是来帮他喝痛快的！老板来，给咱随便配几个小菜！武越为二人满上酒杯，举杯相碰，你已经很努力了，我知道。

吴志雄咽下这杯苦酒，再也扛不住了，眼泪与情绪齐奔，努力有个屁用，我这种乡巴佬，嘴巴笨说话土，不会哄客户开心，更不会孝敬老板。肯吃亏肯吃苦又怎样？还不是哑巴吃黄连，没人关心你到底有多努力！他们肆意践踏你的努力，只因为你是个乡巴佬，根本走不进他们城市人的圈子。父亲从小就说寒门出贵子，我就是那个传说中的贵子。可是，他妈的哪里有贵子？乡下的贵在城市里依然是贱，乡下人的可悲之处就在这里，从出生怀有的梦想，根本他妈的就是一个笑话！大笑话！

吴志雄摔了酒杯，服务员的眼睛登时竖起来，战果忙跑过去安慰，我们赔。

吴志雄大叫大嚷：赔个屁，我他妈的谁都不欠。我一不欠父母、二不欠老婆、三不欠公司。我就欠我自己！我委屈自己，降低人格，还是他妈的走不进这个不讲理的世界！凭什么啊，我为什么啊！

武越也灌下一大口酒，摔掉杯子，大叫：是啊，为什么啊！为什么这么难！

吴志雄大哭起来，有时候真想求上天给我个了断，让我重新投胎再来。

战果紧张地看着二人，嘴里嘟囔着：不至于，不至于。

怎么不至于！可是，你的亲人怎么办？那些对你翘首企盼的人该怎么办？武越眼睛红了，像在劝志雄又像自语。这时小满的微信发过来了，他们等不及已经出发，让自己乘后面班次大巴尽快赶过来。他看了看表，说：我倒是觉得你悲观得太早了。你还不错啊，至少每天在忙着，很充实。我呢？等级六有个屁用，被架空在这里，天天往地下钻，看能不能找到个出口。你看，我不还死扛着嘛。

若有他一半本事也就不担心了，吴志雄无奈摇头，我吧，明明走得好好的，不故意摔了个跟头，一抬头却发觉，他们都在上面呢，我够不着啊！

武越再次满上酒，递给对方，说得真好，咱们都摔得够狠。最后一杯，然后互相扶持着走吧，怎么办啊？已经摔了，已经不是走得好好的那个自己了。

大巴将苏小满、林少霆和几个大纸箱丢在一个乡间小路，除了一个路牌隐在树荫里，这里泥泞幽深，人车少至。乌云压顶，细雨稀稀拉拉，没有停止的意思。他俩都明白，靠二人薄力，是无论如何到不了两公里外的希望小学，何况那段路在雨天就是条泥巴路。不知等了多久，林少霆终于拦住一辆牛车，把四大纸箱和小满扔到了潮湿的干草上。

雨一停便飘起了细碎的雪花。牛车行动迟缓，二人缩成团聊天，也不知道被冻得还是颠得，每个字都说得颤颤巍巍，笑声才飘起来就冻在半空掉下来。林少霆望着缓缓渐去的景致，感叹道：哎，我说，草莓味，如果地上不那么泥泞，天气不那么冷，这一幕倒挺浪漫，很入景呢！

到底少爷本性，但凡是个正常人……看他撅起嘴，小满连忙改口，好吧，我承认，这情节挺美，我等了好久。

一句“真的吗”还没问出口，牛车突然停下，原来是轮子深陷泥地。二人下车去推，谁料车子倾斜得更厉害，箱子滑下来，滚落到旁边小河边，林少霆脚下一滑，也被纸箱的重力卷到河边灌木丛中。小满大呼救命，无奈周围人迹罕至。这时，从远处传来大声呼叫，细密的雪花中有个人影逐渐清晰起来，竟是武越。他将林少霆拉了上来，再拽箱子却纹丝不动。他只好脱掉大衣，决定跳进河水去推。小满急了，拦着不让，他还是乘着那口白酒的热乎劲跳进了刺骨的河水中。林少霆忍着胳膊的剧痛，欲言又止，看她急得又跳又叫，眼泪就在眼眶。

牛车继续前行，小满用外套裹住冻得哆哆嗦嗦的武越，死死抱住大哭，真怕你会被淹死！

武越嘴巴都不利索了，说什么傻话，我可是河边长大的游泳冠军！

吹吧，你就。林少霆走在牛车后转脸望着远方，那里依旧是迷茫的雪花，漫天飞舞，无边无际。

三个人挤在希望小学的厨房，一边烤衣服一边取暖。柴火发出噼里啪啦的脆响，带着有些呛人的烟味，熏黑了三张急于取暖的脸。武越忍不住小声抱怨：这种状况下为何不发快递，非要自己跑来？

小满刚要解释，就被林少霆抢白：快递送和自己送可不是一个概念，你不会连这些心意都看不懂吧！

这次是我没做好功课，害大家受苦了。小满只能自我检讨，催二人喝下石老师端来的姜汤。武越起身，脚下发软，几乎直接栽倒。小满见他面色赤红，一摸额头，忍不住大声呼叫。

石老师建议去宿舍躺下，林少霆蹲下身，来吧，我背你！武越自然不肯。林少霆恼了，磨叽什么，难道让小满背你！他才用力就忍不住“唉哟”一声，疼出身冷汗。只是大家的注意力都在“英雄”身上。他就这样忍着胳膊的剧痛将七十五公斤的武越背到二楼宿舍床上，林少霆抹了把汗，跌坐在椅子，垂着胳膊再不敢动弹。

武越发着高烧，很快昏睡过去，小满则慌乱地围着乱转，时而用湿毛巾做物理降温，时而在手机上乱翻。林少霆乐了，怕什么，一个大男人，姜汤喝下去发发汗就没事儿了。

小满六神无主地搜着手机，我记得看过一个帖子，教你怎么给婴儿按摩降温。

婴儿？你管这大块头叫婴儿？

她笑了，是人就有一样的穴道，我给他按按，据说降温效果极好。

不行！林少霆大声抗议。

为什么不行？

这个……他哪里是人，他不是号称男神吗？林少霆磕巴起来，再说，男女授受不亲，要按摩，我负责下手！

小满大笑，你少来，就是后脖子上一个穴道啊！

那也不行！他挣扎着起身，却疼得"哎呀"了一声，又是全身冷汗。小满终于发觉不对了，跑过来看，却被他赶走，这椅子上有颗钉子。算了，你自己忙活吧。不过，约法三章，只许按这一个穴道啊！我监督着！

小满好笑地坐回床边摸着穴道位置给武越按摩。林少霆好像看见一颗草莓味的果糖化了化了，化在她的唇齿舌尖，化在她按摩的指尖，然后，那迷人的甜香就渐行渐远，渐渐归于夜色。他动弹不得，靠着椅子上迷迷糊糊沉睡过去。

待他重新抬起沉重的眼皮，天已蒙蒙亮了。小满趴在床上和衣而睡，身旁是个水盆。武越也才睁开眼睛，看见小满不禁心疼，用手指慢慢梳理环绕着她的乱发，见她嘴角的口水印记不禁露出淡淡的笑意。林少霆猛然起身，走向门外。

一个晚上的降雪已经改变了红旗乡小学的模样。视野内一片白茫茫，雪堆浑圆的弧度是柔软又充满暖意的。孩子们顶着风雪来上学，抬头看到二楼的林少霆，都欢呼起来：志愿者又来了！

65. 认领"告白"

武越跟几个新员工在新租的办公室里工作，不时打着喷嚏擤着鼻涕，手指还在键盘上忙碌。他突然腾地起身，惹得旁人莫名紧张。武越这才意识到自己的失态，坐下，立时陷入深思。他快速地在键盘上敲击，眉头越锁越紧，直至他啪地扣上电脑，冲出屋了。

此时张江正在医院陪林少霆包扎胳膊，心道：要霸占我的窝、卖掉我的代步工具、要我帮他隐藏秘密，现在可好，还得陪他上医院。林少霆像听见了似的，既然缠着我介绍大胸美女，恐怕就得以此报答了。

张江夸张地叹了口长气，苏小满知不知道你这胳膊啊？见其不语，他大着嗓子嚷起来：不至于看不出吧，这再不来医院，一条胳膊都得废掉了。

不能怪她，武越都人事不知了。

林少霆的笑容在张江看来无比惨淡，简直丧尽富家少爷的豪气。要不，哥们儿，咱就撤吧？她值得你爱，可是不值得你这么虐胳膊虐腿儿地苦恋吧？你俩没咋样，把我这小心脏虐得不行不行的！张江拍他肩膀，他也就顺势嚷痛，几句笑闹混了过去。

从医院回公司，二人才走进 NBI 大堂就看见一个凹凸有致的美女，黏住往来许多目光。她回转头，竟是柴晴。林少霆笑着上前，迎接伤病员来了？

柴晴的葱尖蔻甲象征性地划过他手臂，却顺势挎上张江胳膊，走，姐带你去个好地方吃中饭。张江搞不清状况，立现呆傻，边走还在边回头向林少霆打哑语请教。

这是一家高档日餐店，张江接过菜单手先摸向干瘪的钱包。柴晴自然没有错过这个动作，豪迈道：我请客，放心点！

张江这才舒了口气，最近哥真是穷光蛋一个，把所有钱都折腾到公司里了。

柴晴突然露出感动的目光，听说了。真没想到你为我……会做这么多。张江半花痴地伸长胳膊摸向她的手，柴晴却收回去翻菜单，听说这家的烤鳕鱼是特色菜，你最爱吃的。

张江眼睛直了，嘴皮也僵了，原来你……都知道。

柴晴娇笑两声招来服务员。听说你的告白软件居然在一个礼拜积累了五十万用户，太了不起了！

讲到自己得意之处，张江嘴巴又利索起来，不是吹牛，都是哥敲敲键盘的小事儿。

可是怎么到了五十万就上不去了呢？

张江颇为意外，这你也知道？

我能不知道嘛，这个“告白”软件到底是向谁告白啊？柴晴到底是柴晴，一句暧昧就免去诸多解释，何况她根本解释不过去。

张江马上腆皮赖脸，你终于明白哥的心意了！

柴晴故作娇羞，所以我为你担心啊，怎么到了五十万用户就上不去了，是遇见了什么瓶颈？

张江哈哈大笑，太小看哥了，突破百万都是分分钟的事情，我是设置了个后门，现在都弄好了，你看吧，百万千万用户都不是神话。

柴晴乘机追问：干吗设置个后门？

保护下嘛，万一被投资公司盗用呢，咱们也得保护自己一下。

柴晴立即鼓掌，仰慕的目光直勾勾地吊住张江，眼底如潭深厚，令人琢磨不透。做得好！让我猜猜，这个密码是什么呢？

张江笑了，你能猜着还叫密码。

书呆子！柴晴暗恨，却突然抓住他的手，嘴上撒娇：必须是我的名字，否则怎么号称是对我的"告白"软件。

张江讪讪地笑了：说的也是哦！

柴晴继续发狠撒娇，我不管了，必须是我的名字加生日，不然我拿啥跟人家嘚瑟！

遵命，我的女神！张江眼前乱花纷飞，柴晴身上散发出来香甜令他迷醉，简直入心入肺入神经入血管。几个月的辛苦总算没白费，谁说技术狗没蓝天，只要产品赞一定有人接盘。别人靠鲜花追女友，我靠手艺打天下，以后就这样告诉孩子们，想到这儿他就端起烟灰缸把刚才倒掉的茶水喝了。

苏小满在公司遇见武越，先摸他额头，略有低烧。她朝四周打量一番，乘没人看见，你还是回家再躺着吧，回头我给你送中饭去。

武越抓住她的手，握在心头，别搞得这么老夫老妻的。一句话令她面若红霞，他又道：任千秋正想找机会把我弄走呢，我连客户都没，再旷班就让他得逞了。

也罢，答应我使劲喝热水，喝到接近吐的程度。

好，你等着一趟一趟扶我上卫生间吧。现在就得去了，来，搀着，别走啊！

小满笑着跑开，顺过道远远看见有人绑着白绷带，侧身正跟张江放肆谈笑。

张江喝了别人的烟灰，把痴痴傻傻的状态保持到公司，到林少霆跟前，口中念念有词：不是因为有了希望才坚持，而是坚持了，才有希望。

啥希望生根发芽了？不会是单恋那只花吧？

张江蹦起来大叫：女神宣布认领"告白"了！

说话间，小满已经走到近前。白绷带回转头却是林少霆。他看见一脸惊诧的小满，先主动交代：没事，不注意摔了一跤。

张江自觉避让，走过去人又飘回来，林少霆讲重点，什么地方摔的？

对啊，什么地方摔的？小满使劲按了下石膏，自语，不是我家那种韩国大妈偷懒厉器。

林少霆眼前马上浮现起那天她将睡衣袖子包在石膏里被母亲识破的景象，不禁大笑起来。张江的声音又飘了回来，那天推牛车被箱子带下沟时摔的。

小满想了想，突然意识到什么，嚷道：不对啊，你当时还背过武越呢，这胳膊……

林少霆故作轻松，那小子还真沉，恐怕就是他给压断的。告诉你啊，选找别选他，他那种肌肉稍微不锻炼就变成肥肉，将来整个就是一死胖子……看她眼底一层层浮出的泪，他渐渐收了声。是第一次吧，这个女生为自己流泪，林少霆跟自己说：这条胳膊废出本了。

张江人影又飘了过来，这不是挺好，话要说清楚，你们继续！

还不滚！林少霆一脚踢在他屁股上。

再走进旷达董事长办公室，林少霆已经不敢相认，从墙纸到家居已被统统换掉，大班椅依然是那把，当它转过来，坐在上面的并非父亲而是秦岭。坐吧，他不冷漠亦不热情，仪态间有些当年父亲的痕迹。

这令林少霆内心不禁翻滚，不过，他仍旧快速调整好情绪，秦叔叔，你记得吗，我从小老问你一个问题，就是你额头上的伤疤怎么来的。

说到他小时候，秦岭的神经便松动了一格，是啊，没少问过。

我从来没想过去问我父亲，更没指望会从他那里得到答案。

秦岭愣了下，恭喜你，终于能跟你父亲正常对话了。

林少霆轻叹了口气，这么些年，秦叔叔你一直都是我们父子之间的传话筒。细想起来，你比我更懂我爸，你亦比我爸更懂我。

秦岭脸部线条终于柔和起来。

更没想到你还有段为我父母抛头颅洒热血的故事，可惜我无法亲历。不过，听我爸讲起，一切历历在目，他一直没忘记你俩之间的兄弟情谊。秦岭微笑点头，并不发言。林少霆切入正题，其实我知道你们意在老厂，在这盘棋上布了个大局，从把我召回上海开始。

秦岭面色不自然起来，怎么讲？

我细想了下，您让我进 NBI，促成 NBI 中标旷达 IT 采购项目，就是为了让财经记者写新闻，制造“不正当利益关系”的谣言。可是你也明白 NBI 最后以低价中标，这个谣言必然不攻自破。所以接下来，你又让记者爆料说上市材料造假，导致我父亲被调查，也就是制造一个短期的时机。秦岭眯起眼睛，等他继续。林少霆笑了，接着就发生了你分析利弊，劝服我父亲割让股权，以实现新董事会，也就是你的上台。然后，一切就简单了，你们一句话，联合第二、第三股权人，利用股权比重压过我父亲的话语权，马上进入出售老厂的议程。等调查结果真相大白，我父亲出来的时候，老厂售出已成定局。

秦岭冷下脸，也许故事就是这样的。你又能怎样？

其实老厂这件事情并不一定非要以这样的方式解决。

秦岭哈哈大笑，说得简单，你不了解你父亲为人吗？上次一群股东吃饭，我特意把你安排进去，就是让你了解他对这个问题有多固执和刚愎自用。我们多少人苦口婆心都无法令他改变主意。

秦叔叔，其实，你应该明白他的。他不肯出售老厂还有一个更重要的原因，就是我妈。那里是一个写满父亲跟母亲记忆的地方。

秦岭的脸色重新缓和下来，早知如此，何必当初。

从秦岭的董事长办公室走出，林少霆就径直走进看守所，坐在父亲对面。这些时日，他白发愈增，人也清瘦了些，好在精神和心态还好。可是听说从他秦岭那里过来，梁劲棠还是瞬间蹿火：还找他干什么！既然他已不顾往日情面。

林少霆笑了，作为第三方，我认为你俩不至于走到这一步。你就当我事不关己，不疼不痒吧。不过，也许我的眼睛更客观。

梁劲棠忍不住认真打量起眼前这个年轻人，他打着绷带有些狼狈，气质却发生了天翻地覆的变化。但闻其详，他说。

林少霆从身边电脑包里抽出笔记本电脑，打开，屏幕上显示出一个 PPT 文档，第一页就是林少霆的小车模照片。这个车子的故事我不需累述，你我同样熟悉。于是……他翻至第二页，有了这辆改装车。它是我精心打造的车子，除了你没几个人能理解的纪念意义，发动机、音响什么的都无与伦比。可是，在卖掉的时候，我才明白，它不值几个钱。屏幕上有个曲线图，把成本和售价做了分析。这就是我感情用事的代价。

梁劲棠淡淡笑了，为什么卖掉？

因为我心爱的女孩。

梁劲棠理智分析，第二次感情用事，再次贬值？

林少霆一个响指，我的重点就是：感情用事会阻挡你正常的判断力。他将 PPT 翻到下一页，出现了老厂房的内容，看林父的笑容还在，稍许放心。

就知道你在这儿等着我呢。

以下大部分内容来自秦叔叔，我也做了一些调查，力争让你看不出以前版本的影子，剔除情感干扰，或许你可以理智地考虑我的提议。

你就这么看我！梁劲棠看着儿子指着屏幕，点点滴滴展开分析，鼻子渐酸。这一天他等了太久，久到已经忘记初心，以为无望的这一天竟悄然而至，卡住了心底那个巨大的缺口，令他居然艰于呼吸。

您仔细考虑下我的建议。林少霆收拾电脑，走前犹豫了半晌，回头道：我妈离开的那段时间，陪你喝闷酒，把你背回家的人是秦叔叔吧？只因母亲走前找过他，拜托他务必照顾你、支持你。

第九篇：谁都没想到

66. 签约那天

吴志雄和大着肚子的阿玲坐在办理户口的窗口，强压着满心激动一言不发。办事人员盖上最后一个红章，将一页薄纸递出，你的上海市集体户口办好了，请把这张纸交给公司。两个人，四只手郑重接过，这个动作充满仪式感，足以记入家庭史册。

他俩一脚深一脚浅走出办事大厅，走上街头。吴志雄拢住老婆肩头，将这张纸搁置于阿玲高凸的肚子上，高声道：儿啊，这是爸送给你的见面礼，敬请笑纳。

阿玲笑着红了眼眶，委屈你了！

不委屈，不委屈。他举着那张纸，转头对旁人大叫：看吧看吧，你们上海人尽情看吧！你们笑话吧，我才不在乎呢！你们娘胎里带来的东西，我儿子也有了。对，是我儿子！

世人本矫情，谁管。

在这举足轻重的寒夜，苏小满几乎打包"传奇"咖吧里所有食品，大包小包手都不够拎。老徐进门见状就嚷：你这打劫呢？

好久不见！小满放下打包盒歇口气，没吃的了，你也撤吧！

可不是嘛，你怎么买这么多？

告诉你一个秘密，我们同事几个办了家小公司，开发手机软件。

老徐眼睛一亮，坐，跟我好好讲讲。

明天就要去做演示了，如果不出意外，应该是最后一次演示，然后大笔大笔的银子就进腰包了。

老徐大叫：不会是风投吧？

嘘！小满警惕地压低声音，还就是！厉害吧？今晚估计得熬个通宵，成败在此一举！

那……祝福你！

老实说，明天若还不成，我真坚持不下去了。不过，早死早超生，明天见分晓。

见小满拎起打包袋准备走，老徐又追了两步，小满，你们开发的是什么手机软件？

只告诉你一个人。小满故作神秘，一字一句："告白"软件。老徐愣了。她已经用身体撞开门，你还欠我一个故事的结局呢！

结局……老徐小声自语，看她手拎塑料袋在街头欢快地转圈，脚下画花地漫步，他垂下了眼帘。

次日清晨，林少霆、武越、苏小满和张江四个人先一人一大杯清咖扫尽熬夜倦容，然后身着正装坐在会议室静候投资商，紧张到静默无语。

投资人下属带着几个人走进会议室，各就其位。请稍等，董事长马上就来。小满开心地朝武越做了个胜利的手势，听脚步声从身后传来，她回头看见一个西装革履的中年男人大步迈进会议室，竟是老徐。怎么是你？她嚷道。

一抹意外的表情划过武越的脸。

老徐只朝几个人淡淡一笑，站在台前，这天我等了好久，希望诸位给我一个惊喜。这就开始吧！

武越作为主讲人走上前去，掌声四起。

入夜，四人站在浦江渡轮最上层，在寒风中大叫大笑和唱歌。他们在滨江大道上举起啤酒瓶开怀痛饮。寒冷冬夜四野无人，也就没人在乎他们撒野狂欢。这也许是四个人靠得最近的一次，然后，然而也就……

四人歪歪斜斜告别后，武越就将小满拉上的士，开往B大学大礼堂，从某个破旧隐蔽的小门摸黑而入，走上晦暗的舞台。微弱的月光透过窗户投向舞台中央，小满走到那里，只听“啪嗒”一声，头顶射灯突然亮起。武越也走了过来，这是我们故事开启的地方，每次我经过大学，都忍不住来这里看看，看你在不在？他搂住她后腰，在她暖暖的笑意间轻言：我是一个孤独的人，一个喜欢站在、也习惯站在舞台中央的人，那一天，我在灯光下看见了你，我才明白，我其实是一直在等一个人，一个跟我共同站在舞台灯光下的人。而你，终于出现了。

小满泪上眼眶，可是，每次向你迈近一步，以为跟你更近的时候，你就会向后退一步。

是的，我有我的苦衷。可是以后不会了，我向你保证，再不会了。武越抚摸着她的脸颊，今后无论发生什么，你能不能向我保证，你会站在我这一边，理解并无条件支持我？

小满点头，泪下两行。武越俯下脸，与她深情相吻。她突然想起什么，竟大力推开他去摸自己的口袋，手里攥着那颗草莓糖果。

武越惊讶地望向她：怎么了？

她想了想，无力摇头而笑。怎么办？我的草莓味的吻，怎么就这样被偷走了，被他，林少霆。

签约日就在两天后的下午，苏小满、林少霆和张江静候于会议室里，等候武越出现。小满不停拨打他的手机，却一直被告知“关机”。可别因为他，把签约搞砸了。张江急得上蹿下跳，突然对着大门“咦”了声，就僵在那里。小满扭头去看，发现投资人下属大步走来，身旁正是武越。二人面色肃穆，令人陡然心惊。

投资人下属看出众人的担忧，先宣布：今天的签约可以如期举行。三人对视，暗中松了口气。可是接下来的话马上将众人拉入漆黑的漩涡，他说：可是有一点变数，就是只给各位两个选择。

小满望向武越，却看到他面不改色望向他处，顿时凉了半身。很多年后，当想起这一幕，她依然凉彻透底。

投资人下属清了清嗓子，一字一句开口：第一，我方公司要求让武越作为贵公司决策人，也就是最大股东。否则，我们将拒绝签约。或者……选择第二种方案，与武越的公司单独签约。你们不妨考虑一下。

三个人面面相觑，都将不解的目光投向武越。他却面无表情，不做解释。

武越虽然望向别处，却能感受到针刺般的目光，尤其来自小满。他自知体无完肤，却提着最后一口气，不让泄出。他不能去看，脑子里浮现出一个礼拜前的幕幕，那天他终于说服投资人下属约见投资人本人，却怎么都未料到来者竟是“传奇”里偶遇的——老徐。

老徐并没有穿着更正式或者气质更轩昂，还是那个拥有洞穿世间万物目光的四十岁男人，自我介绍一下，我是老徐，“传奇”的老板，也是这里的董事长。我早说过，总有一天你会成为一名机甲战士，只是没料到这天来得这么快。

虽有一面之缘，武越却无半点轻松，而是从他幽幽语气里听出不屑和质疑。他对自己的市场策划案比较满意，可是他更介意自己对团队的质疑与背叛。作为领投，投入的将是大比例金额，也伴随着巨大风险。可是，武越此举，无疑就是一个高风险。

不是有句话嘛，高风险等同高回报。武越对此早有准备，对，我们四人是一个团队，可惜在一些问题上存在分歧。我个人认为他们三个合作伙伴开发能力很强，也非常努力。可惜具有性格缺陷，过于理想化，抵制商业化。如果不是上次谈判失败，这款产品早已获得贵公司的天使投资，早就可以上线，怎么会有那些类似手机软件的机会。时机决定市场，应该说，上次贻误商机令我痛下决心，不得不走这一步，背负骂名也罢，就当是对这款产品负责。

老徐终于点了点头。

武越继续道:这个 APP 产品具有很大延展空间。比如可以与某婚纱摄影公司合作,一旦一次"告白"达到一定客户端,结婚即送免费婚纱摄影,那么它会像闪舞一样,一次次被刷新规模。刷新最高客户端记录的"告白"活动甚至可以出现在新浪新闻的 APP 头条,使这个"告白"的新闻性和社会反响力大大提升。

老徐笑了,还有吗?

有了老徐这枚定心丸,武越接着游说物流公司戴总跟投。戴总直接质疑:明明有现成产品,带着五十万用户的上线摆在跟前,为什么不直接签,反要支持武越你一人?

武越明白他更信任"人"本身,就从自己开头,我全程参与产品开发,可以比他们做得更好。我相信一句话,企业的一切动因都在人。我就是那个可以把产品做大的人,因为我的性格更激进、更开放。我做销售出身,懂推广,也有更多推广渠道。接着他又说到产品,这种手机界面链接的技术就是我们的核心技术,可以延展开发更多产品。这绝对不是简单的一款产品,而是一系列产品。

当一幅未来景象栩栩如生真实可触,戴总的眼睛里也有光芒闪烁。武越知道,成了!

武越的思绪被几个人的爆发拽了回来。林少霆面色赤红,抓住投资人下属的衣领,你们搞什么花样,武越跟我们是一起的,四股东之一。他突然明白了什么,放开他去抓武越,你到底什么意思,说话!

武越生硬挡开林少霆的手,对投资人下属道:麻烦您回避,给我们一点时间?

张江急得磕磕巴巴,你小子搞什么鬼,你,你,你……才进项目几天,凭什么当公司决策人、大股东?

武越正色道:别急,我有资格做这个大股东,虽然产品创意最初来自你,可是我在跟进过程中解决了技术上的最大难题。你也明白,跨不过那个坎,咱们的产品达不到今天的技术水平。另外,两家风险投资人,高达千万的融资是我一个人搞定的。你也明白,没有投资,谈什么都是空的。

张江恼了,狠狠一拍桌子,好好,你自己签约去。我们带着产品找其他投资人。

武越拦住张江,不要冲动!我手上有全套产品,有现成风险投资人。而你,只有一套产品,一旦从这个门走出去,就是一只无头苍蝇。

张江冷笑,我设置了后门,就算你拷贝了整套软件也不代表拥有这个产品。

武越微微一笑，如果我有密码呢？

张江愣了，林少霆捅捅他，恐怕你的女神靠认领密码认领了“告白”。

张江登时大怒，一拳打过去，被武越轻易抓住拳头，好好谈，没必要动粗。

张江点点头，冷静了下，好，算你狠！那我还是要争一口气，哪怕像你说的，变成一只无头苍蝇，我也要从这个地方撞出去。至少我手上有一个五十万用户的 APP 上线产品。

慢，你走出去，对我的损失无非是一两个月上线和积累用户的时间。对你呢？一旦我关闭服务器，你的整个产品将无法上线！

张江死死盯着武越，脸色煞白，直到狠狠打了个冷战，声音越来越低：原来你也给自己设置了后门，把数据存在自己的服务器上，这样一旦关闭你自己的服务器，我们的 APP 就无法运行，等于彻底死掉。你……够狠！张江跌坐在座位上，面如死灰。

小满只觉得全身直冒汗，左右摇摆站不住似的，只能死死抵住墙。她突然想起武越曾说过的话：“今后无论发生什么，你能不能向我保证，你会站在我这一边，理解并无条件支持我？”懵懂间她似乎明白了些什么，她推开墙，走至武越正对面，武越，这是你吻我的原因？你需要我支持你做这件事？支持你把全部人抛弃？

见她眼底烈焰，武越心如刀绞，只能扶着她肩头，柔声道：不要着急，我会慢慢向你解释。

她突然抬手一个耳光狠狠扇过去，眼前却突然浮现出 NBI 报到那天，他骑在单车上，单脚点地，高高仰头，望向玻璃幕墙上 NBI 几个大字。湛蓝的天空下，他自信微笑的表情执着地入诗入画，令人动容。她甚至看得见他双肩包上用以替代坏掉拉链头的小布条在风中飘摇……小满回过神来，冷冷地一字一句道：解释？你解释给张江吧，是他研发了软件；解释给林少霆吧，他一无所有的时候卖掉了保时捷，还有他对母亲的致礼改装车。至于我……我不在乎，我什么都不想听！

小满大步冲出会议室，跑到大街，直至跑到气喘吁吁，就这样泪流满面脚步蹒跚而去。往事历历在目，大礼堂舞台上灯光突亮，二人目视对方；咖啡馆里洗杯子，他将泡沫抹在她脸上；二人在昆明书店，堆在地上那几本书，隐约露出“我喜欢你”的字样；澄江岸边，二人骑车，武越趴在她后背说：“我太累了。”舞台上，三个人边唱边跳，烟花亮起，完美亮相……

她红肿着双眼走进苏教授办公室，扑进父亲怀抱，不知过了多久才平息下来。就这样靠在父亲肩头，直到可以颤抖地开口：爸，他为什么这样做？

良久,苏教授轻声道:或许他有自己的苦衷。

小满猛然抬起头。

张江和林少霆不知如何失魂落魄晃回办公室,先把新员工打发走。林少霆从墙角摸出两听啤酒,环顾四周有了苍茫凉意。来吧,为办公室的关闭干杯!他俩一口干了整听啤酒,空罐子扔进角落,敲打出空旷落寞的生息。天色渐暗,他俩就坐在阴暗处发呆。

张江眼睛还不会转圈,完了吧,保时捷没了!

林少霆打了个酒嗝,你也好不到哪儿去,"告白"不成了吧!

张江突然一激灵,这事儿,跟小满没关系吧?

林少霆一拳捣上他胸口,想啥呢!

张江忍痛大叫:我知道你俩关系不一般,那是相当的不一般。可是,她干吗执意阻拦你投资呢!我看咱们是被苏小满、苏教授和武越"岳丈女婿三人组"一道玩了。

不会。林少霆摇了摇头,惨淡一笑,愿赌服输,就算怪也只怪自己没脑子。对了,你怎么这么没脑子,怎么不多设几个后门呢?怎么中了美人计呢!

现在怪到我头上了,是为了让我更后悔吗?要我说是你自己没脑子,为追女孩子,追成穷光蛋!

你也好不到哪里去,为追女孩子,搞什么"告白"软件,最后一穷二白了吧!

二人苦笑,沉默良久。

张江想想还是很生气,这小子简直就是垃圾!

垃圾也分类的好吧,可回收垃圾和不可回收垃圾。

恐怕这时候,小满还是会把武越当作可回收垃圾吧?

林少霆趴在桌上,头也抬不起来,瞧吧,人家做垃圾也做得那么成功!

在爱情中,每个人都有自己致命软肋。小满是他林少霆的软肋,她猜到了开头,却怎么也没有猜到这致命一刀的结局。

林少霆生了场病似的浑身沉重,本应无事一身轻嘛。他暗笑,来到音乐学院等谭老师出来。她接过乐谱,并未追问练琴事宜,倒令林少霆有些意外。谭教授,他追上两步,最近多关注下小满吧,她……在武越那里受了打击。

谭教授一惊,他怎么欺负我女儿了?

林少霆当然不会向她解释整个故事,只恨恨道:武越就是一个自私冷血的人渣!

他也不容易，我只告诉你一人，连小满都不知道。谭教授叹了口气，将他的身世娓娓道来，从父母生意失败自杀，到带着弟弟艰苦度日，到为还高利贷跟苏教授的合作……林少霆出了一背脊又一背脊的汗，不知过了多久，连谭教授何时离开都不知道。他冷彻全身，终于回过神来，一迈步却踢在马路牙子上，狼狈跌坐在地，他苦笑大叫起来：为什么，为什么不是个真正的人渣！

次日早晨，林少霆跟小满相遇在公司楼下，并无相约，就同时走向附近那条林荫大道。寒风料峭，将枝头最后一片枯叶吹至二人眼前，他俩也就缓缓止步。他摘下围巾戴上她脖颈，她也就顺势轻轻靠在他肩头，泪水如断线的珠子。

他怀念那个简单冲动的"女侠"，而不是这个为了另一个男人肝肠寸断的女子，他说：其实……

她应声抬头，他戛然而止。

67. 流沙

四人再坐回同一会议室已是三天后，没有寒暄，亦无悲喜。武越将合同发到其他三人手上，整个会议室里只有翻阅的声响，直到林少霆第一个开口，股份比例不合理，你也知道张江才是软件开发主力和主创，他为什么拿这么少？

张江也抗议：如果没有林少霆的卖车钱，哪来今天的合同？你给他分得太少了吧！

小满则放下合同，我退出，将我的股份平分给他俩。

话音才落她就被武越拉出门外。他压低声音：你疯了？

小满平静地望向他，你难道不明白，我在替你还债、替你赎罪！

武越不屑道：我不欠他们什么！如果没有我的加入，那个技术难题何时才能攻破？没有我的演讲和攻关，对方怎么会同意投资？最重要的融资根本是靠我一个人拉来的。不客气地说，靠你们仨，没戏！

看着他越说越缺乏歉意，小满的心还在不断下沉，你就那么需要赢吗？

对，我必须赢！我的人生没有退路！我要把人生握在自己掌心！

小满淡淡地问：包括我的人生吗？

她掰开他死锁住的手指头，走过公司各个角落。柴晴依旧是位吸睛美人，打扮愈发时尚，处处透着专业和高级感，手机上聊着，脸上瞬间万变；阿玲腾地站起身跟对面老外对话，虽紧绷却也应对自如，手一直下意识摸着肚子；战果还是那个毫无杀伤力的小胖子，笑而显得愈加圆滚，手上却已经在指挥同事做事；吴志雄在往嘴里扒饭，眼睛还没离开手上那本厚书；至于冯峥峥以前的位置，那儿依旧空空如也，只剩下一个传说。

她疲倦地坐回位置，眼睛却被电脑屏幕吸引，这个网站上正轮放着自己的照片。她定睛去瞧，这是一个公益网站，记载的全是她参加过的各种志愿者活动，照片也都是自己拍的，旁边还有捐赠地址及方式。她感动又惊讶地望向四周，却未见人。

小满准时下班走出办公楼大门，武越已经等在路对面，他刚准备走过去，却看林少霆从后面追了过来。三人隔街久久相望，万语千言被车流尽数冲散。待它们散去，武越再看，对面已经空无一人。

林少霆跟了小满一天，在下班的时候才下定决心叫住她。当从她眼中看出“心如死灰”四个字的时候，他就告诉自己，是向她坦白的时候了。二人走在已经有了春节气氛的繁华街头，努力找些亮点说笑。路人微笑错身，友好安详，一切看起来很美，林少霆也就有了张嘴的勇气，我有私心，本不想说。

小满搓了搓冰冻的手，那我就更想听了。

林少霆苦笑，要给你讲个长长的故事，总得酝酿一下情绪吧。其实我特别讨厌这种矫情的情节，感觉就像编造的。可是，它偏偏是真的。它干吗要是真的呢！

她的笑容慢慢没去，你想说什么？

再给我两分钟。

为什么？

可怜下自己。林少霆自嘲一笑，过了这两分钟，我理直气壮的怨恨就得消失殆尽。

她声音微颤，你到底要说什么？

梧桐树虽掉光了叶子，却缀满华灯，蓝的白的，雪花状、繁星状，令眼睛越发迷离。她就这样满含泪水，听他一点一滴勾勒出一段一段情节。二人走走停停，越走越晕。她一抹眼泪，迈开大步走向前去，她只想去一个地方，他在的地方。

她跑到城市绿地，喘着气站在灌木后看武越一个人在远处跑过，消失在视线中。

不知道多久，她突然发觉武越就站在对面几米处。他慢慢向她走来，将她缓缓搂在怀中。小满大力挣脱，举起拳头雨点般打在他胸口，泪水任意流淌。武越抓住她的手，将她搂紧。她哭罢叹息：我该怎么恨你？

Edward曾经的咖啡馆已被人盘下，装修一新成为酒吧。除了那扇他俩共擦过的窗户，并无一样存留。武越握住对面她的手，却还是被她抽回。武越有些难受，我知道你恨我，你先恨吧，使劲恨完再听我说，好吗？

小满凄然轻笑，好像恨了一世，牙都碎了。

说我自私也罢，我是为了我们两个。你想啊，林少霆现在的处境下，为何大笔出资，还不是为了占有更多股份？我不先行一步，就白忙活了。

小满淡淡道：你误解他了，他才想不到那些。他若需要股份，早就白纸黑字先要定了。

他有钱的时候不投，父亲被关押调查后反倒要投资，不惜卖掉自己的保时捷，还不是看现在时机和产品成熟了？

她仍旧摇头，以前一直是我在阻拦，不让他投资，恐有风险。

对啊，现在风险小了，他就硬要投资，就足以证明他的居心。梁劲棠倒了，他就准备靠这一步翻身。那天他在咱们租的新办公室就亲自开口说的，你也听到了。

一句戏言只为免去大家负担，你难道听不懂吗？所以，你就先下手为强，把一切夺过来再说？

对！我的就是你的，你不用担心。

小满越发疲倦，声音也打蔫，张江呢？你有没有想过他的感受？

放心，我不会亏待他，他的那份不会少。

她停了半晌，缓缓去握他的手。他的手温暖又略粗糙，大而有力，并不柔软，有种无法言表的决绝。她再次努力：能不能当一切没发生，我们四个人回到从前？跟投资商重新签约？

他决然抽手，不能！

她垂下眼帘顿下两行泪来，很久才重新抬起头来，你是不是为了尽快赚钱、赚很多钱还债，给弟弟一个稳定美好的家？如果是，我们可以想其他办法？

武越顿时紧张起来，快速收手，你从哪里知道的？你父亲？苏先生怎么说的？

才听说你的故事，我的心都流泪了。

武越脸色一层层坚硬起来，你都知道什么？

小满有些犹豫，把自己知道的逐字逐句托出，看着他寒冰四射的眼神，她也逐渐没了讲下去的气力，最后她说：我明白你的难处，我不怨你。可是，让我们再想想其他办法，好吗？

苏先生没再说其他的？

她摇了摇头，不是我爸说的。是我妈妈告诉林少霆，他再转告我的。

谁请他那么多话！武越突然将一口酒灌入，狠狠将杯子蹾在桌子，是的，我需要钱，我有自己的使命。可是，你用不着可怜我，我的童年跟你、跟他林大少爷一样，没什么区别。

我……没这个意思。

好，那告诉你我的意思，我如今在NBI公司什么都没了，这是我最新、最后的转机。

肯定还有其他转机，求求你，放手吧！

不行，没有，我必须这样做！

小满的身子慢慢向后缩，手被武越死死抓住，你就不能无条件支持我一次吗？

她却还是毅然抽手，皮肤似被他坚硬的指甲抓破，长条，生疼。她后背紧贴椅背，浑身上下直冒冷气。沉默是杯冰淇淋，放得越久越没法吃，最后，好吧，耗尽了所有努力的心意，一切已然失去甜美的状态。二人对视的目光逐渐坚硬，也就默默转至窗户，那扇以前同擦的窗户。那里什么都没有，除了漆黑夜色。

林少霆极力掩饰，还是被父亲问起四人公司签约事宜。他是听说了些什么，却并未多加评论，只让他相信自己的直觉，感情不讲回报，讲付出。老套！林少霆嘀咕着走出看守所大门，心下却明朗起来，他望向冬日带着朦胧光晕的太阳，嘴角漾出暖暖笑意。梁劲棠手掌摩挲着儿子带来的“鲜肉月饼”，那种朴实的老包装，忍不住泪眼婆娑。上面有一张手写留言：“幸福的感觉，与你共勉。”

柴晴跟张江于公司里不期而遇，都忙回避，换个方向。可是兜兜转转，二人还是于过道撞上。柴晴决意先打破尴尬，用最直接的方式，我一直在躲你。

张江也答：我也在躲你。

你躲啥啊，又不是你做错了事。

我这不是怕你不好意思嘛！

柴晴不禁动容，嘴上还在戏谑：你下次开发个骂人软件、报复软件、解决不知所措软件，保证好用又好卖！

张江睁大眼睛，张嘴就赞：这个主意好啊，让我仔细想想。

So ……are we okay?

绝对Okay!

二人转身的刹那，都同时明白过来，其实，永远不可能再 okay 了。情感如沙，若不倾注情感的露水，无论怎样的努力，亦会从指缝间流走，消逝。

柴晴眼前再次浮现那次与武越在“传奇”的见面，当他提起“告白”软件，却被自己讥笑为小打小闹的东西。他哼了下严肃起来，今非昔比了。实话告诉你，这个软件已经有了相当规模，接下去就是寻找风险投资的步骤了。

别逗我了！柴晴马上又酸涩起来，关我啥事？好嘛，你们几个人创业成功，有钱赚，跩了呗！难不成让我拿个啦啦球给你们跳一段啦啦舞庆祝下？

作为被表白对象，你是个特殊人物。武越微微一笑，我只想问，如果有机会进公司，你想跟着他们三个混，还是跟着我？

柴晴半天没反应过来，当然她迅速反应了过来，如果重新来一次，她的反应依旧如此，她明明知道。那么只能挥手别离，找一片阴凉独饮，不管放肆还是沉重的沧桑。

68. 真心话大冒险

秘书 Nancy 接到电话，面色一紧奔向经理，差点拽断座机线。就这样被传染了似的，更多员工紧张打起电话。最后被叫进会议室的是吴志雄，经理决意将他派往黄山市下某镇，那里银行出现宕机，春节将至，若不尽快修复，必将波动大众民心。吴志雄的师傅已返老家，经理只好叫来了“技术第二”的他。吴志雄脑子腾地炸了，已经听不清后面的话，只卖力点头。经理还在重申“二十四小时内必达”，他已经冲向阿玲，火焰在眼底跳跃，他捧着她的肚子，我的机会来了！你要保重。

他并未按计划直接冲上最近一班飞机，因为上海遭遇大雾，众多航班都被取消，许多还在等候放行。他走在人流湍急的机场大堂，却买不到一张机票。

傍晚，公司人走得差不多了，阿玲发觉饮水机里滴水未有，就自己蹲身去扛水桶来换。本来平常的动作，血却从裤腿汩汩流下，流了一地。她吓得六神无主，好久才摸出兜里的手机。此刻正值吴志雄接过柜台上一张珍贵的机票。

随救护车一起赶来的是武越、战果和苏小满。武越决定打个电话给吴志雄，却被阿玲拉住，他的机会好容易才来……是啊，真正的机会，人生能有几回？武越不禁动容。

医生从抢救室走出相告，病人胎盘前置导致大出血，急需大量输血。血库供应需要时间，医院血量储备尚缺，他问是否有跟病人一样AB型献血者。看武越直接跟着进去，小满大大松了口气，跟战果坐在抢救室外静候。

战果琢磨着她，听说你俩掰了，为什么？

小满疲惫地笑笑，一言难尽。总之，他也许不是你眼睛所见的那个人。

还能是什么人啊？还有比他更强悍更怒赞的人吗？

她无奈自语：我何尝不认为，何尝不希望呢？

吴志雄拎着电脑包从机场出来，打辆车直奔长途客车站。他在人山人海和汗臭中排了两个小时队，却被当头棒喝——没票了！“你必须卖给我！”吴志雄被自己瞬间爆发出的霸气吓住了，售票员终于嘴软，也不是没有办法，分三段转车，下一位！他稍许犹豫，伸手拦住后人。

他握住车票走进寒风，努力紧了紧围巾，随其他人一起跺着脚等候着长途客车。雪花落在他肩头、发顶，落在他冻僵的笑纹。吴志雄被身边大包小包置办的年货挤得东倒西歪，喜悦却站得更稳。

从抢救室推出的阿玲尚处半昏迷状态，医生确认说大人孩子都已脱险，不过武越献血量大，需要好好照顾。小满扑向后面轮椅上的武越，见他脸色煞白，笑亦勉强，马上大着嗓门叫道：你怎么样了？有没有头疼、头晕、脑部麻木、血管疼痛或者饥饿感？她马上意识到自己的失态，快速解释道：刚刚上网查了下。说大量献血造成的血管破损是终身无法修复的，献血会上瘾，献血后食欲大增会导致发胖；献血后，体内血量减少，导致脑部供氧不足，此时，体内会产生一种酸性成分，导致人头晕；献血还……

医生微笑打断她，怎么比我懂得还多。放心吧，小伙子夯实着呢！

武越头晕目眩间又被一股暖意冲得甜晕，他揉乱她的头发：放那么严重的病人不管。小满快速冷下脸，走向阿玲。

高个护士将阿玲安排至病房外走廊就走，被战果拦住，也不耐起来，别瞄了！里面那个空床有预定，特殊用场，不能给你们。

阿玲才醒来，拉住还在高声理论的战果，在医院里就安全了，我现在好歹也是躺着。

小满顾不上这些，先给妈妈拨了个电话，妈，给我杀两只活鸡，炖两锅清汤送到医院来。里面放大枣、当归、花生、枸杞子、人参……不管了，什么补血放什么！什么大半夜不大半夜的，别问那么多，就现在！

豪迈！武越忍不住乐了，现在城里还有人杀活鸡吗？

小满一脸茫然，难道不是这样做吗？

阿玲也乐了，武越，将来有的你苦了。

武越微笑望向小满，她却转瞬收了笑容，冲出医院，冲进附近一家二十四小时超市，张口就对营业员嚷：我要白煮蛋。

对不起，只有茶叶蛋。

不行，就要白煮蛋！你这里有多少个蛋，我统统包了，茶叶水倒掉，现煮。

营业员为难不已，不行啊，小姐！

快，救命的！

营业员结结巴巴地，可是我们这里大概有一百多个蛋呢！

小满脸上立即爬满黑线，磕巴道：你就煮一锅吧，其他钱折现，我买其他产品。这样总可以吧。别愣着，快开始啊！

为谋一张室内床位，战果一直在电话攻关，从公务员父亲打到负责医院系统维护的同事，可惜无果。他只能重新走向护士台，为自己先前的鲁莽道歉，却突然发现她们在为系统死机伤脑筋。机会来了，他告诉自己。战果凑过去，如果不介意，我帮你们看看。两名护士马上警觉起来，战果掏出工作证和名片，证明自己是 NBI 公司高级工程师。

二人犹豫半晌到底将椅子让给他。

高个护士先严肃声明：不许乱翻啊，里面有机密数据。

战果好笑嘀咕：我若诚心看还能让你们发现！话音刚落就被高个护士一个本子拍在头顶，他气恼转头，见她用下巴示意右侧摄像头，连忙坐矮身子，撅嘴乐了：嘿，我这助人为乐还得隐身啊！

呼叫系统突响，两个护士快速冲向某病房，战果也跟了过去。一个胖滚滚的孕妇疼得满头汗珠，恐怕要生了。高个护士匆忙检查，叫道：快推移床来，直接送手术室。那个男护工呢？

另一护士边拨医生电话边答：下午就没看到他，好像请假了。

双胞胎妈妈这么重，咱俩恐怕弄不动。高个护士焦急自语的时候已经看战果将移床推了进来，并举手表态要帮忙。放心，我妈是医生，我好歹有些医学常识，更有把子力气。快啊！

两个护士来不及犹豫，只能借助其力一起将孕妇往移床上挪。“扑”的一声，战果瞪大了眼睛僵住了——羊水破了！高个护士推开车，留战果目光呆滞嘴角抽动站在原地，而羊水已经从他肚子一直浇到鞋。她回头咯咯地乐了，战果全身一震，整个人猛然被另一种情愫占领。

苏小满大包小包冲回医院，恰逢妈妈走至大门口。她心急火燎抢过两罐鸡汤就跑，只听妈妈在后面大叫：好歹辛苦一场，到底谁呀！苏小满心想：说阿玲你又不认识；说武越，给不给他喝还不一定呢！

就这样一头大汗，小满给虚弱的阿玲喂下几口鸡汤，这才松了口气。武越边艰难地咽着鸡蛋，边试探：这都第四个了，能换换待遇不，我也想被喂鸡汤。第一次看他撒娇，生硬拙劣，还带着随时收回的不好意思，她又可乐又心疼，又……心酸，如果那些没有发生该多好。她冷下脸，将一桶鸡汤塞进他怀里。

战果这时呆呆愣愣走过来，坐在二人身侧。小满突然向武越提议，咱仨来玩真心话大冒险吧！

突来之势，容不得抗议。第一把战果出局，小满再跟武越石头剪子布，几个回合终于赢下。小满定了定神，盯着他的眼睛直接给出那个纠结的问题：你做这些，是为了我，为了你，还是你弟弟？

战果不明，做哪些啊？

小满果断回手做了个"别说话"的手势，继续直视武越。

武越淡然一笑，眼睛柔和起来，为了我们两个人的未来。

小满顿时语塞，那……

战果好心提醒：停，还要提问，等下一次！

小满吃了他的心都有，却只能遵循游戏规则。第二次手心手背，自己却首先出局。战果赢了，想了半天想不到出色的问题，看二人关系紧张，忍不住再次确认：你俩是真掰了？

二人同时回答，答案却在原点两侧。武越说"没有"，小满却道"是"。战果尴尬地左右巡视，本着圆滑的本性，他宣布武越为标准答案，因为提问对象是他。

来，咱们第三把！小满咬着下唇催促，无奈手心手背总是重样。这一回她好容易赢了，"Yeah！"她抹了把汗稳定心绪，下着决心，可是嘴皮依旧粘着张不开。

武越突然道：别提问，我选择大冒险。

小满愣了，发狠点了点头，好，有种！既然选择大冒险，就……就把剩下的十多个鸡蛋统统吃光！

姑奶奶玩大了！战果连忙摇手，不带这样折磨献血英雄的。

小满推开战果，死死盯着武越，不愿意吃是吧，那就回答问题，我的问题很简单，你不要怕。战果眼看战事一触即发，举起鸡汤桶挡在二人之间，被武越拦下。见他坦然目视，她终于艰难开口：我是想问，你会努力去幸福吗？不管我在哪里？

武越的心嗖地自由落体荡到谷底，咕咚一声，是个钝痛的碰撞。他垂下眼帘，再抬起头已经泪盈眼眶，小满，如果没有你，我的心这里会有一个小洞，不断往身体里渗血，死不了，却无休无止。他才哽咽，咬紧下唇的她一松劲怔怔流下泪来。

战果悄悄默然起身，踮脚打算走开。高个护士的声音却从旁边飘来：这是先天性心脏病的一种，房间隔缺损或室间隔缺损。一句话把高筑起来的温柔空气全部拍散，不管战果怎样挤眉弄眼，高个护士还是没了耐烦，赶好几次了，都几点了，我们病人都在睡觉，你们居然在这里谈情说爱。

小满与武越一对视都红了脸。战果连忙抱大腿，我们同事太惨了，护士姐姐帮帮忙呀！

高个护士合计了下，一咬牙道：好吧，看在你被羊水泡过的份儿上给她安排个床位。人家是订了明天一大早来住院的……不管了，挨骂就挨骂吧！

躲在几米外墙后的苏妈妈转过身，黯然叹息。

战果把小满往外赶，要她送献血英雄到家。不知何时下起雨来，他俩坐在的士里，一路无语，只听见雨点与车身碰撞不断，噼里啪啦清脆响亮。灯影一次次划过他俩的脸，忽明忽暗无比寂寥。他俩在大雨中冲进巷子，摸黑走进亭子间。窄小的房间里杂物拥挤还算有秩，床上的小男孩正在酣睡，必是他弟弟武天天。她转过头，对武越暖暖一笑，心下却五味杂陈。她放下装鸡汤的罐子，要喝的时候热一下。我走了。

别走！武越回手抵住门，我知道你为那件事情很生气。可是，你明明那么在乎我，为什么非要离开我？

她别过脸去，并非特别在乎谁，我对阿玲也一样。

武越把她拉回转身，你骗不了我，也骗不了你自己。你分明那么喜欢我，请不要离开我！

小满抬头望向他，好像看见那个跳进敞篷车的男孩，她的饺子老师，对面擦窗户的阳光男孩……她的眼前一片模糊，喃喃道：我很喜欢你，我依然喜欢你。我多想留下来，想待在你身边，可是……我做不到，因为这一次，你伤害了太多人。不管什么理由，我都无法原谅你。

武越眼泪淌下，人也气急败坏起来，是不是因为林少霆？就因为我做了他本打算做的事情，你就那么无法接受吗？

她的心再次掀翻似的疼，如果说刚才她曾动摇了片刻，现在却瞬间回位。她抹掉眼泪摇摇头，跟他无关，难道你还不知错吗？

武越抓住她肩头，你是不是爱上林少霆了？

疼痛从肩头直抵心尖，她咬紧下唇忍住就要狂奔的情绪，是又怎样？他比你善良，比你可爱，比你有人情味，也比你懂我。你知道吗？有时候善良比聪明更难，聪明是天生的，善良却是你选择的。

果然是因为他，我就知道我这样做是对的。武越放开她，颓然后退，每一步都有如割裂的疼痛。

一句话到底令她彻底冷了心肠。你就是这样，只认自己，找千般理由。上次是为了我们的未来，这次呢？又是什么？

武越硬起口气：我必须这样做，我没得选择！

既然如此，就……算了。小满用最后的力气看了他一眼，回身拉开大门。

武越委屈又气恼地用拳头打在墙上，泪水汹涌而至。武天天呆坐在床上，不敢吱声。他从未见哥哥哭过，别说哭，连害怕都没有过，可是……这个姐姐一定是个可怕的大坏人！武越重新跑进黑夜，在无人的街头迈开大步，他脚下发软，几次差点跌倒，可是他必须跑下去，毫无目的，让泪水被雨水冲刷。往事如烟街景一般划过，大礼堂舞台上灯光重起，二人的目光相遇；咖啡馆，小满嘴巴张那么大，她竟然转向自己，“对不起了老大，我喜欢的其实是武越。”他身着被洗成迷彩服的工作，在霞光中踩单车回家……

69. 吴志雄的爆发

吴志雄走进一间小小候车室，这里四处透风，没几个人。困倦大面积袭来，他拢拢衣服打了个哈欠，很快便睡死过去。

与其说被晨光刺透眼皮，不如说他被一股力量拽醒。他警觉地站起来往回拽，发觉对方是个二十来岁的农村小伙子，光头，一脸横肉，不光膀大腰圆还比他高一头。他眼睛才露怯，小偷就有了底气，手上使劲拽过电脑包，指指吴志雄，意思是你小子识相就算了。

唉，我说……吴志雄小声央求他留下电脑。小偷哪会明白他絮絮叨叨的服务器和宕机，只回脚狠狠踹向他肚子。他一屁股跌坐在地，怒火却腾地燃起。望向虎背熊腰的小偷嚣张离去，吴志雄一猛劲扑上去，将其压倒在地。小偷摔得一鼻子灰，恼火地抡起拳头。吴志雄鼻子开花，手却死死拽住电脑包。小偷上脚用力碾压，他才吃痛撒手。

竟如此难缠，小偷觉得晦气，拎起电脑包快步走上小镇街头，灰头土脸的吴志雄跟在后面。小偷只好跑起来，无奈电脑加上一部厚砖般的手册令他越发吃力。你……别追了，你追不上我的！小偷跑得上气不接下气。

我就剩这个电脑包了，我一定要追上你！

二人追上田埂，跑跑停停，小偷大汗淋漓叉着腰喘气，我……我叫你大哥了，别追了！

吴志雄也停下，扶着膝盖大口喘气，我没有钱……没有尊严……没好工作……没背景……没有人瞧得起……

少跟我哭穷……你还能比我穷……

吴志雄艰难迈步，穷不重要！好容易遇见这个机会！你懂不懂啊！你还我机会，我跟你拼了！

小偷跑哭了，别拼了，我还给你还不成吗？他一回头脚下趔趄，摔在田里。

吴志雄挣着最后口气扑上去，人整个趴在小偷身上，抡着棉花般的拳头乱打乱叫：你为什么跟我抢，为什么抢我的生路！我跟你拼了！汗水、泪水和泥水令他无比狼狈却显得愈发狰狞，小偷被这架势吓呆了，哆哆嗦嗦将包奉还。吴志雄抱着小偷边打边哭，打得气若游丝，最后竟搂住他痛哭不已。

等在银行门口的工程师看见一个人跳下的士，冲上台阶，自称 NBI 服务工程师，惊得无法移动脚步。他头发炸着，泥水里滚过吧，脸上还有干涸的鼻血。工程师看着他的工作牌松了口气，真担心因为过年就来不了呢！

我们的承诺是在二十四小时之内到场。我来了，你们大可放心！

就你一个人？

公司后续还有人来。至于我，我会在最快时间解决宕机问题。吴志雄将工作牌挂上脖子，胸中第一次充盈起满满豪气。

清晨的办公楼大堂都是匆匆走过的上班族，林少霆和张江说笑着走在其间，谁都没注意到武越从什么方向冲过来，又从什么角度抡起了拳头。总之，毫无征兆地，林少霆微笑的脸颊突然遭遇一记老拳，登时天旋地转。

你小子装可怜骗女人，简直没有廉耻心！武越大叫。

林少霆怒火中烧，一抹鼻血，跟他厮打起来。你才没廉耻心，骗了公司又来骗我们，连小满你都骗！

我犯不着骗你们，那是我赢来的。没有我，你们根本一事无成！

胡说！你伤了小满还不知错！

张江在中间拉架，后背屁股平白挨了几拳，心下越来越恼。好在围观者大多为美女，指指点点地评价：两个都好帅啊，是真打还是拍电视剧啊？摄像机呢？

排演，排演呢！张江立即对号入座，对两位荷尔蒙冒泡的男人大叫：别打了，排演就点到为止吧！见二人仍旧纠缠不止，他急中生智，扭头大叫：唉苏小满，你怎么才来！见二人一分神，张江大脚踹在武越屁股上，拉着林少霆就跑。

有人说过，青春就是疯狂地奔跑，然后华丽地跌倒。我青春，我遍体鳞伤，我爬了起来，就懂了沧桑。

再聚到“传奇”咖吧已是傍晚，一屋子已然毕业的实习生依旧习惯性地来到这里。一则电视新闻吸引众人关注，还是张蕾蕾在报道：“上市公司旷达在董事长被关押调查后，股东大会重新改选董事长。目前，旷达积极行动，出售老厂房，割除不良资产。这些举动都拉动了低迷的股市……”

苏小满望向林少霆，见他笑了。笑的时候扯动了嘴角的伤，肌肉也抽动了下。她连忙别开脸，假装未见。这一架她也有份，难辞其咎。

林少霆重新望回电视屏幕，想起几天前在看守所父亲的签字，他那么平静，将文件推向对面的新任董事长秦岭，却转头对自己说：谢谢你儿子，谢谢你真的长大了。林少霆“切”一声，却酸了鼻子。

接着，他紧随秦岭走进旷达大会议室，那个坐着一屋子董事和股东的房间。众人都在静候这个签字。秦岭宣布了这个好消息：梁董事长签署了同意书，也就是说老厂房出售项目可以正式进入议程。在众人欢呼中他搂过林少霆肩头，这得感谢少霆，是他动情动理说服父亲摒除个人感情因素，从旷达利益和长久发展着想，做出了最明智的决策。

我要为我父亲说几句。林少霆有些不是滋味，这么些年，他把旷达当做家，把那些老工人当做兄弟家人。他不忍割弃老厂还有个重要原因，是因为他在老厂的角角落落都能找到我母亲的影子。老实说，换了一年前的我，未必能理解他的种种。在此，我也偷偷感谢我公司的一位同事，他既是我的朋友，也是我的情敌。众人大笑，他亦莞尔。可是，他对家庭自杀式的奉献令我不禁反省自己对家庭和亲情的漠然，也才真正能面对这个多年无法交流的父亲。于是……真的觉得他挺伟大的，我为有这样一位父亲而骄傲！

苏小满躺在床上看书，不知母亲何时走进来坐在身侧，歪着脸打量着自己，我装鸡汤的保温罐呢？

小满一合书，娇嗔道：我都要走了，还管那罐子干吗？

真下决心了？

沉默半晌她才发出一个“嗯”。

都下决心还急得那个样子。怎么说来着？妈，给我杀两只活鸡，炖两锅清汤送到医院来。里面放大枣、当归、花生、枸杞子、人参……不管了，什么补血放什么！什么大半夜不大半夜的，别问那么多，就现在！苏小满语录，我郑重记下来的。

小满大笑，搂住妈妈的胳膊乱摇，笑着笑着眼泪却大滴大滴落下。苏妈妈心疼地拢住她的头，何必呢，我看小伙子蛮好！

都怪你！小满哭着大叫，你早怎么不这么说，现在……都晚了。

吴志雄从机场直接冲进病房的时候天才蒙蒙亮。阿玲跟其他病人还在睡觉，战果在角落的椅子上和衣而睡，冷吧，他缩成一团便成个肉团。吴志雄暗想，脱下大衣盖在他身上。

战果猛然惊醒，大叫：要不要叫医生？见是吴志雄，他连忙起身，磕磕巴巴找话解释，无奈脑子混沌一片。吴志雄紧紧给了他一个拥抱，战果受宠若惊，手足无措，却看见阿玲缓缓起身，似有万语千言。

70. 余温

大年三十是个阴天，苏小满打下手帮母亲忙一顿传统年夜饭，父亲则负责打趣几句，然后坐回茶桌前琢磨那些陈年茶饼。屋外不时传来爆竹声，时远时近。父亲才走开去接水，茶桌上的手机就"嘟嘟"作响，小满瞟了一眼，是则短信："苏枫你好，我行已受理武越向您的招商银行尾号为 7623 的账号汇款人民币 200000.00 元申请。请以实际资金到账情况为准。(建设银行)"接着又是武越一条短信："苏教授，新年快乐！要不是您提前打款，我也许下不了决心。无论如何尘埃落定，负债还清。真心感谢！"

苏教授人未进屋声先到，我的手机响过吗？小满顾不得心惊，忙用自己的手机拍下照片，再将手机扔到沙发缝里，怕烫似的。

小满试探道：爸，武越家的债务都还清了吗？

苏教授恰好找到手机，马上看到武越的短信，别替他操心，这个学生我了解，稳重、大气、能力超强，肯定可以搞定一切。

爸，你实话告诉我，头笔欠款是你垫付的吧？

跟我有什么关系？苏教授开始烧水，热杯，动作缓慢且耐心。

小满继续追问：是你先打给他二十万还债，令他痛下决心出卖情报的二十万？

苏教授一脸无辜，将手机悄悄塞进裤兜，这从何说起？他一抬头，看女儿的手机屏幕就在眼前，正是她才拍下的短信。他稳了稳心绪，我借钱给武越还债有错吗？难道看着他被高利贷打残？再说，还不是看在你的份上。

小满放大"提前打款"四个字，再次伸到他眼前。到底什么意思？等等，让我理清思路。首先，你利用武越欠款逼他卖情报给你。情报虽然卖给你了，可是却被任千秋坏了好事，投标未果。所以武越想尽办法夺取我们公司所有权，只为还你钱，是这个过程吧？

苏教授冷下脸，我什么时候催他还钱了？你可以自己问问他。

小满点点头，泪盈眼眶，武越那么骄傲的人，从不欠人情，何况那么多钱。我……谢谢你将钱借给他。可是……你为什么利用武越困境，逼他出卖情报，为什么这样残酷？

苏教授脸上已经阴云密布，是我能逼得出来的吗？如果我逼你，你肯吗？我愿意出钱帮助他，他也愿意给我情报，各得所需嘛，这个社会就是这么现实。

根本就是你自己太现实！你用钱诱惑武越帮你，我不怨你，可是你利用他的困境，我就无法原谅你了！我对你……实在，太失望了！小满一挥手将他满桌杯盏抹到地上，支离破碎的紫砂令人触目惊心。她抓起外套和围巾夺门而出，大股浓烈的火药味登时灌进来，这就是年的味道吗？

大年三十的街道落寞又寂寥，除了远远近近的鞭炮声声，几乎并无路人。小满形单影只走向B大学校园，属于父亲的系楼。那时自己只有小学吧，她一跑一颠跟在父亲身后，看他于大门处转身，孩子，知道吗，这里是爸爸心中最神圣的殿堂。她还记得那一刻他脸上柔和又坚毅的光芒。

她的手指拂过这扇系楼大门，轻轻推开，发出嘎吱的声音，时光毕竟已然老去。系楼大堂依旧挂着历年老教授与名人的大幅照片。她记得在中学时代，曾这样与父亲并肩站立，仰望。父亲喃喃自语：成为他们，一直是爸爸的梦想。

会的，在我心里，你比他们都强大。小满挽着爸爸的胳膊，一脸替他壮志满怀的表情，那一刻她真心诚意。

无处可去的小满乘着空荡荡的地铁来到“传奇”，没想到里面亮着灯，还坐着零星几个人。她发了两分钟呆，突然一激灵，身旁女人侧影那么熟悉，是谁……是……她转头望向墙上那张巨幅侧影女人照片，连忙捂住就要迸发的尖叫。玻璃的破碎声突然传来，老徐用划破的手从玻璃盒子取出一朵红玫瑰。他红着眼眶，看了一眼小满，说不出话来。这一切都肯定了她的猜测，她激动得手舞足蹈，默声替他欢呼加油。

老徐抹了抹眼睛，整理了下衣服，一个深呼吸，向前迈步。

看着他一步步走向自己等候的女人，小满从本子上撕下一张纸，提笔写道：“武越……”

在这个小小的屋子，上演过太多NBI的小情报、小八卦、小纠结、小阴谋，搁置过太多NBI人的期待、失望和不知所措。那么多青春的情绪在空气中发酵，孕育，这一刻，竟在瞬间爆发，岁月径直走向一个关于爱情的传奇，感天动地，好像到了不能呼吸的程度。演到了这个情节，我是否可以放下？

她将这张纸郑重叠好，塞进那个属于他俩的相框后面，走出大门。风铃“丁零”，她心里一咯噔停了下，重又迈开步子，没再回头。

武越并未带武天天回老家，有他的地方就是家，不是吗？他破天荒买了各种零食铺在床上，果然令弟弟快速陷入选择困难症，然后就是各种吃，然后捂着肚子乱滚乱叫来收场。看着他在杂乱的零食上乱蹦乱叫，他对自己说：还真挺有大年三十的气氛。自从父亲再婚有了这个弟弟，他过年也不乐意回家，从未跟后妈打过招呼，连武天天都懒得搭理。他倒是乐得缠着自己，左一个武越又一个哥哥。一桌人坐下来吃年夜饭，父亲哼了几下，意思让武越说几句祝词，他假装不懂。二人呛起来，父亲就掀了饭桌要打武越，武天天不知怎样跃到父亲背上，直嚷嚷：你说他是那个了不起的武越，不是你说的吗？

“了不起的武越”看弟弟疲倦地躺在零食堆里睡着了，嘴角还露出满足笑意，他轻哼了下，忍不住热了眼窝。谢谢你的信任，他轻言，替弟弟搭上被子。

看守所的墙依旧是清冷的灰，将外面的炮竹声声隔成两个世界。梁劲棠举着筷子，手却打颤，对着一小桌简单的团圆饭鼻子发酸。林少霆夹了一筷子熏鱼给父亲，小时候你说过，咱老上海人过年都讲究着呢，熏鱼、汤圆和四鲜烤麸一样不能少。

梁劲棠叹了口气，自从你妈妈离开，就没这么丰盛地过过年了。

怎么会？你总带我下馆子，海参鲍鱼地点。

梁劲棠笑了，还是觉得这些最有年味，有家的味道。他放下筷子，少霆，我想告诉你，其实……在你母亲走后，我跟她一直保持联系，除了定期给她生活费，还给你在美国买了信托……

你对妈妈……真的？林少霆登时哽咽。

旷达拨了笔款给父亲请了大律师，加上他本清白，相信很快就可以出来。到时候父子俩一起去美国见母亲。林少霆如此打算。从看守所出来，他紧了紧围巾，终于用手机拨出电话。良久，有人接起。谁啊？

对方声音又熟悉又陌生，令他霎时语塞，嗓子里发出呜呜的声音，他努力理清思绪清理嗓音。

谁啊？对方又问。

林少霆终于可以张口，是我。

对方长久沉默，再说话，声音已然颤抖。少霆，是你吗？这么多年，你终于原谅妈妈了吗？

林少霆的眼泪瞬间滑落，他大声宣称怎奈词不达意：妈，我不怨你，从没怨过你。妈，我想吃你做的黄豆猪手……远处天空有烟花绽放，在他盈泪的眼底绽放。二十年的期待美不胜收。

林少霆从兜里掏出车钥匙，“嘟”的一声，墙边是辆保时捷跑车，白色911，却并非自己的旧车。记得那天清早他跟张江上班，才到楼口，张江忙挡在林少霆面前，摆了个李小龙的标志 Pose，大叫：好汉做事好汉当，那一脚是我踢的。可他马上收起花架子，喜上眉梢，明显不是砸场子的架势嘛！他使劲揉眼睛，瞬间转为感动感慨模式，上前握手。太熟悉了，太感动了，太客气了，我就笑纳了！

靠在白色保时捷上的武越站起来，将车钥匙扔向林少霆，走几步跨上一辆崭新简洁的高档单车。林少霆一愣神间已经接住钥匙，他却一脚蹬车走了。张江乐得抱住车头又亲又搂。

没这么简单！林少霆眯着眼睛望向武越背影。

张江激动得手足无措，围着跑车转来转去，还要怎样啊？同款同色新车一辆！这车比女神还女神啊！

林少霆狠狠一脚踹上车轮，车轮纹丝不动，脚却生疼。他龇牙咧嘴忍着没叫出声来，却对着武越的背影发恨大叫：没用的！

远处单车上的武越并未回转身子，只摇手挥动，大声回应：不用谢！

要不要跟我找找以前的感觉？林少霆把小满拉至保时捷跑车前，她从副驾驶座拿起一份合同，合同甲方是四人注册公司，武越的签名，乙方位置林少霆已经签字。他将车发动，轰隆隆是他熟悉又迷醉的马达声，脸上不禁漾出抹笑意。

小满明白，这是武越为他新购的跑车，同款同色，条件是放弃股份。她心里被扎了一下，却也不得不承认这是最佳方案，于他于他都好。

甲方武越此时正立在 NBI 办公室过道上，将一封手写信件递与迎面而来的任千秋，“辞职信”洋洋洒洒三个大字。任千秋驻足打量起这个意气风发的青年，看他重又挺拔起来，虽然衣着依旧随便，却是自己最欣赏和心痛的门生。他微笑道：想到一块儿去了！不过，相信此时 HR Mary 已经把开除信发到你邮箱里了，应该早于现在这个时间点！他缓缓撕碎信件，塞回他手上。

Whatever。武越冷笑抛起纸屑，二人心间霎时扬起漫天风雪。

柴晴可管不了他的心情，尾随他至卫生间，等在门口。武越出来，显然并不意外。柴晴一开口有些气急败坏，也就输了半场。她压低声音嚷道：不要再躲我了。上次的密码我早给你了，你答应我的股份呢？什么时候签合同？

不好意思，最近在忙辞职，心里挺乱的。

柴晴冷哼，你武越也有心乱的时候？我看你做坏事、好事一般坦荡，正经做大事的料呢！说真的，我的合同呢？

很抱歉，我本想找个合适的机会向你解释，最后签约并未按我们当初的设计。武越几句话马上令她顿时心凉。他继续解释：我给你的承诺是以我自己的公司跟风险投资人签约，可是，风投最终选择跟已经有五十万积累用户的四人公司签约，也就是说，这里就没有你的股份了。

摆明着耍我了？利用我弄到密码就立马甩掉！

现状就是如此。不过我会给你一笔钱作为弥补，随后就会安排！

小满瞎了眼睛才看上你！柴晴气得抡起包狠狠砸在武越脸上。武越不挡，金属件划破的血道子慢慢溢出丝丝落寞。

柴晴气恼地跑至楼下，对小满一顿夺命连环 call。她正在开会，只好偷跑出来，哪料脚跟还没立稳就被柴晴一个耳光差点刮倒在地。她蒙了，捂住火辣辣的脸颊，你干吗？

柴晴怒火冲天，这一巴掌是为了打醒你，睁开眼睛好好看清武越这个人吧！人渣，把姐姐我都骗了！你以为是我跟武越合作骗了张江？错，其实是他用股份引诱我做的。

小满暗自揣摩，我一直想不明白，张江这么厉害的人物，怎么会被发现那个后门？

张江做了个 Open Source 模块，开了后门。如果武越不做压力测试根本发现不了。这个密匙就是阻挡他成功盗取的巨石，所以他找到了我。我虽然不爱张江，可是也不想伤害一个那么喜欢我的二货，还有谁像他二得那么纯净吗？我却那么随随便便就玷污了、滥用了他的喜欢。你以为我好受吗？我不敢迈进公司大门，在公司里躲他，做梦都梦见他用游戏里的大刀追杀我。今天武越告诉我，不好意思，股份拿不到了，准备拿点钱就把我打发了。见小满怔怔落下泪来，柴晴的怒火缓缓熄灭，她意识到自己过头了，摸了摸小满的脸，将她拢在怀里。对不起，是我愚蠢、我贪心。我怎么能埋怨你呢！

你怎么没早点打醒我啊！小满抱紧柴晴大哭，喘不上气来。

情人节之夜是粉红色的，空气里都是甜腻的味道，苏小满与那些亲密无间搂搂抱抱的情侣擦身而过，走过许久，还能闻到那种香甜的味道。是内啡肽的味道吗？她想起他当时的微信个性签名“你是我的内啡肽”，现在呢，什么才是他的内啡肽，野心？她拿起手机想查看他是否改换签名，却正逢武越来电。她当即挂断，缓步向前，并不知道被人跟随走了五条街。他是林少霆，随她寂寥的步伐走走，停停，拍拍。

武越的微信又来了："说好的情人节之夜呢，我在这里等你。"她仰起头不让眼泪涌出，还真成功了。外滩浦江两岸新老建筑带着光芒万丈，是蓬勃野心在夜色中的炫耀吧，是他要的大世界吧？可我为什么突然就走不进他的世界，他的星球。她恍然想起自己手工绘制的贺卡，封面上写写画画几个大字——"我们来自不同的世界"，里面画着两个星球，左边火星上连着武越的照片头像，右边金星上连着自己的头像，手一拨动就摇头晃脑。是啊，原来从头就是这样。

她凄然一笑侧目望去，有人靠在两米外的栏杆上望着自己，武越吗？她回转头，又忍不住转头去看，竟是林少霆。她回望前方，渐渐露出暖暖笑意。

在微凉的风中沿外滩漫步，小满在前，林少霆在后，两步的距离。

他终于开口：可以忘记他吗？

她停下脚步，笑笑却酸了鼻子。她重新迈步，他重新跟上。

可以忘记他吗？他追问。

她咬着下唇淌下泪来。

真的……不能忘了他吗？

小满狠狠抹去泪，回头想说点什么，却发觉林少霆正好回转了身子。他自嘲地扬起嘴角，泪满眼眶。

一路无语，林少霆将小满送到楼下，看武越走出晦暗树影，脸色跟夜色一般阴沉。我等了你一个晚上，你就会他去了吗？

我等了你一个夏天、一个秋天和一个冬天。

武越顿时软了声调，为什么不回我短信，害我担心。

小满却提高了声音，为什么不告诉我事实真相。你跟他打架的原因，你还我爸二十万的原因，还有……你欺骗柴晴的方式？

武越扶住她的肩膀，企图传递一些信心。这个我会慢慢向你解释，你要对我有信心。一切都会好起来的。虽然被公司辞退，可是咱们的公司进展顺利，这款软件前景无限，我向你保证，保证你一个美丽的未来。

小满淡淡地笑了，你拿什么换一个美丽的未来？

武越慢慢冷了脸，别在这里纠结了，可以吗？

我们也别在这里纠结了，可以吗？她慢慢挪开他已不再坚定的手，走向电梯，与他错身而过。他的手冰冷彻骨，从未有过的温度。

71. 出发

两只手都扶在拉杆箱把手上，顺着一只手、胳膊朝上是苏小满微笑的面庞。我真的要走了，否则要误机了。

另一只手只能松开，顺着手、胳膊往上是林少霆沮丧和略带撒娇的脸。也是，国际航班，要提前进去呢！

就送到这里吧？

好，就送到这里。

两个人却都并未移步。

那，我走了，照顾好自己。小满打算伸手抓乱他的头发，却在中途撤回。

不许玩消失！林少霆突然一把紧紧搂住她，如果哪一天需要我去美国，要马上立即告诉我！说话间他已将一封信塞进她的外衣口袋。他到底恋恋地松开，递上一张纸条，这是我母亲在美国的地址，离你大学就是一个多小时车程。任何时候都可以找她。

她接过，一拳不轻不重打在他胸口，就笑笑与他挥别。她拖着行李箱大步而去，在经过安检口时，将这张纸条投入违禁物品盒，跟一堆火机、矿泉水在一起。

武越来 NBI 办理离职手续，抱着一纸箱杂物朝 Mary 鞠了个躬，耳畔是她一声叹息。他走过熟悉的过道，看实习生"能量赛道"早已撤离，曾经挂着优秀员工任千秋的照片也不见了。他走向任千秋，朝他空无一人的位置亦鞠了个躬，最后推开 NBI 沉重的玻璃大门。他明白，自己再也回不去了。

这个时间"传奇"咖吧还没热闹起来，他走至老位置，习惯性地望向挂在旁边的相框，那个属于自己和小满的神秘信箱。纸张一角露了出来，就像以前，他立即抽出纸条，果然是她的字。

"武越：

当你看到这封信的时候，我已登上了飞往洛杉矶的飞机，去接受研究生 offer。记得有人说过一句话：你永远不知道自己有多坚强，直到有一天，你除了坚强，再无选择。很抱歉，我无法坚强地面对你和他们，所以只好坚强地离开了，虽然这无疑是种逃避。

认识你的两百多天，我是如此快乐。那些快乐却都那么不真实，总被我质疑、推翻、再肯定，就这样一次一次说服自己，去相信，去坚定。喜欢你还真辛苦啊！可是发生了太多事情，生活在简单世界里的我真的无法理解，琢磨不透。都说每个成功者都是一位苦行僧，只有他自己明白，在通往成功的路上到底有多少寂寞与不解。原谅我，我能给你的也不过是寂寞和不解。也许像你说的，不懂就不会痛苦，可是我不能，我不会假装一切没有发生。我更不能骗你,我现在,已经爱无能了。所以,还是走吧。对了,我其实看出来了,书店里那几本书,是你特别摆出了的四个字"我喜欢你"。我也喜欢你,只是现在,我真的,爱无能。

小满"

这是什么时候的信?武越冲旁人大嚷,可是谁又能答复。他手忙脚乱去拨小满的手机,却被告知关机,只能拨出苏教授的电话。

任千秋将车停在"传奇"外沿街位,才要进去,正好与冲出来的武越相遇。二人冷冷对视,才要错身,一声刺耳的刹车声响起。那是一辆白色小面包车,几个男人拉开车门,手持棒子冲下车,指向二人:就是这小子。说话间几个人已经越过街道隔离带,快速闪到二人身前,照着任千秋发狠就打。

任千秋边还击边对武越大喊:跑呀,他们是找我的!

废话!武越一脚踢开小流氓,与他一起对抗,顿时展开了场街头混战。

苏小满拖着行李箱缓慢前行,还是忍不住打开手机。手机上列有几个未接电话,武越几个,还有父亲的一个电话。她想了想,给父亲回拨过去。

还在生我的气吧?不然,也不会躲到那么远。苏教授眼前浮现出女儿幼时甜甜美美的模样,如果不长大、不走到这一步田地该多好。可她毕竟一天天成长,看到跟她心中并不一致的父亲。我们……还……可以跟以前一样,对你妈妈保持我们的小秘密吗?

小满酸了鼻子,好啊,什么小秘密?

我已派人前往机场把你劫持。

你说……武越?

所有的错都归在爸爸身上,你就原谅武越吧。他正在前往机场的路上。我知道这次并没有做错。

警车呼啸声声传来。几个流氓拳打脚踢快速收手,匆匆上车就撤,扔下一句话:给你们个教训,是你们自找的!

任千秋和武越坐在地上,鼻血横流,很是狼狈。二人对视,不禁仰天长笑。

武越戏谑道:跟着您老大怎么老是挨打!

二人扶持着忍痛起身。任千秋搂住武越肩头,靠着街头栏杆,望着不远处高低错落的摩天大厦,你给我的U盘,我看了。里面有几张老金的照片,截屏软件的录像,还有CTT投标会议室里的现场录像。我要谢谢你。其实

CTT 沙总的确找过我，说知道是咱们使坏。他没证据，可是你却给了我这么多证据。所以，我是真心谢谢你。

是我真心对不住你。

扯平了！后悔吗？跟着我干？

疯狂，过瘾！武越大笑，不过老大，我现在还要去做另一件疯狂的事情，你能帮帮我吗？二人一瘸一拐跳上任千秋的车子，朝浦东机场飞驰而去。

苏小满放下电话，驻足回味着父亲的话，见一个地勤走来，我想……对方停下来等她开口，她却犹豫了，尴尬地将手插进口袋。对方笑笑走开，她却从口袋里摸出一封信。

“你看到这封信的时候，说明我的游说和示爱都失败了。好沮丧啊！很抱歉，让你最先认识的是那个浪荡颓废公子的我，而并非现在的我。不过，如果不是认识你，也许就没有现在的我呢。从什么时候开始喜欢你的呢？也许是你做的那个手语——‘很高兴认识你’，我经常对着镜子做，现在也很娴熟了呢！

其实已经不那么痛恨武越了，在我原谅了我父亲之后，在我得知武越的初衷之后。武越只是比我们更努力，更加珍惜希望，珍惜我一直抵制的亲情。世界对他不那么轻松，这点，你我都不太能体会。

放下恨吧，那样才会重新去爱。

也许现在不是接受我的时候，那就去美国散散心吧，做回那个轻松快乐又暖心的女侠，到时候我会来到你身边，对你做‘很高兴认识你’的手语。到时候我们重新认识，好吗，草莓味的你？

少霆”

他的汉字写得幼稚无比，信纸却极其精致，周边有 DAKS 标志性的小细格。字配得上这纸吗？小满想笑，眼泪却大滴大滴落在纸上。

飞机划破天宇，了无痕。

第十篇：两年后

72.“很高兴认识你”

两年后。

一辆黄色 MINI 在洛杉矶高速公路上低速行驶，当血般霞光染尽四野，电台放起一首老歌……恍然间，苏小满嗖然回到两年前于 66 号公路上的时空，那里红色“闪电麦昆”好似团烈火冲过，灼过她的眼底，灼过接踵而来的情节。一切恍如昨日，未曾发生又准备从头开始似的。她的神游突然被一个电话拽回，是房东太太，她请自己去中国超市帮忙买配料，要为将从上海过来的儿子做顿黄豆烧蹄髈。

不是更该享用美国特色吗？小满一句话挣来两只大龙虾，她乐呵呵地踩下油门。

房东太太是个五十多岁的微胖女士，头发打了发胶，未免显得过于正式。她摸摸头发，扯扯衣服，才放下电话就看出租车停在门外。一个清瘦俊美的男人张望了下，正是林少霆。他拉开车门，里面走出个花白头发的儒雅男士。梁劲棠，你居然老成这样！林母想着红了眼眶。

小满怀抱大包小包进屋，刚好看见房东太太拉着一个瘦高男人背影闪过。门廊处有几件行李，上面搭了件外套，袖口处有 DAKS 的格子。她不禁自语：喜欢这种格子的人还真不少。

林少霆父子随母亲走进后花园，花圃里有繁花亦有翠青，精心构架的小世界。林少霆举目望去，被几大朵紫阳花抓住了神经。林母挎上他胳膊，好眼力，上次来没发现吧？

他点了点头，我一个朋友最喜欢紫阳花，还记得她原话是“最喜它简单却隆重，温暖又自然，颜色丰富又多变，可以独秀，亦可成景”。果然如此。

是我的房客种的。林妈妈仔细打量了下儿子，对了，你对这个朋友可上心得很啊！

林少霆自知话多，有些不好意思地迈步向前，望向山下的洛杉矶风光。此刻霞光渐弱，已有灯光燃起，不久后便是繁星夜空般的景致。是的，太熟悉了。他伸了个懒腰，嚷了句：我又回来了！

林母和梁董事长站在楼梯上，望向繁花和儿子的背影，脸上溢出知足笑意。听说你的调查结果出来了，没什么大问题吧？林妈妈问。

是啊，否则我怎能站在这里。咱们也有二十多年未见了。

你的头发都白了。

老了，少霆都这么大了。

谢谢你,把他培养成今天的样子。

本是几句最平凡的问候,二人却都酸了鼻子无法继续。他们将目光投向望向远方,那方风景安好。

小满从自己二楼窗户看到这一家三口,夜幕初降下的剪影令人心底一热。她启动电脑打开 IE,眼前亮了,那是一个公益活动宣传界面。

待她重新下楼,跟房东林太太寒暄几句,便接了杯水回屋。恰逢林少霆淋浴后出来,看见她一个背影,或者说四分之一个背影。那么小幅的画面却靠某些因素抓住了他的视线,举手、抬足还是其他,他不及细想大步跟去。她欢快地走上楼梯,脚步声声跳跃,将他引向两年前的故事情节。那里有她太多此情此景,从未老去。林少霆张了张嘴却未能发出声音,直到一切消失在楼梯拐角。

小满才于桌前坐稳就听见乐曲叮咚,来自楼下的钢琴,再倾耳细听竟是莫扎特变奏曲《小星星》。客厅里一直摆放着架钢琴,却从未听房东太太弹过,自己偶然摸摸,她也只是笑着倾听。难道她会弹琴,还是他儿子?他儿子!小满想到这儿已经一步步走去,乐符好似漫天星子,她沿路采摘走至两个背影。他是林少霆,当然是他,还有谁能将这一曲练得如此入情入景。她含泪悄声走到钢琴侧,琴声戛然而止。

房东太太站起身,正好给你们介绍一下。

林少霆微笑摇头,眼圈骤热,只缓缓做了个手势,正是手语"很高兴认识你"。

月上枝头,他俩就坐在后院秋千上微微荡漾,看灯光燃起繁星一片。有种一跃就可跳进星空的错觉,小满恍然想起,是在遇见"闪电麦昆"那晚的奇想,居然过去那么久了。太久未见,很多字都争先恐后往外蹦,反倒组不成句。他俩就这样你看看我,我看看你,大笑,微笑,没心没肺地笑,笑个没完没了。

林少霆先开了口:你太狠心了,一来美国就没了消息,连跟我,跟柴晴、张江都不肯联络。

小满咬着下唇,我怕无法狠下心重新开始。

真的重新开始了吗?

嗯。可以不去想你们了。

真的可以不想吗?

小满低下头,我常常一个人坐在这里,看着远处的风景,想:你们都怎样了，还纠结吗？还挣扎吗？还在现实中，为理想而奋斗勃发吗？而我，我花了很久时间才走出来。

林少霆乘机，那我还有机会走进去吧？

她揉乱他的头发，想什么呢！

他便顺势靠上她肩头，我在想……你得给我个机会玩遍 LA 吧？

苏小满和林少霆惊魂未定地从环球影城“鬼屋”走出来脸色煞白腿脚发软，怎料门口还有一个骷髅向他们扑来。她一声尖叫，本能举拳打在“鬼”脸上。林少霆暗叫不好，拉起她的手大笑着逃跑。

他俩跑上圣塔莫妮卡海滩，坐在老旧的摩天轮上，看远处海豚纷纷跃出海面。

“第一个遇见的人，其实是我。”林少霆设计过各种情景，去说这么一句简单的话。只是，他久久无法说出这十一个字，加标点符号，算它十三个。是字太多了？多到三年了，三年间，他仍然无法将它们发射、投射出去。是的，这句话沉甸甸的，他需要某种力量，突然迸发的那种，将自己也许是最后的砝码压上去，然后，他便再拿不出什么了。

林少霆身着沙滩裤，抱着冲浪板走向大海，却看到大海走向自己，用深深浅浅的蓝色一层层压来。而自己，必须站在最上面那层蓝色上，压倒向你疯狂进攻的蓝色，那种使命所向披靡。可惜，想象是丰满的，现实瘦骨嶙峋。一个大浪打来，林少霆连同冲浪板被打翻在水里，他听见水花破碎声，还有青翠欲滴的笑声。他狠狠抹去满脸的水，跳起身，大步跑向沙滩上的青翠欲滴，苏小满。

她要躲，已经来不及，被他拉着奔向大海。

我不会游泳啊！

他可不管，他一把将她抱起，扔向深深浅浅厚重的蓝。

洛杉矶长滩的太阳是光芒万丈和带刺的，有种“谁跟你玩儿”的死硬态度。可是二人还是躺在沙滩上，迎接着阳光的挑衅，或者是他们都各自做着心里最艰难的打算，因为艰难，所以必须跟什么抗争一下，像一个心理仪式，需要彰显。他们的头发上、皮肤上、指缝里都是黄沙，于是便有了被黄沙掩埋了一般的沉重，窒息感悄然袭向鼻孔、唇齿、毛孔，还有被阳光反复煎烤的心脏。而看起来，他俩只是执意要把自己晒成古铜色的青年，与旁人无异，与沙滩的主题无敌匹配。

真想就这样一直躺下去。林少霆这样说，却并不这样想，他只是决定一张嘴就将主题牢牢定格。

没想到，她轻而易举用一句话转换了他的方向。她说：可我最近准备回去一趟呢！

林少霆突然蹦了起来，仰天欢呼。他以为她会顺着自己的话说，那么自己就可以顺水推舟地留下来，岂料她才这么一反转，他心里便冒出个声音，居然是——“太好了”。原来，对你，我怎样都好。

小满坐起身，看他欢呼雀跃，她一抬头，却被光芒万丈直射眼底，这些热辣的刺带着海水的咸度直捣心脏，咣当一下，就难受了。

小满说：对不起，我先看到了那个网页，而并非你。真的，sorry, so sorry.

当然，除了呼啦啦的海风，没人抓住这些破碎的字眼。

林少霆绕着小满乱跑乱叫，在迸发的欢愉中下着决心，希望可以，可以喊出：“其实，每一回，都是第一个遇见我。而你，你却并不知道。”

73. 原来

上海浦东机场接机厅外有个时髦又另类的墨镜男，有谁会把黑白格子突兀地戴在领带上、穿在脚上？他站在辆白色保时捷旁缓缓摘掉墨镜，层层涌出万万不能接受的惊喜，正是张江。苏小满一声大叫，冲过去给了他一个大大的拥抱。他半天缓不过来，对林少霆乱叫：行啊，你小子！去了趟美国，竟然把消失两年的小满带回来了。你是怎么做到的？贴寻人启事？还是给她定了啥罪名，请FBI全美通缉啊？

林少霆笑了，你肯定猜不到，她竟是我妈的房客。能不被我连拉带拽带回来吗？

小满上下将他打量，变化不小啊，不再是那个张江男了。

开玩笑，在下号称另类时尚教主。张江小心理理打满发胶的头发，对了，您二位一副蜜月归来的模样，不是拉斯维加斯注册的吧，听说那里……

小满朝他胸口就是一记，我收回啊，谁说你变了！

见她拖上行李下车回家，张江回转头，激动地搓着手，交代吧，你小子保密工作做得太好了，到底怎么促成的巧合？

不会吧，连你都看得出？林少霆一愣，颓然向后靠去。

原来，林少霆两年前在机场与小满相拥告别，并未真正离去，而是掏出自己的机票，远远跟进安检口。见小满打电话、找地勤，他不禁暗自心焦，完了，她犯犹豫了，我这张机票不晓得算不算用过，别不能退啊！我也号称富二代，居然也有为一张机票捉襟见肘的时候。然后，她终于从兜里掏出自己留给她的信，站在原地读到泪崩。然后……就下定决心走了。林少霆苦笑，这于我，是幸还是不幸呢？

UCLA 校园里有不少华裔面孔，苏小满和她新认识的女朋友就在其间。女孩子还真容易亲近，才第二天就搀着手出双入对了。林少霆跟着她们上课、自修，终于等到那天她俩在校园分手告别。他跑到小满的新朋友面前，你好，我是 Coco Su 在上海的朋友！

为了避免被她当作跟踪狂，林少霆快速秀出自己的手机照片，拉她坐在长椅上细看。他边翻照片边解说：你看，Coco Su 真是我的同事、朋友和合伙人，最重要，她是我一直很喜欢的女生。你看，最开始认识她的时候，我是一个 Playboy，身边都是这种 size 的女生。然后，我们一起经历了实习生阶段，还参加了几次义工活动，与其说她让我看到了她的光芒，不如说她看到一个"浑身上下都明亮"的我。你知道这个手势是什么意思吗？他比画着手语"很高兴认识你"，她用这句话，开启了一个全新的我。你看她跟这些希望小学孩子的合影，他们的笑脸多好看。可惜在我在扮演 Playboy 的时候，她先爱上了一个 Bad boy。你看，就是这个男生，很帅吧！他可不是一个普通的 bad boy，他坏就坏在令所有人都觉得他是个 Superman。真郁闷啊，最后这个 bad boy 到底狠狠地伤害了她，这才是她来到这里读书的原因。情人节那天，她一个人默默地走，我默默地跟，拍下这些照片。那天，我问她"可以忘记他吗"？问到第三次，怕她仍旧不回头，我就转头不看了。现在的她大概是不能接受我的，所以我悄悄跟到这里，看你跟她已经成为新朋友，特意拜托你帮她渡过这个难关。相信她很快会重新快乐起来。行吗？

林少霆说了一大通，女孩子的脸色终于放松，可是除了点头和"嗯"，她并不表态。他忙追问：可以吗？

Hi，I'm Ann. 她终于开口，I'am an ABC. 只懂一点点……汉语。

林少霆大跌眼镜，啊？你早说啊！I mean，you should tell at the very beginning.（我意思是，你最开始就应该告诉我啊！）

Never mind. Actually I almost understand your words by the pictures and through your eyes.（没关系，我从你的照片和你的眼睛里，基本明白你的故事。）

林少霆松了口气，I like Coco，but never told her.（我喜欢苏小满，可是从来没告诉过她。）

What can I help?（我能帮你吗?）

林少霆摸出一张纸递给她，If Coco needs to move, just in case, please give it to her.（假如哪天小满打算换房子住，麻烦给她这个。）

Ann展开纸条，What's that?（这是什么?）

My Mom's address. The most importand, please keep secret! Please, please……（这是我妈妈的住址。最重要的，请替我保密。一定，一定……）

张江问：那你母亲肯定知道小满的来历了？

当然不知道，否则我妈肯定要对她区别对待，不得把小满吓跑了？

张江半天才回过神，忍不住大串啧啧加摇头，真乃人间第一大情圣啊！可是……你为她做了这么多，我都猜出没这样的巧合，她在LA偶遇你时难道猜不出吗？

林少霆一愣神，对啊……

你有没有想过她今天回来的原因？见林少霆摇头，他抓着发胶头，一个是……，一个是……唉，好为难啊！

他都承认了吧？小满站在自家窗前，听张江在电话里絮絮叨叨，咬着下唇任泪水长流。

的确，房东林太太是Ann介绍的，当她听说自己要换房子，突然想起什么似的从钱包里掏出张磨旧的纸条，一定让自己打电话过去。Ann说与房东太太儿子有一面之缘，她的原话是"I don't know. I just trust him.（不知为什么，我就是信任他。）"

初见房东林太太就被她的知性美迷住了，她喜欢那儿简单温馨的布置和蓬勃生机的花圃，还将自己挚爱的紫阳花栽了进去。客厅相框里有张六七岁男孩的照片，好漂亮的小男生！

小男生？林太太笑了，他比你大几岁吧，住在上海！我这里明明有几张他现在的照片，可是自从他上回来了趟LA，那些照片就消失了，也不晓得被他藏哪儿去了。连手机上的照片也莫名丢了。你不晓得我儿子多帅呢！

小满重新拿起相框，仔细端看，肯定的。他跟我一个朋友有些像呢！我朋友就是个一等一的帅哥！

一辆黑色摩托车于纷飞落叶的梧桐树下呼啸而过，马达声吵醒了百年老街。摩托车停在小学校门外，车手跨下来摘掉头盔，正是武越。孩子和家长纷纷走过，他伸长脖子终于看见一个小胖子跑了出来，正是武天天，小脸圆胖了不少，还是习惯性地用头撞向自己，以前撞在肚子上，现在快撞到胸口了。武越给他和自己扣上头盔，拉风地驱车而去。

"We Once(传奇)"咖吧门口竖着一个易拉宝广告牌，是张彩色宣传纸，跟网页同样界面——成就传奇公司先天性心脏病慈善筹款会。门口贴着纸，写道“今日不对外酬宾，敬请谅解”。武越停好摩托车，武天天早就蹿了进去。

才一推开门，一个两岁多的小姑娘转头大叫“大爹”，开心地扑过来。武越抱着她在屋里转了好几个圈。咱家小丫头越来越漂亮了！他抱着小姑娘走向吴志雄和阿玲，谢谢你们这么早过来帮忙。戴阿玲还是那个不善打扮的女人，眼底的自信却令她耐看不少。对了，志雄不是去印度尼西亚出差了吗？武越问。

人家现在是中国专家身份，快速解决问题是出了名的。阿玲道。

吴志雄一如既往苦张脸，搂住阿玲胳膊却乐上眉眼，你也不错啊，上次老板说如今像你这样踏实又全面的秘书不多了，马上也升做 team leader 了。

说话间战果走了进来，后面还带着个精心打扮的漂亮女人，还高他半个头。武越迎客，这位是……？

战果笑了，都是熟人啊！阿玲住院时帮了大忙的高个护士。

高个护士娇羞地挎上战果胳膊。大家顿时起哄：行啊小子，怪不得当年帮阿玲搞定了床位，原来先把人搞定了！

顺序不对啊！是她被我这个正能量小胖子打动，主动先要的号码。

高个护士嗔怪：少来，我是怕你把我们电脑修坏了，才要了电话以防万一。

武越笑了，高个护士果然好眼光，咱们战果可是所有实习生里最黑的一匹黑马，第一个当上经理，前途无量！

张江钻到战果和高个护士中间，对高个护士直献媚，把她从头到脚一番夸，最后进入主题——有没有我的那把米？

高个护士心下迷糊。武越和战果却异口同声：生米煮成熟饭怎么办？

众人大笑，高个护士领悟道：这段轶事我早有耳闻。说说吧，东北大米、香米还是糯米？

张江大大咧咧地，我不讲究的，二十到二十五之间，超靓，性感，大气，C PLUS，要求不夸张吧！

几个男人同时“我去”！

今天的另类时尚教主果然颇具风范！武越把张江从人群里拽出来，言归正传，准备得如何了？

看我大展拳脚吧！张江夸张地伸胳膊踢腿，对了，采访车怎么还不到，我抄在手心的演讲稿都该化掉了！

胡乱嘞嘞几句得了，反正拍完最终会被裁掉，人家只拍帅的！武越大笑，你懂的。

张江作势生气，突然想起什么，武越，你心脏怎样？

武越拍拍胸口，倍儿棒！

保重，兄弟！张江意味深长，今天对你可能天翻地覆，到时候要大口呼吸，像我这样呼——吸——，这个可以向生过孩子的阿玲请教。实在不行，就使劲咳嗽，咳到肺快喷出来的程度。作为朋友，我只能帮到这儿了。

武越莫名琢磨的时候，门上风铃叮咚作响，一位摩登女郎推门而入，举手投足皆为女王范，她摘下墨镜已经抓住了全部目光，这就是柴晴，从来如此。张江早就跳过去，鞍前马后问候起来，她却环顾四周眉头一挑，不行不行！这里搞得不地道，四不像嘛，既无高档酒会的风范，又扰乱了老咖吧的温馨。

武越微笑迎上，才进门就挑刺，倒也是你的作风。最近怎样啊？听说你要做全职太太了！

可能吗？我还没结婚呢！柴晴接过张江递来的香槟，一口干尽好似渴极。再说了，虽然未婚夫不错，我在公司混得也是极好的！

张江插嘴：岂止是不错，那可是亚太级别的老外老板。

柴晴却转了话题，你呢？跟苏小满还没联系上？见武越微笑摇头，她发狠眯起眼睛，这丫头太狠心了，跟我连个电话邮件都没有，跟你都彻底拗断。还夸她不？她有我好？别再说什么是你伤了她的心，这心什么材质，要不要那么脆弱？

说话间张江蹑手蹑脚悄悄撤离，被柴晴一把抓住，你不对劲啊。说，有什么瞒着我的？张江行为表情更加鬼祟，被柴晴抵到角落逼供，引起哄笑一片。

战果凑到武越耳边，听说这个亚太老大是已婚人士，你真不知道还是故意啊！看他一脸惊讶表情，恐怕是真不知道。战果说，我可替你捏了一把汗呢！真怕她当场发飙，一个巴掌搅了今天会场。

不会吧，都是成年人了！

当年跟小满对扇耳光的她也是成年人吧？奔着转正去的柴晴，听说一哭二闹三上吊都试过了，咱们只能静候佳音吧。

提起小满，武越有些呼吸不畅，独自推门而出，在略带凉意的秋风中做了个深呼吸。想起张江教的呼吸法，他不禁乐了，果真有效。他抬头望着不远处林立的摩天大厦，钢筋水泥加玻璃幕墙，天地间无畏矗立。NBI 办公室依旧坐落在最高那栋之 34 层。有个无知无畏的小子曾站在 34 层的高度任野心翱翔，任斗志勃发……这时一只手拍在肩膀，他回头看见任千秋，脸上竟露出时空错位的愕然。

任千秋亦望向 NBI 所在大厦，过去那么久了，每每……还是会想起你。

真的吗？为什么？

他笑笑，因为你是跟我最像的那个！我依旧看好你。

武越心中一暖，我也常常会想起您，您让我认识了一个充满野心的纷杂世界，是属于咱们男人的战场，能闻到成功的血腥味道。

还是你懂我！任千秋点了点头，对了，后来我才听说，给你做风投领投的老徐可是NBI大中华区第一届“Super Trainee(超级实习生)”，你跟他合作，也算没辜负当年为你废掉的那个名额。

武越乐了，没想到有人比我还放不下呢！

你果真放下了就好！当年咱俩追到机场，小满还是登机了……

一辆采访车停在路边，张蕾蕾带着同事纷纷跳下车。武越收神招呼，没想到你会带这么多大家伙，我们这间庙……会不会太小？

庙小不怕，只要新闻大！张蕾蕾笑着招呼众人忙活，公益都是大新闻！

武越朝她竖起大拇指。

Mary挺着七八个月的大肚子站在屋当中，双手叉腰，大声嚷道：人呢？把我一个大肚皮扔这儿算怎么回事？

Edward忙跑过去，别急老婆，我去抨击他们的咖啡，实在太次，没法跟咱们店里比。没办法，职业病。

Mary温柔靠向他肩头，没事，老公，你怎样做都是对的。话音刚落又忍不住换上大嗓门，怎么还不开始，是不是等我这个大肚皮开场啊？

干妈，水来了！武天天端着杯子摇摇晃晃过来，递到Mary手上。知道了，知道了，全世界都知道你是大肚皮了！就会使唤人。

干爹的酒呢？Edward舒服地靠在沙发上，却被Mary挤到旁边去，我干儿子是你能随便使唤的吗？来，天天，坐干妈旁边。

张江啧啧两声抖掉全身鸡皮疙瘩，直接走上小舞台，喂，喂，试试话筒啊。那个咱们老大武越跑哪里去了？武越听见动静推门而入，掌声、乐声同时响起。张江举着话筒道：今天来到这里的都是朋友，谢谢大家给我、给武越、给我们这个小公司捧场。两年来，咱们“成就传奇”公司小有成就，从来没有忘记回馈社会。力量虽小，责任心特重。现在有请第二代“传奇”，咱们CEO武越现身。

武越穿过人群，走上小舞台。台上投射出网页同样界面。

苏小满和林少霆亦推门而入，此时所有注意力都在武越那里，他们也就驻足门口。

武越招招手，武天天也蹦到台上。他扶住弟弟肩头缓缓开口：这个小胖子今年七周岁，是我同父异母的弟弟。他来到这个世界的时候，我以为我成了孤儿，而大男人何惧孤独，从他出生我就几乎没回过家，直到再回去……父亲和继母已经不在，我真正成了个孤儿，从此却并不孤独，因为这个小东西无时无刻不缠着我。

武天天笑着搂住哥哥腰，众人齐笑。武越继续，却一转话锋，两年前面临许多困难……真的非常难，我本以为赢了一场战役，却输了整个战争。是的，我做了一件、两件……很多错事，伤了很多人，尤其是她……

少霆偷眼打看小满，见她已然红了眼眶。他想起下车前，小满坐着不动，很久才微颤着嘴唇，其实……你可以不用陪我参加。

林少霆笑笑搂住她肩膀，你回家好好洗个澡，吃顿饭，换身漂亮衣服。到点儿我来接你。

她含着泪，靠向他肩头，谢谢你。

少霆也将头靠了过去，轻声道：再努力一点点或许就成功了，不是吗？可是，我不想成为你的遗憾，哪怕是小小的那个。他恨自己的嘴，恨自己总在最后一分钟拱手相让，恨自己没坚持把她留在LA，如果时空就静止在圣塔莫妮卡海滩该多好。

屏幕上投射的幻灯片正是以往公益活动的现场。有老徐和苏教授在台上讲话，医院里看望病人；苏妈妈在弹琴，给孤儿院的孩子表演；还有一些穿着简易T恤的志愿者集体照……武越边放边说：这些年，是我的救赎岁月。我建立了这个孤儿基金，希望可以帮助那些需要帮助的孩子，希望他们不要像我走到追悔不迭的程度。在此，我首先感谢"传奇"前老板老徐，我的大学教授苏先生这些长辈对公益事业的奉献。今天把大家请来，更希望我们晚辈可以携起手来，把这个基金办得更好。

屏幕上显示出白色底色和一个大大的"r"，武越回转头，良久才开口继续：这是我们"成就传奇"公司的LOGO，其实是我跟她之间的一个约定。说起来它起源于大家熟悉的一个故事"苏武牧羊"，却没几个人明白这个成语典故的真正含义，我也就不多解释了。只告诉大家，对我们，它象征着坚持、顽强不屈。为此，我一直坚持到今天，真希望她可以看见我的努力，给我一个改过的机会。

掌声响过，屋里却陷入漆黑，众人不明登时大叫。这时，一束强光亮起，直接打在苏小满身上，她下意识地挡住眼睛，再放下，发现全部的目光都聚集在自己身上。第二束灯光又从武越头顶投射下来，众人重新望向他，焦灼地静候，无声无息。

武越手捂胸口，望向强光下的小满。她依旧是灯亮时分第一眼看见的人，她换成了中长发，微卷的发梢，眼底依旧是略带畏惧又坚强的光。两年，她到底是在关注公益网站，她到底还是回来了。他强忍着满腔翻滚，微笑哽咽。二人相对，口唇未启，却已道尽万语千言。

他按下遥控器，背后的白色投影屏自动缓缓收起，露出一张巨幅照片。那众人都无比熟悉的位置曾经挂着陌生女人的侧影照片，现在竟被小满的照片取代，她笑得那么无拘无束，晴空碧日的。武越轻声：其实是我安排的断电，因为我期盼奇迹，因为你那句话"怎么每次断电都有你"。你走后，我盘下这家店，只为等你回来，只为让你能够找到…… 找到那个一直在等待着你……的我。

她看他走向台侧那个放置玫瑰的玻璃盒子。上次离开时是老徐用手击碎玻璃，赠花于他候到的陌生女人，没想到玻璃盒子被重新订制，同样尺码同样鲜花同样的寓意。武越说：你曾经无数次用眼神问过，为什么不敲开这块玻璃？两年前的我没有能力、没有勇气也没有资格去爱，请原谅我的怯懦。像上面写的 In case of love, break the glass for rose.（一旦爱情出现，打破玻璃拿出玫瑰。）今天，我把迟来的爱情拿给你！

他一拳砸开玻璃，穿过玻璃碎片拿出朵玫瑰，举向台下的苏小满。众人唏嘘，他手持玫瑰的手正在滴血，淋漓刺痛的视觉冲击令她瞬间泪崩。武越却释然地笑了，还记得最后一封信放置的位置吗？

小满点头，走向门口不远处那个熟识的相框。

你看看。

小满的手才一接触相框，武越的声音从各人的手机上传来，"嗨，你还好吗？"声音此起彼伏。每个人同时掏出手机，不知所然。两个人的手机画面出现了强烈色块，当手机放在一起，发出"咔嚓"的拼接声，图面上是两个环扣，再一部手机凑过来，又是"咔嚓"的声音，三个环扣。于是有更多的人将手机凑过来。小满也掏出自己的手机，凑过去，听见武越的声音从众人手机上传来："嗨，你终于回来了。"所有手机画面登时崩离，各个屏幕上都显示出小满的照片，传出武越的声音，"今天，可以爱你了吗？"众人惊呼尖叫。

武越在台上，手持话筒深情相望，今天，可以爱你了吗？

她站在人群中央，眼睛却不觉游走至右，是林少霆。

（The end）